中國文學

宋金元卷

第三版

四川大學中文系古代文學教研室 編寫

呂肖奐 周裕鍇 金諍 主編

四川人民出版社

圖書在版編目（CIP）數據

中國文學. 宋金元卷 / 四川大學中文系古代文學教研室編寫；呂肖奐，周裕鍇，金諍主編. —3版. —成都：四川人民出版社，2023.9
ISBN 978-7-220-13377-0

Ⅰ.①中… Ⅱ.①四… ②呂… ③周… ④金…
Ⅲ.①中國文學-古代文學史-遼宋金元時代-教材
Ⅳ.①I209.2

中國國家版本館CIP數據核字（2023）第140826號

ZHONGGUO WENXUE · SONG-JIN-YUAN JUAN
中國文學·宋金元卷

四川大學中文系古代文學教研室編寫
呂肖奐　周裕鍇　金　諍　主編

出　版　人	黃立新
選題策劃	江　澄
責任編輯	李京京
版式設計	李其飛
封面設計	張　科
特約校對	丁　偉
責任印製	周　奇
出版發行	四川人民出版社（成都三色路238號）
網　　址	http://www.scpph.com
E-mail	scrmcbs@sina.com
新浪微博	@四川人民出版社
微信公衆號	四川人民出版社
發行部業務電話	（028）86361653　86361656
防盜版舉報電話	（028）86361653
照　　排	四川勝翔數碼印務設計有限公司
印　　刷	成都東江印務有限公司
成品尺寸	170mm×240mm
印　　張	33.5
字　　數	560千
版　　次	2023年9月第1版
印　　次	2023年9月第1次印刷
書　　號	ISBN 978-7-220-13377-0
定　　價	59.80元

■版權所有·侵權必究

本書若出現印裝質量問題，請與我社發行部聯繫調換
電話：（028）86361656

第三版前言

《中國文學》是我們爲本科生編寫的古代文學教材，初版於1999年，2006年經過修訂，出第二版，即"修訂版"。本書的編寫宗旨及我們的教學理念，見《第一版前言》和《修訂版前言》，茲不贅述。至2020年，修訂版已第10次印刷，證明此書經得起時間的檢驗，謂之"傳世之書"，當不爲過。最近，出版社擬重新設計版式，我們借此機會，在第二版的基礎上再次進行修訂，主要是校正文字錯誤、更新參考書目等，是爲第三版。這應該是此書最後一次修訂，可稱爲"珍藏版"。

本書是四川大學中文系古代文學教研室的集體項目，被列入四川大學"211"和"985"建設計劃，是四川大學新世紀教學改革的標誌性成果之一，曾榮獲教育部"全國普通高校優秀教材"二等獎。2010年，四川大學文學與新聞學院各專業基於"原典閱讀"而推出的本科系列教材，就是以此書爲範式而編寫的。參加此書編寫的諸位同人，畢業於不同大學，研究方向也不同，性格各異，但在教學科研以及日常生活工作中，通力合作，互相幫助，互相支持，互相欣賞，留下了許多美好的回憶。

此書編寫伊始的1997年，大家正值盛年，最年長者周嘯天不過知天命，金諍46歲，周裕鍇43歲，劉黎明41歲，謝謙41歲，王紅38歲，最

年少者吕肖奂32歲，皆年富力强，意氣飛揚。每憶望江文科樓時代，間周一次的學院大會結束後，大家餘興未盡，相邀至紅瓦樓或工會小茶館，清茶一杯，相交如水，暢論天下，笑談古今，互相調侃，解構神聖，亦莊亦諧，雅俗共存，濟濟一堂，其樂融融。嘗相與戲謂曰：中國高校最快樂之教研室，非我川大古代文學莫屬耶？而今芳華零落，風流雲散，七位分卷主編，兩位病逝，三位退休，一位延聘，一位在崗，此書也就成爲我們人生曾經輝煌的共同紀念。

全書修訂統籌分工：謝謙：先秦兩漢卷；王紅：魏晉南北朝隋唐五代卷；吕肖奂：宋金元卷；謝謙：明清卷。謝謙負責全書修訂的統籌工作。

四川大學中文系古代文學教研室

2023 年 3 月 12 日

修訂版前言

　　《中國文學》講授的是先秦至近代之傳統文學，照學界通行的說法，即所謂"中國古代文學"是也。我們之所以去"古代"二字，是基於這樣的觀念：五四新文學之前的傳統文學，神話傳說時代勿計，自孔子刪定"六經"始，至少也有兩千多年歷史，我華夏歷代先哲之智慧與文心，以聲韻優美、字體形象的語言符號作爲載體，流傳至今，播在人口，並非完全死去的文本，怎能輕易以"古代"二字，將其推向遙遠的時空，而在今日華夏子孫心中形成一種疏離感？何況所謂"古代"去今未遠，百年文運，比之上下兩千餘年，不過彈指之間。即使文學有古今之別，但中國傳統文學非歐洲古典文學可比，今日之歐洲讀者翻閱古希臘語、拉丁語古典文學，也許如睹"天書"，即或是五百年前的英語、法語、德語、西班牙語、斯拉夫語詩文，今人睹之，也可能是"匪夷所思"。而華夏子孫因有表意而非拼音的方塊字，卻能超越千年時空去涵詠玩味充滿先哲魅力的不朽篇章。唐詩宋詞元曲明清小說勿論，即使是兩三千年前的經典，稍具文言常識，也能通其大意，啓我性靈，潤我文心。這是漢語言文字獨具的魅力，也是世界文學史上的奇迹。

　　中國高校文科學生應該知道這樣的常識：我們今日之語言文學與傳統

語言文學之間，若超越政體結構與意識形態的因素，僅以書寫語言而論，並沒有人們通常所想象的那樣分明的"隔代"界綫。華夏古人的書寫語言，有文言文與白話文之分。文言文是一種雅致的書面語言，也可以說是知識精英體面的書寫語言，必須熟讀經典，且經專門訓練纔能運用自如。這在古人那裏，不僅是語言藝術的競技，更是教養與身份的體現，這很類似拉丁文之於歐洲學人。所以"五四"白話文學運動前後，文壇宿儒學界名流不遺餘力捍衛這一書寫語言的正統性與權威性，就不難理解。蘇曼殊以古雅甚至古奧的文言譯歌德、雪萊、拜倫之詩，林紓以桐城古文雅潔的風格譯西洋小說，嚴復以秦漢諸子語言譯西洋學術名著，無疑是投知識精英之雅趣。"五四"之後，陳寅恪、錢穆、錢鍾書等國學大師博雅君子堅持以文言寫學術論著，是否也出自不願從俗不願趨同的文化貴族心理，茲不必論。但文言文並非古人的"死語言"，而是貴族化的雅語，卻是不言而喻的。白話文更接近口語而並非口語，也是古人的書寫語言，祇不過是世俗化平民化的書面語言，明人馮夢龍謂其"諧於里耳"，便於在民間廣泛傳播。樂府民歌、禪宗燈錄、道學家語錄、詞曲、戲劇、小說等通俗文學，以及一些比較另類的文人創作，皆以白話文出之，形成了中國文學的另一書寫傳統，"五四"以後白話文即取代文言文而成爲通行的書寫語言。這當然是歷史的進步，是文化包括文學非貴族化的必然趨勢。我們無意去爭論文言書寫與白話書寫孰優孰劣的問題，這完全取決於作者與讀者個人的審美趣味以及所處的語境。但是，無論何種書寫形式書寫傳統，由於漢字表意而非拼音的特點，尤其是它超越時空的歷史延續性，注定了中國文學古今的不可分割性。我們這裏說的是廣義的文學，即以語言文字的藝術性爲前提的書面表達。這種表達也許是"純文學"的，也許是非"純文學"甚至實用性的，如新聞、公文等應用文寫作，但"文采"二字是不可或缺的。尤其是對於今日文科學生而言，掌握這樣的書面表達，可能就是他們將來安身立命的看家本領。

基於這樣的認識，我們在《中國文學》的編寫與教學實踐過程中，盡可能淡化"古代"與"現代"的分界，以培養學生對博大精深源遠流長的傳統文學的親切感，在體悟中國文化與文學深厚底蘊的同時，虛心學習前人的語言藝術與藝術表達，並化爲自己的一種書寫能力。所以，我們力求以"讀"與"寫"貫穿《中國文學》的整個教學過程。"寫"不僅是寫作家評論或詩詞賞析之類的文字，而且包括各種文體的摹寫與訓練，嘗試文言寫作，自然也是題中應有之義。簡而言之，即不僅化先哲之智慧文心爲今日文科學生之人文素質，也變先哲之語言文采爲今日文科學生之書寫能力。這是改革新中國成立以來高校文科教學理念與人才培養模式的一種嘗試。我們曾以"原典閱讀與中文學科人才培養"爲題申報國家教育部"新世紀高等教育與教學改革重點項目"並獲准立項，謝謙、劉黎明、王紅、金諍、周裕鍇、呂肖奐、周嘯天等教師爲此付出了辛勤的勞動。金諍青年才俊，爲人儒雅，治學嚴謹，有古學者之遺風，卻不幸英年早逝，先我們而去。當《中國文學》榮獲國家教育部"全國普通高校優秀教材"二等獎，而後被評爲四川大學校級精品課程、四川省精品課程，並申報國家級優秀教學成果獎之際，緬懷逝者，誦"我思古人"之章，怎能不爲之愴然？

　　本次修訂，廣泛聽取了專家和學生的建議，但主要還是總結本書初版以來的教學經驗，力求完善教學的各個環節。其間謝謙、周裕鍇先後訪學美國與日本，親歷世界名校的文學教學，獲益匪淺，爲本教材的修訂建議良多。我們認爲，文學教材不是學術論著，它不應該太"個性化"，而應該爲課堂內外的教與學提供適合的選文與闡釋空間。所以我們的工作，主要是根據教學需要，增刪篇目，更換"輯錄"、"思考題"等相關內容，也更正了初版中的一些文字錯誤。至於有讀者建議，是否應該考慮廣大自學者的理解水平，深入淺出，化繁爲簡，則非我們所能。因爲，《中國文學》作爲中國百年名校精品課程的教材，乃爲培養高級專門人才而編寫，自有其品位與追求，不敢爲擴大讀者面而改弦易轍也。謂其爲"陽春白雪"似有

自譽之嫌，但絕非"家傳戶誦"的自學讀本或普及讀物，特爲讀者提醒。

全書修訂統籌分工：劉黎明：先秦兩漢卷；王紅：魏晉南北朝隋唐五代卷；吕肖奂：宋金元卷；謝謙：明清卷。四川大學教務處爲本書的編寫修訂以及課程建設鼎力相助，而榮譽則歸我輩，曰："此吾四川大學之光榮也！"爲此感愧不已。先哲孟子人生之樂，其一曰："得天下英才而教育之。"質諸同仁，於心皆有戚戚焉。

四川大學中文系古代文學教研室
2005 年 1 月 20 日

第一版前言

本書係我們爲高校中文系學生編寫的教學用書。

我國高校中文系本科的文學課程，均以五四新文學運動以前的中國文學即中國古代（包括近代）文學爲主，學習時間多爲兩年。這門課程的重要性是不言而喻的。新中國成立以來流行的教學模式，是"文學史"加上"作品選"，而以"史"爲主，許多院校甚至將這門課程徑稱爲"中國文學史"。既然是"史"，所講就多是諸如作家地位、藝術成就、時代思潮、發展規律之類的宏觀問題。這種教學模式自有其優點，不僅高屋建瓴，而且理論性強；但其局限與流弊也是顯而易見的：易走入以論代史而忽略中國文學多元化特質的誤區。學生甚至教師本人，無須多讀和細讀文學經典，祗須死記硬背文學史上歸納的條條款款，即可應付教學、應付考試，即可高談闊論，甚至不讀《紅樓夢》，也能大談《紅樓夢》的藝術特色或中國古典小說發展規律之類。這樣培養出來的學生，不僅難以成爲高層次的學術人才，而且也難以適應當今社會對文科人才的要求。

我們認爲，中國文學這門課程不應當成"史"或"論"來教學，而應當着重講授中國各體文學本身，應該引導學生多讀和細讀經典文學原著。通過多讀與細讀，去感受中國文學的藝術魅力，從而培養學生典雅的氣質與高貴的情趣,並進一步體悟中國文化的深厚底蘊;再輔以背誦與模擬訓練,將古典名篇的語言藝術化爲己有,從而轉化爲一種實用的技能,即能以優美雅致的文筆撰寫各類文章,包括應用文、學術文以及美文等。至於文學發展史一類見仁見智的理論問題,作初步瞭解即可。這又涉及對中文系學生培養目標的認識。事實上,中外高等學校母語系的培養目標,主要是社會各行業包括國家各級機關廣泛需要的高級文職人員,而不可能是作家、詩人或文學批評家。衆所周知,作家或詩人無法由高校批量生產,而文學批評家則社會所需有限。這不是貶低中外高校母語系的功能,而是給予其準確的定位。簡言之,我國高校的中文系,正如世界各國高校的母語系一樣,主要培養的是社會各界需要的高級文才,所以中國文學的教學,應該既務虛又務實,以培養學生氣質、情趣、談吐與文筆爲主要目標。即使培養高層次的學術人才,也需要扎實的文獻基礎。

基於這樣一種認識,我們在本系被定爲國家基礎學科人才培養與科學研究基地以及國家"211工程"重點投資建設學科後,即着手對我系中國文學的教學進行改革,初步成果就是這部集體編寫的中國文學教材。與通行的教材有所不同,我們淡化了"史"與"論"的色彩,而更注重講授中國各體文學的特點,注重解讀文本與閱讀文獻資料。在作品選目和講授內容上也與通行教材有所不同,如第一卷以"五經"開篇,略去中國文學的起源與神話傳說;第二卷有玄言詩、宮體詩等內容和"白話詩人與詩僧"專節;第三卷有"宋駢文"、"四六文"與"宋筆記文"專節,並注意選錄白體、晚唐體、西崑體、永嘉四靈等流派的代表作品;第四卷則有"八股文"、"翻譯文學"專節,而減少了明清通俗文學的比重。作家傳略多據正史原文縮寫,關於作家與作品附錄資料也多爲原文節錄。道理非常簡單:外文系的學生理應多讀和細讀外文原著,中文系的學生也應多讀和細讀古文原著。全書各卷的編寫體例,基本上按照時代分爲上下編,每編按照文體分爲若干章,每章分若干節,即一個教學單元。每節的主要內容爲"作家傳略"與"作品選讀",後附"輯錄"(權威評論或有關資料)與"參考書目",並設計了一些"思考題",但沒有統一的標準答案。我們提倡開放式的教學,注重引導學生多讀和細讀文學原著,鼓勵學生根據所學知識與閱讀經驗自己去思考分析,展開討論,言之成理、持之有據即可,不必拘於現成的結論。主講教師在組織討論時,可給予學生適當的引導或啓發。

全書編寫分工如下:先秦兩漢文學,劉黎明;魏晉南北朝文學,周嘯天;隋唐五代文學,王紅;宋金元文學,宋文部分,呂肖奐,通論及宋詩,周裕鍇,宋詞及元代文學,金諍;明清文學,謝謙。謝謙負責全書的組織工作。

四川大學中文系古代文學教研室
1999 年 5 月

目　錄

上編　宋金文學

通　論 ·· （003）

第一章　宋金文
概　說 ·· （010）

第一節　宋初古文 ································ （015）
　　　柳開：○代王昭君謝漢帝疏
　　　王禹偁：○黃州新建小竹樓記

第二節　范仲淹與蘇舜欽 ···················· （022）
　　　范仲淹：○桐廬郡嚴先生祠堂記
　　　蘇舜欽：○滄浪亭記

第三節　歐陽修 ·································· （028）
　　　○朋黨論　○縱囚論　○釋秘演詩集序　○秋聲賦
　　　○豐樂亭記　○送徐無黨南歸序　○瀧岡阡表

第四節　北宋中期古文 ························ （046）
　　　王安石：○讀孟嘗君傳　○答司馬諫議書

001

　　　　　曾鞏：○戰國策目錄序 ○墨池記　　蘇洵：○送石昌言
　　　　使北引　蘇轍：○上樞密韓太尉書 ○黃州快哉亭記

第五節　蘇軾 …………………………………………………（067）
　　　　　○赤壁賦 ○後赤壁賦 ○超然臺記 ○文與可畫篔簹谷偃
　　　　竹記 ○潮州韓文公廟碑 ○與謝民師推官書 ○記承天夜
　　　　游

第六節　蘇門古文 ……………………………………………（087）
　　　　　張耒：○思淮亭記　　晁補之：○新城游北山記
　　　　　李格非：○洛陽名園記論

第七節　南宋前期古文 ………………………………………（095）
　　　　　岳飛：○五岳祠盟記　　李清照：○金石錄後序

第八節　南宋中後期古文 ……………………………………（106）
　　　　　呂祖謙：○白鹿洞書院記　　朱熹：○記孫覿事
　　　　　真德秀：○溪山偉觀記　　葉適：○上執政薦士書
　　　　　陳傅良：○怒蛙說

第九節　南宋末年古文 ………………………………………（124）
　　　　　文天祥：○指南錄後序　　謝翱：○登西臺慟哭記
　　　　　林景熙：○蜃說

第十節　南宋筆記文 …………………………………………（135）
　　　　　陸游：○《老學庵筆記》（二則）
　　　　　羅大經：○《鶴林玉露》（二則）

第十一節　西崑體時文駢賦 …………………………………（140）
　　　　　楊億：○駕幸河北起居表　　宋祁：○右史院蒲桃賦

第十二節　北宋中期四六文 …………………………………（151）
　　　　　王安石：○答呂吉甫書　　蘇軾：○謝量移汝州表

第十三節　南宋四六文 ·· (157)

汪藻：○皇太后告天下手書　　孫覿：○西徐上梁文

樓鑰：○戒飭貪吏詔

第二章　宋金詩

概　說 ··· (173)

第一節　宋初宗唐三體 ·· (180)

白體 ·· (180)

李昉：○禁林春直　　王禹偁：○感流亡 ○寒食

晚唐體 ·· (183)

魏野：○題崇勝院河亭　　惠崇：○池上鷺分賦得明字

林逋：○山園小梅（選一首）　　寇準：○春日登樓懷歸

西崑體 ·· (189)

楊億：○漢武　　劉筠：○柳絮　　錢惟演：○無題

晏殊：○寓意　　宋祁：○落花

第二節　歐陽修與新變派 ·· (198)

歐陽修：○戲答元珍 ○春日西湖寄謝法曹歌 ○明妃

曲和王介甫作 ○再和明妃曲 ○唐崇徽公主手痕和韓內

翰子華　　梅堯臣：○魯山山行 ○小村 ○東溪

蘇舜欽：○無錫惠山寺 ○中秋夜吳江亭上對月懷前宰

張子野及寄君謨蔡大 ○淮中晚泊犢頭

第三節　王安石及其詩友 ·· (211)

王安石：○明妃曲二首 ○示長安君 ○題西太一宮壁二

首 ○北陂杏花 ○書湖陰先生壁二首（選一首）

王令：○暑旱苦熱　　曾鞏：○甘露寺多景樓

第四節 蘇軾 ·· (218)

○和子由澠池懷舊 ○游金山寺 ○新城道中二首（選一首） ○有美堂暴雨 ○百步洪二首并叙（選一首） ○書王定國所藏煙江疊嶂圖 ○六月二十日夜渡海

第五節 黃庭堅與陳師道 ·· (229)

黃庭堅：○登快閣 ○寄黃幾復 ○送范德孺知慶州 ○和答錢穆父詠猩猩毛筆 ○子瞻詩句妙一世乃云效庭堅體蓋退之戲效孟郊樊宗師之比以文滑稽耳恐後生不解故次韻道之子瞻送孟容詩云我家峨眉陰與子同一邦即此韻 ○題竹石牧牛 ○和答元明黔南贈別 ○雨中登岳陽樓望君山（二首） 陳師道：○九日寄秦覯 ○示三子 ○登快哉亭 ○春懷示鄰里

第六節 江西詩派 ·· (249)

韓駒：○夜泊寧陵　惠洪：○題李愬畫像

呂本中：○春日即事 ○柳州開元寺夏雨

曾幾：○蘇秀道中自七月二十五日夜大雨三日秋苗以蘇喜而有作 ○寓居吳興　陳與義：○登岳陽樓二首（選一首）○傷春

第七節 中興大家 ·· (265)

陸游：○游山西村 ○黃州 ○劍門道中遇微雨 ○關山月 ○五月十一日夜且半夢從大駕親征盡復漢唐故地見城邑人物繁麗云西涼府也喜甚馬上作長句未終篇而覺乃足成之 ○臨安春雨初霽 ○沈園二首　楊萬里：○閑居初夏午睡起二絕句（選一首）○插秧歌 ○初入淮河四絕句 ○檄風伯　范成大：○後催租行 ○州橋 ○四時田園雜興（選七首）

第八節　永嘉四靈 ·· （284）

　　徐照：○題翁卷山居　　徐璣：○泊舟呈靈暉

　　翁卷：○鄉村四月　　趙師秀：○薛氏瓜廬 ○約客

第九節　江湖詩派 ·· （290）

　　戴復古：○庚子薦饑 ○夢中亦役役 ○江陰浮遠堂

　　劉克莊：○軍中樂 ○北來人二首 ○北山作

第十節　遺民詩人 ·· （297）

　　文天祥：○金陵驛　　鄭思肖：○送友人歸

　　林景熙：○山窗新糊有故朝封事稿閱之有感

　　汪元量：○湖州歌（選二首）　　謝翱：○西臺哭所思

第十一節　道學體 ·· （303）

　　朱熹：○春日 ○鵝湖寺和陸子壽

第十二節　金詩 ·· （305）

　　王樞：○三河道中　　元好問：○赤壁圖 ○壬辰十二月

　　車駕東狩後即事五首（選二首）

第三章　宋金詞

概　說 ·· （313）

第一節　晏歐及其他詞人 ······································ （317）

　　范仲淹：○漁家傲 ○蘇幕遮　　張先：○天仙子 ○一叢

　　花令 ○醉垂鞭　　晏殊：○浣溪沙 ○蝶戀花

　　宋祁：○木蘭花　　歐陽修：○玉樓春 ○蝶戀花

　　○生查子 ○南歌子

第二節　柳永 ·· （326）

　　○望海潮 ○雨霖鈴 ○鶴衝天 ○蝶戀花 ○浪淘沙慢

　　○八聲甘州

005

第三節　蘇軾 …………………………………………（331）
　　○江城子(乙卯正月二十日夜記夢) ○江城子(密州出獵) ○水調歌頭 ○永遇樂 ○浣溪沙 ○卜算子(黃州定慧院寓居作) ○定風波 ○洞仙歌 ○念奴嬌(赤壁懷古) ○臨江仙 ○八聲甘州(寄參寥子)　○蝶戀花

第四節　晏幾道及其他詞人 ……………………………（341）
　　晏幾道：○鷓鴣天 ○臨江仙 ○鷓鴣天
　　李之儀：○卜算子　黃庭堅：○清平樂

第五節　秦觀與賀鑄 ……………………………………（346）
　　秦觀：○滿庭芳 ○浣溪沙 ○八六子 ○鵲橋仙(七夕) ○江城子 ○踏莎行　賀鑄：○青玉案 ○六州歌頭

第六節　周邦彥 …………………………………………（353）
　　○解連環 ○拜星月慢 ○六醜(薔薇謝後作)

第七節　李清照 …………………………………………（357）
　　○點絳唇 ○念奴嬌 ○一剪梅 ○醉花陰 ○鳳凰臺上憶吹簫 ○漁家傲 ○聲聲慢 ○永遇樂 ○武陵春

第八節　二張及其他詞人 ………………………………（363）
　　趙佶：○燕山亭(北行見杏花)　陳與義：○臨江仙(夜登小閣憶洛中舊游)　張元幹：○賀新郎(送胡邦衡赴新州)　張孝祥：○六州歌頭

第九節　辛棄疾和豪放詞派 ……………………………（368）
　　辛棄疾：○水龍吟(登建康賞心亭) ○菩薩蠻(書江西造口壁) ○水調歌頭 ○清平樂(獨宿博山王氏庵) ○醜奴兒(書博山道中壁) ○鷓鴣天 ○沁園春 ○祝英臺近(晚春) ○青玉案(元夕) ○木蘭花慢 ○賀新郎 ○西江月(夜行黃沙道中) ○鷓鴣天 ○南鄉子(登京口北固亭

有懷)　陸游：○訴衷情　○卜算子(詠梅)　○沁園春
(有感)　劉克莊：○滿江紅

第十節　姜夔和格律詞派 ················ (384)

姜夔：○踏莎行　○點絳唇(丁未冬過吳松作)　○暗香
○疏影　史達祖：○雙雙燕(詠燕)　○夜合花
吳文英：○八聲甘州(靈巖陪庾幕諸公游)　○唐多令
○風入松(春晚感懷)　○鶯啼序

第十一節　宋季四家及其他詞人 ············ (394)

蔣捷：○一剪梅(舟過吳江)　○賀新郎(兵後寓吳)
○虞美人(聽雨)　周密：○一萼紅(登蓬萊閣有感)
王沂孫：○眉嫵(新月)　張炎：○解連環(孤雁)
○高陽臺(西湖春感)　劉辰翁：○永遇樂

第十二節　金詞 ···················· (402)

吳激：○人月圓(宴北人張侍御家有感)
蔡松年：○念奴嬌　完顏璹：○臨江仙
元好問：○邁陂塘　○臨江仙
丘處機：○賀聖朝(靜夜)

下編　元代文學

通論 ························· (411)

第一章　元雜劇和南戲

概說 ························ (416)

第一節　關漢卿 ··················· (420)

○竇娥冤(第三折)　○救風塵(第三折、第四折)　○望江

亭（第三折）

第二節　元雜劇前期其他作家 ················· (438)

白樸：○牆頭馬上（第三折）

馬致遠：○漢宮秋（第三折）

王實甫：○西廂記（第四本第三折）

紀君祥：○趙氏孤兒（第三折）

第三節　元雜劇後期作家 ···················· (461)

鄭光祖：○倩女離魂（第二折、第三折）

第四節　南戲 ··························· (470)

高明：○琵琶記（糟糠自厭）

第二章　元代散曲

概　說 ································ (476)

第一節　前期 ··························· (478)

關漢卿：○【南呂·一枝花】不伏老（節選）○【南呂·一枝花】贈珠簾秀　○【仙呂·一半兒】題情

白樸：○【越調·天淨沙】秋　○【中呂·陽春曲】題情

馬致遠：○【雙調·夜行船】秋思（節選）　○【越調·天淨沙】秋思

第二節　中期 ··························· (485)

張養浩：○【中呂·朝天曲】無題　○【中呂·山坡羊】潼關懷古　貫雲石：○【中呂·紅繡鞋】無題　○【雙調·殿前歡】弔屈原　○【正宮·小梁州】秋

徐再思：○【雙調·沉醉東風】春情　○【雙調·折桂令】春情　睢景臣：○【般涉調·哨遍】高祖還鄉

張鳴善：○【雙調·水仙子】譏時　蘭楚芳：○【南

呂·四塊玉】風情

第三節　後期 ………………………………………（493）

喬吉：○【正宮·六幺遍】自述　○【中呂·山坡羊】寓興　○【雙調·水仙子】尋梅　張可久：○【中呂·賣花聲】懷古　○【越調·天淨沙】江上　○【越調·寨兒令】題昭君出塞圖　○【雙調·折桂令】九日

第三章　元代詩詞

概　說 ……………………………………………（499）

第一節　元前期詩詞 ……………………………（501）

劉因：○白溝　趙孟頫：○岳鄂王墓

管道昇：○漁父詞

第二節　元中期詩詞 ……………………………（505）

虞集：○挽文山丞相　楊載：○宗陽宮望月分韻得聲字　范梈：○上元日　揭傒斯：○春日雜言

第三節　元後期詩詞 ……………………………（509）

薩都剌：○滿江紅(金陵懷古)　○念奴嬌(登石頭城次東坡韻)　楊維楨：○城西美人歌

上編 宋金文學

通　論

　　宋王朝的建立結束了晚唐五代以來藩鎮跋扈、軍閥混戰的局面。有鑒於歷史的經驗教訓，自宋太祖杯酒釋兵權以後，宋歷代皇帝都對軍事將領深加忌防，采取重文輕武、守內虛外的策略。這種策略的結果是，一方面有力地防止了國內的軍閥割據和其他內亂，內部統治始終穩定；另一方面不可避免地造成邊防的相對虛弱，致使契丹（遼）、黨項（西夏）、女真（金）、蒙古（元）的威脅與侵略伴隨宋王朝始終。

　　與中國歷史上其他統一王朝相比，宋王朝相對疆土狹小，國威不振，軍事力量尤爲薄弱。但這並未妨碍宋代社會在其他方面的進步。門閥制度的徹底消失和科舉制度的空前完備，實現了政治權力向平民階層的廣泛開放，達到了前代從未有過的平等程度。這種情況造就了宋代士人強烈的參政意識，"先天下之憂而憂，後天下之樂而樂"（范仲淹《岳陽樓記》），"爲天地立心，爲生民立命，爲往聖繼絕學，爲萬世開太平"（張載《張子語錄》），成爲士大夫階層的普遍人生理想。宋人文學作品好議論的習氣，實與此參政意識和人生理想有關。

　　宋代在經濟、科技、文化方面的輝煌成就也超越前代。其中印刷術的進步和印刷業的發達，對學術文化的空前繁榮起了巨大的推動作用。讀書

宋金元卷

和著書的活動成爲宋代社會最重要的價值取向，宋人的興趣由從軍邊塞、建功沙場轉移到精神文化產品的創造、欣賞和研究上來。在文化普及的基礎上，宋代在哲學、史學、文學、藝術各領域都有大師級人物，並湧現出一大批全才、通才式作家。由此，宋代文學較唐代文學更多地帶有哲學、史學、藝術的烙印，如哲學之於哲理詩，史學之於詠史詩，藝術之於題畫詩等。

同時，宋代的城市經濟較前代也有明顯的進步，《東京夢華錄》和《夢粱錄》等書記載的城市生活狀況，其繁華和考究程度都相當驚人。宋代優容文官的政策與此城市繁華生活相結合，進一步刺激了曲子詞的發展，朱門甲第的酒邊樽前，青樓市井的淺斟低唱，雅詞俗曲競奏新聲，蔚爲一代大觀。北宋都城汴京、南宋都城臨安的"瓦舍"、"勾欄"等娛樂場所，則爲宋代話本、雜劇等新興的小説、戲劇樣式提供了滋生的土壤。在一些經濟發達的地區，通俗文學也取得了重要成就，北宋澤州的諸宫調、南宋温州的南戲，都流傳甚廣。

宋代三百多年中，正統的文人創作仍占文學的主流地位。

太祖到真宗的六十餘年間，封建經濟和文化處於恢復重建階段。太宗在完成全國統一大業之後，逐漸把心思放到"文治"上來。太宗、真宗朝《太平御覽》、《太平廣記》、《文苑英華》、《册府元龜》等四大類書的編纂，就是北宋文化建設的初步成果。宋初文人多爲割據政權的詞臣或經歷亂世的士人，文化格局相對狹窄，文化素養相對低下，所以唐末五代卑弱的文風、詩風繼續流行。西崑體的駢文和律詩，雖仍內容空虛，但其"雄文博學"已顯示出較深厚的文化底蘊。

仁宗和英宗時代出現的儒學復古運動，把宋代的封建文化復興推向深入。士大夫的使命感和憂患意識空前高漲，表現出對意識形態和現實政治的强烈關注。學術界先後出現孫復、石介等人的政治倫理批判和周敦頤、張載等人的天道哲理探討。史學界《新唐書》、《新五代史》的編撰貫穿着

儒家史官褒貶善惡的道德批判色彩。而文學界以歐陽修爲代表的詩文創作，則不僅批判改造西崑體的華靡作風，而且保持着對石介們險怪奇澀的太學體的警惕，堅持文與道並重的觀點。這一時期的詩文，在極大地開拓題材領域和表現豐富的社會生活的同時，多少帶有某種政治功利傾向和道德說教傾向。

宋王朝的文化高潮出現於熙寧到元祐時期，"百年無事"的承平給封建文化積纍帶來一個難得的機會。這是一個各領域都出現巨人的時代，哲學界的二程，史學界的司馬光，科技界的沈括，政治思想界的王安石，文學藝術界的蘇軾，群星燦爛，光照古今。這個時代最鮮明的特點是文化整合，哲學、宗教、史學、文學、藝術相互交融。表現在文學創作上，就是文與道、詩與禪、詩與史、詩與書畫的雙向滲透，相互啓發，以及文學内部文、賦、詩、詞各文體的相互越界，破體出位。廣博的學識和自由的創造精神，是這一代士大夫所普遍具有的素質。文學家的主體意識得到高度張揚，創作個性得到鮮明體現。古文則有曾鞏的雅正醇厚，王安石的峭拔簡健，蘇軾的雄放暢達，蘇轍的汪洋澹泊；詩歌則有王安石的精工，蘇軾的新穎，黄庭堅的奇峭，陳師道的簡樸。殊聲而合響，異翮而同飛。

北宋的新舊黨爭給文學發展帶來負面影響，尤其是"烏臺詩案"這一中國歷史上著名的文字獄，在北宋士大夫的心中投下陰影，干預現實、批評時政的文學作品明顯減少。而徽宗時的"崇寧黨禁"，在禁錮元祐學術的同時，也扼殺了文學創作。在朝的大晟詞人雖在詞的音律上有所創製，但在詞的境界上反有所萎縮；在野的江西詩派雖繼承了元祐詩體，但更多地以模擬代替創造。

北宋王朝長期對外妥協，最終導致金人入侵，中原淪陷，二帝北遷，宋室南渡。上都戰馬的嘶鳴驚破東京華胥之夢，士大夫身上因徽宗朝承平的假象而暫時失落的憂患意識，在國家生死存亡的關頭重新迸發，化爲忠憤激越的愛國情懷。古文從文以載道的空洞說教中走出來，成爲討伐進犯

者和抨擊投降派的檄文；詩、詞從藝術的象牙塔中走出來，成爲呼喚民族精神、鼓舞愛國鬥志的戰歌。陳與義、李清照前後期創作風格的變化，是最有代表性的例子。

　　元祐傳統作爲北宋盛世文化的象徵得到南宋士大夫的普遍尊崇。紹興以後的文化"中興"，都可以從元祐學術中找到源頭。李燾、李心傳的史學名著祖述司馬光的《資治通鑒》，朱熹的道學體系承繼二程的道統。而在文學領域，歐陽修奠定的平易曉暢的古文風格仍支配着南宋文壇，蘇軾以詩爲詞的傾向在辛派詞人那裏發展爲以文爲詞，黃庭堅"以俗爲雅、以故爲新"的詩歌句法仍有大量的追隨者。南宋中期文學創作的主流，仍多是有一定地位的官員或有廣泛影響的學者，其強烈的參政意識和深厚的文化修養，推動着正統文人文學的繼續發展。葉適、陳亮的政論文，朱熹、呂祖謙的記敘文，陸游的愛國詩，楊萬里的誠齋體，范成大的田園詩，辛棄疾的英雄詞，均各有創獲，表現出南宋文學特有的平易通俗的語言風格和貼近生活的創作傾向。

　　南宋寧宗以後，文化與文學出現全面衰落的頹勢。文化整合逐漸被文化分裂所代替，"道"與"藝"分道揚鑣。士大夫一部分人成爲空談性命的腐儒，另一部分人成爲干謁權門的清客。一方面是"理學興而詩律壞"，道學家勢力惡性膨脹，不僅文壇出現"全尚性理"的太學文體，而且詩壇也流行頭巾氣十足的"濂洛風雅"。另一方面則是江湖文士或沉湎於唐律的苦吟，如四靈和江湖詩派；或醉心於詞律的創製，如姜夔一派詞人。文學更精緻化，然而格局也日漸狹小，成爲達官貴人附庸風雅的擺設，或是平民作家求名邀寵的商品。

　　蒙古騎兵的鐵蹄驚破臨安西湖的黃粱之夢。士大夫的政治使命感和愛國精神，再次被激發出來。文天祥以其正氣浩然的詩篇和壯烈殉國的行動，給宋人的道統文學觀塗上一抹神聖的色彩。在南宋遺民的詩、文、詞中，憂患意識轉化爲堅貞不屈的民族氣節和矢志不忘的故國哀思。

宋代儒學復興的意識形態與城市繁榮的經濟基礎，構成宋代文學雅俗並存、道藝衝突的複雜景觀。文以載道，詩以言志，詞以娛賓遣興，是宋人根深蒂固的文體等級觀念。因此，無論是群體創作還是個體創作，宋代文、詩、詞都顯示出不同的風格特徵。

宋代古文受儒家道統的束縛最大，宋初柳開、石介提倡古文，主要在其政治和倫理方面的功能。以歐陽修爲代表的"唐宋八大家"中的六位北宋古文家，在"明道"的同時盡量維持散文的藝術特徵，辭意並重，駢散相間，平易淺切而不失文采。這種風格使古文具有更廣泛的適應性，在表情達意、說理叙事方面遠較駢文更有優勢。其影響不僅導致宋賦和四六文語言風格的變化，而且帶來題跋之類的小品文、詩話之類的筆記文的誕生和興盛。但是，宋代古文廣泛的適應性以及溫雅平和的風格，使得散文的情感力度和語言張力多少有所減退。

"宋人生唐後，開闢真難爲"（蔣士銓《辨詩》）。相對而言，宋詩更能反映宋代文人的思想性格，同時也更能體現宋代的文化積纍和創造的精神。宋人在詩中或賣弄廣博的知識學問，或安排機智的句法字眼，或注入深刻的義理哲思，或營造含蓄的韻味心境。宋人能在"唐音"之外又創"宋調"，爲文學創作如何處理好繼承與創新的關係提供了一個極佳的範例。

宋詞在數量上遠不能和宋詩相比，內容也不如宋詩廣闊，但在藝術上卻顯示出更多的特色和創造性。詩在宋代，有"言志"的使命，是一種個人性的嚴肅的抒情詩；而詞在宋代，則往往是一種女性角色吟唱的流行歌曲，"凡有井水飲處，即能歌柳詞"（葉夢得《避暑錄話》），就可證明這一點。正統文人視"詞爲豔科"的觀念，實際上成了宋詞逃避倫理審查的保護傘。在詩中要顯得正經嚴肅，而在詞中則可以放肆隨便，側豔的情懷，哀婉的思緒，不妨自由真率地表現。同時，詞這一新興文體也爲宋人施展自己的才情留下了廣闊的天地。堅守詞的音樂性的詞人，如周邦彥、姜夔等，在詞的形制、語言、意境、音律等方面刻意求精，使詞的形式技巧發

展到頂峰；而不顧詩詞分疆的詞人，如蘇軾、辛棄疾等，則把詩的"言志"傳統移植到詞中，將流行歌曲改造爲帶有鮮明自我個性的新體抒情詩。

據文獻記載，宋代通俗文學極爲繁榮，說話、說唱、雜劇、院本、諸宮調、南戲等多種白話小說和戲劇形式已經成型。然而，由於宋代文人對這些形式比較輕視，因此一則缺乏具有高度文化修養的作家從事這方面創作，二則缺乏足夠的文獻將這些小說戲劇的文本記錄下來。

與宋王朝先後對峙的遼國、金國，雖是少數民族所建立的政權，但受漢文化影響很深，文學上也仿效漢文創作。特別是金國在中原地區建立起穩固的統治之後，進一步以中華文化的正統自居。而金國的漢族文人，一方面繼承北宋文學創作的傳統，另一方面也留意南宋文學創作的動態，所以在某種程度上可視金代文學爲宋代文學的一個分支。儘管金國文人的文化素養略低於南宋文人，但他們受儒家道統的制約不那麼嚴重，文學觀念以及創作拘禁也較少，率真任情，豪放樸質，體現了北方文學的一貫特色。而金末詩人元好問的創作成就，足以和南宋諸大家相提並論。金代的通俗文學如金院本和諸宮調等，也有相當的發展，其中董解元的《西廂記諸宮調》尤爲出色。

| 輯　錄 |

◎《宋史·文苑傳序》：自古創業垂統之君，即其一時之好尚，而一代之規橅，可以豫知矣。藝祖革命，首用文吏而奪武臣之權，宋之尚文，端本乎此。太宗、真宗其在藩邸，已有好學之名，及其即位，彌文日增。自時厥後，子孫相承，上之爲人君者，無不典學；下之爲人臣者，自宰相以至令錄，無不擢科，海內文士彬彬輩出焉。國初，楊億、劉筠猶襲唐人聲律之體，柳開、穆修志欲變古而力弗逮。廬陵歐陽修出，以古文倡，臨川王安石、眉山蘇軾、南豐曾鞏起而和之，宋文日趨於古矣。南渡文氣不及東都，豈不足以觀世變歟！

◎《金史·文藝傳序》：金初未有文字。世祖以來漸立條教。太祖既興，得遼舊人用之，使介往復，其言已文。太宗繼統，乃行選舉之法。及伐宋，取汴經籍圖，宋士多歸之。熙宗款謁先聖，北面如弟子禮。世宗、章宗之世，儒風丕變，庠序日盛，士繇科第位至宰輔者接踵。當時儒者雖無專門名家之學，然而朝廷典策、鄰國書命，粲然有可觀者矣。金用武得國，無以異於遼，而一代製作能自樹立唐、宋之間，有非遼世所及，以文而不以武也。《傳》曰："言之不文，行而不遠。"文治有補於人之家國，豈一日之效哉！

參考書目

《兩宋文學史》，程千帆、吳新雷撰，上海古籍出版社 1991 年版。

《宋代文學通論》，王水照主編，河南大學出版社 1997 年版。

第一章

宋金文

概　說

　　宋代是傳統古文與駢文極爲重要的發展時期。歐陽修領導的古文運動，上繼韓愈、柳宗元而成就巨大，不僅扭轉了六朝隋唐以來駢文獨盛的局面，創作出大量優秀古文，爲後世效法，而且影響到駢文，使駢文文風爲之一變，形成新型駢文——宋四六。

　　韓柳古文運動雖然取得了很大成績，但歷經晚唐五代，古文創作又衰落下去，宋初文壇沿襲五代之餘，駢風甚盛，不少文人學者對駢文文體及文風不滿，亟倡改變。"五代其體薄弱，皇朝柳仲塗起而麾之，髦俊率從焉"（范仲淹《尹師魯集序》）。柳開首倡古文，他在《應責》一文中全面闡述他的古文理論，並積極創作古文，然而他與他的一些同道在理論上重道輕文，創作不免矯枉過正，"以斷散拙鄙爲高"（《文獻通考·經籍考》引葉適評宋初古文語），所以未能矯正時風。與柳開同時倡導古文而創作頗有成就的是王禹偁，王禹偁也強調古文要"傳道明心"，但他的"道"不同於柳開所說的儒家道統之"道"，而重點是指時政時弊，這不僅使他的古文具有極強的應用性，而且導夫古文與時政密切結合之先路；他的古文"全變五季雕繪之習，然亦不爲柳開之奇僻"（《四六叢話》卷三十二），

"簡雅古淡，由上三朝未有及者"（葉適《習學記言序目》卷四九），對古文文風頗有影響。

真宗咸平年間，柳、王相繼去世，不久崑體時文大盛。此後二十多年，真宗、仁宗皆曾下詔申戒浮華，能上承柳王倡導復古、堅持古文寫作的有范仲淹、穆修、孫復、張景、尹洙、石介、蘇舜欽等人。范仲淹在天聖三年（1025）就提出要"敦諭詞臣，興復古道……以救斯文之薄而厚風化"（《奏上時務書》）；石介著《怪說》猛烈抨擊西崑體；尹洙古文"簡而有法"（歐陽修《尹師魯墓誌銘》），直接引導啓發了歐陽修；蘇舜欽不顧時人非笑而"敢道人之所難言"（歐陽修《湖州長史蘇君墓誌銘》），"文章雄健負奇氣，如其爲人"（宋犖《蘇子美文集序》）。

自仁宗天聖年間到嘉祐年間，古文運動聲勢日隆，規模漸大，歐陽修以其"道德文章"逐漸成爲古文運動的中心人物。"歐陽子，今之韓愈也，宋興七十餘年，民不知兵，富而教之，至天聖、景祐極矣，而斯文終有愧於古，士亦因固守舊，論卑而氣弱。自歐陽子出，天下爭自濯磨，以通經學古爲高，以救時行道爲賢，以犯顏納諫爲忠。長育成就，至嘉祐末，號稱多士，歐陽子之功爲多。"（蘇軾《居士集序》）歐陽修以其直躬行道改變了士風士氣，創作出"超然獨騖，衆莫能及……時人競爲模範"（韓琦《歐陽公墓誌銘》）的文章。他的文章"紆餘委備"、"條達疏暢"、"平淡造理"，加上嘉祐二年（1057）他知貢舉時又痛抑太學體險怪文風，終於使唐代古文運動以來時時發作的奇僻苦澀的文風得以根除，使此後的古文沿着文從字順的道路發展。

歐陽修對古文運動的又一大貢獻是識拔獎掖了一大批後進學人，其中曾鞏、王安石、蘇洵、蘇軾、蘇轍相繼活躍在慶曆至元祐的文壇，使古文運動成果得到鞏固，古文運動使命得以完成，古文創作達到輝煌鼎盛。曾鞏最早受知於歐陽修，得歐心法，"立言於歐陽修、王安石間，紆徐而不煩，簡奧而不晦，卓然自成一家"（《宋史·曾鞏傳》）；王安石之文如老吏斷獄，不枝不蔓，簡勁峭拔；蘇洵政論史論博辯宏偉、縱橫馳驟，贈序書信簡切溫厚；蘇轍文"其鐉削之思或不如父，雄傑之氣或不如兄，然而沖和澹泊，遒逸疏宕……西漢以來別調也"（茅坤《蘇文定公文鈔引》）。蘇軾成就最高，他"學問通博，資識明敏，文采爛然，論議鋒出"（歐陽修《舉蘇軾應制科狀》），其文各體兼擅，如行雲流水，文理自然，議政論史之文雄辯滔滔，其他雜文涉筆成趣，姿態橫生，達到了從心所欲不逾矩的自由創作境地。

蘇軾與歐陽修一樣喜歡獎掖後進，蘇門後學如黃庭堅、秦觀、張耒、晁補之、陳師道、李廌"六君子"外，還有李格非等人，其古文創作雖不及乃師，但各有特色，爲元豐、元祐前後的文壇增色不少。這一時期司馬光的史學家之文，周敦頤、張載、二程的道學家之文也豐富了古文創作。

北宋末年，禁錮"元祐學術"，古文創作一度低落。

金人南侵，國難當頭，抗金救亡、痛斥賣國誤國行徑成爲南宋初期古文最重要的主題，岳飛、宗澤、李光、趙鼎、胡銓等人的文集突出地體現了這一點，他們無暇修飾雕琢，但慷慨直陳，鼓動人心。此外，"搢紳草茅，傷時感事，忠憤所激，據所聞見，筆而爲記錄者，無慮數百家"（徐夢莘《三朝北盟會編·自序》），大量紀實文字記錄了北宋覆亡時各種人物的慘痛經歷，李清照《金石錄後序》一文尤爲著名。

南宋中期，浙東學派古文繼承了初期文風，陳亮抗論恢復大計，葉適、陳傅良指陳時弊，他們志意慷慨，健論縱橫；道學家除窮理盡性的學術性論文外，還有一些寄理寓道的隨筆，爲人稱道，朱熹是其代表。朱熹雖然認爲"作文害道"，但"朱子之文明淨曉暢，文從字順，而有從容自適之致，無道學家迂腐拖遝習氣"（李慈銘《越縵堂讀書記》）。呂祖謙試圖從理論到實踐融合"宗蘇者"與"祖程者"（見吳子良《林下偶談》），儘管他的思想與文章均受到朱熹指責，但他畢竟是儒林中人，其古文"銜華佩實"（《四庫全書總目·東萊集》），有儒者風範。除了學者之文外，這一時期詩人詞人如陸游的《入蜀記》、范成大的《吳船錄》等山水紀行日記，楊萬里的《千慮策》，辛棄疾的《美芹十論》、《九議》等論政議事之文也極負盛名。

南宋後期，文風日卑，奇詭浮豔之外，語錄體盛行，迂腐空疏，破碎無足名家。朱子後學真德秀、魏了翁尚能醇正有法，大得聲稱於當時。

宋元易代之際，文天祥以身殉國，其文悲憤慷慨；謝翱、林景熙、鄭思肖等人文章充滿故國之思，抑鬱蒼涼，表達了遺民心聲。

南宋值得注意的是，詩話、筆記在北宋此類文的基礎上得到了長足發展，極爲興盛。多數詩話、筆記"意之所之，隨即記錄"（洪邁《容齋隨筆》卷首），風格平易樸實，短小有趣，值得一讀。

金源古文不及宋代興盛，但仍有不少名家。除金初蔡松年、吳激等直接將北宋文風帶入金國外，金世宗、章宗之世，王寂"以文章政事顯"（《中州集》王寂小傳），党懷英"以高文大冊，主盟一時"（《金史·党懷英傳》）。貞元南渡前後，趙秉文學蘇軾之文，"氣象甚雄"（《四庫全書總目·滏水集》引劉祁《歸潛志》）。金元易代之際，王若虛頗學歐、蘇，明白曉暢；元好問"詩格固高，文亦屹爲金元間一大家。……文亦落落大方，殊有風氣，而重滯平衍，時亦不免"（李慈銘《越縵堂讀書記·遺山集》）。

駢文在宋代經久不衰，宋人別集幾乎都有駢文，一般占三分之一，有些則多數爲四六文，有些甚至以四六名集，可見四六之盛。

"本朝之文，循五代之舊，多駢儷之詞，楊文公始爲西崑體"（趙彥衛《雲麓漫鈔》卷八）。宋太祖、太宗兩朝，"循五代之舊"，多效燕（張說）、許（蘇頲）大手筆，徐鉉"文章淹博，亦冠冕一時"（《四庫全書總目·騎省集》）；王禹偁雖是古文運動先驅，但他知制誥時所作"駢偶之文，亦多宏麗典贍，不愧一時作手"（同上《小畜集》提要）。真宗及仁宗初期，楊億、錢惟演等人不僅倡學李商隱之詩，而且倡學其文，"是時天下學者，楊、劉之作，號爲'時文'，能者取科第，擅名聲，以誇榮當世"（歐陽修

《書舊本韓文後》）。崑體時文盛行三十餘年，楊億"筆力豪贍"（陳師道《後山詩話》），"無唐末五代衰颯之氣"（《四庫全書總目·武夷新集》），在當時尤爲著名。晏殊、宋祁、胡宿等人均爲西崑後勁。

"宋初諸公，駢體精敏工切，不失唐人矩矱，至歐公倡爲古文，而駢體亦一變其格，始以排奡古雅爭勝古人"（孫梅《四六叢話》卷三三）。歐陽修"早工偶儷之文，故試於國學、南省，皆爲天下第一"（邵伯溫《邵氏聞見錄》卷十五），其早期駢文猶受崑體影響，而後他倡導古文同時，也開始改變駢文文風，他"始以文體爲對屬，又善叙事，不用故事陳言，而文益高"（《後山詩話》）。王安石、蘇軾繼續發展了歐陽修創立的新體四六，較少用典，句式靈活多變，叙述委曲流暢，風格平淡雅致，改變了六朝以來繁縟典麗的駢體之風。此後新型四六廣泛施用於制誥表啓，發揮著與古文同樣的作用。

"洎乎渡江之衰，鳴者浮溪（汪藻）爲盛。盤洲（洪适）之言語妙天下，平園（周必大）之製作高禁中，楊廷秀（萬里）箋牘擅場，陸務觀（游）風騷餘力"（彭元瑞《宋四六選序》）。南渡前後及南宋中期，新體四六鼎盛。汪藻的《皇太后告天下手書》、《建炎三年十一月三日德音》諸代言，如中興露布，悚動天下；孫覿"尤長於四六，與汪藻、洪邁、周必大聲價相埒"（《四庫全書總目·鴻慶居士集》），尤爲著名。除上述諸家外，綦崇禮、程俱、樓鑰等人也以四六擅場。

南宋後期四六有冗濫之弊，真德秀、魏了翁、劉克莊等人較爲特出，尤其是真德秀，"南宋駢體，西山先生爲一大家，華而有骨，質而彌工，不染詞科之習，野處（洪邁）、誠齋而下皆不及也"（《四六叢話》卷三三）。

宋四六以其不同於六朝隋唐四六的風貌對後代駢文產生了很大影響。

參考書目

《宋文鑒》，呂祖謙編，中華書局1992年版。

《南宋文範》，莊仲方編，清光緒十四年江蘇書局本。

《全宋文》，曾棗莊、劉琳主編，巴蜀書社1988—2006年。

《全遼文》，陳述編，中華書局1982年版。

《金文最》，張金吾編，中華書局1990年版。

《唐宋八大家文鈔》，茅坤編，《四庫全書》本。

《唐宋文舉要》，高步瀛選注，上海古籍出版社1982年版。

《宋文選》，四川大學中文系古典文學教研室，人民文學出版社1980年版。

《中國散文史》，郭預衡撰，上海古籍出版社1983年版。

第一節　宋初古文

柳　開（947—1000）

《宋史·柳開傳》：柳開，字仲塗，大名人。開幼穎異，有膽勇。既就學，喜討論經義。五代文格淺弱，慕韓愈、柳宗元爲文，因名肩愈，字紹先。既而改名字，以爲能開聖道之塗也。著書自號東郊野夫，又號補亡先生，作二傳以見意。尚氣自任，不顧小節，所交皆一時豪俊。范杲好古學，尤重開文，世稱爲"柳、范"。開寶六年舉進士，補宋州司寇參軍。太平興國中，擢右贊善大夫，會征太原，督楚、泗八州運糧。選知常州，徙潤州，拜監察御史。轉殿中侍御史。雍熙二年，坐與監軍忿爭，貶上蔡令。後因詣闕上書，願從邊軍效死，復授殿中侍御史。雍熙中，使河北。再爲崇儀使、知寧邊軍。徙知全州、桂州、環州、曹州、邢州等。真宗即位，加如京使，歸朝，命知代州。徙忻州刺史。四年，徙滄州，道病首瘍卒，年五十四。開善射，喜弈棋，有集十五卷。作《家戒》千餘言，刻石以訓諸子。性倜儻重義。

代王昭君謝漢帝疏

【題解】《文心雕龍·奏啓》："陳政事，獻典儀，上急變，劾愆謬，總謂之奏。……自漢以來，奏事或稱上疏，儒雅繼踵，殊采可觀。"而柳開此疏，代古人立言，雖亦"陳政事"，但與一般應用性奏疏不同。虛擬昭君心理及語氣，未必盡似，但以古切今，婉轉諷刺，頗有意味。

臣妾奉詔出妻單于，衆謂臣妾有怨憤之心，是不知臣妾之意也。臣妾今因行，敢謝陛下以言，用明臣妾之心無怨憤也。

夫自古婦人，雖有賢異之材、奇畯之能，皆受制於男子之下，婦人抑挫至死，亦罔敢雪於心；況幽閉殿廷，備職禁苑，悲傷自負，生平不意者哉！臣妾少奉明選，得列嬪御，雖年華代謝，芳時易失，未嘗敢尤怨於天人；縱絕幸於明主，虛老於深宮，臣妾知命之如是也。不期國家以戎虜未庭，干戈尚熾，胡馬南牧，聖君北憂，慮煩師征，用竭民力，徵前帝之事，興和親之策，出臣妾於掖垣，妻匈奴於沙漠，斯乃國家深思遠謀、簡勞省費之大計也。臣妾安敢不行矣！況臣妾一婦人，不能違陛下之命也。

今所以謝陛下者，以安國家，定社稷，息兵戈，靜邊戍，是大臣之事也。食陛下之重祿、居陛下之崇位者——曰相，宜爲陛下謀之；曰將，宜爲陛下伐之。今用臣妾以和於戎，朝廷息軫顧之憂，疆場無侵漁之患，盡繫於臣妾也。是大臣之事、一旦之功，移於臣妾之身矣。臣妾始以幽閉爲心，寵幸是望，今反有安國家，定社稷，息兵戎，靜邊戍之名，垂於萬代，是臣妾何有於怨憤也？願陛下宮闈中復有如妾者，臣妾身死之後，用妻於單于，則國安危之事，復何足慮於陛下之心乎？陛下以此安危繫於臣妾一婦人，臣妾敢無辭以謝陛下也！

《四部叢刊》本《河東先生集》卷三

○臣妾奉詔出妻單于：《漢書·元帝紀》："竟寧元年春正月，匈奴呼韓邪單于來朝。詔曰：'匈奴郅支單于背叛禮義，既伏其辜。呼韓邪單于不忘恩德，鄉慕禮義，復修朝賀之禮，願保塞傳之無窮，邊垂長無兵革之事。其改元爲竟寧，賜單于待詔掖庭王嫱爲閼氏。'"顏師古注："應劭曰：'郡國獻女未御見，須命於掖庭，古曰待詔。'王嫱，王氏女，名嫱，字昭君。文穎曰：'本南郡秭歸人也'。蘇林曰：'閼氏音焉支，如漢皇后也。'"○"幽閉殿廷"二句：即待詔掖庭。○明選：英明之選，指宮廷揀選宮女。○嬪御：《左傳·哀公元年》："今聞夫差，次有臺榭陂池焉，宿有妃嫱嬪御焉。"杜預注："妃嫱，貴者；嬪御，賤者，皆内官。"○"戎虜未庭"三句：漢代屢受匈奴侵擾，但"至孝宣之世（前73—前49），承武帝（前140—前87）奮擊之威，直匈奴百年之運，因其壞亂幾亡之厄，權時施宜，覆以威德，然後單于稽首臣服，遣子入侍，三世稱藩，賓於漢庭。是時邊城晏閉，牛馬布野，三世無犬吠之警，黎庶亡干戈之役。後六十餘載之間，遭王莽篡位，始開邊隙。"（《漢書·匈奴列傳》）元帝在位（前48—前33）時，匈奴正處於"壞亂幾亡之厄"，無"未庭"及"干戈尚熾，胡馬南牧"事。呼韓邪單于求親，乃因匈奴内亂時，"元帝初即位，呼韓邪單于復上書言民衆困乏，漢召雲中五原郡轉穀二萬斛以給焉"（同上）。並非與漢起干戈，而是呼韓邪單于出於報恩而起和親之議。但後世多沿襲小説家言。○前帝之事：《漢書·匈奴列傳》："是時匈奴以漢將數率衆往降，故冒頓常往來侵盜代地，於是高祖患之，乃使劉敬奉宗室女翁主爲單于閼氏，歲奉匈奴絮繒酒食物各有數，約爲兄弟以和親，冒頓乃少止。""昔和親之論，發於劉敬，是時天下初定，新遭平城之難，故從其言，約結和親，賂遺單于，冀以救安邊境。孝惠、高后時遵而不違。"○軫顧：深重顧慮。

| 輯　錄 |

◎石介《徂徠石先生全集》卷一八《送劉先之序》：聖朝大儒柳仲塗，實魏人。自唐吏部下三百年，得孔子之道而粹者，惟仲塗。居魏東郊，著數萬言，皆堯舜三王治人之道。

◎范仲淹《范文正集》卷六《尹師魯河南集序》：近則唐正元（即貞元）、元和之間，韓退之主盟于文，而古道最盛。懿、僖以降，寖及五代，其體薄弱。皇朝柳仲塗起而麾之，髦俊率從焉。仲塗門人能師經探道，有文於天下者多矣。

◎邵伯溫《邵氏聞見錄》卷十五：本朝古文，柳開仲塗、穆修伯長首爲之唱。

◎王士禎《池北偶談》卷十七：予讀開《河東集》，但覺苦澀，初無好處，豈能言之而不能行耶？

◎《四庫全書總目・河東集》：今第就其文而論，則宋朝變偶儷爲古文，實自開始，惟體近艱澀，是其所短耳。盛如梓《恕齋叢談》載開論文之語曰："古文非在詞澀言苦，令人難讀，在於古其理，高其意。"王士禎《池北偶談》譏開能言而不能行，非過論也。又尊崇揚雄太過，至比之聖人，持論殊謬。要其轉移風氣，於文格實爲有功，謂之明而未融則可，王士禎以爲初無好處，則已甚之詞也。

王禹偁（954—1001）

《宋史・王禹偁傳》：王禹偁，字元之，濟州鉅野人。世爲農家，九歲能文，畢士安見而器之。太平興國八年擢進士，授成武主簿。徙知長洲縣，就改大理評事。端拱初，太宗聞其名，召試，擢右拾遺、直史館。獻《端拱箴》、《禦戎十策》。又與夏侯嘉正、羅處約、杜鎬表請同校《三史書》。二年，親試貢士，召禹偁，賦詩立就，即拜左司諫、知制誥。未幾，判大理寺。廬州妖尼道安誣訟徐鉉，禹偁抗疏雪鉉，坐貶商州團練副使。歲餘移解州。四年，召拜左正言。至道元年，召入翰林爲學士。以議孝章皇后事坐謗訕，罷爲工部郎中、知滁州。移知揚州。真宗即位，遷秩刑部，上疏言五事，召還，復知制誥。咸平初，預修《太祖實錄》。時宰相張齊賢、李沆不協意，禹偁議論輕重其間。出知黃州，嘗作《三黜賦》以見志。徙蘄州，至郡，未逾月而卒，年四十八。詞學敏贍，遇事敢言，喜臧否人物，以直躬行道爲己任。其爲文著書多涉規諷，以是頗爲流俗所不容，故屢見擯斥。所與游必儒雅，後進有詞藝者，極意稱揚之。有《小畜集》二十卷、《承明集》十卷、《集議》十卷、詩三卷。

黃州新建小竹樓記

【題解】 宋真宗咸平二年（999），王禹偁被貶黃州（治所在今湖北黃岡）時，建小竹樓，並作此記，叙述小竹樓清新優美的環境，抒寫於其中生活的閑情雅韻，並表達出對屢遭貶謫、漂泊無定生活的無奈、慨歎。"荆公謂王元之《竹樓記》勝歐陽《醉翁亭記》，魯直亦以爲然。"（王若虛《滹南遺老集》卷三十六《文辨》三）

黃岡之地多竹，大者如椽，竹工破之，刳去其節，用代陶瓦。比屋皆是，以其價廉而工省也。

子城西北隅，雉堞圮毀，蓁莽荒穢，因作小竹樓二間，與月波樓通。遠吞山光，平挹江瀨，幽闃遼夐，不可具狀。夏宜急雨，有瀑布聲；冬宜密雪，有碎玉聲；宜鼓琴，琴調虛暢；宜詠詩，詩韻清絕；宜圍棋，子聲丁丁然；宜投壺，矢聲錚錚然：皆竹樓之所助也。公退之暇，披鶴氅，戴華陽巾，手執《周易》一卷，焚香默坐，消遣世慮。江山之外，第見風帆沙鳥、煙雲竹木而已。待其酒力醒，茶煙歇，送夕陽，迎素月，亦謫居之勝概也。彼齊雲、落星，高則高矣，井幹、麗譙，華則華矣，止于貯妓女、藏歌舞，非騷人之事，吾所不取。

吾聞竹工云："竹之爲瓦，僅十稔，若重覆之，得二十稔。"噫！吾以至道乙未歲，自翰林出滁上；丙申，移廣陵；丁酉，又入西掖；戊戌歲除日，有齊安之命，己亥閏三月，到郡。四年之間，奔走不暇，未知明年又在何處，豈懼竹樓之易朽乎？幸後之人與我同志，嗣而葺之，庶斯樓之不朽也。咸平二年八月十五日記。

《四部叢刊》本《小畜集》卷十七

　　○子城：大城所屬的小城，即內城及附郭的甕城或月城。○雉堞：城上短牆。《文選·鮑照〈蕪城賦〉》："板築雉堞之殷。"李善注："鄭玄《周禮》注曰：'雉，長三丈，高一丈。'杜預《左氏傳》注曰：'堞，女牆也。'"圮，原本作圯，改。○月波樓：《輿地紀勝》卷九：亦王禹偁建，在郡廳之後。王禹偁《月波樓詠懷》："郡城無大小，雉堞皆有樓。"○丁丁：《詩經·小雅·伐木》："伐木丁丁，鳥鳴嚶嚶。"○投壺：《禮記·投壺》："投壺之禮，主人奉矢，司射奉中，使人執壺。主人請曰：'某有枉矢哨壺，請以樂賓。'賓曰：'子有旨酒嘉肴，某既賜矣，又重以樂，敢辭。'"再三禮讓之後，賓主以次投矢壺中，中者勝，負者罰酒。後代以投壺爲娛樂。○鶴氅：道袍，由鳥羽製成。○華陽巾：道士戴的一種頭巾。王禹偁喜爲道士裝束。○齊雲、落星、井幹、麗譙：皆古代帝王所建高樓。《南史·陳本紀》下："陳後主起齊雲觀。"《輿地紀勝》卷十七建康府有"齊雲觀，陳後主建"。《文選·吳都賦》："饗戎旅乎落星之樓。"注曰："吳有桂林苑。落星樓在建業東北四十里，吳大帝創三層樓。"《史記·封禪書》："井幹高樓五十丈。"漢武帝劉徹造，在長安。《白氏六帖事類集》卷三："魏武（曹操）有麗譙樓。"○至道乙未：宋太宗至道元年（995）。○出滁上：因"謗訕朝廷"罪出知滁州（今屬安徽）。○丙申：至道二年。○移廣陵：移知揚州（今屬江蘇）。○丁酉：至道三年。○又入西掖：復任刑部郎中知制誥。西掖指中書省，朝廷最高行政機關。○戊戌：宋真宗咸平元年（998）。○齊安：《輿地紀勝》卷四九："蕭齊分西陽爲齊安郡……隋改爲黃州。"○己亥：咸平二年（999）。

輯　錄

◎蘇頌《小畜外集序》：（王禹偁）前後三直西掖，一入翰林。辭誥深純，得裁成制置之體；冊命莊重，兼典謨訓誥之文。《端拱箴》切劘上躬，《待漏記》規警時宰。上《三賢疏》，推原前代之失不異方今；《請東封賦》，前知盛德之事必行聖代。論議書叙，理極精微；詩歌賛頌，義專比興。雖在燕閑，或罹憂患，凡有論撰，未嘗空言。……竊謂文章末流，由唐季涉五代，氣格摧弱，淪於鄙俚。國初屢有作者，留意變風，而習尚難移，未能復雅。至公特起，力振斯文，根源於六經，枝派於百氏，斥浮僞，去陳言，作而述之，一變於道。後之秉筆之士，學聖人之言，由藩牆而踐奥，繫公爲之司南也。

◎晁公武《郡齋讀書志》卷一九：元之辭學敏贍，獨步一時，鋒氣俊厲，極談世事，臧否人物，以直道自任，故屢被擯斥。喜稱獎後進，當世名士，多出其門下。

◎《四庫全書總目·小畜集》：宋承五代之後，文體纖儷，禹偁始爲古雅簡淡之作。其奏疏尤極剴切，《宋史》采入本傳者，議論皆英偉可觀。在詞垣時所爲應制駢偶之文，亦多宏麗典贍，不愧一時作手。

◎黄庭堅《書王元之竹樓記後》：或傳王荆公稱《竹樓記》勝歐陽公《醉翁亭記》，或曰此非荆公之言也。某以謂荆公出此言未失也。荆公評文章，常先體制而後文之工拙。蓋嘗觀蘇子瞻《醉白堂記》，戲曰："文詞雖極工，然不是《醉白堂記》，乃是韓白優劣論耳。"以此考之，優《竹樓記》而劣《醉翁亭記》，是荆公之言，不疑也。

參考書目

《河東先生集》，柳開撰，《四部叢刊》本。

《小畜集》、《小畜外集》，王禹偁撰，《四部叢刊》本。

《王禹偁事迹著作編年》，徐規撰，中國社會科學出版社 **1982** 年版。

思考題

1. 柳開與王禹偁皆爲宋文變革先導，二人的文論與創作實績是否相同？

2. 柳開之文是否"體近艱澀"？試閱柳集談談個人體會。

3. 王禹偁《黃州新建小竹樓記》是否勝於歐陽修《醉翁亭記》？試作比較。

第二節　范仲淹與蘇舜欽

范仲淹（989—1052）

《宋史·范仲淹傳》：范仲淹，字希文，蘇州吳縣人。仲淹二歲而孤。少有志操。舉進士第，爲廣德軍司理參軍。以晏殊薦，爲秘閣校理。泛通《六經》，長於《易》。每感激論天下事，奮不顧身，一時士大夫矯厲尚風節，自仲淹倡之。天聖七年，上疏請太后還政，不報。尋通判河中府，徙陳州。太后崩，召爲右司諫。出知睦州、徙蘇州。召還，判國子監，遷吏部員外郎、權知開封府。上《百官圖》諷呂夷簡，獻四論譏切時政，罷知饒州，徙潤、越州。元昊反，召爲天章閣待制，知永興軍，改陝西都轉運使。遷戶部郎中兼知延州，修邊備，羌漢之民，相踵歸業。坐與元昊通書，降知耀州，徙慶州。遷左司郎中，爲環慶路經略安撫、緣邊招討使。爲將號令明白，愛撫士卒，諸羌來者，推心接之不疑，故賊亦不敢輒犯其境。除參知政事，上十事，仁宗悉采用。仲淹以天下爲己任，裁削倖濫，考核官吏，日夜謀慮興致太平，然更張無漸，規模闊大，論者以爲不可行。會邊陲有警，因請行邊，爲河東、陝西宣撫使。自請罷政事。以疾請鄧州，徙杭州、青州。請潁州，未至而卒，年六十四。諡文正。內剛外和，性至孝，好施予，泛愛樂善，爲政尚忠厚。

桐廬郡嚴先生祠堂記

【題解】 歷來吟詠嚴子陵事，均頌其隱逸閑適，而范仲淹卻贊其不事王侯的高風亮節。"題嚴先生，卻將光武兩兩相形，竟作一篇對偶文字，至末乃歸到先生，最有體格。且以歌作結，能使通篇生動，不失之板，妙甚。"（《古文觀止》卷九）范仲淹"長於易"，文中以《易》語對仗，化古奧爲生動，尤見功力。范仲淹景祐中出知睦州時作此記。《輿地紀勝》卷八嚴子陵釣臺云："《元和郡縣志》：'在桐廬縣西三十里浙江北岸。'景祐初，范文正公建祠東西二臺，祠中繪子陵像。"

先生，漢光武之故人也，相尚以道。及帝握赤符，乘六龍，得聖人之時，臣妾億兆，天下孰加焉？惟先生以節高之；既而動星象，歸江湖，得聖人之清，泥塗軒冕，天下孰加焉？惟光武以禮下之。

在《蠱》之上九，衆方有爲，而獨不事王侯，高尚其事，先生以之；在《屯》之初九，陽德方亨，而能以貴下賤，大得民也，光武以之。蓋先生之心，出乎日月之上；光武之器，包乎天地之外。微先生，不能成光武之大；微光武，豈能遂先生之高哉！而使貪夫廉，懦夫立，是有大功於名教也。

某來守是邦，始構堂而奠焉。迺復其爲後者四家以奉祠事。又從而歌曰：雲山蒼蒼，江水泱泱。先生之風，山高水長。

《四部叢刊》本《范文正公集》卷七

○桐廬郡：北宋桐廬爲縣，屬睦州。睦州稱新定郡，但人們習慣稱爲桐廬郡，范仲淹即有《瀟灑桐廬郡十絕》、《桐廬郡齋書事》等詩。睦州時轄六縣，治建德。○嚴先生：嚴光，字子陵，東漢會稽餘姚（今屬浙江）人，少與漢光武帝劉秀游學，光武即位後，隱居不仕，於富春江上垂釣。詳見《後漢書·隱逸傳》。○赤符：即《赤伏符》。《後漢書·光武帝本紀上》載：公元25年，"光武先在長安時同舍生彊華自關中奉《赤伏符》，曰：'劉秀發兵捕不道，四夷雲集龍鬥野，四七之際火爲主。'群臣因復奏曰：'受命之符，人應爲大，萬里合信，不議同情，周之白魚，曷足比焉？今上無天子，海內淆亂，符瑞之應，昭然著聞，宜答天神，以塞群望。'"赤伏符後亦泛指帝王受天命的符瑞。〇乘六龍：《易·乾》："大明終始，六位時成，時乘六龍以御天。"孔穎達疏："乾元乃統天之義，言乾之爲德，以依時乘駕六爻之陽氣，以控御於天體。六龍即六位之龍也；以所居上下言也，謂之六位也。"〇得聖人之時：《孟子·萬章下》："孔子，聖之時者也。"孟子謂孔子順時而爲聖人，此言光武帝順天應時而爲帝王。〇動星象：《後漢書·逸民傳》載"（嚴光與光武）共偃臥，光以足加帝腹上。明日太史奏：'客星犯御座甚急。'帝笑曰：'朕故人嚴子陵共臥耳。'"〇得聖人之清：《孟子·萬章下》："伯夷，聖之清者也。"〇在《蠱》之上九：指《周易》蠱卦的第六爻。前五爻之爻辭皆消禍整弊之事，即范仲淹所言"衆方有爲"，第六爻爻辭："不事王侯，高尚其事。"〇在《屯》之初九：指《周易》屯卦的第一爻。"初九，磐桓，利居貞，利建侯。"此即范仲淹所說的"陽德方亨"。屯卦爲坎上震下，初九在震體二陰爻之下，據卦象"上貴下賤"之意，初九以乾陽尊貴之體而居下位，能"以貴下賤"，所以"大得民也"。〇復：免除徭役、賦稅。晁錯《論貴粟疏》："令民入粟受爵，至五大夫以上，乃復一人耳。"

輯　錄

◎蘇軾《蘇軾文集》卷十《范文正公文集叙》：今其集二十卷，爲詩賦二百六十八，爲文一百六十五。其於仁義禮樂、忠信孝弟，蓋如飢渴之於飲食，欲須臾忘而不可得；如火之熱，如水之濕，蓋其天性有不得不然者。雖弄翰戲語，率然而作，必歸於此。故天下信其誠，爭師尊之。

◎晁公武《郡齋讀書志》卷一九：爲學明經術，跂慕古人事業，慨然有康濟之志。作文章尤以傳道爲任。

◎洪邁《容齋五筆》卷五：范文正公守桐廬，始於釣臺建嚴先生祠堂，自爲記，用《屯》之初九、《蠱》之上九，極論漢光武之大、先生之高，纔二百字。其歌詞曰："雲山蒼蒼，江水泱泱。先生之德，山高水長。"既成，以示南豐李泰伯。泰伯讀之三，歎味不已，起而言曰："公之文一出，必將名世，某妄意輒易一字，以成盛美。"公瞿然握手扣之，答曰："'雲山'、'江水'之語，於義甚大，於詞甚薄，而'德'字承之，乃似趑趄，擬換作'風'字，如何？"公凝坐頷首，殆欲下拜。

蘇舜欽（1008—1048）

《宋史‧文苑傳四‧蘇舜欽傳》：蘇舜欽字子美，參知政事易簡之孫。父耆，有才名，嘗爲工部郎中，直集賢院。舜欽少慷慨有大志，狀貌怪偉。當天聖中，學者爲文多病偶對，獨舜欽與河南穆修好爲古文、歌詩，一時豪俊多從之游。舉進士，知長垣縣，選大理評事，監在京店宅務。康定中，河東地震，舜欽詣匭通疏。范仲淹薦其才，召試，爲集賢校理，監進奏院。舜欽娶宰相杜衍女，衍時與仲淹、富弼在政府，多引用一時聞人，欲更張庶事。御史中丞王拱辰等不便其所爲。會進奏院祠神，舜欽與右班殿直劉巽輒用鬻故紙公錢召妓樂，間夕會賓客。拱辰廉得之，諷其屬魚周詢等劾奏，因欲搖動衍。事下開封府劾治，於是舜欽與巽俱坐自盜除名。同時會者皆知名士，因緣得罪逐出四方者十餘人。世以爲過薄，而拱辰等方自喜曰："吾一舉網盡矣。"舜欽既放廢，寓於吳中。二年，得湖州長史，卒。舜欽數上書論朝廷事，在蘇州買水石作滄浪亭，益讀書，時發憤懣於歌詩，其體豪放，往往驚人。善草書，每酣酒落筆，爭爲人所傳。及謫死，世尤惜之。

滄浪亭記

【題解】慷慨有大志的蘇舜欽，因進奏院事件而被免官。離開生長之地、政治中心汴京，而旅居蘇州，其遠離官場之意已表明，此記則更明確地敘述了這次人生轉折的過程及其思考。描述簡潔有意境，議論新穎而深刻。《輿地紀勝》卷五："滄浪亭，在郡學東。蘇子美南游吳中，以錢四萬得之，遂終此不去。"

予以罪廢，無所歸。扁舟南游，旅於吳中，始僦舍以處。時盛夏蒸燠，土居皆褊狹，不能出氣，思得高爽虛闊之地，以舒所懷，不可得也。

一日過郡學，東顧草樹鬱然，崇阜廣水，不類乎城中。並水得微徑於雜花修竹之間，東趨數百步，有棄地，縱廣合五六十尋，三向皆水也。杠之南，其地益闊，旁無民居，左右皆林木相虧蔽。訪諸舊老，云："錢氏有國，近戚孫承右之池館也。"坳隆勝勢，遺意尚存。予愛而徘徊，遂以錢四萬得之。構亭北碕，號滄浪焉。前竹後水，水之陽，又竹無窮極。澄川翠幹，光影會合於軒戶之間，尤與風月爲相宜。

予時榜小舟，幅巾以往，至則灑然忘其歸，觴而浩歌，踞而仰嘯，野老不至，魚鳥共樂。形骸既適則神不煩，觀聽無邪則道以明，返思向之汩汩榮辱之場，日與錙銖利害相磨戛，隔此真趣，不亦鄙哉！

噫！人固動物耳，情橫於內而性伏，必外寓於物而後遣。寓久則溺，以爲當然，非勝是而易之，則悲而不開。惟仕宦溺人爲至深，古之才哲君子，有一失而至於死者，多矣！是未知所以自勝之道。予既廢，而獲斯境，安於沖曠，不與衆驅，因之復能乎內外失得之原，沃然有得。笑閔萬古，尚未能忘其所寓目，用是以爲勝焉。

《四部叢刊》本《蘇學士集》卷十三

〇予以罪廢：此事發生在慶曆四年（1044）秋，事見《宋史·蘇舜欽傳》。〇吳中：此指蘇州，蘇州周時屬吳國，故稱。詳見《元豐九域志》。〇土居：當地的房舍。〇郡學：蘇州的官立學校。北宋州縣皆立學，宋兩浙路蘇州略相當於吳郡。〇並水：傍水。《漢書·武帝紀》顏師古注："並，讀曰傍。傍，依也。"〇尋：八尺爲一尋。〇杠：小橋。〇錢氏有國：指錢鏐建立的吳越國。〇近戚孫承右：孫承右之女兄爲吳越國王錢俶（錢鏐之孫）妃。右，一本作祐。○碕：曲岸。○水之陽：水之北爲陽。○幅巾：以絹幅束頭，不著冠。○人：原本作情，據別本改。○情橫於內而性伏：《禮記·樂記》："人生而靜，天之性也；感於物而動，性之欲也。""性之欲"即情。性與情在此是相反的概念。橫，充斥。伏，隱伏。○自勝：《史記·商君列傳》："趙良曰：反聽之謂聰，內視之謂明，自勝之謂強。"《索隱》認爲自勝即"自伏非是爲自勝"。○寓目：一作寓自。

| 輯　錄 |

◎歐陽修《蘇氏文集序》：子美之齒少於予，而予學古文，反在其後。天聖之間，予舉進士於有司，見時學者務以言語聲偶擿裂，號爲時文，以相誇尚，而子美獨與其兄才翁及穆參軍伯長作爲古歌詩雜文，時人頗共非笑之，而子美不顧也。其後，天子患時文之弊，下詔書，諷勉學者以近古，由是其風漸息，而學者稍趨於古焉。獨子美爲於舉世不爲之時，其始終自守，不牽世俗趨舍，可謂特立之士也。

◎《四庫全書總目·蘇學士集》：宋文體變於柳開、穆修，舜欽與尹洙實左右之。然（歐陽）修作洙墓誌，僅稱其簡而有法，蘇轍作（歐陽）修墓碑，又載修言於文得尹洙、孫明復猶以爲未足，而修作是集（指《蘇學士集》）序，獨曰："子美齒少於余，而余作古文，反在其後。"推挹之甚。

參考書目

《范文正公集》，范仲淹撰，《四部叢刊》本。
《蘇學士集》，苏舜欽撰，《四部叢刊》本。
《蘇舜欽集編年校注》，傅平驤、胡問陶校注，巴蜀書社1991年版。

思考題

1. 范仲淹在當時文壇上主要起到了什麼作用？他的一些"記"如《岳陽樓記》、《嚴先生祠堂記》與歐陽修等人的"記"有何不同？
2. 歐陽修爲什麼對蘇舜欽先作古文"推挹之甚"？

第三節　歐陽修

歐陽修（1007—1072）

《宋史·歐陽修傳》：歐陽修，字永叔，廬陵人。四歲而孤。幼敏悟過人，及冠，嶷然有聲。宋興且百年，而文章體裁猶仍五季餘習，鎪刻駢偶，淟涊弗振，士因陋守舊，論卑氣弱。蘇舜元、舜欽、柳開、穆修輩，咸有意作而張之，而力不足。修游隨，得韓愈遺稿，讀而心慕焉。苦志探賾，至忘寢食，必欲並轡絕馳而追與之並。舉進士，試南宮第一，擢甲科，調西京推官。始從尹洙、梅堯臣游，遂以文章名冠天下。入朝，爲館閣校勘。以貽書責高若訥而坐貶夷陵令。久之，復校勘，進集賢校理。慶曆三年，知諫院。朋黨之論起，進《朋黨論》。論事切直。知制誥，奉使河東，使還，爲龍圖閣直學士、河北都轉運使。因其孤甥張氏獄傅致以罪，左遷知制誥。知滁州，徙揚州、潁州。召判流內銓時，在外十二年矣。遷翰林學士，修《唐書》。奉使契丹。知嘉祐二年貢舉，變場屋之習。加龍圖閣學士、知開封府。改群牧使。《唐書》成，拜禮部侍郎兼翰林侍讀學士。五年，拜樞密副使。六年，參知政事。神宗初即位，罷爲觀文殿學士、刑部尚書，知亳州。熙寧四年，以太子少師致仕。五年，卒。贈太子太師。諡文忠。修始在滁州，號醉翁，晚更號六一居士。天資剛勁，見義勇爲，雖機穽在前，觸發之不顧。放逐流離，至於再三，志氣自若也。爲文天才自然，豐約中度。其言簡而明，信而通，引物連類，折之於至理，以服人心。超然獨騖，衆莫能及，故天下翕然師尊之。獎引後進，如恐不及，賞識之下，率爲聞人。曾鞏、王安石、蘇洵、洵子軾與轍，布衣屏處，未爲人知，修即游其聲譽，謂必顯於世。好古嗜學，集撰《集古錄》。奉詔修《唐書》

紀、志、表，自撰《五代史記》。

朋黨論

【題解】 宋仁宗慶曆三年（1043），杜衍、范仲淹、富弼、韓琦等人醞釀推行新政，歐陽修時爲諫官，擁護杜、范，夏竦及其同黨"造爲黨論，目衍、仲淹及修爲黨人。修乃作《朋黨論》上之"（李燾《續資治通鑑長編》卷一四八）。此文"反反復復，說小人無朋，君子有朋，未歸到人君能辨君子小人。……因諫院所進文，故格近于方嚴"（沈德潛《唐宋八家文讀本》卷十）。

臣聞朋黨之說，自古有之，惟幸人君辨其君子小人而已。大凡君子與君子以同道爲朋，小人與小人以同利爲朋，此自然之理也。

然臣謂小人無朋，惟君子則有之，其故何哉？小人所好者，祿利也；所貪者，財貨也。當其同利之時，暫相黨引以爲朋者，僞也；及其見利而爭先，或利盡而交疏，則反相賊害，雖其兄弟親戚不能相保。故臣謂小人無朋，其暫爲朋者，僞也。君子則不然，所守者道義，所行者忠信，所惜者名節。以之修身，則同道而相益；以之事國，則同心而共濟，終始如一，此君子之朋也。

故爲人君者，但當退小人之僞朋，用君子之真朋，則天下治矣。堯之時，小人共工、驩兜等四人爲一朋，君子八元、八凱十六人爲一朋。舜佐堯退四凶小人之朋，而進元、凱君子之朋，堯之天下大治。及舜自爲天子，而皋、夔、稷、契等二十二人並列於朝，更相稱美，更相推讓，凡二十二人爲一朋，而舜皆用之，天下亦大治。《書》曰："紂有臣億萬，惟億萬心；周有臣三千，惟一心。"紂之時億萬人，各異心，可謂不爲朋矣，然紂以亡國。周武王之臣，三千人爲一大朋，而周用以興。後漢獻帝時，盡取天下名士囚禁之，目爲黨人。及黃巾賊起，漢室大亂，後方悔悟，盡解黨人而釋之，然已無救矣。唐之晚年，漸起朋黨之論。及昭宗時，盡殺朝之名士，或投之黃河，曰："此輩清流，可投濁流。"而唐遂亡矣。

夫前世之主，能使人人異心不爲朋，莫如紂；能禁絕善人爲朋，莫如漢獻帝；能誅戮清流之朋，莫如唐昭宗之世；然皆亂亡其國。更相稱美推讓而不自疑，莫如舜之二十二臣，舜亦不疑而皆用之，然而後世不誚舜爲二十二人朋黨所欺，而稱舜爲聰明之聖者，以辨君子與小人也。周武之世，舉其國之臣三千人共爲一朋，自古爲朋之多且大莫如周，然周用此以興者，善人雖多而不厭也。

夫興亡治亂之迹，爲人君者可以鑒矣。

《四部叢刊》本《歐陽文忠公集》卷十七

○"朋黨之說"句：《韓非子·孤憤》："朋黨比周以弊主。"《史記·蔡澤列傳》："禁朋黨以勵百姓。"王禹偁《朋黨論》："夫朋黨之來遠矣，自堯、舜時有之。"朋黨指氣味相投的人結成的集團。○共工、驩兜等四人：另二人爲三苗、鯀，爲堯時四凶。《尚書·虞書·舜典》載舜"流共工於幽州，放驩兜於崇山，竄三苗於三危，殛鯀於羽山"。驩，別本作讙。○八元、八凱：《左傳·文公十八年》："昔高陽氏有才子八人：蒼舒、隤敳、檮戭、大臨、尨降、庭堅、仲容、叔達，齊聖廣淵，明允篤誠，天下之民，謂之八愷。高辛氏有才子八人：伯奮、仲堪、叔獻、季仲、伯虎、仲熊、叔豹、季貍，忠肅共懿，宣慈惠和，天下之民，謂之八元。"元，此指善良之人；凱，此指和樂之人，別本作愷。《左傳·文公十八年》又載"舜臣堯，舉八凱，使主后土"，"舉八元，使布五教於四方"，"流四凶族"。○皋、夔、稷、契等二十二人：《尚書·虞書·舜典》載皋陶作士，夔典樂，稷主后稷，契作司徒。《史記·五帝本紀》引舜曰："嗟！女二十有二人。"裴駰《史記集解》引馬融曰："禹及垂已下，皆初命，凡六人。與上十二牧、四岳，凡二十二人。"○"《書》曰"句：《尚書·周書·泰誓上》："受（即紂王）有臣億萬，惟億萬心；予有臣三千，惟一心。"

○"後漢獻帝時"三句：實是後漢桓帝、靈帝時事，本文徵引有誤。黨錮之禍見《後漢書·黨錮列傳》載，李膺、范滂等二百餘名士被目爲黨人，在桓帝時被捕入獄，靈帝時大多死於獄中，其他各州郡的士人"死、徙、廢、禁者六七百人"。○黃巾賊起：指後漢靈帝中平元年（184）張角爲首的農民起義。○"後方悔悟"二句：亦見《後漢書·黨錮列傳》，靈帝大赦黨人一節。○"唐之晚年"二句：指唐穆宗至宣宗（821—859）年間，以牛僧孺、李宗閔爲首的官僚集團相互鬥爭，史稱牛、李黨爭。詳見《舊唐書》牛僧孺、李宗閔、李德裕三人傳記。○及昭宗時：當爲唐昭宣帝時，本文誤。詳見《新五代史·唐六臣傳》。○"或投之黃河"三句：《舊五代史·梁書·李振傳》："天祐（唐昭宣宗年號）中……（李振）乃謂太祖（梁太祖朱全忠）曰：'此輩自謂清流，宜投於黃河，永爲濁流。'太祖笑而從之。"○唐遂亡矣：天祐四年（907）四月，昭宣帝被迫讓位於朱全忠，唐亡。

縱囚論

【題解】　"怨女三千放出宮，死囚四百來歸獄"（白居易《七德舞》），是唐太宗的兩件盛德之舉，爲唐以來士人稱頌不已。歐陽修則對後一件事提出疑問，識見高卓，立論新穎，而且論證嚴密周到，曲盡人情。浦起龍《古文眉詮》卷五十八論此文："前路逼出'人情'二字，中間駁去恩德速化之說，後乃勒轉治法本乎人情作斷案。筆筆絜緊，要其後放闊，說本情以伸常法也。"

信義行於君子，而刑戮施於小人。刑入於死者，乃罪大惡極，此又小人之尤甚者也；寧以義死，不苟幸生，而視死如歸，此又君子之尤難者也。

方唐太宗之六年，錄大辟囚三百餘人，縱使還家，約其自歸以就死，是以君子之難能，期小人之尤者以必能也；其囚及期而卒自歸，無後者，是君子之所難，而小人之所易也。

此豈近於人情？或曰：罪大惡極，誠小人矣，及施恩德以臨之，可使變而爲君子。蓋恩德入人之深而移人之速，有如是者矣。

曰：太宗之爲此，所以求此名也。然安知夫縱之去也，不意其必來以冀免，所以縱之乎？又安知夫被縱而去也，不意其自歸而必獲免，所以復來乎？夫意其必來而縱之，是上賊下之情也；意其必免而復來，是下賊上之心也。吾見上下交相賊以成此名也，烏有所謂施恩德與夫知信義者哉！不然，太宗施德於天下，於茲六年矣，不能使小人不爲極惡大罪；而一日之恩，能使視死如歸而存信義，此又不通之論也。

然則何爲而可？曰：縱而來歸，殺之無赦，而又縱之又來，則可知爲恩德之致爾。然此必無之事也。若夫縱而來歸而赦之，可偶一爲之爾。若屢爲之，則殺人者皆不死，是可爲天下之常法乎？不可爲常者，其聖人之法乎？是以堯、舜、三王之治，必本於人情，不立異以爲高，不逆情以干譽。

《四部叢刊》本《歐陽文忠公集》卷十八

○唐太宗之六年：即貞觀六年（632）。《舊唐書·太宗本紀》："（六年）十二月辛未，親錄囚徒，歸死罪者二百九十人於家，令明年秋末就刑。其後應期畢至，詔悉原之。"○大辟：《尚書·呂刑》："大辟疑赦，其罰千鍰。"孔穎達疏："《釋詁》云：辟，罪也。死是罪之大者，故謂死刑爲大辟。"○下賊上：揚雄《法言·先知》："君子爲國，張其綱紀，議其教化。導之以仁，則下不相賊。"○常法：《韓非子·飾邪》："家有常業，雖饑不餓；國有常法，雖危不亡。"○堯舜：《易·繫辭下》："黃帝、堯、舜，垂衣裳而天下治。"《禮記·大學》："堯舜率天下以仁，而民從之。"○三王：《孟子·告子下》："五霸者，三王之罪人也。"趙岐注："三王，夏禹、商湯、周文王是也。"○本於人情：《禮記·大傳》："聖人南面而治天下，必自人道始矣。"人情同人道。

釋秘演詩集序

【題解】《古文觀止》卷九："寫秘演絕不似釋氏行藏，序秘演詩亦絕不作詩序套格。祗就生平始終盛衰叙次，而以曼卿夾入寫照，並插入自己。結處說曼卿死，秘演無所向；秘演行，歐公悲其衰，寫出三人真知己。"歐陽修作爲文壇盟主，一生爲不少詩集、文集作序，而此序尤爲人稱道。作於慶曆二年（1042），歐陽修通判滑州時。

予少以進士游京師，因得盡交當世之賢豪。然猶以謂國家臣一四海，休兵革，養息天下以無事者四十年，而智謀雄偉非常之士，無所用其能者，往往伏而不出，山林屠販，必有老死而世莫見者，欲從而求之不可得。

其後得吾亡友石曼卿。曼卿爲人，廓然有大志，時人不能用其材，曼卿亦不屈以求合。無所放其意，則往往從布衣野老酣嬉淋漓，顛倒而不厭。予疑所謂伏而不見者，庶幾狎而得之，故嘗喜從曼卿游，欲因以陰求天下奇士。浮屠秘演者，與曼卿交最久，亦能遺外世俗，以氣節相高。二人懽然無所間，曼卿隱於酒，秘演隱於浮屠，皆奇男子也。然喜爲歌詩以自娛，當其極飲大醉，歌吟笑呼，以適天下之樂，何其壯也！一時賢士，皆願從其游，予亦時至其室。十年之間，秘演北渡河，東之濟、鄆，無所合，困而歸。曼卿已死，秘演亦老病。嗟夫！二人者，予乃見其盛衰，則予亦將老矣。

夫曼卿詩辭清絕，尤稱秘演之作，以爲雅健有詩人之意。秘演狀貌雄傑，其胸中浩然，既習於佛，無所用，獨其詩可行於世。而懶不自惜，已老，胠其囊，尚得三四百篇，皆可喜者。曼卿死，秘演漠然無所向，聞東南多山水，其巔崖崛岪，江濤洶湧，甚可壯也，遂欲往游焉。足以知其老而志在也。於其將行，爲叙其詩，因道其盛時，以悲其衰。

慶曆二年十二月二十八日，廬陵歐陽修序。

《四部叢刊》本《歐陽文忠公集》卷四一

○秘演：山東人，《宋史·藝文志》載"《僧秘演詩集》二卷"。○少以進士游京師：歐陽修仁宗天聖八年（1030）舉進士，時年二十四。○"國家臣一四海"三句：由天聖八年上溯四十年，即宋太宗淳化初（990），時北漢已平，李繼遷以銀州內附，國家太平興盛。○石曼卿：名延年（994—1041），先世爲幽州人，後徙宋州宋城（今河南商丘），爲文勁健，尤工詩，累舉進士不中，喜劇飲。詳參歐陽修《石曼卿墓表》、《祭石曼卿文》。○濟：濟州，治所在今山東鉅野縣南。鄆：鄆州，治所在今山東東平縣。濟州、鄆州皆屬京東路。○曼卿已死：歐陽修《石曼卿墓表》："康定二年二月四日，以太子中允、秘閣校理卒於京師。"○予亦將老矣：歐陽修時年三十六。

秋聲賦

【題解】"秋聲，無形者也，卻寫得形色宛然，變態百出。末歸於人之憂勞自少至老，猶物之受變自春而秋，凜乎悲秋之意溢於言表。"（《古文觀止》卷十）本文作於宋仁宗嘉祐四年（1059），歐陽修五十三歲。爲宋代文賦典範之作。

歐陽子方夜讀書，聞有聲自西南來者，悚然而聽之，曰："異哉！"初淅瀝以蕭颯，忽奔騰而砰湃，如波濤夜驚，風雨驟至。其觸於物也，鏦鏦錚錚，金鐵皆鳴；又如赴敵之兵，銜枚疾走，不聞號令，但聞人馬之行聲。余謂童子："此何聲也？汝出視之。"童子曰："星月皎潔，明河在天，四無人聲，聲在樹間。"

余曰："噫嘻悲哉！此秋聲也，胡爲而來哉？蓋夫秋之爲狀也，其色慘澹，煙霏雲斂；其容清明，天高日晶；其氣慄冽，砭人肌骨；其意蕭條，山川寂寥。故其爲聲也，淒淒切切，呼號憤發。豐草綠縟而爭茂，佳木葱籠而可悅，草拂之而色變，木遭之而葉脫，其所以摧敗零落者，乃其一氣之餘烈。

"夫秋,刑官也,於時爲陰;又兵象也,於行用金。是謂天地之義氣,常以肅殺而爲心。天之於物,春生秋實,故其在樂也,商聲主西方之音,夷則爲七月之律。商,傷也,物既老而悲傷;夷,戮也,物過盛而當殺。

"嗟乎!草木無情,有時飄零,人爲動物,惟物之靈,百憂感其心,萬事勞其形,有動於中,必搖其精,而況思其力之所不及,憂其智之所不能?宜其渥然丹者爲槁木,黟然黑者爲星星。奈何以非金石之質,欲與草木而爭榮?念誰爲之戕賊,亦何恨乎秋聲!"

童子莫對,垂頭而睡。但聞四壁蟲聲唧唧,如助余之歎息。

《四部叢刊》本《歐陽文忠公集》卷十五

○鏦鏦錚錚:金屬相擊聲。○煙霏雲斂:煙雲密集。霏,雪、雨、雲、煙氣很盛的樣子,《詩經·邶風·北風》:"雨雪其霏。"斂,聚。○夫秋,刑官也:古代以天地四時命六卿,秋官爲司寇,掌管刑法、獄訟(見《周禮·秋官司寇》)。審決死罪人犯也在秋天(見《禮記·月令》)。○於時爲陰:《漢書·律曆志上》:"春爲陽中,萬物以生;秋爲陰中,萬物以成。"時,時令。古人以春夏屬陽,秋冬屬陰。○兵象:用兵的景象或象徵。古代征伐,多在秋天,因戰爭是肅殺之事。《漢書·刑法志》:"秋治兵以獮。"顏師古注:"獮:應殺氣也。"○於行用金:在五行中屬金。《漢書·五行志上》:"金,西方,萬物既成,殺氣之始也。"○"是謂天地之義氣"二句:《禮記·鄉飲酒義》:"天地嚴凝之氣,始於西南,而盛於西北,此天地之尊嚴氣也,此天地之義氣也。"○商聲主西方之音:古人以五音(宮、商、角、徵、羽)配四季,商配秋。見《禮記·月令》。○夷則爲七月之律:古人把十二律配十二個月,夷則正好配七月。十二律是十二個高低不同的標準音,依次是黃鐘(十一月)、大呂(十二月)、太簇(正月)、夾鐘(二月)、姑洗(三月)、中呂(四月)、蕤賓(五月)、林鐘(六月)、夷則(七月)、南呂(八月)、無射(九月)、應鐘(十月)。詳見《禮記·月令》。《史記·律書》："七月也，律中夷則。夷則，言陰氣之賊萬物也。"○感：通"撼"，搖動。○必搖其精：《莊子·在宥》："必靜必清，無勞女形，無搖女精，乃可以長生。"○渥然丹者：指容顏紅潤。《詩經·秦風·終南》："顏如渥丹。"○黟然黑者：指頭髮烏黑。星星：指頭髮斑白。謝靈運《游南亭》："戚戚感物歎，星星白髮垂。"○戕賊：摧殘。

豐樂亭記

【題解】 此記與《醉翁亭記》作於同年同地，但寫法不同。"豐樂者，同民也，故處處融合滁人；醉翁者，寫心也，故處處歸攝太守。一地一官，兩亭兩記，各呈意象，分闢畦塍。"（浦起龍《古文眉詮》卷五十九）此記撫今思昔，以滁州風俗之美、豐年之樂，歸功於太祖治平天下。中間一段尤爲人稱道。《輿地紀勝》卷四二："豐樂亭在幽谷寺。慶曆中，太守歐陽修建。"

修既治滁之明年夏，始飲滁水而甘，問諸滁人，得於州南百步之近。其上豐山，聳然而特立；下則幽谷，窈然而深藏；中有清泉，滃然而仰出。俯仰左右，顧而樂之。於是疏泉鑿石，闢地以爲亭，而與滁人往游其間。

滁於五代干戈之際，用武之地也。昔太祖皇帝，嘗以周師破李景兵十五萬於清流山下，生擒其將皇甫暉、姚鳳於滁東門之外，遂以平滁。修嘗考其山川，按其圖記，升高以望清流之關，欲求暉、鳳就擒之所，而故老皆無在者。蓋天下之平久矣。自唐失其政，海內分裂，豪傑並起而爭，所在爲敵國者，何可勝數？及宋受天命，聖人出而四海一，嚮之憑恃險阻，剗削消磨，百年之間，漠然徒見山高而水清。欲問其事，而遺老盡矣。今滁介於江淮之間，舟車商賈四方賓客之所不至。民生不見外事，而安於畎畝衣食，以樂生送死。而孰知上之功德，休養生息、涵煦百年之深也。

修之來此，樂其地僻而事簡，又愛其俗之安閑。既得斯泉於山谷之間，乃日與滁人仰而望山，俯而聽泉，掇幽芳而蔭喬木。風霜冰雪，刻露清秀，四時之景，無不可愛。又幸其民樂其歲物之豐成，而喜與予游也，因爲本其山川，道其風俗之美，使民知所以安此豐年之樂者，幸生無事之時也。夫宣上恩德，以與民共樂，刺史之事也。遂書以名其亭焉。

慶曆丙戌六月日，右正言、知制誥、知滁州軍州事歐陽修記。

《四部叢刊》本《歐陽文忠公集》卷三九

〇修既治滁之明年：歐陽修慶曆五年（1045）知滁州，十月至郡，明年即慶曆六年。滁，滁州，治清流縣（今屬安徽）。〇豐山：《輿地紀勝》卷四二："滁州豐山在清流縣西南五里，上有漢高帝廟。"〇"滁於五代干戈之際"二句：《輿地紀勝》卷四二："滁州，五代僞吳楊氏據有其地，南唐繼之，周世宗征淮，地入於周。"《晉書·譙王承傳》："帝謂承曰：湘州南楚險固，是用武之國也。"〇"太祖皇帝"三句：《宋史·太祖紀》："太祖皇帝諱匡胤，姓趙氏，涿郡人也。……世宗三年春，從征淮南，南唐節度皇甫暉、姚鳳衆號十五萬，塞清流關，擊走之。"《舊五代史·周書·世宗紀》："顯德三年二月壬申，今上奏破淮賊五千人於清流山。"兵數不同。《輿地紀勝》卷四二："清流關，在清流縣西南二十餘里"。《資治通鑑》卷二九二《後周紀》三："世宗顯德三年……暉整衆而出，太祖擁馬頸突陣而入，手劍擊暉，中腦，生擒之，並擒姚鳳，遂克滁州。"〇休養生息：韓愈《平淮西碑》："高祖、太宗，既除既治；高宗、中、睿，休養生息。"〇涵煦：張說《大唐祀封禪頌》："菌蠢滋育，氤氳涵煦，若天地之覆載，日月之照臨。"〇丙戌：慶曆六年（1046）。

送徐無黨南歸序

【題解】《古文辭類纂·目錄》："贈序類者，老子曰：'君子贈人以言。'……所以致敬愛、陳忠告之誼也。"此篇贈序即向後學晚輩"陳忠告",情深意切,言施事、修身重於立言,尤以修身爲重。立意雖不出儒家學說,但自"不朽"與"朽"入手,極爲懇切動人,透徹而不腐。作於至和二年(1055)。

草木鳥獸之爲物,衆人之爲人,其爲生雖異,而爲死則同,一歸於腐壞、漸盡、泯滅而已。而衆人之中有聖賢者,固亦生且死於其間,而獨異於草木鳥獸衆人者,雖死而不朽,逾遠而彌存也。其所以爲聖賢者,修之於身,施之於事,見之於言,是三者,所以能不朽而存也。修於身者,無所不獲;施於事者,有得有不得焉;其見於言者,則又有能有不能也。施於事矣,不見於言,可也。自《詩》、《書》、《史記》所傳,其人豈必皆能言之士哉?修於身矣而不施於事、不見於言亦可也。孔子弟子有能政事者矣,有能言語者矣,若顏回者,在陋巷、曲肱飢臥而已,其群居,則默然終日如愚人,然自當時群弟子皆推尊之,以爲不敢望而及,而後世更百千歲亦未有能及之者,其不朽而存者,固不待施於事,況於言乎!

予讀班固《藝文志》、唐四庫書目,見其所列自三代秦漢以來著書之士,多者至百餘篇,少者猶三四十篇,其人不可勝數,而散亡磨滅百不一二存焉。予竊悲其人文章麗矣,言語工矣,無異草木榮華之飄風、鳥獸好音之過耳也。方其用心與力之勞,亦何異衆人之汲汲營營,而忽焉以死者?雖有遲有速,而卒與三者同歸於泯滅。夫言之不可恃也蓋如此。今之學者,莫不慕古聖賢之不朽,而勤一世以盡心於文字間者,皆可悲也。

東陽徐生,少從予學,爲文章稍稍見稱於人,既去而與群士試於禮部,得高第,由是知名,其文辭日進,如水湧而山出。予欲摧其盛氣而勉其思也,故於其歸,告以是言。然予固亦喜爲文辭者,亦因以自警焉。

《四部叢刊》本《歐陽文忠公集》卷四三

○"修之於身"三句:意出《左傳·襄公二十四年》:"太上有立德,其次有立功,其次有立言,雖久不廢,此之謂不朽。"○"孔子弟子"二句:《論語·先進》:"德行:顏淵、閔子騫、冉伯牛、仲弓。言語:宰我、子貢。政事：冉有、季路。文學：子游、子夏。"邢昺疏："夫子門徒三千，達者七十有二，而此四科惟舉十人者，但言其翹楚者耳。"○"若顔回"六句：《論語·雍也》："子曰：賢哉回也！一簞食，一瓢飲，在陋巷，人不堪其憂，回也不改其樂。"《論語·述而》："子曰：飯疏食，飲水，曲肱而枕之，樂亦在其中矣。"《論語·爲政》："子曰：吾與回言終日，不違如愚。"《論語·公冶長》："（子貢曰）賜也何敢望回。"○班固《藝文志》：指《漢書·藝文志》。○唐四庫書目：《新唐書·藝文志一》："兩都各聚書四部，以甲、乙、丙、丁爲次，列經、史、子、集四庫。"西晉荀勗將群書分爲甲、乙、丙、丁四部，東晉李充加以調整，隋唐以後沿用此種分法，稱爲經、史、子、集。○東陽：宋東陽郡即婺州，治金華縣。○試於禮部：唐進士考試原由吏部考功員外郎主持，唐玄宗開元二十四年（736）改由尚書省的禮部侍郎主持，故稱禮部試，又通稱省試。後代科舉遂爲禮部專職，宋以後稱在京舉行的會試爲禮部試，也稱禮闈。禮部試中文字好者名列高等。

瀧岡阡表

【題解】 阡表一般請人代作，與墓誌銘同用於葬。歐陽修自爲其父作阡表，精心創製，反復修改，而成此稿於其父下葬之六十年後，使之成爲歐陽修晚年代表作。首段記其母言以叙其父生平爲人，所記不過一二事，而其父之仁心惠政、孝順廉潔可俱見，因其記母言，親切如話家常，並見其母之賢良。末段詳叙歷官贈封，雖枯燥，但"句句歸美先德，且以自己功名，皆本於父母之垂裕，深得立言之體"（林雲銘《古文析義》卷十四），且與首段"有待"呼應，不可刪削。

嗚呼！惟我皇考崇公卜吉於瀧岡之六十年，其子修始克表於其阡。非敢緩也，蓋有待也。

修不幸，生四歲而孤，太夫人守節自誓，居窮，自力於衣食，以長以教，俾至於成人。太夫人告之曰："汝父爲吏，廉而好施與，喜賓客，其俸祿雖薄，常不使有餘，曰：'毋以是爲我累。'故其亡也，無一瓦之覆，一壟之植，以庇而爲生。吾何恃而能自守邪？吾於汝父，知其一二，以有待於汝也。自吾爲汝家婦，不及事吾姑，然知汝父之能養也；汝孤而幼，吾不能知汝之必有立，然知汝父之必將有後也。吾之始歸也，汝父免於母喪方逾年，歲時祭祀，則必涕泣曰：'祭而豐，不如養之薄也。'間御酒食，則又涕泣曰：'昔常不足，而今有餘，其何及也？'吾始一二見之，以爲新免於喪，適然耳。既而其後常然，至其終身未嘗不然。吾雖不及事姑，而以此知汝父之能養也。汝父爲吏，嘗夜燭治官書，屢廢而歎，吾問之，則曰：'此死獄也，我求其生不得爾。'吾曰：'生可求乎？'曰：'求其生而不得，則死者與我皆無恨也。矧求而有得邪？以其有得，則知不求而死者有恨也。夫常求其生，猶失之死，而世常求其死也。'回顧乳者劍汝而立於旁，因指而歎曰：'術者謂我歲行在戌將死，使其言然，吾不及見兒之立也。後當以我語告之。'其平居教他子弟，常用此語，吾耳熟焉，故能詳也。其施於外事，吾不能知。其居於家，無所矜飾，而所爲如此。是真發於中者邪！嗚呼！其心厚於仁者邪！此吾知汝父之必將有後也。汝其勉之！夫養不必豐，要於孝；利雖不得博於物，要其心之厚於仁。吾不能教汝，此汝父之志也。"修泣而志之，不敢忘。

　　先公少孤力學，咸平三年進士及第，爲道州判官，泗、綿二州推官，又爲泰州判官，享年五十有九，葬沙溪之瀧岡。太夫人姓鄭氏，考諱德儀，世爲江南名族。太夫人恭儉仁愛而有禮，初封福昌縣太君，進封樂安、安康、彭城三郡太君。自其家少微時，治其家以儉約，其後常不使過之，曰："吾兒不能苟合於世，儉薄所以居患難也。"其後修貶夷陵，太夫人言笑自若，曰："汝家故貧賤也，吾處之有素矣。汝能安之，吾亦安矣。"

　　自先公之亡二十年，修始得祿而養。又十有二年，列官於朝，始得贈封其親。又十年，修爲龍圖閣直學士、尚書吏部郎中、留守南京，太夫人以疾終於官舍，享年七十有二。又八年，修以非才入副樞密，遂參政事。又七年而罷。自登二府，天子推恩，襃其三世，故自嘉祐以來，逢國大慶，必加寵錫。皇曾祖府君，累贈金紫光禄大夫、太師、中書令，曾祖妣累封楚國太夫人。皇祖府君累贈金紫光禄大夫、太師、中書令兼尚書令，祖妣累封吳國太夫人。皇考崇公累贈金紫光禄大夫、太師、中書令兼尚書令，皇妣累封越國太夫人。今上初郊，皇考賜爵爲崇國公，太夫人進號魏國。

於是小子修泣而言曰："嗚呼！爲善無不報，而遲速有時，此理之常也。惟我祖考，積善成德，宜享其隆。雖不克有於其躬，而賜爵受封，顯榮襃大，實有三朝之錫命，是足以表見於後世，而庇賴其子孫矣。"乃列其世譜，具刻於碑。既又載我皇考崇公之遺訓，太夫人之所以教而有待於修者，並揭於阡。俾知夫小子修之德薄能鮮，遭時竊位，而幸全大節，不辱其先者，其來有自。

熙寧三年，歲次庚戌，四月辛酉朔十有五日乙亥，男推誠保德崇仁翊戴功臣、觀文殿學士、特進行兵部尚書、知青州軍州事兼管內勸農使、充京東東路安撫使、上柱國、樂安郡開國公、食邑四千三百戶、食實封一千二百戶修表。

《四部叢刊》本《歐陽文忠公集》卷二五

○皇考：《禮記·曲禮下》："（祭）父曰皇考"，"生曰父"，"死曰考"。崇公：歐陽修父名觀，字仲賓，死後追封爲崇國公。○卜吉：占卜吉地。歐陽觀卒於大中祥符三年（1010），次年葬於吉州吉水縣之瀧岡，距修作阡表之熙寧三年（1070），時隔整六十年。○表於其阡：立表於其墓道。○太夫人：歐陽修母親鄭氏。○能養：謂能盡孝道。《禮記·祭義》："曾子曰：'孝有三：大孝尊親，其次弗辱，其下能養。'"○免於母喪：守母喪三年期滿，除去喪服。○適然：偶然。與下文"常然"、"未嘗不然"相呼應。○燭治官書：秉燭處理官方文書（刑獄方面的案卷）。○求其生不得：指無法減免其死刑。《漢書·刑法志》引孔子曰："今之聽獄者，求所以殺之；古之聽獄者，求所以生之。"○劍：（把幼兒）斜抱在脅下。《禮記·曲禮上》："負劍辟咡詔之。"鄭玄注"劍，謂挾之於旁"。一作抱。○歲行在戌：歲星即木星，行經戌位，爲戌年，歐陽觀卒年爲庚戌。古人以歲星紀年，認爲歲星由西向東十二年繞天一周，每年行經一個星次，每個星次又用十二支中一支標明，如行在戌位，即在降婁星次。○咸平三年：宋真宗咸平三年（1000）。○道州：唐置，治所在今湖南省道縣。○判官：州郡長官僚屬，從七品，主管文書。○泗：泗州，唐置，治所在今安徽泗縣。○綿：綿州，隋置，治所在今四川綿陽。○推官：與判官同爲州郡長官的僚屬，主管司法事務。○泰州：漢置海陵縣，南唐改爲泰州，治所在今江蘇。○沙溪：在今江西永豐縣南鳳凰山北。○福昌：今河南省宜陽縣。○太君：古代官員母親的封號。《宋史·職官志十》載文武群臣之母可封國太夫人、郡太君、縣太君，視臣之官階而封。○樂安：郡治在今山東省博興縣。○安康：郡治在今陝西省石泉縣。○彭城：郡治在今江蘇省徐州市。○夷陵：縣治在今湖北省宜昌市東南。歐陽修景祐三年（1036）貶居於此。○"自先公之亡二十年"二句：宋仁宗天聖八年（1030），歐陽修進士及第，授將仕郎，試秘書省校書郎，充西京留守推官。關於歐之生平詳參《廬陵歐陽文忠公年譜》。○"又十有二年"三句：宋仁宗康定元年（1040），歐陽修被召還京，復任館閣校勘，後轉太子中允。慶曆元年（1041），仁宗祀南郊，加恩百官，歐陽修由太常博士加騎都尉，改集賢校理，贈封其親，當在此年。○又十年：宋仁宗皇祐二年（1050）。○龍圖閣：宋朝藏圖書典籍的館閣之一。有學士、直學士、待制、直閣等官。直學士，位在學士之下。○吏部：屬尚書省，掌管全國官吏任免、考課、升降、調動等事務。設郎中四人分掌各司之職。○留守南京：宋西京、南京、北京各置留守一人，以知府兼任。南京爲應天府，治所在今河南商丘。歐陽修於皇祐元年（1049），以龍圖閣直學士知潁州，次年改知應天府兼南京留守司事，轉吏部郎中，加輕車都尉。○太夫人以疾終於官舍：修母卒於皇祐四年（1052）。○又八年：宋仁宗嘉祐五年（1060）。○副樞密：即樞密副使。宋樞密院掌軍國機務、兵防邊備、軍馬等事，其長官爲樞密使，副長官爲樞密副使或同知樞密院事等。○參政事：即參知政事，副宰相。歐陽修嘉祐六年（1061）轉戶部侍郎，拜參知政事。○又七年而罷：宋英宗治平四年（1067）歐罷免參知政事。○二府：樞密院、中書省分掌國家軍事、政事，並稱二府。○推恩：推廣封贈，以示恩典。○褒其三世：封贈其曾祖、祖、父母三代。○加寵錫：加恩賜。○府君：子孫對其先世的尊稱。○金紫光祿大夫：宋朝光祿大夫爲散官，加金章紫綬者爲金紫光祿大夫，爲正三品文階官。○太師：三師（三公）之一，宋爲贈官，一般贈予開國元勳或累朝元老。○中書令：中書省長官，宋爲贈官。○尚書令：尚書省長官，宋爲贈官，無職掌。○今上：指宋神宗。○郊：祭天。宋神宗初郊爲熙寧元年（1068）十一月丁亥日。○不克有於其躬：不能親身享受。○三朝：指宋仁、英、神宗三朝。○揭：發表、公布。○四月辛酉朔：陰曆四月初一，此日干支爲辛酉。在月下繫以朔日的干支是漢以來墓碑的通例。○"男推誠保德崇仁翊戴功臣"句：歐陽修嘉祐元年（1056）進封樂安郡開國侯，嘉祐六年進封開國公。治平二年（1065）加上柱國，四年進階特進，除觀文殿學士，改賜推誠保德崇仁翊戴功臣。熙寧元年（1068）轉兵部尚書，改知青州軍州事，兼管內勸農使，充京東東路安撫使。○食邑：食其封邑之租稅。○食實封：實封的食邑。宋食邑自二百戶至一萬戶，食實封自一百戶至一千戶，有時可以特加（參《宋史·職官志》八）。

輯　錄

◎蘇洵《嘉祐集》卷十一《上歐陽內翰第一書》：執事之文章，天下之人莫不知之，然竊自以爲洵之知之特深，愈於天下之人。何者？孟子之文，語約而意盡，不爲巉刻斬絕之言，而其鋒不可犯。韓子之文，如長江大河，渾浩流轉，魚黿蛟龍，萬怪惶惑，而抑遏蔽掩，不使自露，而人望見其淵然之光，蒼然之色，亦自畏避，不敢迫視。執事之文，紆餘委備，往復百折，而條達疏暢，無所間斷；氣盡語極，急言竭論，而容與閑易，無艱難勞苦之態。此三者，皆斷然自爲一家之文也。惟李翱之文，其味黯然而長，其光油然而幽，俯仰揖讓，有執事之態；陸贄之文，遣言措意，切近的當，有執事之實。而執事之才，又自有過人者。蓋執事之文，非孟子、韓子之文，而歐陽子之文也。

◎蘇軾《蘇文忠公全集》卷一〇《居士集叙》：宋興七十餘年，民不知兵，富而教之，至天聖、景祐極矣，而斯文終有愧於古，士亦因陋守舊，論卑而氣弱。自歐陽子出，天下爭自濯磨，以通經學古爲高，以救時行道爲賢，以犯顏納諫爲忠。至嘉祐末，號稱多士，歐陽子之功爲多。……歐陽子論大道似韓愈，論事似陸贄，記事似司馬遷，詩賦似李白。此非余言也，天下之言也。

◎陳亮《龍川文集》卷二三《歐陽文忠公文粹後叙》：公之文雍容典雅，紆徐寬平，反復以達其意，無復毫髮之遺，而其味常深長於意言之外，使人讀之藹然，足以得祖宗致治之盛。其關世教，豈不大哉！

◎王構《修辭鑒衡》卷二《歐陽公文》：歐公每爲文，既成必自竄易，至有不留本初一字者。其爲文章，則書而傅之屋壁，出入觀省之。至於尺牘單簡，亦必立稿，其精審如此！每一篇出，士大夫皆傳寫諷誦，惟睹其渾然天成，莫究斧鑿之痕也。

◎王世貞《讀書後》卷三《書歐陽文後》：歐陽之文雅渾不及韓，奇峻不及柳，而雅靚亦自勝之。記序之辭紆徐曲折，碑誌之辭整暇流動。而間於過折處或少力，結束處或無歸者，然如此十不一二也。獨不能工銘詩，易於造語，率於押韻，要不如韓之變化奇崛。他文亦有迂遠而不切，太淡而無味者。

◎茅坤《茅鹿門集·歐陽文忠公文鈔序》：予覽其所序次當時將相、學士大夫墓誌碑表，與《五代史》所爲梁、唐二紀及他名臣雜傳，蓋與太史公略相上下者。……又如奏疏札子，善爲開陳，分別利害，一切感悟主上，於漢可方晁錯、賈誼，於唐可方魏徵、陸贄。……序記書論，雖多得之昌黎，而其恣態橫生，別爲韻折，令人讀之一唱三歎，餘音不絕。

◎劉熙載《藝概》卷一《文概》：太史公文，韓得其雄，歐得其逸。雄者善用直捷，故發端便見出奇；逸者善用紆徐，故引緒乃覘入妙。

◎林紓《春覺齋論文》：須知歐、曾之文，心平氣和，有類於庸，實則非庸。斂其圭角，不使槎枒於外；蓄理在中，耐人尋味。蓋幾經烹煉，幾經洗伐，始得此不可移易之言、不矜怪異之語。乍讀之似庸，味之既久，又覺其不如是說，便不成文理。知此，足悟庸中之非庸者矣。

◎呂祖謙《古文關鍵》卷上：(《朋黨論》)議論出人意表，大凡作文妙處須出意外。

◎呂葆中《唐宋八家古文精選》：(《縱囚論》)從不近人情意說入，而以"求此名"一語爲破的。篇中窮人情，究事理，幾於隻字不可移易。

◎樓昉《崇古文訣》卷十八：(《秋聲賦》)模寫之工，轉折之妙，悲壯頓挫，無一字塵涴。

◎歸有光《歐陽文忠公文選》卷六：(《送徐無黨南歸序》)"三不朽"最是常論，卻發得如此濃至，可知文字新陳無常，惟人是運。

◎姚鼐《古文辭類纂》卷八《釋秘演詩集序》諸家彙評：方望溪曰："古之能於文事者，必絕依傍。韓子《贈浮圖文暢序》以儒者之道開之，《贈高閑上人序》以草書起義，而亦微寓鍼石之意。若更襲之，覽者惟恐臥矣。故歐公別出義意，而以交情離合纓絡其間，所謂各據勝地也。"劉海峰曰："歐公詩文集序，當以秘演、江鄰幾爲第一，而惟儼、蘇子美次之。"

◎《朱子語類》卷一三九《論文》上：陳同父好讀六一文，嘗編百十篇作一集，今刊行。《豐樂亭記》是六一文之最佳者，卻編在《拾遺》。

◎過珙《古文評注》卷八：(《瀧岡阡表》)以"有待"句爲主，卻將"能養"、"有後"兩段實發"有待"意，逐層相生，逐層結應，篇法累累如貫珠。其文情懇摯纏綿，讀之真覺言有盡而意無窮。

參考書目

《歐陽文忠公集》，歐陽修撰，《四部叢刊》本。

《歐陽修選集》，陳新、杜維沫選注，上海古籍出版社1986年版。

《歐陽修資料彙編》，洪本健編，中華書局1995年版。

思考題

1. 歐陽修嘉祐二年知貢舉時痛抑的是西崑體還是太學體？這一事件對宋文發展起到了什麼作用？

2. 歐陽修領導的古文運動與唐代古文運動有哪些相同與不同？

3. 比較歐陽修的《秋聲賦》與宋祁的《右史院蒲桃賦》，說明歐陽修對賦體的改造。

4. 比較歐陽修的《先君墓表》和《瀧岡阡表》，從中得到什麼啓發？

第四節　北宋中期古文

王安石（1021—1086）

《宋史·王安石傳》：王安石，字介甫，撫州臨川人。少好讀書，一過目終身不忘，其屬文動筆如飛。擢進士上第，簽書淮南判官，再調知鄞縣。通判舒州，知常州。移提點江東刑獄，入爲度支判官。議論高奇，能以辨博濟其說，果於自用，慨然有矯世變俗之志，上萬言書。俄直集賢院、知制誥，糾察在京刑獄。以母憂去，終英宗世，召不赴。神宗即位，命知江寧府，數月，召爲翰林學士兼侍講。熙寧元年四月，始造朝。二年二月，拜參知政事，立意變風俗、立法度。因新法而令天下騷然，中外大臣、從官、臺諫、朝士交相論議。三年十二月，拜同中書門下平章事。七年春，罷爲觀文殿大學士、知江寧府。八年二月，復拜相，歲餘罷，判江寧府。明年，改集禧觀使，封舒國公。元豐二年，復拜左僕射、觀文殿大學士。換特進，改封荆。哲宗立，加司空。元祐元年，卒，贈太傅。性強忮，遇事無可否，自信所見，執意不回。至議變法，而在廷交執不可，安石傳經義，出己意，辯論輒數百言，衆不能詘，甚者謂"天變不足畏，祖宗不足法，人言不足恤"。

讀孟嘗君傳

【題解】王安石讀《史記·孟嘗君列傳》有感而作此文。感想迥不猶人，而用筆之嚴緊、轉折之有力、思路之多變也非常人可比。

世皆稱孟嘗君能得士，士以故歸之，而卒賴其力以脫於虎豹之秦。嗟乎！孟嘗君特雞鳴狗盜之雄耳，豈足以言得士？不然，擅齊之强，得一士焉，宜可以南面而制秦，尚何取雞鳴狗盜之力哉！夫雞鳴狗盜之出其門，此士之所以不至也。

《四部叢刊》本《臨川先生文集》卷七一

○孟嘗君傳：指《史記·孟嘗君列傳》。孟嘗君，即田文，戰國時齊公子，封於薛（今山東滕縣南），當時與趙平原君、楚春申君、魏信陵君，皆以好養士得名，被稱作戰國四公子。○士以故歸之：《史記·孟嘗君列傳》："食客數千人，無貴賤一與文等。孟嘗君待客坐語，而屏風後常有侍史，主記君所與客語，問親戚居處。客去，孟嘗君已使使存問，獻遺其親戚。孟嘗君曾待客夜食，有一人蔽火光。客怒，以飯不等，輟食辭去。孟嘗君起，自持其飯比之。客慚，自剄。士以此多歸孟嘗君。"○"卒賴其力"句：《史記·孟嘗君列傳》："秦昭王……以孟嘗君爲秦相。人或說秦昭王曰：'孟嘗君賢，而又齊族也，今相秦，必先齊而後秦，秦其危矣。'於是秦昭王乃止。囚孟嘗君，謀欲殺之。孟嘗君使人抵昭王幸姬求解。幸姬曰：'妾願得君狐白裘。'此時孟嘗君有一狐白裘，直千金，天下無雙，入秦，獻之昭王，更無他裘。孟嘗君患之……最下坐有能爲狗盜者曰：'臣能得狐白裘。'乃夜爲狗以入秦宫臧中，取所獻狐白裘至，以獻秦王幸姬。幸姬爲言昭王，昭王釋孟嘗君。孟嘗君得出，即馳去。……秦昭王後悔出孟嘗君，求之，已去，即使人馳傳逐之。孟嘗君至關，關法：雞鳴而出客。孟嘗君恐追至，客之居下坐者有能爲雞鳴，而雞盡鳴，遂發傳出。……始孟嘗君列此二人於賓客，賓客盡羞之。……自是之後，客皆服。"

答司馬諫議書

【題解】 熙寧三年（1070）二月二十七日，右諫議大夫司馬光寫信給王安石，對王安石的新法提出嚴厲批評，原信長達三千餘字，王安石以此信作答復。王安石首先將司馬光的意見概括成五點，然後扼要、精闢地逐層駁斥，簡潔嚴明，無一枝辭贅字，末一節又能以退爲進，婉轉而淩厲，是極好的駁論文字。

某啓：昨日蒙教，竊以爲與君實游處相好之日久，而議事每不合，所操之術多異故也。雖欲強聒，終必不蒙見察，故略上報，不復一一自辨。重念蒙君實視遇厚，於反覆不宜鹵莽，故今具道所以，冀君實或見恕也。

蓋儒者所爭，尤在於名實，名實已明，而天下之理得矣。今君實所以見教者，以爲侵官、生事、徵利、拒諫，以致天下怨謗也。某則以謂受命於人主，議法度而修之於朝廷，以授之於有司，不爲侵官；舉先王之政，以興利除弊，不爲生事；爲天下理財，不爲徵利；闢邪說、難壬人，不爲拒諫。至於怨誹之多，則固前知其如此也。人習於苟且非一日，士大夫多以不恤國事、同俗自媚於衆爲善，上乃欲變此，而某不量敵之衆寡，欲出力助上以抗之，則衆何爲而不洶洶然？盤庚之遷，胥怨者民也，非特朝廷士大夫而已，盤庚不爲怨者故改其度，度義而後動，是而不見可悔故也。

如君實責我以在位久，未能助上大有爲，以膏澤斯民，則某知罪矣，如曰今日當一切不事事，守前所爲而已，則非某之所敢知。無由會晤，不任區區向往之至。

《四部叢刊》本《臨川先生文集》卷七三

○與君實游處相好之日久：司馬光《與王介甫書》："自接侍以來十有餘年，屢嘗同僚。"邵伯溫《邵氏聞見錄》卷十載司馬光與王安石曾同爲群牧司判官。《宋史·王安石傳》："安石與光素厚，光援朋友責善之義，三詒書反覆勸之，安石不樂。"○"蓋儒者所爭"二句：《論語·子路》："子曰：'必也正名乎。'"《孟子·告子下》："先名實者，爲人也。"趙岐注："名者，有道德之名；實者，治國惠民之功實也。"《荀子·正名篇》："制名以指實。"○侵官：司馬光《與王介甫書》批評王安石"財利不以委三司而自治之，更立制置三司條例司"、"又置提舉常平廣惠倉使者"等等，皆侵奪原有機構的職權。《春秋·文公六年》："晉殺其大夫陽處父。"《左傳》："書曰晉殺其大夫，侵官也。"○生事：司馬光《與王介甫書》："（老子）又曰：'我無爲而民自化，我好靜而民自正，我無事而民自富，我無欲而民自樸。'又曰：'治大國若烹小鮮。'今介甫爲政，盡變更祖宗舊法，先者後之，上者下之，右者左之，成者毀之，棄者取之，矻矻焉窮日力，繼之以夜而不得息。使上自朝廷，下及田野，內起京師，外周四海，士吏兵農，工商僧道，無一人得襲故而守常者，紛紛擾擾，莫安其居。此豈老氏之志乎？"《淮南子·詮言》："欲尸名者必爲善，欲爲善者必生事，事生則釋公而就私，背數而任己。"○徵利：司馬光《與王介甫書》："今介甫爲政，首建制置條例司，大講財利之事，又命薛向行均輸法於江、淮，欲盡奪商賈之利，又分遣使者散青苗錢於天下而收其息，使人愁痛，父子不相見，兄弟妻子離散。"《孟子·梁惠王上》："上下交徵利，而國危也。"○拒諫：司馬光《與王介甫書》："或所見小異，微言新令之不便者，介甫輒艴然加怒，或詬罵以辱之，或言於上而逐之，不待其辭之畢也。明主寬容如此，而介甫拒諫乃爾，無乃不足於恕乎！"○難壬人：《尚書·虞書·舜典》："惇德允元，而難任人。"孔傳："任，佞；難，拒也。"壬、任通。○怨誹之多：司馬光《與王介甫書》："今介甫從政始期年，而士大夫在朝廷及自四方來者，莫不非議介甫，如出一口。下至閭閻細民，小吏走卒，亦切切怨欤，人人歸咎於介甫。不知介甫亦嘗聞其言而知其故乎？"○洶洶：《荀子·天論》："君子不爲小人之匈匈也輟行。"楊倞注："匈匈，喧嘩之聲。"洶洶同匈匈。○"盤庚之遷"二句：《尚書·商書·盤庚》："盤庚五遷，將治亳殷，民咨胥怨。作《盤庚》三篇。"孔穎達疏："自湯至盤庚，凡五遷都。今盤庚將欲遷居，而治於亳之殷治。民皆戀其故居，不欲移徙，咨嗟憂愁，相與怨上。盤庚以言辭誥之。史叙其事，作《盤庚》三篇。"○"盤庚不爲怨者故"句：《左傳·昭公四年》："且吾聞爲善者不改其度，故能有濟也。民不可逞，度不可改。"○膏澤斯民：《孟子·離婁下》："膏澤下於民。"

輯　錄

◎茅坤《新刻臨川王介甫先生集引》：王荆公湛深之識，幽渺之思，大較並本之古六藝之旨，而於其中別自爲調，鑱刻萬物，鼓鑄群情，以成一家之言者也。其尤最者，《上仁宗皇帝書》與神宗《本朝百年無事》諸札子，可謂王佐之才。……新法既壞，並其文學知而好之者半，而厭而訾之者亦半矣。以予觀之，荆公之雄不如韓，逸不如歐，飄宕疏爽不如蘇氏父子兄弟，而匠心所注，意在言外，神在象先，如入幽林邃谷，而杳然洞天，恐亦古來所罕者。予每讀其碑誌墓銘，及他書所指次世之名臣碩卿、賢人志士，一言之予、一字之奪，並從神解中點綴風刺，翩翩乎淩風之翮矣，於《史》《漢》外別爲三昧也。

◎劉熙載《藝概·文概》：半山文善用揭過法，祇下一二語，便可掃卻他人數大段，是何簡貴。又：謝疊山評荆公文曰："筆力簡而健。"余謂南人文字失之冗弱者十常八九，殆非如荆公者不足以矯且振之。又：半山文瘦硬通神，此是江西本色，可合黃山谷詩派觀之。又：荆公《游褎禪山記》云："入之愈深，其進愈難，而其見愈奇。"余謂"深"、"難"、"奇"三字，公之學與文，得失並見於此。又：介甫文於下愚及中人之所見，皆剗去不用，此其長也。至於上智之所見亦剗去不用，則病痛非小。

◎《四庫全書總目·臨川集》：此百卷之內，菁華具在，其波瀾法度，實足自傳不朽。朱子《楚辭後語》謂"安石致位宰相，流毒四海，而其言與生平行事心術，略無毫髮肖。夫子所以有'於予改是'之歎"（按：此段文字爲《楚辭後語》中朱子對王安石《寄蔡氏女》的按語。《總目》引文有省並）。斯誠千古之定評矣。

◎李耆卿《文章精義》：文章有短而轉折多、氣長者，韓退之《送董邵南序》、王介甫《讀孟嘗君傳》是也。

◎楊慎《升庵集》卷五二《半山文妙》：王半山之文愈短愈妙，如《書刺客傳後》云：……味此文何讓《史記》乎！與《讀孟嘗君傳》同關鈕矣。

◎姚鼐《古文辭類纂》卷十《讀孟嘗君傳》諸家集評：劉海峰曰："寥寥數言，而文勢如懸崖斷塹。於此見介甫筆力。"

◎姚鼐《古文辭類纂》卷三十《答司馬諫議書》諸家集評：姚氏曰："亦自勁悍，而不如昌黎《答呂毉山人》之奇變。"吳至父曰："固由兀傲性成，究亦理足氣盛，故勁悍廉厲，無枝葉如此。不似上皇帝書時，尚有經生習氣也。"

曾　鞏（1019—1083）

《宋史·曾鞏傳》：曾鞏，字子固，建昌南豐人。生而警敏。年十二，試作《六論》，辭甚偉。歐陽修見其文，奇之。中嘉祐二年進士第。調太平州司法參軍，召編校史館書籍，遷館閣校勘、集賢校理，爲實錄檢討官。出通判越州。知齊州。徙襄州、洪州。加直龍圖閣，知福州。徙明、亳、滄州。負才名，久外徙，世頗謂偃蹇不偶。一時後生輩鋒出，鞏視之泊如也。神宗留其判三班院。拜中書舍人。尋掌延安郡王箋奏。卒，年六十五。鞏性孝友。爲文章，上下馳騁，愈出而愈工。本原六經，斟酌於司馬遷、韓愈，一時工作文詞者，鮮能過也。

戰國策目錄序

【題解】曾鞏自嘉祐五年（1060）至治平四年（1067）參與館閣校書

工作，寫出十幾篇目錄序，此序是其中之一。此序主要駁斥漢劉向《戰國策序》中的觀念，表明曾鞏個人看法。《古文辭類纂》卷六劉子政《戰國策序》諸家集評云："方望溪曰：觀曾子固所議，可知孔孟之學至北宋而明，漢儒所見實淺。"曾鞏的見解代表了宋儒的一些觀點。論點嚴正似迂，論述從容不迫，文風樸實近質。

劉向所定《戰國策》三十三篇，《崇文總目》稱第十一篇者闕，臣訪之士大夫家，始盡得其書，正其誤謬，而疑其不可考者，然後《戰國策》三十三篇復完。

叙曰：向叙此書，言周之先，明教化，修法度，所以大治。及其後，謀詐用而仁義之路塞，所以大亂。其說既美矣。卒以謂此書，戰國之謀士度時君之所能行，不得不然，則可謂惑於流俗，而不篤於自信者也。

夫孔孟之時，去周之初，已數百歲，其舊法已亡、舊俗已熄久矣。二子乃獨明先王之道，以謂不可改者，豈將強天下之主以後世之不可爲哉！亦將因其所遇之時、所遭之變，而爲當世之法，使不失乎先王之意而已。二帝三王之治，其變固殊，其法固異，而其爲國家天下之意，本末先後未嘗不同也。二子之道，如是而已。蓋法者，所以適變也，不必盡同；道者，所以立本也，不可不一：此理之不易者也。故二子者守此，豈好爲異論哉？能勿苟而已矣。可謂不惑乎流俗，而篤於自信者也。

戰國之游士則不然，不知道之可信，而樂於說之易合，其設心注意，偷爲一切之計而已。故論詐之便而諱其敗，言戰之善而蔽其患。其相率而爲之者，莫不有利焉，而不勝其害也；有得焉，而不勝其失也。卒至蘇秦、商鞅、孫臏、吳起、李斯之徒，以亡其身，而諸侯及秦用之者，亦滅其國，其爲世之大禍明矣，而俗猶莫之寤也。惟先王之道因時適變，爲法不同，而考之無疵，用之無弊。故古之聖賢，未有以此而易彼也。

或曰："邪說之害正也，宜放而絕之，則此書之不泯，其可乎？"對曰："君子之禁邪說也，固將明其說於天下，使當世之人皆知其說之不可從，然後以禁則齊；使後世之人皆知其說之不可爲，然後以戒則明，豈必滅其籍哉！放而絕之，莫善於是。是以孟子之書，有爲神農之言者，有爲墨子之言者，皆著而非之。"至於此書之作，則上繼春秋，下至楚、漢之起，二百四十五年之間，載其行事，固不可得而廢也。此書有高誘注者二十一篇，或曰，三十二篇；《崇文總目》存者八篇，今存者十篇。

《四部叢刊》本《元豐類稿》卷十一

○《戰國策》：先秦縱橫家游說活動記錄，無著者，卷帙紊亂，名稱不一，經漢劉向整理校訂，方定爲三十三篇，稱《戰國策》。○劉向：（約前77—前6），原名更生，字子政，文學家、目錄學家。著述尚有《說苑》、《列女傳》、《新序》等。○《崇文總目》：宋崇文院藏書目錄，王堯臣等撰，六十六卷。原本久佚，今存乃後人輯遺。○向叙此書：指劉向所作《戰國策書錄》，又稱《戰國策序》。○"卒以謂此書"三句：《戰國策書錄》篇末云："戰國之時，君德淺薄，爲之謀策者，不得不因勢而爲資，據時而爲畫。故其謀扶急持傾，爲一切之權，雖不可以臨教化，兵革救急之勢也，皆高才秀士，度時君之所能行，出奇策異智，轉危爲安，運亡爲存，亦可喜，皆可觀。"○先王之道：之道，原本無，據別本加。先王之道，即後所云"二帝三王之治"。○二帝三王：儒家以唐堯、虞舜爲二帝，夏禹、商湯、周文爲三王。○偷爲一切之計：苟且爲一時權宜之策。《漢書·平帝本紀》顏師古注："一切者，權時之事，非經常也。猶以刀切物，苟取整齊，不顧長短縱橫，故言一切。"○蘇秦：東周洛陽人，說燕、趙諸國合縱抗秦，得六國相印，爲縱約長。後至齊，爲齊大夫使人刺殺（詳參《史記·蘇秦列傳》）。○商鞅：戰國衛人，姓公孫氏，以霸道說秦孝公，居五年，而秦國富強。封於商，號商君。惠王立，被殺（詳見《史記·商君列傳》）。○孫臏：戰國齊人，通兵法，爲同學龐涓所嫉，被龐騙至魏國而處以臏刑（詳見《史記·孫子吳起列傳》）。○吳起：戰國衛人，善用兵，爲魏文侯將，後因受魏武侯懷疑而入楚爲相，爲楚宗室大臣射殺（詳見

《史記·孫子吳起列傳》）。○李斯：楚上蔡人，佐秦王政兼併六國，統一天下，官至丞相，二世立，受趙高譖，被腰斬於咸陽市（詳見《史記·李斯列傳》）。○邪說：《孟子·滕文公下》："楊、墨之道不息，孔子之道不著，是邪說誣民，充塞仁義也。"孟子以楊朱、墨翟之道爲邪說，這裏曾鞏以戰國游士之說爲邪說。○"是以孟子之書"四句：《孟子·滕文公上》記載了"有爲神農之言者許行"及"墨者夷之"的觀點，以及孟子對他們的批評。○高誘：東漢涿郡（今河北涿州）人，曾注《戰國策》、《呂氏春秋》、《淮南子》。《隋書·經籍志》載高注《戰國策》二十一卷，《新唐書·經籍志》則作三十二卷。

墨池記

【題解】 此記作於曾鞏中進士前，受歐陽修文風影響頗深。多用設問句、反問句、感歎句，使文章平添一唱三歎之致；引申推論自然而簡潔，在衆多雜記中頗見特色。《輿地紀勝》卷二十九："右軍墨池，在臨川學宮。荆公《送劉和甫奉使江南詩》：'爲我聊尋逸少池。'"

臨川之城東，有地隱然而高，以臨於溪，曰新城。新城之上，有池窪然而方以長，曰王羲之之墨池者，荀伯子《臨川記》云也。羲之嘗慕張芝，臨池學書，池水盡黑，此爲其故迹，豈信然邪？方羲之之不可強以仕，而嘗極東方，出滄海，以娛其意於山水之間，豈有徜徉肆恣，而又嘗自休於此邪？

羲之之書，晚乃善，則其所能，蓋亦以精力自致者，非天成也。然後世未有能及者，豈其學不如彼邪？則學固豈可以少哉！況欲深造道德者邪？

墨池之上，今爲州學舍。教授王君盛恐其不章也，書"晉王右軍墨池"之六字，於楹間以揭之。又告於鞏曰："願有記。"惟王君之心，豈愛人之善，雖一能不以廢而因以及乎其迹邪？其亦欲推其事以勉其學者邪？夫人之有一能，而使後人尚之如此，況仁人莊士之遺風餘思，被於來世者如何哉！

慶曆八年九月十二日曾鞏記。

《四部叢刊》本《元豐類稿》卷十七

○臨川：宋江南西路撫州治所，今江西省撫州市。○王羲之：字逸少，晉琅邪臨沂（今屬山東）人。官至右軍將軍、會稽內史，世稱王右軍。《晉書·王羲之傳》云："尤善隸書，爲古今之冠，論者稱其筆勢，以爲飄若浮雲，矯若游龍。"○荀伯子：原本作荀仙子，據別本改。南朝宋穎川穎陽（今河南許昌）人。爲尚書左丞，出補臨川內史，著《臨川記》六卷。《宋書》有傳。樂史《太平寰宇記》卷一一○載："荀伯子《臨川記》云：王羲之嘗爲臨川內史，置宅於郡城東高坡，名曰新城。旁臨迴溪，特據層阜，其地爽塏，山川如畫。今舊井及墨池猶存。"傳說中王羲之墨池，除臨川外，浙江會稽、浙江永嘉、江西廬山、湖北蘄水等地也有。○張芝：字伯英，東漢弘農（今河南靈寶）人，善草書，號爲"草聖"。王羲之深慕其書法，曾與人書云："張芝臨池學書，池水盡黑，使人耽之若是，未必後之也。"（見《晉書·王羲之傳》）○"方羲之之不可強以仕"四句：王羲之少有美譽，屢次受召而不就高職。作會稽內史時，因恥爲揚州刺史王述下屬，稱病去職，誓不再入仕途。隱居會稽山陰（今浙江紹興），以弋釣自娛，遍游附近諸郡，且泛滄海（見《晉書·王羲之傳》）。○徜：原本作禍，據別本改。○羲之之書，晚乃善：《晉書·王羲之傳》載：王早年書法，不及時人庾翼、郗愔，晚年乃精妙絕倫，庾翼稱其章草"煥若神明，頓還舊觀"。○州學舍：指撫州州學學舍。《宋史·職官志七》："仁宗慶曆四年（1044）詔諸路、州、軍、監，各令立學。……自是州郡無不有學。始置教授，以經術行義訓導諸生，掌其課試之事，而糾正不如規者。"○仁人：原本作"人仁"，據別本改。○慶曆八年：宋仁宗慶曆八年（1048）。一本無此句。

| 輯　錄 |

◎呂祖謙《古文關鍵·總論》：（曾）專學歐，比歐文露筋骨。

◎王構《修辭鑒衡》卷二：近世文字，如曾子固諸序，尤須詳味。又：曾子固文章，紆餘委備，說盡事情，加之字字有法度，無遺恨矣。

◎劉熙載《藝概·文概》：曾文窮盡事理，其氣味爾雅深厚，令人想見"碩人之寬"。王介甫云："夫安驅徐行，輶中庸之廷而造乎其室，舍二賢人者而誰哉？"二賢，謂正之、子固也。然則子固之文，即肖子固之爲人矣。

◎姚鼐《古文辭類纂》卷九《戰國策目錄序》諸家集評：王遵巖曰："何等謹嚴！而雍容敦博之氣宛然。"又曰："此序與《新序序》相類，而此篇爲英爽軼宕。"方望溪曰："南豐之文長於道古，故序古書尤佳，而此篇及《列女傳》、《新序目錄序》尤勝。淳古明潔，所以能與歐王並驅，而爭先於蘇氏也。"

◎茅坤《唐宋八大家文鈔·曾文定公文鈔》卷八：看他小小題（《墨池記》），而結構卻遠而正。

◎孫琮《山曉閣曾南豐文選》：右軍之書，以精力自致，此題中所有也；因右軍學書，而勉人以深造道德，此題中所無也。既發本題所有，又補本題所無，尺幅之間，雲霞百變，熟此可無窘筆。

蘇　洵（1009—1066）

《宋史·蘇洵傳》：蘇洵，字明允，眉州眉山人。年二十七始發憤爲學，歲餘舉進士，又舉茂才異等，皆不中。悉焚常所爲文，閉戶益讀書，遂通六經、百家之說，下筆頃刻數千言。至和、嘉祐間，與其二子軾、轍皆至京師，翰林學士歐陽修上其所著書二十二篇，既出，士大夫爭傳之，一時學者競效蘇氏爲文章。所著《權書》、《衡論》、《機策》，宰相韓琦見而善之，奏於朝，召試舍人院，辭疾不至，遂除秘書省校書郎。會太常修纂建隆以來禮書，乃以爲霸州文安縣主簿，與陳州項城令姚闢同修禮書，爲《太常因革禮》一百卷，書成，方奏未報，卒。特贈光祿寺丞，敕有司具舟載其喪歸蜀。有文集二十卷，《謚法》三卷。

送石昌言使北引

【題解】 嘉祐元年（1056），石昌言出使遼國，蘇洵以此序相贈。文中追憶既往，稱揚石昌言，並鼓勵他不畏契丹，完成使命。其中透露出宋遼關係中的一些消息。親切而樸雅，與其感慨淋漓、雄壯俊偉的議論文風格頗不相同。

昌言舉進士時，吾始數歲，未學也。憶與群兒戲先府君側，昌言從旁取棗栗啖我。家居相近，又以親戚故，甚狎。昌言舉進士，日有名。吾後漸長，亦稍知讀書，學句讀、屬對、聲律，未成而廢。昌言聞吾廢學，雖不言，察其意甚恨。後十餘年，昌言及第第四人，守官四方，不相聞。吾以壯大，乃能感悔，摧折復學。又數年，游京師，見昌言長安，相與勞苦如平生歡。出文十數首，昌言甚喜，稱善。吾晚學無師，雖日爲文，中甚自慚，及聞昌言說，乃頗自喜。

今十餘年，又來京師，而昌言官兩制，乃爲天子出使萬里外強悍不屈之虜，建大旆，從騎數百，送車千乘，出都門，意氣慨然。自思爲兒時，見昌言先府君旁，安知其至此？富貴不足怪，吾於昌言獨自有感也！大丈夫生不爲將，得爲使，折衝口舌之間，足矣。

往年彭任從富公使還，爲我言："既出境，宿驛亭，聞介馬數萬騎馳過，劍槊相摩，終夜有聲，從者怛然失色。及明，視道上馬迹，尚心掉不自禁。"凡虜所以誇耀中國者，多此類。中國之人不測也，故或至於震懼而失辭，以爲夷狄笑。嗚呼，何其不思之甚也！昔者奉春君使冒頓，壯士大馬皆匿不見，是以有平城之役。今之匈奴，吾知其無能爲也。孟子曰：說大人者，藐之。況於夷狄？請以爲贈。

《四部叢刊》本《嘉祐集》卷十四

○石昌言：名揚休，其先江都人，後徙眉山。少孤力學，年十八舉進士，四十三乃進士及第。累官至刑部員外郎、知制誥，出使契丹，感疾，嘉祐二年（1057）卒，年六十三。詳參《宋蜀文輯存》卷十《石工部墓誌銘》。《續資治通鑒長編》卷一八三載，嘉祐元年八月以刑部員外郎、知制誥石昌言爲契丹國母生辰使。○"昌言舉進士時"二句：石昌言舉進士時，蘇洵四歲。○先府君：即蘇洵父蘇序。○又以親戚故：據蘇軾《蘇廷評行狀》，蘇序"女二人，長適杜垂裕，幼適石揚言"。石揚休與石揚言爲兄弟行，"親戚"或指此。○守官四方：《宋史·石揚休傳》："揚休少孤力學，進士高第，爲同州觀察判官，遷著作佐郎，知中牟縣。……改秘書丞，爲秘閣校理、開封府推官。累遷尚書祠部員外郎，歷三司度支、鹽鐵判官。……出知宿州。"○"吾以壯大"三句：司馬光《程夫人墓誌銘》："府君年二十七猶不學，一旦，慨然謂夫人曰：'吾自視今猶可學。然家待我而生，學且廢生，奈何！'夫人曰：'我欲言之久矣，惡使子爲因我而學者。子苟有志，以生累我可也。'即罄出服玩鬻之以治生，不數年遂爲富家。府君由是得專志於學，卒成大儒。"摧折，猶言虛心屈己。○"又數年"句：慶曆五年（1045），蘇洵因舉制第入京，途經長安。○相與勞苦如平生歡：語出《史記·張耳陳餘列傳》："上使泄公持節，問之箯輿前，仰視曰：'泄公邪？'泄公勞苦如生平驩。"勞苦，相勞問其勤苦。○今十餘年：嘉祐元年（1056），蘇洵送二子進京應試，距慶曆五年（1045）已十二年。○兩制：宋代以翰林學士掌內制（不經外朝之制誥，如后妃、親王、宰相、節度除拜之制誥），以知制誥掌外制（制旨之宣布於外朝者，如百官之除拜），並稱"兩制"。嘉祐元年石昌言知制誥，故曰"官兩制"。○折衝：本指使敵人戰車後撤，克敵制勝，此指交涉、談判。○彭任：字有道，蜀人，曾隨從富弼出使契丹。○富公：即富弼（1004—1083），字彥國，洛陽人。慶曆二年（1042）曾出使契丹。○"奉春君"數句：奉春君，漢劉敬（即婁敬，賜姓劉）號。冒頓，漢初匈奴單于名，姓攣鞮。《史記·高祖本紀》載劉邦："使人使匈奴，匈奴匿其壯士肥牛馬，但見老弱及羸畜。使者十輩來，皆言匈奴可擊。上使劉敬復往使匈奴，還報曰：'兩國相擊，此宜誇矜見所長，今臣往，徒見羸瘠老弱，此必欲見短，伏奇兵以爭利。愚以爲匈奴不可擊也。'"但劉邦不聽劉敬勸告，往擊匈奴，結果在平城被匈奴圍困了七日。○今之匈奴：即契丹。○說大人者，藐之：出《孟子·盡心下》："說大人，則藐之。"

輯　錄

◎歐陽修《歐陽文忠公集》卷一一〇《薦布衣蘇洵狀》：其論議精於物理而善識變權，文章不爲空言而期於有用。其所撰《權書》、《衡論》、《機策》二十篇，辭辯閎偉，博於古而宜於今，實有用之言，非特能文之士也。

◎曾鞏《元豐類稿》卷四一《蘇明允哀辭》：蓋少或百字，多或千言，其指事析理，引物托喻，侈能盡之約，遠能見之近，大能使之微，小能使之著，煩能不亂，肆能不流。其雄壯俊偉，若決江河而下也；而輝光明白，若引星辰而上也。

◎田雯《古歡堂集》卷二八《老泉題辭》：明允一蜀徼布衣，晚學無師，恥作儒生常談，歷落欹崎，別辟寶徑，浸淫乎六經，包括乎子史。其爲文章也，愷切疏通，有賈、董之遺焉。世謂其學本申、韓，旨歸荀、孟。

◎蘇軾《蘇軾文集》卷六六《跋送石昌言引》：右嘉祐元年九月十九日先君《送石昌言北使文》一首，其字則軾年二十一時所書與昌言本也，今蓄於陳履常氏。昌言名揚休，善爲詩，有名當時，終於知制誥。彭任，字有道，亦蜀人，從富彥國使虜還，得靈河縣主簿以死，石守道嘗稱之，曰："有道長七尺，而膽過其身。一日坐酒肆，與其徒飲且酣，聞彥國當使不測之虜，憤憤推酒牀，拳皮裂，遂自請行，蓋欲以死捍彥國者也。"其爲人大略如此，然亦任俠好殺云。元祐三年九月初一日題。

◎姚鼐《古文辭類纂》卷三十二《送石昌言北使引》諸家集評：茅順甫曰："文有生色，直當與昌黎《送殷員外》等序相伯仲。"劉海峰曰："其波瀾跌宕，極爲老成，句調聲響，中窾合節，幾並昌黎，而與《殷員外序》實不相似。"

蘇　轍（1039—1112）

《宋史·蘇轍傳》：蘇轍，字子由，年十九，與兄軾同登進士科。又同策制舉，其策言及禁廷之事，尤爲切至，置之下等，授商州軍事推官，轍乞養親京師。三年，爲大名推官。神宗時，以書抵安石，出爲陳州教授、齊州掌書記、簽書南京判官。坐兄軾以詩得罪，謫監筠州鹽酒稅，五年不得調。元祐元年，爲右司諫。遷起居郎、中書舍人，進戶部侍郎。代軾爲翰林學士，尋權吏部尚書。使契丹還，爲御史中丞。六年，拜尚書右丞，進門下侍郎。紹聖初，落職知汝州。降朝議大夫、試少府監，分司南京，筠州居住。三年，又責化州別駕，雷州安置。崇寧中，居許州，再復太中大夫致仕。築室於許，號穎濱遺老，自作傳萬餘言，不復與人相見，終日默坐，如是者幾十年。政和二年，卒，年七十四。淳熙中，謐文定。性沉靜簡潔，爲文汪洋澹泊，似其爲人，不願人知之，而秀傑之氣終不可掩，其高處殆與兄軾相迫。所著《詩傳》、《春秋傳》、《古史》、《老子解》、《欒城文集》並行於世。轍論事精確，修辭簡嚴，未必劣於其兄。

上樞密韓太尉書

【題解】 宋仁宗嘉祐二年（1057），蘇轍進士及第後，上書樞密使韓琦，希望得到韓琦的賞識、教誨和汲引。"上書大人先生，更不作喁喁細語，一落筆便純是一片奇氣。"（金聖歎《天下才子必讀書》卷八）與一般干謁文字氣象不同。十九歲的蘇轍氣充詞沛，與其後來文風之"汪洋澹泊"也不盡似。

太尉執事：轍生好爲文，思之至深。以爲文者，氣之所形，然文不可以學而能，氣可以養而致。孟子曰："我善養吾浩然之氣。"今觀其文章，寬厚宏博，充乎天地之間，稱其氣之小大。太史公行天下，周覽四海名山大川，與燕趙間豪俊交游，故其文疎蕩頗有奇氣。此二子者，豈嘗執筆學爲如此之文哉？其氣充乎其中而溢乎其貌，動乎其言而見乎其文，而不自知也。

轍生十有九年矣，其居家所與游者，不過其鄰里鄉黨之人，所見不過數百里之間，無高山大野可登覽以自廣；百氏之書，雖無所不讀，然皆古人之陳迹，不足以激發其志氣。恐遂汩沒，故決然捨去，求天下奇聞壯觀，以知天地之廣大。過秦、漢之故都，恣觀終南、嵩、華之高，北顧黃河之奔流，慨然想見古之豪傑。至京師，仰觀天子宮闕之壯，與倉廩府庫、城池苑囿之富且大也，而後知天下之巨麗。見翰林歐陽公，聽其議論之宏辯，觀其容貌之秀偉，與其門人賢士大夫游，而後知天下之文章聚乎此也。

太尉以才略冠天下，天下之所恃以無憂，四夷之所憚以不敢發，入則周公、召公，出則方叔、召虎，而轍也未之見焉。且夫人之學也，不志其大，雖多而何爲？轍之來也，於山見終南、嵩、華之高，於水見黃河之大且深，於人見歐陽公，而猶以爲未見太尉也。故願得觀賢人之光耀，聞一言以自壯，然後可以盡天下之大觀而無憾者矣。

轍年少，未能通習吏事。嚮之來，非有取於斗升之祿，偶然得之，非其所樂。然幸得賜歸待選，使得優游數年之間，將歸益治其文，且學爲政。太尉苟以爲可教而辱教之，又幸矣。

《四部叢刊》本《欒城集》卷二二

〇樞密韓太尉：韓琦（1008—1075），字稚圭，安陽（今屬河南）人，時爲樞密使，執掌全國軍事。《清波雜志》卷二："五十年前，有通右府（即樞密院）書，稱'樞密太尉'。蓋舊制，文臣爲樞密使皆帶檢校太尉。"韓琦歷仕仁宗、英宗、神宗，爲三朝名臣，仁宗時因防禦西夏有功，而任樞密使。詳參《宋史》卷三一二《韓琦傳》。〇執事：對對方的敬稱。《左傳·僖公二十六年》："寡君聞君親舉玉趾，將辱於敝邑，使下臣犒執事。"杜預注："言執事，不敢斥尊。"〇以爲文者，氣之所形：曹丕《典論·論文》有"文以氣爲主"。韓愈《答李翊書》有"氣，水也；言，浮物也。

水大而物之浮者大小畢浮。氣之與言猶是也，氣盛則言之短長與聲之高下者皆宜"。○我善養吾浩然之氣：見《孟子·公孫丑下》。○"太史公行天下"二句：《史記·太史公自序》云："二十而南游江、淮，上會稽，探禹穴，窺九疑，浮於沅、湘，北涉汶、泗，講業齊、魯之都，觀孔子之遺風，鄉射鄒、嶧，厄困鄱、薛、彭城，過梁、楚以歸。"《史記·五帝本紀》載太史公曰："余嘗西至空峒，北至涿鹿，東漸於海，南浮江淮矣。"○與燕趙間豪俊交游：燕指春秋、戰國時的燕國地區，約為今河北省中、北部一帶，趙指戰國時趙國地域，約等於今河北南部、山西東部、河南北部一帶。司馬遷交游的燕、趙豪傑之士如陘城田仁（見《史記·田叔列傳》）、廣川董仲舒（見《史記·太史公自序》），尚可考。○古人之陳迹：語出《莊子·天道》。○决：原本作浹，據別本改。○秦、漢之故都：秦都咸陽、漢都長安、東漢都洛陽。○終南：終南山，在陝西省南部，海拔2000米以上。嵩：嵩山，在河南登封，主峰海拔1300多米。華：華山，在陝西華陰，海拔2400多米。蘇轍於宋仁宗嘉祐元年（1056）與父兄自閩中經長安至汴京，以上三句乃記其旅途所見。比顧，一本作北顧。○翰林歐陽公：歐陽修於仁宗至和元年（1054）遷翰林學士，嘉祐二年以翰林學士權知貢舉。歐陽修為當時文壇盟主，不少文士聚集在他周圍，如梅堯臣、蘇舜欽、曾鞏等，所以蘇轍言"天下之文章聚乎此"。○四夷之所憚以不敢發：宋仁宗康定元年至慶曆三年（1040—1043），韓琦與范仲淹經略陝西，阻止西夏趙元昊的進犯。時有"軍中有一韓，西賊聞之心膽寒；軍中有一范，西賊聞之驚破膽"之說（見《宋史紀事本末》卷三十）。○"入則周公、召公"二句：謂韓琦出將入相，文武兼擅。周公（旦）、召公（奭），皆輔佐周成王的大臣。方叔、召虎（即召穆公），皆周宣王大臣，方叔征伐荆蠻、玁狁有功，召虎奉命討平淮夷。○斗升之祿：指微薄的薪俸。十合為升，十升為斗。《漢書·梅福傳》："言可采取者，秩以升斗之祿，賜以一束之帛。"○賜歸待選：蘇轍嘉祐二年考取進士後，並未立即進入仕途，不久又奔母喪返川，所以言"賜歸待選"。

黃州快哉亭記

【題解】 宋神宗元豐六年（1083），蘇轍仍在監筠州（治所在今江西高安）鹽酒稅任上，應蘇軾之請而爲黃州快哉亭作記。此記與蘇軾《超然臺記》主旨相近，但更強調人的主觀意識對觀照自然外物的決定作用，這種強調事實上是自范仲淹、歐陽修以來宋代士人所追求的一種處窮不憂、積極向上的精神反映。"文勢汪洋，筆力雄壯，讀之令人心胸曠達，寵辱都忘。"（《古文觀止》卷十一）

江出西陵，始得平地，其流奔放肆大，南合沅、湘，北合漢、沔，其勢益張，至於赤壁之下，波流浸灌，與海相若。清河張君夢得謫居齊安，即其廬之西南爲亭，以覽觀江流之勝，而余兄子瞻名之曰"快哉"。

蓋亭之所見，南北百里，東西一舍，濤瀾洶湧，風雲開闔。晝則舟楫出沒於其前，夜則魚龍悲嘯於其下，變化倏忽，動心駭目，不可久視。今乃得玩之几席之上，舉目而足。西望武昌諸山，岡陵起伏，草木行列，煙消日出，漁夫樵父之舍皆可指數，此其所以爲快哉者也。至於長州之濱，故城之墟，曹孟德、孫仲謀之所睥睨，周瑜、陸遜之所騁騖，其流風遺迹，亦足以稱快世俗。

昔楚襄王從宋玉、景差於蘭臺之宮，有風颯然至者，王披襟當之，曰："快哉此風！寡人所與庶人共者耶？"宋玉曰："此獨大王之雄風耳，庶人安得共之？"玉之言蓋有諷焉。夫風無雌雄之異，而人有遇不遇之變。楚王之所以爲樂，與庶人之所以爲憂，此則人之變也，而風何與焉？士生於世，使其中不自得，將何往而非病？使其中坦然，不以物傷性，將何適而非快？今張君不以謫爲患，竊會計之餘功，而自放山水之間，此其中宜有以過人者，將蓬戶甕牖無所不快，而況乎濯長江之清流，揖西山之白雲，窮耳目之勝以自適也哉？不然，連山絕壑、長林古木，振之以清風，照之以明月，此皆騷人思士之所以悲傷憔悴而不能勝者，烏睹其爲快也哉！

元豐六年十一月朔日，趙郡蘇轍記。

《四部叢刊》本《欒城集》卷二四

○黃州快哉亭：黃州，治所在今湖北黃岡。《黃岡縣志·古蹟》："快哉亭，在城南。"○西陵：西陵峽，長江三峽之一，在今湖北宜昌西北。○沅、湘：沅江、湘江，湖南省兩條主要河流，北流入洞庭，合於長江。○漢、沔：漢水上源稱沔水，至漢中，合褒水稱漢水，流經湖北省西北部至武漢市入長江。《輿地紀勝》卷六六鄂州："江漢二水在州西合。"○張君夢得：即蘇軾《記承天寺夜游》中所言之張懷民。○齊安：即黃州。《輿地紀勝》卷四九："黃州，齊安郡軍事。《九域志》：'又《唐志》云：本永安郡，天寶元年更名齊安郡。'"○一舍：三十里。《左傳·僖公二十三年》："晉、楚治兵，遇于中原，其辟君三舍。"賈逵注："三舍，九十里也。"○武昌諸山：在今湖北鄂州。《輿地紀勝》卷八一武昌縣："武昌山，在本縣南百九十里，高百丈，周八十里。舊云孫權都鄂，易名武昌。"蘇軾《答秦太虛書》："所居對岸武昌，山水佳絕。"○長洲：據《黃岡縣志》載，西南長江中多沙洲，如得勝洲、羅湖洲、木鵝洲等，此處可能是泛指。一說指《東坡志林·記樊山》中所言之盧洲，孫權曾欲泊此。○故城：孫權之故宮。蘇軾《次韻樂著作野步》詩自注："黃州對岸武昌縣有孫權故宮。"○曹孟德、孫仲謀之所睥睨：《輿地紀勝》卷四九："黃州：……魏爲重鎮，後吳赶邾城（黃州舊名），使陸遜以三萬人守之。"○陸遜：吳將軍，曾擊破劉備大軍於猇亭，並兩次駐節黃州。○"昔楚襄王"幾句：見宋玉《風賦》："楚襄王游於蘭臺之宮，宋玉、景差侍。有風颯然而至。王乃披襟而當之，曰：'快哉此風！寡人所與庶人共者耶？'宋玉對曰：'此獨大王之風耳，庶人安得而共之！'"《史記·屈原賈生列傳》："屈原既死之後，楚有宋玉、唐勒、景差之徒者，皆好辭而以賦見稱。"蘭臺，《輿地紀勝》卷八四郢州："蘭臺，在州城龍興寺西北。舊傳楚襄王與宋玉游於蘭臺之上……即其地。"在今湖北鍾祥東。呂向注《文選·風賦》："《史記》云：宋玉，郢人也，爲楚大夫，時襄王驕奢，故宋玉作此賦以諷之。"○會計：管理賦稅錢穀等事物。○蓬戶甕牖：語出《禮記·儒行》，孔穎達疏："蓬戶，謂編蓬爲戶；又以蓬塞門謂之蓬戶。甕牖者，謂牖窗圓如甕口也；又云以敗甕甕口爲牖。"○濯長江之清流：左思《詠史》之五有"振衣千仞岡，濯足萬里流"。○西山：《輿地紀勝》卷八一："西山，在武昌西三里，一名樊山，舊名袁山。……《寰宇記》云：'孫吳游宴之地。'"在今鄂州西三里。蘇轍《武昌九曲亭記》云："（黃岡）無名山，而江之南武昌諸山，陂陀蔓延，澗谷深密，中有浮圖精舍，西曰西山，東曰寒溪。"○趙郡蘇轍：蘇轍先祖爲趙郡欒城（今河北欒城後劃歸藁城）人，故云。

| 輯　錄 |

◎郎曄《經進東坡文集事略》卷四五蘇軾《答張文潛書》：子由之文實勝僕，而世俗不知，乃以爲不如。其爲人深不願人知之，其文如其爲人，故汪洋澹泊，有一唱三歎之聲，而其秀傑之氣終不可沒。

◎蘇轍《欒城集》附鄧光《淳熙本〈欒城集〉跋》：於政事書條例司狀，見公入朝之始，揆事中遠，如漢賈誼；議河流、邊事、茶役法，分別君子小人之黨，反復利害，深入骨髓，竊比之陸宣公贄。

◎呂祖謙《古文關鍵·總論》：子由文，太拘執。

◎劉熙載《藝概·文概》：子由稱歐陽公文"雍容俯仰，不大聲色，而義理自勝"。東坡《答張文潛書》謂子由文"汪洋澹泊，有一唱三歎之聲，而其秀傑之氣終不可沒"。此豈有得於歐公者耶？又：子由曰："子瞻之文奇，吾文但穩耳。"余謂百世之文，總可以奇、穩兩字判之。

◎沈德潛《唐宋八大家文讀本》卷二十六《上樞密韓太尉書》：雖以孟子、司馬遷並舉，然通篇文字，多從太史公周游天下數語生出。一往疏宕之氣，亦如公之評太史公文。

◎儲欣《唐宋八大家類選》卷十二：上太尉書，高奇豪邁；快哉亭記，汪汪若千頃波。皆次公集中第一乘文字。

◎林雲銘《古文析義》：全篇（《快哉亭記》）止拿定"快哉"二字細發，可與乃兄《超然臺記》並傳。按"超然"二字出《莊子》，"快哉"二字出楚辭，皆有自樂其樂之意。"超然"乃子由命名，而子瞻爲文，言其無往而不樂；"快哉"乃子瞻命名，而子由爲文，言何適而非快；俱從居官不得意時看出，取義亦無不同也。文中有一種雄偉之氣，可以籠罩海內，與乃兄並峙千秋。

參考書目

《臨川先生文集》，王安石撰，《四部叢刊》本。

《元豐類稿》，曾鞏撰，《四部叢刊》本。

《曾鞏集》，曾鞏撰，中華書局1984年版。

《嘉祐集》，蘇洵撰，《四部叢刊》本。

《嘉祐集箋注》，蘇洵撰，曾棗莊、金成禮箋注，上海古籍出版社1993年版。

《欒城集》，蘇轍撰，《四部叢刊》本。

《蘇轍集》，蘇轍撰，陳宏天、高秀芳點校，中華書局1990年版。

思考題

1. 比較司馬光《與王介甫書》與王安石《答司馬諫議書》，體會二人文風之差異。王安石"好使人同己"，他在熙寧年間的作爲對文風有什麼影響？

2. 晁公武認爲"歐公門下士多爲世顯人，議者獨以子固爲得其傳，猶學浮屠者所謂嫡嗣云（《郡齋讀書志》卷四下）"。曾鞏古文在哪些方面得歐陽修真傳？哪些方面又不同於歐陽修？

3. 蘇轍云："子瞻之文奇，予文但穩耳。"（蘇籀《欒城先生遺言》）你如何理解？

第五節 蘇　軾

蘇　軾（1037—1101）

《宋史·蘇軾傳》：蘇軾，字子瞻，眉州眉山人。生十年，父洵游學四方，母程氏親授以書，聞古今成敗，輒能語其要。比冠，博通經史，屬文日數千言，好賈誼、陸贄書。喜《莊子》。嘉祐二年，試禮部居第二。五年，制策入三等，除大理評事、簽書鳳翔府判官。治平二年，入判登聞鼓院。直史館。丁父艱。熙寧二年，還朝，判官告院。四年，權開封府推官。時安石創行新法，軾上書論其不便。後請外任，通判杭州，徙知密州、徐州、湖州。以訕謗罪，逮赴臺獄。元豐二年，以黃州團練副使安置。後移汝州。哲宗立，復朝奉郎、知登州，召爲禮部郎中。遷起居舍人。元祐元年，遷中書舍人，尋除翰林學士。二年兼侍讀。四年，積以論事，爲當軸者所恨，請外，拜龍圖閣學士、知杭州。徙潁州、揚州、定州。哲宗親政，知定州。紹聖初，貶寧遠軍節度副使、惠州安置。居三年，又貶瓊州別駕，居昌化。徽宗立，移廉州、改舒州團練副使，徙永州。更三大赦，遂提舉玉局觀，復朝奉郎。建中靖國元年，卒於常州，年六十六。軾與弟轍，師父洵爲文，既而得之於天。雖嬉笑怒罵之辭，皆可書而誦之，其體渾涵光芒，雄視百代，有文章以來，蓋亦鮮矣。軾成《易傳》，復作《論語說》，作《書傳》。又有《東坡集》四十卷、《後集》二十卷、《奏議》十五卷、《內制》十卷、《外制》三卷、《和陶詩》四卷。一時文人如黃庭堅、晁補之、秦觀、張耒、陳師道，舉世未之識，軾待之如朋儔。謚文忠。

赤壁賦

【題解】"烏臺詩案"結案後,蘇軾以黃州團練副使安置。此賦作於蘇軾至黃州的第三年初秋,面對清風明月、長江赤壁,蘇軾又一次思考人生、歷史、宇宙,在與客人的對話中,達到升華與超越。蘇軾豁達放曠的心胸及其文風、詩風、詞風,就是在黃州貶謫期間一次次思考與超越、自慰且慰人的過程中形成的。賦中對赤壁風景的描述、對三國戰爭場面的再現、對人與宇宙的思辨,都瀟灑飄逸、出塵絕俗。是文賦的又一傑作。《輿地紀勝》卷四九:"赤壁磯,在州治之北。東坡作《赤壁賦》,謂爲周瑜破曹操處。"

壬戌之秋,七月既望,蘇子與客泛舟,游於赤壁之下。清風徐來,水波不興。舉酒屬客,誦明月之詩,歌窈窕之章。少焉,月出於東山之上,徘徊於斗牛之間。白露橫江,水光接天。縱一葦之所如,凌萬頃之茫然。浩浩乎如憑虛御風,而不知其所止,飄飄乎如遺世獨立,羽化而登仙。

於是飲酒樂甚,扣舷而歌之。歌曰:"桂棹兮蘭槳,擊空明兮泝流光。渺渺兮予懷,望美人兮天一方。"客有吹洞簫者,倚歌而和之,其聲嗚嗚然,如怨如慕,如泣如訴。餘音嫋嫋,不絕如縷。舞幽壑之潛蛟,泣孤舟之嫠婦。

蘇子愀然,正襟危坐,而問客曰:"何爲其然也?"客曰:"'月明星稀,烏鵲南飛',此非曹孟德之詩乎?西望夏口,東望武昌,山川相繆,鬱乎蒼蒼,此非孟德之困於周郎者乎?方其破荆州,下江陵,順流而東也,舳艫千里,旌旗蔽空,釃酒臨江,橫槊賦詩,固一世之雄也,而今安在哉?況吾與子漁樵於江渚之上,侶魚蝦而友麋鹿。駕一葉之扁舟,舉匏尊以相屬。寄蜉蝣於天地,渺滄海之一粟。哀吾生之須臾,羨長江之無窮。挾飛仙以遨游,抱明月而長終。知不可乎驟得,托遺響於悲風。"

蘇子曰："客亦知夫水與月乎？逝者如斯，而未嘗往也。盈虛者如彼，而卒莫消長也。蓋將自其變者而觀之，則天地曾不能以一瞬。自其不變者而觀之，則物與我皆無盡也，而又何羨乎？且夫天地之間，物各有主。苟非吾之所有，雖一毫而莫取。惟江上之清風，與山間之明月。耳得之而爲聲，目遇之而成色。取之無禁，用之不竭，是造物者之無盡藏也，而吾與子之所共食。"

客喜而笑，洗盞更酌。肴核既盡，杯盤狼籍。相與枕藉乎舟中，不知東方之既白。

中華書局版《蘇軾文集》卷一

○壬戌：宋神宗元豐五年（1082），歲次壬戌。○既望：望日第二天。望日：月光盈滿日，指陰曆每月十五（小月）或十六（大月）。○屬客：酌酒敬客，意爲勸酒。○明月之詩：曹操《短歌行》詩中有"明明如月，何時可掇"和"月明星稀，烏鵲南飛"之句。○窈窕之章：《詩經·周南·關雎》有"窈窕淑女，君子好逑"。一說《詩經·陳風·月出》有"月出皎兮，佼人僚兮，舒窈糾兮，勞心悄兮"。窈糾，與窈窕音近。○斗牛：斗宿、牛宿。○縱一葦之所如：聽憑小舟所向。《詩經·衛風·河廣》："誰謂河廣？一葦杭之。"○羽化：道家認爲人飛升成仙叫羽化。○客有吹洞簫者：據清趙翼《陔餘叢考》卷二十四所考，此客指綿竹道士楊世昌。洞簫，本指無蜜蠟封底的排簫，後世稱單管直吹，正面五孔、背面一孔者爲洞簫。○夏口：《輿地紀勝》卷六六鄂州："州城本夏口城，城據黃鶴磯，本孫權所築。地居形要，控接湘川，邊帶漢沔。……三國爭衡，爲吳之要害。歷代常爲重鎮。"在今湖北省武漢市黃鵠山上，三國時吳大帝孫權黃武二年（223）建造。○孟德之困於周郎：指漢獻帝建安十三年（208），曹操率軍征吳，在赤壁被周瑜擊敗事。詳見《資治通鑑》卷六十五。○方其破荆州，下江陵：建安十三年，赤壁之戰前，曹操不戰而占領荆州與江陵。荆州：今湖北襄陽一帶。江陵：今在湖北。詳見《資治通鑑》卷六十五。○舳艫千里：語出《漢書·武帝紀》。顏師古注："李斐曰：'舳，船後持柂處也。艫，船前刺櫂處也。言其船多，前後相銜，千里不絕也。'"○橫槊賦詩：元稹《唐故工部員外郎杜子美墓誌銘并序》："曹氏父子鞍馬間為文，往往橫槊賦詩。"槊：長矛，便於橫持。○蜉蝣：一種夏秋之交生在水邊的小昆蟲，朝生暮死。○"逝者如斯"二句：《論語·子罕》："子在川上，曰：'逝者如斯夫！不捨晝夜。'"○盈虛者如彼：圓缺者如月亮。○無盡藏：佛教語，原義指佛法無邊，作用於萬事萬物，無窮盡。此指用之無窮的東西。○食：常作"適"，中華書局本據《朱子語類》等改作"食"。

後赤壁賦

【題解】此賦作於元豐五年（1082）初冬，其風景、情調與前賦頗不相同。淒清、孤寂甚至恐怖的江岸以及神秘而帶著寓意的夢境營造出另一種氛圍。不少人據賦體傳統言此賦勝前賦。

是歲十月之望，步自雪堂，將歸於臨皋。二客從予，過黃泥之坂。霜露既降，木葉盡脫。人影在地，仰見明月。顧而樂之，行歌相答。已而歎曰："有客無酒，有酒無肴，月白風清，如此良夜何？"客曰："今者薄暮，舉網得魚，巨口細鱗，狀似松江之鱸，顧安所得酒乎？"歸而謀諸婦，婦曰："我有斗酒，藏之久矣，以待子不時之須。"

於是攜酒與魚，復游於赤壁之下。江流有聲，斷岸千尺。山高月小，水落石出。曾日月之幾何，而江山不可復識矣。

予乃攝衣而上，履巉巖，披蒙茸。踞虎豹，登虯龍。攀棲鶻之危巢，俯馮夷之幽宮。蓋二客不能從焉。劃然長嘯，草木震動。山鳴谷應，風起水湧。予亦悄然而悲，肅然而恐，凜乎其不可久留也。

反而登舟，放乎中流，聽其所止而休焉。時夜將半，四顧寂寥，適有孤鶴，橫江東來，翅如車輪，玄裳縞衣，戛然長鳴，掠予舟而西也。

須臾客去，予亦就睡。夢一道士，羽衣蹁躚，過臨皋之下，揖予而言曰："赤壁之游樂乎？"問其姓名，俛而不答。嗚呼噫嘻！我知之矣，疇昔之夜，飛鳴而過我者，非子也耶！道士顧笑，予亦驚悟。開戶視之，不見其處。

中華書局版《蘇軾文集》卷一

○是歲：宋神宗元豐五年（1082）。○雪堂：蘇軾於黃岡東坡修建的住所。據其《雪堂記》云，堂於大雪中築成，四壁繪雪景，故名。《輿地紀勝》卷四九黃州："東坡，在州治之東百餘步。元豐三年，蘇軾謫居寓臨皋亭，後得此地，立雪堂而徙居焉。七年，移汝州。去黃之日，遂以雪堂付潘大臨兄弟居焉。崇寧壬午，黨禁既興，堂遂毀焉。"○臨皋：即臨皋亭，在黃岡南長江邊，時蘇軾寓居於此。《輿地紀勝》卷四九："在朝宗門外。"○黃泥之坂：雪堂與臨皋間往來必經的山坡。蘇軾有《黃泥坂詞》。《輿地紀勝》卷四九："在高寒堂之西。'過黃泥之坂'是也。"○松江之鱸：松江縣（今屬上海）產四鰓鱸，無鱗，以味美著稱。鱸，郎曄本作鱠。○蒙茸：葱蘢。此指葱蘢叢生的草木。○棲鶻之危巢：《東坡志林·赤壁洞穴》："斷崖壁立，江水深碧，二鶻巢其上。"○馮夷：水神名，即河伯。《竹書紀年·帝芬十六年》："洛伯用與河伯馮夷鬥。"《文選·張衡思玄賦》引舊注："河伯，華陰潼鄉人也。姓馮氏，名夷，浴於河中而溺死，是為河伯。"

超然臺記

【題解】宋神宗熙寧七年（1074），蘇軾由杭州通判任移知密州，第二年作此記。此記首先橫空發議論，接着由理入事，再由事而及景，最後再以理作結。說理處占全文篇幅之半，與以往的亭臺樓閣記寫法不同。安遇順性之理講得昭晰無疑，雖涉理路而有揮灑自如之妙。然後以此理觀物，則臺之四方皆形勝，四時皆佳境。全文突出的是"以我觀物"而不是"人爲物役"的主體精神。《大清一統志·青州府》："超然臺，在諸城縣北城上，宋蘇軾守郡時因舊臺建，刻秦篆置之臺中。又有山堂在超然臺上，蘇軾建。"

凡物皆有可觀。苟有可觀，皆有可樂，非必怪奇瑋麗者也。餔糟啜漓皆可以醉，果蔬草木皆可以飽。推此類也，吾安往而不樂。夫所爲求福而辭禍者，以福可喜而禍可悲也。人之所欲無窮，而物之可以足吾欲者有盡。美惡之辨戰乎中，而去取之擇交乎前，則可樂者常少，而可悲者常多。是謂求禍而辭福。夫求禍而辭福，豈人之情也哉。物有以蓋之矣。彼游於物之內，而不游於物之外。物非有大小也，自其內而觀之，未有不高且大者也。彼挾其高大以臨我，則我常眩亂反覆，如隙中之觀鬥，又烏知勝負之所在？是以美惡橫生，而憂樂出焉，可不大哀乎！

余自錢塘移守膠西，釋舟楫之安，而服車馬之勞，去雕牆之美，而庇采椽之居，背湖山之觀，而行桑麻之野。始至之日，歲比不登，盜賊滿野，獄訟充斥，而齋廚索然，日食杞菊。人固疑余之不樂也。處之期年，而貌加豐，髮之白者，日以反黑。余既樂其風俗之淳，而其吏民亦安予之拙也。於是治其園圃，潔其庭宇，伐安丘、高密之木以修補破敗，爲苟完之計。而園之北，因城以爲臺者舊矣，稍葺而新之。時相與登覽，放意肆志焉。南望馬耳、常山，出沒隱見，若近若遠，庶幾有隱君子乎？而其東則盧山，秦人盧敖之所從遁也。西望穆陵，隱然如城郭，師尚父、齊桓公之遺烈，猶有存者。北俯濰水，慨然太息，思淮陰之功，而弔其不終。臺高而安，深而明，夏涼而冬溫。雨雪之朝，風月之夕，余未嘗不在，客未嘗不從。擷園蔬，取池魚，釀秫酒，瀹脫粟而食之。曰：樂哉游乎！

方是時，余弟子由適在濟南，聞而賦之，且名其臺曰"超然"。以見余之無所往而不樂者，蓋游於物之外也。

中華書局版《蘇軾文集》卷十一

○餔糟啜漓：食酒糟，飲薄酒。○錢塘：錢塘縣時爲杭州州治，此代指杭州，蘇軾熙寧四年至六年（1071—1073）通判杭州。○膠西：今山東膠州、高密等地，此代指密州（治所在今山東諸城）。蘇軾熙寧七年移知密州。○杞菊：枸杞和菊花，其嫩芽、葉可食。菊，或說爲菊花菜，即茼蒿。蘇軾有《後杞菊賦》可參。○安丘：縣名，在今山東濰坊南。○高密：縣名，在今山東膠州西北。○馬耳：馬耳山。《大清一統志·青州府》："在諸城縣西南五十里。……蘇軾詩：'試掃北臺看馬耳。'"○常山：《大清一統志·青州府》："在諸城縣南二十里。"○盧山：《大清一統志·青州府》："在諸城縣南三十里，本名故山。"蘇軾《盧山五詠》其一《盧敖洞》自注："《圖經》云：敖，秦博士避難此山，遂得道。"○穆陵：《大清一統志·青州府》："穆陵關巡司，在臨朐縣南一百里大峴山上。"○師尚父：即姜太公呂尚，商末周初人，輔佐周武王有功，尊爲師尚父，封於齊，穆陵關在齊境內。○齊桓公：名小白，春秋五霸之一。○濰水：今稱濰河。源出山東箕屋山，流經諸城、高密等地，至昌邑入海。○淮陰之功：韓信佐劉邦打天下，封淮陰侯，韓信伐齊，楚使龍且將兵二十萬救齊，與信夾濰水爲陣，爲信所敗。○不終：韓信後來爲呂后所害，不得善終。詳參《史記·淮陰侯列傳》。○瀹：煮。脫粟：祇去秕穀、不加精製的糙米。○子由適在濟南：蘇轍時任齊州守李師中掌書記。濟南：宋濟南府治在今山東歷城。○聞而賦之：蘇轍作《超然臺賦》（見《欒城集》卷十七），其序略云："老子曰：'雖有榮觀，燕處超然。'嘗試以'超然'命之，可乎？"

文與可畫篔簹谷偃竹記

【題解】《篔簹谷偃竹》是文與可畫給蘇軾的一幅墨竹圖。元豐二年（1079）正月，文與可去世，同年七月，蘇軾睹物思人而作此記。自畫法說起，而敘及與此畫相關的詩書往來，不獨見與可畫竹之妙，亦在詼嘲游戲間見二人相知之深與親密無間。以樂寫哀，倍增哀情。讀此記可知蘇軾不獨擅議論與抒寫曠達心胸，而且長於抒發人間之至情。

　　竹之始生，一寸之萌耳，而節葉具焉。自蜩腹蛇蚹以至於劍拔十尋者，生而有之也。今畫者乃節節而爲之，葉葉而累之，豈復有竹乎？故畫竹必先得成竹於胸中，執筆熟視，乃見其所欲畫者，急起從之，振筆直遂，以追其所見，如兔起鶻落，少縱則逝矣。與可之教予如此，予不能然也，而心識其所以然。夫既心識其所以然而不能然者，內外不一，心手不相應，不學之過也。故凡有見於中而操之不熟者，平居自視了然，而臨事忽焉喪之，豈獨竹乎！

　　子由爲《墨竹賦》以遺與可曰："庖丁，解牛者也，而養生者取之。輪扁，斲輪者也，而讀書者與之。今夫夫子之托於斯竹也，而予以爲有道者，則非邪？"子由未嘗畫也，故得其意而已。若予者，豈獨得其意，並得其法。

　　與可畫竹，初不自貴重，四方之人持縑素而請者，足相躡於其門。與可厭之，投諸地而罵曰："吾將以爲韈材。"士大夫傳之，以爲口實。及與可自洋州還，而余爲徐州，與可以書遺余，曰："近語士大夫，吾墨竹一派，近在彭城，可往求之。韈材當萃於子矣。"書尾復寫一詩，其略曰："擬將一段鵝溪絹，掃取寒梢萬尺長。"予謂與可，竹長萬尺，當用絹二百五十匹，知公倦於筆硯，願得此絹而已。與可無以答，則曰："吾言妄矣，世豈有萬尺竹也哉！"余因而實之，答其詩曰："世間亦有千尋竹，月落庭空影許長。"與可笑曰："蘇子辯則辯矣。然二百五十匹，吾將買田而歸老焉。"因以所畫《篔簹谷偃竹》遺予，曰："此竹數尺耳，而有萬尺之勢。"篔簹谷在洋州，與可嘗令予作《洋州三十詠》，篔簹谷其一也。予詩云："漢川修竹賤如蓬，斤斧何曾赦籜龍。料得清貧饞太守，渭濱千畝在胸中。"與可是日與其妻游谷中，燒筍晚食，發函得詩，失笑噴飯滿案。

元豐二年正月二十日，與可没於陳州。是歲七月七日，予在湖州曝書畫，見此竹，廢卷而哭失聲。昔曹孟德《祭橋公文》，有"車過""腹痛"之語，而予亦載與可疇昔戲笑之言者，以見與可於予親厚無間如此也。

中華書局版《蘇軾文集》卷十一

○文與可：文同（1018—1079），字與可，梓州永泰（今四川鹽亭）人，蘇軾從表兄，善詩、文、書法，尤精畫竹，湖州竹派開創者。有《丹淵集》。《宋史》卷四四三有傳。○篔簹谷：在洋州（今陝西洋縣）西北五里，因產篔簹竹而得名。○偃竹：偃臥而生長的竹。○蜩腹蛇蚹：蟬的肚子和蛇肚子上的橫鱗，蘇軾以此形容初生的竹筍。《莊子·齊物論》有"吾待蛇蚹蜩翼邪"？○子由爲《墨竹賦》：《欒城集》卷十七有《墨竹賦》。○"庖丁"三句：事見《莊子·養生主》，文惠君（梁惠王）在看過庖丁解牛且聽了庖丁的談話後，領悟到"養生"的道理。○"輪扁"三句：事見《莊子·天道》，齊桓公看過輪扁斲輪後，認識到自己讀書的方法與內容有偏失。○並得其法：蘇軾畫墨竹的方法出於文同，畫苑上以文、蘇並稱。○縑素：帶黃色的絹稱爲縑，潔白的稱素，皆絲織品。○與可自洋州還，而余爲徐州：文同於神宗熙寧八年（1075）出守洋州，十年冬回京師，蘇軾熙寧九年十二月由密州移知徐州，十年及元豐元年（1078）均在徐州。○彭城：即徐州。○鵝溪絹：文同家鄉西北之鵝溪出產的絹，細勻，宜於作畫，唐時鵝溪絹爲貢品。文同此詩，《丹淵集》中無。○《洋州三十詠》：《蘇軾詩集》卷十四有《和文與可洋州園池三十首》，作於熙寧九年三月密州任所，《丹淵集》卷十五有《守居園池雜題三十首》，篔簹谷是其中一題。○漢川：指洋州，因洋州爲漢水流經之地，故稱。○籜龍：竹筍。○渭濱千畝：語出《史記·貨殖列傳》："渭川千畝竹……此其人皆與千户侯等。"渭濱指渭川之濱。渭水源出甘肅渭源縣鳥鼠山，流經陝西省與涇河、北洛河合，至潼關縣入黃河。○與可没於陳州：文同元豐元年除知湖州（今浙江吳興），由汴京赴任，元豐二年途經陳州（今河南淮陽）宛丘驛病逝，年六十一。文同去世後，蘇軾繼任湖州知州，元豐二年四月，蘇軾到湖州任所。○曹孟德《祭橋公文》：即曹操《祀故太尉橋玄文》，文云："又承從容約誓之言：'殂逝之後，路有經由，不以斗酒隻雞過相沃酹，車過三步，腹痛勿怪。'雖臨時戲笑之言，非至親之篤好，胡肯爲此辭乎？"曹操年輕時不爲世所知，獨受橋玄賞識獎助，二人情誼深厚。建安七年（202）曹操軍過浚儀（治所在開封），派人祭祀橋玄，並親撰此祭文（事文均見《三國志·魏書·武帝紀》裴松之注）。

潮州韓文公廟碑

【題解】《文心雕龍·誅碑》："標序盛德，必見清風之華；昭紀鴻懿，必見峻偉之烈：此碑之制也。"韓愈之"盛德"、"鴻懿"，已爲不少人稱頌，而蘇軾此碑一出，衆說盡廢，正因其高瞻遠矚，概括出韓愈道德文章的崇高地位。雄詞偉論加以磅礴澎湃的文勢，使此文爲古今所推。《輿地紀勝》卷一百潮州："昌黎伯廟：韓愈元和中貶潮州刺史，至今廟食。皇朝元祐五年，封昌黎伯廟。舊在州後，今移水南。"

匹夫而爲百世師，一言而爲天下法。是皆有以參天地之化，關盛衰之運。其生也有自來，其逝也有所爲。故申呂自岳降，傅說爲列星，古今所傳，不可誣也。孟子曰："吾善養吾浩然之氣。是氣也，寓於尋常之中，而塞乎天地之間。"卒然遇之，則王公失其貴，晉、楚失其富，良、平失其智，賁、育失其勇，儀、秦失其辯，是孰使之然哉？其必有不依形而立，不恃力而行，不待生而存，不隨死而亡者矣。故在天爲星辰，在地爲河岳。幽則爲鬼神，而明則復爲人。此理之常，無足怪者。

自東漢以來，道喪文弊，異端並起，歷唐貞觀、開元之盛，輔以房、杜、姚、宋而不能救。獨韓文公起布衣，談笑而麾之，天下靡然從公，復歸於正，蓋三百年於此矣。文起八代之衰，而道濟天下之溺，忠犯人主之怒，而勇奪三軍之帥。豈非參天地、關盛衰，浩然而獨存者乎！蓋嘗論天人之辨，以謂人無所不至，惟天不容偽。智可以欺王公，不可以欺豚魚。力可以得天下，不可以得匹夫匹婦之心。故公之精誠，能開衡山之雲，而不能回憲宗之惑。能馴鱷魚之暴，而不能弭皇甫鎛、李逢吉之謗。能信於南海之民，廟食百世，而不能使其身一日安於朝廷之上。蓋公之所能者，天也。所不能者，人也。

始，潮人未知學，公命進士趙德爲之師。自是潮之士，皆篤於文行，延及齊民，至於今，號稱易治。信乎孔子之言：“君子學道則愛人，小人學道則易使也。”潮人之事公也，飲食必祭，水旱疾疫，凡有求必禱焉。而廟在刺史公堂之後，民以出入爲艱。前守欲請諸朝作新廟，不果。元祐五年，朝散郎王君滌來守是邦，凡所以養士治民者，一以公爲師。民既悅服，則出令曰：“願新公廟者聽。”民讙趨之。卜地於州城之南七里，期年而廟成。

或曰：“公去國萬里，而謫於潮，不能一歲而歸，沒而有知，其不眷戀於潮，審矣。”軾曰：“不然。公之神在天下者，如水之在地中，無所往而不在也。而潮人獨信之深，思之至，焄蒿悽愴，若或見之。譬如鑿井得泉，而曰水專在是，豈理也哉！”元豐七年，詔封公昌黎伯，故榜曰昌黎伯韓文公之廟。潮人請書其事於石，因作詩以遺之，使歌以祀公。其詞曰：

公昔騎龍白雲鄉，手抉雲漢分天章，天孫爲織雲錦裳。飄然乘風來帝旁，下與濁世掃粃糠。西游咸池略扶桑，草木衣被昭回光。追逐李杜參翱翔，汗流籍湜走且僵，滅沒倒景不可望。作書詆佛譏君王，要觀南海窺衡湘，歷舜九疑弔英皇。祝融先驅海若藏，約束鮫鱷如驅羊。鈞天無人帝悲傷，謳吟下招遣巫陽。犦牲雞卜羞我觴，於粲荔丹與蕉黃。公不少留我涕滂，翩然被髮下大荒。

中華書局版《蘇軾文集》卷十七

○匹夫而爲百世師：《史記・孔子世家》：“孔子布衣，傳十餘世，學者宗之。”《孟子・盡心下》：“聖人，百世之師也。”○一言而爲天下法：

語出《禮記·中庸》:"是故君子動而世爲天下道,行而世爲天下法,言而世爲天下則。"○參天地之化:語出《禮記·中庸》:"可以贊天地之化育,則可以與天地參矣。"朱熹注:"與天地參,謂與天地並立爲三矣。"○申呂自岳降:《詩經·大雅·崧高》:"崧高維岳,駿極於天。維岳降神,生甫及申。維申及甫,維周之翰,四國於蕃,四方於宣。"朱熹《集傳》:"言岳山高大,而降其神靈和氣,以生甫侯、申伯,實能爲周之楨幹屏蔽,而宣其德澤於天下也。"甫侯亦稱呂侯,與申伯都是周宣王、穆王時大臣。○傅說爲列星:傅說,殷高宗武丁的大臣。《莊子·大宗師》載其"相武丁,奄有天下,乘東維,騎箕尾,而比於列星"。○"孟子曰"二句:出自《孟子·公孫丑上》。○"是氣也"三句:語出《孟子·公孫丑上》:"其爲氣也,至大至剛,以直養而無害,則塞於天地之間。"○晉、楚:《孟子·公孫丑下》載:"曾子曰:'晉、楚之富,不可及也。'"晉,今山西一帶。楚,今湖南、湖北、江蘇、浙江一帶。○良、平:張良、陳平,漢高祖的謀臣。○賁、育:孟賁、夏育,傳說中的古代勇士。○儀、秦:張儀、蘇秦,戰國時游說列國、辯才無礙的縱橫家。○幽則爲鬼神:《禮記·樂記》:"幽則有鬼神。"○道喪文弊:儒家學說及思想衰微,先秦以來的古文衰敗。弊,通敝。○異端:此指漢魏以來興盛的佛教、道教。韓愈《原道》:"周道衰,孔子沒,火於秦,黃、老於漢,佛於晉、魏、梁、隋之間。"○貞觀:唐太宗年號(627—649)。開元:唐玄宗年號(713—741)。貞觀、開元時期,史稱盛世。○房、杜、姚、宋:房玄齡、杜如晦,唐太宗時宰相。姚崇、宋璟,唐玄宗時宰相。皆著名賢相。○三百年:從韓愈倡導古文至蘇軾寫此文,約三百年。○文起八代之衰:八代指東漢、魏、晉、宋、齊、梁、陳、隋。參《舊唐書·韓愈傳》。○道濟天下之溺:道指韓愈所倡導的儒家之道。濟,拯救。溺,沉溺、沉迷於(佛、老)。參《新唐書·韓愈傳》。○忠犯人主之怒:指韓愈上表諫迎佛骨而觸怒憲宗之事。詳見《新唐書·韓愈傳》。○勇奪三軍之帥:指韓愈奉穆宗命令前往鎮州，宣撫王廷湊並使之折服一事。詳見《新唐書·韓愈傳》。〇人無所不至，惟天不容僞：人可以無所不用其極，但上天不容許其僞詐。《論語·陽貨》："苟患失之，無所不至矣。"〇欺豚魚：《易·中孚》："豚魚吉。信及豚魚也。"孔穎達疏："釋所以得吉，由信及豚魚故也。"〇能開衡山之雲：韓愈被貶潮州，路過衡山，正值秋雨陰晦，雲霧籠罩，他虔誠祈禱，須臾雲開霧散，天晴峰出。韓愈《謁衡岳廟遂宿岳寺題門樓》詩詳述此事。衡山：南岳，在今湖南。〇不能回憲宗之惑：指諫迎佛骨而被憲宗貶斥潮州一事。〇能馴鱷魚之暴：指韓愈在潮州寫《祭鱷魚文》警告鱷魚，使鱷魚一夜之間消失一事，詳見《新唐書·韓愈傳》。〇皇甫鎛、李逢吉之謗：韓愈貶謫潮州後上表，憲宗有使其官復原職意，受皇甫鎛間阻，祇內移爲袁州刺史。穆宗時，韓愈官至京兆尹兼御史大夫，因宰相李逢吉搬弄事端，罷斥爲兵部侍郎。二事均詳見《新唐書·韓愈傳》。〇南海：指潮州。〇廟食：受後代人立廟祭祀。〇趙德：潮州人，曾輯韓愈文爲《文錄》。韓愈《潮州請置鄉校牒》稱其有文章，通經術，並薦其攝海陽縣尉，爲衙推官，辦理州學。〇齊民：平民。〇"君子學道則愛人"二句：見《論語·陽貨》。〇刺史公堂：州長官辦公的廳堂。潮州州治在海陽縣。〇元祐五年：宋哲宗元祐五年（1090）。〇朝散郎：宋元豐改制前爲從七品上階文散官，元豐三年（1080）後廢文散官，遂爲新寄祿官，相當於舊寄祿官中行員外郎、起居舍人。王滌：生平事迹不詳。〇不能一歲而歸：韓愈於唐憲宗元和十四年（819）正月貶潮州刺史，同年十月移袁州刺史，在潮不滿一年。〇不眷戀於潮：韓愈《潮州刺史謝上表》言"居蠻夷之地，與魑魅爲群"及"懷痛窮天，死不閉目。瞻望宸極，魂神飛去"，表明厭惡潮州，希望調回朝廷爲官。〇焄蒿悽愴：鬼神之精氣引發出悲愴感情。《禮記·祭義》："衆生必死，死必歸土，引之謂鬼。骨肉斃於下，陰爲野土，其氣發揚於上，爲昭明，焄蒿，悽愴，此百物之精也，神之著也。"孔穎達疏："焄，謂香臭也，言百物之氣或香或臭。蒿，謂蒸出貌，言此香臭蒸而上出，其氣薆然也。悽愴者，謂此等之氣，人聞之，情有悽有愴。"此指韓愈死後之精氣使人聞而悽愴。○元豐七年：宋神宗元豐七年（1084）。○昌黎伯：韓愈自稱祖籍昌黎，且昌黎爲韓氏郡望，因封。○手抉雲漢分天章：《詩經·大雅·棫樸》："倬彼雲漢，爲章於天。"雲漢：銀河。天章：猶天文，指分布在天空中的日月星辰等。此句言韓愈從銀河裏分取上天的文采。○天孫：即織女星。《史記·天官書》："織女，天女孫也。"○秕糠：穀不熟爲秕，穀皮爲糠，此喻邪魔外道。○咸池：神話中太陽沐浴的地方。○略：巡行、巡視。○扶桑：神木名。屈原《離騷》："飲余馬於咸池兮，總余轡乎扶桑。"○昭回：指日月。沈佺期《巫山高》："巫山峰十二，環合隱昭回。"一說昭回爲星辰光耀隨天而轉。○追逐李杜參翱翔：韓愈《調張籍》："李杜文章在，光焰萬丈長。……我願生兩翅，捕逐出八荒。"○汗流籍湜走且僵：《新唐書·韓愈傳》："至其徒李翱、李漢、皇甫湜從而效之，遽不及遠甚。"籍，張籍。湜，皇甫湜。○滅沒倒景：謂韓愈在文壇極高處快速奔跑，他人不可企及。滅沒，《列子·說符》："天下之馬者，若滅若沒，若亡若失。"後以滅沒形容馬跑得極快，此指韓愈。倒景，指天上最高處。《史記·司馬相如列傳》："貫列缺之倒景兮。"裴駰《集解》："列缺，天閃也。倒景，日在下。"景同影。《文選·郭璞〈游仙詩〉》李善注引曹丕《典論》曰："其人浮游列缺，翱翔倒景。"○衡湘：即衡山、湘江，指湖南的名山大川。○歷舜九疑弔英皇：《史記·五帝紀》載"（舜）南巡狩，崩於蒼梧之野，葬於江南九疑"。九疑，即九嶷山，又名蒼梧，在今湖南寧遠南。英皇，即娥皇、女英，舜之二妃，相傳死於江、湘之間。韓愈有《祭湘君夫人文》及《黃陵廟碑》，皆言二妃事。○祝融：南海之神。韓愈《南海神廟碑》謂"南海神次最貴，在北東西三神、河伯之上，號爲祝融"。○海若：海神。祝融先驅海若藏，謂海神遠走潛藏，潮州人不受暴風雨之災。○約束鮫鱷如驅羊：指祭鱷魚事。○鈞天：《呂氏春秋·有始》："中央曰鈞天。"○謳吟下招遣巫陽：派遣巫陽到下界謳吟以招韓愈之魂。巫陽：神巫名。《楚辭·招魂》："帝告巫陽曰：'有人在下，我欲輔之。魂魄離散，汝筮予之。'巫陽……乃下招曰：'魂兮歸來。'"〇犦牲：單峰駝，即犛牛。《爾雅·釋畜》"犦牛"郭璞注："領上肉犦胅起，高二尺許，狀如橐駝，肉鞍一邊，健行者日三百餘里。今交州合浦徐聞縣出此牛。"〇雞卜：以雞骨或雞卵占吉凶禍福，起源甚早。《史記·孝武本紀》："乃令越巫立越祝祠，安臺無壇，亦祠天神上帝百鬼，而以雞卜。上信之，越祠雞卜始用焉。"張守節《史記正義》及宋人周去非《嶺外代答·雞卜》對其占法描述甚詳。唐張說《宋公遺愛碑頌》："犦牛牲兮菌雞卜，神降福兮公壽考。"〇羞：進獻（飲食）。〇於粲：色彩鮮明。於，歎詞。〇翩然被髮下大荒：韓愈《雜詩》："翩然下大荒，被髮騎麒麟。"《山海經·大荒西經》："大荒之中，有山名大荒之山，日月所入。"

與謝民師推官書

【題解】 謝民師名舉廉，新淦（今江西新干）人，元豐八年（1085）進士。"東坡自嶺南歸，民師袖書及舊作邀謁，東坡覽之，大見稱賞。"（曾敏行《獨醒雜志》卷一）此信即作於蘇軾讀過謝民師"詩賦雜文"後，由稱賞謝作進而論及文學創作的標準，再由此標準衡量前人作品，批評揚雄而褒贊屈原、賈誼，是一封膾炙人口的文藝書簡。論文一節尤爲人稱道，稱賞謝文語也常被後人用來評蘇軾文。書信是極自由的文體，蘇軾行雲流水般的風格在這種文體中表現得尤其充分。

軾啓。近奉違，亟辱問訊，具審起居佳勝，感慰深矣。軾受性剛簡，學迂材下，坐廢累年，不敢復齒縉紳。自還海北，見平生親舊，惘然如隔世人，況與左右無一日之雅，而敢求交乎？數賜見臨，傾蓋如故，幸甚過望，不可言也。

所示書教及詩賦雜文，觀之熟矣。大略如行雲流水，初無定質，但常行於所當行，常止於所不可不止，文理自然，姿態橫生。孔子曰："言之不文，行而不遠。"又曰："辭達而已矣。"夫言止於達意，即疑若不文，是大不然。求物之妙，如繫風捕影，能使是物了然於心者，蓋千萬人而不一遇也。而況能使了然於口與手者乎？是之謂辭達。辭至於能達，則文不可勝用矣。

揚雄好爲艱深之詞，以文淺易之說，若正言之，則人人知之矣。此正所謂雕蟲篆刻者，其《太玄》、《法言》皆是類也。而獨悔於賦，何哉？終身雕蟲，而獨變其音節，便謂之經，可乎？屈原作《離騷經》，蓋風雅之再變者，雖與日月爭光可也。可以其似賦而謂之雕蟲乎？使賈誼見孔子，升堂有餘矣，而乃以賦鄙之，至與司馬相如同科！雄之陋，如此比者甚衆。可與知者道，難與俗人言也。因論文偶及之耳。

歐陽文忠公言文章如精金美玉，市有定價，非人所能以口舌定貴賤也。紛紛多言，豈能有益於左右，愧悚不已。

所須惠力法雨堂字。軾本不善作大字，強作終不佳，又舟中局迫難寫，未能如教。然軾方過臨江，當往游焉。或僧欲有所記錄，當作數句留院中，慰左右念親之意。今日已至峽山寺，少留即去。愈遠。惟萬萬以時自愛。不宣。

中華書局版《蘇軾文集》卷四十九

○奉違：離別。奉，敬詞。○剛簡：《三國志·蜀書·鄧芝傳》："性剛簡，不飾意氣，不得士類之和。"○縉紳：即搢紳。插笏垂紳，古代高級官吏的服飾，引申爲官僚士大夫。○一日之雅：語出《漢書·谷永傳》。顏注："雅，素也。……言非宿素之交。"○傾蓋如故：《史記·魯仲連鄒陽列傳》："諺曰：'白頭如新，傾蓋如故。'何則？知與不知也。"○"言之不文"二句：語出《左傳·襄公二十五年》。○辭達而已矣：語出《論語·衛靈公》。朱熹《集注》："辭取達意而止，不以富麗爲工。"○揚雄：字子雲，西漢著名學者、辭賦家。○"此正所謂"二句：揚雄《法言·吾子》："或問：'吾子少而好賦？'曰：'然。童子雕蟲篆刻。'俄而曰：'壯夫不爲也。'"雕蟲篆刻：此指雕琢詞句。《漢書·揚雄傳》："其意欲求文章成名於後世，以爲經莫大於《易》，故作《太玄》；傳莫大於《論語》，作《法言》。"○《離騷經》：漢王逸注《楚辭》，稱《離騷》爲經，《九章》、《九歌》等爲傳。○"風雅之再變者"句：漢人稱《詩經》中抒寫憂怨的一些詩爲"變風"、"變雅"（見《毛詩序》），蘇軾因稱《離騷》爲"風雅之再變"。○雖與日月爭光可也：出自《史記·屈原列傳》。○"使賈誼見孔子"四句：《法言·吾子》："如孔氏之門用賦也，則賈誼升堂，相如入室矣；如其不用何！"賈誼、司馬相如，皆西漢著名辭賦家，但賈誼學屈原，辭賦與司馬相如風格不同，其政論文也著名。古人以入門、升堂、入室比喻學問道德由淺入深的三種境界。《論語·先進》："子曰：'由也，升堂矣！未入於室也。'"○"歐陽文忠公言"句：歐陽修《蘇氏文集序》："斯文，金玉也。"○惠力：寺名，疑即慧力寺。《輿地紀勝》卷三四臨江軍："慧力寺，在軍南。唐歐陽處士之宅也。寺無常產而常贍百衆。"但未言及蘇軾。《大清一統志·臨江府》："慧力寺在清江縣南二里，瀕江。即唐歐陽處士宅。寺創南唐，盛於宋。……有蘇軾《金剛經》碑，今存其半。"○法雨堂：當爲惠力寺中堂名。○臨江：宋置軍，治所在今江西清江。○峽山寺：即廣慶寺，一名飛來寺，在廣東清遠東峽山上。古代名刹之一。

記承天夜游

【題解】 蘇軾至黃州第四年作此小文。"文至東坡真是不須作文，祇隨事記錄便是文"（王聖俞《蘇長公小品》）。此文便是"隨事記錄"。

元豐六年十月十二日，夜，解衣欲睡，月色入户，欣然起行。念無與爲樂者，遂至承天寺，尋張懷民。懷民亦未寢，相與步於中庭。庭下如積水空明，水中藻荇交橫，蓋竹柏影也。何夜無月，何處無竹柏，但少閑人如吾兩人者耳。黃州團練副使蘇某書。

中華書局版《蘇軾文集》卷七一

○承天：即承天寺，在黃州治所黃岡南。○張懷民：據王文誥《蘇詩編年總案》卷二十二所言，即張夢得，又字偓佺，清河（今屬河北）人。張夢得元豐六年（1083）謫黃州，初到時寓居承天寺。

輯 錄

◎蘇軾《東坡題跋》卷一《文說》：吾文如萬斛泉源，不擇地皆可出。在平地滔滔汩汩，雖一日千里無難，及其與山石曲折，隨物賦形，而不可知也。所可知者，常行於所當行，常止於不可不止，如此而已矣。其他，雖吾亦不能知也。

◎羅大經《鶴林玉露》乙編卷三：《莊子》之文，以無爲有；《戰國策》之文，以曲作直。東坡平生熟此二書，故其爲文，橫說豎說，惟意所到，俊辯痛快，無復滯礙。其論刑賞也，曰："當堯之時，皋陶爲士。將殺人，皋陶曰'殺之'三，堯曰'宥之'三，故天下畏皋陶執法之堅，而樂堯用刑之寬。"其論武王也，曰："使當時有良史如董狐者，則南巢之事，必以叛書；牧野之事，必以弑書；而湯、武，仁人也，必將爲法受惡。周公作《無逸》，曰：'殷王中宗、及高宗、及祖甲，及我周文王，茲四人迪哲。'上不及湯，下不及武王，其以是哉！"其論范增也，曰："增始勸項梁立義帝，諸侯以此服從，中道而弑之，非增意也。夫豈獨非其意，將必力爭而不聽也。不用其言，而殺其所立，羽之疑增，自此始矣。"其論戰國任俠也，曰："楚漢之禍，生民盡矣，豪傑宜無幾，而代相陳豨從車千乘。蕭、曹爲政，莫之禁也。豈懲秦之禍，以爲爵祿不能盡縻天下之士，故少寬之，使得或出於此也耶？"凡此類，皆以無爲有者也。其論屬法禁也，曰："商鞅、韓非之刑，非舜之刑，而所以用刑者，則舜之術也。"其論唐太宗征遼也，曰："唐太宗既平天下，而又歲歲出師，以從事於夷狄。蓋晚而不倦，暴露於千里之外，親擊高麗者再焉。凡此者，皆所以爭先而處強也。"其論從衆也，曰："宋襄公雖行仁義，失衆而亡；田常雖不義，得衆而強。是以君子未論行事之是非，先觀衆心之向背。謝安之用諸桓，未必是，而衆之所樂，則國以乂安；庾亮之召蘇峻，未必非，而勢有不可，則反成危辱。"凡此類，皆以曲作直者也。葉水心云："蘇文架虛行危，縱橫倏忽，數百千言，讀者皆如其所欲出，推者莫知其所自來，古今議論之傑也。"

◎盛如梓《庶齋老學叢談》卷中上：晦庵先生謂：歐、蘇文好處，祇是平易說道理，初不曾使差異底字，換卻尋常的字。

◎王構《修辭鑒衡》卷二：東坡晚年敘事文字，多法柳子厚，而豪邁之氣非柳所能及也。又：張子韶云："歐公文粹如金玉，東坡之文浩如河漢，盛矣哉！"

◎李耆卿《文章精義》：韓如海，柳如泉，歐如瀾，蘇如潮。又：退之雖時有譏諷，然大體醇正，子厚發之以憤激，永叔發之以感慨，子瞻兼憤激感慨而發以諧謔。

◎劉熙載《藝概·文概》：東坡讀《莊子》，歎曰："吾昔有見，口未能言，今見是書，得吾心矣。"後人讀東坡文，亦當有是語。蓋其過人處在能說得出，不但見得到已也。又：東坡最善於沒要緊底題，說沒要緊底話；未曾有底題，說未曾有底話。抑所謂"君從何處看，得此無人態"耶？又：歐文優游有餘，蘇文昭晰無疑。又：介甫之文長於掃，東坡之文長於生。掃故高，生故贍。又：東坡之文工而易。

◎吳子良《林下偶談》：《莊子·內篇·德充符》云："自其異者視之，肝膽楚越也；自其同者視之，萬物皆一也。"東坡《赤壁賦》云："蓋將自其變者觀之，雖天地曾不能以一瞬；自其不變者觀之，則物與我皆無盡也，而又何羨乎？"蓋用《莊子》語意。

◎周密《浩然齋雅談》卷上：東坡《赤壁賦》多用《史記》語。如"杯盤狼藉"、"歸而謀諸婦"，皆《滑稽傳》；"正襟危坐"，《日者傳》；"舉網得魚"，《龜筴傳》。"開戶視之，不見其處"，則如《神女賦》。所謂以文為戲者。

◎姚鼐《古文辭類纂》卷七一《前赤壁賦》諸家集評：方望溪曰："所見無絕殊者，而文境邈不可攀，良由身閑地曠，胸無雜物，觸處流露，斟酌飽滿，不知其所以然而然。豈惟他人不能摹效，即使子瞻更為之，亦不能如此調適而暢遂也。"吳至父曰："……胸襟既高，識解亦絕非常，不得如方氏之說謂'所見無絕殊'也。"

◎楊慎《三蘇文範》卷十六：虞集云：陸士衡云"賦體物而瀏亮"。坡公《前赤壁賦》已曲盡其妙，後賦尤精於體物，如"山高月小，水落石出"，皆天然句法。末用道士化鶴之事，尤出人意表。李贄云：前賦說道理時，有頭巾氣，此（後賦）則靈空奇幻，筆筆欲仙。

◎楊慎《三蘇文範》卷十四：呂雅山云：此篇（《超然臺記》）不唯文思溫潤有餘，而說安遇順性之理，極爲透徹。此坡公生平實際也。故其臨老謫居海外，窮愁顛越，無不自得，真能超然物外者矣。

◎姚鼐《古文辭類纂》卷九：文（《超然臺記》）前半說理，後半敘事，初無巧妙，難在有達生之言可以味耳。

◎浦起龍《古文眉詮》卷六九：文（《文與可畫篔簹谷偃竹記》）如行雲無定質，細案不出畫法授受、畫事往復兩意，統括在親厚無間中。蓋文爲哭友作，不專記篔簹畫竹也。識此大致了當。

◎洪邁《容齋隨筆》卷八：劉夢得、李習之、皇甫持正、李漢，皆稱誦韓公之文，各極其摯……是四人者，所以推高韓公，可謂盡矣。及東坡之碑（《韓文公廟碑》）一出，而後衆說盡廢。其略云……騎龍白雲之詩，蹈屬發越，直到《雅》、《頌》，所謂若捕龍蛇、搏虎豹者。大哉言乎！

◎沈德潛《唐宋八家文讀本》卷二十三：（《與謝民師推官書》）貶揚以伸屈、賈，議論千古。前半"行雲流水"數言，即東坡自道其行文之妙。

◎儲欣《唐宋十大家全集錄·東坡集錄》卷九《記承天夜游》：仙筆也。讀之覺玉宇瓊樓，高寒澄澈。

參考書目

《蘇軾文集》，蘇軾撰，孔凡禮點校，中華書局1986年版。

《蘇軾選集》，蘇軾撰，王水照選注，上海古籍出版社1984年版。

《蘇軾資料彙編》，四川大學中文系唐宋文學研究室編，中華書局1994年版。

思考題

1. 談談蘇洵對蘇軾、蘇轍的影響。

2. 葉適稱蘇軾爲"古今議論之傑",結合蘇軾文章談談蘇軾"議論"的特點。

3. 虞集、李贄認爲《後赤壁賦》比《赤壁賦》好,他們的出發點各是什麽?結合賦體源流談談你的體會。

4. 歐陽修、蘇軾均能兼擅各種文體,試比較其一種文體,感受二人風格異同。

5. 袁宏道認爲:"東坡之可愛者,多其小文小說,……使盡去之,而獨存其高文大册,豈復有坡公哉!"(《蘇長公合作》引)談談蘇軾"小文小說"對晚明小品文的影響。

第六節　蘇門古文

張　耒（1054—1114）

《宋史·張耒傳》:張耒,字文潛,楚州淮陰人。幼穎異,十三歲能爲文,十七時作《函關賦》,已傳人口。游學於陳,學官蘇轍愛之,因得從軾游,軾亦深知之,稱其文汪洋沖澹,有一倡三歎之聲。弱冠第進士,歷臨淮主簿、壽安尉、咸平縣丞。入爲太學錄。遷秘書省正字、著作佐郎、秘書丞、著作郎,史館檢討。居三館八年,顧義自守,泊如也。擢起居舍人。紹聖初,以直龍圖閣知潤州。坐黨籍徙宣州,謫監黃州酒稅,徙復州。徽宗立,起爲通判黃州,知兗州,召爲太常少卿,甫數月,復出知潁、汝二州。崇寧初,復坐黨籍落職,主管明道宮,又因曾爲軾舉哀行服,貶房州別駕,安置於黃。五年,得自便,居陳州。耒儀觀甚偉,有雄才,筆力絕健,於騷詞尤長。時二蘇及黃、晁輩相繼殁,耒獨存,士人就學者衆。誨人作文以理爲主。作詩晚歲益務平淡,效白居易體,而樂府效張籍。久於投閑,家益貧。晚監南嶽廟，主管崇福宮，卒，年六十一。建炎初，贈集英殿修撰。

思淮亭記

【題解】宋神宗元豐元年（1078），張耒二十五歲，得官壽安尉，是年秋到任。在福昌居官期間，他思念家鄉淮陰，以"思淮"易故亭名，並爲之作記。張耒在《賀方回樂府序》中說："文章之於人，有滿心而發，肆口而成，不待思慮而工，不待雕琢而麗者，皆天理之自然，而情性之道也。"此記正合於他的這一說法。

淮之源發於桐柏，其初甚微，或積或行，洋洋而東，旁會支合，滂沛淫溢，連潁合蔡，一流而下，會於壽春，其流浩然。於是蛟龍之所藏，風雨之所興，包山界野，而負千斛之舟。又東行數百里，而汴泗合焉，水益壯，其所負益重，而游者益謹。旁沾遠溉，豐田沃野，物賴其利，而縈抱城郭，間以山麓，洄洑清泚，長魚美蟹、茭蒲葭葦之利，沾及數百里。而南商越賈，高帆巨艫，群行旅集，居民旅肆，烹魚釀酒，歌謠笑語，聯絡於兩隅。自泗而東與潮通，而還於海。

余，淮南人也，自幼至壯，習於淮而樂之。凡風平日霽，四時之變，與夫蛟龍風雨之怪，無所不歷。而今也得官於洛陽之壽安，而官居福昌，凡風俗之所宜，食飲之所嗜，與淮之南異矣。官居之西，有泉幽幽出於北阜，瀹而注之，有聲淙然，聚爲小潭，其上有亭，環以修竹，吾游而樂之，漱濯汲引，無一日不在其上，而時時慨然南望，思淮而莫見之也。於是易亭之故名，曰思淮焉。

夫士雖恥懷其故居，而君子之於故國也，豈漠然若秦越之人哉？故"孔子之去魯也，遲遲吾行也，曰去父母國之道也"。君子不敢樂其所私，而無志於天下，故自其壯也，則出身委質，奔走從事於四方，以求行其學，至安其舊而樂其習，豈與人異情哉？特與夫懷土而不遷異耳。夫棄故而不念，流寓而忘返，則必薄於仁者也。予既不敢愛其所處，出而仕矣，然少之所居處，耳目之所習狎，豈能使予漠然無感於中哉！且夫懷居而不遷，流寓而忘返者，均有罪矣，然與其輕棄其舊也，則累於所習者不猶厚歟？

《四部叢刊》本《張右史文集》卷四九

　　○淮：淮河。《爾雅·釋水》："江、河、淮、濟爲四瀆。四瀆者，發原注海者也。"淮河在張耒時猶入海。1194年因黃河泛濫，殃及淮河，改道入江。○桐柏：今河南、安徽境內桐柏山脈。《水經注》卷三十："淮水出南陽平氏縣胎簪山，東北過桐柏山。"○潁：潁水源出河南登封嵩山西南，東南流至商水縣，納沙河、賈魯河，至安徽壽縣正陽關入淮河。《水經注》卷三十淮水："潁水從西北來流注之。"○蔡：蔡河，又名沙水、蔡水、惠民河，以閡水爲源，入淮。○壽春：今安徽壽縣。《水經注》卷三十淮水："又東北流逕壽春縣故城西。"○汴：即汴渠，自今河南榮陽北引黃河東南流，經今開封及杞縣、睢縣、寧陵、商丘、夏邑、永城等地，復東南經今安徽宿州、靈璧、泗縣和江蘇泗洪縣，至盱眙縣對岸入淮河。○泗：泗水源出山東泗水縣東蒙山南麓，西流經泗水、曲阜、兗州，折南至濟寧東南魯橋下，又南流至江蘇徐州東北，循淤黃河，東南流至淮陰北，注入淮河，爲淮河下游一大支流。後淤廢。《水經注》卷三十淮水："又東北至下邳淮陰縣西，泗水從西北來流注之。"○洄洑：亦作洄澓，湍急迴旋。○清泚：清澈。○旅集：群集。○旅肆：猶旅館。○得官於洛陽之壽安，而官居福昌：元豐元年（1078），張耒得官壽安尉，是年秋到任。壽安縣治在福昌（今河南宜陽西）。○恥懷其故居：《楚辭·遠游》："春秋忽其不淹兮，奚久留此故居？"王逸注："何必舊鄉，可浮游也。"○"君子之於故國也"二句：《荀子·禮論》："過故鄉，則必徘徊焉，鳴號焉，躑躅焉，踟躕焉，然後能去之也。"○"孔子之去魯也"三句：語出《孟子·盡心下》："孟子曰：孔子之去魯也，曰：'遲遲吾行也。'去父母國之道也。"○出身：爲官。王充《論衡·超奇》："有如唐子高、谷子雲之吏，出身盡思，竭筆牘之力，煩憂適有不解者哉？"○委質：亦作委摯、委贄。《國語·晉語九》："臣聞之，委質爲臣，無有二心，委質而策死，古之法也。"韋昭注："言委贄於君，書名於冊，示必死也。"

| 輯　錄 |

◎汪藻《浮溪集》卷一七《柯山張文潛集書後》：元祐中，兩蘇公以文倡天下，從之游者，公與黃魯直、秦少游、晁無咎號四學士，而文潛之年爲最少。公於詩文兼長，雖當時，鮮復公比。兩蘇公、諸學士相繼以殁，公巋然獨存，故詩文傳於世者尤多。若其體制敷腴，音節疏亮，則後之學公者，皆莫能仿佛。

◎蔣光煦《東湖叢記》卷一《張右史文集序》：其文章雄深雅健、纖穠瑰麗，無所不有。

◎《張耒集》附馬馴《張文潛文集序》：文潛文雄健秀傑類子由，視長公渾涵光芒雖若不及，而謹嚴持正自其所長。

◎吳子良《林下偶談》：文字之雅淡不浮、混融不琢、優游不迫者，李習之、歐陽永叔、王介甫、王深甫、李泰伯、張文潛，雖其淺深不同，而大略相近，居其最則歐公也。

◎呂祖謙《古文關鍵·總論》：張文知變而不知常。

◎劉熙載《藝概·文概》：東坡之文工而易，觀其言"秦得吾工，張得吾易"，分明自作贊語。文潛卓識偉論過少游，然固在坡函蓋中。

◎洪邁《容齋五筆》卷一：張文潛誨人作文，以理爲主。嘗著論云："自六經以下，至於諸子百氏、騷人、辯士論述，大抵皆將以爲寓理之具也。故學文之端，急於明理。如知文而不務理，求文之工，世未嘗有是也。夫決水於江河淮海也，順道而行，滔滔汩汩，日夜不止，衝砥柱，絕呂梁，放於江湖而納之海。其舒爲淪漣，鼓爲濤波，激之爲風飈，怒之爲雷霆，蛟龍魚鼈，噴薄出沒，是水之奇變也。水之初豈如是哉！順道而決之，因其所遇而變生焉。溝瀆東決而西竭，下滿而上虛，日夜激之，欲見其奇，彼其所至者，蛙蛭之玩耳。江河淮海之水，理達之文也，不求奇而奇至矣。激溝瀆而求水之奇，此無見於理而欲以言語句讀爲奇，反覆咀嚼，卒亦無有，此最文之陋也。"一時學者仰以爲至言。予作史，采其語著於本傳中。

晁補之（1053—1110）

《宋史·晁補之傳》：晁補之，字無咎，濟州鉅野人。聰敏強記，纔解事即善屬文。十七歲從父官杭州，稡錢塘山川風物之麗，著《七述》以謁州通判蘇軾，軾稱其文博辯雋偉，絕人遠甚，由是知名。舉進士，試開封及禮部別院，皆第一。元祐初，爲太學正，除秘書省正字，遷校書郎、著作佐郎。章惇當國，出知齊州。坐修《神宗實錄》失實，降通判應天府、亳州，又貶監處、信二州酒稅。徽宗立，拜吏部員外郎、禮部郎中，兼國史編修、實錄檢討官。黨論起，出知河中府，徙湖州、密州、果州，遂主管鴻慶宮。還家，葺歸來園，自號歸來子。忘情仕進，慕陶潛爲人。大觀末，出黨籍，起知達州，改泗州，卒，年五十八。補之才氣飄逸，嗜學不知倦。文章溫潤典縟，其淩麗奇卓出於天成。尤精楚詞，論集屈、宋以來賦詠爲《變離騷》等三書。

新城游北山記

【題解】 張耒《晁無咎墓誌銘》云："（晁）自少爲文，即能追步屈、宋、班、揚，下及韓愈、柳宗元之作，淩麗奇卓，出於天然。"晁補之的這篇山水游記即有模仿柳宗元此類作品的痕迹，注重對北山景物的細緻描繪，風格也清峭簡淡，與擅長議論的一些宋人游記如王安石《游褒禪山記》、蘇軾《石鐘山記》不同。

去新城之北三十里，山漸深，草木泉石漸幽。初猶騎行石齒間，旁皆大松，曲者如蓋，直者如幢，立者如人，臥者如虬。松下草間，有泉沮洳伏見，墮石井，鏘然而鳴。松間藤數十尺，蜿蜒如大虺。其上有鳥，黑如鴝鵒，赤冠長喙，俛而啄，磔然有聲。稍西一峰高絕，有蹊介然，僅可步。

繫馬石觜，相扶攜而上。篁篠仰不見日，如四五里，乃聞雞聲，有僧布袍躡履來迎，與之語，睯而顧，如麋鹿不可接。頂有屋數十間，曲折依崖壁爲欄楯，如蝸鼠繚繞，乃得出。門牖相值，既坐，山風颯然而至，堂殿鈴鐸皆鳴，二三子相顧而驚，不知身之在何境也。

且暮皆宿。於時九月，天高露清，山空月明，仰視星斗，皆光大，如適在人上。窗間竹數十竿，相摩戛，聲切切不已。竹間海棕，森然如鬼魅離立突鬢之狀。二三子又相顧魄動而不得寐。遲明皆去。

既還家數日，猶恍惚若有遇，因追記之。後不復到，然往往想見其事也。

《四部叢刊》本《雞肋集》卷三一

○新城：新城縣屬宋兩浙路，今在浙江桐廬境內。○沮洳：低濕。○虺：毒蛇。○鵓鴣：俗呼了哥。○介然：間隔、隔開的樣子。司馬光《上皇帝疏》："遂使兩宮之情，介然有隙。"○睯：同愕。李白《壁畫蒼鷹贊》："群賓失席以睯眙，未悟丹青之所爲。"○海棕：一本作"梅棕"。○離立：並立。《禮記·曲禮上》："離立者，不出中間。"孔穎達疏："又若見有二人並立，當已行路，則避之；不得輒當其中間出也。"

|輯　錄|

◎晁補之《雞肋集自序》：夫物有質者必有文，文者，質之所以辨也。古之立言者當之。平居論說諷詠，應物接事，不能無言，非虎豹犬羊之異也，食之則無所得，棄之則可惜，其雞肋乎！

◎呂祖謙《古文關鍵·總論》：晁文粗率。自秦（觀）而下三人（張耒、晁補之）皆學蘇者。

◎《四庫全書總目·雞肋集》：張耒嘗言"補之自少爲文，即能追步屈、宋、班、揚，下逮韓愈、柳宗元之作，促駕力鞭，務與之齊而後已"。胡仔《苕溪漁隱叢話》亦稱："余觀《雞肋集》，古樂府是其所長，辭格俊逸可喜。"今觀其集，古文波瀾壯闊，與蘇軾父子相馳驟；諸體詩俱風骨高騫，一往俊邁，並駕於張、秦之間，亦未知孰爲先後。

◎高步瀛《唐宋文舉要》甲編卷八《新城游北山記》：摹寫極工，巉刻處直逼柳州。

李格非（生卒年不詳）

《宋史·李格非傳》：李格非，字文叔，濟南人。其幼時，俊警異甚。有司方以詩賦取士，格非獨用意經學，著《禮記說》至數十萬言，遂登進士第。調冀州司戶參軍，試學官，爲鄆州教授。入補太學錄，再轉博士，以文章受知於蘇軾。嘗著《洛陽名園記》，謂"洛陽之盛衰，天下治亂之候也"。其後洛陽陷於金，人以爲知言。紹聖立局編元祐章奏，以爲檢討，不就，忤執政意，通判廣信軍。召爲校書郎，遷著作佐郎、禮部員外郎，提點京東刑獄，以黨籍罷。卒，年六十一。苦心工於詞章，陵轢直前，無難易可否，筆力不少滯。嘗言："文不可以苟作，誠不著焉，則不能工。"妻王氏，拱辰孫女，亦善文。女清照，詩文尤有稱於時。

洛陽名園記論

【題解】 李格非《洛陽名園記》記述了北宋時洛陽名園十九處，最後以此文總論其作記的目的。其中"洛陽之盛衰，天下治亂之候也"、"園圃之廢興，洛陽盛衰之候也"是一篇之警策、全書之警策，北宋亡後尤爲宋人深思。全文凝練而恢宏。

論曰：洛陽處天下之中，挾殽澠之阻，當秦隴之襟喉，而趙魏之走集，蓋四方必爭之地也。天下常無事則已，有事則洛陽必先受兵。予故嘗曰："洛陽之盛衰，天下治亂之候也。"

方唐貞觀、開元之間，公卿貴戚開館列第於東都者，號千有餘邸。及其亂離，繼以五季之酷，其池塘竹樹，兵車蹂踐，廢而爲丘墟，高亭大榭，煙火焚燎，化而爲灰燼，與唐共滅而俱亡者，無餘處矣。予故嘗曰："園圃之廢興，洛陽盛衰之候也。"且天下之治亂，候於洛陽之盛衰而知；洛陽之盛衰，候於園圃之廢興而得，則《名園記》之作，予豈徒然哉？

嗚呼！公卿大夫方進於朝，放乎一己之私意以自爲，而忘天下之治忽，欲退享此樂，得乎？唐之末路是矣！

中華書局版《洛陽名園記》卷末

〇穀：即崤山，在今河南洛寧北，東接澠池縣界，西接陝西。澠：澠池，在今河南。〇秦隴：今陝西、甘肅一帶。〇趙魏：戰國時趙國、魏國，略當於今河北、山西一帶。〇走集：邊界要塞、交通要衝。《左傳・昭公二十三年》："正其疆場，修其土田，險其走集，親其民人。"杜預注："走集，邊境之壘壁。"〇五季：後梁、後唐、後晉、後漢、後周五代。〇治忽：治理與忽怠。《尚書・益稷》："予欲聞六律、五聲、八音，在治忽，以出納五言。"孔傳："言欲以六律和聲音，在察天下治理及忽怠者。"一說忽讀爲淈，義爲亂，治忽即治亂，王引之《經義述聞》即持此說。

輯　錄

◎張琰《洛陽名園記序》：山東李文叔記洛陽名園，凡十有九處，自富鄭公而終於呂文穆。……觀文叔之記，可以知近世之盛，又可以信文叔之言爲不苟。且夫識明智審，則慮事精而信道篤，隨其所見淺深爲近遠小大之應。……文叔方洛陽盛時，足迹、目力、心思之所及，亦遠見高覽，知今日之禍，曰："洛陽可以爲天下治亂之候。"又曰："公卿高進於朝，放乎一己之私意，忘天下之治忽。"嗚呼！可謂知言哉！

◎邵博《邵氏聞見後錄》卷二四：洛陽名公卿園林，爲天下第一。裔夷以勢役祝融回祿，盡取以去矣。予得李格非文叔《洛陽名園記》，讀之至流涕。文叔出東坡之門，其文亦可觀，如論"天下之治亂，候於洛陽之盛衰；洛陽之盛衰，候於園圃之興廢"。其知言哉！

◎樓昉《崇古文訣》卷三二：(《洛陽名園記論》) 文字不過二百字，而其中該括無限盛衰治亂之變，意有含蓄，事存鑒戒，讀之令人感歎。

◎謝枋得《文章軌範》卷六：名園特游觀之末，今張大其事，恢廣其意，謂園囿之興廢，乃洛陽盛衰之候；洛陽之盛衰，乃天下治安之候，是至小之物，關係至大。有學有識，方能爲此文。

參考書目

《張右史文集》，張耒撰，《四部叢刊》本。

《張耒集》，張耒撰，中華書局 1990 年版。

《雞肋集》，晁補之撰，《四部叢刊》本。

《洛陽名園記》，李格非撰，《叢書集成》初編本。

思考題

1. 蘇軾認爲張耒文風近蘇轍（詳見《答張文潛書》），試比較《思淮亭記》與蘇轍《黃州快哉亭記》。

2. 從晁補之《新城游北山記》看山水游記文之沿襲與困境。

3. 閱讀《洛陽名園記》，談談宋文化中的"人文旨趣"。

第七節　南宋前期古文

岳　飛（1103—1142）

《宋史·岳飛傳》：岳飛，字鵬舉，相州湯陰人。世力農。少負氣節，沉厚寡言，家貧力學，尤好《左氏春秋》、孫吳兵法。生有神力。學射於周同。宣和四年，應募敢戰士。康王至相，飛因劉浩見。後從劉浩解東京圍。遷秉議郎，隸留守宗澤。康王即位，上書數千言，以越職奪官歸。從王彦渡河，後復歸宗澤，爲留守司統制。歸建康，屢與金人戰。江、淮平，張俊奏飛功第一，加神武右軍副統制，留洪州，授親衛大夫、建州觀察使。紹興二年，權知潭州，兼權荊湖東路安撫都總管。三年秋，授鎮南軍承宣使、江南西路沿江制置使。五年，授鎮寧、崇信軍節度使，湖北路、荊襄潭州制置使，進封武昌郡開國侯。飛在諸將中年最少，以列校拔起，累立顯功。紹興十一年，秦檜、萬俟卨誣陷並傅成其獄，飛死於獄中，年三十九。飛善以少擊衆，文武全器，仁智並施，好賢禮士，覽經史，雅歌投壺，恂恂如書生。忠憤激烈，議論持正，不挫於人，卒以此得禍。後追諡武穆，追封鄂王。

五岳祠盟記

【題解】建炎四年（1130），金兵再攻常州（今屬江蘇），岳飛率兵應戰，四戰皆捷。金兵向建康（今江蘇南京）逃跑，岳飛在牛頭山下設埋伏，大破之，並乘勝收復建康。此文可能作於收復建康後不久，途經五岳祠時。《文心雕龍·祝盟》云："夫盟之大體，必序危機，獎忠孝，共存亡，戮心力，祈幽靈以取鑒，指九天以爲正，感激以立誠，切至以敷辭，此其所同也。"這篇盟辭慷慨切至，感動天人。

自中原板蕩，夷狄交侵，余發憤河朔，起自相臺，總髮從軍，歷二百餘戰。雖未能遠入夷荒，洗蕩巢穴，亦且快國讎之萬一。今又提一旅孤軍，振起宜興，建康之城，一鼓敗虜，恨未能使匹馬不回耳！

故且養兵休卒，蓄銳待敵。嗣當激厲士卒，功期再戰，北踰沙漠，蹀血虜廷，盡屠夷種。迎二聖歸京闕，取故地上版圖，朝廷無虞，主上奠枕，余之願也。

河朔岳飛題。

中華書局版《鄂國金佗稡編續編校注》卷十九

○五岳祠：祭五岳神的廟。《周禮·春官·大宗伯》："以血祭祭社稷、五祀、五岳。"鄭玄注："五岳，東曰岱宗，南曰衡山，西曰華山，北曰恒山，中曰嵩高山。"歷代不少地方皆有五岳祠，此處當指建康五岳祠。○板蕩：《詩經·大雅》有《板》、《蕩》二篇，《詩序》："《板》，凡伯刺厲王也。""《蕩》，召穆公傷周室大壞也。厲王無道，天下蕩蕩無綱紀文章，故作是詩也。"後以板蕩指政局混亂或社會動蕩。○河朔：黃河以北地區。○相臺：即相州，岳飛爲相州湯陰（今屬河南）人。東漢末曹操在相州築銅雀臺，故唐以後相州又稱相臺。○總髮：指束髮加冠。《禮記·曲禮上》："男子二十，冠而字。"又《冠義》："已冠而字之，成人之道也。"岳飛宣和四年（1122）從軍，整二十歲。○一旅：《詩經·小雅·采芑》："陳師鞠旅。"鄭玄箋："五百人爲旅。"此指人數不多。○振起宜興：《宋史·岳飛傳》："（建炎）四年，兀朮攻常州，宜興令迎飛移屯焉。"宜興，在今江蘇。○虜廷：指金人在會寧府所置的國都上京（今黑龍江阿城）附近。○二聖：指被金人擄去的宋徽宗和宋欽宗。

|輯　錄|

◎陳振孫《直齋書錄解題》卷一八：飛功業偉矣，不必以集著也。

李清照（1084—約1151）

王灼《碧雞漫志》卷二：易安居士，京東路提刑李格非文叔之女，建康守趙明誠德夫之妻。自少年便有詩名，才力華贍，逼近前輩，在士大夫中已不多得，若本朝婦人，當推詞采第一。趙死，再嫁某氏，訟而離之。晚節流蕩無歸。作長短句能曲盡人意，輕巧尖新，姿態百出，閭巷荒淫之語，肆意落筆，自古縉紳之家能文婦女，未見如此無顧忌也。

吳衡照《蓮子居詞話》卷二：易安居士再適張汝舟，卒至對簿，有與綦處厚啓云云，宋人說部多載其事，大抵彼此衍襲，未可盡信。

097

金石錄後序

【題解】《金石錄》三十卷，李清照丈夫趙明誠撰，著錄三代至五代金石拓本二千種，並跋尾五百零二篇，卷首有趙明誠自序，記其撰寫的目的、經過。靖康之難後，趙明誠已去世六年，李清照再閱此書，感慨萬端而作後序。序中詳述了金石書籍"得之艱而失之易"的整個過程，並作"人亡弓，人得之"之論以自我開解與警誡後人。從其詳述中可見其夫婦志同道合、情趣脫俗以及戰亂造成的家破人亡、痛苦悲傷，從議論中可見李清照的高見卓識、灑脫不凡。敘事委曲詳盡有情致，議論簡潔痛快有魄力。

右《金石錄》三十卷者何？趙侯德父所著書也。取上自三代，下迄五季，鐘、鼎、甗、鬲、盤、匜、尊、敦之款識，豐碑、大碣、顯人、晦士之事迹，凡見於金石刻者二千卷。皆是正譌謬，去取褒貶，上足以合聖人之道、下足以訂史氏之失者，皆載之。可謂多矣！

嗚呼！自王播、元載之禍，書畫與胡椒無異；長輿、元凱之病，錢癖與傳癖何殊：名雖不同，其惑一也。

余建中辛巳，始歸趙氏。時先君作禮部員外郎，丞相時作吏部侍郎，侯年二十一，在太學作學生。趙、李族寒，素貧儉，每朔望謁告出，質衣取半千錢，步入相國寺，市碑文、果實歸，相對展玩咀嚼，自謂葛天氏之民也。後二年，出仕宦，便有飯蔬衣練，窮遐方絕域，盡天下古文奇字之志。日就月將，漸益堆積。丞相居政府，親舊或在館閣，多有亡詩逸史、魯壁汲冢所未見之書，遂盡力傳寫，浸覺有味，不能自已。後或見古今名人書畫，一代奇器，亦復脫衣市易。嘗記崇寧間，有人持徐熙牡丹圖求錢二十萬。當時雖貴家子弟，求二十萬錢豈易得耶？留信宿，計無所出而還之，夫婦相向惋悵者數日。

後屏居鄉里十年，仰取俯拾，衣食有餘。連守兩郡，竭其俸入以事鉛槧。每獲一書，即同共勘校，整集簽題。得書、畫、彝、鼎，亦摩玩舒卷，指摘疵病，夜盡一燭爲率。故能紙札精緻，字畫完整，冠諸收書家。余性偶強記，每飯罷，坐歸來堂，烹茶，指堆積書史，言某事在某書某卷第幾葉第幾行，以中否角勝負，爲飲茶先後。中即舉杯大笑，至茶傾覆懷中，反不得飲而起。甘心老是鄉矣！故雖處憂患困窮而志不屈。收書既成，歸來堂起書庫大櫥，簿甲乙，置書冊，如要講讀，即請鑰上簿，關出卷帙。或少損污，必懲責揩完塗改，不復向時之坦夷也，是欲求適意而反取僇慄。余性不耐，始謀食去重肉，衣去重采，首無明珠翡翠之飾，室無塗金刺繡之具。遇書史百家字不刓闕、本不訛謬者，輒市之，儲作副本。自來家傳《周易》、《左氏傳》，故兩家者流，文字最備。於是几案羅列，枕席枕藉，意會心謀，目往神授，樂在聲色狗馬之上。

至靖康丙午歲，侯守淄川，聞金人犯京師，四顧茫然，盈箱溢篋，且戀戀，且悵悵，知其必不爲己物矣！建炎丁未春三月，奔太夫人喪南來，既長物不能盡載，乃先去書之重大印本者，又去畫之多幅者，又去古器之無款識者；後又去書之監本者、畫之平常者、器之重大者。凡屢減去，尚載書十五車。至東海，連艫渡淮，又渡江，至建康。青州故第，尚鎖書冊什物，用屋十餘間，期明年春再具舟載之。十二月，金人陷青州，凡所謂十餘屋者，已皆爲煨燼矣。

建炎戊申秋九月，侯起復，知建康府。己酉春三月罷，具舟上蕪湖，入姑孰，將卜居贛水上。夏五月，至池陽，被旨知湖州，過闕上殿，遂駐家池陽，獨赴召。六月十三日，始負擔捨舟，坐岸上，葛衣岸巾，精神如虎，目光爛爛射人，望舟中告別。余意甚惡，呼曰："如傳聞城中緩急，奈何？"戟手遙應曰："從衆。必不得已，先棄輜重，次衣被，次書冊卷軸，次古器。獨所謂宗器者，可自負抱，與身俱存亡，勿忘之。"遂馳馬去。途中奔馳冒大暑，感疾。至行在，病痁。七月末，書報臥病。余驚怛，念侯性素急，奈何病痁？或熱，必服寒藥，疾可憂。遂解舟下，一日夜行三百里。比至，果大服柴胡、黃芩藥，瘧且痢，病危在膏肓。余悲泣，倉皇不忍問後事。八月十八日，遂不起。取筆作詩，絕筆而終，殊無分香賣履之意。

葬畢，余無所之。朝廷已分遣六宮，又傳江當禁渡。時猶有書二萬卷，金石刻二千卷，器皿茵褥，可待百客，他長物稱是。余又大病，僅存喘息。事勢日迫，念侯有妹婿任兵部侍郎，從衛在洪州，遂遣二故吏先部送行李往投之。冬十二月，金人陷洪州，遂盡委棄。所謂連艫渡江之書，又散爲雲煙矣。獨餘少輕小卷軸、書帖，寫本李、杜、韓、柳集，《世說》、《鹽鐵論》，漢、唐石刻副本數十軸，三代鼎鼐十數事，南唐寫本書數篋，偶病中把玩，搬在臥內者，巋然獨存。

上江既不可往，又虞勢叵測，有弟迒，任敕局刪定官，遂往依之。到台，守已遁。之剡，出睦。又棄衣被，走黃巖，雇舟入海，奔行朝。時駐蹕章安，從御舟海道之溫，又之越。庚戌十二月，放散百官，遂之衢。紹興辛亥春三月，復赴越。壬子，又赴杭。

先侯疾亟時，有張飛卿學士攜玉壺過視侯，便攜去，其實珉也。不知何人傳道，遂妄言有頒金之語，或傳亦有密論列者。余大惶怖，不敢言，遂盡將家中所有銅器等物，欲赴外廷投進。到越，已移幸四明。不敢留家中，並寫本書寄剡。後官軍收叛卒，取去，聞盡入故李將軍家。所謂巋然獨存者，無慮十去五六矣。惟有書、畫、硯、墨可五七篋，更不忍置他所，常在臥榻下，手自開闔。在會稽，卜居土民鍾氏舍。忽一夕穴壁負五篋去。余悲慟不已，重立賞收贖。後二日，鄰人鍾復皓出十八軸求賞，故知其盜不遠矣。萬計求之，其餘遂不可出。今知盡爲吳說運使賤價得之。所謂巋然獨存者，乃十去其七八。所有一二殘零不成部帙書冊，三數種平平書帖，猶復愛惜如護頭目，何愚也耶！

今日忽閱此書，如見故人。因憶侯在東萊靜治堂，裝卷初就，芸簽縹帶，束十卷作一帙。每日晚吏散，輒校勘二卷，跋題一卷。此二千卷，有題跋者五百二卷耳。今手澤如新，而墓木已拱，悲夫！

昔蕭繹江陵陷沒，不惜國亡，而毀裂書畫；楊廣江都傾覆，不悲身死，而復取圖書：豈人性之所著，死生不能忘之歟？或者天意以余菲薄，不足以享此尤物耶？抑亦死者有知，猶斤斤愛惜，不肯留在人間耶？何得之艱而失之易也！

嗚呼！余自少陸機作賦之二年，至過蘧瑗知非之兩歲，三十四年之間，憂患得失，何其多也！然有有必有無，有聚必有散，乃理之常。人亡弓，人得之，又胡足道！所以區區記其終始者，亦欲爲後世好古博雅者之戒云。

紹興二年玄黓歲壯月朔甲寅，易安室題。

《四部叢刊》本《金石錄》卷末

〇侯：唐宋以州府長官比擬古代諸侯。趙明誠歷任知州知府，故稱。德父：又作德夫、德甫，趙明誠字。〇三代：夏、商、周。五季：後梁、後唐、後晉、後漢、後周。〇鐘：古響器，祭祀、宴享時用作樂器。鼎：古代煮或盛食物的器具。甗：古炊具。鬲：古炊具。盤：盛水器。匜：盛水、舀水、注水用具。尊：盛酒器。敦：古食器。〇譌謬：原本作僞謬，據別本改。〇王播：唐文宗時尚書左僕射，爲官貪酷，但無收藏書畫事。清何焯認爲"播當作涯"。王涯：字廣津，太原（今屬山西）人。官至宰相兼領鹽鐵。唐文宗時甘露之變，爲宦官仇士良所殺，家產被抄沒。《新唐書》本傳載其"家書多與秘府侔"，被抄家時，書畫被棄於道。〇元載：字公輔，岐山（今陝西鳳翔）人。唐代宗時，官至中書侍郎、判天下元帥行軍司馬。後以專橫、納賄被賜自盡。《新唐書》本傳載抄沒其家產時"胡椒至八百石，它物稱是"。〇長輿：和嶠字，西平（今屬河南）人。晉武帝時，官至中書令。家產甚富，而極吝嗇，杜預以爲嶠有錢癖（詳見《晉書·和嶠傳》）。〇元凱：杜預字，杜陵（今陝西西安）人。西晉初滅吳的大將，著有《春秋左氏經傳集解》，自稱有《左傳》癖（詳見《晉書·杜預傳》）。〇建中辛巳：宋徽宗建中靖國元年（1101），歲次辛巳。〇先君：李清照父李格非。禮部員外郎：尚書省禮部的辦事官員，位在郎中下。○丞相：趙明誠父趙挺之，於宋徽宗崇寧四至五年（1105—1106）任尚書右僕射兼中書侍郎（充丞相之職）。吏部侍郎：尚書省吏部副長官，位在郎中、員外郎之上。○朔望：陰曆初一、十五（或十六）。○相國寺：北宋時著名的集市地，汴京最大廟宇。其繁盛情況可參看《東京夢華錄》卷三。故址在今河南開封。○葛天氏：傳說中的帝王，據說那時人民生活簡樸安定。○飯蔬衣練：蔬，蔬菜；練，粗糙的絲綢。一本作練。○古文奇字：泛指古文字。古文，小篆以前的古漢字。奇字，古文經字之外的先秦古文字。《說文解字叙》："一曰古文，孔子壁中書也；二曰奇字，即古文而異者也。"○日就月將：《詩經・周頌・敬之》："日就月將，學有緝熙於光明。"○館閣：掌管圖書、編修國史的官署。宋有昭文館、史館、集賢院三館及秘閣、龍圖閣、天章閣等，號稱館閣。○亡詩：《詩經》以外的逸詩。逸史：正史之外的史籍。○魯壁：《漢書・藝文志》載"武帝末，魯共王壞孔子宅，欲以廣其宮，而得古文《尚書》及《禮記》、《論語》、《孝經》凡數十篇，皆古字也"。汲冢：《晉書・武帝紀》載咸寧五年（279）"汲郡人不準掘魏襄王冢，得竹簡小篆古書十餘萬言，藏於秘府"。○崇寧：宋徽宗年號（1102—1106）。○徐熙：五代時南唐名畫家，以畫花鳥著稱。○屏居鄉里十年：徐自明《宋宰輔編年錄》卷十一載宋徽宗大觀元年（1107）趙挺之罷相，不久卒於汴京，被追奪贈官。此後趙明誠夫婦退居青州（今屬山東）。○仰取俯拾：隨時隨地拾取。多形容人善於積聚資財。○連守兩郡：趙明誠宣和三年（1121）知萊州（今山東掖縣）、宣和七年（1125）知淄州（今山東淄博附近）。○鉛槧：指校勘工作。一般也以鉛槧泛指書籍。○簽題：爲書籍或卷冊封面題寫標題。或說簽爲加書簽，題爲寫題跋。○彝：古代祭器。○歸來堂：李清照夫婦在青州住宅中的堂名。○簿甲乙：登記編號。○重肉：兩種以上的肉食。重采：多種顏色的華美衣服。《史記・越王勾踐世家》："勾踐身自耕作，夫人自織，食不加肉，衣不重采。"○枕藉：縱橫堆積。一本枕藉前無枕席。○靖康丙午：宋欽宗靖康元年（1126），歲次丙午。○淄川：即淄州，今山東淄博一帶。○建炎丁未：宋高宗建炎元年（1127），歲次丁未。○太夫人：趙明誠母。○監本：五代以來國子監（掌管國家學校的機關）所刻書稱監本，在當時是通行版本。○東海：東海郡，今江蘇東海縣。○連艫：船隻相連。淮：淮河。○建康：當時稱江寧府，建炎三年（1129）五月纔改稱建康府（今江蘇南京）。○建炎戊申：建炎二年（1128），歲次戊申。○起復：古時官員遭父母喪，當除官服喪三年，服喪期間被任以官職爲"起復"。○己酉：建炎三年（1129），歲次己酉。○蕪湖：在今安徽。○姑孰：溪名，在今安徽當塗縣南。○贛水：即贛江，在今江西省境。○池陽：池州池陽郡，今安徽貴池。○湖州：治所在今浙江吳興。○葛衣岸巾：夏天家居時的隨便裝束。葛衣，用葛布（類似麻布）做的夏衣。岸巾，掀起頭巾，露出前額，表示豪放灑脫。○戟手：把肘屈成戟形，一般形容憤激罵人的樣子，此表示倉皇着急。○宗器：宗廟裏行禮作樂的禮器、祭器與樂器。○行在：皇帝行宫所在地，此指建康。○痁：有熱無寒之虐疾。○柴胡、黃芩：中醫所用兩種退熱的涼藥。○分香賣履：曹操《遺令》："餘香可分諸夫人，不命祭。諸舍中無所爲，可學作組履賣也。"後以此作吩咐後事典。○分遣六宫：《建炎以來繫年要錄》卷二十五載宋高宗建炎三年七月壬寅詔："迎奉皇太后（隆祐）率六宫往豫章（江西），且奉太廟神主、景靈宫祖宗神御以行，百司非預軍旅之事者悉從。"○兵部侍郎：尚書省兵部副長官，掌管兵衛、武器、國防等軍事。○從衛在洪州：在洪州保衛隆祐太后等人。○部送：押送。○冬十二月：《宋史·高宗紀》及《建炎以來繫年要錄》卷二十九均作十一月，金人陷洪州。○石刻副本：即上所言"金石刻二千卷"之副本。○上江：指長江上游。建炎三年十月，金人自黃州渡江，占領上游沿江的城市如洪州、和州等地。○敕局：即編修敕令所，屬樞密院，掌管編輯詔旨，設置提舉、詳定官、刪定官職掌其事。○台：台州，治所在今浙江臨海市。○守已遁：《宋史·高宗紀》載建炎四年（1130）正月，

"台州守臣晁公爲棄城遁"。○剡：今浙江嵊州。○睦：睦州，治所在今浙江建德。睦，原本作陸，據別本改。○黄巖：在今浙江。○行朝：即行在。以上作者記避難路綫，就地理考察似有未合。浦江清《金石録後序注》認爲應作："出睦、之剡、到台，台守已遁，又棄衣被走黄巖。"黄盛璋《李清照事迹考辨》對此有更詳細的考訂。○章安：今浙江臨海市章安街道。○温：温州，治所在今浙江。○越：越州，治所在今浙江紹興。○庚戌：建炎四年（1130），歲次庚戌。○放散百官：《建炎以來繫年要録》卷三十九載"詔放散行在百司，除侍從、臺諫官外……餘令從便寄居，候春暖赴行在"。○衢：衢州，治所在今浙江。○紹興辛亥：高宗紹興元年（1131），歲在辛亥。○壬子：紹興二年（1132）。○張飛卿：未詳。○頒金：拿玉壺送與金人。○論列：（言官）上書檢舉彈劾。○外廷：朝廷在京師外，稱外廷。○四明：即明州，治所在今浙江寧波。○"後官軍收叛卒"及"故李將軍"：皆不詳悉。○會稽：在今浙江紹興。○吳說運使：轉運判官吳說，字傅明，號練塘，錢塘人，著名書法家。《建炎以來繫年要録》卷三十四載其建炎四年六月爲福建路轉運判官。運使即轉運判官，主管轉運軍需糧秣的官。○東萊：萊州的州治在東萊郡（今山東掖縣）。○静治堂：李清照書齋名。○跋題：即題跋，題寫跋語。也可指題和跋，内容多爲品評、鑒賞、考訂、記事等。○墓木已拱：《左傳·僖公三十二年》："中壽，爾墓之木拱矣。"○蕭繹：字世誠，梁武帝第七子，公元552年即位於江陵（今屬湖北），爲梁元帝。《南史·梁本紀》載元帝承聖三年（554），魏軍逼，燒柵，乃聚圖書十餘萬卷燒之。《隋書·經籍志》載"大凡七萬餘卷，周師入郢，咸自焚之"。稍有出入，但皆記有焚燒圖書事。○楊廣：即隋煬帝。隋大業十二年（616）楊廣到江都（今江蘇揚州），爲禁軍將領宇文化及等所殺。《太平廣記》卷二百八十引《大業拾遺》載楊廣死後托夢索要其生平隨身攜帶的大批書籍。○少陸機作賦之二年：即十八歲。杜甫《醉歌行》"陸機二十作《文賦》"。○過蘧瑗知非之兩歲：即五十二歲。蘧瑗字伯玉，春秋時衛國大夫。《淮南子·原道訓》："蘧伯玉年五十，而知四十九年之非。"○人亡弓，人得之：《孔子家語·好生》："楚王出游，亡弓。左右請求之。王曰：'止。楚王失弓，楚人得之，又何求之！'孔子聞之：'惜乎其不大也，不曰"人遺弓，人得之"而已，何必"楚"也。'"○紹興二年玄黓歲壯月朔甲寅：玄黓：《爾雅·釋天》"太歲……在壬曰玄黓"，紹興二年爲壬子年。壯月：八月。朔甲寅：按紹興二年八月朔日爲戊子，甲寅爲月之二十七日。疑"朔"字前奪"戊子"二字。此文著作時間曾爲不少學者研究過，一般認爲紹興二年爲四年之誤。浦江清《金石錄後序注》認爲此句當作"紹興四年甲寅歲壯月朔"。○易安室：李清照書齋名。

輯　錄

◎洪邁《容齋四筆》卷五《趙德甫金石錄》：其妻易安李居士，平生與之同志，趙沒後，愍悼舊物之不存，乃作後序，極道遭罹變故本末。……予讀其文而悲之，爲識於是書。

◎張丑《清河書畫舫》申集引《才婦錄》：易安居士能書能畫又能詞，而尤長於文藻。迄今學士每讀《金石錄序》，頓令心神開爽。

◎劉士鏻《古今文致》卷三：祝枝山曰："有此文才，有此智識，亦閨閣之傑也。"

◎朱大韶《潆喜齋藏書記》卷一《宋本金石錄題跋》：易安此序，委曲有情致，殊不似婦女口中語，文固可愛。

◎錢謙益《絳雲樓書目》卷四《金石類陳景雲注》：其文淋漓曲折，筆墨不減乃翁。"中郎有女堪傳業"，文叔之謂也。

◎李慈銘《越縵堂讀書記》卷九《藝術》：叙致錯綜，筆墨疏秀，蕭然出町畦之外。予向愛誦之，謂宋以後閨閣之文，此爲觀止。

參考書目

《岳武穆遺文》，岳飛撰，《四庫全書》本。

《鄂國金佗稡編續編校注》，王曾瑜校注，中華書局1989年版。

《金石錄》，李清照撰，《四部叢刊》本。

《李清照集校注》，王學初校注，人民文學出版社1979年版。

思考題

1. 陳振孫認爲岳飛的一些文章是請人代作（詳見《直齋書錄解題》卷一八《岳武穆集》）的，你以爲如何？試加以考證。

2. 李清照《金石錄後序》在衆多書序之作中有什麼特色？爲什麼李慈銘認爲"宋以後閨閣之文，此爲觀止"？

第八節　南宋中後期古文

呂祖謙（1137—1181）

《宋史·呂祖謙傳》：呂祖謙字伯恭，尚書右丞好問之孫也，自其祖始居婺州。其學本之家庭，有中原文獻之傳。長從林之奇、汪應辰、胡憲游，既又友張栻、朱熹，講索益精。初，蔭補入官，後舉進士，復中博學宏詞科，調南外宗教。除太學博士、教授嚴州。尋復召爲博士兼國史院編修官、實錄院檢討官。召試館職，其文特典美。父憂免喪，主管台州崇道觀。越三年，除秘書郎、國史院編修官、實錄院檢討官，重修《徽宗實錄》。書成進秩。遷著作郎，以末疾請祠歸。先是，書肆有書曰《聖宋文海》，孝宗命臨安府校正刊行。學士周必大言："《文海》去取差謬，恐難傳後，盡委館職銓擇，以成一代之書？"孝宗以命祖謙。遂斷自中興以前，崇雅黜浮，類爲百五十卷，上之，賜名《皇朝文鑒》。詔除直秘閣。明年，除著作郎兼國史院編修官。卒，年四十五，諡曰成。學以關洛爲宗，而旁稽載籍，不見涯涘。心平氣和，不立崖異，一時英偉卓犖之士皆歸心焉。考定《古周易》、《書說》、《閫範》、《官箴》、《辨志錄》、《歐陽公本末》，皆行於世。修《讀詩記》、《大事記》，皆未成書。

白鹿洞書院記

【題解】　宋孝宗淳熙六年（1179），朱熹知南康軍州事，重建廬山白鹿洞書院，呂祖謙爲其作記。簡述重修書院經過後，歷敘程、張正學（後稱之爲道學或理學）之興起、發展，以說明朱熹興建書院的目的。文章整飭而有條理，平實樸質，與朱熹批評呂祖謙"輕儇"、吳子良所說的"藻繢排比之態"頗不相同，大概是受了學記這一體裁的制約和朱熹的影響。

　　淳熙六年，南康軍秋雨不時，高卬之田告病。郡守新安朱侯熹，行眂陂塘，並廬山而東，得白鹿洞書院廢址，慨然顧其僚曰："是蓋唐李渤之隱居，而太宗皇帝驛送《九經》，俾生徒肄業之地也。書院創於南唐，其事至鮮淺。太宗於汛掃區宇、日不暇給之際，獎勸封殖，如恐弗及，規摹遠矣。中興五十年，釋老之宮圮於寇戎者，斧斤之聲相聞，各復其初。獨此地委於榛莽，過者太息，庸非吾徒之恥哉！郡雖貧薄，顧不能築屋數楹，上以宣布本朝崇建人文之大指，下以續先賢之風聲於方來乎？"乃屬軍學教授揚君大瀘、星子縣令王君仲傑董其事，又以書命某記其成。

　　某竊嘗聞之諸公長者，國初，斯民新脫五季鋒鏑之阨，學者尚寡。海内向平，文風日起，儒先往往依山林、即閑曠以講授，大師多至數十百人，嵩陽、岳麓、睢陽及是洞爲尤著，天下所謂四書院者也。祖宗尊右儒術，分之官書，命之祿秩，錫之扁榜，所以寵綏之者甚備。當是時，士皆上質實，下新奇，敦行義而不偷，守訓故而不鑿，雖學問之淵源統紀，或未深究，然甘受和，白受采，既有進德之地矣。慶曆、嘉祐之間，豪傑並出，講治益精，至於河南程氏、橫渠張氏相與倡明正學，然後三代孔孟之教始終條理，於是乎可考。熙寧初，明道先生在朝，建白學制教養，考察賓興之法，綱條甚悉。不幸王氏之學方興，其議遂格，有志之士未嘗不歎息於斯也。建炎再造，典刑文憲，浸還舊觀，關洛緒言，稍出於毀棄剪滅之餘。晚進小生驟聞其語，不知親師取友以講求用力之實，躐等陵節，忽近慕遠，未能窺程張之門庭，而先有王氏高自賢聖之病。如是洞之所傳習，道之者或鮮矣。然則書院之復，豈苟云哉！此邦之士，盍相與揖先儒淳固愨實之餘風，服大學離經辨志之始教，由博而約，自下而高，以答揚熙陵開迪樂育之大德，則於賢侯之勸學，斯無負矣。

至於考方志、紀人物，亦有土者所當謹，若李濬之之遺迹，固不得而略也。侯於是役，重民之勞，賦功已狹，率損其舊十七八，力不足而意則有餘矣。興廢始末，具於當塗郭祥正所記者，皆不書。

《四庫全書》本《東萊集》卷六

○南康軍：治所在今江西星子縣。朱熹時知南康軍州事。○新安：即歙州，治所在今安徽歙縣。○廬山：在江西星子縣北。廬山而東：廬山五老峰下。○李渤之隱居：唐貞元中，洛陽人李渤與其兄在廬山隱居讀書，曾養一白鹿自隨，人稱李渤爲白鹿先生。敬宗寶曆中，渤任江州刺史，在廬山讀書故地築臺榭，名白鹿洞。《新唐書》卷一一八："李渤字濬之。……不肯仕，刻志於學，與仲兄涉偕隱廬山。"○太宗皇帝驛送《九經》：宋太宗太平興國二年（977），白鹿洞生徒衆多，朝廷應江州知州周述之請，驛送印本《九經》給白鹿洞士子肄習，時稱白鹿國學。參《續資治通鑒長編》卷十八。○書院創於南唐：南唐昇元（937—943）中，就白鹿洞建學置田，以國子監九經教授李善道爲洞主，教授生徒，時稱廬山國學。○中興五十年：自建炎元年（1127）至淳熙六年（1179）。○儒先：儒生。《史記·匈奴列傳》："匈奴俗，見漢使非貴人，其儒先，以爲欲說，折其辨。"裴駰《集解》:"先,先生也。《漢書》作'儒生'也。"○嵩陽:嵩陽書院故址在今河南登封太室山麓,原址爲嵩陽寺,建於北魏。五代後周改爲太乙書院。宋太宗至道三年(997),賜名太室書院,仁宗景祐二年(1035)敕西京重修,更名嵩陽書院,程頤、程顥曾於此講學。○岳麓:岳麓書院故址在今湖南長沙西岳麓山抱黃洞下,宋太祖開寶九年(976),潭州太守朱洞建爲書院,真宗咸平二年(999)、大中祥符五年(1012)又兩次擴建。○睢陽:即應天府書院,故址在今河南商丘西北隅,宋真宗大中祥符二年(1009),應天府民曹誠擴建名儒戚同文(睢陽先生)舊居而成,宋真宗賜額爲應天府書院。○寵綏:《尚書·泰誓上》:"天佑下民,作之君,作之師,惟其克相上帝,寵綏四方。"○不偷:《論語·泰伯》:"故舊不遺,則民不偷。"邢昺疏:"偷,薄也。"○統紀:綱紀。《史記·太史公自序》:"爲天下制儀法,垂六藝之統紀於後世。"○進德:增進道德。《易·乾》:"忠信,所以進德也。"○慶曆、嘉祐:宋仁宗年號,慶曆共八年(1041—1048),嘉祐共八年(1056—1063)。○河南程氏:指程顥(1032—1085)、程頤(1033—1107)兄弟,洛陽人,受業於周敦頤,理學家,洛學創始人。○橫渠張氏:指張載(1020—1078),鳳翔府郿縣橫渠鎮人,世稱橫渠先生,理學家,關學創始人。○熙寧:宋神宗年號,共十年(1068—1077)。○明道先生:即程顥。程顥在熙寧初,爲太子中允、監察御史裏行。○建白:《漢書·霍光傳》:"將軍爲國柱石,審此人不可,何不建白太后,更選賢而立之?"○賓興之法:周代舉賢之法。《周禮·地官·大司徒》:"以鄉三物教萬民而賓興之。"鄭玄注:"興,猶舉也。民三事教成,鄉大夫舉其賢者、能者,以飲酒之禮賓客之,既則獻其書於王矣。"○王氏之學:即王安石經學,又稱新說、新學。王安石在熙寧執政期間,與其子雱及呂惠卿等重新注釋《周官》、《尚書》、《詩經》,不用先儒傳注,時稱《三經新義》,頒之學官。蘇軾《送程建用》:"十年困新說,兒女爭捕影。"崔鷃《再論馮澥疏》:"王安石用事,皆目爲流俗之人,盡逐去之，乃自造新說以造士。"○典刑：常規。《詩經·大雅·蕩》："雖無老成人，尚有典刑。"鄭玄箋："猶有常事故法可案用也。"○文憲：禮法。《文選·張華〈答何邵詩〉》："纓緌爲徽纆，文憲安可逾？"李周翰注："憲，法也。"○緒言：已發而未盡的言論。《莊子·漁父》："曩者先生有緒言而去。"陸德明釋文："緒言，猶先言也。"○躐等：《禮記·學記》："幼者聽而弗問，學不躐等也。"孔穎達疏："逾越等差。"○陵節：《禮記·檀弓上》："故喪事雖遽不陵節，吉事雖止不怠。"孔穎達疏："喪事雖須促遽，亦當有常，不得陵越喪禮之節。"《隋書·經籍志一》："古之君子，多識而不窮，畜疑以待問，學不躐等，教不陵節。"○苟云：猶苟言。《論語·子路》："君子於其言，無所苟而已矣。"○大學：太學。《禮記·王制》："小學在公宮南之左，大學在郊。"《漢書·禮樂志》："古之王者莫不以教化爲大務，立大學以教於國，設庠序以化於邑。"○離經辨志：《禮記·學記》："一年視離經辨志，三年視敬業樂群。"孔穎達疏："離經，謂離析經理，使章句斷絕也；辨志，謂辨其志意趣鄉習學何經矣。"○熙陵：宋太宗趙炅之陵墓稱"永熙陵"，因以熙陵指太宗。○開迪：猶啟迪。《書·太甲上》："旁求俊彥，啟迪後人。"孔傳："開道後人，言訓戒。"○賢侯：指朱熹。○方志：《周禮·地官·誦訓》："掌道方志，以詔觀事。"鄭玄注："說四方所識久遠之事以告王。"○有土者：地方行政長官。○賦功：猶賦貢、賦稅。《周禮·天官·大宰》："以八則治都鄙。……五曰賦貢以叙其用。"鄭玄注："賦，口率出泉也；貢，功也，九職之功所税也。"○郭祥正：字功父，太平州當塗人。有《白鹿洞堂記》。

| 輯　錄 |

◎吳子良《林下偶談》：余謂近世詞科，亦有一般習氣，意主於誇，辭主於誇，虎頭鼠尾，外肥中枵，此詞科習氣也，能消磨盡者，難耳。東萊早年文章，在詞科中最號傑然者，然藻繢排比之態，要亦消磨未盡。中年方就平實，惜其不多作，而

遂無年耳。

◎吳子良《荊窗集續集序》：自元祐後，談理者祖程，論文者宗蘇，而理與文分爲二。呂公病其然，思融會之，故呂公之文，早葩而晚實。

◎《四庫全書總目·東萊集》：祖謙雖與朱子爲友，而朱子嘗病其學太雜。其文詞閎肆辯博，凌厲無前，朱子亦病其不能守約。又嘗謂"伯恭是寬厚底人，不知如何做得文字卻似輕儇底人……"。又謂"伯恭《祭南軒文》，都就小狹處說來"。……然朱子所云，特以防華藻溺心之弊，持論不得不嚴耳。祖謙於《詩》、《書》、《春秋》皆多究古義，於十七史皆有詳節，故詞多根柢，不涉游談。所撰《古文關鍵》，於體格源流，具有心解。故諸體雖豪邁駿發，而不失作者典型，亦無"語錄"爲文之習，在南宋諸儒之中，可謂銜華佩實，又何必吹求過甚、轉爲空疏者所藉口哉？

朱　熹（1130—1200）

《宋史·朱熹傳》：朱熹，字元晦，一字仲晦，徽州婺源人。幼穎悟。中紹興十八年進士第。主泉州同安簿，選邑秀民充弟子員，日與講說聖賢修己治人之道。罷歸請祠，監潭州南岳廟。孝宗即位，上封事言"帝王之學，必先格物致知"。屢召不起。淳熙元年，主管台州崇道觀，後主管武夷山沖佑觀。五年，知南康軍。訪白鹿洞書院遺址，奏復其舊，爲學規俾守之。上疏極言時弊，觸怒孝宗。後除提舉江西常平茶鹽公事、除直秘閣。改提舉浙東常平茶鹽公事，所部肅然。十年，主管台州崇道觀，既而連奉雲臺、鴻慶之祠者五年。十四年，提點江西刑獄公事。十五年，除直寶文閣，主管西京嵩山崇福宮。光宗即位，改知漳州。寧宗即位，除煥章閣待制、侍講。慶元五年，致仕。六年，卒，年七十一。熹登第五十年，仕於外者僅九考，立朝纔四十日。嘉泰初，學禁稍弛。諡文。追封信國公，改徽國。其爲學，大抵窮理以致其知，反躬以踐其實，而以居敬爲主。著書有《易本義》、《啓蒙》、《詩集傳》、《大學中庸章句》、《論語孟子集注》、《太極圖》、《通書》、《楚辭集注》、《韓文考異》等。

記孫覿事

【題解】 淳熙十二年（1185），朱熹作此小文，記述孫覿受詔寫降表一事及其事後言談，將孫覿之有文無行、恬不知恥的形象活現出來。文筆簡練老辣，得《春秋》褒貶之法。作爲理學集大成者的朱熹，其文以事理平正著稱，此文不大聲色，而其情意自見，又無理障，堪稱佳構。

靖康之難，欽宗幸虜營，虜人欲得某文，欽宗不得已，爲詔從臣孫覿爲之，陰冀覿不奉詔，得以爲解。而覿不復辭，一揮立就，過爲貶損以媚虜人，而詞甚精麗，如宿成者。虜人大喜，至以大宗城鹵獲婦餉之，覿亦不辭。

其後每語人曰："人不勝天久矣，古今禍亂莫非天之所爲，而一時之士欲以人力勝之，是以多敗事而少成功，而身以不免焉。孟子所謂'順天者存，逆天者亡'者，蓋謂此也。"或戲之曰："然則子之在虜營也，順天爲已甚矣，其壽而康也，宜哉！"覿慚無以應，聞者快之。

乙巳八月二十三日，與劉晦伯語，錄記此事，因書以識云。

《四部叢刊》本《晦庵先生朱文公文集》卷七一

○孫覿（1081—1169），字仲益，晉陵（今江蘇武進）人。宋欽宗時，官翰林學士，擅四六，有《鴻慶居士集》。○靖康之難：宋欽宗靖康二年（1127）四月，金人攻陷汴梁，擄徽、欽二帝北遷，北宋亡。○虜營：指金將幹離不、粘罕的軍營，時徽、欽二帝被擄至此。○某文：指降表，朱熹爲本朝諱而隱言之。○過爲貶損以媚虜人：孫覿降文中有"背恩致討，遠煩汗馬之勞；請命求哀，敢廢牽羊之禮"（詳參《大金弔伐錄》）。○大宗城：《詩經·大雅·板》："大邦維屏，大宗維翰。懷德維寧，宗子維城。"朱熹《詩集傳》："大宗，強族也。""宗子，同姓也。"朱熹《詩集傳》釋《詩經·小雅·桑扈》"之屏之翰，百辟爲憲"之"翰，幹也，所以當牆兩邊擋土者也"。"大宗"與"宗子"意近，"翰"與"城"意近，二句互文見義，"大宗城"一詞即作爲國家棟梁或城池的大族或同宗，在此當指金朝的同姓大族或他姓大族。○"孟子所謂"二句：見《孟子·離婁上》。○壽而康：孫覿壽至八十九歲，並在宋高宗時居要位，故有此言。○乙巳：宋孝宗淳熙十二年（1185），歲在乙巳。○劉晦伯：名熽，朱熹學生。

輯　錄

◎李耆卿《文章精義》：晦庵先生治經明理宗二程，而密於二程，如《易本義》、《詩集傳》、《小學書》、《通鑒綱目》之類，皆青於藍而寒於水也。但尋常文字，多不及二程。二程一句撤開，做得晦庵千句萬句；晦庵千句萬句，摯斂來祗作得二程一句。雖世變愈降，亦關天分不同。

◎黃震《黃氏日鈔》卷三六：六經之文皆道，秦漢以後之文鮮復關於道，甚者害道。韓文公始復古文，而猶未必盡純於道。我朝諸儒始明古道，而又未嘗盡發於文。至晦庵先生，表章《四書》，開示後學，復作《易本義》、作《詩傳》面授，作《書傳》分授，作《禮經疏義》，且謂《春秋》本魯史舊文，於是明聖人正大本心，以破後世穿鑿。……其爲文也，孰大於是？宜不必復以文集爲矣。然其天才卓絕，學力宏肆，落筆成章，殆於天造。其剖析性理之精微，則日精月明；其窮詰邪說之隱遁，則神搜霆擊；其感慨忠義，發明《離騷》，則苦雨淒風之變態；其泛應人事、游戲翰墨，則行雲流水之自然。究而言之，皆此道之流行，猶化工之妙造也。

◎《朱熹集》附錄二蘇信《重刊晦庵先生文集序》：所著文若詩彙之總百有二十卷，亦無一語不出於道，而爲文且有體，風行水上，天地至文，視汗漫荒忽、神施鬼設者懸絕。志在覺人，故辭繁不殺，布帛菽粟，有餘溫與味焉。蓋其平日居敬窮理，反躬踐實，內外交養者，無斯須間，而心與天游，肆其發如此。

◎劉熙載《藝概·文概》：朱子之文表裏瑩徹，故平平說出，而轉覺矜奇者之爲庸；明明說出，而轉覺恃奧者之爲淺。其立定主意，步步回顧，方遠而近，似斷而連，特其餘事。又朱子云："余年二十許時，便喜讀南豐先生之文而竊慕效之，竟以才力淺短，不能遂其所願。"又云："某未冠而讀南豐先生之文，愛其詞嚴而理正。

居常以爲人之爲言必當如此，乃爲非苟作者。"朱子之服膺南豐如此，其得力尚須問耶！

真德秀（1178—1235）

《宋史·真德秀傳》：真德秀，字景元，後更爲希元，建之浦城人。四歲受書，過目成誦。十五而孤。登慶元五年進士第，授南劍州判官。繼試中博學宏詞科，入閩帥幕，召爲太學正。嘉定元年遷博士。召試學士院，改秘書省正字兼檢討玉牒。二年，遷校書郎，尋兼沂王府教授、學士院權直。後累遷秘書郎、著作佐郎、軍器少監、升權直。再遷起居舍人。兼太常少卿，充金國賀登位使。時史彌遠方以爵祿縻天下士，力請去，出爲秘閣修撰，江東轉運副使。後累出知泉州、隆興府、潭州。以"廉仁公勤"四字勵僚屬，以周敦頤、胡安國、朱熹、張栻學術源流勉其士。理宗即位，召爲中書舍人，尋擢禮部侍郎、直學士院。屢進讜言，史彌遠益嚴憚之，受劾落職。既歸，修《讀書記》。紹定五年，知泉州。彌遠薨，上親政，知福州。去國十年，召爲戶部尚書，改翰林學士、知制誥。逾年拜參知政事。三乞祠祿，進提舉萬壽觀兼侍讀，卒，諡文忠。立朝不滿十年，奏疏無慮數十萬言，皆切當世要務，直聲震朝廷。及宦游所至，惠政深洽。自侂胄立僞學之名以錮善類，凡近世大儒之書，皆顯禁以絕之。德秀晚出，獨慨然以斯文自任，講習而服行之。黨禁既開，而正學遂明於天下後世，多其力也。所著《西山甲乙稿》、《對越甲乙集》、《經筵講義》、《翰林詞草四六》、《獻忠集》、《江東救荒錄》、《清源雜志》、《星沙集志》。

溪山偉觀記

【題解】　慶元五年（1199），真德秀進士及第不久，授南劍州判官。三十年後，他故地重游，當年讀書處已被修葺爲"溪山偉觀"而受到保護且供人瞻仰，他應邀作記。回顧以往，描述溪山，又諄諄教誨後人以進德修業爲務，而不應汲汲於詞學以求科名。真德秀以重振程朱理學爲己任，其爲文"以切實用、關世教爲主"（真德秀《湯武康墓誌銘》），此文可謂其理論的實踐。"春風沂水之樂"是孔子向往的境界，也是道學家認爲最浪漫而又不背離道學的境界，所以道學家樂於寫山水悟道的文章，而風格以平易和順爲主，此文亦不例外。

延平據山爲州，軍事判官廳處其山之半，後枕崇阜，前挹大溪。溪之南，九峰森羅，雄峙天表。聽事之西，故有小亭，對溪山最佳處。予之爲判官也，因而葺焉。時方習詞學科，規進取，退自幕府，輒兀坐亭中，翻閱古今書，口不輟吟，筆不停綴。間一舉首，則澄光秀氣，歙入几席，令人肺肝醒。然去之垂三十年。回憶舊游，未嘗不炯焉心目間也。

比歲，楊君修來爲此官，扁其亭曰宏博舊觀。陳君傳祖繼至，顧眄西偏，老屋十數楹，岌岌將壓，獨舊觀稍加葺，餘皆徹而新之，爲堂曰：見山樓。其上曰溪山偉觀，樓之前爲臺。即舊觀之北爲軒，軒有小池，剖竹引泉，淙潺可愛，則以聽雨名之。又爲亭曰仰高，環其四旁，植梅與桂，間以修竹。循坡登山，結茅古樟之下，於是鐔川勝概，盡在目中矣。然君爲此未幾，則從元戎以出，汛掃汀樵之遺孽。及改鎮富沙，君又從焉。其居於是財數月爾，而發揮山川之勝如恐不及。蓋賢者之心，於事之當爲，亟起而圖之，不必爲己，凡皆若是也。

柳子嘗言："氣煩則慮亂，視壅則志滯。君子必有游息之物，高明之具，使清寧平夷，然後理達而事成。"世以爲名言。以予觀之，詎止是哉！天壤之間，橫陳錯布，莫非至理，雖體道者，不待窺牗而粲焉畢睹。然自學者言之，則見山而悟靜壽，觀水而知有本，風雨霜露接乎吾前，而天道至教亦昭昭焉可識也。蓋嘗升高而寓目焉，仰太虛之無盡，俯長川之不息，則吾之德業，非日新不可以言盛，非富有不足以言大，非乾乾終日不能與道爲一。其登覽也，所以爲進修之地，豈獨滌煩疏壅而已邪？若予之區區于科目，則既陋矣，陳君迺存其舊而表章之，可無愧乎？故嘗謂天下有甚宏且博者，而非是之謂也。予老矣，久有子雲之悔，方痛自澡磨，以庶幾萬一。而君於斯道，尤所謂有志焉者，安得相從偉觀之上，笑談竟日，以想像春風沂水之樂乎？

是役也，起紹定四年二月之庚申，而成於四月之甲子。君字清卿，三山人，以州從事兼招捕使司屬官，於幕畫與爲多云。

《四部叢刊》本《西山先生真文忠公文集》卷七一

○延平：今福建南平東南。南宋時南劍州州治在延平縣。○軍事判官：軍事判官爲州郡屬官，協理本州郡事。○聽事：官署視事問案的廳堂。○予之爲判官也：真德秀慶元五年（1199）登第後，授南劍州判官。○詞學科：宋科舉名目之一，祇試文辭，不貴記聞，與博學宏詞科稍異。葉紹翁《四朝聞見錄·制科詞賦三經宏博》："於是始設詞學科，試以制表，取其能駢儷；試以銘序，取其記故典。"《宋史·真德秀傳》載真"繼試中博學宏詞科"。○幙府：本指將帥在外的營帳，後亦泛指軍政大吏的府署。此指南劍州州守的府署。○去之垂三十年：作者紹定四年（1231）寫此文時，離開此地近三十年。○楊君修：不詳。○宏博舊觀：意謂真德秀之舊觀。○陳君傳祖：字清卿，三山（今福建福州）人，本文對其事迹介紹詳細。○鐔川：即南劍州。五代時稱鐔州。○元戎：主將，此指陳韡。陳韡（1180—1261），字子華，福州侯官（今福建福州）人，紹定三年，知南劍州，經真德秀舉薦，爲福建路兵馬鈐轄及招捕使，鎮壓晏彪起義。詳見《宋史》卷四一九《陳韡傳》。紹定二年十二月，晏彪（又作晏夢彪）率鹽販百餘人在汀州（治所在今福建長汀）起義，先後攻破建寧、寧化、清流、泰寧、將樂、邵武等地，聚衆至萬餘人，陳韡率兵於紹定四年春將其鎮壓。○汛掃：掃蕩。○汀樵之遺孽：指晏彪的起義軍。○富沙：即建寧府，陳韡紹定四年平晏彪後，知建寧府。建寧府別稱富沙。○"柳子嘗言"幾句：柳宗元《河東先生集》卷二十七《零陵三亭記》："邑之有觀游，或者以爲非政，是大不然。夫氣煩則慮亂，視壅則志滯。君子必有游息之物、高明之具，使之清寧平夷，恒若有餘，然後理達而事成。"○"見山而悟靜壽"二句：《論語·雍也》："子曰：知者樂水，仁者樂山。知者動，仁者靜。知者樂，仁者壽。"○天道至教：《禮記·禮器》："天道至教。"陳澔集說："天道，陰陽之運，極至之教也。"○"非日新不可以言盛"二句：《易·繫辭上》："富有之謂大業，日新之謂盛德。"韓康伯注："廣大悉備，故曰富有。"孔穎達疏："其德日日增新。"○乾乾終日：《易·乾》："君子終日乾乾，夕惕若厲，無咎。"孔穎達疏："言每恒終竟此日，健健自強，勉力不有止息。"○科目：指習詞學科。○子雲之悔：揚雄《法言·吾子》："或問：'吾子少而好賦？'曰：'然。童子雕蟲篆刻。'俄而曰：'壯夫不爲也。'"此處真德秀對年少時習詞學科表示後悔。○春風沂水：《論語·先進》："（曾）點曰：暮春者，春服既成，冠者五六人，童子六七人，浴乎沂，風乎舞雩，詠而歸。"○紹定四年二月之庚申：宋理宗紹定四年二月三日。○四月之甲子：四月八日。○州從事：宋幕職官別稱。○招捕使司：即招討使司，招討使掌管招撫、征討寇盜事。招討使司屬官有隨軍轉運使一員，參議官一員，幹辦公事三員，隨軍幹辦官四員，書寫機宜文字一員。陳傳祖可能是參議官。

| 輯　錄 |

◎《四庫全書總目·真西山集》：德秀生朱子之鄉，故力崇朱子之緒論。其編《文章正宗》，持論嚴刻，於古人不貸尺寸。而集中諸作，吹噓釋老之焰者，不一而足，有不止韓愈《羅池廟碑》爲劉昫所譏，《與大顛》諸書爲朱子所摭者，白璧微瑕，固不必持門戶之見，曲爲隱諱。然其他著作，要不失爲儒者之言，亦不必竟以一眚掩也。

葉　適（1150—1223）

《宋史·葉適傳》：葉適，字正則，溫州永嘉人。爲文藻思英發。擢淳熙五年進士第二人，授平江節度推官。召爲太學正，遷博士。除太常博士兼實錄院檢討官。嘗薦陳傅良等三十四人於丞相，後皆召用，時稱得人。光宗嗣位，由秘書郎出知蘄州。入爲尚書左選郎官。預議立嘉王。嘉王即皇帝位，遷國子司業。除太府卿，總領淮東軍馬錢糧。爲御史胡紘所劾，降兩官罷，主管冲佑觀。起爲湖南轉運判官，遷知泉州。除權兵部侍郎、工部侍郎，改權吏部侍郎兼直學士院。韓侂冑用兵，爲節制江北諸州，金兵退，進寶文閣待制，兼江、淮制置使。中丞雷孝友劾適附冑用兵，遂奪職，奉祠者十三年。嘉定十六年，卒，年七十四。諡文定。志意慷慨，雅以經濟自負。

上執政薦士書

【題解】 淳熙年間（1174—1189），葉適任太常博士，寫此書向時宰推薦三十四位人才。文中切陳利害，以"飢渴之於飲食"喻"國家之用賢才"，並加以闡發，妙於取譬立論。急國家當務之急，與正統道學派重性理輕事功頗不相同。

國家之用賢才，必如飢渴之於飲食：誠心好之，求取之急，惟恐不至，口腹之獲，惟恐不盡；及其醉飽之餘，嗜好衰息，方復調適衆味，和劑八珍，祈懇而後進，勉強而後餐，其不棄去者，寡矣。故上有失士之患，而士有不遇時之悲。至使官職曠闕，治功陵夷，雅俗隳壞，遺風不接，由其始用之非誠心，善人之類遭厭薄而散漫也。

竊以近歲海內方聞之士，志行端一，才能敏強，可以卓然當國家之用者，宜不爲少，而其間雖有已經選用，不究才能；嘗預薦聞，未蒙旌擢；亦有已罹憂患，恐致沉淪；既得外遷，因不復入。以一疑而傷衆信，用浮華而傷實能。又況其自安常分，無所扳援，復貽頹年，永絕榮進者乎？每一思之，深切痛悼。

伏惟丞相國公晉當國柄，所宜察飢渴飲食之時，體盡誠好士之心，急求力取，博選亟用，以爲國本民命永遠之地，以報明主之遇，以塞多士之責。某等見聞所親不相爲比，所愛不相爲私，以公相信，遠以義相昭。昔班固奏記東平王蒼，薦者六人，國爲得才，不專幕府而蒼納之；裴伯爲李吉甫疏三十士，吉甫藉以舉用，而當時翕然稱其得人。某等濫廁朝列，叨竊祿食，常愧聽聞短狹，知賢不多，無以裨補萬一，不勝慚愧。謹自陳傅良以下三十四人，冒昧以聞，伏候采擇：

陳傅良、劉清之、勾昌泰、祝環、石斗文、陸九淵、沈煥、王謙、豐誼、章穎、陳損之、鄭伯英、黃艾、王叔簡、馬大同、呂祖儉、石宗昭、范仲黼、徐誼、楊簡、潘景憲、徐元德、戴溪、蔡戡、岳甫、王柟、游九言、吳鎰、項安世、劉爚、舒璘、林霆、袁燮、廖德明。

《四部叢刊》本《水心先生文集》卷二七

○方聞之士：方聞指博洽多聞。《漢書·武帝紀》："故詳延天下方聞之士，咸薦諸朝。"○旌擢：表彰提拔。《北齊書·辛術傳》："其所旌擢，後亦皆致通顯。"○丞相國公：丞相指執政。國公是其封爵。《宋史·職官志三》："列爵九等：曰王，曰郡王，曰國公，曰郡公，曰縣公，曰侯，曰伯，曰子，曰男。"○所親不相爲比：《禮記·緇衣》："大臣大治而邇臣比矣。"鄭玄注："比，私其親也。"○所愛不相爲私：《楚辭·離騷》："皇天無私阿兮。"王逸注："竊愛爲私。"○"班固奏記"四句：《後漢書·班固傳》："永平初，東平王蒼以至戚爲驃騎將軍輔政，開東閣延英雄。時固始弱冠，奏記說蒼曰：'……'蒼納之。"奏記中舉薦桓梁、晉馮等六人。○裴伯爲李吉甫疏三十士：伯當作垍。《舊唐書》卷一四八《裴垍傳》："李吉甫自翰林承旨拜平章事，詔將下之夕，感出涕，謂垍曰：'吉甫自尚書郎流落遠地十餘年，方歸便入禁署，今纔滿歲，後進人物罕所接識，宰相之職宜選擇賢俊，今則憒然莫知能否。卿多精鑒今之才傑，爲我言之。'垍取筆疏其名氏，得三十餘人，數月之內，選用略盡，當時翕然稱吉甫，有得人之稱。"

| 輯 錄 |

◎吳子良《林下偶談》：自古文字，如韓、歐、蘇，猶間有無益之言，如說酒、說婦人，或諧謔之類，惟水心篇篇法言，句句莊語。又：水心文本用編年法，自淳熙後，道學興廢、立君用兵始末、國勢汙隆、君子小人離合消長，歷歷可見，後之爲史者當資焉。又：水心爲諸人墓誌，廊廟者赫奕，州縣者艱勤，經行者粹醇，辭華者秀穎，馳騁者奇崛，隱遁者幽深，抑鬱者悲愴，隨其資質，與之形貌，可以見文章之妙。

◎李耆卿《文章精義》：司馬子長文拙於春秋內外傳，而力量過之；葉正則之文巧於韓、柳、歐、蘇，而力量不及。

◎黃震《黃氏日鈔》卷六八：水心之見稱於世者，獨其銘、誌、序、跋，筆力橫肆爾。近世自號得水心文法者，乃以陰寓譏罵爲能。愚觀水心雖間譏罵，實皆顯白。

◎全祖望《增補宋元學案》卷五十四《水心學案·序錄》：乾、淳諸老既歿，學術之會總爲朱、陸二派，而水心斷斷其間，遂稱鼎足。然水心工文，故弟子多流於辭章。

◎《四庫全書總目·水心集》：適文章雄贍，才氣奔逸，在南渡卓然爲一大宗。其碑版之作，簡質厚重，尤可追配作者。適嘗自言："譬如人家觴客，雖或金銀器照座，然不免出於假借。惟自家羅列者，即僅甆缶瓦杯，然都是自家物色。"其命意如此，故能脫化町畦，獨運杼軸。韓愈所謂"文必己出"者，殆於無忝。

陳傅良（1137—1203）

《宋史·陳傅良傳》：陳傅良，字君舉，溫州瑞安人。初患科舉程文之弊，思出其說爲文章，自成一家，人爭傳誦，從者雲合，由是其文擅當世。

師事永嘉鄭伯熊、薛季宣。入太學，與張栻、呂祖謙友善。四方受業者愈衆。登進士甲科，教授泰州。改太學錄。出通判福州。受讒罷。後五年，起知桂陽軍。光宗立，稍遷提舉湖南常平茶鹽、轉運判官，轉浙西提點刑獄。去朝十四年，除吏部員外郎。爲學自三代、秦、漢以下靡不研究，而於太祖開創本原，尤爲潛心。以《周禮說》十三篇上之，遷秘書少監兼實錄院檢討官、嘉王府贊讀。紹熙三年，除起居舍人。明年，兼權中書舍人。寧宗即位，召爲中書舍人兼侍讀、直學士院、同實錄院修撰。出提舉興國宮，明年，削秩罷。嘉泰二年復官。授集英殿修撰，進寶謨閣待制。終於家，年六十七。諡文節。著述有《詩解詁》、《周禮說》、《春秋後傳》、《左氏章指》行於世。

怒蛙說

【題解】這是一篇寓言，寓言早期被稱爲讔，《文心雕龍‧諧讔》云："讔者，隱也，遁辭以隱意，譎譬以指事也。"《怒蛙說》以蛙、烏、羲和、飛廉、豐隆、屛翳這些"司造化之權"者"私以怒競"來作譬指事，用意很明顯。此文繼承了先秦以來尤其是柳宗元諷刺寓言的傳統，極富想象力，辭藻富麗，刻畫諸神之怒態及其效果工巧傳神。

日有烏，月有蛙。蛙與烏相遇，烏戲蛙曰："若，臠肉耳。躍之高不咫尺，焉能爲哉！"蛙曰："吾已矣，若無靳我！"烏曰："若亦能怒邪？"蛙曰："吾翹吾腹，翳太陰之光；呀吾頤，唅其壤；瞠吾目，列星不能輝，奚而不能怒！若不吾信，月於望，吾怒以示若。"其望，月果無光。

他日，蛙遇烏曰："曩吾怒，得毋惕乎？"烏曰："若焉能惕我哉！吾振吾羽，翳太陽之光；肆吾味，啄其壤；徐以三足蹴之，天下不敢寧而居。吾視若之怒眇矣，奚以若惕爲！若不吾信，月於朔，吾怒以示若。"其朔，日果無光。嗇人伐鼓，馳且走焉。

121

又他日，烏遇蛙曰："吾怒也，何如？"蛙曰："始吾謂極威矣，而不知子之威震於我也。"日之馭曰羲和，傍聞之曰："嘻！何謂威！吾疾其驅，六龍不敢稽吾輈；吾赫其燥，雲不敢雲，雨不敢雨，風不敢風；八土之埏，吾能赫其膚；萬壑之陰，吾能充其毛；百川之流，吾能杜其液：且彼與若敢言怒哉！若不吾信，吾怒以示若。"於是果旱嘆者半載。凡天地之間病之。

他日，羲和遇烏曰："吾怒也，何如？"烏嚇然曰："始吾謂極威矣，而不知子之威震於我也。"飛廉、豐隆、屏翳者聞之，相與造羲和，誚焉曰："若矜而怒邪！吾當威示若。吾三人焉，噓其氣，足以冪乾坤之倪；噢吾沫，足以赭嵩華之峰；嘯吾聲，足以簸四海掀九州而覆之也。果爾，若烏能威！"言未既，豐隆噓焉，屏翳噢焉，飛廉嘯焉。莫晝莫夜，彌山漫谷者，亦半載。

嗚呼，司造化之權而私以怒競，民物奚罪哉！

光緒十七年蘇州書局編刻《南宋文錄錄》卷二十

○怒蛙：指鼓足氣的蛙。《韓非子·內儲說上》："越王勾踐見怒蛙而式之。御者曰：'何為式？'王曰：'蛙有氣如此，可無為式乎？'士人聞之，曰：'蛙有氣，王猶為式，況士人有勇者乎？'"○日有烏，月有蛙：王充《論衡·說日》："儒者曰：'日中有三足烏，月中有兔、蟾蜍。'"蟾蜍即蛙。○臠肉：一小塊肉。《淮南子·說山》："嘗一臠肉，則知一鑊之味。"○靳：嘲笑，奚落。○呀：張口。張耒《挂虎圖》："目光炯雙射，怒吻呀欲受。"○其望，月果無光：月蝕都發生於望日（陰曆每月十五或十六）。○咮：鳥嘴。《詩經·曹風·候人》："維鵜在梁，不濡其咮。"○其朔，日果無光：日蝕皆發生於朔日（農曆每月初一）。○嗇人伐鼓，馳且走焉：《尚書·胤征》："瞽奏鼓，嗇夫馳，庶人走。"孔傳："凡日食，天子伐鼓於社，責上公。瞽，樂官，樂官進鼓則伐之。嗇夫，主幣之官，馳取幣禮天神。眾人走，供求日食之百役也。"○羲和：《初學記》卷一引《淮南子·天文訓》："爰止羲和，爰息六螭，是謂懸車。"原注："日乘車，駕以六龍，羲和御之。"○輈：車轅。用於大車上的稱轅，用於兵車、田車、乘車上的稱輈。《後漢書·張衡傳》："魂眷眷而屢顧兮，馬倚輈而俳回。"○八土之埏：《史記·司馬相如列傳》："上暢九垓，下泝八埏。"顏師古注引孟康曰："埏，地之八際也。"指八方邊遠之地。○飛廉：《楚辭·離騷》："前望舒使先驅兮，後飛廉使奔屬。"王逸注："飛廉，風伯也。"洪興祖補注："《呂氏春秋》曰：'風師曰飛廉。'應劭曰：'飛廉，神禽，能致風氣。'"○豐隆：《淮南子·天文訓》："季春三月，豐隆乃出，以將其雨。"高誘注："豐隆，雷也。"《楚辭·離騷》："吾令豐隆椉雲兮，求宓妃之所在。"○屏翳：《山海經·海外東經》："雨師妾在其北。"郭璞注："雨師，謂屏翳也。"也指雲神、雷師、風師，此當指雨師。○噓其氣：指飛廉行風。倪：盡頭，邊際。柳宗元《非國語·三川震》："又況天地之無倪，陰陽之無窮。"○噢吾沫：指屏翳行雨。赭：《史記·秦始皇本紀》："皆伐湘山樹，赭其山。"○嘯吾聲：指豐隆行雷。○"豐隆噓焉"三句：似當作"飛廉噓焉，屏翳噢焉，豐隆嘯焉"。

輯　錄

◎吳子良《林下偶談》：止齋之文，初則工巧綺麗，後則平淡優游，委蛇宛轉，無一毫少作之態。其詩意深義精而語尤高，後學但知其時文，罕有識此者。……但水心取其學、取其詩，不甚取其文，蓋其文頗失之屑，始初時文氣，終消磨不盡也。

◎《四庫全書總目·止齋集》：傅良雖與講學者游，而不涉植黨之私曲相附和，亦不涉爭名之見，顯立異同，在宋儒之中，可稱篤實。故集中多切於實用之文，而密栗堅峭，自然高雅，亦無南渡末流冗沓腐濫之氣。蓋有本之言，固迥不同矣。

參考書目

《東萊集》，呂祖謙撰，《四庫全書》本。

《晦庵先生朱文公文集》，朱熹撰，《四部叢刊》本。

《朱熹集》，朱熹撰，四川教育出版社 1996 年版。

《西山先生真文忠公文集》，真德秀撰，《四部叢刊》本。

《水心先生文集》，葉適撰，《四部叢刊》本。

《葉適集》，葉適撰，中華書局 1977 年版。

《南宋文錄錄》，光緒十七年蘇州書局編刻本。

思考題

1. 呂祖謙試圖融會"談理者"與"論文者"，結合他的創作與《皇朝文鑒》、《古文關鍵》等選本、論著，談談他在這一方面的貢獻。

2. 李耆卿說朱熹"尋常文字，多不及二程"，你認爲如何？

3. 道學家古文與文學家古文最重要的區別在哪裏？試以真德秀的《溪山偉觀記》與北宋的園亭樓臺記作比較談談。

4. 由陳傅良《怒蛙說》上溯，考察柳宗元以來寓言體文創作狀況。

5. 《四庫全書總目》稱葉適文章"在南渡卓然爲一大宗"，其根據是什麽？葉適對北宋以來古文有何發展？

第九節　南宋末年古文

文天祥（1236—1282）

《宋史·文天祥傳》：文天祥，字宋瑞，又字履善，吉之吉水人也。年二十舉進士，帝親拔爲第一。尋丁父憂。開慶初，爲寧海軍節度判官，上書不報，自免歸。後稍遷至刑部郎官。出守瑞州，改江西提刑，遷尚書左司郎官，累爲臺臣論罷。除軍器監兼權直學士院。三十七歲致仕。咸淳九年，起爲湖南提刑。十年，改知贛州。德祐初，江上報急，聚衆萬人赴召入衛，盡以家貲爲軍費。除知平江府。元兵破常州，棄平江，守餘杭。明年，除知臨安府。未幾，宋降，除樞密使。尋除右丞相兼樞密使，與元丞相伯顏抗論皋亭山，元丞相怒拘之。夜亡入眞州。收殘兵，屢戰屢敗，爲張弘範兵所執，護送至燕京。至元十九年，從容臨刑。年四十七。宋至德祐亡矣，文天祥往來兵間，初欲以口舌存之，事既無成，奉兩孱王崎嶇嶺海，以圖興復，兵敗身執。元帝既壯其節，又惜其才，留之數年，如虎兕在柙，百計馴之，終不可得。從容伏質，就死如歸。其衣帶中有贊曰："孔曰成仁，孟曰取義。惟其義盡，所以仁至。讀聖賢書，所學何事？而今而後，庶幾無愧。"

指南錄後序

【題解】《指南錄》四卷，是文天祥自編詩集，記述了文天祥德祐二年（1276）幾個月之間九死一生的遭遇和情感變化。詩集卷首有兩篇自序，此爲後一篇。此序總叙其經歷尤其是所遇種種險境，以及編詩集的目的，並表達誓死抗元的決心。平鋪直叙後而以排比突現高潮，末一段正氣凜然，其情可感，其文可觀。

德祐二年二月十九日，予除右丞相兼樞密使，都督諸路軍馬。時北兵已迫修門外，戰、守、遷皆不及施，縉紳大夫士萃於左丞相府，莫知計所出。會使轍交馳，北邀當國者相見，衆謂予一行爲可以紓禍，國事至此，予不得愛身，意北亦尚可以口舌動也。初，奉使往來，無留北者，予更欲一覘北，歸而求救國之策。於是辭相印不拜，翌日以資政殿學士行。

初至北營，抗辭慷慨，上下頗驚動，北亦未敢遽輕吾國。不幸呂師孟構惡於前，賈餘慶獻諂於後，予羈縻不得還，國事遂不可收拾。予自度不得脫，則直前詬虜帥失信，數呂師孟叔姪爲逆，但欲求死，不復顧利害。北雖貌敬，實則憤怒。二貴酋名曰館伴，夜則以兵圍所寓舍，而予不得歸矣。

未幾，賈餘慶等以祈請使詣北，北驅予並往，而不在使者之目，予分當引決，然而隱忍以行。昔人云將以有爲也。至京口，得間，奔真州，即具以北虛實告東西二閫，約以連兵大舉，中興機會庶幾在此。留二日，維揚帥下逐客之令，不得已，變姓名，詭蹤迹，草行露宿，日與北騎相出沒於長淮間。窮餓無聊，追購又急，天高地迥，號呼靡及。已而得舟避渚洲，出北海，然後渡揚子江，入蘇州洋，展轉四明、天台以至於永嘉。

嗚呼！予之及於死者，不知其幾矣！詆大酋當死；罵逆賊當死；與貴酋處二十日，爭曲直，屢當死；去京口，扶匕首以備不測，幾自剄死；經北艦十餘里，爲巡船所物色，幾從魚腹死；真州逐之城門外，幾徬徨死；如揚州，過瓜洲揚子橋，竟使遇哨，無不死；揚州城下，進退不由，殆例送死；坐桂公塘土圍中，騎數千過其門，幾落賊手死；賈家莊幾爲巡徼所陵迫死；夜趨高郵，迷失道，幾陷死；質明，避哨竹林中，邏者數十騎，幾無所逃死；至高郵，制府檄下，幾以捕係死；行城子河，出入亂屍中，舟與哨相後先，幾邂逅死；至海陵，如高沙，常恐無辜死；道海安、如皋凡三百里，北與寇往來，其間無日而非可死；至通州，幾以不納死；以小舟涉鯨波出，無可奈何，而死固付之度外矣！嗚呼！死生晝夜事也。死而死矣，而境界危惡，層見錯出，非人世所堪，痛定思痛，痛何如哉！

予在患難中，間以詩記所遭，今存其本，不忍廢。道中手自抄錄，使北營、留北關外爲一卷；發北關外、歷吳門、毘陵，渡瓜洲，復還京口爲一卷；脫京口、趨真州、揚州、高郵、泰州、通州爲一卷；自海道至永嘉、來三山爲一卷。將藏之於家，使來者讀之，悲予志焉。

嗚呼！予之生也幸，而幸生也何所爲？求乎爲臣，主辱，臣死有餘僇；所求乎爲子，以父母之遺體行殆，而死有餘責。將請罪於君，君不許；請罪於母，母不許；請罪於先人之墓，生無以救國難，死猶爲厲鬼以擊賊，義也。賴天之靈，宗廟之福，修我戈矛，從王於師，以爲前驅，雪九廟之恥，復高祖之業，所謂誓不與賊俱生，所謂鞠躬盡力，死而後已，亦義也。嗟夫！若予者，將無往而不得死所矣。向也使予委骨於草莽，予雖浩然無所愧怍，然微以自文於君親，君親其謂予何？誠不自意，返吾衣冠，重見日月，使旦夕得正丘首，復何憾哉！復何憾哉！

是年夏五，改元景炎，廬陵文天祥自序其詩，名曰《指南錄》。

《四部叢刊》本《文山先生全集》卷十三

○悲予志焉：前此所叙皆參《指南錄》。○求乎爲臣：語見《禮記·中庸》："君子之道四，丘未能一焉。所求乎子以事父，未能也；所求乎臣以事君，未能也；所求乎弟以事兄，未能也；所求乎朋友，先施之，未能也。"○死有餘僇：猶死有餘辜。《漢書·路溫舒傳》："蓋奏當之成，雖咎繇聽之，猶以爲死有餘辜。"○以父母之遺體行殆：語出《禮記·祭義》："不敢以先父母之遺體行殆。"行殆：做危險事。○死有餘責：猶死有餘辜。荀悅《漢紀·哀帝紀下》："嘉喟然仰天歎曰：'幸得充位宰相，不能進賢退不肖，以此負國，死有餘責。'"○修我戈矛：語出《詩經·秦風·無衣》："王于興師，修我戈矛，與子同仇。"○九廟：帝王的宗廟，有太祖廟、三昭廟、三穆廟、祖廟、親廟。○高祖：開國皇帝稱高祖，此指宋太祖趙匡胤。○"所謂誓不與賊俱生"三句：語出諸葛亮《後出師表》："先帝慮漢賊不兩立，王業不偏安，故托臣以討賊也。……臣鞠躬盡瘁，死而後已。"○愧怍：《孟子·盡心上》："仰不愧於天，俯不怍於人。"○正丘首：《禮記·檀弓上》："狐死正丘首。"鄭玄注："正丘首，正首丘也。"孔穎達疏："所以正首而向丘者，丘是狐窟穴根本之處，雖狼狽而死，意猶向此丘。"引申爲死於故國、故鄉。○是年夏五：《宋史·瀛國公紀》載，德祐二年（1276）五月："（陳）宜中等乃立昰於福州，以爲宋主（即端宗），改元景炎。"○廬陵：吉州，又稱廬陵郡，治廬陵縣（今江西吉安）。

謝　翱（1249—1295）

《宋遺民錄》卷二宋濂《謝翱傳》：謝翱，字皋羽，福之長溪人，後徙建之浦城。父鑰，通《春秋》。翱世其學。試進士，不中，落魄漳、泉二州，倜儻有大節。會丞相文天祥開府延平，長揖軍門，署諮議參軍，聲動梁楚間，已復別去。及宋亡，天祥被執以死，翱悲不能禁，隻影行浙水東，逢山川池榭、雲嵐草木，與所別處，及其時適相類，則徘徊顧盼，失聲哭。獨嗜佳山水，如雁山、天姥、四明，搜奇抉秘，所至即造游，錄持以誇人。游倦，輒憩浦陽江源及睦之白雲村，尋隱者方鳳、吳思齊，晝夜吟詩不自休。其詩直溯盛唐，而不作近代語，卓卓有風人之餘；文尤嶄拔峭勁，雷電恍惚，出入風雨中。當其執筆時，瞑目返思，身與天地俱忘。每語人曰："用志不分，鬼神將避之。"其苦索多類此。婺睦人士翕然從其學。前至元甲午去家虎林西湖上，明年乙未以肺疾作而死，年四十七。翱自號晞髮子，所著《手鈔詩》八卷、《雜文》二十卷、《浦陽先民傳》一卷等。

登西臺慟哭記

【題解】 元世祖至元二十八年（1291），謝翱登西臺哭祭文天祥後作此記。時文天祥已就義九年，元滅宋已十餘年，從記中隱晦的用語和隱秘的行動中，可以感受到宋遺民在元初所承受的政治壓力；從此文不用元代年號而又要效仿《季漢月表》中，可以領會到謝翱"不食周粟"式的氣節。抑鬱中有沈痛和悲憤，至情無文。

始，故人唐宰相魯公開府南服，予以布衣從戎。明年，別公漳水湄。後明年，公以事過張睢陽廟及顏杲卿所嘗往來處，悲歌慷慨，卒不負其言而從之游。今其詩具在，可考也。

予恨死無以藉手見公，而獨記別時語，每一動念，即於夢中尋之。或山水池榭、雲嵐草木，與所別之處，及其時適相類，則徘徊顧盼，悲不敢泣。又後三年，過姑蘇，姑蘇，公初開府舊治也，望夫差之臺而始哭公焉。又後四年，而哭之於越臺。又後五年及今，而哭於子陵之臺。

先是一日，與友人甲、乙若丙約，越宿而集。午，雨未止，買榜江涘。登岸，謁子陵祠；憩祠旁僧舍，毀垣枯甃，如入壚墓。還，與榜人治祭具。須臾，雨止，登西臺，設主於荒亭隅，再拜跪伏，祝畢，號而慟者三，復再拜，起。又念予弱冠時，往來必謁拜祠下，其始至也，侍先君焉。今予且老，江山人物，睠焉若失。復東望，泣拜不已。有雲從西南來，漻泹浮鬱，氣薄林木，若相助以悲者。乃以竹如意擊石，作楚歌招之曰："魂朝往兮何極？暮歸來兮關水黑。化爲朱鳥兮有咮焉食？"歌闋，竹石俱碎。於是，相向感唶。復登東臺，撫蒼石，還憩於榜中。榜人始驚予哭，云："適有邏舟之過也，盍移諸？"遂移榜中流，舉酒相屬，各爲詩以寄所思。薄暮，雪作風凜，不可留，登岸宿乙家。夜復賦詩懷古。明日，益風雪，別甲於江，予與丙獨歸。行三十里，又越宿乃至。其後，甲以書及別詩來，言："是日風帆怒駛，逾久而後濟。既濟，疑有神陰相，以著茲游之偉。"予曰："嗚呼！阮步兵死，空山無哭聲且千年矣！若神之助，固不可知，然茲游亦良偉。其爲文詞因以達意，亦誠可悲已！"

予嘗欲仿太史公著《季漢月表》，如秦楚之際。今人不有知予心，後之人必有知予者。於此宜得書，故紀之，以附季漢事後。

時先君登臺後二十六年也。先君諱某字某。登臺之歲在乙丑云。

清康熙四十一年平湖陸大業刻本《晞髮集》卷十

○西臺：在今浙江富春山，與東臺對峙，相傳爲東漢隱士嚴光釣臺。○唐宰相魯公：黃宗羲《南雷文定‧西臺慟哭記注》："其稱唐宰相者，托言前朝。稱魯公者，周文公封魯，故言文公爲魯公也。"顧炎武《日知錄》卷十九"古文未正之隱"條認爲魯公指顏魯公。顏真卿封魯郡公，世稱顏魯公，做過太子太師，地位相當於宰相，又在安史之亂時起兵抵抗，以忠烈見稱於世，故以隱喻文天祥。○開府南服：《宋史‧瀛國公紀》載，景炎元年（1276），"命文天祥爲同都督（非宰相而任副都督軍馬之權）。七月丁酉進兵南劍州，欲取江西"。開府，成立府署，選置僚屬。南服，古代王畿以外地區分爲五服，南方爲南服。〇以布衣從戎：胡翰《謝翱傳》："宋相文天祥亡走江上，逾海至閩，檄州郡大舉勤王之師。翱傾家貲，率鄉兵數百人赴難，遂參軍事。"謝翱從軍前絕意仕進，閉門讀書，故自稱布衣。〇明年：景炎二年（1277）。〇漳水：即漳江，源出福建南部平和縣南，東南流經雲霄縣入海。《宋史·瀛國公紀》載，景炎二年正月，"文天祥走漳州"，三月"取梅州"（治所在今廣東梅縣）。謝與文分別當在二月或前後。〇後明年：即宋祥興元年（1278），也即元世祖至元十五年。是年十二月文天祥兵敗走海豐（今屬廣東），被元將張弘範部所俘。〇"公以事"句：元世祖至元十六年（1279）文天祥被俘北行，途經睢陽（今河南商丘）、常山（今河北正定），憑弔古跡，作詩如《顏杲卿》："常山義旗奮，范陽哽喉咽。……人世誰不死，公死千萬年。"如《許遠》："起師哭玄元，義氣震天地。"均見《指南後錄》卷二。安史之亂中，顏杲卿守常山，張巡（即張睢陽）與許遠合力守睢陽，城陷均被殺。〇又後三年：指元世祖至元十九年（1282），文天祥於此年就義。姑蘇，今江蘇蘇州。〇姑蘇，公初開府舊治也：《宋史·瀛國公紀》載，德祐元年（1275）八月，"以文天祥爲浙西、江東制置使兼知平江府"。平江府治所在姑蘇。〇夫差之臺：即姑蘇臺，在今蘇州西南姑蘇山上，春秋時吳王夫差所築。〇又後四年：即元世祖至元二十三年（1286）。〇越臺，指禹陵，在今浙江紹興東南會稽山上。任士林《謝處士傳》："過越，行禹窆間，北鄉哭。"〇又後五年：即元世祖至元二十八年（1291）。〇子陵之臺：即西臺。〇甲、乙若丙：《南雷文定前集》卷一《謝臯羽年譜游錄注序》："《西臺慟哭記》甲、乙、丙三人，張丁（《宋遺民錄》卷三有明張丁注謝此文）以吳思齊、馮桂芳、翁衡實之。思齊有《野祭詩》可據，桂芳（鄧康莊）有墓誌可據，衡不知何所據也。楊鐵崖作嚴侶墓誌云：'宋相文山氏客謝翱，奇士也。雪夜與之登西臺絕頂,祭酒慟哭,以鐵如意擊石,復作楚客歌,聲振林木。人莫能測其意也。'則其一人當是嚴侶。侶住江干,故記言'登岸宿乙家'。思齊流寓桐廬,故記言'別甲於江'。桂芳家睦,故記言'與丙獨歸'。若爲翁衡,衡與桂芳俱爲睦人,則乙、丙皆當同歸矣。"○子陵祠:在西臺下,北宋范仲淹建,見前《桐廬郡嚴先生祠堂記》。○枯甃:枯井。○主:神主、牌位。○弱冠:《禮記·曲禮上》:"二十曰弱,冠。"後以稱二十歲左右的男子。○竹如意:如意是梵語"阿那律"的意譯,古之爪杖,可用竹,也可用骨、角、玉、石、銅、鐵等製成,長三尺許,前端作手指形,可搔癢,亦可作防身用。○"化爲朱鳥兮"句:謂即便文天祥化作朱鳥歸來,也無處覓食。意謂宋已亡,無處立祠廟祭祀。朱鳥,既爲鳥名,指鷟或鳳;又爲神名,指南方之神。《文選·王延壽〈魯靈光殿賦〉》:"朱鳥舒翼以峙衡。"李周翰注:"朱鳥,朱雀,南方神也。"○邐舟:巡邐的船隻。○各爲詩以寄所思:黃宗羲注載有謝翱、吳思齊詩。謝詩即《西臺哭所思》:"殘年哭知己,白日下荒臺。淚盡吳江水,隨潮到海回。故衣猶染碧,后土不憐才!未老山中客,惟應賦《八哀》。"○"阮步兵死"二句:《晉書·阮籍傳》:"籍本有濟世志,屬魏晉之際,天下多故,名士少有全者,籍由是不與世事,遂酣飲爲常。……時率意獨駕,不由徑路,車迹所窮,輒慟哭而反。"謝翱處宋元易代之際,與阮籍處魏晉易代之際相似,故有此語。○"予嘗欲仿太史公"三句:司馬遷《史記》有《秦楚之際月表》,記秦楚之間史事,祇記月,不記年,意謂當時無"帝王正統"。謝翱不肯用元代年號紀年,即仿此意。另外,方鳳《謝君皋羽行狀》:"嘗欲仿太史法,著《季漢月表》,采獨行全節事爲之傳,大率不務一世人所好,而獨求故老與同志以證其所得。"謝翱此志未竟(見宋濂《謝翱傳》)。○以附季漢事後:即附《季漢月表》事後。隱以季漢指季宋。○先君:謝翱亡父名鑰,字草堂,通《春秋》。○登臺之歲在乙丑:宋度宗咸淳元年(1265),歲次乙丑,謝翱曾隨謝鑰登西臺。至撰此文時,已時隔二十六年。

| 輯　錄 |

◎《四庫全書總目·晞髮集》：南宋之末，文體卑弱，獨翱詩文桀鷔有奇氣，而節概亦卓然可觀。

◎程敏政《宋遺民錄》卷二方鳳《謝君皋羽行狀》：爲詩厭近代，一意溯盛唐而上；文規柳及韓。

◎同上楊維禎《弔謝翱文并序》：予讀謝翱《西臺慟哭記》，爲之掩卷歎曰："嗟乎！翱以至誠惻怛之心，發慷慨悲歌之氣，世知其爲廬陵公慟也，吾以翱慟夫十七廟之世主不食、三百年之正統斯墜也。"

林景熙（1242—1310）

《宋遺民錄》卷十四章祖程《題白石樵唱》：先生諱景熙，字德暘，姓林氏，溫之平陽人也，宋咸淳辛未太學釋褐，授泉州教官，歷禮部架閣，轉從政郎。時異事殊，遂不復仕，乃棲隱故山，以詩書自娛。既而會稽王監簿移書屈致，與尋歲晏之盟，於是先生往來吳越間，殆二十餘年。戊申歲，歸自武林，感疾，迨庚戌冬，終於家，時年六十有九。先生少工舉業，有場屋聲，時文既廢，倡爲古文，發爲騷章，往往尤臻其奧。晚年所著雜文十卷，外有詩六卷，題曰《白石樵唱》，行於世。

蜃　說

【題解】元世祖至元二十七年（1290），林景熙親見海市蜃樓，驚異慨歎而作此文。描述奇觀栩栩如在眼前，聯想自然，議論冷雋深邃，且含不盡之意，簡潔凝練。

嘗讀漢《天文志》，載"海旁蜃氣象樓臺"，初未之信。

庚寅季春，予避寇海濱。一日飯午，家僮走報怪事，曰："海中忽湧數山，皆昔未嘗有，父老觀以爲甚異。"予駭而出，會潁川主人走使邀予。既至，相攜登聚遠樓東望。第見滄溟浩渺中，矗如奇峰，聯如疊巘，列如崒岫，隱見不常。移時，城郭臺榭，驟變欻起，如衆大之區，數十萬家，魚鱗相比。中有浮圖老子之宮，三門嵯峨，鐘鼓樓翼其左右，檐牙歷歷，極公輸巧不能過。又移時，或立如人，或散如獸，或列若旌旗之飾，甕盎之器，詭異萬千。日近晡，冉冉漫滅。向之有者安在？而海自若也。《筆談》紀登州海市事，往往類此，予因是始信。

噫嘻！秦之阿房，楚之章華，魏之銅雀，陳之臨春、結綺，突兀淩雲者何限。運去代遷，蕩爲焦土，化爲浮埃，是亦一蜃也。何暇蜃之異哉！

中華書局上海編輯所版《霽山集》卷四

○"嘗讀漢《天文志》"二句：班固《漢書》卷二十六《天文志第六》有"海旁蜃氣象樓臺"。蜃：傳說中蛟一類的動物，形狀像大蛇而有角。李時珍《本草綱目·鱗部一》載其"能吁氣成樓臺城郭之狀，將雨即見，名蜃樓，亦曰海市"。現代科學認爲，海市蜃樓是由於不同密度的大氣層對光綫的折射作用，而將遠處景物反映在天空、地面、海面所產生的一種幻景，是一種自然現象，在沿海和沙漠地帶可以見到。○庚寅：元世祖忽必烈至元二十七年（1290），歲次庚寅。○避寇海濱：《霽山集》卷一《避寇海濱》詩有元人章祖程注"庚寅歲，山寇爲妖，先生避地仙口（今浙江平陽東）作也"。《元史·世祖本紀》載：至元二十六年（1289）江南起義軍四百餘起。浙江有台州民楊鎮龍起義，至次年三月，仍在浙東一帶活動，"寇"蓋指此。○潁川主人：姓陳的主人。陳姓以潁川（河南許昌一帶）爲郡望。○崒岫：崒，通"萃"，聚集、會集。岫，峰巒。○欻起：忽起。○衆大之區：人多地廣的地區。○浮圖老子之宮：佛教、道教的宮觀。浮圖，梵語音譯，可指佛陀釋迦牟尼、和尚、佛教、佛塔等。此處與老子並稱，當指釋迦牟尼。老子李耳，相傳爲道教之祖。○三門：此指寺院大門。《釋氏要覽》："寺宇開三門者，《佛地論》云'謂空門、無相門、無作門'。今稱'山門'者，蓋由此傳訛。"三門又稱三解脫門。○公輸：名班（或作般、盤），春秋時魯國著名的巧匠。○甕盎：二者皆是腹大的陶製盛器，甕口大些，盎口小。○晡：申時，即午後三點至五點。○《筆談》紀登州海市事：沈括《夢溪筆談》卷二十一"異事"條："登州海市，時有雲氣，如宮室臺觀、城堞人物、車馬冠蓋，歷歷可見，謂之'海市'。"登州，治所在今山東蓬萊。○阿房：秦時營建的宮殿，規模宏大，後被項羽焚毀。故址在今陝西西安西北。《史記·秦始皇本紀》及《三輔黃圖》均有詳細描述。○章華：春秋時楚靈王建造的離宮名和臺名，故址有二說：一說在今湖北監利西北，一說在今安徽亳州東南。○銅雀：亦作銅爵，東漢末年曹操建築的臺名，故址在今河北臨漳西南。○臨春、結綺：南朝陳後主建造的樓閣，極其繁華，見《陳書》、《南史》張貴妃傳描述。

參考書目

《文山先生全集》，文天祥撰，《四部叢刊》本。

《晞髮集》，謝翱撰，平湖陸大業刻本。

《霽山集》，林景熙撰，中華書局上海編輯所1960年版。

思考題

1. 文天祥、謝翱、林景熙等人在宋末以氣節"照耀今古"，其文采與其氣節是否相稱？

2. 宋濂《剡源集序》云："辭章至於宋季，其弊甚矣"，而黃宗羲《謝皋羽年譜游錄注序》稱"文章之盛，莫盛於亡宋"，哪種說法較合實際？結合宋末文壇實況談談。

第十節　南宋筆記文

陸　游（1125—1210）

《宋史·陸游傳》：陸游，字務觀，越州山陰人。年十二能詩文，蔭補登仕郎。鎖廳薦送第一，秦檜孫塤適居其次，檜怒，至罪主司。明年，試禮部，主司復置游前列，檜顯黜之，由是爲所嫉。檜死，始赴福州寧德簿。孝宗即位，遷樞密院編修官兼編類聖政所檢討官。史浩、黃祖舜薦游善詞章，諳典故，召見，遂賜進士出身。出通判建康府，尋易隆興府。言者論游交結臺諫，鼓唱是非，力說張浚用兵，免歸。久之，通判夔州。王炎宣撫川、陝，辟爲幹辦公事。游爲炎陳進取之策，以爲經略中原必自長安始，取長安必自隴右始。范成大帥蜀，游爲參議官，以文字交，不拘禮法，人譏其頹放，因自號放翁。後遷江西常平提舉。召還，給事中趙汝愚駁之，遂與祠。起知嚴州。紹熙元年，遷禮部郎中兼實錄院檢討官。嘉泰二年，詔游權同修國史、實錄院同修撰，升寶章閣待制，致仕。游才氣超逸，尤長於詩。晚年再出，爲韓侂冑撰《南園閱古泉記》，見譏清議。嘉定二年卒，年八十五。

《老學庵筆記》（二則）

【題解】"《老學庵筆記》，先太史淳熙、紹熙間所著也。"（《鐵琴銅劍樓藏書目錄》卷十六載陸子遹跋語）陸游退居故鄉山陰，命其書齋爲老學庵，"取師曠'老而學如秉燭夜行'之語"（《劍南詩稿》卷三三《老學庵》詩自注），於其中讀書寫作，而有此筆記。以閑散淡雅的文筆叙寫先朝典章制度及人物掌故，是其最具特色處。以下二則即掌故舊聞，尤能於不經意處見人物精神、情態。

東坡食湯餅

呂周輔言：東坡先生與黃門公南遷，相遇於梧、藤間。道旁有鬻湯餅者，共買食之。粗惡不可食，黃門置箸而歎，東坡已盡之矣。徐謂黃門曰："九三郎，爾尚欲咀嚼耶？"大笑而起。

秦少游聞之，曰："此先生'飲酒但飲濕'而已。"

中華書局版《老學庵筆記》卷一

○呂周輔：名商隱，成都人，乾道二年（1166）進士，歷仕國子博士、宗正丞等官。○黃門公：指蘇轍。蘇轍嘗官門下侍郎，門下侍郎可追溯至漢代給事黃門侍郎，故稱。○南遷相遇：蘇軾《和淵明移居詩序》云："丁丑歲（紹聖四年），余謫海南，子由亦謫雷州，五月十一相遇於藤，同行至雷。"○梧、藤：梧州治所在蒼梧縣（今廣西梧州），藤州治所在鐔津縣（今廣西藤縣東北）。○湯餅：麵條。○九三郎：指蘇轍。○飲酒但飲濕：蘇軾《岐亭五首》之四："酸酒如虀湯，甜酒如蜜汁。三年黃州城，飲酒但飲濕。我如更揀擇，一醉豈易得？"

僧行持

僧行持，明州人，有高行，而喜滑稽。嘗住餘姚法性，貧甚，有頌曰："大樹大皮裹，小樹小皮纏；庭前紫荊樹，無皮也過年。"

後住雪竇。雪竇在四明，與天童、育王俱號名剎。一日同見新守，守問天童覺老："山中幾僧？"對曰："千五百。"又以問育王諶老，對曰："千僧。"末以問持，持拱手曰："百二十。"守曰："三剎名相亞，僧乃如此不同耶？"持復拱手曰："敝院是實數。"守爲撫掌。

中華書局版《老學庵筆記》卷三

○行持：號牧庵，明州盧氏子。宣和中住餘姚法性寺，後歷住雍熙雲門寺、雪竇護聖寺。○四明：四明山在浙東，唐置明州，宋因之，即今浙江鄞州一帶。

輯　錄

◎陳振孫《直齋書錄解題》卷十一《老學庵筆記》：（陸）生識前輩，年登耄期，所記見聞，殊可觀也。

◎毛晉《汲古閣書跋·老學庵筆記跋》：茲集向編《稗海》函中，人爭謂其拾得小碎如《五色綫》、《酉陽雜俎》之類。讀至"仁宗飛白"、"哲宗宸翰"、"張德遠"諸則，真足補史之遺而糾史之謬，寧僅僅"杜宇爲謝豹"、"不律爲綠沈"，多識於鳥獸草木之名耶？

◎《四庫全書總目·老學庵筆記》：今檢所記，如楊戩爲蝦蟆精、錢遜叔落水神救之類，近怪異者僅一兩條；鮮于廣題《逸居集》、曾純甫對蕭鷓巴之類，雜諧戲者亦不過七八事，其餘則軼聞舊典，往往足備考證。

◎武億《授堂詩文鈔》卷二《書老學庵筆記後》：《老學庵筆記》十卷，宋陸務觀捃摭細碎，探賾辨物，非苟爲言者也。然其書尤喜於當時遺制，多所存錄，而中亦多疵繆，豈隨事札記，不及詳而失之易也與？

◎李慈銘《越縵堂讀書記·光緒戊寅四月十四日》：放翁此書，在南宋時足與《猗覺寮雜記》、《曲洧舊聞》、《梁溪漫志》、《賓退錄》諸書並稱。其雜述掌故，間考舊文，俱爲謹嚴；所論時事人物，亦多平允。

羅大經（生卒年不詳）

《宋詩紀事》卷七二羅大經：大經字景綸，廬陵人。登第，爲容州法曹掾。著《鶴林玉露》。

《鶴林玉露》（二則）

【題解】《鶴林玉露》十八卷，分甲乙丙三編，每編各六卷，"其體例在詩話、語錄、小說之間，其宗旨亦在文士、道學、山人之間。大抵詳於議論而略於考證"（《四庫全書簡明目錄》卷十三）。下文所選二則，即可見其擅長議論處。就人言人事抒論，語簡意盡，"勁快可人意"。

能言鸚鵡

上蔡先生云："透得名利關，方是小歇處。今之士大夫何足道，真能言鸚鵡也。"朱文公曰："今時秀才，教他說廉，直是會說廉；教他說義，直是會說義；及到做來，祇是不廉不義。"此即所謂能言鸚鵡也。

夫下以言語爲學，上以言語爲治，世道之所以日降也。而或者見能言之鸚鵡，乃指爲鳳凰、鷟鷟，惟恐其不在靈臺靈囿間，不亦異乎！

中華書局版《鶴林玉露》甲編卷二

○上蔡先生：謝良佐（1050—1103），字顯道，上蔡（今屬河南）人，程頤高足，世稱上蔡先生。引語見《上蔡語錄》卷下。○能言鸚鵡：《禮記·曲禮上》："鸚鵡能言，不離飛鳥。……今人而無禮，雖能言，不亦禽獸之心乎？"○朱文公：朱熹諡"文"，故稱。引語見《朱子語類》卷十三。○鷟鷟：鳳一類的鳥。○靈臺靈囿：帝王的高臺苑囿。

無官御史

太學，古語云："有髮頭陀寺，無官御史臺。"言其清苦而鯁亮也。

嘉定間，余在太學，聞長上同舍言："乾淳間，齋舍質素，飲器止陶瓦，棟宇無設飾。近時諸齋，亭榭簾幕，競爲靡麗，每一會飲，黃白錯落，非頭陀寺比矣。國有大事，鯁論間發，言侍從之所不敢言，攻臺諫之所不敢攻，由昔迄今，偉節相望。近世以來，非無直言，或陽爲矯激，或陰有附麗，亦未能純然如古之真御史矣。"

余謂必甘清苦如老頭陀，乃能擴鯁亮如真御史。

中華書局版《鶴林玉露》丙編卷二

○太學：古代中央政府主辦的大學，西周已有太學之名，自漢至明，制度雖有變化，但均爲傳授儒家經典的最高學府。○頭陀寺：僧寺。○御史臺：司法、監察機構。職掌糾察文武百官、肅正朝廷綱紀，大事廷辨，小事彈劾，且許以風聞言事。中書、樞密亦不敢與其抗威爭禮。詳參《宋會要·職官》十七。○嘉定：宋寧宗年號（1208—1224）。○長上同舍：自北宋熙寧四年王安石立三舍法，太學生員分外舍生、內舍生、上舍生三等，上舍生最高。長上同舍當指學年長、資格老又與羅大經同在上舍的太學生。○乾淳：乾道、淳熙，宋孝宗年號（1165—1189）。○齋舍：太學教室及宿舍。《宋史·選舉志》："元豐二年，頒《學令》：太學置八十齋，齋各五楹，容三十人。"○侍從：皇帝周圍的大臣。○臺諫：《宋會要·職官》："天子耳目，寄與臺諫。"指御史臺及諫院各級官員。

輯　錄

◎中華書局本《鶴林玉露》附錄三明南京都察院刊本孫鑛題識：景綸蓋積學好修之士，詩文席歐蘇，議論依程朱，而其筆力亦足以發之，所記述大約勁快可人意。

◎《四庫全書總目·鶴林玉露》：其書體例在詩話、語錄之間，詳於議論而略於考證，所引多朱子、張栻、真德秀、魏了翁、楊萬里語，而又兼推陸九淵；極稱歐陽修、蘇軾之文，而又謂司馬光《資治通鑒》且爲虛費精力，何況呂祖謙《文鑒》；既引張栻之說謂詞科不可習，又引真德秀之說謂詞科當習。大抵本文章之士而兼慕道學之名，故每持兩端，不能歸一。然要其大旨，固不謬於聖賢也。……蓋是書多因事抒論，不甚以記事爲主。偶據傳聞，不復考核，其疏漏固不足異耳。

參考書目

《老學庵筆記》，陸游撰，中華書局1979年版。

《鶴林玉露》，羅大經撰，中華書局1983年版。

《筆記文選讀》，呂叔湘選注，上海古典文學出版社1955年版。

思考題

詩話、筆記在宋代尤其南宋大盛，試讀一冊，談談感想。

第十一節　西崑體時文駢賦

楊　億（974—1020）

《宋史·楊億傳》：楊億，字大年，建州浦城人。七歲能屬文，對客談論，有老成風。雍熙初，年十一，太宗詔試詩賦五篇，下筆立成，即授秘書省正字。淳化中，獻《二京賦》，命試翰林，賜進士第，遷光禄寺丞。真宗即位初，超拜左正言。參預修《太宗實錄》，書成，知處州。召還，拜左司諫、知制誥。景德初，判史館，命修《册府元龜》，與王欽若同總其事。三年，召爲翰林學士，又同修國史。億剛介寡合。當時文士，咸賴其題品。《册府元龜》成，進秩秘書監。七年，起知汝州。天禧四年，復爲翰林學士，受詔注釋御集，又兼史館修撰，判館事，權景靈宮副使。十二月，卒，年四十七。謚文。天性穎悟，自幼及終，不離翰墨。文格雄健，才思敏捷，略不凝滯。對客談笑，揮翰不輟。精密有規裁，善細字起草，一幅數千言，不加點竄，當時學者，翕然宗之。而博覽強記，尤長典章制度，時多取正。喜誨誘後進。留心釋典禪觀之學，所著《括蒼》、《武夷》、《潁陰》、《韓城》、《退居》、《汝陽》、《蓬山》、《冠鼇》等集、內外制、刀筆共一百九十四卷。

駕幸河北起居表

【題解】　宋真宗即位初，契丹屢犯河北，咸平二年（999）九月，"鎮定都部署言敗契丹兵於廉良路，殺獲甚衆"（《宋史・真宗紀》），爲邊疆安定，再鼓士氣，宋真宗巡幸河北。楊億在處州任上，聞此振奮，上表致意，頌揚真宗親征之舉，表達個人欣喜之情。《文心雕龍・章表》言："表體多包，情僞屢遷，必雅義以扇其風，清文以馳其麗。"此表雅義清文，頗能激蕩人心。

臣某言：今月八日，得進奏院狀報：去年十二月三日御札，取五日車駕暫幸河北者。毳幕稽誅，鑾輿順動。羽衛方離於象魏，天威已震於龍荒。慰邊甿徯后之心，增壯士平戎之氣。臣某中謝。

〇駕幸河北：《宋史・真宗本紀》：咸平二年（999）十一月乙未，詔幸河北。己酉，以李沆爲東京留守。十二月戊午，駐蹕澶州。冀州言敗契丹兵於城南，殺千餘人，奪馬百餘匹。甲子，次大名，躬御鎧甲於中軍，契丹攻威虜軍，本軍擊敗之，殺其酋帥。三年（1000）春正月庚子，至自大名府。河北，指河北東路。大名府、澶州均屬河北東路。〇起居：《禮記・儒行》："雖危，起居竟信其志，猶將不忘百姓之病也。"鄭玄注："起居，猶舉事動作。"〇進奏院：《宋史・職官志》："進奏院隸給事中，掌受詔敕及三省、樞密院宣札，六曹、寺監、百司符牒，頒於諸路。"〇毳幕：《文選・李陵〈答蘇武書〉》："韋韝毳幕，以御風雨。"李善注："毳幕，氈帳也。"〇稽誅：稽延討伐。《韓非子・難四》："稽罪而不誅，使渠彌含憎懼死以徼幸。"〇順動：《易・豫》："彖傳：豫順以動。"〇羽衛：帝王的衛隊和儀仗。江淹《雜體詩・效袁淑從駕》："羽衛藹流景，彩吹震沈淵。"〇象魏：《周禮・天官・太宰》："乃縣治象之法於象魏。"鄭玄注："象魏，闕也。"〇天威：《書・泰誓上》："肅將天威。"〇龍荒：指漠北。《漢書・敘傳下》："龍荒幕朔，莫不來庭。"顏注："龍，匈奴祭天龍城。"〇徯后：《書・仲虺之誥》："徯予后，后來其蘇。"謂盼望明君到來。

臣聞涿鹿之野，軒皇所以親征；單于之臺，漢帝因之耀武。用殲夷於兇醜，遂底定於邊陲。五材並陳，蓋去兵之未可；六龍時邁，固犯順以必誅。矧朔漠餘妖，腥膻雜類，敢因膠折之候，輒爲鳥舉之謀。固已命將出師，擒俘獻馘。雖達名王之帳，未焚老上之庭。是用親御戎車，躬行天討。勞軍細柳之壁，巡狩常山之陽。師人多寒，感恩而皆同挾纊；匈奴未滅，受命而孰不忘家？行當肅靜塞垣，削平夷落，梟冒頓之首，收督亢之圖。使遼陽八州之民，專聞聲教；榆關千里之地，盡入提封。蛇豕之穴悉除，干戈之事永戢。然後登臨瀚海，刻石以銘功；陟降云亭，泥金而展禮。逮追八九之迹，永垂億萬之年。

○"涿鹿之野"二句：《史記·五帝本紀》："黃帝乃徵師諸侯，與蚩尤戰於涿鹿之野，遂禽殺蚩尤。"《集解》："張晏曰：涿鹿在上谷。"故址在今河北。○"單于之臺"二句：《漢書·武帝本紀》："（元封元年）出長城北登單于臺，至朔方，臨北河，勒兵十八萬騎，旌旗徑千餘里，威震匈奴。遣使者告單于曰：'單于能戰，天子自將待邊；不能，亟來臣服。'"單于臺，《元和郡縣圖志》卷十四："在（雲中）縣西北四十餘里。"在今山西大同西北百餘里。○殲夷：誅滅。《後漢書·崔駰傳》："豈無熊僚之微介兮？悼我生之殲夷。"○底定：《尚書·禹貢》："三江既入，震澤底定。"蔡沈集傳："底定者，言底於定而不震蕩也。"○"五材並陳"二句：《左傳·襄公二十七年》："子罕曰：天生五材，民並用之，廢一不可，誰能去兵？"杜預注："五材：金、木、水、火、土也。"○"六龍時邁"二句：《易·乾》："象傳曰：'時乘六龍以御天。'"《詩經·周頌·時邁》："時邁其邦，昊天其子之。"鄭箋："時出行其邦國，謂巡狩也。"司馬相如《諭巴蜀檄》："夫不順者已誅。"○"朔漠餘妖"二句：《新五代史·四夷附錄》："契丹自後魏以來，名見中國，或曰與庫莫奚同類而異種，其居曰梟羅個沒里。沒里者，河也，是謂黃水之南，黃龍之北，得鮮卑之故地，故又以爲鮮卑之遺種。"○膠折之候：《漢書·晁錯傳》："錯復言欲立威者，始於折膠。"蘇林曰："秋氣至，膠可折，弓弩可用，匈奴常以爲候而出軍。"○鳥舉之謀：《史記·韓長孺列傳》："安國曰：匈奴遷徙鳥舉，難得而制也。"本指如鳥飛而居無定處，此處指圖謀不軌。○獻馘：《詩經·魯頌·泮水》："矯矯虎臣，在泮獻馘。"○名王：《漢書·宣帝紀》："匈奴單于遣名王奉獻，賀正月，始和親。"顏師古注："名王者，謂有大名，以別諸小王也。"○老上之庭：班固《燕然山銘》："焚老上之龍庭。"《史記·匈奴列傳》："冒頓死，子稽粥立，號曰老上單于。"○天討：《尚書·皋陶謨》："天討有罪。"○勞軍細柳之壁：《史記·絳侯世家》載：漢文帝時，周亞夫爲將軍，屯軍細柳，文帝親自勞軍，因無軍令而不得入，使使者持節召將軍，周亞夫傳令開壁門以請帝入。細柳，在今陝西咸陽西南。○巡狩常山之陽：《穆天子傳》卷一："天子獵于鈃山之西阿。"郭璞注："即井鈃山也，今在常山石邑縣。"○"師人多寒"二句：《左傳·宣公十二年》："楚子伐蕭，申公巫臣曰：'師人多寒，王巡三軍，拊而勉之，三軍之士，皆如挾纊。'"○"匈奴未滅"二句：《史記·衛將軍驃騎列傳》："天子爲治第，令驃騎視之，對曰：'匈奴未滅，何以家爲？'"○冒頓：《史記·匈奴列傳》：單于有太子名冒頓，冒頓從其父單于頭曼獵，以鳴鏑射頭曼，其左右亦皆隨鳴鏑而射，殺單于頭曼，冒頓自立爲單于。○督亢之圖：《史記·燕召公世家》："太子丹陰養壯士二十人，使荊軻獻督亢地圖於秦，因襲刺秦王。"《索隱》："然督亢之田在燕東，甚良沃，欲獻秦，故畫其圖而獻焉。"今河北涿州東南有督亢陂，其附近定興、新城、固安諸地一帶平衍之區，皆燕之督亢地。○遼陽八州：《五代會要》卷二十九："契丹本鮮卑之種也，居遼澤之中，潢水之南。遼澤去榆關一千一百二十里，榆關去幽州七百一十四里。其地東南接海，東際遼河，西北包冷陘，北界松陘，山川東西三千里，地多松柳，澤饒蒲葦。其族本姓大賀氏，後分爲八部。一曰旦利皆部，二曰乙室活部，三曰實活部，四曰納尾部，五曰頻沒部，六曰內會雞部，七曰集解部，八曰奚嗢部。管縣四十一。每部有刺史，每縣有令，酋長號契丹王。"《遼史·地理志》："東京遼陽府，轄州府軍城八十七。"此處遼陽八州，當據其先世渾言之。○榆關：即山海關，在今河北秦皇島。《遼史·兵衛志》："其南伐點兵多在幽州北千里駕鵞泊，及行，並取居庸關……榆關等路。"○提封：猶版圖、疆域。薛道衡《老氏碑》："牂牁、夜郎之所，靡漢、桑乾之地，咸被聲教，並入提封。"○蛇豕：《左傳·定公四年》："申包胥曰：吳爲封豕長蛇，以薦食上國，虐始於楚。"杜預注："言吳貪害如蛇豕。"此以蛇豕指契丹。○干戈之事永戢：《詩經·周頌·時邁》："載戢干戈，載櫜弓矢。"○"登臨瀚海"二句：《史記·衛將軍驃騎列傳》："（驃騎將軍去病）封狼居胥山，禪於姑衍，登臨瀚海。"瀚海：即今蒙古國杭愛山的不同音譯。《後漢書·竇憲傳》："遂登燕然山，去塞三千餘里，刻石勒功，紀漢威德。"○云亭：即云云山、亭亭山。《大清一統志·秦安府》："云云山，在府東南一百二十里。""亭亭山，在府南五十里。《史記·封禪書》：黃帝封泰山，禪亭亭。"《管子·封禪》："昔無懷氏封泰山，禪云云。"尹知章注："云云山在梁父東。"梁簡文帝《南郊頌序》："方當巡云云之禮，啓亭亭之業。"○泥金：《白虎通·封禪篇》："或曰封者，金泥銀繩。"古代帝王行封禪禮時用水銀和金屑泥封玉檢或石檢，後以借指封禪。○八九之迹：《史記·封禪書》："管仲曰：古者封泰山，禪梁父者，七十二家。"

臣忝守方州，莫參法從。空勵請纓之志，慚無扈蹕之勞。唯聆三捷之音，遠同百獸之舞。臣無任云云。

浦城遺書本《武夷新集》卷一二

○臣忝守方州：楊億時守處州。○法從：《漢書·揚雄傳》："每上幸甘泉，常法從。"顏師古注："法從者，以言法當從耳。一曰從法駕也。"○請纓：《漢書·終軍傳》："軍自請願受長纓，必羈南越王而致之闕下。"○扈蹕：隨侍皇帝出行。○三捷：《詩經·小雅·采薇》："豈敢定居，一月三捷。"○百獸之舞：《尚書·益稷》："百獸率舞。"○"臣無任"句：原無，據明本、庫本補。

輯　錄

◎范仲淹《范文正集》卷五《楊文公寫真贊》：公以斯文爲己任，由是東封西祀之儀，修史修書之局，皆歸大手，爲皇家之盛典。當時臺閣英游，蓋多出於師門矣。

◎歐陽修《歸田錄》：楊大年每欲作文，則與門人賓客飲博、投壺、弈棋，語笑喧嘩，而不妨構思。以小方紙細書，揮翰如飛，文不加點。每盈一幅，則命門人傳錄，門人疲於應命。頃刻之際，成數千言，真一代之文豪也。

◎范鎮《東齋紀事》卷三：夏英公竦嘗言："楊文公文如錦繡屏風，但無骨耳。"

◎衛涇《後樂集》卷一七《跋楊文公墨帖》：文公國朝盛時，道德、文儒、行誼、氣節，固與歐蘇馳驅千古。若文體之變，時有先後，易地皆然，不必論。

◎李葆貞《武夷新集序》：時宋興三葉，去唐不遠，故其爲文也駢儷雅醇，謝華啓秀，殆可追蹤王、駱，睨視杜、劉。

◎《四庫全書總目·武夷新集》：大致宗法李商隱，而時際升平，春容典贍，無唐末五代衰颯之氣。田況《儒林公議》稱，億在兩禁，變文章之體，劉筠、錢惟演輩皆從而斅之，時號楊劉。三人以詩更相屬和，極一時之麗。惟石介不以爲然，至作《怪說》以譏之，見所著《徂徠集》中。

◎陳師道《後山詩話》：國初士大夫例能四六，然用散語與故事耳。楊文公刀筆豪贍，體亦多變，而不脫唐末與五代之氣，又喜用古語，以切對爲工，乃進士賦體耳。

◎陳振孫《直齋書錄解題》卷十八：四六偶儷之文，起於齊梁，歷隋唐之世，表章詔誥多用之。然令狐楚、李商隱之流號爲能者，殊不工也。本朝楊、劉諸名公，猶未變唐體。

◎趙彥衛《雲麓漫鈔》卷八：本朝之文，循五代之舊，多駢儷之詞，楊文公始爲西崑體。

宋　祁（998—1061）

《宋史·宋祁傳》：宋庠字公序，安州安陸人，後徙開封之雍丘。弟祁字子京，與兄庠同時舉進士，禮部奏祁第一，庠第三。章獻太后不欲以弟先兄，乃擢庠第一，而置祁第十。人呼曰"二宋"，以大小别之。授直史館，再遷太常博士、同知禮儀院。有司言太常舊樂數增損，其聲不和。詔祁同按試。李照定新樂，胡瑗鑄鐘磬，祁皆典之。以龍圖閣直學士知杭州，留爲翰林學士。改龍圖學士、史館修撰，修《唐書》。加端明殿學士。進工部尚書。拜翰林學士承旨。卒。祁兄弟皆以文學顯，而祁尤能文，善議論。修《唐書》十餘年，自守亳州，出入内外嘗以稿自隨，爲列傳百五十卷。預修《籍田記》、《集韻》。又撰《大樂圖》二卷，文集百卷。祁所至，治事明峻，好作條教。謚曰景文。

右史院蒲桃賦

【題解】 宋仁宗明道二年（1033），宋祁由直史館降爲史館檢討，他借物詠懷，抒發個人憂怨。博雅典麗，有六朝抒情小賦之遺韻。

　　癸酉之仲夏，予受詔修書，寓於右史院，紬繹多暇，裴回堂除。有蒲桃一本，延蔓疎瘠，垂實甚寡。予且玩且唶，以爲省户凝切，禁廷敞閑，人不夭摧，禽不棲啄，與平原槁壤有間，匪灌叢宿莽所干，而條悴葉芸，不爲時珍，何邪？得非地以所宜爲安，根以屢徙爲危？封殖浸灌，信美非願。因爲小賦，代其臆對云：

　　○右史院：即史館。史館在崇文院内西廊，爲修國史實錄、日曆及典本館所藏圖書的機構。○癸酉之仲夏：宋仁宗明道二年（1033）五月。時宋祁由直史館降爲史館檢討（參《續資治通鑒長編·明道二年》）。○裴回：徘徊。堂除：大堂的臺階。○疎瘠：亦作疏瘠。貧瘠、不肥沃的土地。○省户：宫門、禁門，亦泛指門下、中書諸省。凝切：嚴肅清静。○禁廷敞閑：宫廷寬闊、清静。潘岳《閑居賦》："其東則有明堂辟雍，清穆敞閑。"○夭摧：摧折。○槁壤：乾土。《孟子·滕文公下》："夫蚓上食槁壤，下飲黄泉。"○宿莽：經冬不死的草。《楚辭·離騷》："朝搴阰之木蘭兮，夕攬洲之宿莽。"○封殖：壅土培養。

昔炎漢之遣使，道西域而始通。得蒲桃之異種，偕苜蓿以來東。矜所從以至遠，遂遍殖乎離宮。去蔥雪之寒鄉，托崤函之福地。並萬寶以均載，歷千古而舒粹。玩之可使蠲煩，食之足以平志。不由甘而取瓊，迺因少而獲貴。鄙柚苞之輕佻，賤蔗境之塵滓。

○"昔炎漢之遣使"四句：漢武帝時，張騫出使西域，帶回不少西域各國的物產。《史記·西域傳上·大宛國》："（大宛）俗嗜酒，馬嗜苜蓿，漢使取其實來。於是天子始種苜蓿、蒲陶肥饒地。及天馬多，外國使來眾，則離宮別館旁盡種蒲陶、苜蓿極望。"又"漢使采蒲陶、苜蓿種歸"。《漢書·西域傳序》："西域以孝武時始通，本三十六國，其後稍分至五十餘……東則接漢，阨以玉門、陽關，西則限以蔥嶺。"○離宮：即上注文所引之"離宮別館"，指正宮之外供帝王出巡時居住的宮室。○蔥雪：指蔥嶺上的積雪，或即蔥嶺和雪山。○崤函：崤山和函谷。函谷東起崤山，故並稱。福地：本指神仙居住處，亦指幸福安樂的地方。此指長安。○柚苞：柚子的花苞。輕佻：輕佻狂放。○蔗境：《世說新語·排調》："顧長康噉甘蔗，先食尾。人問所以，云：'漸至佳境。'"

粵何人斯，殖我於茲？托深嚴之秘署，切輵轇之文榱。培孤莖以膏壤，引柔蔓乎標枝。泉石渠以蒙浸，露金莖而泣滋。布涼影於宮月，獵重葩於禁颸。蔽周廬之岑寂，隱蕭唱而逶遲。

○輵轇：交錯、紛繁。文榱：飾以文彩的屋椽。曹植《七啟》："彤軒紫柱，文榱華梁。"○標枝：樹梢。《莊子·天地》："至德之世，不尚賢，不使能，上如標枝，民如野鹿。"○石渠：石築的水渠，此指御溝。《三輔黃圖》卷六："石渠閣，蕭何造。其下礱石爲渠以導水，若今御溝，因爲閣名。"○金莖：用以擎承露盤的桐柱。《三輔黃圖》卷三："神明臺，武帝造，祭仙人處。上有承露臺，有銅仙人舒掌捧銅盤玉杯，以承雲表之露。"銅仙人即金莖。班固《西都賦》："抗仙掌以承露，擢雙立之金莖。"李商隱《漢宮詞》:"侍臣最有相如渴,不賜金莖露一杯。"泣滋:一作並滋。○周廬:皇宮周圍所設警衛廬舍。《史記·秦始皇本紀》:"衛令曰:'周廬設卒甚謹,安得賊敢入宮。'"○肅唱:古代晷漏準確報時,其聲嚴肅無誤。左思《魏都賦》:"晷漏肅唱,明宵有程。"透遲:彎曲下垂貌。《西京雜記》卷四引枚乘《柳賦》:"枝透遲而含紫,葉萋萋而吐綠。"

彼得地而逢辰,宜欣欣以茂遂。奚敷華而委質,反慘慘而茲瘁。乏磊砢於當年,讓紛華於此世。是必野芟非曾掖之玩,菲實異太官之味。困枳橘之屢遷,歎匏瓜之徒繫。亦猶鬱柳有性,不願桮棬之華。海鳥取容,非榮觴酒之饋。胡不放之巖際,歸之壟陰?上敷榮於樛木,外結庇於緇林,蒙煙沐霧,跨野彌岑,豐茸大德之谷,棲息無機之禽。保深根以庇本,誠繁實之披心,窮天年以善育,奚斤斧之可尋。

○曾掖:深宮。○菲實:《詩經·邶風·谷風》:"采葑采菲,無以下體。"鄭玄箋:"此二菜者,蔓菁與葍之類也。皆上下可食,然而其根有美時有惡時,采之者不可以根惡時並棄其葉。"太官:秦漢以來掌皇帝膳食及燕享之事,宋代衹掌祭物。○枳橘之屢遷:《周禮·考工記序》:"橘逾淮而北爲枳。"○匏瓜之徒繫:《論語·陽貨》:"吾豈匏瓜也哉!焉能繫而不食?"匏瓜,葫蘆的一種。○"鬱柳有性"二句:《孟子·告子下》:"性,猶杞柳也;義,猶桮棬也。以人性爲仁義,猶以杞柳爲桮棬。"杞柳,落葉喬木,枝條細長柔韌,可編織器物,又稱紅皮柳。鬱柳當指杞柳。桮棬,亦作杯圈,木製的飲器。焦循《孟子正義》引《大戴禮記·曾子事父母》盧辯注:"杯,盤、盎、盆、盞之總名也。蓋杯爲總名,其未雕未飾時,名其質爲棬。"○"海鳥取容"二句:《國語·魯語上》:"海鳥曰爰居,止於魯東門之外三日,臧文仲使國人祭之。"取容,取悅、見容。觴酒,祭祀所用之觴酒豆肉。○樛木:枝向下彎曲的樹。《詩經·周南·樛木》:"南有樛木,葛藟累之。"鄭玄箋:"木下曲曰樛。"○緇林:猶僧界,僧衆。○跨野彌岑:司馬相如《上林賦》:"於是乎離宮別館,彌山跨谷。"○豐茸：豐盛茂密，此爲使動用法。大德：大功德。《易·繫辭上》："天地之大德曰生。"

亂曰：階藥銜華，堂萱爭麗。枝以萬年爲名，木以五衢稱瑞。是皆托中涓以進孰，荷鈎盾之爲地。結賞心以自如，非孤生之所冀。

《四部叢刊》本《皇朝文鑒》卷三

○階藥：臺階旁的芍藥。謝朓《直中書省》："紅藥當階翻，蒼苔依砌上。"藥、紅藥，皆指芍藥。○堂萱：堂下的萱草。《詩經·衛風·伯兮》："焉得諼草，言樹之背。"毛傳："諼（萱）草令人忘憂。""背，北堂也。"○枝以萬年爲名：冬青名萬年枝、萬年青，以其常綠。謝朓《直中書省》："風動萬年枝，日華承露掌。"○木以五衢稱瑞：《山海經·中山經》："少室之山，百草木成囷。其上有木焉，其名曰帝休，葉狀如楊，其枝五衢。"郭璞注："言樹枝交錯，相重五出，有象衢路也。"○中涓：《漢書·曹參傳》："高祖爲沛公也，參以中涓從。"顏師古注："涓，潔也，言其在內主知潔清灑掃之事，蓋親近左右也。"後泛指君主的左右親信或宦官。○進孰：亦作進熟，進虛美之言。《史記·西域傳·大宛》："而漢使者往既多，其少從率多進熟於天子。"裴駰《集解》引《漢書音義》："進熟，美語如成熟者也。"○鈎盾：古代職官和官署名。張衡《東京賦》："奇樹珍果，鈎盾所職。"薛綜注："鈎盾，令官，主小苑。"

|輯　錄|

◎宋祁《宋景文公筆記》卷上：余少爲學，本無師友，家苦貧無書，習作詩賦，未始有志立名於當世也，願計粟米養親、紹家閥耳。年二十四，而以文投故宰相夏公，公奇之，以爲必取甲科，吾亦不知果是歟。天聖甲子，從鄉貢試禮部，故龍圖學士劉公歟所試辭賦，大稱之朝，以爲諸生冠。吾始重自淬礪於學，模寫有名士文章，諸儒頗稱以爲是。年過五十，被詔作《唐書》，精思十餘年，盡見前世諸著，乃悟文章之難也。雖悟於心，又求之古人，始得其崖略。因取視五十已前所爲文，皷然汗下，知未嘗得作者藩籬，而所效皆糟粕芻狗矣。夫文章必自名一家，然後可以傳不朽，若體規畫圓，準方作矩，終爲人之臣僕。古人譏屋下作屋，信然。陸機曰："謝朝華於已披，啓夕秀於未振。"韓愈曰："惟陳言之務去。"此乃爲文之要。

◎唐庚《宋景文集序》：仁廟初，號人物全盛時，而尚書與其兄鄭公，以文章擅天下。其後鄭公作宰相，以事業顯於時，而尚書獨不至大用，徘徊掖垣十數年間，故其文特多特奇。兄弟於字學至深，故其文多奇字，讀者往往不識。

◎陳振孫《直齋書錄解題》卷一七：景文未第時，爲學於永陽僧舍。或問曰："君好讀何書？"答曰："余最好《大誥》。"故景文爲文謹嚴。至修《唐書》，其言艱，其思苦，蓋亦有所自歟？

◎《四庫全書總目·宋景文集》：晁公武《讀書志》謂祁詩文多奇字，證以蘇軾詩"淵源皆有考，奇險或難句"之語。以今觀之，殆以祁撰《唐書》雕琢劌削，務爲艱澀，故有是言。實則所著詩文博奧典雅，具有唐以前格律，殘膏剩馥，沾丐靡窮，未可盡以詰屈斥也。

參考書目

《武夷新集》，楊億撰，浦城遺書本。

《皇朝文鑒》，呂祖謙輯，《四部叢刊》本。

思考題

1. 石介著《怪說》三篇，極詆西崑體，並在《與君貺學士書》中說："復自翰林楊公唱淫辭哇聲，變天下正音四十年，眩迷盲惑，天下瞶瞶晦晦，不聞有雅聲。常謂流俗益弊，斯文遂喪。"這種說法是否正確？爲什麽？

2. 西崑體時文爲什麽風行一時而不久即遭到抨擊？

第十二節　北宋中期四六文

王安石（1021—1086）

傳略見"宋金文學"第一章第四節。

答吕吉甫書

【題解】　吕惠卿在王安石變法時積極支持王安石，頗爲王安石賞識提拔，但當熙寧八年（1075）王安石將再相時，吕惠卿爲了個人私利而發其私書，欲置王安石於死地。元豐三年（1080），吕惠卿寫信致歉自辯，王安石以此書答之。這是歐陽修以來的新體四六文，少用典故排比，也不以綺靡見勝，簡潔直爽中顯示出王安石溫厚和平的德量。

某啓：與公同心，以至異意，皆緣國事，豈有它哉！同朝紛紛，公獨助我，則我何憾於公？人或言公，吾無與焉，則公何尤於我？趣時便事，吾不知其說焉；考實論情，公宜昭其如此。開喻重悉，覽之悵然。昔之在我者，誠無細故之可疑；則今之在公者，尚何舊惡之足念？然公以壯烈，方進爲於聖世；而某茶然衰疲，特待盡於山林。趣舍異路，則相呴以濕，不如相忘之愈也。想趣召在朝夕，惟良食，爲時自愛。

《四部叢刊》本《臨川先生文集》卷七三

○吕吉甫：名惠卿（1032—1111），宋泉州晉江（今屬福建）人，支持王安石變法，與司馬光進行"蕭曹劃一"之辯。熙寧七年（1074），王安石罷相，他任參知政事，繼續推行新法，被稱爲"護法善神"。八年，王安石再相，兩人交惡。出知陳州、延州、太原府。詳參《宋史》卷四七一

《吕惠卿傳》。○同心：《易·繫辭上》："二人同心，其利斷金。"○言：《易·需》："小有言。"孔穎達疏："雖小有責讓之言，而終得其吉也。"○趣時：同趨時，謂迎合時尚、潮流。葛洪《抱朴子·廣譬》："體方貞以居直者，雖誘以封國，猶不違情以趣時焉，安肯獵徑以取容乎？"○便事：便於行事。《墨子·號令》："諸可以便事者，亟以疏傳言守。"○苶然：疲憊貌。衰疾：衰弱抱病。○"相呴以濕"二句：《莊子·大宗師》："泉涸，魚相與處於陸，相呴以濕，相濡以沫，不如相忘於江湖。"○良食：健飯、加餐。《國語·楚語上》："（聲子）曰：'子尚良食。'"韋昭注："良，善也。"

輯　錄

◎周煇《清波別志》卷二：王荆公退居鍾山，切切以吕吉甫爲恨。吕除母喪時，公弟和甫執政，吕意切憚之，乃過金陵，以啓與公和。其啓曰："合乃相從，豈有殊於天屬；析雖或使，殆不自於人爲。然以情論形，則已析者難以復合；以道致命，由自天者詎知其不人？如惠卿者，叨蒙一臂之援，謬意同心之列。忘懷履坦，失戒同釀。彎弓之泣非疏，輾足之辭亦已。而溢言皆達，弗氣並生。既莫知其所終，前不疑於有故。而門牆責善，雖移兩解之書；殿陛對揚，親奉再和之詔。固其願也，方且圖之。重罹苦塊之憂，遂稽竿牘之獻。然以言乎昔，則一朝之過，不足害平生之歡；以言乎今，則八年之間，亦已隨教化之改。內省涼薄，尚無細故之嫌；仰撲高明，夫何舊惡之念？恭惟觀文特進相公知德之奧，達命之情，親疏冥於所同，憎愛融於不有。冰炭之息豁然，倘示於至慈；桑榆之收繼此，請圖於改事。側躬以俟，惟命之從。"公巽言謝之，其書曰："……"五十年前在建康，見荆公門人吳長吉云："公得此啓，再三披閱，讀至'殿陛對揚，親奉再和之詔'，顧客曰：'彼不著詔旨，亦何自復相聞？不爾，此亦不必還答。'又云：'終是會作文字。'"蓋不以所甚惡而掩其所長，荆公醇德如此。

◎吳子良《林下偶談》卷二：本朝四六，以歐公爲第一，蘇、王次之。然歐公本工時文，早年所爲四六，見別集，皆排比而綺靡，自爲古文後，方一洗去，遂與初作迥然不同。他日見二蘇四六，亦謂其不減古文。蓋四六與古文，同一關鍵也。然二蘇四六尚議論，有氣焰，而荆公則以辭趣典雅爲主。能兼之者，歐公耳。

◎阮元《〈四六叢話〉序》：歐、蘇、王、宋，始脫恒蹊。以氣行則機杼大變，驅成語則光景一新。

◎謝伋《〈四六談麈〉序》：三代兩漢以前，訓誥誓命、詔策書疏，無駢儷粘綴，溫潤爾雅。先唐以還，四六始盛，大概取便於宣讀。本朝自歐陽文忠、王舒國叙事之外，自爲文章，製作混成，一洗西崑磔裂煩碎之體。厥後學之者益以衆多。況朝廷以此取士，名爲博學宏詞，而內外兩制用之，四六之藝，咸曰大矣。下至往來箋記啓狀，皆有定式。故謂之應用，四方一律。

◎王銍《四六話》卷上：本朝自楊、劉四六彌盛，然尚有五代衰陋氣，至英公（夏竦）表章始盡洗去。四六之深厚廣大，無古無今皆可施用者，英公一人而已，所謂四六集大成者。至王歧公（珪）、元厚之（絳）四六，皆出於英公。王荆公雖高妙，亦出英公，但化之以義理而已。

◎陳振孫《直齋書錄解題》卷十八《浮溪集》：本朝楊、劉諸名公，猶未變唐體。至歐、蘇始以博學富文，爲大篇長句，叙事達意，無艱難牽強之態；而王荆公尤深厚爾雅，儷語之工，昔所未有。

蘇　軾（1037—1101）

傳略見"宋金文學"第一章第五節。

謝量移汝州表

【題解】　元豐七年（1084），蘇軾由黃州量移汝州，仕途稍有轉機，上表謝恩。追憶前半生，尤其是烏臺詩案及黃州生活，蘇軾感慨萬端，沉痛至極，與其在黃州的大部分詩詞文所表現的情感頗不相同，可知其內心的豐富與多面。此文"以四六述叙，委曲精盡，不減古人"（歐陽修《試筆》），是新體四六的代表作。

臣軾言：伏奉正月二十五日誥命，特授臣汝州團練副使，本州安置，不得簽書公事者。稍從內遷，示不終棄。罪已甘於萬死，恩實出於再生。祗服訓詞，惟知感涕。中謝。

〇正月二十五日誥命：元豐七年正月二十五日神宗御札有"蘇軾黜居思咎，閱歲滋深，人材實難，不忍終棄。可移汝州團練副使，本州安置"等語。〇團練副使：宋十等散官之第四等，從八品，無職掌。〇稍從內遷：即由黃州團練副使量移為汝州團練副使，汝州離汴京較近。〇訓詞：帝王的誥敕文詞。

伏念臣向者名過其實，食浮於人，兄弟並竊於賢科，衣冠或以為盛事。旋從冊府，出領郡符，既無片善可紀於私毫，而以重罪當膏於斧鉞。雖蒙恩貸，有愧平生。隻影自憐，命寄江湖之上；驚魂未定，夢游縲絏之中。憔悴非人，章狂失志，妻孥之所竊笑，親友至於絕交。疾病連年，人皆相傳為已死；飢寒併日，臣亦自厭其餘生。

〇食浮於人：謂俸祿優厚，超過個人才能所應得。《禮記·坊記》："故君子與其使食浮於人也，寧使人浮於食。"〇兄弟並竊於賢科：蘇軾、蘇轍兄弟嘉祐二年（1057）舉進士，及第。嘉祐六年二人又應中制科，故云。賢科，選拔官吏科目的美稱。〇旋從冊府，出領郡符：蘇軾治平二年（1065）召試秘閣，除直史館，熙寧年間知密州、徐州、湖州。冊府，帝王藏書處。郡符，郡守的符印。〇重罪當膏於斧鉞：與前"罪已甘於萬死"同義。〇恩貸：施恩寬宥。〇隻影自憐，命寄江湖之上：指元豐二年至五年（1079—1082）被貶黃州。〇驚魂未定，夢游縲絏之中：指元豐二年八月十八日至十一月二十八日在御史臺獄，此事使蘇軾夢寐難忘。縲絏：牢獄。〇章狂：倉皇、慌張。〇人皆相傳為已死：蘇軾在黃州時，京師盛傳蘇軾白日仙去，神宗對左丞蒲宗孟嗟惜久之。〇自厭其餘生：白居易《祭弟文》："神縱不合，骨且相依，豈戀餘生？"

豈謂草芥之賤微，尚煩朝廷之記錄。開其恫悔，許以甄收。此蓋伏遇皇帝陛下湯德日新，堯仁天覆，建原廟以安祖考，正六官而修典刑，百廢具興，多士爰集。彈冠結綬，共欣千載之逢；掩面向隅，不忍一夫之泣——故推涓滴以及焦枯。顧惟效死之無門，殺身何益；更欲呼天而自列，尚口乃窮。徒有此心，期於異日。

《四部叢刊》本《經進東坡文集事略》卷二五

○恫悔：痛悔。○甄收：審核錄用。○湯德日新：《呂氏春秋·異用》："湯見祝網者置四面。……湯收其三面，置其一面，更教祝曰：'昔蛛蝥作網罟，今之人學紓。欲左者左，欲右者右，欲高者高，欲下者下，吾取其犯命者。'漢南之國聞之，曰：'湯之德及禽獸矣。'四十國歸之。"《禮記·大學》："湯之盤銘曰：'苟日新，日日新，又日新。'"湯德日新，此處喻神宗之恩德日進。○堯仁天覆：《禮記·大學》："堯舜率天下以仁，而民從之。"《論語·泰伯》："子曰：大哉堯之爲君也！巍巍乎！惟天爲大，惟堯則之。"《漢書·匈奴傳下》："今聖德廣被，天覆匈奴。"堯仁天覆，此處喻神宗的仁德廣被萬物。○建原廟以安祖考：神宗於熙寧二年奉安英宗御容於景靈宮英德殿。元豐中，英德殿改名爲治隆殿。原廟：在正廟以外另立的宗廟。《史記·高祖本紀》："及孝惠五年，思高祖之悲樂沛，以沛宮爲高祖原廟。"○正六官而修典刑：元豐三年，神宗用《唐六典》，一新官制。六官：中央政權吏、戶、禮、兵、刑、工六部尚書稱六官。典刑，舊法、常規。○多士：衆多的賢士。《詩經·大雅·文王》："濟濟多士，文王以寧。"○彈冠結綬：《漢書·蕭育傳》："（育）少與陳咸、朱博爲友，著聞當世。往者有王陽、貢公，故長安語曰：'蕭朱結綬，王貢彈冠'。言其相薦達也。"《漢書·王吉傳》："吉與貢禹爲友，世稱'王陽在位，貢公彈冠'。"彈冠結綬，原指朋友之間互相援引出仕。○"掩面向隅"句：劉向《說苑》："聖人之於天下也，譬猶一堂之上也，今有滿堂飲酒者，有一人獨索然向隅而泣，則一堂之人皆不樂矣。"○呼天：《荀子·勸學》："莫不呼天啼哭，苦傷其今而後悔其始。"《史記·屈原賈生列傳》："人窮則反本，故勞苦倦極，未嘗不呼天也。"○自列：自陳、自白。司馬遷《報任少卿書》："拳拳之忠，終不能自列。"○尚口乃窮：《易·困》："有言不信，尚口乃窮也。"孔穎達疏："處困求通，在於修德，非用言以免困。徒尚口說，更致困窮。"

| 輯　錄 |

◎歐陽修《試筆》：往時作四六者，多用古人語及廣引故事以衒博學，而不思述事不暢。近時文章變體，如蘇氏父子以四六述叙，委曲精盡，不減古文。自學者變格爲文迨今三十年，始得斯人。

◎楊囷道《四六餘話》：本朝四六，以劉筠、楊大年爲體，必謹四字六字律令，故曰四六，然其弊類俳。歐陽公深嫉之，曰："今世人所謂四六者，非修所好，少爲進士不免作，自及第，遂棄不作。在西京佐三相幕，於職當作，亦不爲作也。"如公之四六有云："……"俳語爲之一變。至東坡於四六，曰："禹治兖州之野，十有三載乃同；漢築宣防之宮，三十餘年而定。方其決也，本吏失其防而非天意；及其復也，蓋天助有德而非人功。"其力挽天河而滌之，偶儷甚惡之氣一除。

◎王志堅《四六法海》卷四：蘇公諸表，言遷謫處，淚與聲下，然到底忠鯁，無一乞憐語，可謂百折不回者矣！

◎孫梅《四六叢話》卷三三：東坡四六，工麗絕倫中筆力矯變，有意擺落隋唐五季蹊徑。以四六觀之，則獨辟異境；以古文觀之，則故是本色，所以奇也。

思考題

1. 蘇軾、王安石的四六文與崑體駢文有什麼不同？

2. 吳子良認爲"蓋四六與古文，同一關鍵也"。結合歐、蘇、王以來新體四六，談談古文與四六的相互影響。

第十三節　南宋四六文

汪　藻（1079—1154）

《宋史·汪藻傳》：汪藻，字彥章，饒州德興人。幼穎異，入太學，中進士第。調婺州觀察推官，改宣州教授，稍遷江西提舉學事司幹當公事。徽宗親製《君臣慶會閣詩》，群臣皆屬進，惟藻和篇，衆莫能及。尋除九域圖志所編修官，再遷著作郎。出通判宣州，提點江州太平觀，投閑八年。欽宗即位，召爲屯田員外郎，再遷太常少卿、起居舍人。高宗踐祚，召試中書舍人。後拜翰林學士。屬時多事，詔令類出其手。紹興元年，除龍圖閣直學士、知湖州。六年，修撰范沖言："日曆，國之大典。比詔藻纂修，事復中止，恐遂散逸，宜令就閒復卒前業。"詔賜史館修撰餐錢，聽辟屬編類。八年，上所修書，自元符庚辰至宣和乙巳詔旨，凡六百六十有五卷，再進官。升顯謨閣學士。尋知徽州、宣州。言者論其嘗爲蔡京、王黼之客，奪職居永州。二十四年，卒。秦檜死，復職。詔贈端明殿學士。藻通顯三十年，無屋廬以居。博極群書，老不釋卷，尤喜讀《春秋左氏傳》及《西漢書》。工儷語，多著述，所爲製詞，人多傳誦。

皇太后告天下手書

【題解】 建炎元年（1127）三月，金人攻陷汴京後，冊張邦昌爲皇帝，國號大楚。金人撤離汴京後，四月，張邦昌請元祐皇后（孟皇后）入居延福宮，"御史胡舜陟上疏，請后降詔諸路，使知中國有主，康王即位有日，以破亂臣賊子之心"（《建炎以來繫年要錄》卷四）。國難當頭，情勢危急，爲使天下人明曉此意，呂好問建議不用專門的制詔之臣，而請時任太常少卿的汪藻擔當此任。汪藻在當時即以四六擅名，此篇代詔一出，天下傳誦。"四六施於制誥、表奏、文檄，本以便於宣讀，多以四字六字爲句"（謝伋《四六談麈》）。此文正發揮了四六易宣讀的特長，並繼承了歐蘇以來新體四六的傳統，"明白洞達，曲當情事"，鼓動人心。

　　比以敵國興師，都城失守。侵纏宮闕，既二帝之蒙塵；誣及宗祊，謂三靈之改卜。眾恐中原之無統，姑令舊弼以臨朝。雖義形於色而以死爲辭，然事迫於危而非權莫濟。內以拯黔首將亡之命，外以舒鄰國見逼之威。遂成九廟之安，坐免一城之酷。

　　○皇太后：《宋史·后妃傳》：哲宗昭慈聖獻孟皇后，洺州人，眉州防御史贈太尉元之孫女也。紹聖三年（1096），詔廢后，出居瑤華宮，號華陽教主、玉清妙靜仙師，法名沖真。靖康初，瑤華宮火，徙居延寧宮。又火，出居相國寺前之私第。金人圍汴，欽宗與近臣議再復后，尊爲元祐太后，詔未下而京城陷，時六宮有位者皆北遷，后以廢獨存。張邦昌僭位，尊后爲宋太后，迎居延福宮，受百官朝。胡舜陟、馬伸又言政事當取后旨，邦昌乃復上尊號元祐皇后，迎入禁中，垂簾聽政。后聞康王在濟，遣尚書左右丞馮澥、李回及兄子忠厚持書奉迎，尋降手書，播告天下。王至南京，后遣宗室及內侍邵成章奉主寶乘輿服御，迎王即皇帝位，改元，后以是日撤簾。尊后爲元祐太后。尚書省言元字犯后祖名，請易以所居宮名，遂稱隆祐太后。○"敵國興師"六句：《宋史·欽宗本紀》：靖康元年十一月乙酉，幹離不軍至城下。癸巳，粘罕軍至城下。壬子，金人攻通津宣化門，范瓊以千人出戰，渡河冰裂，沒者五百餘人，自是士氣益挫。丙辰，妖人郭京用六甲法，盡令守禦人下城，大啓宣化門出攻金人，兵大敗，京託言下城作法，引餘兵遁去。金兵登城，眾皆披靡，金人焚南薰諸門，京城陷。丁巳，命何㮚及濟王栩使金軍。戊午，何㮚入言金人邀上皇出郊。帝曰："上皇驚憂而疾，必欲之出，朕當親往。"辛酉，帝入青城。十二月癸亥，帝至自青城。甲子，大索金帛。丙寅，遣陳過庭、劉韐使兩河割地。二年春正月，遣聶昌、耿南仲、陳過庭出割兩河地，民堅守不奉詔，凡累月，止得石州。庚子，金人索金銀急，何㮚、李若水勸帝親至軍中，從之。二月丙寅，金人令推立異姓，孫傅方號慟，乞立趙氏，不允。丁卯，金人要上皇如青城。辛未，金人偪上皇召皇后、皇太子入青城。三月丁酉，金人立張邦昌爲楚帝。丁巳，金人脅上皇北行。夏四月庚申朔，金人以帝及皇后、皇太子北歸。宗祊，宗廟。《左傳·襄公二十四年》："若夫保姓受氏，以守宗祊，世不絕祀，無國無之。"三靈之改卜，天神、地祇、人鬼（三靈）另行選擇宗廟。陸機《漢高祖功臣頌》："波振四海，塵飛五岳。九服徘徊，三靈改卜。"○舊弼：謂張邦昌（1081—1127）。《宋史·叛臣上·張邦昌傳》：邦昌字子能，永静軍東光人也。欽宗即位，拜少宰，俄進太宰，兼門下侍郎，力主和議。時粘罕兵又來侵，上書者攻邦昌私敵，遂黜邦昌爲觀文殿大學士、中太一宫使。其冬，金人陷京師，帝再出郊，留青城。明年春，吳开、莫儔自金營持文書來，令推異姓堪爲人主者，從軍前備禮册命。留守孫傅等不奉命，表請立趙氏，金人怒，復遣开、儔促之，劫傅等。召百官雜議，衆莫敢出聲，相視久之，計無所出，適尚書員外郎宋齊愈至自外，衆問金人意所主，齊愈書張邦昌三字示之，遂定議，以邦昌治國事。孫傅、張叔夜不署狀，金人執之，置軍中。王時雍時爲留守，再集百官詣秘書省，至即閉省門，以兵環之，俾范瓊諭衆以立邦昌，衆意唯唯。有太學生難之，瓊恐沮衆，厲聲折之，遣歸學舍。時雍先署狀以率百官，御史中丞秦檜不書，抗言請立趙氏宗室，且言邦昌當上皇時，專事譁游，黨附權奸。金人怒，執檜，开、儔持狀赴軍前，邦昌入居尚書省。金人促勸進，邦昌始欲引決，或曰："相公不前死城外，今欲塗炭一城邪？"適金人捧册寶至，邦昌北鄉拜舞受册，即僞位，僭號大楚，擬都金陵。遂升文德殿，設位御牀西受賀，遣閣門傳令勿拜，時雍率百官遽拜，邦昌但東面拱立。外統制官、宣贊舍人吳革，恥屈節異姓，首率內親事官數百人，皆先殺其妻孥，焚所居，謀舉義金水門外。范瓊詐與合謀，令悉棄兵杖，乃從後襲殺百餘人，捕革並其子皆殺之，又擒斬十餘人。是日風霾，日暈無光，百官慘沮，邦昌亦變色，惟時雍、开、儔、瓊等欣然鼓舞，若以爲有佐命功云。〇"雖義形於色"句：聚珍本《浮溪集》案曰："李心傳《建炎要錄》及選宋四六者，並刪改義形於色二句，蓋因其回護張邦昌也。惟《永樂大典》全載，今仍之。"由上引史書載張"始欲引決"語視之，並非"回護"。〇"事迫於危"句：《春秋公羊傳·桓公十一年》："權者何？權者反於經然後有善者也。"〇九廟：《宋史·徽宗本紀》："崇寧三年冬十月己巳，立九廟，復翼祖、宣祖。"

乃以衰癃之質，起於閑廢之中，迎置宮闈，進加位號，舉欽聖已行之典，成靖康欲復之心。永言運數之屯，坐視邦家之覆。撫躬獨在，流涕何從？

〇"乃以衰癃之質"四句：《宋史·張邦昌傳》：金師既還，邦昌降手書赦天下。呂好問謂邦昌曰："人情歸公者，劫於金人之威耳。金人既去，能復有今日乎？康王居外久，衆所歸心，曷不推戴之？"又謂曰："爲今計者，當迎元祐皇后，請康王早正大位，庶獲保全。"監察御史馬伸亦請奉迎康王，邦昌從之。乃冊元祐皇后曰宋太后，入御延福宮，遣蔣師愈賫書於康王，自陳所以勉徇金人推戴者，欲權宜一時，以紓國難也，敢有他乎？王詢師愈等，具知所由，乃報書邦昌。邦昌尋遣謝克家獻大宋受命寶，復降手書請元祐皇后垂簾聽政，以俟復辟。書既下，中外大悅。太后始御內東門小殿垂簾聽政，邦昌以太宰退處內東門資善堂，尋遣使奉乘輿服御物於東京。孟皇后生於熙寧六年（1073），至垂簾聽政（1127）時已五十餘歲，故謙稱衰癃之質。〇舉欽聖已行之典：指《宋史·后妃傳》中所說"欽宗與近臣議再復后"。〇運數：荀悅《申鑒·俗嫌》："終始，運也；短長，數也。運數，非人力之爲也。"屯，難。

緬惟藝祖之開基，實自高穹之眷命。歷年二百，人不知兵；傳序九君，世無失德。雖舉族有北轅之釁，而敷天同左袒之心。乃眷賢王，越居近服。

已徇群情之請，俾膺神器之歸。繇康邸之舊藩，嗣我朝之大統。漢家之厄十世，宜光武之中興；獻公之子九人，惟重耳之尚在。茲爲天意，夫豈人謀？尚期中外之協心，共定安危之至計。庶臻小愒，同底丕平。用敷告於多方，其深明於吾意。

《四部叢刊》本《浮溪集》卷十三

○藝祖：宋太祖趙匡胤。○"歷年二百"四句：宋自太祖、太宗、真宗、仁宗、英宗、神宗、哲宗、徽宗、欽宗凡九君，自太祖建隆元年庚申（960）至欽宗靖康二年（1127）丁未，凡一百六十八年，言二百，舉成數。○北轅之釁：指徽欽二帝及宗室後宮被擄北去事。○左袒：《漢書·高后本紀》："太尉勃行令軍中曰：'爲呂氏右袒，爲劉氏左袒。'軍皆左袒。"○賢王：《宋史·高宗本紀》：高宗皇帝諱構，字德基，徽宗第九子，封廣平郡王，進封康王。靖康元年，給事中王雲使金，雲歸言金人堅欲得地。十一月，詔帝使河北，至磁州，守臣宗澤請留磁，磁人以雲將挾帝入金，遂殺雲，時粘罕、斡離不已率兵渡河，相繼圍京師。帝還相州。閏月，欽宗遣閣門祇侯秦仔持蠟詔至相，拜帝爲河北兵馬大元帥。十二月，帝帥兵次大名府。建炎元年二月，次濟州。三月，金人立張邦昌爲帝，稱大楚。夏四月，粘罕退師，欽宗北遷。癸亥，邦昌尊元祐太后爲宋太后，遣人至濟州訪帝，又遣吏部尚書謝克家來迎。丁卯，謝克家以"大宋受命之寶"至濟州，帝慟哭跪受命。戊辰，濟州父老請帝即位於濟。會宗澤來言南京乃藝祖興王之地，取四方中，漕運尤易，遂決意趨應天。是夕，邦昌手書上延福宮太后尊號曰元祐皇后，入居禁中，以尚書左丞馮澥爲奉迎使，皇后又遣兄子衛尉少卿孟忠厚持手書遺帝，皇后垂簾聽政，邦昌權尚書左僕射，率在京百官上表勸進，不許。甲戌，皇后手書告中外，俾帝嗣統。○近服：靠近王畿之地，此指南京應天府（今河南商丘）。○神器：代表國家政權的器物，如玉璽、寶鼎之類，借指帝位、政權。○"漢家之厄十世"二句：《漢書·揚雄傳》："（《反騷》曰）漢十世之陽朔分。"晉灼注："十世數高祖、呂后至成帝也。"張晏曰："言王氏篡漢之禍，成於成帝時也。"《後漢書·光武帝本紀》："世祖光武皇帝，高祖九世之孫也。"《後漢書·明帝紀》："永平二年詔曰：'仰惟先帝，受命中興。'"王莽篡漢後，光武帝劉秀中興，建東漢。○"獻公之子九人"二句：《左傳·僖公二十四年》："介之推曰：'獻公之子九人，惟君在矣。'"君即晉公子重耳，後為晉文公。○"茲為天意"二句：《南史·梁武帝紀論》："豈曰人謀？亦惟天命。"○小愒：《詩經·大雅·民勞》："民亦勞止，汔可小愒。"毛傳："愒，息。"○丕平：太平。《尚書·康王之誥》："昔君文、武丕平富。"○多方：《尚書·多方》："告爾四國多方。"

| 輯　錄 |

◎王楙《野客叢書》附錄：李漢老云：汪彥章、孫仲益四六各得一體，汪善鋪叙，孫善點綴。

◎黃震《黃氏日鈔》卷六六：浮溪之文，明徹高爽，歐、蘇之後，邈焉寡儔。艱難扈從之際，敷陳指斥，尤多痛快，殆有烈丈夫之氣。

◎程敏政《新安文獻志》卷一：吳草廬云：代言之臣，南渡迄於季年，惟顯謨汪公最優。多難之秋，德音所被，聞者淒憤，何其感人之深哉！蓋其製作得體，不但言語之工而已。

◎《四庫全書總目·浮溪集》：統觀所作，大抵以儷語為最工。其代言之文，如《隆祐太后手書》、《建炎德音》諸篇，皆明白洞達，曲當情事，詔令所被，無不淒憤激發，天下傳誦，以比陸贄。說者謂其著作得體，足以感動人心，實為詞令之極則。其他文亦多深醇雅健，追配古人。

◎楊囷道《四六餘話》：靖康二年《皇太后告天下手書》曰："歷年二百，人不知兵；傳序九君，世無失德。雖舉族有北轅之釁，而敷天同左袒之心。"又曰："漢家之厄十世，宜光武之中興；獻公之子九人，惟重耳之尚在。"或謂帝王受命，不當以重耳為比，殊不知太后誥命用此，卻似無礙。情真事切，足以深感人心。

◎李心傳《建炎以來繫年要錄》卷四：先是，御史胡舜陟上疏，請后降詔諸路，使知中國有主，康王即位有日，以破亂臣賊子之心。呂好問言："今日布告之書，當令明白易曉，不必須詞臣。"遂命太常少卿汪藻草書，御封付御史臺看詳，然後行下。

◎羅大經《鶴林玉露》丙編卷三：靖康之亂，元祐皇后手詔曰："漢家之厄十世，宜光武之中興；獻公之子九人，惟重耳之獨在。"事詞的切，讀之感動，蓋中興之一助也。

孫　覿（1081—1169）

周必大《鴻慶居士集序》：公生於元豐辛酉，當大觀、政和間，士惟王氏《三經義》、《字說》是習，而公博學篤志如韓退之，謂禮部所試可無學而能者。第進士，冠詞科，筆勢翩翩，高出流輩。將及知命，靖康俶擾，爲執法，爲詞臣，旋由瑣闥歷吏戶長貳，連守大邦，其章疏、制誥、表奏往往如陸敬輿，明辨駿發，每一篇出，世爭傳誦。紹興而後，遭值口語，斥居象郡。久之，歸隱太湖上。天門劃開，訴章上述，論撰次對，璽書繼下，年雖耋老，親爲謝表。又後十載，當孝宗朝，嘗命編類蔡京、王黼等事實，上之史官。

《四庫全書總目·鴻慶居士集》：覿字仲益，晉陵人。徽宗末，蔡攸薦爲侍御史。靖康初，蔡氏勢敗，乃率御史極劾之。金人圍汴，李綱罷御營使，太學生伏闕請留，覿復劾綱要君，又言諸生將再伏闕，朝廷以其言不實，斥守和州。既而綱去國，復召覿爲御史，專附和議，進至翰林學士。汴都破後，受金人女樂，爲欽宗草表上金主，極意獻媚。建炎初，貶峽州，再謫嶺外。黃潛善、汪伯彥復引之，使掌誥命。後又以贓罪斥，提舉鴻慶宮，故其文稱《鴻慶居士集》。孝宗時，洪邁修國史，謂靖康時人獨覿在，請詔下覿，使書所見聞靖康時事上之，覿遂於所不快者如李綱等率加誣辭，邁遽信之，載於《欽宗實錄》。其後朱子與人言及，每以爲恨，謂"小人不可使執筆"。故陳振孫《書錄解題》曰："覿生於元豐辛酉，卒於乾道己丑，年八十九，可謂耆宿矣，而其生平出處則至不足道。"

西徐上梁文

【題解】紹興二年（1132），孫覿因得罪秦檜而被除名羈管象州，不久，秦檜免相，孫覿得以放還。紹興八年（1138），秦檜復相，孫遂隱居太湖之濱的西徐里，直至檜死，乃敢復出。此文即孫覿隱居期間營造居室時，爲工匠所作的上梁致辭。文中慶幸自己"脫身五嶺之陬"而"歸老三家之市"，慶賀吉日築室並表示樂享安閑清靜的鄉居生活。《唐宋文舉要》乙編卷四評此文："一序驚奇兀傲，爲《鴻慶集》壓卷之作。而當時得名，乃屬《高麗王賜樂謝表》，徒以彼循乎當時體格，確合矩矱耳。以視此文，何啻仙凡之別？"

踐蛇茹蠱，脫身五嶺之陬；補剬息黥，歸老三家之市。桑麻接畛，雞犬交音。已免賈生問鵩之憂，遂諧韓公見蝎之喜。富陽故侯，炎海蟲蛇之侶，玉川蟣虱之臣。屬開晏嬰齊屨之言，遂解鍾儀楚冠之縶。蝸盤兩角，已同墜甑之觀；貉共一丘，豈恨虛舟之觸。向空而書咄咄，擊缶而和烏烏。望故家以終焉，羨吾生之休矣。

○上梁文：徐師曾《文體明辨》云："上梁文者，工師上梁之致語也。世俗營構宮室，必擇吉上梁，親賓裹麪，雜他物稱慶，而因以犒工，於是匠伯以麪拋梁而誦此文以祝之。其文首尾皆用儷語，而中陳六詩，詩各三句，以按四方上下，蓋俗體也。"王應麟《困學紀聞·雜識》等認爲北魏溫子昇《閶闔門上梁祝文》爲上梁文之始。○踐蛇茹蠱：韓愈《憶昨行》："踐蛇茹蠱不擇死。"○五嶺：大庾、始安、臨賀、桂陽、揭陽五嶺。五嶺之陬指象州（治所在今廣西）。○補剬息黥：《莊子·大宗師》："庸詎知夫造物者之不息我黥而補我剬，使我乘成以隨先生耶？"○三家之市：即三家村、偏僻的小鄉村。蘇軾《用舊韻送魯元翰知洺州》："永謝十年舊，老死三家村。"此指西徐里。○賈生問鵬之憂：賈誼《鵬鳥賦》："請問於鵬，予去何之？"○韓公見蝎之喜：韓愈《送文暢師北游》："昨來得京官，照壁喜見蝎。"○富陽故侯：《陳書·孫瑒傳》："瑒字德璉，吳郡吳人也，封富陽縣侯。"此處孫覿以同姓自喻。○炎海蟲蛇之侶：韓愈《別知賦》："侶蟲蛇於海陬。"炎海指南海。○玉川蟻虱之臣：盧仝《月蝕詩》："玉川子又涕泗下心禱，再拜額搨砂土中，地上蟻虱臣仝告訴帝天皇。"○晏嬰齊屨之言：《左傳·昭公三年》："初，景公欲更晏子之宅，曰：'子之宅近市，湫溢囂塵，不可以居，請更諸爽塏者。'辭曰：'君之先臣容焉，臣不足以嗣之，於臣侈矣。且小人近市，朝夕得所求，小人之利也。敢煩里旅？'公笑曰：'子近市，識貴賤乎？'對曰：'既利之，敢不識乎？'公曰：'何貴何賤？'於是景公繁於刑，有鬻踊者。故對曰：'踊貴屨賤。'景公為是省於刑。"○鍾儀楚冠之繫：《左傳·成公九年》："晉侯觀於軍府，見鍾儀，問之曰：'南冠而繫者誰也？'有司對曰：'鄭人所獻楚囚也。'使稅之。召而吊之，再拜稽首。"○蝸盤兩角：《莊子·則陽》："有國於蝸之左角者，曰觸氏；有國於蝸之右角者，曰蠻氏。時相與爭地而戰，伏屍數萬，逐北旬有五日而後反。"○墜甑：《後漢書·郭泰傳》："孟敏，字叔達，鉅鹿楊氏人也。客居太原，荷甑墮地，不顧而去。林宗見而問其意，對曰：'甑已破矣，視之何益？'"○貉共一丘：《漢書·楊敞傳附楊惲傳》："惲曰：古與今如一丘之貉。"○虛舟之觸：《莊子·山木篇》："方舟而濟於河，有虛船來觸舟，雖有褊心之人，不怒。"虛舟指無人駕駛之舟。○向空而書咄咄：《晉書·殷浩傳》："浩雖被黜放，口無怨言，……但終日書空，作咄咄怪事四字而已。"○擊缶而和烏烏：《漢書·楊敞傳附楊惲傳》："（《報孫會宗書》曰）仰天拊缶，而呼烏烏。"○終焉：《晉書·王羲之傳》："羲之雅好服食養性，不樂在京師，初渡浙江，便有終焉之志。"○羨吾生之休矣：陶淵明《歸去來兮辭》："感吾生之行休。"

廼占吉日，爰舉修梁。鄰翁無爭畔之嫌，山靈有築垣之助。地偏壞沃，井洌泉甘。豈徒戀三宿之桑，固將面九年之壁。老蟾駕月，上千巖紫翠之間；一鳥呼風，嘯萬木丹青之表。黃帽釣寒江之雪，青裘披大澤之雲。行隨烏鵲之朝，歸伴牛羊之夕。擁百結之褐，捫虱自如；拄九節之筇，送鴻而去。里閭緩急，皆春秋同社之人；兄弟團欒，共風雨對牀之夜。盍申善頌，以佐歡謠：

○鄰翁無爭畔之嫌：《韓非子·難一》："歷山之農者侵畔，舜往耕焉，期年甽畝正。"○山靈有築垣之助：庾信《終南山義谷銘》："山靈景從。"《傳燈錄》卷四："慧忠禪師欲創法堂，初築基，有二神人定其四角，復潛資夜役，遂不日而成。"○井洌泉甘：《易·井》："井洌寒泉食。"《釋文》："洌，潔也。"○三宿之桑：《後漢書·襄楷傳》："浮屠不三宿桑下，不欲久生恩愛，精之至也。"○面九年之壁：《神僧傳·達摩傳》："初止嵩山少林寺，終日面壁而坐，九年遂逝焉。"○老蟾駕月：《後漢書·天文志》："言其時星辰之變。"梁劉昭注："羿請無死之藥於西王母，姮娥竊之以奔月……姮娥遂托身於月，是爲蟾蜍。"蘇軾《留題延生觀後山上小堂》："應逐嫦娥駕老蟾。"○"一鳥呼風"二句：杜甫《韋諷宅觀曹將軍畫馬》："龍媒去盡鳥呼風。"《誠齋詩話》："孫仲益作上梁文云，老蟾駕月云云。周茂振曰：'既呼又嘯，易嘯爲響。'"○黃帽：船夫或平民之帽。杜甫《有懷台州鄭十八司戶》："黃帽映青袍，非供折腰具。"○釣寒江之雪：柳宗元《江雪》："孤舟蓑笠翁，獨釣寒江雪。"○青裘披大澤之雲：《後漢書·逸民傳·嚴光》："帝思其賢，乃令以物色訪之。後齊國上言，有一男子披羊裘釣澤中，帝疑其光，乃備安車玄纁，遣使聘之，三反而後至。"○牛羊之夕：《詩經·王風·君子于役》："日之夕矣，羊牛下來。"○百結之褐：《太平御覽·服章部六》引王隱《晉書》："董威輦於市得殘許繒，輒結以爲衣，號曰百結衣。"○捫虱自如：《晉書·王猛傳》："桓溫入關，猛被褐而詣之，一面談當世之事，捫虱而言，旁若無人。"○九節之筇：高駢《筇竹杖寄僧詩》："堅輕筇竹杖，一枝有九節。"○送鴻而去：嵇康

《送秀才入軍》："目送歸鴻，手揮五弦。"○春秋同社之人：《禮記·月令》："仲春之日，擇元日命民社。仲秋之日，擇元日命民社。"《白虎通·社稷》引《孝經援神契》："仲春祈穀，仲秋穫禾，報社祭稷。"《獨斷》上："百姓已上則共一社，今之里社是也。"○"兄弟團欒"二句：蘇軾《與子由別於鄭州》："夜雨何時聽蕭瑟。"自注曰："嘗有夜雨對牀之言，故云爾。"王文誥注曰："韋應物《與元常全真二生詩》：'寧知風雨夜，復此對牀眠？'次公曰：'子由與先生在懷遠驛，嘗讀韋詩至此句，惻然感之，乃相約早退，共爲閒居之樂。'"孫覿與其弟峴同居，故言。

抛梁東，臥占寬閒五百弓。一榻清風殘酒裏，半窗花影日曈曈。

抛梁南，彌勒年來共一龕。繞樹時聞烏攫攫，彎弓莫向虎眈眈。

抛梁西，落日投林急鳥棲。一抹殘紅猶未斂，半鈎新月挂檐低。

抛梁北，一襲單衣老無力。且令斗酒百憂寬，莫遺家書萬金直。

抛梁上，萬壑煙雲集遐想。顛倒山公白接䍦，光芒太乙青藜杖。

抛梁下，去去從今事桑柘。好與龜魚作主人，更伐豚羔燕同社。

○五百弓：《大唐西域記》卷二："分一拘盧舍爲五百弓，分一弓爲四肘，分一肘爲二十四指，分一指節爲七宿麥。"○彌勒年來共一龕：褚遂良《與法師帖》："復聞久棄塵滓，與彌勒同龕，一食清齋，六時禪頌。"蘇軾《自金山放船至焦山》："（老僧）自言久客忘鄉井，衹有彌勒爲同龕。"○烏攫攫：韓愈《雜詩》之二："鵲鳴聲楂楂，烏噪聲攫攫。"○虎眈眈：《易·頤》："虎視眈眈。"○一襲單衣：原本作一取單于，據別本改。○斗酒：原本作斗水，據別本改。○家書萬金直：杜甫《春望》："家書抵萬金。"○山公白接䍦：《世說新語·任誕》："山季倫爲荆州時，出游酣暢。人爲之歌曰：'山公時一醉，徑造高陽池。……復能乘駿馬，倒著白接䍦。'"季倫，山簡字。白接䍦：一種白頭巾。○太乙青藜杖：《三輔黃圖》卷六："劉向於成帝之末，校書天祿閣，專精覃思。夜有老人，著黃衣，植青藜杖，叩閣而進，見向暗中獨坐誦書，老父乃吹杖端煙燃，因以見向，授五行洪範之文。恐詞說繁廣忘之，乃裂裳及紳以記其言，至曙而去，請問姓名，云'我是太乙之精，天帝聞卯金之子有博學者，下而觀焉'。"太乙，原本作太一。

伏願上梁之後，千餅解祟，三揖送窮。人面看年年歲歲之同，花枝見夜夜朝朝之好。以二百五十畝公田之入，盡歸酒姥之家；爲三萬六千日醉鄉之游，獨占地仙之籍。

常州先哲遺書本《鴻慶居士集》卷二十八

〇千餅解祟：周希稷《端午》："誰家解祟吐千餅。"〇三揖送窮：韓愈《送窮文》："三揖窮鬼而告之曰：聞子行有日矣。"〇人面看年年歲歲之同：劉希夷《代悲白頭翁》："年年歲歲花相似，歲歲年年人不同。"此處反其意。人面，原本作人凡，據別本改。〇"二百五十畝公田之入"二句：《晉書·隱逸傳·陶潛》："執事者聞之，以爲彭澤令。在縣公田，悉令種秫穀，曰：'令吾常醉於酒，足矣。'妻子固請種秔，乃使一頃五十畝種秫，五十畝種秔。"一頃一百畝。〇三萬六千日醉鄉之游：李白《襄陽歌》："百年三萬六千日，一日須傾三百杯。"王績《醉鄉記》："阮嗣宗、陶淵明等十數人，並游於醉鄉，沒身不返，死葬其壤，中國以爲酒仙云，……予將游焉，故爲之記。"〇地仙：《太平御覽·道部五》引《秘要經》："立三百善功，可得存爲地仙，居五岳洞府之中。"

| 輯　錄 |

◎《四庫全書總目·鴻慶居士集》：覿之怙惡不悛，當時已人人鄙之矣。然覿所爲詩文頗工，尤長於四六，與汪藻、洪邁、周必大聲價相垺。必大爲作集序，稱其名章雋句，晚而愈精。亦所謂孔雀雖有毒，不能掩文章也。

樓　鑰 (1137—1213)

《宋史·樓鑰傳》：樓鑰，字大防，明州鄞縣人。隆興元年及第。調溫州教授，爲敕令所删定官，修《淳熙法》。改宗正寺主簿，歷太府、宗正寺丞，出知溫州。光宗嗣位，除考功郎兼禮部。改國子司業，擢起居郎兼中書舍人。代言坦明，得制誥體，繳奏無所回避。試中書舍人，俄兼直學士院。遷給事中。寧宗受禪，以顯謨閣學士提舉太平興國宫，尋知婺州，移寧國府，罷，仍奪職。告老至再，許之。韓侂冑誅，詔起鑰爲翰林學士，遷吏部尚書兼翰林侍講。時鑰年過七十，精敏絶人，詞頭下，立進草，院吏驚詫。除端明殿學士、簽書樞密院事，升同知，進參知政事。位兩府者五年，累疏求去。進大學士，提舉萬壽觀。嘉定六年薨，年七十七，贈少師，諡宣獻。鑰文辭精博，自號攻媿主人，有集一百二十卷。

戒飭貪吏詔

【題解】嘉定元年（1208）三月十四日，樓鑰代寧宗撰此詔書，針對當時貪官污吏肆無忌憚的現狀，提出勸誡。"代言坦明，得制誥體"（《宋史》本傳）。首段鋪叙貪吏行爲尤妙。

朕臨御以來，仰遵累朝恭儉之規，菲食卑宫，靡敢怠遑；庶幾躬行，以移風俗。而志勤道遠，觀感未孚。況以奸倖弄權，故相同惡；上下交利，賄賂公行；贓吏債帥，益無忌憚。監司爲吾澄按之官，郡守受吾民社之寄，至相仿效，貪婪無厭；反恃苞苴，狼籍已甚；席捲帑藏，或盈鉅萬；郡縣經費，耗蠹幾盡；軍民衣食，椎剥無餘；積敝有年，雖悔何及。大臣簋簋不飭，殆弗容遷就而爲之諱也。

○臨御：君臨天下，治理國政。宋寧宗於紹熙六年（1195）登基，改元慶元，至此嘉定元年（1208）已十三年。○菲食卑宫：語出《論語·泰伯》："子曰：禹！吾無閒然矣！菲飲食，而致孝乎鬼神；惡衣服，而致美乎黻冕；卑宫室，而盡力乎溝洫。"○靡敢怠遑：《詩經·商頌·殷武》："不僭不濫，不敢怠遑。"鄭玄箋："不敢怠惰自暇於政事。"

○觀感：《易·咸》："觀其所感，而天地萬物之情可見矣。"未孚：《左傳·莊公十年》："小信未孚，神弗福也。"杜預注："孚：大信也。"○姦倖弄權：韓侂胄（1152—1207），字節夫，相州安陽（今屬河南）人，以策立寧宗有功，自宜州觀察使兼樞密都承旨，累遷少師，封平原郡王，除平章軍國事，執政十三年。開禧北伐失敗後，被禮部侍郎史彌遠與楊皇后密謀殺死，並函首送金廷乞和。○交利：俱利，互利。《國語·晉語一》："交利而得寵。"○債帥：借債以行重賄而取得帥位，得位後搜刮民財以償還借款者，稱債帥。《舊唐書·高瑀傳》："及瑀之拜，以內外公議，縉紳相慶曰：'章公（處厚）作相，債帥鮮矣！'"○監司：路監司的簡稱。宋代路一級地方機構安撫司、轉運司、提刑司、提舉常平司等總稱路監司，有按察官吏之責。澄按：明察。○郡守：州、府、軍、監長官通稱。民社：人民和社稷。郡守為地方官，所以稱"民社之寄"。○苞苴：賄賂。《荀子·大略》："湯旱而禱曰：'……苞苴行與？讒夫興與？何以不雨至斯極也！'"楊倞注："貨賄必以物苞裹，故總謂之苞苴。"○帑藏：本指國庫，亦用以指錢幣、財產。○椎剝：殘酷搜刮。○簠簋不飭：《漢書·賈誼傳》："古者大臣有坐不廉而廢者，不謂不廉，曰'簠簋不飭'。"簠簋，兩種盛黍稷稻粱的禮器。"不飭"同"不飾"，不修飾，不整飭。

朕方厲精庶政，與民更始，申加訓飭，以警有位。繼自今各務精白一心，以承至意。其有攵緣公家，以濟其私，尚為故態，必罰無赦；至如互送無藝，屢形切責，遐方循習，曾不少悛，並當禁戢；或徹聽聞，考驗有跡，皆以贓坐。

嗚呼！咎莫追於既往，法欲勵於將來。宜存素絲之風，毋蹈覆車之轍。使人知自愛，罔或敢干。冀民力之少蘇，期士風之益媺。朕意厚矣，尚其戒哉！

《四部叢刊》本《攻媿集》卷四二

○更始：除舊布新，重新開始。李白《天長節度使鄂州刺史韋公德政碑》：“能事斯畢，與人更始。”○有位：居官之人。《尚書·伊訓》：“制官刑，儆於有位。”孔傳：“言湯制治官刑法，以儆戒百官。”○精白：純淨潔白。桓寬《鹽鐵論·訟賢》：“懷精白之心，行忠正之道。”○無藝：沒有限度。《國語·晉語八》：“桓子驕泰奢侈，貪欲無藝。”韋昭注：“藝，極也。”○素絲之風：《詩經·召南·羔羊》：“羔羊之皮，素絲五紽。”毛傳：“素，白也；紽，數也。古者素絲以英裘，不失其制。”朱熹集傳：“南國化文王之政，在位皆節儉正直，故詩人美其衣服有常，而從容自得如此也。”後人以素絲喻正直廉潔。

輯　錄

　　◎《攻媿集》卷首真德秀《攻媿集序》：鄞山參政樓公《攻媿先生文集》一百二十卷，建安真德秀伏讀而歎曰：嗚呼！此可以觀公立朝事君之大節矣。蓋公之文如三辰五星，森麗天漢，昭昭乎可觀而不可窮；如泰華喬嶽，蓄洩雲雨，嚴嚴乎莫測其巔際；如九江百川，波瀾蕩潏，淵淵乎不見其涯涘。人徒睹英華發外之盛，而不知其本有在也。……公生於故家，接中朝文雅，博極群書，識古文奇字。文備眾體，非如他人窘狹僻澀，以一長名家。……方淳、紹間鴻碩滿朝，每一奏篇出，其援據該洽、義理條達者，學士大夫讀之，必曰“樓公之文也”；一詔令下，其詞氣雄渾，筆力雅健者，亦必曰“樓公之文也”。……德秀嘗竊論南渡以來詞人固多，其力量氣魄可與全盛時先賢並驅，惟鉅野李公漢老、浮溪汪公彥章及公三人而已。

　　◎《四庫全書總目·攻媿集》：鑰居官持正有守，而學問賅博，文章淹雅，尤多為世所傳述。本傳稱其“代言坦明，得制誥體”。葉紹翁《四朝聞見錄》載，鑰草《光宗內禪制詞》，有“雖喪紀自行於宮中，而禮文難示於天下”二語，為海內所稱，此言其工於內、外制也；本傳又稱，鑰試南宮，以犯諱請旨冠末等，投贄諸公，胡銓稱為翰林才，今集中《謝省闈主文啟》一首，即是時所作，此言其工於啟、札也；……此言其工於聲偶也。……王士禎《居易錄》稱其“行盡松杉三十里，看來樓閣幾由旬"、"一百五日麥秋冷，二十四番花信風"、"水真綠淨不可唾，魚若空行無所依"諸句，而病是集多叢冗，謂"表、狀、內外制之類，刪去半部亦可"。然貪多務博，即誠齋、劍南、平園諸集亦然，蓋一時之風氣，不必以是爲鑰病也。

參考書目

《浮溪集》，汪藻撰，《四部叢刊》本。

《鴻慶居士集》，孫覿撰，常州先哲遺書本。

《攻媿集》，樓鑰撰，《四部叢刊》本。

思考題

1. 不少人認爲駢文是形式主義、脫離實際，而汪藻的《皇太后告天下手書》等文"德音所被，聞者淒憤"；孫覿的《西徐上梁文》爲工匠上屋梁而作，這說明了什麼？談談四六在宋代的應用範圍與作用。

2. 你對南宋四六有多少瞭解？談談南宋四六與北宋四六有何不同。

第二章

宋金詩

概　說

宋詩是在唐詩高峰的陰影下發展變化的。整個宋詩史，幾乎可視爲宗唐與變唐消長的歷史。

宋初六十年，詩壇的風氣主要是模仿唐人。宋初的皇帝出於偃武修文的考慮，有意提倡應酬贈答的詩賦。宋太宗常在慶賞、宴會上宣示御製詩篇，令大臣唱和。白居易那種流連杯酒光景、以小碎篇章相互唱和的"元和體"，正適合宋初君臣的胃口，一時成爲時流學習的榜樣。此外，白氏的閑適詩對太宗朝那幫太平無事的達官也頗有吸引力。如宰相李昉和參知政事李至"朝謁之暇，頗得自適，而篇章和答，僅無虛日"（《二李唱和集序》）。祇有王禹偁在仿效"元和體"的同時，繼承了白居易諷喻詩的精神。

宋初的另一詩派是晚唐體，主要流行於真宗朝，成員多爲在野的隱士和僧人。"唐末五代，流俗以詩自名者"，"大抵皆宗賈島輩"（《蔡寬夫詩話》）。這批詩人往往隱居山林，不求聞達，"惟搜眼前景而深刻思之"，愛寫山水、風雲、竹石、花草、雪霜、星月、禽鳥之類的內容，題材較爲狹窄。與晚唐五代亂世文人的作品相比，魏野、林逋等人的詩多了點盛世的氣象，即由清苦寒瘦而變爲沖淡閑逸，苦吟中加進了閑吟，孤峭中有幾分幽雅。寇準是晚唐體詩人中唯一位至宰輔的達官，其"富貴之時，所作詩皆悽楚愁怨"的現象，提供了文學史上內在藝術學規律超越外在社會學規律的一個特例。

無論是白體的閑吟還是晚唐體的苦吟，都崇尚白描，少用典故，這與宋初整個社會文化素質的低下有關。而隨着北宋封建文化的振興，這種詩風日益顯得淺薄卑俗。真宗朝，楊億、劉筠諸人在館閣編纂類書的閑暇，"更迭唱和，互相切劘"（《西崑酬唱集序》），以"用事精巧"取代了白體的"得之容易"；以"豐富藻麗"取代了晚唐體的"枯瘠語"。其華麗典雅的詩風客觀上反映出北宋大一統格局和文化全面繁榮的堂皇氣象。所以，"自《西崑集》出，時人爭效之，詩體一變"（《六一詩話》）。然而，西崑體堆砌典故而語僻難曉，修飾辭章而近於浮豔，其詠物詩尤近似類書的詩化。同時，模仿李商隱的痕迹太重，缺乏應有的創新。

西崑體典雅的風格受到不少朝廷大臣的青睞。直到仁宗慶曆年間，石介從道德角度對西崑體猛烈抨擊，歐陽修、梅堯臣、蘇舜欽在創作實踐上創立新詩風，其影響纔逐漸消失。歐、梅、蘇詩是復古旗幟下的創新，其功績在於，使詩歌由尚辭而轉變爲尚意，由模仿而轉變爲獨創，以古淡平易取代雕飾濃豔，以風雅美刺取代吟風弄月。他們受韓愈的影響，將古文議論的作風移植到詩歌中，形成以文爲詩的風貌；同時繼承了韓詩"資談笑，助諧謔，敘人情，狀物態"的特色並加以發揚，擴大了詩歌的題材範圍。但他們對韓詩並非亦步亦趨，而是隨其才情的自由表現而形成不同的創作個性。蘇舜欽"筆力豪雋，以超邁橫絕爲奇"；梅堯臣"覃思精微，以深遠閑淡爲意"（《六一詩話》）；而歐陽修"專以氣格爲主，故其言多平易舒暢"（《石林詩話》）。

歐陽修等人"論議爭煌煌"的作風，在慶曆以後流行開來。由王安石的《明妃曲》引發的，有歐陽修、司馬光、曾鞏、劉敞等人參加的同題唱和詩，顯示出宋人"以議論爲詩"的強大陣容。而這一陣容因古文文統的確立而得到繼承和發揚。王安石前期的詩歌"以意氣自許"，政治見解、歷史反思、藝術評價發於詩中，辯駁翻案，縱橫捭闔，"故詩語惟其所向，不復更爲涵蓄"（《石林詩話》）。當退居鍾山之後，他開始向唐詩的傳統回歸，並由一個政治家轉變爲純粹的詩人。但在他晚期的作品裹，詩人的感悟中仍帶有強烈的理性色彩，尤其是對偶、用典和煉字，極爲精巧嚴格，完全是人工智性選擇的結果，體現出對唐詩的有意競技和自覺超越。

蘇軾是北宋中葉後文化全面高漲造就的天才詩人。他的詩歌無疑代表了宋詩的最高成就，並將前輩詩人作品中已出現的一些宋調特徵推向成熟。他的"以議論爲詩"，長於譬喻，說理透徹，雄辯無礙，以其豐富的生活內容、清新暢達的語言表現和深厚的文藝修養，避免了淺率無味或生硬晦澀；他的"以文字爲詩"，下字精審，造語新奇，對仗巧妙，以其行雲流水般"隨物賦形"的流暢與準確避免了板滯與雕琢；他的"以才學爲詩"，用事廣博，左抽右取，無不如意，以其妙趣橫生的聯想、渾然天成的組接一定程度避免了"獺祭魚"的堆砌。詩歌的表現力在蘇軾詩中得到空前的擴展，"有必達之隱，無難顯之情"（《甌北詩話》）。

宋哲宗元祐前後，蘇軾及其門下士黃庭堅和陳師道等人相互唱和，相互影響，形成所謂"元祐體"詩歌。黃、陳在"以文字爲詩"和"以才學爲詩"方面更變本加厲，踵事增華，用事範圍上至"儒釋老莊之奧"，下至"醫卜百家之說"，大大超越了西崑體所依賴的類書。由於受到蘇軾"烏臺詩案"的影響，黃、陳詩進一步由指陳時弊、干預現實轉向吟詠情性、涵養道德，轉向對詩歌形式的追求。他們將韓愈"務去陳言"的精神轉化爲一種"以俗爲雅，以故爲新"的原則，在語詞使用上"點鐵成金"，在詩意原型上"奪胎換骨"，熔鑄用事、曲喻、擬人、隱語、俗諺等多種修辭手段和語言材料於一爐，下拗字，押險韻，造硬語，就語言形式與人格精神的對應以及克服詩歌語言的老化等問題作了有益的探索。他們在北宋中葉以來漸興的學杜思潮的基礎上，豎起尊杜的大旗，黃詩七律的瘦勁、陳詩五律的沉摯，都頗有杜詩"句法"的神韻。

北宋晚期詩壇在黃庭堅的影響下形成所謂"江西宗派"。這一以比附禪宗宗派而得名的詩派在南北宋之交勢力很大，除去呂本中《江西宗派圖》中所列二十五人之外，還有一大幫詩人或多或少與黃庭堅詩風有染。該派詩人大多標舉氣格，鄙棄流俗，以日常生活、文化用品、師友親情等爲題材，句法上保持着"破棄聲律"的態勢以及"資書以爲詩"的傾向。韓駒、呂本中、曾幾等人受禪宗思維的影響，作詩倡"悟入"、"活法"，詩風轉向流動自然，輕快活潑，克服了黃、陳詩的生硬艱澀。

靖康之變，宋室南渡，士大夫經歷了國破家亡的巨變，詩風變得沉鬱悲涼。江西詩派詩人重新認識到杜詩的意義，杜詩的"句法"凝結爲一種深沉的憂國憂民的情懷，滲入他們的作品中。陳與義"避地湖嶠，行路萬里，詩益奇壯"（《後村詩話·前集》），就是這個時代的突出代表。

隆興和議之後，宋金對峙，社會相對穩定，詩壇出現尤袤、楊萬里、范成大、陸游等"中興四大詩人"。陸游的詩歌不僅數量爲歷代詩人之冠，而且質量爲南宋詩人之冠。陸游在藝術上與江西詩派有淵源關係，但其創作觀念和實踐完全突破該派的藩籬。其詩涉及的內容極爲廣泛，最突出的有兩個方面，一是抗金報國、收復中原的夢想和呼號，悲壯激烈；一是日常生活、眼前景物的詩意把玩和咀嚼，閑適細膩。楊萬里的"誠齋體"在藝術上頗有創造性，他不是在書本文字上翻新出奇，而是與千姿百態的自然景物直接對話，"死蛇弄活"、"生擒活捉"，俚俗淺近，幽默詼諧，所謂"不笑不足以爲誠齋之詩"（《宋詩鈔·誠齋詩鈔小序》）。范成大的詩平易樸素，善寫農村題材，《四時田園雜興》反映了廣闊的農村生活場景，爲傳統的偏於隱逸的田園詩注入新的內容。

南宋理學家的勢力向各學術領域滲透，同時更多地介入詩歌創作。朱熹對"選體"的推崇和對"唐律"的貶低，造成"理學興而詩律壞"的狀況。但朱熹本人深厚的文學修養，也使他寫出一些說理而不腐的優秀作品，哲理寓於形象，有理趣而無理語。

寧宗朝永嘉"四靈"的創作則不僅拋開理學家的說教，而且極力恢復被江西詩派破棄已久的"唐律"，試圖堅守詩歌的藝術特性。然而，其詩以賈島、姚合爲仿效對象，"斂情約性，因狹出奇"（葉適《題劉潛夫南岳詩稿》），尚五言，重白描，摹寫物態，研煉聲律，又把詩歌重新拉回宋初晚唐體那條狹窄的道路。"四靈"的"捐書以爲詩"固然矯正了江西詩派"資書以爲詩"的惡習，但由於缺乏深厚藝術修養的支援，其詩難免有寒儉刻削之態。

南宋後期詩壇出現了一大批官職卑小或科舉落第的詩人，他們的詩被書商陳起收入江湖前、後、續集中，因而號稱江湖詩派。其中有不少人靠獻詩賣藝來維持生活，或干謁達官以求賞識，或高談闊論以博時名，其詩仍多習唐律，極多無聊庸俗的應酬之作。然而，他們也寫出一些憂國憂民的傑作，尤其是戴復古和劉克莊，在題材的廣泛性和藝術風格的多樣性方面都超越了同時代詩人。

宋元易代之際，詩壇響起壯懷激烈的戰歌和沉痛哀婉的悲歌。民族之憂，身世之悲，喚醒了被西湖暖風薰醉的詩人。以詩爲史、以詩明志的杜甫再次受到士大夫的高度推崇。文天祥以其捨生取義、殺身成仁的舉動名垂青史，而他的詩篇則真實表現了支援其舉動的深摯愛國情懷和崇高人格力量。在其精神感召下，一批南宋遺民堅持民族氣節，或以詩表明不屈的鬥志，或以詩寄托亡國的哀思。這些詩歌成爲宋詩最動人的絕唱。

契丹族建立的遼國崇尚勇武，文學創作較爲薄弱，今存遼詩，數量很少，且多爲金、元人翻譯或輯錄。女真族建立的金國，則一方面融合北方各族文化，特別是原北宋中原文化，另一方面在與南宋議和以後相互進行文化交流。因此，在金世宗和金章宗統治的時代，出現了一大批文學侍從之士，蘇軾的文學創作受到推崇。但其時大多詩歌偏於雕琢模擬，內容較爲貧乏。"國家不幸詩家幸，賦到滄桑句便工"，金、元的易代成就了傑出詩人元好問。其詩敘寫時事，記錄歷史，抒發情懷，沉鬱悲涼，動人心魄，尤其是七律，功力深厚，明顯可見杜甫的影響。

|輯　錄|

◎蔡居厚《蔡寬夫詩話》：國初沿襲五代之餘，士大夫皆宗白樂天詩，故王黃州主盟一時。祥符、天禧之間，楊文公、劉中山、錢思公專喜李義山，故崑體之作，翕然一變，而文公尤酷嗜唐彥謙詩，至親書以自隨。景祐、慶曆後，天下知尚古文，於是李太白、韋蘇州諸人，始雜見於世。杜子美最爲晚出，三十年來學詩者，非子美不道，雖武夫女子皆知尊異之，李太白而下，殆莫與抗。文章隱顯，固自有時哉！今太白諸集猶兼行，獨唐彥謙殆罕有知其姓名者。詩亦不多，格力極卑弱，僅與羅隱相先後，不知文公何以取之？當是時以偶儷爲工耳。老杜詩既爲世所重，宿學舊儒，猶不肯深與之。

◎嚴羽《滄浪詩話·詩辯》：詩者，吟詠情性也。盛唐諸人惟在興趣，羚羊挂角，無迹可求。故其妙處透徹玲瓏，不可湊泊，如空中之音，相中之色，水中之月，鏡中之象，言有盡而意無窮。近代諸公乃作奇特解會，遂以文字爲詩，以才學爲詩，以議論爲詩。夫豈不工，終非古人之詩也。蓋於一唱三歎之音，有所歉焉。且其作，多務使事，不問興致；用字必有來歷，押韻必有出處，讀之反復終篇，不知着到何在。其末流甚者，叫噪怒張，殊乖忠厚之風，殆以罵詈爲詩。詩而至此，可謂一厄也。然則近代之詩無取乎？曰：有之，吾取其合於古人者而已。國初之詩尚沿襲唐人：王黃州學白樂天，楊文公、劉中山學李商隱，盛文肅學韋蘇州，歐陽修公學韓退之古詩，梅聖俞學唐人平澹處。至東坡、山谷始自出己意以爲詩，唐人之風變矣。山谷用工尤爲深刻，其後法席盛行，海內稱爲江西宗派。近世趙紫芝、翁靈舒輩，獨喜賈島、姚合之詩，稍稍復就清苦之風；江湖詩人多效其體，一時自謂之唐宗；不知入聲聞、辟支之果，豈盛唐諸公大乘正法眼者哉！

◎陳衍《宋詩精華錄》卷一：此錄亦略如唐詩，分初、盛、中、晚。吾鄉嚴滄浪、高典籍之說，無可非議者也。天道無數十年不變，凡事隨之。盛極而衰，衰極而漸盛，往往然也。今略區元豐、元祐以前爲初宋，由二元盡北宋爲盛宋，王、蘇、黃、陳、秦、晁、張具在焉，唐之李、杜、岑、高、龍標、右丞也；南渡茶山、簡齋、尤、蕭、范、陸、楊爲中宋，唐之韓、柳、元、白也；四靈以後爲晚宋，謝臯羽、鄭所南輩，則如唐之有韓偓、司空圖焉。此卷係初宋，西崑諸人，可比王、楊、盧、駱；蘇、梅、歐陽，可方陳、杜、沈、宋。宋何以甚異於唐哉！

參考書目

《全宋詩》，北京大學古文獻研究所編，北京大學出版社1991年版。

《瀛奎律髓彙評》，元方回選評，李慶甲集評校點，上海古籍出版社1986年版。

《宋詩精華錄》，陳衍評點，商務印書館1937年版。

《宋詩選注》，錢鍾書選注，人民文學出版社1979年版。

《宋詩選》，程千帆、繆琨選注，上海古典文學出版社1957年版。

《宋詩紀事》，清厲鶚輯撰，上海古籍出版社1983年版。

《宋詩紀事續補》，孔凡禮輯撰，北京大學出版社1987年版。

《宋詩派別論》，梁崑著，商務印書館1939年版。

《宋詩史》，許總著，重慶出版社1992年版。

《推陳出新的宋詩》，莫礪鋒著，遼寧古籍出版社1995年版。

《宋代詩學通論》，周裕鍇著，巴蜀書社1997年版。

《文字禪與宋代詩學》，周裕鍇著，高等教育出版社1998年版。

《宋詩體派論》，呂肖奐著，四川民族出版社2002年版。

第一節　宋初宗唐三體

白　體

李　昉（925—996）

《宋史·李昉傳》：李昉字明遠，深州饒陽人。漢乾祐舉進士，周顯德四年爲翰林學士。宋開寶六年拜翰林學士。太宗太平興國中拜平章事。卒，贈司徒，諡文正。

禁林春直

【題解】　此詩爲李昉任翰林學士時所作。禁林，翰林院的别稱。直，指當值、值班。方回《瀛奎律髓》卷五《昇平類》："李昉此詩，合是宋朝善言太平第一人。"

疏簾搖曳日輝輝，直閣深嚴半掩扉。一院有花春晝永，八方無事詔書稀。樹頭百囀鶯鶯語，梁上新來燕燕飛。豈合此身居此地？妨賢尸祿自知非。

北京大學出版社版《全宋詩》卷十三

| 輯　錄 |

◎吳處厚《青箱雜記》卷一：昉詩務淺切，效白樂天體，晚年與參政李公至爲唱和友，而李公詩格亦相類，今世傳《二李唱和集》是也。

王禹偁（954—1001）

傳略見"宋金文學"第一章第一節。

感流亡

【題解】 此詩作於宋太宗淳化三年（992）十二月。是時王禹偁爲商州團練副使。

謫居歲云暮，晨起廚無煙。賴有可愛日，懸在南榮邊。高舂已數丈，和暖如春天。門臨商於路，有客憩簷前：老翁與病嫗，頭鬢皆皤然！呱呱三兒泣，惸惸一夫鰥。道糧無斗粟，路費無百錢；聚頭未有食，顏色頗飢寒。試問何許人，答云"家長安，去歲關輔旱，逐熟入穰川。婦死埋異鄉，客貧思故園。故園雖孔邇，秦嶺隔藍關。山深號六里，路峻名七盤。繈負且乞丐，凍餒復險艱。惟愁大雨雪，僵死山谷間"。我聞斯人語，倚戶獨長歎。爾爲流亡客，我爲冗散官。在官無俸祿，奉親乏甘鮮。因思筮仕來，倏忽過十年。峨冠蠹黔首，旅進長素餐。文翰皆徒爾，放逐固宜然。家貧與親老，睹爾聊自寬。

《四部叢刊》影宋本《小畜集》卷三

○歲云暮：即歲晚之意。《詩經·大雅·小明》："曷云其還，歲聿云莫。""莫"通"暮"。○南榮：房屋的南簷。白居易《贈吳丹》詩："冬負南榮日，支體甚溫柔。"○高舂：指傍晚時分。《淮南子·天文》："（日）至於淵虞，是謂高舂；至於連石，是謂下舂。"高誘注："高舂，民碓舂時也。"○商於：《史記·商君列傳》："衛鞅既破魏還，秦封之於商十五邑，號爲商君。"即此地，宋爲商州地，在今陝西商南縣一帶。○惸惸：孤苦無依貌。○關輔：指關中及三輔，即今陝西西安地區。○穰川：指穰縣，宋爲鄧州府治，故治在今河南。○孔邇：很近。○秦嶺隔藍關：謂長安和商州之間隔着秦嶺藍關。《讀史方輿紀要》卷五十三西安府："藍田縣：秦嶺在縣東南，即南山別出之嶺，凡入商、洛、漢中者，必越嶺而後達。"《元和郡縣志》卷一關內道京兆府："藍田縣：藍田關在縣南九十里，即嶢關也。"韓愈《左遷至藍關示侄孫湘》:"雲橫秦嶺家何在?雪擁藍關馬不前。"○冗散官:團練副使有官名而無職事,故稱。○筮仕:猶言當官。古人將出仕,先占吉凶,謂之筮仕。白居易《答故人》詩:"自從筮仕來,六命三登科。"○峨冠:高冠,古官員所戴。蠹:侵奪,損耗。黔首:庶民,平民。《禮記·祭義》:"明命鬼神,以爲黔首則。"鄭玄注:"黔首,謂民也。"○旅進:旅進旅退之略語。《禮記·樂記》:"今夫古樂,進旅退旅。"鄭玄注:"旅,猶俱也。俱進俱退,言其齊一也。"言與衆人共進退,此謂隨波逐流。王禹偁《待漏院記》:"復有無毀無譽,旅進旅退,竊位而苟祿,備員而全身者,亦無所取焉。"○素餐:《詩經·魏風·伐檀》:"彼君子兮,不素餐兮。"

寒　食

【題解】　此詩約作於淳化三年(992),時王禹偁在商州。寒食,農曆節令名,在清明前一或二日。古代風俗,寒食節禁火三日,祇吃冷食,即此詩第六句所謂"禁煙"。

今年寒食在商山,山裏風光亦可憐。稚子就花拈蛺蝶,人家依樹繫鞦韆。郊原曉綠初經雨,巷陌春陰乍禁煙。副使官閑莫惆悵,酒錢猶有撰碑錢。

《四部叢刊》影宋本《小畜集》卷八

| 輯　錄 |

◎許顗《彥周詩話》:本朝王元之詩可重,大抵語迫切而意雍容,如:"身後聲名文集草,眼前衣食簿書堆。"又云:"澤畔騷人正憔悴,道旁山鬼謾揶揄。"大類樂天也。

◎蔡居厚《蔡寬夫詩話》:元之本學白樂天詩,在商州嘗賦《春居雜興》云:"兩株桃杏映籬斜，裝點商州副使家。何事春風容不得，和鶯吹折數枝花！"其子嘉祐云："老杜嘗有'恰似春風相欺得，夜來吹折數枝花'之句，語頗相近。"因請易之。王元之忻然曰："吾詩精詣，遂能暗合子美耶？"更爲詩曰："本與樂天爲後進，敢期子美是前身。"卒不復易。

晚唐體

魏　野（960—1019）

《宋史·隱逸傳上·魏野傳》：魏野字仲先，陝州陝人也。世爲農。及長，嗜吟詠，不求聞達。居州之東郊。鑿土袤丈，曰樂天洞，前爲草堂，彈琴其中，好事者多載酒肴從之游，嘯詠終日。野爲詩精苦，有唐人風格，多警策句。所有《草堂集》十卷，大中祥符初契丹使至，嘗言本國得其上帙，願求全部，詔與之。天禧三年十二月無疾而卒，年六十。

《宋詩紀事》卷十：魏野字仲先，號草堂居士，蜀人。後居陝州東郊。真宗西祀，聞其名，遣中使召之，野閉戶逾垣而遁。天禧三年卒，贈秘書省著作郎。有《草堂集》、《鉅鹿東觀集》。

題崇勝院河亭

【題解】　司馬光《溫公續詩話》："魏野處士，陝人，字仲先，少時未知名。嘗題河上寺柱云：'數聲離岸櫓，幾點別州山。'時有幕僚，本江南文士也，見之大驚，邀與相見，贈詩曰：'怪得名稱野，元來性不群。借冠來謁我，倒屣起迎君。'仍爲延譽，由是人始重之。"

陝郡衙中寺，亭臨翠靄間。幾聲離岸櫓，數點別州山。野客猶思住，江鷗亦忘還。隔牆歌舞地，喧靜不相關。

北京大學出版社版《全宋詩》卷八十七

○幾聲：一作"數聲"。○數點：一作"幾點"。

輯　錄

◎王闢之《澠水燕談録》卷四：甘棠魏野郊居有幽致，帝亦遣人圖之。故詩云："幽居帝畫看。"

◎文瑩《玉壺清話》卷七：魏野字仲先，其詩固無飄逸俊邁之氣，但平樸而常，不事虛語爾。如《贈寇萊公》云："有官居鼎鼐，無地起樓臺。"及《謝寇萊公見訪》云："驚回一覺游仙夢，村巷傳呼宰相來。"中的易曉，故虜俗愛之。

◎司馬光《溫公續詩話》：（魏野）其詩效白樂天體。真宗西祀，聞其名，遣中使召之，野閉戶逾垣而遁。王太尉相旦從車駕過陝，野貽詩曰："昔時宰相年年替，君在中書十一秋。西祀東封俱已了，如今好逐赤松游。"王袖其詩以呈上，累表請退，上不許。野又嘗上寇萊公準詩云："好去上天辭將相，卻來平地作神仙。"又有《啄木鳥》詩云："千林蠹如盡，一腹餒何妨。"又《竹杯珓》詩云："吉凶終在我，反覆謾勞君。"有詩人規戒之風。卒，贈著作郎，仍詔子孫租税外，其餘科役，皆無所預。仲先詩有"妻喜栽花活，童誇鬥草贏"，真得野人之趣，以其皆非急務也。仲先詩有"燒葉爐中無宿火，讀書窗下有殘燈"。仲先既沒，集其詩者嫌"燒葉"貧寒太甚，故改"葉"爲"藥"，不惟壞此一字，乃并一句亦無氣味，所謂求益反損也。

惠　崇（生卒年不詳）

《宋詩紀事》卷九十一：惠崇，淮南人，一作建陽人，九僧之七。有集。錢易序云："步驟高下，去古人不遠，釋子之詩，可相等者不易得。"《清波雜志》："崇非但能詩，畫亦有名，世謂'惠崇小景'者是也。"

池上鷺分賦得明字

【題解】　文瑩《湘山野録》卷中記載此詩本事云："寇萊公一日延詩僧惠崇於池亭，探鬮分題，丞相得《池上柳》'青'字韻，崇得《池上鷺》

'明'字韻。崇默繞池徑，馳心於杳冥以搜之，自午及晡，忽以二指點空，微笑曰：'已得之，已得之。此篇功在明字，凡五押之俱不倒，方今得之。'丞相曰：'試請口舉。'崇曰：'照水千尋迥，棲煙一點明。'公笑曰：'吾之柳，功在青字，已四押之終未愜，不若且罷。'"

雨絕方塘溢，遲徊不復驚。曝翎沙日暖，引步島風清。照水千尋迥，棲煙一點明。主人池上鳳，見爾憶蓬瀛。

北京大學出版社版《全宋詩》卷一百二十六

|輯　錄|

◎歐陽修《六一詩話》：國朝浮圖以詩名於世者九人，故時有集，號《九僧詩》，今不復傳矣。余少時，聞人多稱其一曰惠崇，餘八人者，忘其名字也。余亦略記其詩，有云："馬放降來地，雕盤戰後雲。"又云："春生桂嶺外，人在海門西。"其佳句多類此。其集已亡，今人多不知有所謂九僧者矣。是可歎也！當時，有進士許洞者，善爲詞章，俊逸之士也。因會諸詩僧分題，出一紙，約曰："不得犯此一字。"其字乃山、水、風、雲、竹、石、花、草、雪、霜、星、月、禽、鳥之類，於是諸僧皆閣筆。

◎司馬光《溫公續詩話》：歐陽公云《九僧詩集》已亡。元豐元年秋，余游萬安山玉泉寺，於進士閔交如舍得之。所謂九詩僧者：劍南希晝、金華保暹、南越文兆、天台行肇、沃州簡長、青城惟鳳、淮南惠崇、江南宇昭、峨眉懷古也。直昭文館陳充集而序之。其美者亦止於世人所稱數聯耳。

◎文瑩《湘山野錄》卷中：宋九釋詩惟惠崇師絕出，嘗有"河分岡勢斷，春入燒痕青"之句，傳誦都下，籍籍喧著。餘緇遂寂寥無聞，因忌之，乃厚誣其盜。閩僧文兆以詩嘲之曰："河分岡勢司空曙，春入燒痕劉長卿。不是師兄偷古句，古人詩句犯師兄。"

林　逋（967—1028）

《宋史·隱逸傳上·林逋傳》：林逋字君復，杭州錢塘人，少孤，力學，不爲章句。性恬淡好古，弗趨榮利，家貧，衣食不足，晏如也。初放游江淮間，久之歸杭州，結廬西湖之孤山，二十年足不及城市。真宗聞其名，賜粟帛，詔長吏歲時勞問。嘗自爲墓於其廬側。臨終爲詩，有"茂陵他日求遺稿，猶喜曾無《封禪書》"之句。既卒，州爲上聞，仁宗嗟悼，賜諡和靖先生，賻粟帛。逋善行書，喜爲詩，其詞澄泬峭特，多奇句。既就稿，隨輒棄之。或謂："何不錄以示後世？"逋曰："吾方晦迹林壑，且不欲以詩名一時，况後世乎！"然好事者往往竊記之，今所傳尚三百餘篇。

山園小梅（選一首）

【題解】　司馬光《溫公續詩話》載林逋處士有詩名，"人稱其《梅花》詩云'疏影橫斜水清淺，暗香浮動月黄昏'，曲盡梅之體態"。周紫芝《竹坡詩話》稱"疏影"、"暗香"二句，"膾炙天下殆二百年"。原詩共二首，此選其一。

衆芳搖落獨暄妍，占盡風情向小園。疏影橫斜水清淺，暗香浮動月黄昏。霜禽欲下先偷眼，粉蝶如知合斷魂。幸有微吟可相狎，不須檀板共金尊。

《四部叢刊》影明鈔本《重刊林和靖先生詩集》卷二

○暄妍：鮮媚。鮑照《詠采桑》："是節最暄妍，佳服又新爍。"按：《瀛奎律髓彙評》卷二十引馮舒曰："'暄妍'二字不穩。"馮班曰："首句非梅。"意謂"暄妍"不宜描寫梅花。○"占盡風情"句：紀昀曰："次句'占盡風情'四字亦不似梅。"○"疏影"二句：方回《瀛奎律髓》卷二十評曰："王晉卿嘗謂此兩句杏與桃、李皆可用也，蘇東坡云：'可則可，但恐杏、桃、李不敢承當耳。'予謂彼杏、桃、李者，影能疏乎？香能暗乎？

繁穠之花，又與'月黃昏'、'水清淺'有何交涉？且'橫斜'、'浮動'四字，牢不可移。"

|輯　錄|

◎歐陽修《歸田錄》卷二：逋工筆畫，善爲詩。如"草泥行郭索，雲木叫鉤輈"，頗爲士大夫所稱。又《梅花》詩云："疏影橫斜水清淺，暗香浮動月黃昏。"評詩者謂："前世詠梅者多矣，未有此句也。"又其臨終爲句云："茂陵他日求遺稿，猶喜曾無《封禪書》。"尤爲人稱誦。自逋之卒，湖山寂寥，未有繼者。

◎吳處厚《青箱雜記》卷六：錢塘林逋亦著高節，以詩名當世，名公多與之游。迨景祐初，逋尚無恙。范文正公亦過其廬，贈逋詩曰："巢由不願仕，堯舜豈遺人？"又曰："風俗因君厚，文章到老醇。"其激賞如此。

◎王世貞《藝苑卮言》卷四：宋詩如林和靖《梅花》詩，一時傳誦。"暗香"、"疏影"，景態雖佳，已落異境，是許渾至語，非開元、大曆人語。至"霜禽"、"粉蝶"，直五尺童耳。

寇　準（961—1023）

《宋史·寇準傳》：寇準字平仲，華州下邽人也。準少英邁，通《春秋》三傳，年十九，舉進士。中第，授大理評事，知歸州巴東、大名府成安縣。淳化二年春，拜準左諫議大夫、樞密副使，改同知院事。罷知青州。明年，召拜參知政事。真宗即位，遷尚書工部侍郎。帝久欲相準，患其剛直難獨任。景德元年，以畢士安參知政事，逾月，並命同中書門下平章事，準以集賢殿大學士位士安下。是時，契丹內寇，準因請帝幸澶州。河北罷兵，準之力也。罷爲太子太傅，封萊國公。乾興元年，再貶雷州司戶參軍。天聖元年，徙衡州司馬，卒。準歿後十一年，復太子太傅，贈中書令、萊國公，後又賜謚曰忠愍。

春日登樓懷歸

【題解】　據司馬光《溫公續詩話》，寇準此詩作於知巴東縣時。陳衍《宋詩精華錄》卷一謂此詩"第二聯用韋蘇州語極自然"。

高樓聊引望，杳杳一川平。野水無人渡，孤舟盡日橫。荒村生斷靄，古寺語流鶯。舊業遙清渭，沉思忽自驚！

上海古籍出版社版《瀛奎律髓彙評》卷十《春日類》

○"野水"二句：點化唐詩人韋應物《滁州西澗》"野渡無人舟自橫"句。
○清渭：寇準故鄉下邽縣，在今陝西渭南東北，在渭水旁。遙：一作"通"。

| 輯　錄 |

◎文瑩《湘山野錄》卷上：寇萊公詩"野水無人渡，孤舟盡日橫"之句，深入唐人風格。初，授歸州巴東令，人皆以寇巴東呼之，以比前趙渭南、韋蘇州之類。然富貴之時，所作詩皆淒楚愁怨。嘗爲《江南春》二絕云："波淼淼，柳依依，孤村芳草遠，斜日杏花飛。江南春盡離腸斷，蘋滿沙汀人未歸。"又曰："杳杳煙波隔千里，白蘋香散東風起。日落汀洲一望時，愁情不斷如春水。"余嘗謂深於詩者，盡欲慕騷人，清悲怨感，以主其格，語意清切，脫灑孤邁則不無。殊不知清極則志飄，感深則氣謝。萊公富貴時，送人使嶺南云："到海祇十里，過山應萬重。"人以爲警絕。晚竄海康，至境首，雷吏呈圖經迎拜於道，公問州去海近遠，曰："祇可十里。"憔悴奔竄，已兆於此矣。

◎方回《瀛奎律髓》卷十《春日類》：萊公詩學晚唐，九僧體相似。"野水無人渡，孤舟盡日橫"之聯，說者以爲兆相業，祇看詩景自好。下二句尤流麗。

◎方回《桐江續集》卷三十二《送羅壽可詩序》：宋剗五代舊習，詩有白體、崑體、晚唐體。白體如李文正、徐常侍昆仲、王元之、王漢謀；崑體則有楊、劉《西崑集》傳世，二宋、張乖崖、錢僖公、丁崖州皆是；晚唐體則九僧最逼真，寇萊公、魯三交、林和靖、魏仲先父子、潘逍遙、趙清獻之父。凡數十家，深涵茂育，氣勢極盛。

西崑體

楊　億（974—1020）

傳略見"宋金文學"第一章第十一節。

漢　武

【題解】　此詩爲詠史詩，是《西崑酬唱集》中較有批判現實意義的作品。方回《瀛奎律髓》卷三《懷古類》曰："此詩有說譏武帝求仙，徒費心力，用兵不勝其驕，而於人才之地不加意也。"

蓬萊銀闕浪漫漫，弱水回風欲到難。光照竹宮勞夜拜，露溥金掌費朝餐。力通青海求龍種，死諱文成食馬肝。待詔先生齒編貝，那教索米向長安？

中華書局版《西崑酬唱集注》卷上

○"蓬萊"二句：謂蓬萊仙山渺茫難至。《史記·封禪書》："自威、宣、燕昭使人入海求蓬萊、方丈、瀛洲。此三神山者，其傳在渤海中，去人不遠；患且至，則船風引而去。蓋嘗有至者，諸仙人及不死之藥皆在焉。其物禽獸盡白，而黃金銀爲宮闕。未至，望之如雲；及到，三神山反居水下。臨之，風輒引去，終莫能至云。"又云："入海求蓬萊者，言蓬萊不遠，而不能至者，殆不見其氣。上（武帝）乃遣望氣佐候其氣云。"弱水，傳說圍繞在仙島周圍的水流。《十洲記》："鳳麟洲在西海之中央，……洲四面有弱水繞之，鴻毛不浮，不可越也。"○"光照"句：諷刺漢武帝信奉鬼神。《漢書·禮樂志》："至武帝定郊祀之禮，……以正月上辛用事甘泉圜丘。夜常有神光如流星止集於祠壇，天子自竹宮而望拜。"○"露溥"

句：諷刺漢武帝飲露以求仙。《史記·封禪書》："其後又作柏梁、銅柱、承露仙人掌之屬矣。"《漢武故事》："帝作金莖擎玉杯，以承雲表之露，擬和玉屑飲之以求仙。"○"力通"句：諷刺漢武帝窮兵黷武征伐西域求駿馬之事。《史記·樂書》謂武帝"又嘗得神馬渥洼水中，復次以爲《太一之歌》"，"後伐大宛得千里馬，馬名蒲梢，次作以爲歌"。而《北史·吐谷渾傳》則曰："青海周回千餘里，海內有小山。每冬冰合後，以良牝馬置此山，至來春收之，馬皆有孕，所生得駒，號爲龍種。"此處乃借青海龍種之典言漢武得駿馬之事。○"死諱"句：諷刺漢武帝爲方士所騙而執迷不悟。《史記·封禪書》："齊人少翁以鬼神方見上，……於是乃拜少翁爲文成將軍。……居歲餘，其方益衰，神不至。乃爲帛書以飯牛，詳不知，言曰此牛腹中有奇。殺視得書，書言甚怪。天子識其手書，問其人，果是僞書，於是誅文成將軍，隱之。天子既誅文成，後悔其蚤死，惜其方不盡，及見欒大，大說。……大言曰：'臣常往來海中，見安期、羨門之屬。臣之師曰：黃金可成，而河決可塞，不死之藥可得，仙人可致也。然臣恐效文成，則方士皆奄口，惡敢言方哉！'上曰：'文成食馬肝死耳。子誠能修其方，我何愛乎！'"《索隱》："案：《論衡》云：'氣勃而毒盛，故食走馬肝殺人。'《儒林傳》云'食肉無食馬肝'是也。"○"待詔先生"二句：婉轉批評漢武帝對東方朔這樣的真正人才未加重用。《漢書·東方朔傳》："東方朔字曼倩，平原厭次人也。武帝初即位，……朔初來，上書曰：'臣朔年二十二，長九尺三寸，目若懸珠，齒若編貝，勇若孟賁，捷若慶忌，廉若鮑叔，信若尾生。若此，可以爲天子大臣矣。'朔文辭不遜，高自稱譽，上偉之，令待詔公車，奉祿薄，未得省見。久之，朔紿騶朱儒曰：'上以若曹無益於縣官，……無益於國用，徒索衣食，今欲盡殺若曹。'朱儒大恐，啼泣。居有頃，聞上過，朱儒皆號泣頓首。上問何爲，對曰：'東方朔言上欲盡誅臣等。'上知朔多端，召問朔：'何恐朱儒爲？'對曰：'臣朔生亦言，死亦言。朱儒長三尺餘，奉一囊粟，錢二百四十。臣朔長九尺餘，亦奉一囊粟，錢二百四十。朱儒飽欲死，臣朔飢欲死。臣言可用，幸異其禮；不可用，罷之，無令但索長安米。'上大笑，因使待詔金馬門，稍得親近。"沈括《夢溪筆談》卷一《故事》記載："舊翰林學士，地勢清切，皆不兼他務。文館職任，自校理以上，皆有職錢，唯內外制不給。楊大年久爲學士，家貧，請外，表辭千餘言，其間兩聯曰：'虛忝甘泉之從臣，終作莫敖之餓鬼'、'從者之病莫興，方朔之飢欲死'。"據此，則這兩句乃以東方朔自比，有暗諷宋真宗意。

劉 筠（970—1030）

《宋史·劉筠傳》：劉筠字子儀，大名人。舉進士。會詔知制誥楊億試選人校太清樓書，擢筠第一，以大理評事爲秘閣校理。帝垂意篇籍，始集諸儒，考論文章，爲一代之典，筠預修圖經及《冊府元龜》，推爲精敏。真宗將祀汾睢，屢得嘉雪，召筠崇和殿賦歌詩，帝數稱善。及《冊府元龜》成，進左正言、直史館，遷左司諫、知制誥，加史館修撰。知貢舉，進翰林學士。知廬州。仁宗即位，復召爲翰林學士，拜御史中丞。知天聖二年貢舉，進尚書禮部侍郎，知潁州。召還，復知貢舉，進翰林學士承旨，同修國史，判尚書都省。再知廬州，病卒。筠景德以來，居文翰之選，其文辭善對偶，尤工爲詩。初爲楊億所識拔，後遂與齊名，時號楊劉。凡三入禁林，又三典貢部，以策論升降天下士，自筠始。性不苟合，臨事明達，而其治尚簡嚴。著《冊府應言》、《榮遇》、《禁林》、《肥川》、《中司》、《汝陰》、《三入玉堂》，凡七集。

柳 絮

【題解】這是一首詠物詩，用比喻、擬人等手法刻畫了柳絮的各種形態。楊億和錢惟演各有同題詩一首。李商隱寫過十餘首詠柳詩，西崑體詩人受其影響。

　　半減依依學轉蓬，斑騅無奈恣西東。平沙千里經春雪，廣陌三條盡日風。北斗城高連蠛蠓，甘泉樹密蔽青葱。漢家舊苑眠應足，豈覺黃金萬縷空。

中華書局版《西崑酬唱集注》卷下

　　○依依：輕柔貌。《詩經·小雅·采薇》："昔我往矣，楊柳依依。"轉蓬：蓬爲菊科植物，開小白花，秋天隨風飛旋，故稱轉蓬。○"斑騅"句：謂柳絮如無拘束的花斑駿馬任意馳騁，亦暗寓無奈的離別。斑騅，有黑白斑點的馬。李商隱《對雪》詩："腸斷斑騅送陸郎。"○"平沙"句：謂柳絮鋪地如春雪。李商隱《贈柳》："忍放花如雪。"楊億《柳絮》："洛城花雪撲離樽。"錢惟演《柳絮》："春陰漠漠雪霏霏。"○"廣陌"句：謂條條道路整日風吹柳絮飛舞。○"北斗"句：謂高城上柳絮亂飛如蠛蠓遮天。北斗城，漢長安故城北部。《三輔黃圖》："惠帝更築長安城，城南爲南斗形，北爲北斗形。至今人呼漢京城爲斗城。"蠛蠓，小飛蟲。《爾雅·釋蟲》："蠓，蠛蠓。"郭璞注："小蟲似蚋，喜亂飛。"揚雄《甘泉賦》："歷倒景而絕飛梁兮，浮蔑蠓而撇天。"○"甘泉"句：謂柳絮遮蔽了皇宮中樹木青葱的顏色。甘泉，漢宮名。揚雄《甘泉賦》："翠玉樹之青葱兮。"○"漢家"句：典出《三輔故事》："漢苑中柳狀如人形，曰人柳，一日三眠三起。"○"豈覺"句：謂柳樹黃金般的嫩葉已隨柳絮飄墜而消失。李白《宮中行樂詞八首》之二："柳色黃金嫩。"李商隱《謔柳》詩："已帶黃金縷，仍飛白玉花。"

錢惟演（977—1034）

　　《宋史·錢惟演傳》：錢惟演，字希聖，吳越王俶之子也。從俶歸朝，爲右屯衛將軍。歷右神武軍將軍。博學能文辭。改太僕少卿，獻《咸平聖政錄》。命直秘閣，預修《冊府元龜》。除尚書司封郎中、知制誥，再遷給事中、知審官院。大中祥符八年，爲翰林學士，坐私謁事罷之。尋遷尚書工部侍郎，再爲學士，會靈觀副使。又坐貢舉失實，降給事中。復工部侍郎。仁宗即位，進兵部，拜樞密使。曾附丁謂力排寇準，後又擠謂以自解。罷爲保大軍節度使、知河陽。天聖八年，判河南府，再改泰寧軍節度使。雅意柄用，抑鬱不得志。後因擅議宗廟，且與后家通婚姻，落平章事，爲崇信軍節度使，歸本鎮。未幾，卒，特贈侍中。諡文僖。出於勳貴，文辭清麗，名與楊億、劉筠相上下，於書無所不讀，家儲文籍侔秘府。尤喜獎勵後進。著《典懿集》三十卷，又著《金坡遺事》、《飛白書叙錄》、《逢辰錄》、《奉藩書事》。

無 題

【題解】 無題詩始自晚唐李商隱，大多以愛情相思爲題材，深情綿邈而隱約晦澀。西崑體詩人好仿此體，《西崑酬唱集》中共有《無題》詩十五首。此詩爲《無題三首》之一，由楊億原唱，劉筠亦有和作。《瀛奎律髓彙評》卷七引清馮班評語，稱錢惟演《無題》諸詩"俱在義山廊廡間"，並稱"錢勝楊"。

誤語成疑意已傷，春山低斂翠眉長。鄂君繡被朝猶掩，荀令薰爐冷自香。有恨豈因燕鳳去，無言寧爲息侯亡。合歡不驗丁香結，秖得淒涼對燭房。

中華書局版《西崑酬唱集注》卷上

〇春山：李商隱詩："總把春山掃眉黛，不知共得幾多愁?"〇"鄂君"句：指男女歡會。漢劉向《說苑·善說》記鄂君子晳泛舟於新波之中，操舟的越女用歌聲表達了對鄂君的愛慕，鄂君於是"舉繡被而覆之"，得以交歡盡意。〇"荀令"句：晉習鑿齒《襄陽記》載劉季和語："荀令君至人家，坐處三日香。"荀令指東漢尚書令荀彧。李商隱詩："荀令香爐可待薰。"又云："荀令薰爐更換香。"此句點化其意。○"有恨"句：謂有情含怨並非因爲舊日情人離去。燕鳳，即燕赤鳳，《飛燕外傳》記漢成帝后趙飛燕私通宮奴燕赤鳳。此代指情人。○"無言"句：謂無言沉默豈是因爲懷念故國夫君。《左傳·莊公十四年》："楚子如息，以食入享，遂滅息，以息媯歸。生堵敖及成王焉。未言，楚子問之，對曰：'吾一婦人，而事二夫，縱弗能死，其又奚言。'"○合歡：植物名。崔豹《古今注》卷下《草木》："合歡，樹似梧桐，枝葉繁，互相交結。每一風來，輒自相離，了不相牽綴。樹之階庭，使人不忿。"三國魏嵇康《養生論》："合歡蠲忿，萱草忘憂。"○丁香結：紫丁香的花蕾，古人以象徵愁思固結不解。李商隱《代贈》："芭蕉不展丁香結，同向春風各自愁。"

晏　殊（991—1055）

《宋史·晏殊傳》：晏殊字同叔，撫州臨川人。七歲能屬文，景德初，張知白安撫江南，以神童薦之。帝召殊與進士千餘人並試廷中，殊神氣不懾，援筆立成。帝嘉賞，賜同進士出身。擢秘書省正字，秘閣讀書。爲翰林學士，遷左庶子。仁宗即位，遷右諫議大夫兼侍讀學士。拜樞密副使，改參知政事。康定初，知樞密院事，遂爲樞密使。進同中書門下平章事。慶曆中，拜集賢殿學士、同平章事，兼樞密使。殊平居好賢，當世知名之士，如范仲淹、孔道輔皆出其門。及爲相，益務進賢材，而仲淹與韓琦、富弼皆進用，至於臺閣，多一時之賢。薨，贈司空兼侍中，諡元獻。殊性剛簡，奉養清儉。善知人，富弼、楊察，皆其婿也。文章贍麗，應用不窮，尤工詩，閑雅有情思。晚歲篤學不倦。文集二百四十卷。

寓　意

【題解】《四庫全書》本《元獻遺文》此詩題作"無題"，何汶《竹莊詩話》卷十八題作"寄遠",當爲仿李商隱體而作。葛立方《韻語陽秋》卷一稱此詩三四句"自然有富貴氣"。陳衍《石遺室詩話》卷十四亦稱其爲"宋人寫景句膾炙人口者"。

油壁香車不再逢,峽雲無迹任西東。梨花院落溶溶月,柳絮池塘淡淡風。幾日寂寥傷酒後,一番蕭索禁煙中。魚書欲寄何由達?水遠山長處處同。

上海古籍出版社版《瀛奎律髓彙評》卷五《昇平類》

〇油壁香車:婦女所乘之車,因車壁以香油塗飾而名。《玉臺新詠》卷十《錢塘蘇小小歌》:"妾乘油壁車,郎騎青驄馬。"〇峽雲:巫峽之雲。宋玉《高唐賦》記楚襄王夢與巫山神女歡會事,神女自稱:"妾在巫山之陽,高丘之阻。旦爲行雲,暮爲行雨,朝朝暮暮,陽臺之下。"〇禁煙:古時寒食節風俗禁火三日。〇魚書:即書信。古樂府《飲馬長城窟行》:"客從遠方來,遺我雙鯉魚。呼兒烹鯉魚,中有尺素書。"

宋　祁(998—1061)

傳略見"宋金文學"第一章第十一節。

落　花

【題解】吳處厚《青箱雜記》卷四載此詩本事云:"文莊守安州,宋莒公兄弟尚皆布衣,文莊亦異待。命作《落花》詩。莒公一聯曰:'漢皋佩解臨江失,金谷樓危到地香。'子京一聯曰:'將飛更作迴風舞,已落猶成半面妝。'是歲詔下,兄弟將應舉。文莊曰:'詠落花而不言落,大宋君當狀元及第。又風骨秀重,異日作宰相。小宋君非所及,然亦須登嚴近。'後皆如其言。"紀昀《瀛奎律髓刊誤》卷二十七《着題類》稱此詩"結乃神似玉溪,餘皆貌似也"。

墜素翻紅各自傷，青樓煙雨忍相忘。將飛更作迴風舞，已落猶成半面妝。滄海客歸珠迸淚，章臺人去骨遺香。可能無意傳雙蝶，盡付芳心與蜜房。

上海古籍出版社版《瀛奎律髓彙評》卷二十七《着題類》

○"將飛"二句：胡仔《苕溪漁隱叢話・後集》卷二十："余觀《南史》：'宋元帝妃徐氏無容質，不見禮於帝，帝眇一目，每知帝將至，必為半面妝以俟之。'此半面妝所從出也。若迴風舞無出處，則對偶偏枯，不為佳句；殊不知乃出李賀詩'花臺欲暮春辭去，落花起作迴風舞'。前輩用事，必有來處，又精確如此，誠可法也。"方回《瀛奎律髓》卷二十七《着題類》曰："李義山《落花》詩：'落時猶自舞，掃後更餘香。'亦妙，乃此詩三四之祖。"○"滄海"句：意謂落花飄墜如滄海中的鮫人泣淚成珠。李商隱《錦瑟》詩："滄海月明珠有淚。"《博物志》卷九："南海外有鮫人，其眼能泣珠。"○"章臺"句：意謂落花的餘香猶如美人已去而芳澤猶存。章臺，在漢長安城中。《漢書・張敞傳》："敞無威儀，時罷朝會，過走馬章臺街。"又唐孟棨《本事詩・情感第一》韓翃寄柳氏詩："章臺柳，章臺柳，昔日青青今在否？縱使長條似舊垂，亦應攀折他人手。"後人因以章臺為歌妓居所。

輯　錄

◎楊億《西崑酬唱集序》：予景德中，忝佐修書之任，得接群公之游。時今紫微錢君希聖、秘閣劉君子儀，並負懿文，尤精雅道，雕章麗句，膾炙人口。予得以游其牆藩而咨其模楷。二君成人之美，不我遐棄，博約誘掖，實之同聲。因以歷覽遺編，研味前作，挹其芳潤，發於希慕，更迭唱和，互相切劘。而予以固陋之姿，參酬繼之末，入蘭游霧，雖獲益以居多；觀海學山，歎知量而中止。既恨其不至，又犯乎不韙，雖榮於託驥，亦愧乎續貂，間然於茲，顏厚而已。凡五七言律詩二百五十章，其屬而和者，計十又五人。析為二卷，取玉山策府之名，命之曰《西崑酬唱集》云爾。

◎歐陽修《六一詩話》：蓋自楊、劉唱和，《西崑集》行，後進學者爭效之，風雅一變，謂"西崑體"。由是唐賢諸詩集幾廢而不行。

◎又：楊大年與錢、劉數公唱和，自《西崑集》出，時人爭效之，詩體一變。而先生老輩患其多用故事，至於語僻難曉，殊不知自是學者之弊。如子儀《新蟬》云："風來玉宇烏先轉，露下金莖鶴未知。"雖用故事，何害爲佳句也。又如"峭帆橫渡官橋柳，疊鼓驚飛海岸鷗"，其不用故事，又豈不佳乎？蓋其雄文博學，筆力有餘，故無施而不可，非如前世號詩人者，區區於風雲草木之類，爲許洞所困者也。

◎劉攽《中山詩話》：祥符、天禧中，楊大年、錢文僖、晏元獻、劉子儀以文章立朝，爲詩皆宗尚李義山，號"西崑體"，後進多竊義山語句。賜宴，優人有爲義山者，衣服敗敝，告人曰："吾爲諸館職撏撦至此。"聞者懽笑。大年《漢武》詩曰："力通青海求龍種，死諱文成食馬肝。待詔先生齒編貝，忍令索米向長安。"義山不能過也。元獻《王文通》詩曰："甘泉柳苑秋風急，卻爲流螢下詔書。"子儀畫義山像，寫其詩句列左右，貴重之如此。

◎《四庫全書總目》卷一百八十六《西崑酬唱集》提要：考田況《儒林公議》云："楊億在兩禁，變文章之體，劉筠、錢惟演輩從而效之，以新詩更相屬和。億後編叙之，題曰《西崑酬唱集》。"然則即億編也。凡億及劉筠、錢惟演、李宗諤、陳越、李維、劉隲、刁衎、任隨、張詠、錢惟濟、丁謂、舒雅、晁迥、崔遵度、薛映、劉秉十七人之詩，而億序乃稱屬而和者十有五人。豈以錢、劉爲主，而億與李宗諤以下爲十五人歟？詩皆近體，上卷凡一百二十三首，下卷凡一百二十五首，而億序稱二百有五十首，不知何時佚二首也。（案：王仲犖《西崑酬唱集注》謂"下卷收詩一百二十七首"。）其詩宗法唐李商隱，詞取妍華，而不乏興象。效之者漸失本真，惟工組織，於是有優伶撏撦之戲，石介至作《怪說》以刺之，而祥符中遂下詔禁文體浮豔。然介之說，蘇軾嘗辨之。真宗之詔，緣於《宣曲》一詩，有"取酒臨邛"之句。陸游《渭南集》有《西崑詩跋》，言其始末甚詳，初不緣文體發也。其後歐、梅繼作，坡、谷迭起，而楊、劉之派，遂不絕如綫。要其取材博贍，練詞精整，非學有根柢，亦不能熔鑄變化，自名一家，固亦未可輕詆。《後村詩話》云："《西崑酬唱集》，對偶字面雖工，而佳句可錄者殊少，宜爲歐公之所厭。"又一條云："君僅以詩寄歐公，公答云：'先朝楊、劉風采，聳動天下，至今使人傾想。'豈公特惡其碑版奏疏，其詩之精工穩切者，自不可廢歟？"二說自相矛盾，平心而論，要以後說爲公矣。

參考書目

《小畜集》，王禹偁撰，《四部叢刊》影宋本。

《重刊林和靖先生詩集》，林逋撰，《四部叢刊》影明鈔本。

《西崑酬唱集注》，楊億編，王仲犖注，中華書局1980年版。

思考題

1. 王禹偁自稱"本與樂天爲後進，敢期子美是前身"，試結合其作品談談對這兩句詩的理解。

2. 比較宋初白樂天體和晚唐體藝術風格的異同。

3. 歐陽修稱楊億、劉筠"雄文博學，筆力有餘，故無施而不可，非如前世號詩人者，區區於風雲草木之類"，應當怎樣理解？

4. 西崑體詠物詩有什麼藝術特點？

第二節　歐陽修與新變派

歐陽修（1007—1072）

傳略見"宋金文學"第一章第三節。

戲答元珍

【題解】 此詩作於宋仁宗景祐四年（1037），時歐陽修爲峽州夷陵縣（今湖北宜昌）令。丁寶臣字元珍，時爲峽州軍事判官。一本題爲"戲答元珍花時久雨之作"。

春風疑不到天涯，二月山城未見花。殘雪壓枝猶有橘，凍雷驚筍欲抽芽。夜聞歸雁生鄉思，病入新年感物華。曾是洛陽花下客，野芳雖晚不須嗟。

《四部叢刊》影元本《歐陽文忠公文集·居士集》卷十一

○"春風"二句：歐陽修《筆說·峽州詩說》曰："若無下句，則上句何堪？既見下句，則上句頗工。"《瀛奎律髓彙評》卷四《風土類》許印芳評："起句妙在倒裝，若從未見花說起便是凡筆。"山城，指夷陵，其地位於長江三峽口，境內多山。○"夜聞"二句：一作"鳥聲漸變知芳節，人意無聊感物華"。○"曾是"二句：陳衍《宋詩精華錄》卷一謂"結韻用高一層意自慰"。宋仁宗天聖八年（1030）至景祐元年（1034），歐陽修曾在西京留守錢惟演幕下任推官。西京即洛陽，以牡丹花著稱。作者《洛陽牡丹記·風俗記》："洛陽之俗，大抵好花。春時，城中無貴賤皆插花，雖負擔者亦然。花開時，士庶競爲游遨。"

春日西湖寄答謝法曹歌

【題解】 此詩亦景祐四年（1037）春作於夷陵。歐陽修《六一詩話》自記此詩本事："閩人有謝伯初者，字景山，當天聖、景祐之間，以詩知名。余謫夷陵時，景山方爲許州法曹，以長韻見寄，頗多佳句，有云：'長官衫色江波綠，學士文華蜀錦張。'余答云：'參軍春思亂如雲，白髮題詩愁送春。'蓋景山詩有'多情未老已白髮，野思到春如亂雲'之句，故余以此戲之也。"西湖，指許州西湖，在今河南許昌。法曹，司法官，宋制，在州稱法曹司法參軍事。

西湖春色歸，春水綠於染。群芳爛不收，東風落如糁。參軍春思亂如雲，白髮題詩愁送春。遙知湖上一樽酒，能憶天涯萬里人。萬里思春尚有情，忽逢春至客心驚。雪消門外千山綠，花發江邊二月晴。少年把酒逢春色，今日逢春頭已白。異鄉物態與人殊，惟有東風舊相識。

《四部叢刊》影元本《歐陽文忠公文集·外集》卷二

○"春水"句：點化江淹《別賦》"春水綠波"或白居易《憶江南》"春來江水綠如藍"之句。○糁：飯粒，喻散粒狀紛飛的落花。○參軍：即法曹司法參軍事的簡稱。

明妃曲和王介甫作

【題解】 明妃，即王昭君，晉人避文帝司馬昭諱，改爲明君，或稱明妃。《後漢書·南匈奴傳》："昭君字嫱，南郡人也。初，元帝時，以良家子選入掖庭。時呼韓邪來朝，帝敕以宮女五人賜之。昭君入宮數歲，不得見御，積悲怨，乃請掖庭令求行。呼韓邪臨辭大會，帝召五女以示之。昭君豐容靚飾，光明漢宮，顧景裴回，竦動左右。帝見大驚，意欲留之，而難於失信，遂與匈奴。生二子。"王介甫，即王安石。宋仁宗嘉祐四年（1059），王安石作《明妃曲》二首，歐陽修、梅堯臣、司馬光、劉敞、曾鞏等人都有和作。歐陽修和作共二首，自認爲平生最得意之作。葉夢得《石林詩話》卷中："毗陵正素處士張子厚善書，余嘗於其家見歐陽文忠子棐以烏絲欄絹一軸，求子厚書文忠《明妃曲》兩篇、《廬山高》一篇。略云：'先公平日，未嘗矜大所爲文，一日被酒，語棐曰：吾詩《廬山高》，今人莫能爲，惟李太白能之；《明妃曲》後篇，太白不能爲，惟杜子美能之；至於前篇，則杜子美亦不能爲，惟吾能之也。因欲別錄此三篇也。'"

胡人以鞍馬爲家，射獵爲俗，泉甘草美無常處，鳥驚獸駭爭馳逐。誰將漢女嫁胡兒，風沙無情貌如玉。身行不遇中國人，馬上自作思歸曲。推手爲琵卻手琶，胡人共聽亦咨嗟。玉顏流落死天涯，琵琶卻傳來漢家。漢宮爭按新聲譜，遺恨已深聲更苦。纖纖女手生洞房，學得琵琶不下堂。不識黃雲出塞路，豈知此聲能斷腸？

《四部叢刊》影元本《歐陽文忠公文集·居士集》卷八

○"泉甘"二句：《漢書·鼂錯傳》載鼂錯言守邊備塞："胡人食肉飲酪，衣皮毛，非有城郭田宅之歸居，如飛鳥走獸於廣野，美草甘水則止，草盡水竭則移。"○中國人：指漢人。古華夏族建國於黃河流域，自謂居天下之中，故稱"中國"，而稱周圍其他民族爲"四夷"。○思歸曲：《文選》卷二十七石季倫（石崇）《王明君詞序》曰："昔公主嫁烏孫，令琵琶馬上作樂，以慰其道路之思。其送明君亦必爾也。其造新曲，多哀怨之聲。"按：漢以後流傳的王昭君琵琶怨曲，如郭茂倩《樂府詩集》卷五十九《琴曲歌辭》三所載《昭君怨》之類，均爲僞托，非昭君自作。○"推手"句：劉熙《釋名·釋樂器》："琵琶，本胡中馬上所鼓，推手前曰琵，引手卻曰琶，因以爲名。"○纖纖：《文選》卷二十九《古詩十九首》二："娥娥紅粉妝，纖纖出素手。"十："纖纖擢素手，札札弄機杼。"○洞房：《楚辭·招魂》："姱容修態，絙洞房些。"

再和明妃曲

漢宮有佳人，天子初未識。一朝隨漢使，遠嫁單于國。絕色天下無，一失難再得。雖能殺畫工，於事竟何益？耳目所及尚如此，萬里安能制夷狄！漢計誠已拙，女色難自誇。明妃去時淚，灑向枝上花。狂風日暮起，漂泊落誰家？紅顏勝人多薄命，莫怨春風當自嗟！

《四部叢刊》影元本《歐陽文忠公文集·居士集》卷八

○單于國：指匈奴。匈奴稱其國君爲單于。○"絕色"二句：《漢書·外戚傳上》載李夫人兄延年歌曰："北方有佳人，絕世而獨立。一顧傾人城，再顧傾人國。寧不知傾城與傾國，佳人難再得。"○"雖能"二句：晉葛洪《西京雜記》卷二："元帝後宮既多，不得常見，乃使畫工圖其形，案圖召幸之。諸宮人皆賂畫工，多者十萬，少者亦不減五萬。獨王嬙自恃容貌，不肯與工人，乃醜圖之，遂不得見。後匈奴入朝，求美人爲閼氏，於是上案圖以昭君行。及去，召見。貌爲後宮第一，善應對，舉止閒雅。帝悔之，而名籍已定，方重信於外國，故不復更人。乃窮案其事，畫工皆棄市。籍其家資，皆巨萬。"○"漢計"二句：唐戎昱《和蕃》詩："漢家青史上，計拙是和親。"

唐崇徽公主手痕和韓內翰子華

【題解】 唐崇徽公主原是鐵勒部人僕固懷恩之女。僕固懷恩平定安史之亂有功，官至河北副元帥、朔方節度使。唐代宗廣德元年（763），懷恩反叛，屢引回紇、吐蕃攻唐。永泰元年（765）暴病身亡。歐陽修《集古錄跋尾》卷七載《唐崇徽公主手痕詩》云："右崇徽公主手痕詩，李山甫撰。崇徽公主者，僕固懷恩女也。懷恩在肅宗時，先以二女嫁回紇。其一嫁毗伽可汗少子，後號登里可汗者是也。其一不知所嫁何人。《唐書·懷恩傳》及《回紇傳》皆不載，惟懷恩所上書自陳六罪，有云二女遠嫁，爲國和親。以此知其又嘗嫁一女爾。此所謂崇徽公主者，懷恩幼女也。懷恩既反，引羌渾奴剌爲邊患，永泰中病死於靈武。其從子名臣，以千騎降唐。大曆四年始以懷恩幼女爲公主，又嫁回紇，即此也。治平元年三月八日書。右真蹟。"相傳公主出嫁時道經汾州靈石，以手掌托石壁，遂留手痕。《全唐詩》卷六百四十三載李山甫《陰地關崇徽公主手迹》曰："一拓纖痕更不收，翠微蒼蘚幾經秋。誰陳帝子和蕃策，我是男兒爲國羞。寒雨洗來香已盡，淡煙籠着恨長留。可憐汾水知人意，旁與吞聲未忍休。"歐陽修此詩當爲有感於李山甫詩而作。韓内翰子華，韓絳，字子華，仁宗朝任翰林學士。

故鄉飛鳥尚啁啾，何況悲笳出塞愁。青冢埋魂知不返，翠崖遺迹爲誰留？玉顏自古爲身累，肉食何人與國謀？行路至今空歎息，巖花野草自春秋。

《四部叢刊》影元本《歐陽文忠公文集·居士集》卷十三

○悲笳：即胡笳，古流行於塞北的管樂器，其聲悲壯，故稱。○青冢：王昭君墓。在今内蒙古呼和浩特市。相傳塞外草色皆白，獨昭君墓上草色常青，故名。杜甫《詠懷古迹五首》之三："一去紫臺連朔漠，獨留青冢向黃昏。"此借昭君和親死於塞北之事來暗示崇徽公主的命運。○肉食：指享厚祿的官員。《左傳·莊公十年》："肉食者鄙，未能遠謀。""玉顏"二句《宋詩紀事》卷十二引《朱文公語錄》曰："以詩言之，第一等詩；以議論言之，第一等議論也。"趙翼《甌北詩話》卷十一亦曰："此何等議論，乃熔鑄於十四字中，自然英光四射。"

輯　錄

◎魏泰《臨漢隱居詩話》：凡爲詩，當使挹之而源不窮，咀之而味愈長。至如永叔之詩，才力敏邁，句亦清健，但恨其少餘味爾。

◎葉夢得《石林詩話》卷上：歐陽文忠公詩始矯崑體，專以氣格爲主，故其言多平易疏暢，律詩意所到處，雖語有不倫，亦不復問。而學之者往往遂失於快直，傾囷倒廪，無復餘地。然公詩好處豈專在此？如《崇徽公主手痕》詩："玉顏自古爲身累，肉食何人與國謀？"此自是兩段大議論，而抑揚曲折，發見於七字之中，婉麗雄勝，字字不失相對，雖崑體之工者，亦未易比。言意所會，要當如是，乃爲至到。

◎胡仔《苕溪漁隱叢話·後集》卷二十三：歐公作詩，蓋欲自出胸臆，不肯蹈襲前人，亦其才高，故不見牽強之迹耳。

◎方東樹《昭昧詹言》卷十二：歐公之妙，全在逆轉順布。慣用此法，故下筆不由人，讀者往往迷惑。又每加以事外遠致，益令人迷。歐公情韻幽折，往反詠唱，令人低徊欲絕，一唱三歎，而有遺音，如啖橄欖，時有餘味，但才力稍弱耳。

◎劉熙載《藝概》卷二《詩概》：東坡謂歐陽公"論大道似韓愈，詩賦似李白"。然試以歐詩觀之，雖曰似李，其刻意形容處，實於韓爲逼近耳。又：歐陽永叔出於昌黎，梅聖俞出於東野。歐之推梅，不遺餘力，與昌黎推東野略同。

梅堯臣（1002—1060）

《宋史·文苑傳五·梅堯臣傳》：梅堯臣字聖俞，宣州宣城人。侍讀學士詢從子也。工爲詩，以深遠古淡爲意，間出奇巧，初未爲人所知。用詢蔭爲河南主簿，錢惟演留守西京，特嗟賞之，爲忘年交，引與酬倡，一府盡傾。歐陽修與爲詩友，自以爲不及。堯臣益刻厲，精思苦學，繇是知名於時。宋興，以詩名家爲世所傳如梅堯臣者，蓋少也。嘗語人曰："凡詩，意新語工，得前人所未道者，斯爲善矣。必能狀難寫之景如在目前，含不盡之意見於言外，然後爲至也。"世以爲知言。歷德興縣令，知建德、襄城縣，監湖州稅，簽書忠武、鎮安判官，監永豐倉。大臣屢薦宜在館閣，召試，賜進士出身，爲國子監直講，累遷尚書都官員外郎。預修《唐書》，成，未奏而卒。寶元、嘉祐中，仁宗有事郊廟，堯臣預祭，輒獻歌詩，又嘗上書言兵。注《孫子》十三篇，撰《唐載記》二十六卷、《毛詩小傳》二十卷、《宛陵集》四十卷。堯臣家貧，喜飲酒，賢士大夫多從之游，時載酒過門。善談笑，與物無忤，詼嘲譏刺托於詩，晚益工。有人得西南夷布弓衣，其織文乃堯臣詩也，名重於時如此。

魯山山行

【題解】此詩爲宋仁宗康定元年（1040）梅堯臣知襄城縣時所作。魯山，一名露山，在河南魯山縣東北，接近襄城縣西南邊境。《瀛奎律髓彙評》卷四《風土類》引查慎行語，謂此詩"句句如畫，引人入勝，尾句尤有遠致"。

適與野情愜，千山高復低。好峰隨處改，幽徑獨行迷。霜落熊升樹，林空鹿飲溪。人家在何許？雲外一聲雞。

《四部叢刊》影明萬曆間梅氏祠堂刻本《宛陵先生集》卷七

小　村

【題解】　此詩爲梅堯臣慶曆八年（1048）自揚州赴陳州時途中所作。詩中描繪了淮河一帶農村的荒涼和殘破。陳衍《宋詩精華錄》卷一："寫貧苦小村，有畫所不到者。末句婉而多風。"

淮闊州多忽有村，棘籬疏敗謾爲門。寒鷄得食自呼伴，老叟無衣猶抱孫。野艇鳥翹唯斷纜，枯桑水嚙衹危根。嗟哉生計一如此，謬入王民版籍論。

《四部叢刊》影明萬曆間梅氏祠堂刻本《宛陵先生集》卷三十四

○謾：通"漫"，寬泛隨便之意。○王民：帝王的臣民。版籍：戶籍，戶口冊。

東　溪

【題解】　此詩作於宋仁宗至和二年（1055），時梅堯臣丁母憂居宣城。東溪，即宛溪，在宣城。方回《瀛奎律髓》卷三十四《川泉類》稱此詩"三四爲當世名句，衆所膾炙"。

行到東溪看水時，坐臨孤嶼發船遲。野鳧眠岸有閑意，老樹著花無醜枝。短短蒲茸齊似剪，平平沙石淨於篩。情雖不厭住不得，薄暮歸來車馬疲。

《四部叢刊》影明萬曆間梅氏祠堂刻本《宛陵先生集》卷四十三

○坐：因。○"老樹"句：此寫實景而化用《周易·大過》"枯楊生稊"意。又梅堯臣五律《接花》有"姜女嫁寒婿，醜枝生極妍"，故錢鍾書《談藝錄》謂"醜枝生妍之意，都官似極喜之"。○蒲茸：初生的蒲草。

| 輯　錄 |

◎歐陽修《六一詩話》：梅聖俞嘗於范希文席上賦河豚魚詩云："春洲生荻芽，春岸飛楊花。河豚當此時，貴不數魚蝦。"知詩者謂祇破題兩句，已道盡河豚好處。聖俞平生苦於吟詠，以閑遠古淡爲意，故其締思極艱。此詩作於樽俎之間，筆力雄贍，頃刻而成，遂爲絕唱。

◎陳師道《後山詩話》：閩士有好詩者，不用陳語常談。寫投梅聖俞，答書曰："子詩誠工，但未能以故爲新，以俗爲雅爾。"

◎許顗《彥周詩話》：梅聖俞詩，句句精煉，如"焚香露蓮泣，聞磬清鷗邁"之類，宜乎爲歐陽文忠公所稱。其他古體，若朱弦疏越，一倡三歎，讀者當以意求之。

◎葛立方《韻語陽秋》卷一：梅聖俞云："作詩須狀難寫之景於目前，含不盡之意於言外。"真名言也。觀其《送蘇祠部通判於洪州》詩云"沙鳥看來沒，雲山愛後移"、《送張子野赴鄭州》云"秋雨生陂水，高風落廟梧"之類，狀難寫之景也。《送馬殿丞赴密州》云"危帆淮上去，古木海邊秋"、《和陳秘校》云"江水幾經歲，鑑中無壯顏"之類，含不盡之意也。

◎胡仔《苕溪漁隱叢話·後集》卷二十四：聖俞詩工於平淡，自成一家，如《東溪》云："野鳧眠岸有閑意，老樹著花無醜枝。"《山行》云："人家在何許？雲外一聲雞。"《春陰》云："鳩鳴桑葉吐，村暗杏花殘。"《杜鵑》云："月樹啼方急，山房人未眠。"似此等句，須細味之，方見其用意也。

◎劉克莊《後村詩話·前集》卷二：本朝詩，惟宛陵爲開山祖師。宛陵出，然後桑濮之哇淫稍息，風雅之氣脈復續，其功不在歐、尹下。世之學梅詩者，率以爲淡。集中如"葑上春田闢，蘆中走吏參"、"海貨通閩市，漁歌入縣樓"、"白水照茅屋，清風生稻花"、"霜落熊升樹，林空鹿飲溪"、"河漢微分練，星辰淡布螢"、"每令夫結友，不爲子求郎"、"山形無地接，寺界與波分"、"山風來虎嘯，江雨過龍腥"之類，殊不草草。蓋逐字逐句銖銖而較者，決不足爲大家數，而前輩號大家數者，亦未嘗不留意於句律也。

◎《四部叢刊》本《宛陵先生集》附錄龔嘯《跋前二詩》：去浮靡之習，超然於崑體極弊之際；存古淡之道，卓然於諸大家未起之先。

蘇舜欽（1008—1048）

傳略見"宋金文学"第一章第二節。

無錫惠山寺

【題解】　此詩約作於慶曆五年（1045）夏。無錫，在今江蘇。惠山寺，在城西惠山第一峰之白石塢。本爲南朝宋司徒長史湛茂之的別墅，景平中爲華山精舍，梁大同中改建法雲禪院，唐宋時名惠山寺。此詩爲拗體七律，即劉克莊《後村詩話·前集》卷二所謂"蟠屈爲吳體，則極平夷妥帖"。

寺古名傳唐相詩，三伏奔迸予何之？雲山相照翠會合，殿閣對起涼參差。清泉絕無一塵染，長松自是拔俗姿。二邊羌胡日鬥格，釋子宴坐殊不知。

上海古籍出版社版《蘇舜欽集》卷七

○唐相詩：指唐武宗朝宰相李紳所作《重到惠山》詩，其詩云："碧峰依舊松筠老，重得經過已白頭。俱是海天黃葉信，兩逢霜節菊花秋。望中白鶴憐歸翼，行處青苔恨昔游。還向窗間名姓下，數行添記別離愁。"○清泉：指惠山泉，唐陸羽稱其爲天下第二泉。○"二邊"句：據《宋史·仁宗紀三》："（慶曆四年七月）癸未，契丹遣使來告伐夏國。"又："（慶曆五年）冬十月乙卯，契丹遣使來獻九龍車及所獲夏國羊馬。"可知蘇舜欽寫此詩時，宋的西北二邊西夏與契丹之間有戰事。羌指西夏，胡指契丹。○宴坐：坐禪。《維摩經·弟子品》：「心不住內，亦不住外，是爲宴坐。」

中秋夜吳江亭上對月懷前宰張子野及寄君謨蔡大

【題解】 此詩約作於慶曆七年（1047）中秋，時蘇舜欽放廢居蘇州。傅平驤、胡問陶《蘇舜欽集編年校注》卷二謂此詩作於慶曆元年（1041）中秋，時蘇舜欽自京南下赴越州奔母喪道經蘇州。考是年吳越大旱，經年乃雨，與此詩"十日陰雨此夜收"的描寫相左，今不取其說。吳江亭，即詩中所言"松江亭"，在今蘇州東南的吳江區。張子野，即張先，湖州烏程（今屬浙江）人，天聖八年（1030）進士，官至尚書都官郎中，著名詞人，有《安陸集》。張先曾官吳江縣令。龔明之《中吳紀聞》卷三："蘇州吳江之濱，有亭曰如歸者，隘壞不可居。康定元年冬十月，知縣事、秘書丞張先治而大之。"張先知吳江縣在康定元年（1040）前後，此時已離任，故稱前宰。蔡襄，字君謨，興化軍仙游（今屬福建）人。天聖八年進士，詩文清妙，尤工小楷、草書，時稱天下第一。陳衍《宋詩精華錄》卷一評此詩曰："望月懷人，數見不鮮矣，此作頗能避熟就生。寫月光澈骨，種種異乎尋常，如自責得隴望蜀，尤其透過一層處。"

獨坐對月心悠悠，故人不見使我愁。古今共傳惜今夕，況在松江亭上頭。可憐節物會人意，十日陰雨此夜收。不惟人間重此月，天亦有意於中秋。長空無瑕露表裏，拂拂漸上寒光流。江平萬頃正碧色，上下清澈雙璧浮。自視直欲見筋脈，無所逃遁魚龍憂。不疑身世在地上，祇恐槎去觸斗牛。景清境勝反不足，歎息此際無交游。心魂冷烈曉不寐，勉爲此筆傳中州。

上海古籍出版社版《蘇舜欽集》卷二

○"祇恐"句：《初學記》載晉張華《博物志》曰："舊說天河與海相通。近有人居海渚者，年年八月，有浮槎來，甚大，往反不失期。此人乃立於槎上，多賫糧，乘槎去。忽不覺晝夜，奄至一處，有城郭舍屋，望室中，多見織婦；見一丈夫牽牛渚次，飲之。驚問此人，何由至此。此人即問此爲何處。答曰：'君可詣蜀問嚴君平。'此人還，問君平。君平曰：'某月日，有客星犯斗牛。'即此人到天河也。"〇中州：古豫州地處九州之中，遂稱中州。此指北宋都城汴京。當時張先、蔡襄都在京城。

淮中晚泊犢頭

【題解】淮，淮河。犢頭，疑即瀆頭鎮。《元豐九域志》卷五楚州山陽郡："淮陰：州西四十里，五鄉，十八里河、洪澤、瀆頭三鎮。"劉克莊《後村詩話·前集》卷二稱此詩"極似韋蘇州"。

春陰垂野草青青，時有幽花一樹明。晚泊孤舟古祠下，滿川風雨看潮生。

上海古籍出版社版《蘇舜欽集》卷七

〇"滿川"句：陳衍《宋詩精華錄》卷一評云："視'春潮帶雨晚來急'，氣勢過之。"

| 輯　錄 |

◎歐陽修《水谷夜行寄子美聖俞》：緬懷京師友，文酒邀高會。其間蘇與梅，二子可畏愛。篇章富縱橫，聲價相摩蓋。子美氣尤雄，萬竅號一噫。有時肆顛狂，醉墨灑滂沛。譬如千里馬，已發不可殺。盈前盡珠璣，一一難揀汰。梅翁事清切，石齒漱寒瀨。作詩三十年，視我猶後輩。文詞愈清新，心意難老大。譬如妖韶女，老自有餘態。近詩尤古硬，咀嚼苦難嘬。初如食橄欖，真味久愈在。蘇豪以氣爍，舉世徒驚駭。梅窮獨我知，古貨今難賣。二子雙鳳凰，百鳥之嘉瑞。雲煙一翺翔，羽翮一摧鎩。安得相從遊，終日鳴噦噦。相問苦思之，對酒把新蟹。

◎又《六一詩話》：聖俞、子美齊名於一時，而二家詩體特異。子美筆力豪雋，以超邁橫絕爲奇；聖俞覃思精微，以深遠閑淡爲意，各極其長。

◎魏泰《臨漢隱居詩話》：蘇舜欽以詩得名，學書亦飄逸，然其詩以奔放豪健爲主。梅堯臣亦善詩，雖乏高致，而平淡有工，世謂之蘇、梅，其實與蘇相反也。

◎劉克莊《後村詩話·前集》卷二：蘇子美歌行雄放於聖俞，軒昂不羈如其爲人。及蟠屈爲吳體，則極平夷妥帖。

◎沈德潛《說詩晬語》卷下：宋初臺閣倡和，多宗義山，名西崑體。梅聖俞、蘇子美起而矯之，盡翻科臼，蹈厲發揚，才力體制，非不高於前人，而淵涵渟滀之趣，無復存矣。

◎葉燮《原詩》卷一《內篇上》：宋初詩襲唐人之舊，如徐鉉、王禹偁輩，純是唐音。蘇舜欽、梅堯臣出，始一大變，歐陽修亟稱二人不置。又卷四《外篇下》：開宋詩一代之面目者，始於梅堯臣、蘇舜欽二人。自漢、魏至晚唐，詩雖遞變，皆遞留不盡之意，即晚唐猶存餘地，讀罷掩卷，猶令人屬思久之。自梅、蘇變盡崑體，獨創生新，必辭盡於言，言盡於意，發揮鋪寫，曲折層累以赴之，竭盡乃止。才人伎倆，騰踔六合之內，縱其所如，無不可者。然含蓄淳泓之意，亦少衰矣。

◎劉熙載《藝概》卷二《詩概》：梅、蘇並稱，梅詩幽淡極矣，然幽中有雋，淡中有旨。子美雄快，令人見便擊節。然雄快不足以盡蘇，猶幽淡不足以盡梅也。

參考書目

《歐陽文忠公文集》，歐陽修撰，《四部叢刊》影元本。
《宛陵先生集》，梅堯臣撰，《四部叢刊》影明萬曆間梅氏祠堂刻本。
《梅堯臣集編年校注》，梅堯臣撰，朱東潤校注，上海古籍出版社1980年版。
《蘇舜欽集》，蘇舜欽撰，沈文倬校點，上海古籍出版社2011年版。

思考題

1. 試分析歐陽修詩中議論與抒情的關係。
2. 結合作品討論歐、梅、蘇"變盡崑體"的得與失。
3. 如何理解梅堯臣、蘇舜欽"開宋詩一代之面目"？
4. 試比較梅、蘇詩風的異同。

第三節　王安石及其詩友

王安石（1021—1086）

傳略見"宋金文學"第一章第四節。

明妃曲二首

【**題解**】　此詩爲宋仁宗嘉祐四年（1059）王安石提點江東刑獄時作。明妃即王昭君，見前歐陽修《明妃曲和王介甫作》題解。

　　明妃初出漢宮時，淚濕春風鬢腳垂。低徊顧影無顔色，尚得君王不自持。歸來卻怪丹青手，入眼平生未曾有。意態由來畫不成，當時枉殺毛延壽。一去心知更不歸，可憐著盡漢宮衣。寄聲欲問塞南事，祇有年年鴻雁飛。家人萬里傳消息："好在氈城莫相憶。君不見咫尺長門閉阿嬌，人生失意無南北！"

　　明妃初嫁與胡兒，氈車百輛皆胡姬。含情欲說獨無處，傳與琵琶心自知。黃金捍撥春風手，彈看飛鴻勸胡酒。漢宮侍女暗垂淚，沙上行人卻回首。漢恩自淺胡自深，人生樂在相知心。可憐青冢已蕪沒，尚有哀弦留至今。

上海古籍出版社影朝鮮活字本《王荆文公詩李壁注》卷六

○淚濕春風：猶言淚流滿面。杜甫《詠懷古迹五首》其三詠王昭君有"畫圖省識春風面"之句。○低徊顧影：參見歐陽修《明妃曲和王介甫作》"題解"引《後漢書·南匈奴傳》。○未曾：一作"幾曾"。○"意態"二句：爲畫工翻案，謂神情意態向來是難以逼肖其真的。參見歐陽修《再和明妃曲》"雖能殺畫工"注。《西京雜記》卷二又曰："畫工有杜陵毛延壽，爲人形，醜好老少必得其真。安陵陳敞、新豐劉白、龔寬並工爲牛馬飛鳥，亦肖人形好醜，不逮毛延壽。下杜陽望亦善畫，尤善布色，樊育亦善布色，同日棄市。京師畫工於是殆稀。"○"寄聲"二句：晉石崇《明君詞》："願假飛鴻翼，乘之以遐征。"唐盧照鄰《王昭君》詩："願逐三秋雁，年年一度歸。"○長門閉阿嬌：漢武帝陳皇后小名阿嬌，失寵後被幽禁在長門宮。《漢書·外戚傳上》："孝武陳皇后，長公主嫖女也。……立爲皇后，擅寵驕貴十餘年而無子。……后又挾婦人媚道，頗覺。……罷退居長門宮。"○黃金捍撥：彈奏琵琶的工具。宋葉廷珪《海錄碎事》卷一六《音樂部》："金捍撥，在琵琶面上當弦，或以金塗爲飾，所以捍護其撥也。"○彈看飛鴻：嵇康《贈秀才入軍》："目送歸鴻，手揮五弦。"○人生樂在相知心：《楚辭·九歌·少司命》："悲莫悲兮生別離，樂莫樂兮新相知。"○青冢：昭君墓。見前歐陽修《唐崇徽公主手痕和韓內翰子華》詩注。

示長安君

【題解】 嘉祐五年（1060），王安石奉命出使遼國，此詩爲出發前寫給其大妹文淑的。長安君，即文淑，爲工部侍郎張奎之妻，封長安縣君。《瀛奎律髓彙評》卷四十《兄弟類》許印芳評此詩："情真格老，舉止大方，絕似中唐人。"

少年離別意非輕，老去相逢亦愴情。草草杯盤供笑語，昏昏燈火話平生。自憐湖海三年隔，又作塵沙萬里行。欲問後期何日是，寄書應見雁南征。

上海古籍出版社影朝鮮活字本《王荆文公詩李壁注》卷三十

○"草草"二句：吳可《藏海詩話》謂"七言律一篇中必有剩語，一句中必有剩字"，而稱這一聯"如此句無剩字"。草草杯盤，猶言粗茶淡飯。○雁南征：《漢書·蘇武傳》載漢使詭言漢帝射上林中，得北來雁，雁足有繫帛書，言蘇武在某澤中，以責單于，單于因謝漢使，蘇得歸。後因以雁喻書信。此指寄信到南方。

題西太一宮壁二首

【題解】 此詩約作於宋神宗熙寧元年（1068），時神宗召王安石入京，準備變法。詩為六言絕句，蘇軾、黃庭堅均有和韻。西太一宮，神廟名，祭祀太一尊神。其地在汴京西南八角鎮。洪邁《容齋三筆》卷七《太一推算》："五福太一，自雍熙甲申歲入東南巽宮，故修東太一宮於蘇村。天聖己巳歲，入西南坤位，故修西太一宮於八角鎮。"詩以今昔對照抒發人世滄桑之感慨。陳衍《宋詩精華錄》卷二評曰："絕代銷魂，荊公詩當以此二首壓卷。"

柳葉鳴蜩綠暗，荷花落日紅酣。三十六陂春水，白頭想見江南。

三十年前此地，父兄持我東西。今日重來白首，欲尋舊迹都迷。

上海古籍出版社影朝鮮活字本《王荊文公詩李璧注》卷四十

○"柳葉鳴蜩"二句：一作"草色浮雲漠漠，樹陰落日潭潭"。《詩經·小雅·小弁》："菀彼柳斯，鳴蜩嘒嘒。"○三十六陂：汴京附近的蓄水塘。《宋史·河渠志四》：元豐二年，入內供奉宋用臣奏請，引古索河為源，"注房家、黃家、孟家三陂及三十六陂，高仰處潴水為塘，以備洛水不足"。陂春，一作"宮煙"。春，一作"流"。○"三十年前"二句：宋仁宗景祐三年（1036），王安石十六歲，曾隨父王益、兄王安仁到過汴京。下距作此詩時隔三十二年。

北陂杏花

【題解】 此詩通過詠物寄寓了作者的思想情操。陳衍《宋詩精華錄》卷二稱"末二語恰是自己身分"。又《石遺室詩話》卷十七評曰："以上荆公佳句，皆山林氣重而時覺黯然銷魂者。所以雖作宰相，終爲詩人也。"陂，池塘。

一陂春水繞花身，身影妖嬈各占春。縱被春風吹作雪，絕勝南陌碾成塵。

上海古籍出版社影朝鮮活字本《王荆文公詩李壁注》卷四十二
〇身影：一作"花影"。

書湖陰先生壁二首（選一首）

【題解】 此詩作於元豐年間退居鍾山後。湖陰先生，即楊驥，字德逢，號湖陰先生，與王安石爲鄰。此詩以擬人化手法寫山水，用古典而不露痕迹。

茅檐長掃靜無苔，花木成畦手自栽。一水護田將綠繞，兩山排闥送青來。

上海古籍出版社影朝鮮活字本《王荆文公詩李壁注》卷四十三
〇"一水"二句：葉夢得《石林詩話》卷中曰："荆公詩用法甚嚴，尤精於對偶。嘗云：用漢人語，止可以漢人語對；若參以異代語，便不相類。如'一水護田將綠繞，兩山排闥送青來'之類，皆漢人語也。此法惟公用之不覺拘窘卑凡。"案，"護田"二字見《漢書·西域傳》："輪臺、渠犂皆有田卒數百人，置使者校尉領護。"顏師古注："統領保護營田之事也。""排闥"二字見《漢書·樊噲傳》："噲乃排闥而入，大臣隨之。"

輯　錄

◎陳師道《後山詩話》：荊公詩云："力去陳言誇末俗，可憐無補費精神。"而公平生文體數變，暮年詩益工，用意益苦，故知言不可不慎也。又：魯直謂荊公之詩，暮年方妙，然格高而體下。如云："似聞青秧底，復作龜兆坼。"乃前人所未道。又云："扶輿度陽燄，窈窕一川花。"雖前人亦未易道也，然學二謝，失於巧爾。

◎葉夢得《石林詩話》卷上：王荊公晚年詩律尤精嚴，造語用字，間不容髮。然意與言會，言隨意遣，渾然天成，殆不見有牽率排比處。如"含風鴨綠鱗鱗起，弄日鵝黃嫋嫋垂"，讀之初不覺有對偶。至"細數落花因坐久，緩尋芳草得歸遲"，但見舒閑容與之態耳。而字字細考之，若經檃括權衡者，其用意亦深刻矣。又卷中：王荊公少以意氣自許，故詩語惟其所向，不復更爲涵蓄。如"天下蒼生待霖雨，不知龍向此中蟠"，又"濃綠萬枝紅一點，動人春色不須多"、"平治險穢非無力，潤澤焦枯是有材"之類，皆直道其胸中事。後爲群牧判官，從宋次道盡假唐人詩集，博觀而約取，晚年始盡深婉不迫之趣。

◎胡應麟《詩藪》外編卷五：六一雖洗削西崑，然體尚平正，特不甚當行耳。推轂梅堯臣詩，亦自具眼。至介甫創撰新奇，唐人格調，始一大變。蘇、黃繼起，古法蕩然。推原科斗時事，實舒王生此厲階，其爲宋一代禍，蓋不特青苗法也。又：介甫五七言絕，當代共推，特以工緻勝耳，於唐自遠。六言"水泠泠而北出"四語，超然玄詣，獨出宋體之上，然殊不多見。五言"南浦隨花去，回舟路已迷。暗香無處覓，日落畫橋西"，頗近六朝。至七言諸絕，宋調坌出，實蘇、黃前導也。

◎方東樹《昭昧詹言》卷十二：向謂歐公思深，今讀半山，其思深妙，更過於歐。學詩不從此入，皆粗才浮氣俗子也。用思深，用筆布置逆順深。章法疏密，伸縮裁剪。有闊達之境，眼孔心胸大，不迫猝淺陋易盡。如此乃爲作家，而用字、取材、造句可法。半山有才而不深，歐公深而才短。又：荊公健拔奇氣勝六一，而深韻不及，兩人分得韓一體也。荊公才較爽健，而情韻幽深不逮歐公。二公皆從韓出，而雄奇排奡皆遜之。可見二公雖各用力於韓，而隨才之成就，祇得如此。

◎劉熙載《藝概》卷二《詩概》：王荊公詩學杜得其瘦硬，然杜具熱腸，公惟冷面，殆亦如其文之學韓，同而未嘗不異也。

王　令（1032—1059）

《宋詩鈔·廣陵詩鈔小序》：王令，字逢原，廣陵人也。年十數歲，與里人滿執中爲友，偉節高行，特立於時。王安石赴召，道由淮南，令賦《南山之田》詩往見之。安石大喜，期其材可與共功業於天下，因妻以其夫人之女弟。年二十八而卒。令詩學韓、孟，而識度高遠，非安石所及，不第以瓌奇也。惜限於年耳。

暑旱苦熱

【題解】　此詩體現出詩人奇特的想象和遠大的抱負。劉克莊《後村詩話·前集》稱此詩"骨氣老蒼，識度高遠"。

清風無力屠得熱，落日着翅飛上山。人固已懼江海竭，天豈不惜河漢乾？崑崙之高有積雪，蓬萊之遠有遺寒。不能手提天下往，何忍身去游其間！

上海古籍出版社版《王令集》卷七

〇崑崙：中國西部的山脈，勢極高峻，終年積雪，《穆天子傳》載其爲西王母宴周穆王的仙山。

曾　鞏（1019—1083）

傳略見"宋金文學"第一章第四節。

甘露寺多景樓

【題解】　甘露寺多景樓，在今江蘇鎮江北固山上。《輿地紀勝》卷七兩浙西路鎮江府："甘露寺在北固山，唐李德裕建，時甘露降此山，因名。……中興以來，郡守陳天麟作多景樓於其上。"宋米芾《甘露寺》詩序云："多景樓背山面江，爲天下甲觀，五城十二樓不過也。"

欲收嘉景此樓中，徙倚闌干四望通。雲亂水光浮紫翠，天含山氣入青紅。一川鐘唄淮南月，萬里帆檣海外風。老去衣襟塵土在，祇將心目羨冥鴻。

中華書局版《曾鞏集》卷七

〇鐘唄：寺廟中的鐘聲和僧人誦經聲。唄，梵文意爲贊歎、歌詠。〇淮南：鎮江宋屬淮南東路。〇心目羨冥鴻：用揚雄《法言·問明》"鴻飛冥冥"語及嵇康《贈秀才入軍》"目送歸鴻，手揮五弦，俯仰自得，游心太玄"意。

| 輯　錄 |

◎方回《瀛奎律髓》卷十六《節序類》評語：子固詩一掃崑體，所謂餖飣刻畫咸無之。平實清健，自爲一家。

參考書目

《王荆文公詩李壁注》，王安石撰，李壁注，上海古籍出版社 **1993** 年版。

《王令集》，王令撰，沈文倬校點，上海古籍出版社 **1980** 年版。

《曾鞏集》，曾鞏撰，中華書局 **1984** 年版。

思考題

1. 結合作品說明王安石前後詩風的演變。
2. 怎樣理解前人關於王安石"暮年詩益工"的說法？
3. 王安石"撰創新奇"主要體現在哪些方面？
4. 王令詩歌"識度高遠"主要體現在什麽地方？
5. 方回稱曾鞏詩"平實清健"，應如何理解？

第四節 蘇　軾

蘇　軾（1037—1101）

傳略見"宋金文學"第一章第五節。

和子由澠池懷舊

【題解】　此詩作於嘉祐六年（1061）十一月。時蘇軾離京赴鳳翔任，與蘇轍別於鄭州之西門，過澠池，和蘇轍《懷澠池寄子瞻兄》詩。轍詩見《欒城集》卷一，詩云："相攜話別鄭原上，共道長途怕雪泥。歸騎還尋大梁陌，行人已度古崤西。曾爲縣吏民知否，舊宿僧房壁共題。遙想獨游佳味少，無言騅馬但鳴嘶。"澠池，縣名，在今河南。紀昀評點《蘇文忠公詩集》卷三云："前四句單行入律，唐人舊格；而意境恣逸，則東坡本色。"

　　人生到處知何似？應似飛鴻踏雪泥。泥上偶然留指爪，鴻飛那復計東西。老僧已死成新塔，壞壁無由見舊題。往日崎嶇還記否？路長人困蹇驢嘶。

中華書局版《蘇軾詩集》卷三

　　〇"人生"四句：魏慶之《詩人玉屑》卷十七引《陵陽室中語》以此四句爲蘇軾"長於譬喻"之例。〇"老僧"二句：蘇轍詩自注曰："昔與子瞻應舉，過宿縣中寺舍，題其老僧奉閒之壁。"新塔，指新建的佛塔。僧人死後，建塔以葬其骨灰。〇"往日"二句：蘇軾末句下自注云："往歲馬死於二陵，騎驢至澠池。"往歲指嘉祐元年（1056）。

游金山寺

【題解】 宋神宗熙寧四年（1071），蘇軾由汴京赴杭州任通判，路經鎮江，作此詩。清王文誥《蘇文忠公詩編注集成總案》卷七："熙寧四年辛亥十一月三日，公游金山訪寶覺、圓通二老，夜宿金山寺，望江中炬火作詩。"金山寺，在今鎮江金山上。金山本屹立長江中，後因泥沙淤積，與南岸相連。寺原名澤心寺，至宋改龍游寺。陳衍《宋詩精華錄》卷二評此詩："一起高屋建瓴，爲蜀人獨足誇口處。通篇遂全就望鄉歸山落想，可作《莊子·秋水》篇讀。"高步瀛《唐宋詩舉要》卷三引吳汝綸語："公詩佳處全在興象超妙，此首尤其顯著者。"

我家江水初發源，宦游直送江入海。聞道潮頭一丈高，天寒尚有沙痕在。中泠南畔石盤陀，古來出沒隨濤波。試登絕頂望鄉國，江南江北青山多。羈愁畏晚尋歸楫，山僧苦留看落日。微風萬頃靴紋細，斷霞半空魚尾赤。是時江月初生魄，二更月落天深黑。江心似有炬火明，飛焰照山棲鳥驚。悵然歸臥心莫識，非鬼非人竟何物。江山如此不歸山，江神見怪警我頑。我謝江神豈得已，有田不歸如江水！

中華書局版《蘇軾詩集》卷七

〇"我家"句：古人認爲長江源出四川岷山。《尚書·禹貢》："岷山導江。"岷江發源於今四川松潘縣北岷山，南流經眉山，至宜賓入長江。清施補華《峴傭說詩》："蓋東坡家眉州近岷江，故曰'江初發源'。"〇"宦游"句：蘇軾因做官而遠離家鄉，路經長江入海口附近的鎮江，故云。《峴傭說詩》："金山在鎮江，下此即海，故曰'送江入海'。"清汪師韓《蘇詩選評箋釋》卷一："起二句將萬里程、半生事一筆道盡，恰好由岷山導江，至此處海門歸宿，爲入題之語。"〇中泠：泉名。《清一統志》卷九十鎮江府一："中泠泉在丹徒縣西北石山東。"原在長江中，盤渦深險，至冬季枯水期，可汲竿取水。○盤陀：石堆垛不平貌。○"試登"二句：《唐宋詩舉要》卷三引方東樹語："望鄉不見，以江南北之山隔之也，非泛寫景。"《蘇詩選評箋釋》卷一："中間'望鄉國'句，故作羈望語以環應首尾。"○歸楫：指返回鎮江之船，因金山在江心。○魚尾赤：以赤紅的魚尾比喻紅色鱗狀的晚霞。《詩經·周南·汝墳》："魴魚赬尾。"毛傳："赬，赤也，魚勞則尾赤。"《蘇詩選評箋釋》卷一曰："'微風萬頃'二句，寫出空曠幽靜之致。"○月初生魄：此指月初出時的微光。《尚書·康誥》："惟三月哉生魄。"《禮記·鄉飲酒義》："象月之三日而成魄也。"蘇軾游金山寺爲十一月初三，故云。○"江心"四句：蘇軾自注："是夜所見如此。"《唐宋詩舉要》卷三引吳汝綸語："機軸與《後赤壁賦》同，而意境勝彼。"炬火明，當是一種磷火。王十朋《集注分類東坡先生詩》卷五引汪信民（革）曰："（東坡）先生嘗云：'山林藪澤，晦明之夜，則野火生焉，散布如人秉燭，其色青，異乎人火。'"施元之注引《嶺表異物志》曰："海中遇陰晦，波如然火滿海，以物擊之，迸散如星火，有月即不復見。木玄虛《海賦》云：'陰火潛然。'豈謂此乎？"○見怪：呈現怪異，指炬火明的奇異現象。見，同"現"。○警：原作"驚"，此據查慎行《蘇詩補注》、馮應榴《蘇詩合注》改。○"我謝"二句：蘇軾向江神致歉。宋黃徹《䂬溪詩話》卷八謂此"蓋與江神指水爲盟耳。句中不言盟誓者，乃用子犯事，指水則誓在其中，不必詛神血口，然後謂之盟也"。《左傳·僖公二十四年》載晉公子重耳（晉文公）謂其舅狐偃（子犯）曰："所不與舅氏同心者，有如白水。"

新城道中二首（選一首）

【題解】此詩作於熙寧六年（1073）春，時蘇軾在杭州通判任上，巡行新城縣。新城，宋爲杭州屬縣，故地在今浙江富陽區新登鎮。

東風知我欲山行，吹斷簷間積雨聲。嶺上晴雲披絮帽，樹頭初日挂銅鉦。野桃含笑竹籬短，溪柳自搖沙水清。西崦人家應最樂，煮葵燒筍餉春耕。

中華書局版《蘇軾詩集》卷九

○絮帽：白棉絮製頭巾，以喻白雲，取其輕軟而色白。銅鉦：銅鑼，以喻朝陽，取其形圓而色橙。紀昀《瀛奎律髓刊誤》卷十四《晨朝類》："'絮帽'、'銅鉦'究非雅字。"○"野桃"二句：汪師韓《蘇詩選評箋釋》卷二曰："有'野桃'、'溪柳'一聯，鑄語神來，常人得之便足以名世。"○西崦：西山。○葵：葵菜，即冬葵，一種蔬菜。葵原作"芹"，此據《集注分類東坡先生詩》卷一改。

有美堂暴雨

【題解】此詩作於熙寧六年（1073）初秋，時蘇軾在杭州通判任上。有美堂，在杭州城內吳山最高處。宋陳巖肖《庚溪詩話》卷上："嘉祐初，龍圖閣直學士、尚書吏部郎中梅摯公儀出守杭州，上特製詩以寵賜之，其首章曰：'地有吳山美，東南第一州。'梅既到杭，欲侈上之賜，遂建堂山上，名曰有美。"此詩通首都是摹寫暴雨，落想奇特，氣勢豪壯。

游人腳底一聲雷，滿座頑雲撥不開。天外黑風吹海立，浙東飛雨過江來。十分瀲灩金樽凸，千杖敲鏗羯鼓催。喚起謫仙泉灑面，倒傾鮫室瀉瓊瑰。

中華書局版《蘇軾詩集》卷十

百步洪二首并叙（選一首）

王定國訪予於彭城。一日棹小舟，與顏長道攜盼、英、卿三子游泗水，北上聖女山，南下百步洪，吹笛飲酒，乘月而歸。余時以事不往，夜着羽衣，佇立於黃樓上，相視而笑，以謂李太白死，世無此樂，三百餘年矣。定國已去逾月，余復與錢塘參寥師放舟洪下。追懷曩游，已爲陳迹，喟然而歎，故作二詩，一以遺參寥，一以寄定國，且示顏長道、舒堯文，請同賦云。

【題解】 此詩作於宋神宗元豐元年（1078），時蘇軾在知徐州任上。《清一統志》卷一百徐州府一："百步洪在銅山縣東南二里，亦名徐州洪。泗水所經也。《明會典》：徐州洪亂石峭立，凡百餘步，故又名百步洪。……舊志：水中若有限石，懸流迅急，亂石激濤，凡數里始靜。形如川字，中分三道，中曰中洪，西曰外洪，東曰月洪，亦曰裏洪。"詩二首，此選其一。此詩前半寫景，連用一串比喻突出輕舟下急流的迅疾；後半說理，以禪宗思想化解人生短暫的感慨。

長洪斗落生跳波，輕舟南下如投梭。水師絕叫鳧雁起，亂石一綫爭磋磨。有如兔走鷹隼落，駿馬下注千丈坡。斷弦離柱箭脫手，飛電過隙珠翻荷。四山眩轉風掠耳，但見流沫生千渦。嶮中得樂雖一快，何異水伯誇秋河。我生乘化日夜逝，坐覺一念逾新羅。紛紛爭奪醉夢裏，豈信荆棘埋銅駝。覺來俯仰失千劫，回視此水殊委蛇。君看岸邊蒼石上，古來篙眼如蜂窠。但應此心無所住，造物雖駛如吾何！回船上馬各歸去，多言譊譊師所呵。

中華書局版《蘇軾詩集》卷十七

○王定國：名鞏，大名莘縣（今屬山東）人，宰相王旦之孫，從蘇軾學爲文。《宋史》附《王素傳》。彭城：即徐州。○顏長道：名復，魯人。顏回四十八世孫。熙寧中爲國子監直講，忤王安石罷。《宋史》有傳。○盼、英、卿三子：均徐州歌妓。陳師道《南鄉子》詞序曰："晁大夫增飾披雲，初欲壓黃樓，而張、馬二子皆當年尊下世，所謂英英、盼盼者，盼卒英嫁。而盼之子瑩頗有家風。"張邦基《墨莊漫錄》卷三："徐州有營妓馬盼者，甚慧麗。東坡守徐日，甚喜之。盼能學公書，得其仿佛。"卿卿未詳。○泗水：《太平寰宇記》卷十五河南道徐州彭城縣："泗水在縣東十步。"○聖女山：查慎行《蘇詩補注》卷十七注云："《徐州志》：桓山下臨泗水，舊名聖女山。"○黃樓：在徐州城東門，熙寧十年（1077）蘇軾建，粉以黄土，故名。蘇轍有《黄樓賦》、陳師道有《黄樓銘》備述築樓始末及此樓之勝。○參寥師：施元之注曰："僧道潛，字參寥，於潛人。能文章，尤喜爲詩。……蘇黄門每稱其體制絕類儲光羲，非近時詩僧所能及。"○舒堯文：名焕，時爲徐州教授。《烏臺詩案》云："熙寧十年，知徐州日，觀百步洪作詩一篇。有本州教授舒焕和詩云：'先生何人堪並席，李郭相逢上舟日。'"當即所謂"同賦"。○斗落：陡峭而下。斗，通"陡"。○"有如"四句：用七個比喻突出長洪斗落、輕舟如梭的迅疾。隼，猛禽，即鶻。注坡，馬從斜坡急馳而下。洪邁《容齋三筆》卷六："韓、蘇兩公爲文章，用譬喻處，重複聯貫，至有七八轉者。韓公《送石洪序》云：'論人高下，事後當成敗，若河決下流東注，若駟馬駕輕車就熟路，而王良、造父爲之先後也，若燭照數計而龜卜也。'……蘇公《百步洪》詩云：'長洪斗落生跳波……飛電過隙珠翻荷'之類是也。"趙翼《甌北詩話》卷五："形容水流迅駛，連用七喻，實古所未有。"陳衍《宋詩精華錄》卷二："'兔走'四句，從六如來，從韓文'燭照'、'龜卜'來，此遺山所謂'百態妍'也。"案，"六如"即《金剛經》偈語："一切有爲法，如夢幻泡影，如露亦如電，當作如是觀。"○流沫：《莊子·達生》："孔子觀於呂梁，縣水三十仞，流沫四十里。"紀昀評點《蘇文忠公詩集》卷十七："語皆奇逸，亦有灘起渦旋之勢。"○何異：原作"何意"，此據宋刊《東坡集》。○水伯誇秋河：《莊子·秋水》："秋水時至，百川灌河，涇流之大，兩涘渚崖之間，不辨牛馬。於是焉，河伯欣然自喜，以天下之美爲盡在己。"○"我生"句：謂人生順應自然的變化而如逝水一去不復返。陶淵明《歸去來辭》："聊乘化以歸盡，樂夫天命復奚疑？"《論語·子罕》："子在川上曰：'逝者如斯夫，不捨晝夜。'"○一念逾新羅：謂一念之間就逾越千萬里。此乃感慨生命流逝之迅疾，與下面"俯仰失千劫"意思相近，一就空間而言，一就時間而言。新羅，古新羅國，在今朝鮮。《景德傳燈錄》卷二十三："有僧問（從盛禪師）：'如何是覿面事？'師曰：'新羅國去也。'"○"紛紛"二句：謂世人紛紛擾擾地爭名奪利，如在醉夢中，誰相信盛衰興亡的預言呢？荆棘埋銅駝，謂世事巨變。《晉書·索靖傳》："靖有先識遠量，知天下將亂，指洛陽宫門銅駝歎曰：'會見汝在荆棘中耳！'"○俯仰失千劫：極言時間流逝迅速，世事變化無常。劫，佛教計時術語，以天地的形成到毁滅爲一劫。○委蛇：雍容自得貌。《詩經·召南·羔羊》："退食自公，委蛇委蛇。"○"君看"二句：《宋詩精華録》卷二曰："坡公喜以禪語作達，數見無味。此詩就眼前篤眼指點出，真非鈍根人所及矣。"《唐宋詩舉要》卷三引方東樹曰："君看句忽合，此爲神妙。"○心無所住：佛教語，指不執着，無牽挂，無愛憎。《金剛經》："應無所住而生其心。"《神會語録》："但得無住心，即得解脱。"○"多言"句：王文誥《蘇詩集成》卷十七："時與參寥同游，故結到參寥。"詵詵，喧嚷爭辯之聲。《莊子·至樂》："彼唯人言之惡聞，奚以夫詵詵爲乎！"

書王定國所藏煙江疊嶂圖

【題解】　此詩作於宋哲宗元祐三年（1088）十二月，時蘇軾在汴京任翰林學士。題下蘇軾自注："王晉卿畫。"宋鄧椿《畫繼》卷二："王詵，字晉卿，尚英宗女蜀國公主，爲利州防禦使。……其所畫山水學李成皴法，以金緑爲之，似古今觀音寶陀山狀，小景亦墨作平遠，皆李成法也。故東坡謂晉卿得破墨三昧。有《煙江疊嶂圖》。"王定國，名鞏，見前《百步洪》注。此詩是蘇軾題畫詩的代表作之一。汪師韓《蘇詩選評箋釋》卷四稱此詩："竟是爲畫作記。然摹寫之神妙，恐作記反不能如韻語之曲盡而有情也。'君不見'以下，煙雲卷舒，與前相稱，無非以自然爲祖，以元氣爲根。"方東樹《昭昧詹言》卷十二亦稱此詩"起以寫爲叙，寫得入妙，而筆勢又高，氣又遒，神又王"。

江上愁心千疊山，浮空積翠如雲煙。山耶雲耶遠莫識，煙空雲散山依然。但見兩崖蒼蒼暗絕谷，中有百道飛來泉。縈林絡石隱復見，下赴谷口爲奔川。川平山開林麓斷，小橋野店依山前。行人稍度喬木外，漁舟一葉江吞天。使君何從得此本？點綴毫末分清妍。不知人間何處有此境？徑欲往買二頃田。君不見武昌樊口幽絕處，東坡先生留五年。春風搖江天漠漠，暮雲卷雨山娟娟，丹楓翻鴉伴水宿，長松落雪驚醉眠。桃花流水在人世，武陵豈必皆神仙？江山清空我塵土，雖有去路尋無緣。還君此畫三歎息，山中故人應有招我歸來篇。

中華書局版《蘇軾詩集》卷三十

○"江上"四句：唐張說有《江上愁心賦》，其詞曰："江上之峻山兮，鬱崎巇而不極。雲爲峰兮煙爲色，欻變態兮心不識。"此處形容雲山空濛的畫境。○江吞天：唐杜牧《送孟遲》詩："大江吞天去。"○使君：指王詵。他曾任利州防禦使，故稱。○何從得此本：謂從何處得到作畫所憑依的樣本。《蘇詩集成》卷三十載王詵和詩，有句曰："四時爲我供畫本，巧自增損媸與妍。"似即答此句。○徑欲往買二頃田：《史記·蘇秦列傳》載蘇秦語曰："且使我有洛陽負郭田二頃，吾豈能佩六國相印乎！"此反其意而用之。○武昌：在今湖北鄂州。樊口：在今鄂州西北，長江南岸，與黃州隔岸相望。《清一統志》卷三百三十五武昌府一："樊口在武昌縣西北五里。"○留五年：蘇軾於元豐三年（1080）二月到黃州，於元豐七年（1084）四月量移汝州，共計四年零兩個月，跨五個年頭，舉其整數，故曰留五年。○"春風"四句：《唐宋詩舉要》卷三引吳汝綸語："四句四時之景。"○"桃花"二句：李白《山中問答》："桃花流水窅然去，別有天地非人間。"此反其意而用之，謂武昌樊口幽絕處就類似桃源仙境。武陵，在今湖南常德。陶淵明《桃花源記》記武陵漁人發現世外桃源。此以武陵代指桃源。韓愈《桃源圖》詩："神仙有無何渺茫，桃源之說誠荒唐。"又曰："世俗寧知偽與真，至今傳者武陵人。"○"山中"句：此反用《楚辭·招隱士》"王孫兮歸來，山中兮不可以久留"之語意。又暗用陶淵明

《歸去來辭》之意。

六月二十日夜渡海

【題解】元符三年（1100），宋徽宗即位，五月大赦，蘇軾受命自昌化軍（今海南儋州）移廉州（今廣西合浦）安置，此詩作於渡瓊州海峽時。詩中通過對夜海景色的描繪，表達了作者"雖九死其猶未悔"的傲岸精神。查慎行《初白庵詩評》稱此詩："前半四句俱用四字作疊，而不覺其板滯，由於氣充力厚，足以陶鑄熔冶故也。"

參橫斗轉欲三更，苦雨終風也解晴。雲散月明誰點綴？天容海色本澄清。空餘魯叟乘桴意，粗識軒轅奏樂聲。九死南荒吾不恨，茲游奇絕冠平生。

中華書局版《蘇軾詩集》卷四十三

○"參橫"句：參星橫斜，北斗星轉向，謂夜已深。《宋書·樂志》載《善哉行》古詞："月沒參橫，北斗闌干。"參，星座名，二十八宿之一，即獵户座的七顆亮星。王文誥《蘇詩集成》卷四十三："粵中六月下旬，至天將旦，中庭已見昴畢升高，而東望則觜參亦上。若以此較，六月二十日海外之二三鼓時，則參已早見矣。"○"苦雨"句：隱喻政治局勢由黑暗轉清明。苦雨，《左傳·昭公四年》："秋無苦雨。"杜預注："霖雨為人所患苦。"終風，《詩經·邶風·終風》："終風且暴。"○"雲散"句：《世說新語·言語》："司馬太傅齋中夜坐，於時天月明淨，都無纖翳，太傅歎以為佳。謝景重在坐，答曰：'意謂乃不如微雲點綴。'太傅因戲謝曰：'卿居心不淨，乃復強欲滓穢太清邪？'"王文誥謂此聯上句"問章惇也"，下句"公自謂也"。紀昀《瀛奎律髓刊誤》卷四十三："前半純是比體，如此措辭，自無痕迹。"○"空餘"句：謂此次渡海再無孔子那樣對世道的感歎。魯叟，指孔子。《論語·公冶長》："子曰：'道不行，乘桴浮於海。'"〇"粗識"句：謂從黃帝奏樂般的海濤聲中粗略體會到老莊忘得失、齊榮辱的哲理。《漢書·律曆志》："黃帝始垂衣裳，有軒冕之服，故天下號曰軒轅氏。"《莊子·天運》："黃帝張咸池之樂於洞庭之野。"〇"九死"句：屈原《離騷》："雖九死其猶未悔"。〇"茲游"句：方回《瀛奎律髓》卷四十三《遷謫類》評曰："或謂尾句太過，無省怨之意，殊不然也。章子厚、蔡卞欲殺之，而處之怡然。當此老境，無怨無怒，以爲茲游奇絕，真了生死、輕得喪天人也。"

輯　錄

◎陳師道《後山詩話》：蘇詩始學劉禹錫，故多怨刺，學不可不慎也。晚學太白，至其得意則似之矣。然失於粗，以其得之易也。

◎許顗《彥周詩話》：東坡海內詩，荊公鍾山詩，超然邁倫，能追逐李、杜、陶、謝。又：東坡詩不可指摘輕議，辭源如長河大江，飄沙卷沫，枯槎束薪，蘭舟繡鷁，皆隨流矣。

◎惠洪《冷齋夜話》卷五：造語之工，至於荊公、東坡、山谷，盡古今之變。

◎呂本中《童蒙詩訓》：老杜歌行，最見次第出入本末。而東坡長句，波瀾浩大，變化不測，如作雜劇，打猛諢入，卻打猛諢出也。

◎張戒《歲寒堂詩話》卷上：詩以用事爲博，始於顏光祿，而極於杜子美；以押韻爲工，始於韓退之，而極於蘇、黃。……蘇、黃用事押韻之工，至矣，盡矣。然究其實，乃詩人中一害，使後生祇知用事押韻之爲詩，而不知詠物之爲工，言志之爲本也，風雅自此掃地矣。

◎胡應麟《詩藪》外編卷五：子瞻雖體格創變，而筆力縱橫，天真爛漫。集中如《虢國夜游》、《江天疊嶂》、《周昉美人》、《郭熙山水》、《定惠海棠》等篇，往往俊逸豪麗，自是宋歌行第一手。其他全篇，涉議論滑稽者，存而不論可也。

◎趙翼《甌北詩話》卷五：以文爲詩，自昌黎始，至東坡益大放厥詞，別開生面，成一代之大觀。今試平心讀之，大概才思橫溢，觸處生春，胸中書卷繁富，又足以供其左旋右抽，無不如志。其尤不可及者，天生健筆一枝，爽如哀梨，快如并剪，有必達之隱，無難顯之情。此所以繼李、杜後爲一大家也。而其不如李、杜處，亦在此。蓋李詩如高雲之游空，杜詩如喬岳之畫天，蘇詩如流水之行地。讀詩者於此處著眼，可得三家之真矣。又：坡詩不尚雄傑一派。其絕人處，在乎議論英爽，筆鋒精銳，舉重若輕，讀之似不甚用力，而力已透十分。此天才也。又：坡詩有云："清詩要鍛煉，方得鉛中銀。"然坡詩實不以鍛煉爲工，其妙處在乎心地空明，自然流出，一似全不着力，而自然沁入心脾。此其獨絕也。

◎方東樹《昭昧詹言》卷十二：坡公之詩，每於終篇之外，恒有遠境，匪人所測。於篇中又各有不測之遠境，其一段忽從天外插來，爲尋常胸臆中所無有。不似山谷，僅能句上求遠也。

◎劉熙載《藝概》卷二《詩概》：東坡詩打通後壁說話，其精微超曠，真足以開拓心胸，推倒豪傑。又：東坡詩推倒扶起，無施不可，得訣袛在能透過一層，及善用翻案耳。又：東坡詩善於空諸所有，又善於無中生有，機括實自禪悟中來。以辯才三昧而爲韻言，固宜其舌底瀾翻如是。滔滔汨汨說去，一轉便見主意，《南華》、《華嚴》最長於此。東坡古詩慣用其法。

參考書目

《蘇軾詩集》，蘇軾撰，王文誥輯注，孔凡禮點校，中華書局1982年版。

《蘇軾選集》，蘇軾撰，王水照選注，上海古籍出版社1984年版。

《蘇軾資料彙編》，四川大學中文系唐宋文學研究室編，中華書局1994年版。

思考題

1. 前人稱蘇軾詩"長於譬喻"，試舉例說明之。
2. 怎樣評價蘇軾的"以文爲詩"？
3. 如何理解蘇詩的"觸處生春"？
4. 莊子、禪宗的思維方式對蘇詩說理藝術有何影響？

5. 試分析評價蘇詩中複雜的人生態度。
6. 蘇詩在用典方面有何特色？

第五節　黃庭堅與陳師道

黃庭堅（1045—1105）

《宋史·文苑傳六·黃庭堅傳》：黃庭堅字魯直，洪州分寧人。幼警悟，讀書數過輒成誦。舉進士，調葉縣尉。熙寧初，舉四京學官，第文爲優，教授北京國子監，留守文彥博才之，留再任。蘇軾嘗見其詩文，以爲超軼絶塵，獨立萬物之表，世久無此作，由是聲名始震。知太和縣，以平易爲治，吏不悅而民安之。哲宗立，召爲校書郎、《神宗實錄》檢討官。遷著作佐郎，加集賢校理。《實錄》成，擢起居舍人。爲秘書丞，提點明道宮，兼國史編修官。紹聖初，章惇、蔡卞與其黨論《實錄》多誣，貶涪州別駕、黔州安置。以親嫌，遂移戎州。庭堅泊然，不以遷謫介意。蜀士慕從之游，講學不倦，凡經指授，下筆皆可觀。徽宗即位，起監鄂州税。丐郡，得知太平州，至九日罷，主管玉隆觀。庭堅在河北與趙挺之有微隙，挺之執政，轉運判官陳舉承風旨，上其所作《荆南承天院記》，指爲幸災，復除名，羈管宜州。卒，年六十一。庭堅學問文章，天成性得，陳師道謂其詩得法杜甫，學甫而不爲者。善行、草書，楷法亦自成一家。與張耒、晁補之、秦觀俱游蘇軾門，天下稱爲四學士。而庭堅於文章尤長於詩，蜀、江西君子以庭堅配軾，故稱蘇黃。軾爲侍從時，舉以自代，其詞有"瓌瑋之文，妙絶當世，孝友之行，追配古人"之語，其重之也如此。

登快閣

【題解】 此詩作於宋神宗元豐五年（1082），時黃庭堅知吉州太和縣。《清一統志》卷三百二十八吉安府二："快閣在太和縣治東澄江之上，以江山廣遠、景物清華得名。"《昭昧詹言》卷二十評此詩："起四句且叙且寫，一往浩然。五六句對意流行。收尤豪放，此所謂寓單行之氣於排偶之中者。姚先生云：'能移太白歌行於律詩。'"

癡兒了卻公家事，快閣東西倚晚晴。落木千山天遠大，澄江一道月分明。朱弦已爲佳人絕，青眼聊因美酒橫。萬里歸船弄長笛，此心吾與白鷗盟。

義寧陳氏覆刻日本翻宋本《山谷外集詩注》卷十一

○"癡兒"句：《晉書·傅咸傳》載夏侯濟與傅咸書曰："江海之流混混，故能成其深廣也。天下大器，非可稍了，而相觀每事欲了。生子癡，了官事，官事未易了也。了事正作癡，復爲快耳！"此處作者以癡兒自指，以了公家事爲快。引出下句"快閣"之"快"。○"朱弦"句：《呂氏春秋·本味》："鍾子期死，伯牙破琴絕弦，終身不復鼓琴，以爲世無足復爲鼓琴者。"紀昀《瀛奎律髓刊誤》卷一《登覽類》曰："此佳人乃指知音之人，非婦人也。"○"青眼"句：謂聊且從美酒中尋求樂趣。《晉書·阮籍傳》："籍又能爲青白眼。……嵇喜來弔，籍作白眼，喜不懌而退。喜弟康聞之，乃賫酒挾琴造焉，籍大悅，乃見青眼。"○與白鷗盟：《列子·黃帝》："海上之人有好鷗鳥者，每旦之海上，從鷗鳥游，鷗鳥之至者百數而不止。"

寄黃幾復

【題解】 題下原注："乙丑年德平鎮作。"乙丑爲宋神宗元豐八年（1085），時黃庭堅監德州德平鎮（今山東商河縣境）。黃幾復，名介，南昌（今屬江西）人。與庭堅少年交游。時知四會縣（今屬廣東）。詳見作者《黃幾復墓誌銘》。清方東樹《昭昧詹言》卷二十稱此詩"一起浩然，一氣湧出"，"山谷兀傲縱橫，一氣湧現"。

我居北海君南海，寄雁傳書謝不能。桃李春風一杯酒，江湖夜雨十年燈。持家但有四立壁，治病不蘄三折肱。想見讀書頭已白，隔溪猿哭瘴溪藤。

義寧陳氏覆刻日本翻宋本《山谷詩集注》卷二

○"我居"句：北海，即渤海。黃庭堅所在德平鎮地近渤海。南海，即今南海。黃幾復所在四會縣地近南海。《左傳·僖公四年》載楚王派使者答齊國諸侯聯軍之語："君處北海，寡人處南海，惟是風馬牛不相及也。"此化用其語。○"寄雁"句：謂彼此通信困難。寄雁傳書典出《漢書·蘇武傳》："（常惠）教使者謂單于，言天子射上林中，得雁，足有繫帛書，言武等在某澤中。"謝不能，相傳湖南衡陽有回雁峰，雁至此不再南飛。廣州在衡陽之南，故設想雁辭謝不能傳書。陳衍《宋詩精華錄》卷二謂此句"語妙，化臭腐爲神奇"。○"桃李"二句：《王直方詩話》載張耒稱此二句"真奇語"。○"持家"句：謂黃幾復因清廉而家貧無所有。《史記·司馬相如列傳》："文君夜奔相如，相如馳歸成都，家徒四壁立。"○"治病"句：《左傳·定公十三年》有"三折肱知爲良醫"的說法，意謂多次折臂，就能精通醫術。此反其意而用之。任淵注："言其諳練世故，不待困而後知也。"蘄，通"祈"。○瘴溪：舊云廣東一帶多瘴氣，任淵注："四會在廣東，故曰瘴溪。"

送范德孺知慶州

【題解】 此詩作於宋哲宗元祐元年（1086）春。任淵注："德孺名純粹。按《實錄》：'元豐八年八月，直龍圖閣京東運使范純粹知慶州。'此詩云'春風旌旗擁萬夫'，當是今年（元祐元年）春初方作此詩爾。"范純粹字德孺，范仲淹第四子。《宋史》有傳。慶州：宋屬永興軍路，治安化縣，故治在今甘肅。爲宋朝邊防要地，與西夏接壤。此詩歌頌了范純粹的父兄守邊禦敵、治國愛民的精神和業績，以勉勵范純粹繼承父兄的大志，爲國立功。《唐宋詩舉要》卷三引吳汝綸稱此詩"換意與換韻參差錯綜"，翁方綱《七言詩歌行鈔》稱此詩"三段井然，而換韻之法，前偏後伍，伍承彌縫，節奏章法，天然合節，非經營可到"。

乃翁知國如知兵，塞垣草木識威名。敵人開戶玩處女，掩耳不及驚雷霆。平生端有活國計，百不一試薶九京。阿兄兩持慶州節，十年騏驎地上行。潭潭大度如臥虎，邊頭耕桑長兒女。折衝千里雖有餘，論道經邦正要渠。妙年出補父兄處，公自才力應時須。春風旆旗擁萬夫，幕下諸將思草枯。智名勇功不入眼，可用折箠笞羌胡。

義寧陳氏覆刻日本翻宋本《山谷詩集注》卷二

○"乃翁"二句：謂范純粹之父范仲淹既善治兵又善治國，威名震邊疆。任淵注："乃翁謂文正公仲淹。仁廟時，趙元昊反，公自請守鄜延，徙知慶州，又爲環慶路經略安撫使。決策取橫山，復靈武，而元昊稱臣請和。慶曆中爲參知政事。"《舊唐書·張萬福傳》："德宗以萬福爲濠州刺史，召見謂曰：'……朕以爲江淮草木亦知卿威名。'"○"敵人"二句：謂范仲淹精通兵法，始如處女一般柔弱，使敵人不作戒備，後如迅雷一般出擊，使敵人來不及抵抗。《孫子·九地》："始如處女，敵人開戶；後如脫兔，敵不及拒。"《淮南子·兵略》："疾雷不及塞耳，疾霆不暇掩目。"○"平生"二句：謂范仲淹平生有許多救國救民的計策，但連百分之一都未得到施行，最終抱志而歿。端有，正有。活國計，使國家繁榮富強的辦法。薶，同"埋"。九京，即九原。《禮記·檀弓下》："是全要領以從先大夫於九京也。"鄭玄注："晉卿大夫之墓地在九原，京蓋字之誤，當爲原。"後代指墓地。○"阿兄"句：謂范純粹之兄范純仁兩次知慶州事。任淵注："阿兄謂文正仲子忠宣公也。忠宣名純仁，字堯夫。神宗熙寧七年十月知慶州，元豐八年哲宗即位，又自河中徙慶州。事具《實錄》及曾子開所作公墓誌。"○騏驎：良馬名。《商君書·畫策》："騏驎騄駬，每一日走千里。"杜甫《驄馬行》："肯使騏驎地上行。"○"潭潭"句：任淵注："此借用臥虎言不動聲色，爲敵人所畏。"潭潭，深沉寬大。○"折衝"二句：謂范純仁雖"知兵"，但朝廷更需要他治國。折衝，折退敵方的戰車，指克敵制勝。《晏子春秋·內篇雜上》："夫不出於尊俎之間，而知千里之外，其晏子之謂也，可謂折衝矣。"論道經邦，論定政道，治理國家。《尚書·周官》："茲惟三公，論道經邦。"政，正。渠，他。○妙年：青年。出補：外出繼任空缺的官職。○才力應時須：謂才能正適應時勢的需要。○旃：任淵注："旃與旌同。"《文選》王子淵《四子講德論》："甲士寢而旃旗仆。"○思草枯：盼望秋天到來，因秋天馬肥草枯，利於作戰殺敵。○"智名"句：《孫子·形篇》："善戰者之勝也，無智名，無勇功。"○折箠答羌胡：《後漢書·鄧禹傳》："赤眉來東，吾折箠笞之。"此化用其語。

和答錢穆父詠猩猩毛筆

【題解】此詩是黃庭堅詠物詩名篇之一，作於元祐元年（1086），時作者在京師任秘書省校書郎。錢穆父，即錢勰，吳越王錢氏之後。《宋史·錢勰傳》：勰字穆父，奉使弔高麗還，拜中書舍人。元祐初，遷給事中，以龍圖閣待制知開封府。猩猩毛筆：任淵注引《雞林志》曰："高麗筆蘆管黄毫，健而易乏。舊云猩猩毛，或言是物四足長尾，善緣木，蓋狖毛，或鼠鬚之類耳。"此詩詠物而不黏着於物，比興深婉，用典精微，議論得當，不僅展示了事物的形象，也熔鑄了作者的感情。此詩爲江西詩派代表作，歷來毀譽不一。贊之者如元方回《瀛奎律髓》卷二十七《着題類》云："此詩所以妙者，'平生'、'身後'、'幾兩屐'、'五車書'，自是四個出處，於猩猩毛筆何干涉？乃善能融化斡排至此。末句用'拔毛'事，後之學詩者，不知此機訣不能入三昧也。"紀昀《瀛奎律髓刊誤》稱其"點化甚妙，筆有化工，可爲詠物用事之法"。張佩綸《澗于日記》稱"其秘旨在以比爲賦，自能避俗生新"。毀之者如《瀛奎律髓彙評》載清馮舒云："如此用事，黏皮帶骨之極矣。江西派詩多用新事而不得古人繩尺，冗碎疏濁，襯貼不穩，剪裁脫漏。值其乖繆，便似不解捉筆者，更不及崑體宛約細潤。"

　　愛酒醉魂在，能言機事疏。平生幾兩屐？身後五車書。物色看王會，勳勞在石渠。拔毛能濟世，端爲謝楊朱。

義寧陳氏覆刻日本翻宋本《山谷詩集注》卷三

　　〇"愛酒"二句：謂猩猩喜歡飲酒，一喝輒醉；猩猩會說人言，易泄漏機密。其意暗示猩猩因醉而爲人獲，拔毛製筆；猩猩能言，其毛所製之筆亦善立說。紀昀曰："先從猩猩引入，然後轉入筆字。題徑甚窄，不得不如此展步。"任淵注云："猩猩事，《通典》於哀牢國言之甚詳，蓋出於《華陽國志》及《水經注》。《唐文粹》載裴炎《猩猩說》，大率本此。其略云：阮研使封溪，見邑人云：猩猩在山谷間，數百爲群。人以酒設於路側。又愛著屐。里人織草爲履，更相連結。猩猩見酒及屐，知里人設張，則知張者祖先姓字，乃呼名罵云：奴欲張我！捨之而去。復自再三相謂曰：試共嘗酒。及飲其味，逮乎醉，因取屐而著之，乃爲人所擒獲。刺其血，染氈罽，隨鞭箠輸之，至於一斗。"醉魂，韓愈《答張徹》詩："愁狖酸骨死，怪花醉魂馨。"能言，語本《禮記·曲禮上》："猩猩能言，不離禽獸。"機事疏,《周易·繫辭上》:"幾事不密則害成。"幾,通"機"。○"平生"二句:謂猩猩一生未穿幾雙鞋,而死後其毛所製之筆卻寫下許多著作。宋楊萬里《誠齋詩話》云:"詩家借用古人語,而不用其意,最爲妙法。如山谷《猩猩毛筆》是也。猩猩喜著屐,故用阮孚事。其毛作筆,用之鈔書,故用惠施事。二事皆借人以詠物,初非猩猩毛筆事也。"又云:"'平生'二字出《論語》,'身後'二字,晉張翰云:'使我有身後名。''幾兩屐',阮孚語。'五車書',莊子言惠施。此兩句乃四處合來。"案:《論語·憲問》:"久要不忘平生之言。"《世說新語·雅量》:"阮遙集(孚)好屐,……或有詣阮,見自吹火蠟屐,因嘆曰:'未知一生當著幾量屐?'""量"即兩,即緉,雙也。《世說新語·任誕》:"張季鷹(翰)縱任不拘,……曰:'使我有身後名,不如即時一杯酒。'"《莊子·天下》:"惠施多方,其書五車。"○"物色"句:謂猩猩毛筆來自四夷的朝貢。物色,動物的毛色,此指猩猩毛筆。王會,《逸周書》篇名。周公以王城既成,大會諸侯。遂創奠朝儀、貢禮,史因作《王會篇》以紀之。任淵注曰:"《汲冢周書》有《王會篇》。鄭玄曰:'王城既成,大會諸侯及四夷也。'《唐書·點戛斯傳》:'李德裕上言:貞觀時,顏師古請如周史臣集四夷朝事爲《王會篇》,今點戛斯大通中國,宜爲《王會圖》以示後世。'以《松扇詩》考之,猩猩筆蓋穆父使高麗所得。"○石渠:閣名,漢代皇宮中藏書處。班固《西都賦》:"天祿石渠,典籍之府。"○"拔毛"二句:戲言猩猩爲利天下而拔毛製筆,端然謝絕了楊朱的自私思想。《孟子·盡心上》:"楊子(楊朱)取爲我,拔一毛而利天下,不爲也。"紀昀曰:"結微近纖,然小題不甚避此。"

子瞻詩句妙一世乃云效庭堅體蓋退之戲效孟郊
樊宗師之比以文滑稽耳恐後生不解故次韻道之
子瞻送孟容詩云我家峨眉陰與子同一邦即此韻

【題解】 此詩作於宋哲宗元祐二年（1087），乃和蘇軾《送楊孟容》詩而作。蘇軾詩作於元祐二年，庭堅和作亦當在此年。任淵編此詩於元祐元年，疑誤。退之即唐代文學家韓愈，他有《答孟郊》、《酬樊宗師》等詩，分別摹擬孟郊和樊宗師的藝術風格。作者認爲，蘇軾模仿自己的詩歌風格，如同韓愈仿效孟、樊一樣，不過是游戲之作而已。孟、樊在文苑的地位遠不能和韓愈相比，故作者以孟、樊自喻，以韓愈喻蘇軾，由此表達了對蘇軾的景仰之情。蘇軾原作《送楊孟容》詩云："我家峨眉陰，與子同一邦。相望六十里，共飲玻璃江。江山不違人，遍滿千家窗。但苦窗中人，寸心不肯降。子歸治小國，洪鐘噎微撞。我留侍玉座，弱步敧豐扛。後生多高材，名與黃童雙。不肯入州府，故人餘老龐。殷勤與問訊，愛惜霜眉厖。何以待我歸，寒醅發春缸。"紀昀評其"以窄韻見長"，庭堅和作更因難而見巧。此詩押險韻，用曲喻，句法拗折，構思新穎，是黃詩的代表作。

我詩如曹鄶，淺陋不成邦。公如大國楚，吞五湖三江。赤壁風月笛，玉堂雲霧窗。句法提一律，堅城受我降。枯松倒澗壑，波濤所舂撞。萬牛挽不前，公乃獨力扛。諸人方嗤點，渠非晁張雙。袒懷相識察，牀下拜老龐。小兒未可知，客或許敦厖。誠堪婿阿巽，買紅纏酒缸。

義寧陳氏覆刻日本翻宋本《山谷詩集注》卷五

○"我詩"四句：以國境的大小比喻詩境的大小。曹鄶，西周分封的小諸侯國。曹國故地在今山東定陶，鄶國地處溱、洧之間。五湖三江，泛指長江中下游地區的江河湖泊。唐王勃《滕王閣序》："襟三江而帶五湖。"

宋史繩祖《學齋佔畢》卷二評此四句認爲："其尊坡公可謂至，而自況可謂小矣。而實不然，其深意乃自負而諷坡詩之不入律也。曹鄶雖小，尚有四篇之詩入《國風》；楚雖大國，而《三百篇》絕無取焉。"陳衍《宋詩精華錄》卷二亦云："起四句，論者謂有微詞，理或然也。"案，《詩經》中雖收有《曹風》、《鄶風》，然《左傳·襄公二十九年》載吳公子季札觀周樂，樂工每歌一國之風畢，季札皆有評語，而"自鄶以下無譏焉"。杜預注："言季子聞此二國歌，不復譏論之，以其微也。"作者自比詩如曹鄶當無自負意。○"赤壁"二句：分寫蘇軾在野和在朝、得意和失意兩個時期的生活。赤壁，此指黃州赤壁。蘇軾《李委吹笛》詩引曰："元豐五年十二月十九日，東坡生日。置酒赤壁磯下，踞高峰，俯鵲巢。酒酣，笛聲起於江上。……使人問之，則進士李委，聞坡生日，作新曲曰《鶴南飛》以獻。"風月笛或謂此。玉堂，指翰林院。元祐元年，蘇軾除中書舍人，擢翰林學士。○"句法"二句：謂蘇詩句法自成一家，無可挑剔，令自己心悅誠服。任淵注："老杜詩：'覓句新知律。'退之《樊宗師銘》曰：'由漢迄今用一律。'此借用其字，言自提一家之軍律也。"《史記·匈奴列傳》載漢武帝遣公孫敖築受降城，以迎降漢的匈奴。又《舊唐書·張仁願傳》載仁願築三受降城，此藉以爲喻。○"枯松"四句：喻自己生性執拗，孤高自傲，而蘇軾卻不遺餘力地引薦。任淵注："枯松以自況。"案，杜甫《古柏行》："大廈如傾要梁棟，萬牛回首丘山重。"謂材大難爲用，此暗用其意，而換棟梁之材"古柏"爲無用之材"枯松"，含自謙意。作者《秋思寄子由》詩云："老松閱世臥雲壑，挽著滄江無萬牛。"可參看。"挽"和"扛"，此喻推薦扶植後進。案，元祐元年蘇軾除翰林學士，上《舉黃庭堅自代狀》，此即"獨力扛"之類。○"諸人"四句：謂衆人正在譏笑我不能和晁、張二人齊名，並列蘇軾門下；而蘇軾卻袒露胸懷相知賞識，令我尊敬。嗤點，嗤笑指點。杜甫《戲爲六絕句》："今人嗤點流傳賦，不覺前賢畏後生。"渠，他，此用旁人口吻稱自己。晁張，指晁補之和張耒。任淵

注："晁無咎、張文潛皆蘇公門下士。"作者《以團茶洮州綠石研贈無咎文潛》詩云："晁子智囊可以括四海，張子筆端可以回萬牛。自我得二士，意氣傾九州。"案，作者與晁、張、秦觀並稱"蘇門四學士"。袒懷，一本作"但懷"。老龐，指龐德公，東漢末襄陽人，有知人鑒。《三國志・蜀書・龐統傳》引《襄陽記》曰："諸葛孔明為臥龍，龐士元為鳳雛，司馬德操為水鏡，皆龐德公語也。德公，襄陽人。孔明每至其家，獨拜牀下。"《宋詩精華錄》卷二曰："'諸人'四句，言本不足附蘇門，而蘇乃降格納交。"〇"小兒"四句：任淵注曰："終上句相知之意，且欲為其子求婚於蘇氏，抑東坡或嘗以此許之也。山谷在黔中與王瀘州帖云：'小子相今年十四，骨氣差厖厚。'以此帖觀之，在京師時三四歲矣。阿巽蓋蘇邁伯達之女，東坡之孫。山谷雖有此言，其後契闊，竟不成婚。"敦厖，敦厚篤實。王充《論衡・自紀》："沒華虛之文，存敦厖之樸。"買紅纏酒缸，任淵注曰："今人定婚者多以紅綵纏酒壺云。"

題竹石牧牛

子瞻畫叢竹怪石，伯時增前坡牧兒騎牛，甚有意態。戲詠。

【題解】 此為黃庭堅題畫詩中名篇之一，作於元祐三年（1088），時作者在京師，任秘書省著作佐郎。子瞻，即蘇軾，善畫墨竹、枯木、怪石。伯時，即李公麟，字伯時，號龍眠居士，舒州（今安徽舒城縣）人，官至朝奉郎。以畫馬與人物負盛名，兼擅山水。《竹石牧牛》為蘇軾與李公麟所合作。呂本中《童蒙詩訓》曰："或稱魯直'桃李春風一杯酒，江湖夜雨十年燈'，以為極至。魯直自以此猶砌合，須'石吾甚愛之，勿使牛礪角。牛礪角尚可，牛鬥殘我竹'，此乃可言至耳。"此詩在描寫畫中怪石、叢竹、牧童、水牛等形象的基礎上，進一步通過揭示牛與竹、石之間的關係，寫活了畫面包蘊的"意態"，以幽默的口吻稱贊了畫家的技巧，並含蓄地表達了對元祐時期黨爭的憂慮。

野次小岵嶸，幽篁相倚綠。阿童三尺箠，御此老觳觫。石吾甚愛之，勿遣牛礪角。牛礪角尚可，牛鬥殘我竹。

義寧陳氏覆刻日本翻宋本《山谷詩集注》卷九

○野次：猶言野外。次，處所。岵嶸：石高峻貌。此代指怪石。形容詞借代爲名詞，下文"觳觫"同。○阿童：指牧童。《晉書·羊祜傳》載民謠"阿童復阿童"，此借用其語。○觳觫：牛恐懼顫抖貌。《孟子·梁惠王上》："王坐於堂上，有牽牛而過堂下者。王見之曰：'牛何之？'對曰：'將以釁鐘。'王曰：'捨之。吾不忍其觳觫，若無罪而就死地。'"○"石吾"四句：宋魏慶之《詩人玉屑》卷八引范季隨《陵陽先生室中語》："一日，因坐客論魯直詩體致新巧、自作格轍次，客舉魯直題子瞻、伯時畫竹石牛圖詩云：'石吾甚愛之，勿遣牛礪角；牛礪角尚可，牛鬥殘我竹。'如此體制甚新。公（韓駒）徐云：'獨漉水中泥，水濁不見月；不見月尚可，水深行人沒。'蓋是李白《獨漉篇》也。"意謂黃詩化用其句法結構。清吳景旭《歷代詩話》卷五十九云："余觀此詩機致圓美，祇將竹、石、牛三件頓挫入神，自成雅調。陵陽謂其襲太白《獨漉篇》法，然按宋元嘉中語云：'寧逐五年徒，不逐王元謨；元謨猶尚可，宗越更殺我。'則太白之前，早有此等語句矣。況詩家老手，體制縱橫，便直取古語，……亦復何礙？"陳衍《石遺室詩話》卷十七曰："若其石既爲吾所甚愛，惟恐牛之礪角，損壞吾石矣。乃以較牛鬥之傷竹，而曰礪角尚可，何其厚於竹而薄於石耶？於理似說不去。"案，作者並愛竹、石，因竹較石更易受損，故有此語，非厚於竹而薄於石也。牛礪角，語出韓愈《石鼓歌》："牧童敲火牛礪角。"殘我竹，唐李涉《山中》詩："無奈牧童何，放牛吃我竹。"

和答元明黔南贈別

【題解】 此詩作於宋哲宗紹聖二年（1095）冬，時黃庭堅在黔州（今重慶彭水）貶所。元明，庭堅之兄，名大臨。庭堅《書萍鄉縣廳壁》曰："初，元明自陳留出尉氏、許昌，渡漢沔，略江陵，上夔峽，過一百八盤，涉四十八渡，送余安置於摩圍山（在黔州）之下。淹留數月，不忍別，士大夫共慰勉之，乃肯行，掩淚握手，爲萬里無相見期之別。"此詩爲送別時作，表達了真摯深厚的兄弟之情。錢鍾書《談藝錄》以此詩爲庭堅善"行布"、"布置"之例，謂其"一、二、三、四、七、八句皆直陳，五、六句則比興，安插其間，調劑襯映"。

萬里相看忘逆旅，三聲清淚落離觴。朝雲往日攀天夢，夜雨何時對榻涼？急雪鶺鴒相并影，驚風鴻雁不成行。歸舟天際常回首，從此頻書慰斷腸。

義寧陳氏覆刻日本翻宋本《山谷詩集注》卷十二

〇三聲清淚：《山谷詩集注》卷十二《竹枝詞二首跋》云："古樂府有'巴東三峽巫峽長，猿鳴三聲淚沾裳'，但以抑怨之音，和爲數疊，惜其聲今不傳。予自荆州上峽，入黔中，備嘗山川險要，因作二疊。"〇"朝雲"句：任淵注曰："謂與元明同來巫峽也。"案，《竹枝詞二首》其一寫上夔峽、過一百八盤的艱難旅程，有"入箐攀天猿掉頭"之句。攀天，即李白《蜀道難》所謂"蜀道之難難於上青天"之意。〇"夜雨"句：古人常以對牀夜雨形容兄弟朋友聚會的歡樂。如韋應物《與元常全真二生》："寧知風雨夜，復此對牀眠。"白居易《雨中招張司業宿》："能來同宿否，聽雨對牀眠。"蘇軾《在東府雨中作示子由》："對牀空悠悠，夜雨今蕭瑟。"〇"急雪"句：謂元明與己同憂患。鶺鴒，鳥名，即鶺鴒，喻兄弟。《詩經·小雅·常棣》："鶺鴒在原，兄弟急難。"〇"驚風"句：言元明將與已離別。《禮記·王制》："父之齒隨行，兄之齒雁行。"後因以鴻雁之行喻兄弟。急雪、驚風隱喻政敵的殘酷迫害。○"歸舟"句：化用謝朓《之宣城郡出新林浦向板橋》詩"天際識歸舟"語。

雨中登岳陽樓望君山（二首）

【題解】元符三年（1100）五月，宋徽宗即位，黃庭堅遇赦東歸，次年四月至荆州待命。黃㽦《山谷先生年譜》卷二十九載黃庭堅手書《雨中登岳陽樓望君山》二詩跋云："崇寧之元（1102）正月二十三，夜發荆州，二十六日至巴陵。數日陰雨，不可出。二月朔旦，獨上岳陽樓。太守楊器之、監郡黃彥並來，率同游君山。"岳陽樓即岳陽城西門樓，下臨洞庭湖，自唐以來即爲名勝。君山在洞庭湖中，亦名洞庭山。第一首詩寫放逐歸來的欣幸之情。第二首詩寫登樓所見美景。

投荒萬死鬢毛斑，生出瞿塘灩澦關。未到江南先一笑，岳陽樓上對君山。

滿川風雨獨憑欄，綰結湘娥十二鬟。可惜不當湖水面，銀山堆裏看青山。

義寧陳氏覆刻日本翻宋本《山谷詩集注》卷十六

○投荒萬死：謂放逐到荒遠之地，九死一生。作者於宋哲宗紹聖二年（1095）貶涪州別駕，黔州安置，元符元年（1098）徙戎州（今四川宜賓），謫居荒僻之地六年，至元符三年始得放還。柳宗元《別舍弟宗一》詩："萬死投荒十二年。"鬢毛斑：是年作者五十八歲。○"生出"句：謂總算從瞿塘灩澦的天險中活着出來。瞿塘，長江三峽之一，是自川出鄂必經的水道。兩岸懸崖壁立，水流湍急。灩澦，灩澦堆。瞿塘峽口的巨石，阻江流而成險灘。古歌云："灩澦大如馬，瞿塘不可下。"作者曾稱之爲鬼門關。《後漢書·班超傳》："臣不敢望到酒泉郡，但願生入玉門關。"○江南：此指作者家鄉分寧縣，宋屬江南西路。○"綰結"句：謂君山狀如湘娥綰結的十二個髮髻。湘娥，即堯之二女、舜之二妃娥皇、女英，沒於湘水之渚，死後爲神，號湘夫人，居住在君山。《山海經·中山經》："洞庭之山，帝之二女居焉。"唐雍陶《望君山》詩："應是水仙梳洗罷，一螺青黛鏡中心。"○"可惜"二句：宋葛立方《韻語陽秋》卷二："詩家有換骨法，謂用古人意而點化之，使加工也。……劉禹錫云：'遙望洞庭湖水面，白銀盤裏一青螺。'山谷點化之則云：'可惜不當湖水面，銀山堆裏看青山。'"

| 輯　録 |

◎黃庭堅《豫章黃先生文集》卷十九《答洪駒父書》：自作語最難，老杜作詩，退之作文，無一字無來處。蓋後人讀書少，故謂韓、杜自作此語耳。古之能爲文章者，真能陶冶萬物，雖取古人之陳言入於翰墨，如靈丹一粒，點鐵成金也。

◎惠洪《冷齋夜話》卷一《換骨奪胎法》：山谷云："詩意無窮，而人之才有限。以有限之才，追無窮之意，雖淵明、少陵不得工也。"然不易其意而造其語，謂之換骨法；窺入其意而形容之，謂之奪胎法。

◎魏泰《臨漢隱居詩話》：黃庭堅作詩得名，好用南朝人語，專求古人未使之事，又一二奇字，綴葺而成詩，自以爲工，其實所見之僻也。故句雖新奇，而氣乏渾厚。吾嘗作詩題其篇後，略云："端求古人遺，琢抉手不停。方其拾璣羽，往往失鵬鯨。"蓋謂是也。

◎《王直方詩話》引張耒曰：以聲律作詩，其末流也，而唐至今謹守之。獨魯直一掃古今，直出胸臆，破棄聲律，作五七言，如金石未作，鐘聲和鳴，渾然天成，有言外意。近來作詩者頗有此體，然自吾魯直始也。

◎呂本中《童蒙詩訓》：自古以來語文章之妙，廣備衆體，出奇無窮者，唯東坡一人；極風雅之變，盡比興之體，包括衆作，本以新意者，唯豫章一人。此二者當永以爲法。

◎劉克莊《江西詩派·黃山谷》：如潘閬、魏野，規規晚唐格調，寸步不敢走也。作楊、劉，則又專爲崑體，故優人有撏撦義山之譏。蘇、梅二子稍變以平淡豪俊，而和之者尚寡。至六一、坡公，巍然爲大家數，學者宗焉。然二公亦各極其天才筆力之所至而已，非必鍛煉勤苦而成也。豫章稍後出，會粹百家句律之長，究極歷代體制之變，蒐獵奇書，穿穴異聞，作爲古律，自成一家，雖隻字半句不輕出，遂爲本朝詩家宗祖，在禪學中比得達摩，不易之論也。

◎李屏山《西巖集序》：黃魯直天資峭拔，擺出翰墨畦徑，以俗爲雅，以故爲新，不犯正位如參禪，着末後句爲具眼。江西諸君子翕然推重，別爲一派，高者雕鎪尖刻，下者模影剽竄。

◎王若虛《滹南詩話》：山谷之詩有奇而無妙，有斬絕而無橫放，鋪張學問以爲富，點化陳腐以爲新，而渾然天成、如肺肝中流出者不足也。

◎趙翼《甌北詩話》卷十一：北宋詩推蘇、黃兩家，蓋才力雄厚，書卷繁富，實旗鼓相當。然其間亦自有優劣：東坡隨物賦形，信筆揮灑，不拘一格，故雖瀾翻不窮，而不見有矜心作意之處；山谷則專以拗峭避俗，不肯作一尋常語，而無從容游泳之趣。且坡使事處，隨其意之所之，自有書卷供其驅駕，故無捃摭痕迹；山谷則書卷比坡更多數倍，幾於無一字無來歷，然專以選才庀料爲主，寧不工而不肯不典，寧不切而不肯不奧，故往往意爲詞累，而性情反爲所掩。此兩家詩境之不同也。

◎方東樹《昭昧詹言》卷十：涪翁以驚（一義）、創（一義）爲奇，意（一事）、格（一事）、境（一事）、句（一事）、選字（一事）、隸事（一事）、音節（一事）著意與人遠，此即恪守韓公"去陳言"、"詞必己出"之教也。故不惟凡（一醜）、近（一醜）、淺（一醜）、俗（一醜）、氣骨輕浮（一醜）不涉毫端句下，凡前人勝境，世所程式效慕者，尤不許一毫近似之，所以避陳言、羞雷同也。而於音節，尤別創一種兀傲奇崛之響，其神氣即隨此以見。杜、韓後，真用功深造，而自成一家，遂開古今一大法門，亦百世之師也。

◎劉熙載《藝概》卷二《詩概》：山谷詩未能若東坡之行所無事，然能於詩家因襲語漱滌務盡，以歸獨得，乃如潦水盡而寒潭清矣。

陳師道（1053—1102）

《宋史·文苑傳六·陳師道傳》：陳師道字履常，一字無己，彭城人。

243

少而好學苦志，年十六，早以文謁曾鞏，鞏一見奇之，許其以文著，留受業。熙寧中，王氏經學盛行，師道心非其說，遂絕意進取。鞏典五朝史事，得自擇其屬，朝廷以白衣難之。元祐初，蘇軾、傅堯俞、孫覺薦其文行，起爲徐州教授，又爲太學博士。言者謂在官嘗越境出南京見軾，改教授潁州。又論其進非科第，罷歸。調彭澤令，不赴。家素貧，或經日不炊，妻子慍見，弗恤也。久之，召爲秘書省正字。卒，年四十九。師道高介有節，安貧樂道。於諸經尤邃《詩》、《禮》，爲文精深雅奧。喜作詩，自云學黃庭堅，至其高處，或謂過之，然小不中意，輒焚去，今存者纔十一。世徒喜誦其詩文，至若奧學至行，或莫之聞也。嘗銘黃樓，曾子固謂如秦石。

九日寄秦覯

【題解】元祐二年（1087），作者由蘇軾等人推薦，以布衣出任徐州州學教授。此詩爲得官後還鄉道中所作。九日，指九月九日重陽節。秦覯，字少章，揚州高郵（今屬江蘇）人，秦觀之弟。紀昀《瀛奎律髓刊誤》卷十六《節序類》稱此詩"詩不必奇，自然老健"。

疾風回雨水明霞，沙步叢祠欲暮鴉。九日清尊欺白髮，十年爲客負黃花。登高懷遠心如在，向老逢辰意有加。淮海少年天下士，可能無地落烏紗。

《四部叢刊》影高麗活字本《後山詩注》卷二

〇沙步：沙岸邊繫船供人上下之處。步，通"埠"。柳宗元《永州鐵爐步志》："江之滸，凡舟可靡而上下者曰步。"〇叢祠：鄉野林間的神祠。《史記·陳涉世家》："又間令吳廣之次所旁叢祠中。"司馬貞《索隱》："高誘注《戰國策》云：'叢祠，神祠叢樹也。'"〇"九日"句：重陽有飲酒之俗，但作者因衰老而酒量減退，故謂酒尊欺負白髮人。案，其時作者年僅三十五歲，白髮乃歎老之詞。〇"十年"句：重陽有賞菊之俗，而作者長年在他鄉羈旅爲客，度過重陽，故謂辜負了故園的菊花。〇"淮海"二句：謂秦觀這樣才華卓絕的少年，在重陽日豈能沒有結伴登高、落帽賦詠的韻事？淮海少年，指秦觀。觀，高郵人，其地在淮河與東海之間，故稱淮海。其兄秦觀號淮海居士。可能，猶言豈能。烏紗，烏紗帽，官帽。《晉書‧孟嘉傳》："（嘉）爲征西桓溫參軍，溫甚重之。九月九日，溫燕龍山，僚佐畢集。時佐吏並著戎服，有風至，吹嘉帽墮落，嘉不之覺。溫使左右勿言，欲觀其舉止。嘉良久如厠，溫令取還之，命孫盛作文嘲嘉，著嘉坐處。嘉還見，即答之，其文甚美，四座嗟歎。"方回《瀛奎律髓》卷十六《節序類》評曰："'無地落烏紗'，極佳。孟嘉猶有一桓溫客之，秦併無之也。"其意謂惋惜秦觀未能得到有力之士的賞識推薦。紀昀《瀛奎律髓刊誤》駁曰："後四句言已已老，興尚不淺，況以秦之豪俊，豈有不結伴登高者乎？乃因此以寄相憶耳。"

示三子

【題解】　元豐七年（1084）五月，作者的岳父郭概提點成都府路刑獄。作者因家貧而將妻子兒女送到岳父處生活。元祐二年（1087），作者得任徐州州學教授，方從岳父家接回妻兒。作者《謝徐州教授啓》曰："追還妻孥，收合魂魄；扶老攜幼，稍比於人。"此詩作於與妻兒重逢時。元劉壎《隱居通議》卷八評此詩曰："凡此皆語短而意長，若他人必費盡多少言語摹寫，此獨簡潔峻峭，而悠然深味，不見其際。正得費長房縮地之法，雖尋丈之間，固自有萬里山河之勢也。"清汪薇《詩倫》卷下曰："淡而真，是天性中物，不可以雕琢得者。"清潘德輿《養一齋詩話》卷六亦曰："沛然至性中流出，而筆力沉摯又足以副之，雖使老杜復生不能過。"

去遠即相忘，歸近不可忍。兒女已在眼，眉目略不省。喜極不得語，淚盡方一哂。了知不是夢，忽忽心未穩。

《四部叢刊》影高麗活字本《後山詩注》卷二

○"兒女"二句：任淵注曰："言別久不復記憶也。"○"喜極"二句：寫久別重逢的悲喜交集之情。蘇軾《朱壽昌郎中少不知母所在刺血寫經求之五十年去歲得之蜀中以詩賀之》："喜極無言淚如雨。"此二句化用其語意。○"了知"二句：寫出重逢後疑信參半的複雜心態。《華嚴經·梵行品》曰："了知境界如夢如幻。"此反其意而用之。

登快哉亭

【題解】 此詩作於宋哲宗元符元年（1098），時作者罷歸居鄉。快哉亭，亭址在徐州城東南。方回《瀛奎律髓》卷一《登覽類》曰："亭在徐州城東南隅提刑廢廨，熙寧末李邦直持憲節，構亭城隅之上，郡守蘇子瞻名曰'快哉'，唐人薛能陽春亭故址也。子由時在彭城，亦同邦直賦詩。"此詩前六句分三層寫景，首聯寫水，頷聯寫地，頸聯寫天，視綫由低到高。氣象闊大，寫景如繪，暗寓快哉之情。方回稱此詩"全篇勁健清瘦，尾句尤幽邃"；紀昀《瀛奎律髓刊誤》亦贊其"刻意陶洗，氣格老健"。

城與清江曲，泉流亂石間。夕陽初隱地，暮靄已依山。度鳥欲何向？奔雲亦自閑。登臨興不盡，稚子故須還。

《四部叢刊》影高麗活字本《後山詩注》卷六

○"城與"二句：徐州依汴水、泗水而建，上游有亂石嵯峨的百步洪。○"度鳥"二句：方回謂"'度鳥'、'奔雲'之句，有無窮之味"；陸貽典謂"五、六寫'快哉'二字，寄托亦遠"（《瀛奎律髓彙評》卷一）。案，二句景中寓情，上句以歸鳥的形象寄托人生之歸宿，出之以詢問；下句以閑雲的形象寄托人生之態度，出之以回答。陶淵明《歸去來兮辭》："雲無心以出岫，鳥倦飛而知還。"此化用其意。紀昀評曰："五、六挺拔，此後山神力大處。晚唐人到此，平平拖下矣。"○"登臨"二句：任淵注曰："以稚子候門之故，不盡興而還。"

春懷示鄰里

【題解】 此詩作於元符三年（1100）春，時作者在徐州。此詩前半寫居處之蕭條，爲塵沙而擔憂，不願與鄰出游；後半寫春光之濃艷，爲節候所感召，相約與鄰賞花。詩中注意描寫新穎而瑣細的事物，章法的變化與意脈的變化渾然一體。方回《瀛奎律髓》卷十《春日類》評曰："淡中藏美麗，虛處著工夫，力能排天斡地，此後山詩也。"紀昀《瀛奎律髓刊誤》曰："刻意劖削，脱盡熟甜之氣。"又曰："起二句言居處之荒凉，五、六句言節候之暄妍，故兩聯寫景而不爲復。"

斷牆着雨蝸成字，老屋無僧燕作家。剩欲出門追語笑，卻嫌歸鬢着塵沙。風翻蛛網開三面，雷動蜂窠趁兩衙。屢失南鄰春事約，祇今容有未開花。

《四部叢刊》影高麗活字本《後山詩注》卷十

○蝸成字：蝸牛爬行時留下的痕迹，彎彎曲曲，有如篆字，亦稱蝸篆。任淵注引段成式《酉陽雜俎》曰："睿宗爲冀王時，寢室壁間，蝸迹成'天'字。"○剩欲：猶言頗欲，真想。○"卻嫌"句：任淵注謂此句"借用元規塵污人之意"。案，《世說新語·輕詆》："庾公（庾亮字元規）權重，足傾王公（王導）。庾在石頭，王在冶城，坐大風揚塵，王以扇拂塵，曰：'元規塵污人。'"○"風翻"句：謂春風吹破了蜘蛛網。網開三面，語本《史記·殷本紀》："湯出，見野張網四面，祝曰：'自天下四方皆入吾網。'湯曰：'嘻，盡之矣！'乃去其三面。祝曰：'欲左，左；欲右，右。不用命，乃入吾網。'"此用其語不用其意。○"雷動"句：謂蜂群早晚兩次聚集其聲如雷。兩衙，蜂群日聚兩次，其時衆蜂簇擁蜂王，如舊時官吏到上司衙門參見，稱蜂衙。宋陸佃《埤雅·釋蟲》："蜂有兩衙應朝，其主之所在，衆蜂爲之旋繞，如衙。"

| 輯　錄 |

◎黃庭堅《答王子飛書》：陳履常正字，天下士也。讀書如禹之治水，知天下之絡脈，有開有塞，而至於九州滌源、四海會同者也。其作詩淵源，得老杜句法，今之詩人不能當也。至於作文，深知古人之關鍵，其論事，救首救尾，如常山之蛇，時輩未見其比。

◎陳長方《步里客談》卷下：章叔度憲云：“每下一俗間言語，無一字無來處，此陳無己、黃魯直作詩法也。”

◎任淵《後山詩注目錄序》：讀後山詩，大似參曹洞禪，不犯正位，切忌死語，非冥搜旁引，莫窺其用意深處。

◎朱熹《朱子語類》卷一百四十：後山雅健強似山谷，然氣力不似山谷較大，但卻無山谷許多輕浮底意思。然若論敘事，又卻不及山谷。山谷善敘事情，敘得盡，後山敘得較有疏處。

◎陳模《懷古錄》卷上：後山集中似江西者極少，至於五言八句，則不特不似山谷，亦非山谷之所能及。如“巴蜀通歸使，妻孥且舊居。深知報消息，不忍問何如。身健何妨遠，情親不作疏。功名欺老病，淚盡數行書”。此宛然工部之氣象。

◎胡應麟《詩藪》外編卷五：宋之學杜者無出二陳，師道得杜骨，與義得杜肉；無己瘦而勁，去非贍而雄；後山多用杜虛字，簡齋多用杜實字。又：七言律壯者必麗，淡者必弱。古今七言律淡而不弱者，惟陳無己一家，然老硬枯瘦，全乏風神，亦何取也。

◎盧文弨《後山詩注跋》：孟東野但能作苦語耳，後山之詩，於澹泊中醇醇乎有醇味，其境皆真境，其情皆真情，故能引人之情，相與流連往復，而不能自已。

◎方東樹《昭昧詹言》卷十：(姚薑塢先生) 又云：“後山之師杜，如穆、柳之徒學文於韓也。後山之祖子美，不識其混茫飛動，沉鬱頓挫，而溺其鈍澀迂拙以爲高。其師涪翁，不得其瑰瑋卓詭，天骨開張，而耽乎洗剝渺寂以爲奇。”

參考書目

《山谷詩集注》、《外集詩注》、《別集詩注》，黃庭堅撰，任淵、史容、史季溫等注，《四部備要》本。

《黃庭堅選集》，黃寶華選注，上海古籍出版社 1991 年版。

《後山詩注》，陳師道撰，任淵注，《四部叢刊》影高麗活字本。

《古典文學研究資料彙編·黃庭堅和江西詩派卷》，傅璇琮編，中華書局 1978 年版。

思考題

1. 什麼叫"點鐵成金"？什麼叫"換骨奪胎法"？試以黃、陳詩爲例說明其得與失。
2. 黃庭堅詠物詩有什麼特點？與西崑體的詠物詩有何不同？
3. 試比較蘇、黃題畫詩的異同。
4. 試分析黃詩中的曲喻、擬人、用事等修辭手法的藝術效果。
5. 什麼叫"窄韻"？什麼叫"拗律"？試舉黃詩說明之。
6. 如何評價黃庭堅詩的"拗峭避俗"？
7. 前人稱陳師道詩學杜而得其"骨"，應當如何理解？

第六節　江西詩派

韓　駒（？—1135）

《宋史·文苑傳七·韓駒傳》：韓駒字子蒼，仙井監人。少有文稱。政和初，以獻頌補假將仕郎，召試舍人院，賜進士出身，除秘書省正字。尋坐爲蘇氏學，謫監華州蒲城縣市易務。知洪州分寧縣。召爲著作郎，校正御前文籍。駒言國家祠事，歲一百十有八，用樂者六十有二，舊撰樂章，辭多抵牾。於是詔三館士分撰親祠明堂、圓壇、方澤等樂曲五十餘章，多駒所作。宣和五年，除秘書少監。六年，遷中書舍人兼修國史。尋權直學士院，製詞簡重，爲時所推。未幾，復坐鄉黨曲學，以集英殿修撰提舉江州太平觀。高宗即位，知江州。紹興五年，卒於撫州。駒嘗在許下從蘇轍學，轍評其詩似儲光羲。其後由宦者以進用，頗爲識者所薄云。

夜泊寧陵

【題解】 此詩爲江西詩派的代表作之一。魏慶之《詩人玉屑》卷六引《小園解後錄》："人問詩法於呂公居仁，居仁令參此詩以爲法。"《瀛奎律髓彙評》卷十五《暮夜類》許印芳評："子蒼此詩大似東坡。起法尤峭健，非斬盡枝葉者不能如此落筆。"寧陵，縣名，今屬河南省。

汴水日馳三百里，扁舟東下更開帆。旦辭杞國風微北，夜泊寧陵月正南。老樹挾霜鳴窣窣，寒花垂露落毿毿。茫然不悟身何處，水色天光共蔚藍。

清宣統庚戌刊《江西詩派》本《陵陽先生詩》卷三

○汴水：汴河，古運河。宋人將自出黃河至入淮通濟渠東段全流統稱爲汴河。○"扁舟"句：方回《瀛奎律髓》卷十五云："'扁舟東下更開帆'，此是詩家合當下的句，祇一句中有進步，猶云'同是行人更分首'也。"意謂此句使用了遞進句法。○杞國：古國名，相傳周武王封夏禹後人東樓公於杞。故地在北宋雍丘縣，即今河南杞縣。○窣窣：象聲詞，指摩擦聲。○毿毿：枝葉細長貌。如唐孟浩然《高陽池送朱二》詩："澄波澹澹芙蓉發，綠岸毿毿楊柳垂。"○"茫然"二句：曾季貍《艇齋詩話》謂"汴水黃濁，安得蔚藍也"。案，此寫月光下的汴水，水因碧空倒映而顯得"蔚藍"。

輯　錄

◎蘇轍《欒城集·後集》卷四《題韓駒秀才詩卷一絕》：唐朝文士例能詩，李杜高深得到希。我讀君詩笑無語，恍然重見儲光羲。

◎胡仔《苕溪漁隱叢話·後集》卷三十四：汪彥章自吳興移守臨川，曾吉甫以詩迓之云："白玉堂中曾草詔，水精宮裏近題詩。"先以示子蒼，子蒼爲改兩字："白玉堂深曾草詔，水精宮冷近題詩。"迥然與前不侔，蓋句中有眼也。

◎劉克莊《後村先生大全集》卷九十五《江西詩派·韓子蒼》：子蒼，蜀人。學出蘇氏，與豫章不相接，呂公強之入派，子蒼殊不樂。其詩有磨淬剪裁之功，終身改竄不已。有已寫寄人數年，而追取更易一兩字者，故所作少而善。

惠　洪（1071—1128）

惠洪《石門文字禪》卷二十四《寂音自序》：寂音自叙，本江西筠州新昌喻氏之子，年十四，父母併月而歿，乃依三峰靚禪師爲童子。十九試經於東京天王寺，得度，冒惠洪名。南歸依真淨禪師於廬山歸宗。及真淨遷洪州石門，又隨以至。年二十九乃游東吳，明年游衡岳。顯謨朱彥世英請住臨川北禪。游金陵，運使學士吳玕正重請住清涼。入寺，爲狂僧誣以爲偽度牒，且旁連前狂僧法和等議訕事，入制獄一年。大丞相張商英特奏再得度，節使郭天信奏師名。坐交張、郭厚善，以政和元年十月二十六日配海外，三年五月二十五日蒙恩釋放，明年四月到筠，館於荷塘寺。十月，又證獄幷門。五年夏，於新昌之度門，往來九峰、洞山者四年。又爲狂道士誣以爲張懷素黨人。坐南昌獄百餘日。會兩赦，得釋，遂歸湘上南臺，以宣和四年夏釋此論。明年三月四日畢，停筆，時年五十三矣。

《宋詩紀事》卷九十二小傳：惠洪字覺範，俗姓彭，筠州人。以醫識張天覺。大觀中，入京，乞得祠部牒爲僧，又往來郭天信之門。政和元年，張、郭得罪，覺範決配朱崖。有《石門文字禪》、《筠溪集》、《天廚禁臠》、

《冷齋夜話》。

題李愬畫像

【題解】 此詩爲惠洪的代表作。李愬，字元直，中唐名將，洮州臨潭（今屬甘肅）人。元和十一年（816）任隨唐鄧節度使率兵討伐吳元濟叛亂。於次年冬雪夜攻克蔡州，生擒元濟，以功進授山南東道節度使，封涼國公。新、舊《唐書》有傳。此詩通過題畫贊揚李愬的智勇雙全，忠心爲國。陳衍《宋詩精華錄》卷四稱此詩"抵段文昌一篇碑文，不啻過之"。全詩以韓信、羊祜、李晟等名將作類比，雄健沉着，章法舒張開闔，韻腳轉換自由，深得黃庭堅《送范德孺知慶州》一類詩之妙處，故宋許顗《彦周詩話》稱此詩"當與黔安（黃庭堅）並驅"。

淮陰北面師廣武，其氣豈止吞項羽！君得李祐不肯誅，便知元濟在掌股。羊公德行化悍夫，臥鼓不戰良驕吳。公方沉鷙諸將底，又笑元濟無頭顱。雪中行師等兒戲，夜取蔡州藏袖裏。遠人信宿猶未知，大類西平擊朱泚。錦袍玉帶仍父風，拄頤長劍大梁公。君看鞬櫜見丞相，此意與天相始終。

《四部叢刊》影明徑山寺刊本《石門文字禪》卷一

〇"淮陰"二句：《史記·淮陰侯列傳》載，趙王、陳餘不用廣武君李左車之策，故趙軍於井陘口之戰中爲韓信所破。韓信斬陳餘，擒趙王，"乃令軍中毋殺廣武君，有能生得者購千金。於是有縛廣武君而致戲下者，信乃解其縛，東鄉坐，西鄉對，師事之"。廣武君遂獻攻燕齊之策，韓信從其策，終滅燕齊，孤立了項羽。淮陰，指韓信，信淮陰人，後封淮陰侯。北面，指執弟子禮。〇"君得"二句：《新唐書·李愬傳》贊曰："愬得李祐不殺，付以兵不疑，知可以破賊也。祐受任不辭，決策入死，以愬能用其謀也。"李祐，吳元濟部下驍將，有勇略，爲李愬設計所擒，不殺，厚待之，祐感泣，遂獻奇計破蔡州。元濟，淮西節度使吳少陽子。元和九年，父死自立，不爲朝廷所許，遂據蔡州而叛。在掌股，猶言玩弄於掌股之上，喻易於把握操縱。○"羊公"二句：羊公即羊祐，字叔子，西晉名將。據《晉書·羊祐傳》載，晉代魏立，祐都督荆州諸軍事以伐吳，采取懷柔政策，開誠示信，收服人心，使吳人悅服。羊祐在軍，常輕裘緩帶，身不被甲，十年間，開屯田，儲軍備，意在滅吳，而平日與吳軍主將陸抗互通使節，以掩蓋滅吳的企圖。悍夫，勇悍蠻橫的武夫。臥鼓，息鼓，以示無戰事。良，誠然。○"公方"二句：《新唐書·李愬傳》："愬沉鷙，務推誠待士，故能張其卑弱而用之。"指李愬外示懦庸，而暗中加緊備戰，以爲驕敵之計。沉鷙，深沉勇猛。無頭顱，指元濟性命不保。《舊唐書·吳元濟傳》載，元濟被囚至京師，斬之於獨柳。其夜，即失其首。○"雪中"二句：指李愬雪夜平蔡州之事。《新唐書·李愬傳》："於時元和十一年十月己卯，師夜起。……會大雨雪，天晦，凜風偃旗裂膚，馬皆縮慄，士抱戈凍死於道十一二。"等兒戲，極言如兒童游戲般輕鬆。藏袖裏，猶言探囊取物般容易。○"遠人"句：據《新唐書·李愬傳》，李愬軍於十日夜出發，十一日冒大雪行軍，十一日夜至蔡州，黎明入吳元濟外宅。"賊恃吳房、朗山之固，晏然無一人知者"。信宿，連宿兩夜。《左傳·莊公三年》："凡師一宿爲舍，再宿爲信，過信爲次。"○西平：指李愬之父李晟，唐代名將，討伐藩鎮叛將屢立戰功，封西平郡王。○朱泚：唐盧龍節度使。建中四年（783），涇原兵在京師嘩變，唐德宗出奔奉天，變兵擁朱泚爲帝，國號秦，次年改爲漢。李晟回師討平之，收復長安。《新唐書·李晟傳》載，李晟於建中六年五月二十五日夜趨京師，二十八日夜大敗賊軍，"坊人之遠者，宿昔乃知王師之入也"。○"錦袍"二句：贊譽李愬畫像的風采，點題。仍，繼承。拄頤長劍，謂佩劍修長，柄拄臉頰。《戰國策·齊策六》載，田單攻狄，童謠有"大冠若箕，修劍拄頤"之語。大梁公，當爲"大涼公"。李愬以功封涼國公。唐杜牧《題永崇西平王宅太尉愬院六韻》詩曰："天下無雙將，關西第一雄。……家呼小太尉，國號大梁公。"則唐人即有稱李愬爲大梁公者。○"君看"二句：稱贊李愬分上下之禮，忠於朝廷之意始終不渝。《新唐書·李愬傳》載愬收復蔡州後，"乃屯兵鞠場以俟裴度，至，愬以櫜鞬見，度將避之，愬曰：'此方廢上下分久矣，請因示之。'度以宰相禮受愬謁，蔡人聳觀"。鞬櫜，盛弓盛箭之器。丞相，指裴度。案，平蔡之事，宰相裴度力排衆議，請身督戰，任淮西宣慰招討處置使，一軍之主帥。時武人專橫已久，而李愬平蔡後，以禮見裴度，不居功自傲，難能可貴。

| 輯　錄 |

◎許顗《彥周詩話》：近時僧洪覺範頗能詩。如云："含風廣殿聞棋響，度日長廊轉柳陰。"頗似文章巨公所作，殊不類衲子。又善作小詞，情思婉約，似少游。至如仲殊、參寥，雖名世，皆不能及。

◎胡仔《苕溪漁隱叢話·前集》卷五十六引《雪浪齋日記》：洪覺範詩云："已收一雾挂龍雨，忽起千巖攧鷂風。"挂龍對攧鷂，皆方言，古今人未嘗道。又云："麗句妙於天下白，高才俊似海東青。"又云："文如水行川，氣如春在花。"皆奇句也。

◎陳衍《宋詩精華錄》卷四：惠洪，字覺範。工詩，古體雄健振踔，不肯作猶人語，而字字穩當，不落生澀，佳者不勝錄。《宋詩鈔》以爲宋僧之冠，允矣。近體不如也。異在爲僧而常作艷體詩。又嗜食葷，句云："魚蝦纔說口生津。"又：以上數詩(指《題李愬畫像》等)，何止爲宋僧之冠，直宋人所希有也。

呂本中（1084—1145）

《宋史·呂本中傳》：呂本中字居仁，元祐宰相公著之曾孫，好問之子。祖希哲師程頤，本中聞見習熟。少長，從楊時、游酢、尹焞游，三家或有疑異，未嘗苟同。以公著遺表恩，授承務郎。紹聖間，黨事起，公著追貶，本中坐焉。宣和六年，除樞密院編修官。靖康改元，遷職方員外郎。紹興六年，召赴行在，特賜進士出身，擢起居舍人兼權中書舍人。八年二月，遷中書舍人。三月兼侍講。六月，兼權直學士院。初，本中與秦檜同爲郎，相得甚歡。檜既相，私有引用，本中封還除目，檜勉其書行，卒不從。趙鼎素主元祐之學，謂本中公著後，又范冲所薦，故深相知。會《哲宗實錄》成，鼎遷僕射，本中草制，有曰："合晉楚之成，不若尊王而賤霸；散牛李之黨，未如明是以去非。"檜大怒，風御史蕭振劾罷之。提舉太平觀，卒。學者稱爲東萊先生，賜諡文清。有詩二十卷，得黃庭堅、陳師道句法，《春秋解》一十卷、《童蒙訓》三卷、《師友淵源錄》五卷，行於世。

春日即事

【題解】 此詩抒情寫景皆流暢自然，頷聯尤爲人稱道，方回《瀛奎律髓》卷二十三《閒適類》稱此聯"所謂清水出芙蓉也"。呂本中論詩倡"活法"，主張"好詩流轉圓美如彈丸"，此詩即其實踐。

病起多情白日遲，強來庭下探花期。雪消池館初春後，人倚闌干欲暮時。亂蝶狂蜂俱有意，兔葵燕麥自無知。池邊垂柳腰支活，折盡長條爲寄誰？

《四部叢刊續編》本《東萊先生詩集》卷一

○多情白日遲：語本《詩經·豳風·七月》："春日遲遲。"意謂春天白晝悠長，太陽多情，不忍西落。○"雪消"二句：宋張九成《橫浦日新錄》評曰："此自可入畫，人之情意，物之容態，二句盡之。"○"亂蝶"二句：句法點化李商隱《二月二日》詩中"花鬚柳眼各無賴，紫蝶黃蜂俱有情"一聯。又"兔葵"句化用劉禹錫《再游玄都觀絕句詩引》："重游茲觀，蕩然無復一樹，唯兔葵燕麥動搖於春風耳。"錢鍾書《宋詩選注》謂"'自無知'是說'兔葵燕麥'沒有花那樣的秀氣'解語'"。兔葵，草名，即莬葵。《爾雅·釋草》："莃，莬葵。"郭璞注："頗似葵而小，葉狀蔡有毛，汋啖之，滑。"燕麥，植物名，初爲野生，燕雀所食，故名。

○"折盡"句：古有折柳贈別的風俗，此呼應"人倚闌干"句，微露懷人之意。

柳州開元寺夏雨

【題解】 南宋初年，作者避亂柳州（今屬廣西），作此詩。方回《瀛奎律髓》卷十七《晴雨類》評曰："居仁在江西派中最爲流動而不滯者，故其詩多活。"紀昀《瀛奎律髓刊誤》亦云："五、六深至，不似江西派語。"可見此詩爲江西詩派的變體。

風雨翛翛似晚秋，鴉歸門掩伴僧幽。雲深不見千巖秀，水漲初聞萬壑流。鐘喚夢回空悵望，人傳書至竟沉浮。面如田字非吾相，莫羨班超封列侯。

上海古籍出版社版《瀛奎律髓彙評》卷十七

○翛翛：象聲詞，猶"蕭蕭"。○"雲深"二句：寫雨前濃雲遮山、雨後水漲溪壑的情景。《世說新語·言語》："顧長康從會稽還，人問山川之美，顧云：'千巖競秀，萬壑爭流，草木蒙籠其上，若雲興霞蔚。'"○"人傳"句：謂盼望親友的音信，卻如石沉大海，全無消息。《世說新語·任誕》："殷洪喬作豫章郡，臨去，都下人因附百許函書。既至石頭，悉擲水中，因祝曰：'沉者自沉，浮者自浮，殷洪喬不能作致書郵。'"此借用其意，設想親友書信恐爲傳遞者所遺失。查慎行《初白庵詩評》謂其"題外見作意"。○"面如"二句：《南齊書·李安民傳》載，宋明帝目安民曰："卿面方如田，封侯相也。"後安民在齊高帝時被封爲康樂侯。又《後漢書·班超傳》："相者指曰：'生燕頷虎頸，飛而食肉，此萬里侯相也。'"後班超被封爲定遠侯。詩中合用二典，謂自己沒有封侯之相，不羨慕他人的飛黃騰達。方回評曰："末句乃是避地嶺外，聞將相驟貴者，亦老杜秦蜀湖湘之意也。"

輯　錄

◎胡仔《苕溪漁隱叢話·前集》卷四十八：呂居仁近時以詩得名，自言傳衣江西，嘗作《宗派圖》，自豫章以降，列陳師道、潘大臨、謝逸、洪芻、饒節、僧祖可、徐俯、洪朋、林敏修、洪炎、汪革、李錞、韓駒、李彭、晁沖之、江端本、楊符、謝邁、夏倪、林敏功、潘大觀、何覬、王直方、僧善權、高荷，合二十五人，以爲法嗣，謂其源流皆出豫章也。其《宗派圖序》數百言，大略云："唐自李、杜之出，焜耀一世，後之言詩者，皆莫能及。至韓、柳、孟郊、張籍諸人，激昂奮厲，終不能與前作者並。元和以後至國朝，歌詩之作或傳者，多依效舊文，未盡所趣。惟豫章始大出而力振之，抑揚反覆，盡兼衆體，而後學者同作並和，雖體制或異，要皆所傳者一，予故錄其名字，以遺來者。"余竊謂豫章自出機杼，別成一家，清新奇巧，是其所長，若言"抑揚反覆，盡兼衆體"，則非也。元和至今，騷翁墨客，代不乏人，觀其英詞傑句，真能發明古人不到處，卓然成立者甚衆，若言"多依效舊文，未盡所趣"，又非也。所列二十五人，其間知名之士，有詩句傳於世，爲時所稱道者，止數人而已，其餘無聞焉，亦濫登其列。居仁此圖之作，選擇弗精，議論不公，余是以辨之。

◎趙彥衛《雲麓漫鈔》卷十四：呂居仁作《江西詩社宗派圖》，其略云："古文衰於漢末，先秦古書存者，爲學士大夫剽竊之資。五言之妙，與'三百篇'、《離騷》爭烈可也。自李、杜之出，後莫能及。韓、柳、孟郊、張籍諸人，自出機杼，別成一家。元和之末，無足論者，衰至唐末極矣。然樂府長短句，有一唱三歎之音。至國朝文物大備，穆伯長、尹師魯始爲古文，成於歐陽氏。歌詩至於豫章始大出而力振之。後學者同作並和，盡發千古之秘，亡餘蘊矣。錄其名字，曰江西宗派，其原流皆出豫章也。"宗派之祖曰山谷，其次陳師道無己、潘大臨邠老、謝逸無逸、洪朋龜父、洪芻駒父、饒節德操(乃如璧也)、祖可正平、徐俯師川、林修子仁、洪炎玉父、汪革信民、李錞希聲、韓駒子蒼、李彭商老、晁沖之叔用、江端本子之、楊符信祖、謝邁幼槃、夏倪均父、林敏功、潘大觀、王直方立之、善權巽中、高荷子勉，凡二十五人，居仁其一也。議者以謂陳無己爲詩高古，使其不死，未必甘爲宗派。

若徐師川固嘗不平曰："吾乃居行間乎？"韓子蒼云："我自學古人。"均父又以在下爲恥。不知居仁當時果以優劣銓次，而姑記姓名，而紛紛如此，以是知執太史之筆者，戞戞乎難哉！

◎陸九淵《象山先生全集》卷七《與程帥》：黃初而降，日以漸薄。唯彭澤一源，來自天稷，與衆殊趣，而淡泊平夷，玩嗜者少。隋唐之間，否亦極矣。杜陵之出，愛君悼時，追躡《騷》、《雅》，而才力宏厚，偉然足以鎮浮靡，詩家爲之中興。自此以來，作者相望。至豫章而益大肆其力，包含欲無外，搜抉欲無秘，體制通古今，思致極幽眇，貫穿馳騁，工力精到，一時如陳、徐、韓、呂、三洪、二謝之流，翕然宗之，由是江西遂以詩社名天下。雖未極古之源委，而其植立不凡，斯亦宇宙之奇詭也。開闢以來，能自表見於世若此者，如優曇花時一現耳。

◎陳巖肖《庚溪詩話》卷下：呂居仁作《江西詩社宗派圖》，以山谷爲祖，宜其規行矩步，必躡其迹。今觀東萊詩，多渾厚平夷，時出雄偉，不見斧鑿痕。社中如謝無逸之徒亦然。正如魯國男子，善學柳下惠者也。

◎方回《瀛奎律髓》卷四《風土類》：居仁本中，世稱爲大東萊先生，其詩宗江西而主於自然，號彈丸法。

◎賀裳《載酒園詩話》卷五：呂居仁詩亦清致，惜多輕率，如《柳州開元寺夏雨》詩，不無秀句，卒付頹然，韻度雖饒，終有緩骨孱筋之恨，亦大似其國事也。此種皆韓子蒼流弊。

曾　幾（1084—1166）

《宋史·曾幾傳》：曾幾字吉甫，其先贛州人，徙河南府。入太學，有聲。試吏部，考官異其文，置優等，賜上舍出身，除校書郎。林靈素得幸，朝士爭趨之，幾與李綱、傅崧卿皆稱疾不往視。久之，爲應天少尹。靖康初，提舉淮東茶鹽。高宗即位，改提舉湖北，徙廣西運判、江西提刑，又改浙西。會兄開爲禮部侍郎，與秦檜力爭和議，檜怒，開去，幾亦罷。逾月，除廣西轉運副使，徙荊南路。請閑，得崇道觀，復爲廣西運判。固辭，僑居上饒七年。檜死，起爲浙西提刑，知台州。除直秘閣。授秘書少監。

權禮部侍郎。金犯塞，中外大震。幾疏言：“增幣求和，無小益而有大害。爲朝廷計，正當嘗膽枕戈，專務節儉，經武外一切置之，如是，雖北取中原可也。且前日詔諸將，傳檄數金君臣如叱奴隸，何辭可與之和耶？”帝壯之。孝宗受禪，幾又上疏數千言。乾道二年卒，謚文清。爲文純正雅健，詩尤工。

蘇秀道中自七月二十五日夜大雨三日秋苗以蘇喜而有作

【題解】 此詩是曾幾的代表作。歷代騷人以秋雨爲愁，而此詩作者卻因秋雨而喜，其翻案的立足點在於思想感情與農民息息相通。頷聯化用杜詩，點鐵成金，自然妥帖，語句流便。紀昀《瀛奎律髓刊誤》卷十七《晴雨類》評曰：“精神飽滿，一結尤完足酣暢。”蘇秀，蘇州和秀州（今浙江嘉興）。

一夕驕陽轉作霖，夢回涼冷潤衣襟。不愁屋漏牀牀濕，且喜溪流岸岸深。千里稻花應秀色，五更桐葉最佳音。無田似我猶欣舞，何況田間望歲心！

文淵閣《四庫全書》本《茶山集》卷五

○“不愁”二句：化用杜甫《茅屋爲秋風所破歌》中的“牀頭屋漏無乾處”和《春日江村》之一“春流岸岸深”之語，而意義生新。○“千里”句：與唐殷堯藩《喜雨》中一句全同。○“五更”句：錢鍾書《宋詩選注》評此句曰：“在古代詩歌裏，秋夜聽雨打梧桐照例是個教人失眠添悶的境界，像唐人劉媛的《長門怨》說：‘雨滴梧桐秋夜長，愁心和雨斷昭陽；淚痕不學君恩斷，拭卻千行更萬行。’……曾幾這裏來了個舊調翻新，聽見梧桐上的瀟瀟冷雨，就想象莊稼的欣欣生意；假使他睡不著，那也是

‘喜而不寐’。”方回《瀛奎律髓》評云："下得‘應’字、‘最’字有精神。"○望歲：盼望好年成。《左傳・昭公三十二年》："閔閔焉如農夫之望歲。"

寓居吳興

【題解】 此詩作於紹興十二年（1142），時詩人寓居湖州。吳興，古郡名，宋爲湖州，故治在今浙江。詩中結合漂泊的個人遭遇，表達了對國事的憂慮。

相對真成泣楚囚，遂無末策到神州。但知繞樹如飛鵲，不解營巢似拙鳩。江北江南猶斷絕，秋風秋雨敢淹留。低迴又作荆州夢，落日孤雲始欲愁。

文淵閣《四庫全書》本《茶山集》卷六

○"相對"二句：言南渡大臣徒有故國山河之思，而無恢復中原之策，兼有自責之意。《世說新語・言語》："過江諸人，每至美日，輒相邀新亭，藉卉飲宴。周侯中坐而歎曰：‘風景不殊，正自有山河之異。’皆相視流淚。唯王丞相愀然變色曰：‘當共勠力王室，克復神州，何至作楚囚相對？’"楚囚，語出《左傳・成公九年》，本指被俘的楚國人，後以借指處境窘迫之人。末策，微末之策，絲毫辦法。神州，指中國，此指陷於金人的中原大地。《史記・騶衍傳》："中國名曰赤縣神州。"○"但知"句：謂自己南渡後轉徙不定，曹操《短歌行》："月明星稀，烏鵲南飛；繞樹三匝，無枝可依。"○"不解"句：時詩人流寓湖州，未有固定居所，故以拙鳩爲喻。《禽經》："拙者莫如鳩，巧者莫如鵲。"又云："鳩拙而安。"晉張華注："《方言》云：蜀謂拙鳥，不善營巢，取鳥巢居之，雖拙而安處也。"以上二句表面自嘲無能，暗中諷刺南宋朝廷的逃跑主義。參看陳與義《傷春》詩注。○"江北"二句：謂長江南北分屬宋金，交通斷絕；吳興秋來風雨連綿，豈能久留。暗寓對山河破碎、風雨飄搖的國事的憂慮。此化用黃庭堅《次韻元明寄子由》詩"春風春雨花經眼，江北江南水拍天"的句法。○"低迴"二句：詩人曾提舉荊湖北路茶監公事，後又再起提舉湖北茶鹽，任所在江陵府，即荊州，故云"又作荊州夢"。孤雲，兼喻漂泊之人。陶淵明《詠貧士七首》之一："萬族各有托，孤雲獨無依。"

陳與義（1090—1139）

《宋史·文苑傳七·陳與義傳》：陳與義字去非，其先居京兆，自曾祖希亮始遷洛，故爲洛人。與義天資卓偉，兒時已能作文，致名譽，流輩斂衽，莫敢與抗。登政和三年上舍甲科，授開德府教授。累遷太學博士，擢符寶郎，尋謫監陳留酒稅。及金人入汴，高宗南遷，遂避亂襄漢，轉湖湘，逾嶺嶠。久之，召爲兵部員外郎。紹興元年夏，至行在。遷中書舍人，兼掌內制。拜吏部侍郎，尋以徽猷閣直學士知湖州。召爲給事中，駁議詳雅。又以顯謨閣直學士提舉江州太平觀。六年九月，高宗如平江，十一月，拜翰林學士、知制誥。七年正月，參知政事，唯師用道德以輔朝廷，務尊主威而振綱紀。以疾請，復以資政殿學士知湖州。十一月，卒，年四十九。與義容狀儼恪，不妄笑言，平居雖謙以接物，然內剛不可犯。其薦士於朝，退未嘗以語人，士以是多之。尤長於詩，體物寓興，清邃紆餘，高舉橫厲，上下陶、謝、韋、柳之間。嘗賦《墨梅》，徽宗嘉賞之，以是受知於上云。

登岳陽樓二首（選一首）

【題解】 宋高宗建炎二年（1128），陳與義自均州經石城，抵岳州，登岳陽樓，作此詩。方回《瀛奎律髓》卷一《登覽類》評此詩云："簡齋登岳陽樓凡三詩，又有《巴丘書事》一詩，皆悲壯激烈，如：'晚木聲酣洞庭野，晴天影抱岳陽樓。四年風露侵游子，十月江湖吐亂洲。'又如：

'乾坤萬事集雙鬢，臣子一謫今五年。'近逼山谷，遠詣老杜。今全取此首，乃建炎中避地時詩也。"紀昀《瀛奎律髓刊誤》亦云："意境宏深，直逼老杜。"

洞庭之東江水西，簾旌不動夕陽遲。登臨吳蜀橫分地，徙倚湖山欲暮時。萬里來游還望遠，三年多難更憑危。白頭弔古風霜裏，老木滄波無限悲。

上海古籍出版社版《陳與義集校箋》卷十九

○"洞庭"句：言岳陽樓所處形勢。○簾旌，帷幔。○吳蜀橫分地：岳州地處東吳和西蜀之間，故云。化用杜甫《登岳陽樓》中"吳楚東南坼"句意。○湖山：指洞庭湖與君山。○"萬里"二句：作者自靖康元年（1126）春至高宗建炎二年秋，避亂南奔，歷時約三年，行程近萬里。二句仿效杜甫《登高》中"萬里悲秋常作客，百年多病獨登臺"句法，並化用杜甫《登樓》中"萬方多難此登臨"句意。憑危，憑高，指登樓。

傷　春

【題解】 宋高宗建炎三年（1129）秋至四年春，金兵大舉南下，所到之處未遇抵抗，江南、兩浙、荊湖路均遭金兵騷擾破壞，南宋王朝幾乎瓦解。此詩作於四年春，時作者正流寓湖南。詩中感時傷亂，譴責皇帝的逃跑政策，指斥奸臣的誤國殃民，贊揚愛國軍民的英勇抵抗。此詩標題取意於杜甫《傷春》，其感情沉痛，音調瀏亮，亦接近杜甫。紀昀《瀛奎律髓刊誤》卷三十二《忠憤類》評此詩"真有杜意"。

廟堂無策可平戎，坐使甘泉照夕烽。初怪上都聞戰馬，豈知窮海看飛龍！孤臣霜髮三千丈，每歲煙花一萬重。稍喜長沙向延閣，疲兵敢犯犬羊鋒。

上海古籍出版社版《陳與義集校箋》卷二十六

〇坐使：因而使得。甘泉照夕烽，謂報警的烽火照紅了皇帝的行宮。甘泉，漢行宮名，在今陝西淳化縣西北甘泉山上。《漢書·匈奴傳上》載漢文帝時："胡騎入代句注邊，烽火通於甘泉、長安。"〇"初怪"二句：謂當初爲京城中聽到戰馬的嘶鳴而感到驚訝，如今怎料到連皇帝也逃亡到海上。上都，當指北宋首都汴京。聞戰馬，當指靖康年間（1126—1127）金人進攻汴京事。一說，上都指臨安，宋高宗建炎三年閏八月以臨安爲行都。《宋史·高宗本紀》載，建炎三年十二月金帥兀朮犯臨安府，高宗逃往明州（今浙江寧波）入海，次年正月退至溫州，始免金人的追擊。案，金人犯臨安府在犯汴京之後，已非"初怪"之事，且臨安爲行在所，在詩人眼裏尚無"上都"的地位。窮海，僻遠的海上，或指溫州，即永嘉郡。謝靈運任永嘉太守時作《登池上樓》詩有"徇祿反窮海"之語。飛龍，指皇帝，喻其居高位而臨下，如龍飛在天。語出《周易·乾》："飛龍在天。"〇"孤臣"二句：借用李白《秋浦歌》"白髮三千丈，緣愁似個長"和杜甫《傷春》"關塞三千里，煙花一萬重"之語，言數年來避難的孤臣爲憂國而頭髮變白，而每年的春花卻不知人意，依然濃麗似錦。紀昀評此聯曰："'白髮三千丈'，太白詩；'煙花一萬重'，少陵句，配得恰好。"〇"稍喜"二句：李心傳《建炎以來繫年要錄》卷三十一建炎四年二月二日："是日金人陷潭州。敵既破江西諸郡，乃移兵至湖南。帥臣直龍圖閣向子諲初聞警報，率軍民固守，且禁士庶無得出城。敵騎至潭，呼令開門投拜，軍民皆不從，請以死守。……敵圍之八日，既而登城，四面縱火。子諲率官吏奪南楚門亡去。城遂陷。"長沙，宋爲潭州治所，在今湖南。向延閣，即向子諲，字伯恭，時以龍圖閣直學士知潭州。龍圖閣爲宋宮廷藏書處，相當於漢宮廷內藏書的延閣，故借稱。犯，衝犯，抗擊。犬羊，對金人的蔑稱。

| 輯　錄 |

　　◎胡仔《苕溪漁隱叢話·前集》卷五十三：陳去非詩，平淡有工。如："疏疏一

簾雨，淡淡滿枝花。""官裏簿書何日了，樓頭風雨見秋來。""客子光陰詩卷裏，杏花消息雨聲中。"

◎劉克莊《後村詩話·前集》卷二：元祐後，詩人迭起，一種則波瀾富而句律疏，一種則鍛煉精而情性遠，要之不出蘇、黃二體而已。及簡齋出，始以老杜爲師。《墨梅》之類，尚是少作，建炎以後，避地湖嶠，行路萬里，詩益奇壯。造次不忘憂愛，以簡嚴掃繁縟，以雄渾代尖巧。第其品格，故當在諸家之上。

◎羅大經《鶴林玉露》卷十六：自陳、黃之後，詩人無逾陳簡齋。其詩繇簡古而發穠纖，值靖康之亂，崎嶇流落，感時恨別，頗有一飯不忘君之意。

◎方回《瀛奎律髓》卷二十六《變體類》：古今詩人當以老杜、山谷、後山、簡齋四家爲一祖三宗，餘可預備饗者有數焉。

◎胡應麟《詩藪》外編卷五：宋之爲律者，吾得二人：梅堯臣之五言，淡而濃，平而遠；陳去非之七言，渾而麗，壯而和。梅多得右丞意，陳多得工部句。

參考書目

《陵陽先生詩》，韓駒撰，清宣統庚戌刊《江西詩派》本。
《石門文字禪》，惠洪撰，《四部叢刊》影明徑山寺刊本。
《東萊先生詩集》，呂本中撰，《四部叢刊續編》本。
《茶山集》，曾幾撰，文淵閣《四庫全書》本。
《陳與義集校箋》，白敦仁校箋，上海古籍出版社 **1990** 年版。
《古典文學研究資料彙編·黃庭堅和江西詩派卷》，傅璇琮編，中華書局 **1978** 年版。
《江西詩派研究》，莫礪鋒著，齊魯書社 **1986** 年版。
《江西派詩選注》，陳永正選注，中山大學出版社 **1985** 年版。

思考題

1. 黃庭堅對江西詩派的影響主要表現在哪些方面？

2. 吕本中爲何叫學詩者參韓駒《夜泊寧陵》詩"以爲法"？

3. 吕本中的"活法"在詩中有何表現？在藝術上與黃、陳詩風有何不同？

4. 南渡後江西詩派詩風發生了哪些變化？試舉例說明。

5. 試以陳與義爲例，談談杜詩對江西詩派的影響。

第七節　中興大家

陸　游（1125—1210）

傳略見"宋金文學"第一章第十節。

游山西村

【題解】宋孝宗乾道二年（1166），陸游因"力說張浚用兵"的罪名，自隆興府（今江西南昌）通判任上罷歸故鄉，居山陰（今浙江紹興）鏡湖之三山村。此詩約寫於次年春。山西村當亦在山陰。詩中描寫了山中優美的景物和鄉村淳樸的風俗。方東樹《昭昧詹言》卷二十評此詩："以游春情事作起，徐言境地之幽，風俗之美，願爲頻來之約。"清高宗《御選唐宋詩醇》卷四十三稱此詩："有如彈丸脫手，不獨善寫難狀之景。"

莫笑農家臘酒渾，豐年留客足雞豚。山重水複疑無路，柳暗花明又一村。簫鼓追隨春社近，衣冠簡樸古風存。從今若許閑乘月，拄杖無時夜叩門。

上海古籍出版社版《劍南詩稿校注》卷一

○臘酒：頭年臘月所釀的酒。渾：渾濁。酒以清者爲貴。○"山重"二句：宋周煇《清波雜志》卷中載强彦文詩："遠山初見疑無路，曲徑徐行漸有村。"此化用其意，寫得更透徹而富有哲理。柳色深綠，故曰"暗"；花光鮮豔，故曰"明"。李商隱《夕陽樓》詩云："花明柳暗繞天愁。"〇"簫鼓"句：謂將近社日，村裏傳來陣陣迎神賽會的簫鼓聲。古以立春後第五個戊日爲春社日，祭社公（土地神）以祈豐年。〇無時：無定時，猶言隨時。

黃　州

【題解】　此詩作於宋孝宗乾道六年（1170）八月，時陸游赴夔州通判任途經黃州。其《入蜀記》卷四載，（乾道六年）八月十八日晡時至黃州，"二十日曉離黃州，江平無風，挽船正自赤壁磯下過"。方東樹《昭昧詹言》卷二十曰："此非詠黃州也，胸中無限淒涼悲感，適於黃州發之。起自詠，三四即景生感，五六寫行役情景，收即黃州指點以抒悲。"

局促常悲類楚囚，遷流還歎學齊優。江聲不盡英雄恨，天意無私草木秋。萬里羈愁添白髮，一帆寒日過黃州。君看赤壁終陳迹，生子何須似仲謀。

上海古籍出版社版《劍南詩稿校注》卷二

〇楚囚：見前曾幾《寓居吳興》注。〇齊優：齊國的女樂。《史記·樂書》："自仲尼不能與齊優遂容於魯。"司馬貞《索隱》："齊人歸女樂而孔子行，言不能遂容於魯而去也。"原謂鄭音興起，故齊優與孔子不能容於魯。此借指生涯漂蕩，不能容於朝。〇"江聲"句：黃州一帶，乃三國赤壁鏖兵之處，蘇軾《念奴嬌·赤壁懷古》詞曰："大江東去，浪淘盡、千古風流人物。"又杜甫《八陣圖》詩曰："江流石不轉，遺恨失吞吳。"此謂江上波濤聲如抱恨千古的英雄在鳴咽。〇萬里羈愁：陸游自山陰赴夔州，行程遙遠，其《水亭有懷》詩云："道路半年行不到，江山萬里看無窮。"〇"君看"句：三國鏖兵之赤壁，應在蒲圻縣（今湖北赤壁），然後世詩人，或以黃州赤壁磯爲鏖戰之地。陸游《入蜀記》卷四云："赤壁磯，亦茅岡爾，略無草木，故韓子蒼待制詩云：'豈有危巢與棲鶻，亦無陳迹但飛鷗。'此磯，《圖經》及傳者皆以爲周公瑾敗曹操之地，然江上多此名，不可考質。李太白《赤壁歌》云：'烈火張天照雲海，周瑜於此敗曹公。'不指言在黃州。蘇公尤疑之，賦云：'此非曹孟德之困於周郎者乎？'樂府云：'故壘西邊，人道是當日周郎赤壁。'蓋一字不輕下如此。至韓子蒼云：'此地能令阿瞞走。'則直指爲公瑾之赤壁矣。"○"生子"句：《三國志·吳書·吳主傳》："孫權，字仲謀。（建安）十八年正月，曹公攻濡須，權與相拒月餘。曹公望權軍，歎其齊肅，乃退。"裴松之注引《吳曆》曰："公見舟船器仗軍伍整肅，喟然歎曰：'生子當如孫仲謀，劉景升兒子若豚犬耳！'"此反用其意。陳衍《宋詩精華錄》卷三稱此句"翻案不費力"。

劍門道中遇微雨

【題解】乾道八年（1172），陸游自四川安撫使王炎幕下改任成都府路安撫司參議官。十月間，由南鄭（今陝西漢中）赴成都，途經劍門，作此詩。劍門，山名，在今四川劍閣縣之北。陳衍《石遺室詩話》卷二十七云："劍南七絕，宋人中最占上峰，此首又其最上峰者，直摩唐賢之壘。"

衣上征塵雜酒痕，遠游無處不消魂。此身合是詩人未？細雨騎驢入劍門。

上海古籍出版社版《劍南詩稿校注》卷三

○消魂：江淹《別賦》："黯然銷魂者，唯別而已矣。"○"此身"二句：在唐宋時期，騎驢和入蜀似乎是一個人成爲詩人的兩個重要條件，陸游騎驢入劍門，同時符合兩個條件，故有此問。案，唐詩人李白、杜甫、李賀、賈島等都有騎驢吟詩的故事。《全唐詩話》卷五引《古今詩話》：有人問宰相鄭綮近爲新詩否？答曰："詩思在灞橋風雪中驢子上，此何以得之?"又唐代人已認爲居住蜀地與詩歌造詣有關,如韓愈《城南聯句》有"蜀雄李杜拔"之句;宋人亦認爲杜甫、黃庭堅入蜀以後,詩歌纔登峰造極。陳衍《石遺室詩話》卷二十七云:"僕謂以'細雨騎驢入劍門'博得詩人名號,亦太可憐,況尚未知其是否乎!結習累人如此。然此詩若自嘲,實自喜也。"

關山月

【題解】 此詩作於宋孝宗淳熙四年(1177),時陸游在成都范成大幕下任參議官。《關山月》,漢樂府鼓角橫吹曲十五曲之一。《樂府解題》曰:"《關山月》,傷離別也。"此詩用樂府舊題寫時事,通過月下將軍、士兵、遺民的三處場景的對比,揭示了隆興和議造成的嚴重後果,並寄托了報國無門的滿腔悲憤。

和戎詔下十五年,將軍不戰空臨邊。朱門沉沉按歌舞,廄馬肥死弓斷弦。戍樓刁斗催落月,三十從軍今白髮。笛裏誰知壯士心,沙頭空照征人骨。中原干戈古亦聞,豈有逆胡傳子孫!遺民忍死望恢復,幾處今宵垂淚痕。

上海古籍出版社版《劍南詩稿校注》卷八

〇"和戎"句:隆興元年(1163),宋孝宗以王之望爲金國通問使,與金議和,次年訂立和約。自隆興元年至淳熙四年爲十五年。〇朱門:此指將軍甲第。沉沉:屋宇重深貌。《史記·陳涉世家》:"入宫,見殿屋帷帳,客曰:'夥頤!涉之爲王沉沉者!'"裴駰《集解》引應劭曰:"沉沉,宮室深邃之貌也。"按歌舞:按節拍而歌舞。辛棄疾《美芹十論》第六《屯田》:"營幕之間,飽暖有不充,而主將歌舞無休時。"即指此。〇廄馬:此指軍馬,戰馬。〇戍樓:守望邊警的崗樓。刁斗:軍中打更報時的銅器。《史記·李將軍列傳》:"不擊刁斗以自衛。"《集解》引孟康曰:"以銅作鐎器，受一斗，晝炊飯食，夜擊持行，名曰刁斗。"○"笛裏"句：謂在《關山月》的曲調中寓有壯士報國無路的悲憤，誰能理解？案，《關山月》爲橫吹曲，用笛吹奏。唐王昌齡《從軍行》："更吹羌笛《關山月》。"杜甫《洗兵馬》："三年笛裏《關山月》。"○逆胡傳子孫：金自太祖完顔阿骨打建國，其後金太宗南下俘宋徽、欽二帝，滅北宋，占有中原。至陸游寫此詩時，已傳四世，故云。

五月十一日夜且半夢從大駕親征盡復漢唐故地見城邑人物繁麗云西涼府也喜甚馬上作長句未終篇而覺乃足成之

【題解】 此詩作於宋孝宗淳熙七年（1180），時陸游在撫州（今屬江西）任提舉江南西路常平茶鹽公事。抗金北伐、收復中原是陸游平生的一個重要情結，常常通過記夢詩的形式表露出來。此詩是《劍南詩稿》中爲數衆多的記夢詩之一。詩中描寫了一個在南宋現實社會中不可能實現的夢境，藉以抒發民族自豪感和報國的理想。西涼府，即涼州，在今甘肅武威。唐時爲西北經濟中心。元稹《和李校書新題樂府西涼伎》詩云："吾聞昔日西涼州，人煙撲地桑柘稠。葡萄酒熟恣行樂，紅豔青旗朱粉樓。"北宋時被西夏占領。

天寶胡兵陷兩京，北庭安西無漢營。五百年間置不問，聖主下詔初親征。熊羆百萬從鑾駕，故地不勞傳檄下。築城絕塞進新圖，排仗行宮宣大赦。岡巒極目漢山川，文書初用淳熙年。駕前六軍錯錦繡，秋風鼓角聲滿天。苜蓿峰前盡亭障，平安火在交河上。涼州女兒滿高樓，梳頭已學京都樣。

上海古籍出版社版《劍南詩稿校注》卷十二

○"天寶"二句：唐玄宗天寶十四載（755）安祿山叛亂，先後攻陷洛陽、長安兩京。自此後，西北邊防空虛。唐盛時在西域置北庭、安西兩都護府，北庭都護府治所在今新疆吉木薩爾縣，安西都護府治所在今新疆吐魯番市。陸游《涼州行》詩云："安西北庭皆郡縣，四夷朝貢無征戰。"唐德宗貞元年間（785—805），兩地均被吐蕃攻占。故白居易《西涼伎》詩云："平時安西萬里疆，今日邊防在鳳翔。"○五百年間：天寶十四載距作此詩時爲四百二十六年，此舉其成數。○熊羆：喻勇士。《尚書·周書·牧誓》："如虎如貔，如熊如羆。"○"故地"句：謂收復故地不用作戰，甚至不用檄文宣諭，因爲西北漢唐故地人民心向祖國，一聞皇帝親征，紛紛反正獻城，歸順朝廷。○"築城"句：謂在絕遠的邊塞築城設障，將北庭、安西都護府的故地納入新版圖。○"排仗"句：謂皇帝於行宮中排列儀仗，舉行慶典，宣布大赦天下。○"文書"句：謂漢唐故地官府往來的文書，開始用淳熙的年號來紀年。○六軍：周制，天子有六軍。此指皇帝親征統領的軍隊。錯錦繡：衣着錦繡，五色相錯。○苜蓿峰：在玉門關外，唐岑參有《題苜蓿峰寄家人》詩。亭障：邊境的守望亭和堡壘。平安火：唐邊塞之地每三十里置一烽候，每夜舉火一炬，報告平安無事，稱平安火。元稹《遣行》詩之九："迎候人應少，平安火莫驚。"交河：唐置交河縣，爲安西都護府治所，故城在今新疆吐魯番市西。唐李頎《古從軍行》："白日登山望烽火，黃昏飲馬傍交河。"○"梳頭"句：以女人梳妝打扮的追求，暗示中原文化已深入新收復的漢唐故地。朱祖謀校《雲謠集》載唐人《內家嬌》第二首云："及時衣着，梳頭京樣。"

臨安春雨初霽

【題解】 此詩作於淳熙十三年（1186）春，時陸游奉詔知嚴州，入京辭謝，暫居臨安。詩中描寫京華風物之可愛，客舍暫居之閑適，隱隱流露出厭倦官場之意。明瞿佑《歸田詩話》卷中稱領聯"小樓"二句爲"佳句"，但"惜全篇不稱"。

世味年來薄似紗，誰令騎馬客京華？小樓一夜聽春雨，深巷明朝賣杏花。矮紙斜行閑作草，晴窗細乳戲分茶。素衣莫起風塵歎，猶及清明可到家。

上海古籍出版社版《劍南詩稿校注》卷十七

○世味：人世滋味，此指入世做官的興味。○"小樓"二句：陳與義《懷天經智老因訪之》詩云："客子光陰書卷裏，杏花消息雨聲中。"《絕妙好詞箋》卷二王季夷《夜行船》詞曰："小窗人靜，春在賣花聲裏。"《御選唐宋詩醇》卷四十七評曰："領聯圓轉，脫口而出，一涉湊泊，失此語妙。"而紀昀《瀛奎律髓刊誤》卷十七《晴雨類》則稱此聯"格調殊卑，人以諧俗而誦之"。○矮紙：短紙。閑作草：宋人認爲草書是悠閑時的消遣，事忙不宜作草書，如《蘇軾文集》卷六十九《評草書》："古人云：'匆匆不及草書。'"李之儀《姑溪居士前集》卷三十九《跋山谷草書漁父詞》引俗諺："事忙不及草書。"○細乳：分茶時水面浮起的白色泡沫。蘇軾《浣溪沙》詞云："雪沫乳花浮午琖。"○分茶：宋代流行的一種茶道。清黃遵憲《日本國志·物產志》自注謂日本"點茶"即"同宋人之法"："碾茶爲末，注之以湯，以筅擊拂。"○"素衣"句：晉陸機《爲顧彥先贈婦》詩云："京洛多風塵，素衣化爲緇。"此表面反用其意，故前寫春雨杏花之美，作草分茶之樂，而實寓無聊之鬱悶。

沈園二首

【題解】 沈園，故址在今紹興禹迹寺南。周密《齊東野語》卷一："陸務觀初娶唐氏，閎之女也，於其母夫人爲姑姪。伉儷相得，而弗獲於其姑。既出，而未忍絕之，則爲別館時時往焉。姑知而掩之。雖先知挈去，然事不得隱，竟絕之。亦人倫之變也。唐後改適同郡宗子士程。嘗以春日出游，相遇於禹迹寺南之沈氏園。唐以語趙，遣致酒餚。翁悵然久之，爲賦《釵頭鳳》一詞，題園壁間。……實紹興乙亥歲（1155）也。……未久，唐氏死。"此詩爲宋寧宗慶元五年（1199）春陸游重經舊地時作。

城上斜陽畫角哀，沈園非復舊池臺。傷心橋下春波綠，曾是驚鴻照影來！

夢斷香消四十年，沈園柳老不吹綿。此身行作稽山土，猶弔遺蹤一泫然。

上海古籍出版社版《劍南詩稿校注》卷三十八

○畫角：古吹奏樂器，形如竹筒，本細末大，外加彩繪，故稱畫角。軍中用以警昏曉。梁簡文帝《和湘東王折楊柳》："城高短簫發，林空畫角悲。"○驚鴻：喻美人體態輕盈。《文選》卷十九曹子建（植）《洛神賦》："翩若驚鴻。"李善注："翩翩然若鴻雁之驚。"○"夢斷"句：唐氏於紹興乙亥歲在沈園與陸游會面後不久，即鬱鬱而死。距作此詩時四十四年，此言四十年，乃舉其成數。○"沈園"句：陸游《釵頭鳳》有"滿城春色宮牆柳"之句，而此言柳老不吹綿，已無復當年春色，寓"木猶如此，人何以堪"之痛。○"此身"句：此時陸游年已七十五，故云。稽山，即會稽山，在今紹興東南。

輯　錄

◎林景熙《題陸放翁詩卷後》：天寶詩人詩有史，杜鵑再拜淚如水。鄞堂一老旗鼓雄，勁氣往往摩其壘。輕裘駿馬成都花，冰甌雪椀建溪茶。承平麾節半海寓，歸來鏡曲盟鷗沙。詩墨淋漓不負酒，但恨未飲月氏首。牀頭孤劍空有聲，坐看中原落人手。青山一髮愁濛濛，干戈況滿天南東。來孫卻見九州同，家祭如何告乃翁！

◎清高宗《御選唐宋詩醇》卷四十二：宋自南渡以後，必以陸游爲冠。當時稱大家者，曰蕭、楊、范、陸；楊萬里則曰尤、蕭、范、陸。至劉克莊乃曰："放翁學士似杜甫。"又曰："南渡而下，放翁故爲一大宗。"朱子《與徐賡載書》："放翁詩讀之爽然，近代惟見此人爲有詩人風致。"今諸家詩具在，可與游匹者，誰也？觀游之生平，有與杜甫類者：少歷兵間，晚棲農畝，中間浮沉中外，在蜀之日頗多。其感激悲憤忠君愛國之誠，一寓於詩，酒酣耳熱，跌蕩淋漓。至於漁舟樵徑，茶碗爐熏，或雨或晴，一草一木，莫不著爲歌詠，以寄其意。此與甫之詩何以異哉？詩至萬首，瑕瑜互見，評者以爲"譬之深山大澤，包含者多，不暇翦除蕩滌，非如守半畝之宮，一草一石可屈指計數"，可謂知言矣。若捐疵纇，存英華，略纖巧可喜之詞，而發其閎深微妙之旨，何嘗不與李、杜、韓、白諸家異曲同工，可以配東坡而無愧者哉！

◎趙翼《甌北詩話》卷六：放翁以律詩見長，名章俊句，層見疊出，令人應接不暇。使事必切，屬對必工；無意不搜，而不落纖巧；無語不新，亦不事塗澤。實古來詩家所未見也。然律詩之工，人皆見之，而古體則莫有言及者。抑知其古體詩，才氣豪健，議論開闢，引用書卷，皆驅使出之，而非徒以數典爲能事。意在筆先，力透紙背；有麗語而無險語，有豔詞而無淫詞。看似華藻，實則雅潔；看似奔放，實則謹嚴。此古體之工力，更深於近體也。

◎方東樹《昭昧詹言》卷十二：惜抱先生曰："放翁興會森舉，辭氣踔厲，使人讀之，發揚矜奮，興起痿痹矣。然蒼黝蘊藉之風蓋微。所謂'無意爲文而意已獨至'者，尚有待歟？"又：放翁多無謂而強爲之作，使人尋之，不見興趣天成之妙。阮亭多取之過當。

◎劉熙載《藝概》卷二《詩概》：東坡、放翁兩家詩，皆有豪有曠。但放翁是有意要做詩人，東坡雖爲詩，而仍有夷然不屑之意，所以尤高。又：西江名家好處在鍛煉而歸於自然。放翁本學西江者，其云："文章本天成，妙手偶得之。"平昔鍛煉之功，可於言外想見。又：放翁詩明白如話，然淺中有深，平中有奇，故足令人咀味。觀其《齋中弄筆》詩云："詩雖苦思未名家。"雖自謙實自命也。又：詩能於易處見工，便覺親切有味。白香山、陸放翁擅場在此。

楊萬里（1127—1206）

《宋史·楊萬里傳》：楊萬里字廷秀，吉州吉水人。中紹興二十四年進士第。張浚勉以正心誠意之學，萬里服其教終身，乃名讀書之室曰誠齋。

浚入相，薦之朝。召爲國子博士。遷太常博士，尋升丞兼吏部侍右郎官。提舉廣東常平茶鹽。盜沈師犯南粤，帥師往平之。孝宗稱之曰"仁者之勇"。就除提點刑獄。光宗即位，召爲秘書監。紹熙元年，借焕章閣學士爲接伴金國賀正旦使兼實録院檢討官。出爲江東轉運副使，權總領淮西、江東軍馬錢糧。乞祠，除秘閣修撰，提舉萬壽宮，自是不復出矣。寧宗嗣位，進寶文閣待制，致仕。升寶謨閣學士，卒。萬里爲人剛而褊，孝宗始愛其才，以問周必大，必大無善語，由此不見用。萬里精於詩，嘗著《易傳》行於世。光宗嘗爲書"誠齋"二字，學者稱誠齋先生，賜諡文節。

閑居初夏午睡起二絕句（選一首）

【題解】 楊萬里《誠齋集》中的詩歌部分，依年代分編爲《江湖集》、《荆溪集》、《西歸集》、《南海集》、《朝天集》、《江西道院集》、《朝天續集》、《江東集》、《退休集》。此詩作於宋孝宗乾道二年（1166），時楊萬里閑居家鄉。見《江湖集》。詩中着力寫鄉居之慵懶與閑愁，宋周密《浩然齋雅談》卷中稱此詩"極有思致"。而清李慈銘《越縵堂日記》則認爲"亦是尋常閑適語，不出江湖側調"。關於此詩的寫景，王端履《重論文齋筆録》卷九指摘云："'梅子留酸'、'芭蕉分緑'已是初夏風景，安得有柳花可捉乎？"

梅子留酸軟齒牙，芭蕉分緑與窗紗。日長睡起無情思，閑看兒童捉柳花。

《四部叢刊》影宋鈔本《誠齋集》卷三

○"芭蕉"句：謂芭蕉將新緑分給窗紗，使窗紗變緑。楊炎正《訴衷情》詞："露珠點點欲團霜，分冷與紗窗。"錢鍾書《宋詩選注》稱此詩的"'留'字'分'字都精緻而不費力"。○"日長"二句：白居易《前有別柳枝絕句夢得繼和又復戲答》詩："誰能更學孩童戲，尋逐春風捉柳花。"

此化用其語。無情思，意即沒情緒，心緒懶散。思，讀去聲。葉寘《愛日齋叢鈔》稱此二句"默閱世變，中有感傷，此靜中見動意"。周密《浩然齋雅談》謂楊萬里自語人曰："工夫祇在一捉字上。"

插秧歌

【題解】 此詩作於宋孝宗淳熙六年（1179）四月初，時楊萬里去官家居。見《西歸集》。詩中以樸實俚俗的語言描寫農民緊張的插秧勞動，生動活潑。

田夫拋秧田婦接，小兒拔秧大兒插。笠是兜鍪蓑是甲，雨從頭上濕到胛。喚渠朝餐歇半霎，低頭折腰祇不答。秧根未牢蒔未匝，照管鵝兒與雛鴨。

《四部叢刊》影宋鈔本《誠齋集》卷十三

○"笠是"句：將頭戴的斗笠、身穿的蓑衣比作戰士的盔甲。兜鍪，古代士兵所戴頭盔。○"雨從"句：謂全身淋濕。胛，肩胛。此爲押韻，故謂"濕到胛"，實則如錢鍾書《宋詩選注》云："儘管戴'盔'披'甲'，還淋得一身是水。"○蒔：移栽，插秧又稱蒔秧。匝：周遍，完畢。

初入淮河四絕句

【題解】 淳熙十六年（1189）十二月，時孝宗已禪位於光宗，金遣使裴滿餘慶等來賀明年正旦。楊萬里時爲秘書監，借煥章閣學士爲接伴金國賀正旦使，出使北上，至淮河，作此詩。見《朝天續集》。淮河北宋時在兩淮路轄境內，南宋隆興和議後爲宋、金分界綫，故詩中感慨極深。陳衍《宋詩精華錄》卷三謂"此四首皆寫南渡後中國百姓之可憐"。

船離洪澤岸頭沙，人到淮河意不佳。何必桑乾方是遠，中流以北即天涯。

劉岳張韓宣國威，趙張二相築皇基。長淮咫尺分南北，淚濕秋風欲怨誰？

兩岸舟船各背馳，波痕交涉亦難爲。祇餘鷗鷺無拘管，北去南來自在飛。

中原父老莫空談，逢着王人訴不堪。卻是歸鴻不能語，一年一度到江南。

《四部叢刊》影宋鈔本《誠齋集》卷二十七

○洪澤：湖名，在江蘇北部，與淮河有水道可通。○"何必"二句：謂當今的邊塞再不是遠在桑乾河，祇要渡過淮河中流以北，就已是敵國的領土。陳衍《宋詩精華錄》曰："淮以北陸沉久矣。"桑乾，即桑乾河，永定河上游。在今山西北部和河北西北部。蘇轍《渡桑乾》詩曰："胡人送客不忍去，久安和好依中原。年年相送桑乾上，欲話白溝一惆悵。"○劉岳張韓：指南宋四大抗金名將劉錡、岳飛、張俊、韓世忠。○趙張二相：指宋高宗時的宰相趙鼎、張浚。二人對穩定南宋朝廷的統治局面起過重要作用。○"長淮"句：謂因和議而淮河成爲國界，致使幾位英雄的抗金業績付之東流，所謂"長使英雄淚滿襟"。此時以上六人均已去世，其中除張俊後因依附秦檜、陷害岳飛而受寵外，其餘五人生前最終都不得重用。○波痕：原作"波浪"，此據《宋詩精華錄》卷三改。案，"浪"字仄聲，不合格律。○"祇餘"二句：陳衍《宋詩精華錄》曰："可以人而不如鷗鷺乎？"○"中原"二句：意謂南宋朝廷主和，終不肯北伐，淮河以北中原地區的父老百姓對南宋使者訴苦也是白說。王人，天子的使臣。《春秋·莊公六年》："王人子突救衛。"注："王人，王之微官也。雖官卑而見授以大事。"此作者自指。不堪,指在金人統治下不堪忍受的痛苦生活。〇"卻是"二句:南宋人懷念中原故土,常托之於年年北去南來的鴻雁,如陸游《枕上偶成》詩云:"自恨不如雲際雁,南來猶得過中原。"楊萬里反過來寫中原父老向往南宋。《宋詩精華錄》曰:"可以人而不如鴻乎?"

檄風伯

【題解】 此詩見於《南海集》,集中體現了誠齋體的特點,幽默詼諧,生動活潑,用擬人化手法表現自然景物的動態特徵,並化用民間的俚語謠諺。《四部叢刊》本失題,此據《四庫全書》本補。

峭壁呀呀虎擘口,惡灘洶洶雷出吼。泝流更着打頭風,如撐鐵船上牛斗。風伯勸爾一杯酒,何須惡劇驚詩叟。端能爲我霽威否?岸柳掉頭荻搖手。

《四部叢刊》影宋鈔本《誠齋集》卷十六

〇呀呀:張口貌。唐獨孤及《和李尚書畫射虎圖歌》:"飢虎呀呀立當路,萬夫震恐百獸怒。"虎擘口:猶言虎張口。〇泝流:逆流而上。打頭風:迎面吹來之風。唐白居易《小舫》詩:"白蘋香起打頭風。"俗語有"屋漏偏遭連夜雨,行船更遇打頭風"之句。〇惡劇:猶言惡作劇、開玩笑。蘇軾《白水山佛迹巖》詩云:"山靈莫惡劇,微命安足賭。"〇霽威:收斂威風。《漢書·魏相傳》:與相書曰:"'願少慎事自重,臧器於身。'相心善其言,爲霽威嚴。"

| 輯 錄 |

◎周必大《周益國文忠公集·平園續稿》卷九《跋楊廷秀石人峰長篇》:今時士子見誠齋大篇短章,七步而成,一字不改,皆掃千軍、倒三峽、穿天心、透月脅之語,至於狀物姿態,寫人情意,則鋪叙纖悉,曲盡其妙,遂謂天生辯才,得大自在,

是固然矣。抑未知公由志學至從心，上規賡載之歌，刻意《風》、《雅》、《頌》之什，下逮《左氏》、《莊》、《騷》、秦、漢、魏、晉、南北朝、隋、唐以及本朝，凡名人傑作，無不推求其詞源，擇用其句法。五六十年之間，歲鍛月煉，朝思夕維，然後大悟大徹，筆端有口，句中有眼，夫豈一日之功哉！

◎劉克莊《後村詩話·前集》卷二：放翁學力也似杜甫，誠齋天分也似李白。

◎蔣鴻翮《寒塘詩話》：楊誠齋詩，粗直生硬，俚辭諺語，衝口而來，才思頗佳，而習氣太甚。予嘗謂其自具八繭吳錦，不受制天絲機錦，乃從村莊兒女，攙入布經麻緯，良可惜也。摘其一二語諷之，轉耐尋味。絕句感慨尤多，不失《竹枝》遺意。

◎吳之振《宋詩鈔·誠齋詩鈔小序》：後村謂放翁學力也似杜甫，誠齋天分也似李白，蓋落盡皮毛，自出機杼，古人之所謂似李白者，入今之俗目，則皆俚諺也。初得黃春坊選本，又得檇李高氏所錄，為訂正手抄之，見者無不大笑。嗚呼！不笑不足以為誠齋之詩。

◎翁方綱《石洲詩話》卷四：石湖、誠齋皆非高格，獨以同時筆墨皆極酬恣，故遂得抗顏與放翁並稱。而誠齋較之石湖，更有敢作敢為之色，頤指氣使，似乎無不如意，所以其名尤重。其實石湖雖祇平淺，尚有近雅之處，不過體不高、神不遠耳；若誠齋以輕儇佻巧之音，作劍拔弩張之態，閱至十首以外，輒令人厭不欲觀，此真詩家之魔障。

◎李樹滋《石樵詩話》卷四：用方言入詩，唐人已有之；用俗語入詩，始於宋人，而要莫善於楊誠齋。

◎陳衍《石遺室詩話》卷十六：宋詩人工於七言絕句，而能不襲用唐人舊調者，以放翁、誠齋、後村為最。大略淺意深一層說，直意曲一層說，正意反一層、側一層說。誠齋又能俗語說得雅，粗語說得細，蓋從少陵、香山、玉川、皮、陸諸家中一部分脫化而出也。

◎錢鍾書《談藝錄》：以入畫之景作畫，宜詩之事賦詩，如鋪錦增華，事半而功則倍，雖然，非拓境宇、啟山林手也。誠齋、放翁，正當以此軒輊之。人所曾言，我善言之，放翁之與古為新也；人所未言，我能言之，誠齋之化生為熟也。放翁善寫景，而誠齋擅寫生。放翁如畫圖之工筆；誠齋則如攝影之快鏡，兔起鶻落，鳶飛魚躍，稍縱即逝而及其未逝，轉瞬即改而當其未改，眼明手捷，蹤矢躡風，此誠齋之所獨也。

范成大（1126—1193）

《宋史·范成大傳》：范成大，字致能，吳郡人。紹興二十四年，擢進士第。隆興再講和，遷成大起居郎，假資政殿大學士，充金祈請國信使。初進國書，詞氣慷慨，竟得全節而歸。除中書舍人。知靜江府。除敷文閣待制、四川制置使。凡人才可用者，悉致幕下，用所長，不拘小節。召對，除權吏部尚書，拜參知政事。兩月，為言者所論，奉祠。起知明州，奏罷海物之獻。除端明殿學士，尋帥金陵。會歲旱，奏移軍儲米二十萬振飢民，減租米五萬。以病請閑，進資政殿學士。紹熙三年，加大學士。四年薨。成大素有文名，尤工於詩。上嘗命陳俊卿擇文士掌內制，俊卿以成大及張震對。自號石湖，有《石湖集》、《攬轡錄》、《桂海虞衡集》行於世。

後催租行

【題解】范成大曾作《催租行》，自注"效王建"，仿效唐詩人王建的樂府詩風格。此詩是其姊妹篇。

老父田荒秋雨裏，舊時高岸今江水。傭耕猶自抱長飢，的知無力輸租米。自從鄉官新上來，黃紙放盡白紙催。賣衣得錢都納卻，病骨雖寒聊免縛。去年衣盡賣家口，大女臨岐兩分首；今年次女已行媒，亦復驅將換升斗；室中更有第三女，明年不怕催租苦。

《四部叢刊》影愛汝堂本《石湖居士詩集》卷五

○傭耕：受雇為人耕種。《史記·陳涉世家》："陳涉少時，嘗與人傭耕。"○"黃紙"句：謂皇帝免除災區租稅的詔書剛發放完畢，地方官府交租的文告仍然緊催。朱繼芳《農桑》詩："淡黃竹紙說蠲逋，白紙仍科不稼租。"即此意。古皇帝敕書用黃紙書寫，地方官文告則用白紙。宋高承《事物紀原》卷二《黃敕》："唐高宗上元三年，以制敕施行既爲永式，用白紙多爲蟲蛀，自今以後，尚書省頒下諸州諸縣，並用黃紙。敕用黃紙，自高宗始也。"程大昌《演繁露》卷四："石林言制敕用黃紙始高宗時，非也。晉恭帝時王韶之遷黃門侍郎，凡諸詔黃，皆其辭也。則東晉時已用黃紙寫詔矣。"○衣盡賣家口：謂衣服賣完祇得賣家中人口。○臨岐：到歧路之處，即分道惜別處。岐，同"歧"。首，一作"手"。○斜：同"斗"。

州　橋

南望朱雀門，北望宣德樓，皆舊御路也。

【題解】宋孝宗乾道六年（1170），范成大以起居郎借資政殿大學士的頭銜出使金國，往返途中，他寫下紀行詩一卷和日記《攬轡錄》一卷，記錄了中原人民的苦難，表達了作者懷念故國的深情。詩凡七十二首，皆七言絕句。此詩爲過北宋首都汴京時作。州橋，即天漢橋，在汴京宫城南，汴河上。《東京夢華錄》卷一《河道》條載："州橋，正對於大內御街。其橋與相國寺橋皆低平不通舟船。……橋下密排石柱，蓋車駕御路也。"清潘德輿《養一齋詩話》稱此詩："沉痛不可多讀。此則七絶至高之境，超大蘇而配老杜者矣。"

州橋南北是天街，父老年年等駕回。忍淚失聲詢使者："幾時真有六軍來？"

《四部叢刊》影愛汝堂本《石湖居士詩集》卷十二

○天街：京城中的街道。○駕：指南宋皇帝的車乘。○"忍淚"二句：范成大《攬轡錄》寫過相州時所見情景曰："遺黎往往垂涕嗟嘖，指使人曰：'此中華佛國人也。'老嫗跪拜者尤多。"同時人韓元吉《望靈壽致拜祖塋》詩曰："殷勤父老如相識，祇問'天兵早晚來？'"六軍，古時天子有六軍，此指南宋軍隊。案，州橋天街之間，宋使與金伴使同行，遺民必不敢詢問此等語言，此乃出之以想象和推理，寫出故國遺民內心願望，入情入理。

四時田園雜興（選七首）

淳熙丙午，沉痾少紓，復至石湖舊隱。野外即事，輒書一絕，終歲得六十篇，號《四時田園雜興》。

【題解】 淳熙丙午，即宋孝宗淳熙十三年（1186），范成大在蘇州石湖別墅養病，寫下這組著名的田園詩。原詩分春日、晚春、夏日、秋日、冬日五組，各十二首，均爲七言絕句。這組詩從各個方面描寫了江南水鄉的風土人情、農民的勞動生活及其歡樂憂傷，在古代田園詩中別具一格。清宋長白《柳亭詩話》卷二十二："范石湖《四時田園雜興》詩，於陶、柳、王、儲之外，別設樊籬。王載南評曰：'纖悉畢登，鄙俚盡錄，曲盡田家況味。'知言哉！"

土膏欲動雨頻催，萬草千花一餉開。舍後荒畦猶綠秀，鄰家鞭筍過牆來。

蝴蝶雙雙入菜花，日長無客到田家。雞飛過籬犬吠竇，知有行商來買茶。

晝出耘田夜績麻，村莊兒女各當家。童孫未解供耕織，也傍桑陰學種瓜。

采菱辛苦廢犁鉏，血指流丹鬼質枯。無力買田聊種水，近來湖面亦收租！

垂成穧事苦艱難，忌雨嫌風更怯寒。賤訴天公休掠剩，半償私債半輸官。

新築場泥鏡面平，家家打稻趁霜晴。笑歌聲裏輕雷動，一夜連枷響到明。

黃紙蠲租白紙催，皂衣旁午下鄉來："長官頭腦冬烘甚，乞汝青錢買酒回。"

《四部叢刊》影愛汝堂本《石湖居士詩集》卷二十七

○土膏欲動：《國語·周語一》："陽氣俱蒸，土膏其動。"韋昭注："膏，潤也。其動，潤澤欲行也。"指春天大地復蘇，泥土膏腴潤澤。○一餉：同"一晌"，猶言片刻。○鞭筍：由竹鞭（即竹根）延伸而生長出的嫩條，形如筍，故稱。○行商：行走叫賣的商販。○績麻：析麻搓成綫，用之編織。○鬼質枯：枯瘦如鬼，不成人形。范成大《采菱》詩亦云："刺手朱殷鬼質青。"○種水：猶言把湖水當作土地，以水面收撈爲謀生手段。○穧事：收穫莊稼之事。《詩經·魏風·伐檀》："不稼不穡，胡取禾三百廛兮？"毛傳："種之曰稼，斂之曰穡。"○"半償"二句：自然災害所餘之收穫，一半償還私債，一半交租給官府。范成大《勞畬耕》詩云："不辭春養禾，但畏秋輸官。奸吏大雀鼠，盜骨衆螟螣。掠剩增釜區，取贏折緡錢。兩鍾致一斛，未免催租瘢。重以私債迫，逃屋無炊煙。晶晶雲子飯，生世不下咽。食者定游手，種者長流涎。"○連枷：收穫時脫粒的農具。○"黃紙"句：見前《後催租行》注。蠲，免除、減免。○皂衣：即皂隸，官府差役，因穿皂衣，故稱。旁午：交錯，此指皂隸頻繁出動貌。○"長官"二句：此乃摹寫皂隸敲詐農民酒錢之語。意謂："縣官是糊塗不管事的，做好做歹都由得我，你們得孝敬我幾個錢買酒喝。"范成大《催租行》詩云："輸租得鈔官更催，踉蹌里正敲門來。手持文書雜嗔喜：'我亦來營醉歸耳！'牀頭慳囊大如拳，撲破正有三百錢；不堪與君成一醉，聊復償君草鞋費。"可參看。冬烘，迂腐，糊塗。青錢，古錢幣爲青銅所鑄，故稱青錢。

| 輯　錄 |

◎吳沆《環溪詩話》卷下：且如農桑樵牧之詩，當以《毛詩·豳風》及石湖《田園雜興》比熟看，夢中亦解得詩，方有意思長益。

◎方岳《深雪偶談》：范石湖《田園雜詩》，驗物切近，但句律太憑力氣，於唐人之藩，尚窘步焉。然絕句中有"可憐世上金和寶，借爾閑看七十年"，唐人所無，可謂砭流俗之膏肓矣。

◎吳之振《宋詩鈔·石湖詩鈔小序》：其詩縟而不釀，縮而不窘，新清嫵媚，奄有鮑、謝，奔逸俊偉，窮追太白。當是時，石湖與楊誠齋、陸放翁、尤遂初皆南渡之大家也。誠齋言："余於詩豈敢以千里畏人者，而於公獨斂衽焉。"

◎紀昀《四庫全書總目》卷一百六十《石湖詩集》提要：成大在南宋中葉與尤袤、楊萬里、陸游齊名。今以楊、陸二集相較，其才調之健不及萬里，而亦無萬里之粗豪；氣象之闊不及游，而亦無游之窠臼。初年吟詠，實沿溯中唐以下。觀第三卷《夜宴曲》下注曰："以下二首效李賀。"《樂神曲》下注曰："以下四首效王建。"已明明言之。其他如《西江有單鵠行》、《河豚歎》，則雜長慶之體。《嘲里人新婚》詩、《春晚》三首、《隆師四圖》諸作，則全爲晚唐五代之音，其門徑皆可覆按。自官新安掾以後，骨力乃以漸而遒，蓋追溯蘇、黃遺法，而約以婉峭，自爲一家，伯仲於楊、陸之間，固亦宜也。

◎翁方綱《石洲詩話》卷四：石湖於桑麻洲渚，一一有情，而其神不遠，其佳處則白石所稱"溫潤"二字盡之。又：石湖善作風景語，於《竹枝》頗宜。又：范、陸皆趨熟，而范尤平迤，故間以零雜景事綴之，然究未爲高格也。

參考書目

《陸游集》，陸游撰，中華書局 1976 年版。

《劍南詩稿校注》，陸游撰，錢仲聯校注，上海古籍出版社 1985 年版。

《古典文學研究資料彙編·陸游卷》，孔凡禮、齊治平編，中華書局上海編輯所 1962 年版。

《誠齋集》，楊萬里撰，《四部叢刊》影宋鈔本。

《楊萬里選集》，周汝昌選注，中華書局上海編輯所 1962 年版。

《石湖居士詩集》，范成大撰，《四部叢刊》影愛汝堂本。

《范石湖集》，范成大撰，中華書局上海編輯所 1962 年版。

思考題

1. 陸游主張作詩"工夫在詩外"，試結合其作品談談對這句話的理解。
2. 陸游的記夢詩主要表現了什麼樣的思想感情？
3. 試談陸游對江西詩派的繼承和超越。
4. 如何理解"不笑不足以爲誠齋之詩"？
5. 誠齋體主要有哪些藝術特點？試舉例說明。
6. 試比較陸游和楊萬里寫景詩的藝術特點之異同。
7. 范成大的《四時田園雜興》在哪些方面有所開拓？

第八節　永嘉四靈

徐　照（？—1211）

葉適《水心文集》卷十七《徐道暉墓誌銘》：徐照，字道暉，永嘉人，自號山民。嗜苦茗甚於飴蜜，手烹口啜無時。上下山水，穿幽透深，棄日留夜，拾其勝會，向人鋪說，無異好美色也。有詩數百，斫思尤奇，皆橫絕欻起，冰懸雪跨，使讀者變踔憭慄，肯首吟歎不自已。然無異語，皆人所知也，人不能道爾。蓋魏晉名家，多發興高遠之言，少驗物切近之實。及沈約、謝朓永明體出，士爭效之。初猶甚艱，或僅得一偶句，便已名世矣。夫束字十餘，五色彰施，而律呂相命，豈易工哉！故善爲是者，取成於心，寄妍於物，融會一法，涵受萬象，豨苓、桔梗，時而爲帝，無不按節赴之，君尊臣卑，賓順主穆，如丸投區、矢破的，此唐人之精也。然厭之者，謂其纖碎而害道，淫肆而亂雅，至於廷設九奏，廣袖大舞，而反以浮響疑宮商，布縷繆組繡，則失其所以爲詩矣。然則發今人未悟之機，回百年已廢之學，使後復言唐詩，自君始，不亦詞人墨卿之一快也。惜其不尚以年，不及臻乎開元、元和之盛。而君既死，同爲唐詩者，徐璣字文淵，翁卷字靈舒，趙師秀字紫芝。嘉定四年閏月二十三日，距卒四十五日。

《宋詩紀事》卷六十三徐照小傳：照字道暉，一字靈暉，號山民，永嘉人。有《芳蘭軒集》。"四靈"之一。

題翁卷山居

【題解】 翁卷爲四靈之一。此詩風格清瘦，精於煉字，體近賈島、姚合。紀昀《瀛奎律髓刊誤》卷二十三《閑適類》稱其"祇是武功一派"。

空山無一人，君此寄閑身。水上花來遠，風前樹動頻。蟲行黏壁字，茶煮落巢薪。若有高人至，何妨不裹巾。

文淵閣《四庫全書》本《芳蘭軒集》

○"空山"句：蘇軾《十八羅漢贊》曰："空山無人，水流花開。"
○"水上"句：唐劉眘虛《闕題》詩曰："時有落花至，遠隨流水香。"
○"蟲行"句：參見前陳師道《春懷示鄰里》詩"斷牆着雨蝸成字"注。

徐 璣（1162—1214）

葉適《水心文集》卷二十一《徐文淵墓誌銘》：君名璣，字文淵。任主建安簿，移永州司理，丞龍溪，移武當令，改長泰令，未至官，嘉定七年十月二十日卒，年五十三。初，唐詩廢久，君與其友徐照、翁卷、趙師秀議曰："昔人以浮聲切響、單字隻句計巧拙，蓋風騷之至精也。近世乃連篇累牘，汗漫而無禁，豈能名家哉！"四人之語遂極其工，而唐詩由此復行矣。君每爲余評詩及他文字，高者迥出，深者寂入，鬱流瓚中，神洞形外，余輒俛仰終日，不知所言。然則所謂專固而狹陋者，殆未足以譏唐人也。

《宋詩精華錄》卷四：徐璣，字文淵，從晉江遷永嘉，官武當、長泰令。璣自謂能復唐詩，復賈島、姚合之詩耳。詩多酸寒，寒不厭，酸則可厭。錄其不酸者。

泊舟呈靈暉

【題解】 此詩中有"楚天"、"湘水"之句，當作於湖南。靈暉，即徐照，時與徐璣同舟。據葉適《徐文淵墓誌銘》，徐璣曾任永州司理，翁卷有《寄永州徐三掾曹》詩。永州即今湖南零陵，湘水、瀟水於此合流。

泊舟風又起，繫纜野桐林。月在楚天碧，春來湘水深。官貧思近闕，地遠動愁心。所喜同舟者，清羸亦好吟。

文淵閣《四庫全書》本《二薇亭詩集》

○"官貧"句：謂因官職卑、奉祿低而希望得到升遷。近闕，指做京官，近傍帝闕，沾溉皇恩。○同舟者：指徐照。○清羸亦好吟：翁卷《哭徐山民》亦稱徐照爲"苦吟人"，"猶帶瘦精神"。其好苦吟，蓋因學唐詩人賈島。

翁　卷（生卒年不詳）

《宋史翼·文苑傳三·翁卷傳》：翁卷，字續古，一字靈舒，樂清人，著有《西巖集》，一名《葦碧軒集》。

《宋詩精華錄》卷四：翁卷，字靈舒。永嘉人。四靈之一。四人因卷本字靈舒，遂改道暉爲靈暉，文淵爲靈淵，紫芝爲靈秀云。

鄉村四月

【題解】　此詩純用白描，寫景如繪。

綠遍山原白滿川，子規聲裏雨如煙。鄉村四月閒人少，纔了蠶桑又插田。

文淵閣《四庫全書》本《西巖集》

趙師秀（1170—1219）

《宋史翼·文苑傳三·趙師秀傳》：趙師秀，字紫芝，永嘉人，登紹熙第，浮沉州縣，僅一改秩而卒。自乾、淳來，濂洛之學方行，諸儒類以窮經相尚，詩或言志，取足而止，固不暇如昔人體驗聲病、律呂相宣也。潘檉出，始創爲唐詩，而師秀與徐照、翁卷、徐璣繹尋遺緒，日鍛月煉，一字不苟下，由是唐體盛行。著有《天樂集》。

《宋詩精華錄》卷四：趙師秀，字紫芝，改稱靈秀。永嘉人。四靈中惟師秀登科改官，然亦不顯。四靈專尚五言律，靈秀之言曰："一篇幸止有四十字，更增一字，吾末如之何矣。"其才力之薄弱可想。

薛氏瓜廬

【題解】　此詩爲題薛師石宅舍"瓜廬"而作。《宋詩紀事》卷六十九薛師石小傳："師石字景石，永嘉人。有《瓜廬詩》。"趙汝回《薛師石瓜廬詩序》曰："瓜廬翁每與四靈聚吟，獨主古淡。融狹爲廣，夷鏤爲素，神悟意到，自然清空。"

不作封侯念，悠然遠世紛。惟應種瓜事，猶被讀書分。野水多於地，春山半是雲。吾生嫌已老，學圃未如君。

文淵閣《四庫全書》本《清苑齋集》

○"不作"二句：《史記·蕭相國世家》："召平者，故秦東陵侯。秦破，爲布衣，貧，種瓜於長安城東，瓜美，故世俗謂之'東陵瓜'，從召平以爲名也。"○事：原注"一作'日'"。○"野水"二句：魏慶之《詩人玉屑》卷十九引黃昇《玉林詩話》曰："《瓜廬》詩云：'野水多於地，春山半是雲。'亦用姚合語也。姚合《送宋慎言》云：'驛路多連水，州城半在雲。'蓋讀唐詩既多，下筆自然相似，非蹈襲也。其間又有青於藍者，識者自能辨之。"陳衍《宋詩精華錄》卷四謂此二句"何減石屏（戴復古）之'渡旁渡'、'山外山'邪！上句似乎過之。"案，石屏句見《世事》詩，即"春水渡旁渡，夕陽山外山"。○學圃：學習種植。《論語·子路》："樊遲請學稼，子曰：'吾不如老農。'請學爲圃，曰：'吾不如老圃。'"

約　客

【題解】《詩人玉屑》卷十九稱此詩"意雖腐而語新"。

黃梅時節家家雨，青草池塘處處蛙。有約不來過夜半，閑敲棋子落燈花。

文淵閣《四庫全書》本《清苑齋集》

| 輯　錄 |

◎葉適《水心文集》卷二十九《題劉潛夫〈南岳詩稿〉》：往歲徐道暉諸人擺落

近世詩律，斂情約性，因狹出奇，合於唐人，誇所未有，皆自號四靈云。

◎劉克莊《後村先生大全集》卷九十四《野谷詩序》：古人之詩，大篇短章皆工。後人不能皆工，始以一聯半句擅名。頃趙紫芝諸人尤尚五言律體。紫芝之言曰："一篇幸止有四十字，更增一字，吾末如之何矣。"其所言如此。又卷九十七《晚覺翁稿序》：近時詩人竭心思搜索，極筆力雕鐫，不離唐律。少者二韻，或四十字，增至五十六字而止。前一輩以此擅名，後生歆慕，人人有集，皆輕清華豔，如露蟬之鳴木杪，翡翠之戲苔上，非不娛耳而悅目也。然視古詩蓋有等級，毋論《騷》、《選》，求一篇可以籍手見岑參、高適輩人，難矣。雖窮搜索之功，而不能掩其寒儉刻削之態。又卷九十八《林子顯詩序》：近世理學興而詩律壞，惟永嘉四靈復爲言，苦吟過於郊、島，篇帙少而警策多。

◎范晞文《對牀夜語》卷二：四靈，倡唐詩者也，就而求其工者，趙紫芝也。然具眼猶以爲未盡者，蓋惜其立志未高，而止於姚、賈也。學者闖其閫奧，閜而廣之，猶懼其失。乃尖纖淺易，相煽成風，萬喙一聲，牢不可破，曰："此四靈體也。"其植根固，其流波漫，日就衰壞，不復振起。吁！宗之者，反所以累之也！

◎魏慶之《詩人玉屑》卷十九引黃昇《玉林詩話》：趙天樂《冷泉夜坐》詩云："樓鐘晴更響，池水夜如深。"後改"更"爲"聽"，改"如"爲"觀"。《病起》詩云："朝客偶知承送藥，野僧相保爲持經。"後改"承"作"親"，改"爲"作"密"。二聯改此四字，精神頓異，真如光弼入子儀軍矣。

◎胡應麟《詩藪》外編卷五：宋末諸人學晚唐者，趙師秀"野水多於地，春山半是雲"，徐道暉"流來天際水，截斷世間塵"，張功父"斷橋斜取路，古寺半關門"。翁靈舒"嵐蒸空寺壞，雪壓小庵清"，世亦稱之。然率淺近，不若惠崇輩之精深也。至戴式之、劉克莊輩，又自作一等晚宋，體益下矣。

◎《四庫全書總目》卷一百六十二《芳蘭軒集》提要：蓋四靈之詩，雖鏤心鉥腎，刻意雕琢，而取徑太狹，終不免破碎尖酸之病。照在諸家中，尤爲清瘦。又《清苑齋集》提要：（趙師秀）其詩亦學晚唐，然大抵多得於武功一派，專以煉句爲工，而句法又以煉字爲要。其詩主於野逸清瘦，以矯江西之失，而開、寶遺風則不復沿溯也。

參考書目

《芳蘭軒集》，徐照撰，文淵閣《四庫全書》本。
《二薇亭詩集》，徐璣撰，文淵閣《四庫全書》本。
《西巖集》，翁卷撰，文淵閣《四庫全書》本。
《清苑齋集》，趙師秀撰，文淵閣《四庫全書》本。

思考題

1. 葉適稱"四靈"詩"回百年已廢之學"，意思是什麼？
2. 前人稱"四靈"詩"取徑太狹"，"狹"字當如何理解？試舉例說明。
3. 試討論"四靈"的"唐律"和江西詩派的"宋調"之間的歧異。
4. 試比較"四靈"和理學家詩的創作傾向。

第九節　江湖詩派

戴復古（1167—約1248）

《宋史翼·文苑傳四·戴復古傳》：戴復古，字式之，號石屏，從林景思、徐似道游，又登陸游之門，講明詩法。後又走東湖，過河漢淮粵，凡空迥奇特、荒怪古僻之蹤，靡不登歷。蓋二十年然後歸，而詩乃大進。真德秀稱其句法不減孟浩然，由是遂名天下。有《石屏集》行世。

庚子薦饑

【題解】庚子，即宋理宗嘉熙四年（1240）。薦饑，連年災荒。《宋史·理宗本紀二》："（嘉熙四年）六月甲午朔，江、浙、福建大旱，蝗。"詩人用一組五言律詩從幾個方面記錄了這場大劫難，組詩共六首，此選其第三首。此前詩人曾寫下《嘉熙己亥大旱荒庚子夏麥熟》組詩六首，中有"四野蕭條甚，百年無此荒"之句，原以爲"庚子夏麥熟"，饑荒將緩解，誰知又遭大旱，且遇蝗災。此詩真實地描寫了饑荒的慘象和官府賑災的虛僞，表達了詩人傷時憂民的感情。

餓走抛家舍，縱橫死路歧。有天不雨粟，無地可埋屍。劫數慘如此，吾曹忍見之？官司行賑卹，不過是文移。

《四部叢刊續編》影明弘治刊本《石屏詩集》卷三

〇"有天"二句：寫出呼天無路、哭地無門的慘景。雨粟，天降粟米。《淮南子·本經》："昔者，蒼頡作書，而天雨粟，鬼夜哭。"此翻用以責怪天不救民饑。〇劫數：在劫難逃的命運。〇"官司"二句：謂官府救濟災荒的行動，不過是紙上文書往來而已。《宋史·理宗本紀二》："（嘉熙四年）秋七月乙丑，詔：'今夏六月恒陽，飛蝗爲孽，朕德未修，民瘼尤甚，中外臣僚其直言闕失毋隱。'又詔有司賑災卹刑。"

夢中亦役役

【題解】 此詩表達了對追名逐利的人生感到厭倦的老莊思想。役役，勞作不息貌，奔走鑽營貌。《莊子·齊物論》："終身役役，而不見其成功。"

半夜群動息，五更百夢殘。天鷄啼一聲，萬枕不遑安。一日一百刻，能得幾刻閒？當其閒睡時，作夢更多端。窮者夢富貴，達者夢神仙。夢中亦役役，人生良鮮歡。

《四部叢刊續編》影明弘治刊本《石屏詩集》卷一

〇群動：諸種活動。陶淵明《飲酒》之七："日入群動息，歸鳥趨林鳴。"○天鷄：《初學記》卷三十晉郭璞《玄中記》云："桃都山有大樹，曰桃都，枝相去三千里，上有天鷄。日出照木，天鷄即鳴，天下鷄皆鳴。"○萬枕不遑安：黄庭堅《戲答俞清老道人寒夜三首》之一云："馬嘶車鐸鳴，群動不遑安。"○一日一百刻：古以銅壺刻漏計時，一晝夜分爲一百刻。

江陰浮遠堂

【題解】 江陰，在今江蘇，地處長江南岸。《方輿勝覽》卷五浙西路江陰軍："浮遠堂，在君山上，取蘇子瞻'江遠欲浮天'之句。北臨大江，南望城市，東睨鵝鼻，西俯黄田，號爲勝概。"元韋居安《梅磵詩話》卷中："江陰乃春申君黄歇舊封，君山浮遠堂瞰江對淮，爲一郡勝境。"此詩寫出登臨北望中原的悲憤心情，正話反說，婉曲沉痛。陳衍《宋詩精華錄》卷四稱其"有氣概"。

橫岡下瞰大江流，浮遠堂前萬里愁。最苦無山遮望眼，淮南極目盡神州。

《四部叢刊續編》影明弘治刊本《石屏詩集》卷七

○橫岡：即君山。《清一統志》卷八十六《常州府一》："君山在江陰縣北澄江門外。……《通志》：在縣北一里，一名瞰江山，突起平野，俯臨大江。"○"最苦"二句：寫出望之則不忍，不望又不能的心情。本欲觀賞景色，誰知觸動國愁，故有此登高不欲望遠、反怨無山遮眼的無理之詞。神州，指淮河以北金人佔領的中原地區。

| 輯　録 |

◎《石屏詩集》卷首包恢《石屏詩序》：石屏以詩鳴東南半天下，其格律風韻之高處，見諸當世。第嘗私竊評之，古詩主乎理，而石屏自理中得；古詩尚乎志，而石屏自志中來；古詩貴乎真，而石屏自真中發，此三者皆其源流之深遠，有非他人

之所及者。理備於經，經明則理明。嘗聞有語石屏以本朝詩不及唐者，石屏謂不然。本朝詩出於經，此人所未識，而石屏獨心知之，故其爲詩，正大醇雅，多與理契，志之所至，詩亦至焉。

◎趙以夫《書石屏詩後》：戴石屏詩備衆體，采本朝前輩理致，而守唐人格律，其用工深矣。

◎王埜《跋石屏詩》：近世以詩鳴者，多學晚唐，致思婉巧，起人耳目，然終乏實用，所謂"言之者無罪，聞之者足以戒"，要不專在風雲月露間也。式之獨知之，長篇短章，隱然有江湖廊廟之憂，雖詆時忌，忤達官，弗顧也。

◎方回《瀛奎律髓》卷二十《梅花類》戴石屏《寄尋梅》評語：蓋江湖游士，多以星命相卜，挾中朝尺書，奔走閫臺郡縣餬口耳。慶元、嘉定以來，乃有詩人爲謁客者，龍洲劉過改之之徒不一人，石屏亦其一也。相率成風，至不務舉子業，干求一二要路之書爲介，謂之"闊匾"，副以詩篇，動獲數千緡，以至萬緡。如壺山宋謙父自遜，一謁賈似道，獲楮幣二十萬緡以造華居是也。錢塘湖山，此曹什佰爲羣，阮梅峰秀實、林可山洪、孫花翁季蕃、高菊磵九萬，往往雌黃士大夫，口吻可畏，至於望門倒屣。石屏爲人則否，每於廣座中，口不談世事，縉紳多之。然其詩苦於輕俗，高處頗亦清健，不至如高九萬之純乎俗。

◎瞿佑《歸田詩話》卷中：戴式之嘗見夕照映山，峰巒重疊，得句云："夕陽山外山。"自以爲奇，欲以"塵世夢中夢"對之，而不愜意。後行村中，春雨方霽，行潦縱橫，得"春水渡旁渡"之句，以對，上下始相稱。然須實歷此境，方見其奇妙。

◎陳衍《宋詩精華錄》卷四：石屏詩心思力量，皆非晚宋人所有，以其壽長入晚宋，屈爲晚宋之冠。

劉克莊（1187—1269）

《宋史翼·文苑傳四·劉克莊傳》：劉克莊，字潛夫，福建莆田人。初名灼，嘉定二年郊恩補將仕郎，易今名。調洪州靖安主簿。江淮制置使李珏開閫建康，辟沿江制置司準遣。改宣教郎，知建陽縣。真德秀還里，克莊師事之，學益進。言官李知孝、梁成大箋克莊《落梅》詩，激怒史彌遠，幾得譴，鄭清之力辨，乃改通判潮州。真德秀帥閩，以機幕辟除將作監主簿、帥司參議官。除樞密院編修官，兼權侍右郎官。主管玉局觀。尋知漳州，改知袁州。殿中侍御史蔣峴劾克莊，罷歸。擢廣東提舉，升轉運使兼提舉市舶使。除江東提刑。召赴行在，道除太府少卿。理宗賜同進士出身，除秘書少監，兼權國史院編修、實錄院檢討官，兼崇政殿說書。提舉明道宮。景定元年，賈似道爲相，克莊與似道有舊，除秘書監，復除起居郎兼權中書舍人。累進除權工部尚書兼侍讀。除煥章閣學士守本官致仕。卒年八十三，謚文定。

軍中樂

【題解】 此詩是劉克莊以抗戰爲主題的十首新樂府詩之一。南宋偏安江南，文恬武嬉。辛棄疾《美芹十論》第六《屯田》："營幕之間，飽暖有不充，而主將歌舞無休時；鋒鏑之下，肝腦不敢保，而主將雍容於帳中。" 南宋後期，情況更甚於此。此詩揭露了南宋軍隊的苦樂不均，諷刺將領生活腐化，不恤士卒，與唐高適《燕歌行》"戰士軍前半死生，美人帳下猶歌舞"的含意略同，而描寫更生動具體，近似張、王樂府。

行營面面設刁斗，帳門深深萬人守。將軍貴重不據鞍，夜夜發兵防隘口。自言虜畏不敢犯，射麋捕鹿來行酒。更闌酒醒山月落，綵縑百段支女樂。誰知營中血戰人，無錢得合金瘡藥！

《四部叢刊》影賜硯堂本《後村先生大全集》卷八

〇"行營"二句：謂軍中將領營帳戒備森嚴。行營，軍隊出征時使用的營幕。刁斗，軍中巡邏打更的器具。〇綵縑：雙絲織的黃色細絹，用作賞贈酬謝之物，可充貨幣。〇合金瘡藥：照方配藥曰合藥。金瘡，指刀劍創傷。

北來人二首

【題解】 這兩首詩借一個從北方金人統治區逃難到南宋的難民之口，訴說了故都的荒涼景象和自身的悲慘經歷；並通過"北來人"與南方"甲第"生活狀況和心理狀況的巨大反差，表達了詩人對南宋統治者的憤懣和失望。

試說東都事，添人白髮多。寢園殘石馬，廢殿泣銅駝。胡運占難久，邊情聽易訛。淒涼舊京女，妝髻尚宣和。

十口同離仳，今成獨雁飛。飢鋤荒寺菜，貧着陷蕃衣。甲第歌鐘沸，沙場探騎稀。老身閩地死，不見翠鑾歸。

《四部叢刊》影賜硯堂本《後村先生大全集》卷一

○東都：指北宋首都汴京。○"添人"句：李白《秋浦歌》詩云："白髮三千丈，緣愁似個長。"○"寢園"句：謂北宋帝后的陵園殘破，唯餘石馬。寢園，古帝王陵園中有寢殿，爲祭祀之所，故名。《漢書·韋玄成傳》："而昭靈后、武哀王、昭哀后、孝文太后、孝昭太后、衛思后、戾太子、戾后各有寢園，與諸帝合，凡三十所。"石馬，石刻之馬，列於陵墓前。杜甫《玉華宮》詩云："當時侍金輿，故物獨石馬。"○"廢殿"句：謂宮殿荒涼，銅駝哭泣於荊棘之中。《晉書·索靖傳》："靖有先識遠量，知天下將亂，指洛陽宮門銅駝歎曰：'會見汝在荊棘中耳！'"○胡運：指金人的國運。占：占卜預測。○"邊情"句：謂邊境的消息多訛傳不可信。○"妝髻"句：舊都婦女的妝扮和髮髻還保留着宋徽宗宣和年間（1119—1125）的式樣，意謂國土雖淪陷了好多年，但人民還保存着北宋的風俗習慣。○"十口"句：意謂從北方逃到南方來原有十口人。離仳，離別。○陷蕃衣：意謂人雖逃回南宋，但因貧還穿着淪陷於金國時穿的衣服。蕃，通"番"，古泛指西北部游牧民族。○"甲第"二句：謂南宋的達官貴人祇顧歌舞宴樂，全無收復失地之心，不派人探聽金國軍情。○"不見"句：意謂看不見王師北伐，收復汴京。翠鑾，皇帝的車駕。

北山作

【題解】 此詩寫自甘隱逸的心情。詩學賈島、姚合，風格近四靈，而較之思路劌刻，境界幽峭，枯淡中略帶牢騷之氣。紀昀《瀛奎律髓刊誤》卷二十三《閑適類》稱此詩"亦是武功派，然是武功派之不惡者"。武功，指姚合。

骨法枯閑甚，惟堪作隱君。山行忘路脈，夜坐認天文。字瘦偏題石，詩寒半說雲。近來仍喜聵，閑事不曾聞。

《四部叢刊》影賜硯堂本《後村先生大全集》卷一

○骨法：舊謂人之骨相，與人的貴賤相關。宋玉《神女賦》："骨法多奇，應君之相。"《史記·淮陰侯列傳》："貴賤在於骨法，憂喜在於容色。"○隱君：即隱君子，隱居者。《史記·老莊申韓列傳》："老子，隱君子也。"○夜：方回《瀛奎律髓》此詩校記曰："'夜'一作'野'。"紀昀《刊誤》曰："既曰'天文'，則作'野'非是。"○聵：耳聾。原作"瞶"，涉形近而誤，據《宋詩精華錄》卷四改。

| 輯　錄 |

◎方回《瀛奎律髓》卷四十二《寄贈類》劉後村《贈翁卷》評語：後村詩比"四靈"斤兩輕，得之易，而磨之猶未瑩也。"四靈"非極瑩不出，所以難。後村晚節詩飽滿"四靈"，用事冗塞，小巧多，風味少，亦減於"四靈"也。

◎《四庫全書總目》卷一百六十三《後村集》提要：其詩派近楊萬里，大抵詞病質俚，意傷淺露。然其清新獨到之處，要未可盡廢。

參考書目

《石屏詩集》，戴復古撰，《四部叢刊續編》影明弘治刊本。

《後村先生大全集》，劉克莊撰，《四部叢刊》影賜硯堂本。

《後村詩話》，劉克莊撰，中華書局 1983 年版。

《江湖詩派研究》，張宏生著，中華書局 1995 年版。

思考題

1. 試談江湖詩派和"四靈"詩派之間的關係。
2. 如何理解陳衍所說戴復古詩"心思力量，皆非晚宋人所有"？
3. 試舉例說明戴復古、劉克莊詩對"江湖習氣"的超越。
4. 方回稱劉克莊詩爲"飽滿'四靈'，用事冗塞"，是什麼意思？

第十節　遺民詩人

文天祥（1236—1282）

傳略見"宋金文學"第一章第九節。

金陵驛

【題解】 此詩爲文天祥兵敗被俘後押赴燕京途中過金陵時所作。金陵，南宋爲建康府，今江蘇南京。驛，驛站。詩寫國破家亡之痛，英雄末路，志在必死，情感沉摯，風格悲涼。

草合離宮轉夕暉，孤雲漂泊復何依！山河風景元無異，城郭人民半已非。

滿地蘆花和我老，舊家燕子傍誰飛？從今別卻江南路，化作啼鵑帶血歸。

《四部叢刊》影明刊本《文山先生全集》卷十四《指南後錄》

○"草合"句：言金陵行宮一片荒涼。古帝王於正式宮殿之外別築宮室，以便隨時游處，謂之離宮，言與正式宮殿別離，亦稱行宮。《宋史·地理志四》江寧府："（建炎元年）五月，高宗即府治建行宮。"○"孤雲"句：謂自身無國家可依。參見前曾幾《寓居吳興》詩注。○"山河"句：《世說新語·言語》："過江諸人，每至美日，輒相邀新亭，藉卉飲宴。周侯中坐而歎曰：'風景不殊，正自有山河之異。'皆相視流涕。"此化用其語意。○"城郭"句：《搜神後記》載漢遼東人丁令威在靈虛山學道成仙，後化鶴歸來，落城門華表柱上，飛鳴作人言："有鳥有鳥丁令威，去家千年今始歸，城郭如故人民非。"此借用其語，歎息金陵的人民被元軍大肆屠殺。○"滿地"句：蘆花色白，似人白髮，故曰"和我老"。唐劉禹錫《西塞山懷古》有"金陵王氣黯然收"和"故壘蕭蕭蘆荻秋"之句，此暗用其意。○"舊家"句：謂金陵城內舊家大族房宅被毀，燕子無處棲身。劉禹錫《金陵五題·烏衣巷》："舊時王謝堂前燕，飛入尋常百姓家。"此活用其意。○江南路：南宋時金陵為建康府，屬江南東路。○"化作"句：謂魂魄將化為杜鵑飛回故國。《太平御覽》卷一百六十六引《十三州志》："望帝使鱉冷鑿巫山治水，有功，望帝自以為德薄，乃委國禪鱉冷，號曰開明，遂自亡去，化為子規。"又云："杜宇死時，適二月，而子規鳴，故蜀人憐之。"子規，杜鵑的別稱。

| 輯　錄 |

◎《四庫全書總目》卷一百六十四《文山集》提要：天祥平生大節，照耀古今，而著作亦極雄贍，如長江大河，浩瀚無際。其廷試對策及上理宗諸書，持論剴直，尤不愧肝膽如鐵石之目。故長谷真逸《農田餘話》曰：宋南渡後，文體破碎，詩體卑弱，惟范石湖、陸放翁為平正。至晦庵諸子，始欲一變時習，模仿古作，故有神頭鬼面之論。時人漸染既久，莫之或改。及文天祥留意杜詩，所作頓去當時之凡陋。觀《指南前後錄》，可見不獨忠義貫於一時，亦斯文間氣之發見也。

鄭思肖（1241—1318）

《宋史翼・遺獻傳一・鄭思肖傳》：鄭思肖，字所南，號憶翁，福建連江人。思肖少游太學，補上舍生，豪邁有雋才，爲文章不起草。隨父寓居臨安。元兵南下，痛國事日非，叩閽上章，不報。宋亡，歲時伏臘，輒向南野哭。矢不與北人交接，聞北語，則掩耳走。坐臥未嘗北向。扁其室，曰"本穴世界"，以"本"字之"十"置下文，則"大宋"也。精墨蘭，畫成，即毀之，人求之，甚靳。自更祚後，畫蘭不畫土根，人詢其故，則曰："地爲他人奪去，汝猶不知耶？"平日所作詩文，惓惓不忘故君，遇宋臣仕元者，雖素交，必與之絕。著書甚多，有《大無工十空經》一卷，"空"字去"工"而加"十"爲"宋"，隱爲《大宋經》。廋詞奇語，莫知所謂。疾亟，屬其友唐東嶼曰："思肖死矣，煩書一牌，當云：大宋不忠不孝鄭思肖，傷國家之滅亡也。"語訖而絕，年七十有八。初，思肖上疏，語多觸元忌，俗以是爭目之，遂變今名，隱吳下。思肖寓意思趙，名與字皆然，其初名竟莫得而傳。

送友人歸

【題解】 此詩作於宋亡以後。詩中抒寫了隱迹山林、決不向元朝統治者俯首稱臣的情懷。

年高雪滿簪，喚渡浙江潯。花落一杯酒，月明千里心。鳳凰身宇宙，麋鹿性山林。別後空回首，冥冥煙樹深。

上海古籍出版社版《宋詩紀事》卷八十

〇"花落"句：點化黃庭堅《寄黃幾復》詩中"桃李春風一杯酒"之

意。○"月明"句：即謝莊《月賦》中"隔千里兮共明月"之意。○"鳳凰"句：喻指賢人遠避亂世，寫友人。《楚辭》宋玉《九辯》："鳳愈飄翔而高舉。"王逸注："賢者遁世，竄山谷也。"又曰："鳳皇高飛而不下。"注："智者遠逝，之四方也。"《文選》賈誼《弔屈原文》："鳳凰翔於千仞兮，覽德輝而下之。見細德之險徵兮，遙矰擊而去之。"此化用其意。○"麋鹿"句：喻指隱士喜愛山林，寫自己。

林景熙（1242—1310）

傳略見"宋金文學"第一章第九節。

山窗新糊有故朝封事稿閱之有感

【題解】此詩作於宋亡以後。故朝，指南宋。封事，古官吏上書奏機密事，爲防泄露，用皂囊封緘呈進，故稱封事。詩中借南宋官員的奏章用作糊窗紙一小事，寄托了深沉的興亡之感。元章祖程《霽山集》注曰："此詩工在'防秋疏'、'障北風'六字間，非情思精巧，道不到也。然感慨之意，又自見於言外。"

偶伴孤雲宿嶺東，四山欲雪地爐紅。何人一紙防秋疏，卻與山窗障北風。

中華書局上海編輯所版《霽山集》卷一

○地爐：取暖的火坑。唐司空圖《修史亭》詩："漸覺一家看冷落，地爐生火自溫存。"○防秋疏：防禦敵人入侵而進呈朝廷的奏章。自漢以來，每至入秋，北方游牧民族常趁秋高馬肥入侵中原，屆時邊塞特別加強邊防。《舊唐書·陸贄傳》："又以河隴陷蕃已來，西北邊常以重兵守備，謂之防秋。"○北風：雙關北方南來的元朝侵略者。《左傳·襄公十八年》："晉人聞有楚師，師曠曰：'不害。吾驟歌北風，又歌南風，南風不競，多死聲，楚必無功。'"宋遺民常用北風比喻元朝軍隊，如鄭思肖《寒菊》

詩："寧可枝頭抱香死，何曾吹落北風中。"元虞集《挽文山丞相》詩："南冠無奈北風吹。"

汪元量（1241—約1330）

《宋史翼·遺獻傳二·汪元量傳》：汪元量，字大有。爲詩感慨有氣節，嘗以善琴受知紹陵。宋亡，從三宮北去，留燕甚久。時故宮人王清惠、張瓊英皆善詩，相見輒共涕泣。或至文文山銀鐺所，作《拘幽十操》，文山倚歌和之。元祖聞其名，召入鼓琴。一再行乞，爲黃冠，歸錢塘。既歸，往來匡廬彭蠡間，莫測其去留之迹。自號水雲子，有《水雲集》。自奉使出疆、三宮去國、所歷故都遺迹可喜可諤、可歌可泣者，皆收拾於詩，劉辰翁、馬廷鸞目爲詩史。

湖州歌（選二首）

【題解】 宋恭帝德祐二年（1276）正月，元丞相伯顏進軍至臨安東北之皐亭山，宋朝太皇太后上傳國璽請降。二月，元軍進屯湖州，令人索取太皇太后諭天下州郡降附的手詔，並封存宋朝的府庫、圖書及百官印信，解散宋朝職官和侍衛軍。三月，伯顏以宋三宮北行。湖州之降附手詔，是宋亡的標誌，故組詩以"湖州歌"爲題。原作九十八首，雜寫宋亡時三宮北行事，此選其二首。孔凡禮輯校《增訂湖山類稿》附錄清錢謙益《書汪水雲集後》稱此組詩"記亡國北徙之事，周詳惻愴，可謂詩史"。

一勺吳山在眼中，樓臺疊疊間青紅。錦帆後夜煙江上，手抱琵琶憶故宮。

北望燕雲不盡頭，大江東去水悠悠。夕陽一片寒鴉外，目斷東西四百州。
中華書局版孔凡禮輯校《增訂湖山類稿》卷二
○"一勺"二句：謂吳山上南宋皇帝御苑的樓臺均在一掬淚眼之中。

一匊，同"一掬"，猶言一捧。吳山，又名胥山，在今杭州西湖東南。《咸淳臨安志》卷二十二："吳山在城中，吳人祠伍子胥山上，因名曰胥山。"上有皇帝御苑。汪元量《越州歌》其十六："昨夢吳山閶苑開，風吹仙樂下瑤臺。"其二十："苦夢吳山列御筵，三千宮女燭金蓮。"疊疊，一作"纍纍"。○燕雲：即燕雲十六州，其地在今河北、山西北部。自五代石敬瑭以燕雲十六州賄契丹，其地先後爲女真、蒙古貴族占領。《宋史·地理志序》："至是天下既一，疆理幾復漢、唐之舊，其未入職方氏者，唯燕雲十六州而已。"此泛指元大都燕京一帶，即北行之目的地。○東西：一作"東南"。四百州：《元豐九域志》卷首王存上表曰："總二十三路，京府四，次府十，州二百四十二，軍三十七，監四，縣一千二百三十五。"南宋不及此數。此泛指全國。

謝　翱（1249—1295）

傳略見"宋金文學"第一章第九節。

西臺哭所思

【題解】元世祖至元二十八年（1291），謝翱登嚴光釣臺之西臺，爲悼念宋故丞相文天祥殉國而作此詩，同時尚作有《登西臺慟哭記》。西臺，在浙江桐廬縣西富春江畔，相傳爲東漢高士嚴光的釣魚之臺，有東西二臺。

殘年哭知己，白日下荒臺。淚盡吳江水，隨潮到海回。故衣猶染碧，后土不憐才！未老山中客，惟應賦《八哀》。

明萬曆刊本《晞髮集》卷七

○吳江：指富春江，三國時屬吳地，故名。○"故衣"句：謂文天祥遺下的舊衣上還染着碧血。碧，碧血，指忠臣義士之血。《莊子·外物》："故伍員流於江，萇弘死於蜀，藏其血，三年而化爲碧。"○后土：土地神。

此爲"皇天后土"之略稱,指天地。○《八哀》:杜甫詩名,内容爲哀悼王思禮、李光弼、嚴武、李璡、李邕、蘇源明、鄭虔、張九齡等八位人物,多爲唐朝著名將相或杜甫的知己。此借指哀悼文天祥。

參考書目

《文山先生全集》,文天祥撰,《四部叢刊》影明刊本。

《霽山集》,林景熙撰,中華書局上海編輯所 1960 年版。

《增訂湖山類稿》,汪元量撰,孔凡禮輯校,中華書局 1984 年版。

《晞髮集》,謝翱撰,明萬曆刊本。

思考題

1. 如何認識宋遺民詩人作品中的民族氣節和愛國忠誠?
2. 試述遺民詩人的主要創作傾向。

第十一節 道學體

朱 熹(1130—1200)

傳略見"宋金文學"第一章第八節。

春 日

【題解】 此詩借詠春日風光,暗示了求道的過程和對道體的認識。

勝日尋芳泗水濱,無邊光景一時新。等閒識得東風面,萬紫千紅總是春。

《四部叢刊》影明嘉靖本《晦庵先生朱文公文集》卷二

○"勝日"句：暗喻追求孔門聖人之道。案，古泗水流經山東曲阜魚臺、江蘇徐州，至洪澤湖畔龍集入淮。其地在南宋時已屬金國統治區，朱熹不可能在此"尋芳"。故"泗水濱"祇能是隱喻。孔子居於洙、泗二水之間，教授弟子。《禮記·檀弓上》："吾與女事夫子於洙泗之間。"○"萬紫"句：謂各種顏色的花中都體現着春天。此即惠洪《禪林僧寶傳》卷二《韶州雲門大慈雲弘明禪師傳贊》所謂："公之全體大用，如月照衆水，波波頓見而月不分；如春行萬國，處處同時而春無迹。"此可視爲宋道學家"理一分殊"的著名哲學命題的隱喻。楊萬里《雨霽》詩："不須苦問春多少，暖幕晴簾總是春。"即此意。

鵝湖寺和陸子壽

　　【題解】據王懋竑《朱子年譜》，此詩作於宋孝宗淳熙六年（1179）二月。鵝湖寺，在今江西鉛山北。《清一統志》卷三一四《廣信府》一："鵝湖書院在鉛山縣北鵝湖山。宋淳熙二年，朱子與呂祖謙、陸九淵兄弟講學鵝湖寺，後人立爲四賢堂。"陸子壽，名九齡，撫州人，乾道進士，學者稱復齋先生。與其弟陸九淵（字子靜）同爲南宋理學家。據袁燮等編《象山先生年譜》，淳熙二年（1175），呂祖謙約朱熹與陸九淵兄弟同會於鵝湖，論辯學術："論及教人，元晦之意，欲令人泛觀博覽，而後歸之約；二陸之意，欲先發明人之本心，而後使之博覽。朱以陸之教人爲太簡，陸以朱之教人爲支離，此頗不合。"此會實爲南宋理學與心學之爭。時陸九齡作詩曰："孩提知愛長知欽，古聖相傳祇此心。大抵有基方築室，未聞無址忽成岑。留情傳注翻榛塞，着意精微轉陸沉。珍重友朋相切琢，須知至樂在於今。"陸九淵作詩曰："墟墓興哀宗廟欽，斯人千古不磨心。涓流滴到（本集作'積至'）滄溟水，拳石崇成泰華岑。簡易工夫終久大，支離事業竟浮沉。欲知自下升高處，真僞先須辨祇今。"鵝湖之會三年後，陸九齡自撫州來訪，朱熹作此詩和答前韻，既尊重持不同觀點的朋友，又表明了自己提倡博學求知的一貫精神。

德義風流夙所欽，別離三載更關心。偶扶藜杖出寒谷，又枉籃輿度遠岑。舊學商量加邃密，新知培養轉深沉。卻愁說到無言處，不信人間有古今。

《四部叢刊》影明嘉靖本《晦庵先生朱文公文集》卷四

○德義：《管子・形勢解》曰："德義者，行之美者也。德義美，故民樂之。"○藜杖：藜之老莖所製手杖。○籃輿：竹轎。○邃密：精細。○"卻愁"二句：委婉批評二陸所主心學缺乏歷史主義的態度。

| 輯　錄 |

◎陳衍《宋詩精華錄》卷三：晦翁登山臨水，處處有詩，蓋道學中之最活潑者。然詩語終平平無奇，不如選其寓物說理而不腐之作。

參考書目

《晦庵先生朱文公文集》，朱熹撰，《四部叢刊》影明嘉靖本。

思考題

如何評價朱熹及宋代道學家的哲理詩？

第十二節　金　詩

王　樞（生卒年不詳）

《中州集》卷九王內翰樞小傳：樞字子慎，良鄉人。遼日登科，仕國朝，直史館。

三河道中

【題解】三河，縣名，遼屬析津府，金屬中都路通州，在今河北。此詩作於遼亡後，故山依舊而朝代更迭，人間如夢的慨歎中包含着家國興亡之感。

十載歸來對故山，山光依舊白雲閑。不須更讀元通偈，始信人間是夢間。

《四部叢刊》影元刊本《中州集》卷九

○元通偈：當作"圓通偈"，指《楞嚴經》卷五世尊說偈言："真性有爲空，緣生故如幻。無爲無起滅，不實如空花。……根選擇圓通，入流成正覺。"蘇軾《戲贈虔州慈雲寺鑒老》："卻須重說圓通偈，千眼薰籠是法王。"

元好問（1190—1257）

《金史·文藝傳下·元好問傳》：好問字裕之。七歲能詩。年十有四，從陵川郝晉卿學，不事舉業，淹貫經傳百家，六年而業成。下太行，渡大河，爲《箕山》、《琴臺》等詩，禮部趙秉文見之，以爲近代無此作也。於是名震京師。中興定五年第，歷内鄉令。正大中，爲南陽令。天興初，擢尚書省掾，頃之，除左司都事，轉行尚書省左司員外郎。金亡，不仕。爲文有繩尺，備衆體。其詩奇崛而絕雕劌，巧縟而謝綺麗。五言高古沉鬱。七言樂府不用古題，特出新意。歌謠慷慨，挾幽、并之氣。其長短句，揄揚新聲，以寫恩怨者，又數百篇。兵後，故老皆盡，好問蔚爲一代宗工，四方碑板銘誌盡趨其門。其所著文章詩若干卷、《杜詩學》一卷、《東坡詩雅》三卷、《錦機》一卷、《詩文自警》十卷。晚年尤以著作自任，凡金源君臣遺言往行，采摭所聞，有所得輒以寸紙細字爲記錄，至百餘萬言。今所傳者有《中州集》及《壬辰雜編》若干卷。年六十八卒。纂修《金史》，多本其所著云。

赤壁圖

【題解】《中州集》有李致美《題武元直赤壁圖》詩。此詩當爲同時所作。方東樹《昭昧詹言》卷十二評此詩曰："純是神來之候，而後幅尤勝。遺山他篇，皆不逮此。"又曰："成句絡繹奔赴，氣愈縱橫，神來之候，他人不能妄爲。"

馬蹄一蹴荆門空，鼓聲怒與江流東。曹瞞老去不解事，誤認孫郎作阿琮。孫郎矯矯人中龍，顧盼叱咤生雲風。疾雷破山出大火，旗幟北捲天爲紅。至今圖畫見赤壁，髣髴燒虜留餘蹤。令人長憶眉山公，載酒夜俯馮夷宮。事殊興極憂思集，天澹雲閑今古同。得意江山在眼中，凡今誰是出群雄？可憐當日周公瑾，憔悴黄州一禿翁。

人民文學出版社版《元遺山詩集箋注》卷三

〇"馬蹄"二句：寫曹操征劉表、降劉琮、攻劉備事。《三國志·魏書·武帝紀》："（建安十三年）秋七月，公（曹操）南征劉表。八月，表卒，其子琮代，屯襄陽，劉備屯樊。九月，公到新野，琮遂降。備走夏口。公進軍江陵，下令荆州吏民，與之更始。……十二月，孫權爲備攻合肥。公自江陵征備，至巴丘，遣張憙救合肥。……公至赤壁。"蹴，踐踏。荆門，即荆門山，荆州天險。《清一統志》卷三百四十四荆州府一："荆門山，在宜都縣西北五十里。與虎牙山相對。《荆州記》：荆門江南，虎牙江北。荆門上合下開。《水經注》：荆門、虎牙二山，楚之西塞，水勢急峻。"
〇"曹瞞"二句：謂赤壁戰前，曹操誤將孫權視爲劉琮之類軟弱無能的人物。《三國志·吳書·吳主傳》裴松之注引《吳曆》：曹公出濡須，權乘輕船從濡須口入公軍。"公見舟船器仗軍伍整肅，喟然歎曰：'生子當如孫仲謀，劉景升兒子若豚犬耳！'"其時爲建安十八年，已在赤壁之戰五年後。此活用其事。曹瞞：曹操小字阿瞞，故稱。孫郎，即孫權，字仲謀。阿琮，劉表之子劉琮，表字景升。○"孫郎"句：《三國志·吳書·吳主傳》裴注引《江表傳》曰："權生，方頤大口，目有精光，堅異之，以爲有貴相。……性度弘朗，仁而多斷，好俠養士。"又《吳主傳贊》曰："孫權屈身忍辱，任才尚計，有句踐之奇，英人之傑矣。"○"顧盼"句：《三國志·魏書·賈詡傳》裴注引《九州春秋》載閻忠曰："指麾可以振風雲，叱咤足以興雷電。"此化用其語。○"疾雷"二句：寫赤壁之戰的場面。《三國志·吳書·周瑜傳》："權遂遣瑜及程普等與備並力逆曹公，遇於赤壁。時曹公軍衆已有疾病，初一交戰，公軍敗退，引次江北，瑜等在南岸。瑜部將黃蓋……乃取蒙衝鬥艦數十艘，實以薪草，膏油灌其中，裹以帷幕，上建牙旗，先書報曹公，欺以欲降。又預備走舸，各繫大船後，因引次俱前。曹公軍吏士皆延頸觀望，指言蓋降。蓋放諸船，同時發火。時風盛猛，悉延燒岸上營落。頃之，煙炎張天，人馬燒溺死者甚衆，軍遂敗退。"又《莊子·齊物論》："疾雷破山振海而不能驚。"此借用其語。○"令人"句：謂見赤壁圖而懷念蘇軾。軾爲眉山人，故稱眉山公。方東樹《昭昧詹言》卷十二曰："抗墜不測，兩事合併處，接得神氣湊泊，音響明徹。"兩事，指周瑜赤壁破曹和蘇軾赤壁懷古兩事。○"載酒"句：蘇軾《前赤壁賦》曰："壬戌之秋，七月既望，蘇子與客泛舟，游於赤壁之下。"《後赤壁賦》曰："攜酒與魚，復游於赤壁之下。……攀棲鶻之危巢，俯馮夷之幽宮。"馮夷：河神名。○"事殊"句：用杜甫《漢陂行》詩中的成句。○"天澹"句：用杜牧《題宣州開元寺水閣》詩中的成句。○"凡今"句：用杜甫《戲爲六絕句》之四詩中的成句。○"可憐"二句：此以破曹的周瑜與貶謫的蘇軾自況，詩意本蘇軾《念奴嬌·赤壁懷古》詞："遙想公瑾當年，小喬初嫁了，雄姿英發。羽扇綸巾，談笑間、強虜灰飛煙滅。

故國神游，多情應笑我，早生華髮。"高步瀛《唐宋詩舉要》卷三引吳汝綸曰："後兩句言少年以天下自任，不謂衰老如此也。"

壬辰十二月車駕東狩後即事五首（選二首）

【題解】 壬辰爲金哀宗天興元年（1232）。是年三月，蒙古軍圍金都汴京。四月，金遣戶部楊居仁乞和，汴京解嚴。七月，金飛虎軍殺蒙古使唐慶，和議遂絕。《金史·哀宗紀》："天興元年十二月甲申，詔議親出。乙酉，除拜扈從及留守京城官，以右丞相、樞密使兼左副元帥賽不等率諸軍扈從，參知政事兼樞密院副使完顏奴申等留守。庚子，上發南京。辛丑，鞏昌元帥完顏忽斜虎至金昌爲上言，京西三百里之間無井竈，不可往，東行之議遂決。乙巳，諸將請幸河朔，從之。二年正月丙午朔，濟河，北風大作，後軍不克濟。丁未，元兵追擊於南岸。己未，上以白撒謀棄六軍渡河，與副元帥合里合六七人走歸德。庚申，諸軍始知上已行，遂潰。辛酉，司農大卿蒲察世達、元帥完顏忽土出歸德西門，奉迎上入歸德。"歸德，府名，故治在今河南商丘。時元好問官除左司都事，留守汴京，身陷重圍，目擊時艱，作詩五首以感時抒懷。高步瀛《唐宋詩舉要》卷六稱此詩"沉摯冤煩，神氣迸出"。

慘澹龍蛇日鬥爭，干戈直欲盡生靈。高原水出山河改，戰地風來草木腥。精衛有冤填瀚海，包胥無淚哭秦廷。并州豪傑知誰在？莫擬分軍下井陘。

萬里荊襄入戰塵，汴州門外即荊榛。蛟龍豈是池中物，螻蟻空悲地上臣。喬木他年懷故國，野煙何處望行人？秋風不用吹華髮，滄海橫流要此身。

人民文學出版社版《元遺山詩集箋注》卷八

○"惨憺"句：古謂歲在龍蛇，賢人有厄。《後漢書·鄭玄傳》："夢孔子告之曰：'起，起，今年歲在辰，來年歲在巳。'既寤，以讖合之，知命當終。"李賢注引北齊劉晝《高才不遇傳》論玄曰："辰爲龍，巳爲蛇，歲至龍蛇賢人嗟。"案，天興元年，歲在壬辰；二年，歲在癸巳。金哀宗東狩，時在元年十二月和二年正月之間，即龍蛇之間。○"干戈"句：極言金元戰爭造成殘酷的大屠殺。○"高原"句：古謂山搖水出的地震爲國政不祥的徵兆。《漢書·五行志》載京房《易傳》曰："大經搖政，茲謂不陰，厥震搖山，山出湧水。嗣子無德專祿，茲謂不順，厥震動丘陵，湧水出。"此暗示國運將終。○"精衛"二句：謂己空懷亡國之悲，卻無救國之策。《續資治通鑒》卷一百六十六宋理宗紹定六年（即金天興二年）春正月："左司都事元好問謂薩尼雅布曰：'自車駕出京，今二十日許，又遣使迎兩宮，民間皆謂國家欲棄京城，相公何以處之？'薩尼雅布曰：'吾二人惟有一死爾。'好問曰：'死不難。誠能安社稷救生靈，死可也。如其不然，徒欲以一身飽五十紅衲軍，亦謂之死耶？'薩尼雅布不答。"精衛填海事見《山海經·北山經》：發鳩之山有鳥焉，名曰精衛。"是炎帝之少女，名曰女娃。女娃游於東海，溺而不返，故爲精衛。常銜西山之木石以堙於東海。"此以喻雖欲以身報國，而無濟於事。包胥即申包胥，春秋時楚國大夫。《左傳·定公四年》載：吳伐楚，破郢，申包胥如秦乞師。秦伯使辭焉。包胥乃"立依於庭牆而哭，日夜不絕聲，勺飲不入口七日。秦哀公爲之賦《無衣》，九頓首而坐。秦師乃出"。此以喻無處可乞救兵。○并州二句：據《金史·白撒傳》載，天興元年哀宗車駕至黃陵岡，"白撒奏曰：'……今可駐歸德，臣等率降將往東平，俟諸軍到，可一鼓而下，因而經略河朔。'……上以爲然"。并州，即今山西太原。井陘，在今河北，山勢險峻，爲兵家必爭之地。經略河朔必分兵出井陘。如《資治通鑒》卷二百一十七《唐紀》三十三至德元年載"選良將一人分兵先出井陘定河北"。又卷二百八十六《後漢紀》一高祖天福十二年載：河東節度使劉知遠駐節并州，"聞晉主北遷，聲言欲出兵井陘，迎歸晉陽"。此活用其事，謂已無劉知遠之類的并州豪傑可救駕，故分兵井陘、經略河朔已非計。〇"萬里"句：《金史·哀宗紀》記：正大八年（1231）十一月，元進兵嶢峰關，乃詔諸將屯軍襄、鄧。案，金南京路鄧州治穰城縣，在今河南鄧州東南；南陽縣，在今河南。因東漢南陽郡屬荆州，而與襄陽郡相鄰，故泛稱荆襄。〇"蛟龍"句：謂歸德非金哀宗所當居之地。《三國志·吳書·周瑜傳》載瑜上疏孫權曰："劉備以梟雄之姿，……必非久屈為人用者。……恐蛟龍得雲雨，終非池中物也。"此用其語。〇"蟻虱"句：謂己等微臣空有悲憤而回天無力。唐盧仝《月蝕詩》曰："地上蟻虱臣仝告訴帝天皇：臣心有鐵一寸，可剗妖蟇癡腸。"此反其意而用之。〇"喬木"句：謂日後唯有睹喬木而懷念已亡的故國。《文選》卷二十七顏延年《還至梁城作》："故國多喬木，空城凝寒雲。"李善注引《論衡》曰："觀喬木，知舊都。"〇"野煙"句：唐昭宗流亡興元，有《菩薩蠻》詞云："回頭遙望秦宮殿，茫茫祇見雙飛燕。渭水一條流，千山與萬丘。野煙生碧樹，陌上行人去。何處有英雄？迎儂歸故宮。"此以喻即將亡國的金哀宗。〇"秋風"二句：《唐宋詩舉要》卷六評曰："結語最見抱負。"又引吳汝綸曰："滄海橫流正要此身，故言西風不用吹華髮也。"滄海橫流：喻時世動亂。晉范甯《春秋穀梁傳序》："孔子睹滄海之橫流，廼喟然而歎曰：'文王既沒，文不在兹乎！'"楊士勛疏："今以為滄海是水之大者，滄海橫流，喻害萬物之大，猶言在上殘虐之深也。"

| 輯　錄 |

◎瞿佑《歸田詩話》卷中：元遺山在金末，親見國家殘破，詩多感愴。如云"高原水出山河改，戰地風來草木腥"，"花啼杜宇歸來血，樹挂蒼龍蛻後鱗"，"白骨又多兵死鬼，青山元有地行仙"，"燕南趙北無全士，王後盧前總故人"，皆寓悲愴之意。至云"神功聖德三千牘，大定明昌五十年"，不忘前朝之盛，亦可念也。

◎趙翼《甌北詩集》卷三十三《題元遺山詩》：身閱興亡浩劫空，兩朝文獻一衰翁。無官未害餐周粟，有史深愁失楚弓。行殿幽蘭悲夜火，故都喬木泣秋風。國家不幸詩家幸，賦到滄桑句便工。

◎趙翼《甌北詩話》卷八：元遺山才不甚大，書卷亦不甚多，較之蘇、陸，自有大小之別。然正惟才不大、書不多，而專以精思銳筆，清鍊而出，故其廉悍沉摯處，較勝於蘇、陸。蓋生長雲朔，其天稟本多豪健英傑之氣；又值金源亡國，以宗社邱墟之感，發爲慷慨悲歌，有不求而自工者。此固地爲之也，時爲之也。同時李治，稱其"律切精深，有豪放邁往之氣。樂府則清雄頓挫，用俗爲雅，變故作新，得前輩不傳之妙"。郝經亦稱其"歌謠跌宕，挾幽、并之氣，高視一世。以五言雅爲工，出奇於長句、雜言，愉揚新聲，以寫怨思"。《金史》本傳亦謂其"奇崛而絕雕刻，巧縟而謝綺麗"。是數說者，皆可得其真矣。又：蘇、陸古體詩，行墨間尚多排偶。一則以肆其辨博，一則以侈其藻繪，固才人之能事也。遺山則專以單行，絕無偶句，構思窅渺，十步九折，愈折而意愈深、味愈雋，雖蘇、陸亦不及也。七言律則更沉摯悲涼，自成聲調。唐以來律詩之可歌可泣者，少陵十數聯外，絕無嗣響，遺山則往往有之。如《車駕遁入歸德》之"白骨又多兵死鬼，青山原有地行仙"，"蛟龍豈是池中物，蠛虱空悲地上臣"……此等感時觸事，聲淚俱下，千載後猶使讀者低徊不能置。蓋事關家國，尤易感人。又：遺山修飾詞句，本非所長，而專以用意爲主。意之所在，上者可以驚心動魄，次亦沁人心脾。

參考書目

《元遺山詩集箋注》，施國祁箋注，人民文學出版社 1958 年版。
《中州集》，元好問編，《四部叢刊》影元刊本。

思考題

1. 試結合《赤壁圖》詩談談元好問七言古詩的藝術特點。

2. 以元好問詩爲例，談談對趙翼所謂"國家不幸詩家幸，賦到滄桑句便工"這兩句話的理解。

第三章

宋金詞

概　說

　　提到宋代文學，人們往往首先想到與唐詩、元曲、明清小說並稱的宋詞。的確，在宋代，詞的意境、形式、技巧都達到了鼎盛時期，由於唐人已經占領了詩歌的各方面主要陣地並達到了很高的藝術成就，宋詩較爲難於與唐詩爭雄，而在"詞"這一片唐人尚還祇是初步開墾的沃土上，就留下了讓宋人大力精耕細作進而獲取豐收的廣闊餘地。另一方面，唐五代詞雖然已經從藝人的歌曲逐漸發展成爲獨立的文學形式，爲宋詞的繁榮奠定了基礎，但是它完全獨立並取得與詩歌相抗衡的地位，卻要有待於宋代詩歌"言情"功能的衰退並向詞轉讓。由於在傳統上詞與樂歌有着割不斷的聯繫，與個人的日常生活內容和情感更加貼近，宋詞的正宗依然是吟風弄月，兒女情長。在宋代文人士大夫看來，個人的那些不算很正經而榮耀的情懷不宜於在"言志"的詩歌中宣洩抒發，但在詞中卻不妨較爲自由地流露出來。"詞爲豔科"、"詞別是一家"的觀念，實際上成了宋詞逃避倫理道德準則審查的保護傘，從而使宋詞得以承擔唐詩中相當部分"簸弄風月"的功能。較之宋代詩歌和散文，宋詞無疑帶有更多的受人喜愛的"人情味"，因此儘管宋詞在數量上和反映社會生活的廣度和深度方面遠不如宋詩與宋文，但在實際上它卻贏得了作爲有宋一代文學的代表性體裁而似乎超過了詩、文的地位。

從北宋之初到南宋之末，貫穿宋詞始終的詞家正脈，是從二晏、張先、柳永、秦觀、周邦彥、李清照、姜夔直到史達祖、吳文英等詞人。他們恪守詞"言情"、"婉約"、與音樂相結合的自身特點和傳統，在創作上精益求精，使詞的形制更加豐富，詞的語言更加精湛，詞的意境更加深婉，詞的風格更加細膩，詞的音律更加優美。雖然他們也受到詩歌風氣的影響，或趨向平易流暢，或講究含蓄凝練，或追求清空恬淡，或着意雕飾典雅，但終究保持了詞的本色當行特點，維繫了詞的內容表現個人日常生活情感的固有傳統。而宋詞的豐富內容與高度成就同時也正表現在更有一派詞人並不理會上述那些詞的自身特點和固有傳統，而敢於將詞導向詩，甚至文的領域。這派詞人由北宋蘇軾掀起初波，至南宋辛棄疾而達到高潮，蘇、辛本是放達豪雄、不受羈勒的人物，他們有意利用詞在語言形式上不同於詩的"長短句"、明白直露等特點，而從各個方面盡量加以自由暢達的表現和發揮，將"詩言志"的內容乃至散文化的句法都無拘無束地寫進詞中，這就大大豐富了詞的內容和形式技巧，將傳統的偎紅倚翠、淺斟低唱於花間樽前的詞引向遠爲廣闊得多的社會層面乃至金戈鐵馬的戰場，這就是通常爲人們稱道的將"十七八女郎"變換成"關西大漢"的所謂豪放詞風。這種詞風無疑提高了詞的地位，使它得以脫離"豔科"、"小道"而與詩文並駕齊驅，達到"無事不可言，無意不可入"的高度。但不可否認，這種豪放之風往往也減弱了詞自身固有的精緻細膩的審美特色，尤其是一些才情不足的所謂蘇辛一派詞人，常常會把詞寫得粗糙生硬，了無餘味。這種情形，使得"豪放"一派在詞壇上很難真正與傳統的所謂"婉約"派分庭抗禮，特別是在作品數量上，真正稱得上"豪放"的詞作終究是相當的少。但是，以蘇、辛爲首的豪放詞風畢竟標誌着宋詞在更高階段上的發展和變化，宋詞自蘇軾之後大體上就是沿着"婉約"的主旋律與"豪放"的變奏曲這兩個基調在演進，其主旋律維持着詞的傳統領域而使之越加精美細膩，其變奏曲則不斷突破詞的傳統領域而使之越加恣肆汪洋。

有金一代，詞人七十家，詞作存三千五百多首，"伉爽清疏，自成格調"（況周頤《蕙風詞話》卷三），而與大致同時的南宋詞風迥異，這既不無蘇學北行的影響，亦與北人天性相關。金初"借才異代"時期的吳激、蔡松年由宋而金，一開崇尚蘇詞之風。金中期多承平氣象，詞亦尚雅，多抒文人旨趣及隱逸之趣。貞祐南渡前後，詞境更趨醇雅，趙秉文、完顏璹爲其中代表。金元之際，李俊民、段氏"二妙"（段克己、段成己）俱多隱逸之情、歸閑之意，"二妙"尤有疏朗清勁之氣。至元好問則力尊蘇辛，云"樂府以來，東坡爲第一，以後便到稼軒"，其創作亦效法之，並兼取婉約之長，自鑄偉詞，"亦渾雅，亦博大，有骨幹，有氣象"（況周頤《蕙風詞話》卷三），成爲金詞最爲傑出的總結者。言及金詞，全真教不可不提，教中諸子多以詞宣講教義或往來交際，傳布民衆，相關詞作雖乏善可陳，卻數量極多，占金詞總數的一半以上，顯示出曲化及世俗化的強烈傾向，去南宋之風亦遠。

| 輯　錄 |

◎張惠言《詞選序》：宋之詞家，號爲極盛，然張先、蘇軾、秦觀、周邦彥、辛棄疾、姜夔、王沂孫、張炎，淵淵乎文有其質焉。其蕩而不返，傲而不理，枝而不物。柳永、黃庭堅、劉過、吳文英之倫，亦各引一端以取重於當世。而前數子者，又不免有一時放浪通脫之言出於其間。後進彌以馳逐，不務原其指意，破析乖剌，壞亂而不可紀。故自宋之亡而正聲絕，元之末而規矩隳，以至於今四百餘年，作者十數，諒其所是，互有繁變，皆可謂安蔽乖方，迷不知門戶者也。

◎《四庫全書總目》：詞自晚唐、五代以來，以清切婉麗爲宗。至柳永而一變，如詩家之有白居易；至蘇軾又一變，如詩家之有韓愈，遂開南宋辛棄疾等一派，尋源溯流，不能不謂之別格，然謂之不工則不可。

◎李調元《雨村詞話》序：北宋自東坡"大江東去"，秦七、黃九踵起，周美成、晏叔原、柳屯田、賀方回繼之，轉相矜尚，曲調愈多，派衍愈別。

◎況周頤《蕙風詞話》卷三：南宋佳詞能渾，至金源佳詞近剛方。宋詞深緻能入骨，如清真、夢窗是；金詞清勁能樹骨，如蕭閑、遁庵是。南人得江山之秀，北人以冰霜爲清。南或失之綺靡，近於雕文刻鏤之技；北或失之荒率，無解深裘大馬之譏。

◎吳梅《詞學通論》：大抵（宋）開國之初，沿五季之舊，才力所詣，組織較工，晏、歐爲一大宗，二主一馮，實資取法，顧未能脫其範圍也。汴京繁庶，競賭新聲，柳永失意無憀，專事綺語；張先流連歌酒，不乏豔辭，惟托體之高，柳不如張。蓋子野爲古今一大轉移也。前此爲晏、歐，爲溫、韋，體段雖具，聲色未開；後此爲蘇、辛，爲姜、史，發揚蹈厲，壁壘一變，而界乎其間者，獨有子野。……迨蘇軾則得其大，賀鑄則取其精，秦觀則極其秀，邦彥則集其成。此北宋詞之大概也。南渡以還，作者愈盛，而撫時感事，動有微言。……紹興以來，聲律之文，自以稼軒、白石、碧山爲優，夢窗則次之，草窗又次之，至竹屋、竹山輩則純疵互見矣。此南宋詞之大概也。

參考書目

《樂府雅詞》，南宋曾慥編，《四部叢刊》本。

《草堂詩餘》，南宋何士信編，《四部叢刊》本。

《絕妙好詞箋》，南宋周密輯，清查爲仁、厲鶚箋，上海古籍出版社**1984**年版。

《詞選》，清張惠言編，《四部備要》本。

《詞林紀事》，清張宗櫹撰，成都古籍書店**1982**年版。

《全宋詞》，唐圭璋編，中華書局**1986**年版。

《全金元詞》，唐圭璋編，中華書局**1979**年版。

《人間詞話》，王國維著，人民文學出版社**1984**年版。

《詞學通論》，吳梅著，華東師範大學出版社**1996**年版。

《迦陵論詞叢稿》，葉嘉瑩著，上海古籍出版社1980年版。

《宋金詞論稿》，劉鋒燾著，中國社會科學出版社2002年版。

第一節　晏歐及其他詞人

范仲淹（989—1052）

傳略見"宋金文學"第一章第二節。

漁家傲

【題解】　《漁家傲》詞調始於北宋晏殊，以其詞有"神仙一曲漁家傲"句得名（見《詞譜》卷一四）。范仲淹於仁宗康定元年（1040）任陝西經略副使兼知延州（今延安），抵禦西夏四年。北宋魏泰《東軒筆錄》卷一一："范文正公守邊日，作《漁家傲》樂歌數闋，皆以'塞下秋來'爲首句，頗述邊鎮之勞苦。"此詞蒼涼悲慨，交織着報國立功和思鄉念歸的複雜感情，在早期宋詞婉約華麗的詞風中別具一格。

塞下秋來風景異，衡陽雁去無留意。四面邊聲連角起，千嶂裏，長煙落日孤城閉。　　濁酒一杯家萬里，燕然未勒歸無計。羌管悠悠霜滿地，人不寐，將軍白髮征夫淚。

中華書局版《全宋詞》（偶參其他版本。下同，不俱注）

○衡陽：在今湖南南部，舊城南有回雁峰。相傳秋季大雁南飛，至此而止。○邊聲：李陵《答蘇武書》："胡笳互動，牧馬悲鳴，吟嘯成群，邊聲四起。"○千嶂：千山萬壑如屏障而立。○燕然未勒：謂尚未能破敵立功。《後漢書・竇憲傳》載竇憲破匈奴，深入漠北，"登燕然山，去塞三千餘里，刻石勒功"而還。

蘇幕遮

【題解】《蘇幕遮》，唐教坊曲名，源於西域，後用爲詞調。此詞抒寫思鄉之情。鄒祗謨《遠志齋詞衷》云："范希文《蘇幕遮》一闋，前段多入麗語，後段純寫柔情，遂成絕唱。"許昂霄《詞綜偶評》亦云："鐵石心腸人亦作此銷魂語。"

碧雲天，黃葉地，秋色連波，波上寒煙翠。山映斜陽天接水，芳草無情，更在斜陽外。　　黯鄉魂，追旅思，夜夜除非，好夢留人睡。明月樓高休獨倚，酒入愁腸，化作相思淚。

○"芳草"句：《飲馬長城窟行》："青青河邊草，綿綿思遠道。"李煜《清平樂》詞："離恨恰如春草，更行更遠還生。"○黯鄉魂：江淹《別賦》："黯然消魂者，唯別而已矣。"

張　先（990—1078）

《宋史翼·文苑傳一·張先傳》：張先字子野，烏程人。天聖八年進士。詩格清麗，尤長於樂府。仕至都官郎中。卒年八十九。

天仙子

時爲嘉禾小倅，以病眠，不赴府會。

【題解】《天仙子》，唐玄宗時教坊曲名，後用爲詞調。張先此詞以暮春朦朧夜色，映襯傷春惜別之情；"雲破月來花弄影"一句寫景狀物富於動態之美，傳爲名句，如沈際飛《草堂詩餘》正集云其"心與景會，落筆即是，着意即非，故當膾炙"，楊慎《詞品》云其"景物如畫，畫亦不能至此，絕倒絕倒"。

《水調》數聲持酒聽，午醉醒來愁未醒。送春春去幾時回？臨晚鏡，傷流景，往事後期空記省。　　沙上並禽池上暝，雲破月來花弄影。重重簾幕密遮燈，風不定，人初靜，明日落紅應滿徑。

○嘉禾小倅：張先時任秀州（今浙江嘉興）通判之職。其時爲宋仁宗慶曆元年（1041），張先五十二歲。倅，宋時州府長官之副職。○《水調》：唐代流行之歌曲。杜牧《揚州三首》："誰家唱《水調》？"原注："煬（煬帝）鑿汴河，自造《水調》。"○"雲破"句：陳師道《後山詩話》：尚書郎張先善著詞，有云："雲破月來花弄影"、"簾幕卷花影"、"墮輕絮無影"，世稱誦之"張三影"。王國維《人間詞話》："'雲破月來花弄影'，著一'弄'字而境界全出矣。"

一叢花令

【題解】《一叢花令》，唐代教坊曲名，後用爲詞調。此詞寫女性思念情人的深切執著而又幽怨傷感的心理狀態，細膩婉轉。

傷高懷遠幾時窮？無物似情濃。離愁正引千絲亂，更東陌飛絮濛濛。嘶騎漸遙，征塵不斷，何處認郎蹤？　　雙鴛池沼水溶溶，南北小橈通。梯橫畫閣黃昏後，又還是斜月簾櫳。沉恨細思，不如桃杏，猶解嫁東風。

○橈：槳。○"梯橫"二句：《綠窗新話》引《古今詞話》：張先，字子野，嘗與一尼私約。其老尼性嚴，每臥於池島中一小閣。俟夜深人靜，其尼潛下梯，俾子野登閣相遇。臨別，子野不勝惓惓，作《一叢花》詞以道其懷。○"不如桃杏"二句：《文昌雜錄》載有杏多花而不能結實，一媒姥笑曰："來春與嫁了此杏。"冬深，乃以處女裙繫於樹，祝辭而去。來春結子無數。《過庭錄》載張先此二句："一時盛傳，歐永叔尤愛之，恨未識其人。子野家南地，以故至都謁永叔，閽者以通，永叔倒屣迎之曰：'此乃桃杏嫁東風郎中。'"又賀裳《皺水軒詞筌》："唐李益詩曰：'嫁與瞿塘賈，朝朝誤妾期。早知潮有信，嫁與弄潮兒。'子野《一叢花》末句云：'沉恨細思，不如桃杏，猶解嫁東風。'此皆無理而妙。"

醉垂鞭

【題解】《醉垂鞭》，唐代教坊曲名，後用爲詞調。此詞刻畫一淡妝歌女的美麗。

雙蝶繡羅裙，東池宴，初相見。朱粉不深勻，閑花淡淡春。　　細看諸處好，人人道，柳腰身。昨日亂山昏，來時衣上雲。

〇"昨日"二句：言昨日亂山雲層朦朧，乃是她如神女下凡時衣上之雲。李白《清平調》："雲想衣裳花想容。"

晏　殊（991—1055）

傳略見"宋金文學"第二章第一節。

浣溪沙

【題解】《浣溪沙》，爲唐玄宗時教坊曲名，後用爲詞調。有七言、雜言二體，宋人始稱雜言體爲《攤破浣溪沙》。此詞寫暮春時節的感傷惆悵，情意纏綿，語言流美。

一曲新詞酒一杯，去年天氣舊亭臺。夕陽西下幾時迴？　　無可奈何花落去，似曾相識燕歸來。小園香徑獨徘徊。

蝶戀花

【題解】《蝶戀花》原名《鵲踏枝》,《詞譜》卷十二謂"宋晏殊詞改今名",毛先舒《填詞名解》卷二謂"采梁簡文帝'翻階蛺蝶戀花情'爲名"。晏殊此首詞爲深秋懷念遠人之作,與花間派之鏤金錯彩不同,風格疏淡,興寄深遠,具有較高的境界。

檻菊愁煙蘭泣露,羅幕輕寒,燕子雙飛去。明月不諳離恨苦,斜光到曉穿朱戶。　昨夜西風凋碧樹,獨上高樓,望盡天涯路。欲寄彩箋兼尺素,山長水闊知何處!

○檻:欄杆。唐劉禹錫《憶江南》:"叢蘭浥露似沾巾。"○朱戶:富貴人家之朱漆門戶。蘇軾《水調歌頭·中秋》"轉朱閣,低綺戶,照無眠。不應有恨,何事長向別時圓"語意,實自此二句轉化而來。○"昨夜"三句:王國維《人間詞話》:"古今之成大事業、大學問者,罔不經過三種之境界。'昨夜西風凋碧樹,獨上高樓,望盡天涯路',此第一境界也;'衣帶漸寬終不悔,爲伊消得人憔悴',此第二境界也;'衆裏尋他千百度,回頭驀見,那人正在燈火闌珊處',此第三境界也。此等語皆非大詞人不能道。然遽以此意解釋諸詞,恐爲晏、歐諸公所不許也。"○彩箋:彩色箋紙。尺素:喻指書信。《古詩》:"客從遠方來,遺我雙鯉魚。呼兒烹鯉魚,中有尺素書。"此句兼提彩箋尺素,乃以重言表示殷切之寄意。

| 輯　錄 |

◎劉攽《中山詩話》:晏元獻尤喜江南馮延巳歌詞,其所自作,亦不減延巳樂府。

宋　祁（998—1061）

傳略見"宋金文學"第一章第十一節。

木蘭花

【題解】《木蘭花》原爲唐教坊曲名，本爲長短句。五代歐陽炯《玉樓春》詞有"同在木蘭花下醉"之句，其後《木蘭花》遂漸與《玉樓春》爲同一詞調，皆七言八句五十六字。宋祁此詞寫游春感受，色彩濃烈，意境新穎，表現出對豔陽春光及世俗生活的熱愛。

東城漸覺風光好，縠皺波紋迎客棹。綠楊煙外曉寒輕，紅杏枝頭春意鬧。　　浮生長恨歡娛少，肯愛千金輕一笑！爲君持酒勸斜陽，且向花間留晚照。

〇"紅杏枝頭"句：寫杏花初放，渲染出一派熱烈豔麗的春景。王國維《人間詞話》："'紅杏枝頭春意鬧'，著一'鬧'字，而境界全出。"《苕溪漁隱叢話》引《遯齋閑覽》："張子野郎中以樂章擅名一時，宋子京尚書奇其才，先往見之。遣將命者謂曰：'尚書欲見"雲破月來花弄影"郎中。'子野屏後呼曰：'得非"紅杏枝頭春意鬧"尚書耶？'遂出置酒盡歡。蓋二人所舉，皆其警策也。"〇浮生句：李白《春夜宴桃李園序》："浮生若夢，爲歡幾何？"〇"且向"句：李商隱《寫意》："日向花間留返照"。

歐陽修（1007—1072）

傳略見"宋金文學"第一章第三節。

玉樓春

【題解】《玉樓春》詞牌亦名《木蘭花》，見前宋祁《木蘭花》詞題解。歐陽修此詞乃仁宗景祐元年（1034）三月離西京（洛陽）留守推官任時所作多首《玉樓春》詞之一，此首當爲離筵上爲歌女作，於離別之悲情委婉中有疏朗放達之致。王國維《人間詞話》："永叔'人間自是有情癡，此恨不關風與月'、'直須看盡洛城花，始共春風容易別'，於豪放之中，有沉著之致，所以尤高。"

尊前擬把歸期說，未語春容先慘咽。人生自是有情癡，此恨不關風與月。　離歌且莫翻新闋，一曲能教腸寸結。直須看盡洛城花，始共春風容易別。

○春容：南朝《子夜歌》："郎懷幽閨性，儂亦恃春容。"○"人生"二句：意謂人生悲歡離合之"情癡"，原内在於人心靈情感的追求之中，而非古人所謂外在的風花雪月感動人心所致。○闋：詞或歌曲的一段或一首謂之一闋。○洛城花：即牡丹。歐陽修《洛陽牡丹記》曰："洛陽亦有黄芍藥、緋桃、瑞蓮、千葉李、紅郁李之類……洛陽人不甚惜，謂之果子花，曰某花某花；至牡丹則不名，直曰花。"又歐陽修《戲答元珍》詩："曾是洛陽花下客，野芳雖晚不須嗟。"

蝶戀花

【題解】此詞寫一夫婿游蕩在外的深閨女性之幽怨，暗寓作者對美好事物遭受不幸摧殘的憐惜之情。全詞感情細膩，刻畫深婉，語言新穎生動，層次富於曲折變化。

庭院深深深幾許，楊柳堆煙，簾幕無重數。玉勒雕鞍游冶處，樓高不見章臺路。　雨横風狂三月暮，門掩黄昏，無計留春住。淚眼問花花不語，亂紅飛過鞦韆去。

○"庭院深深"句：李清照《詞序》："歐陽公作《蝶戀花》，有'庭院深深深幾許'之句，予酷愛之，用其語作'庭院深深'數闋，其聲即舊《臨江仙》也。"○玉勒雕鞍：鑲玉的馬籠頭和雕花的馬鞍。○章臺路：漢代長安有章臺街，爲繁華鬧市區，《漢書·張敞傳》有"走馬章臺街"之語。○"淚眼"二句：《古今詞論》引毛先舒云："永叔詞云'淚眼問花花不語，亂紅飛過鞦韆去'，此可謂層深而渾成，何也？因花而有淚，此一層意也；因淚而問花，此一層意也；花竟不語，此一層意也；不但不語，且又亂落，飛過鞦韆，此一層意也。人愈傷心，花愈惱人，語愈淺而意愈入，又絕無刻畫費力之迹，謂非層深而渾成耶！"

生查子

【題解】《生查子》，唐教坊曲名，後用爲詞調。敦煌曲子詞中即有此調。按"查"字或說即"楂"字或"槎"字之誤。歐陽修此詞寫元宵節時睹物思人而生物是人非之失戀之感，其昔與今、動與靜、熱烈與冷清、繁華與孤獨之對比極爲鮮明，女主人公形象生動感人，語言則樸素自然無所雕琢，有民歌之風。此詞亦收入宋朱淑真《斷腸詞》。清況周頤《蕙風詞話》："《生查子》詞，今載《廬陵集》第一百三十一卷。宋曾慥《樂府雅詞》、明陳耀文《花草粹編》並作永叔。慥錄歐詞特愼，《雅詞》序云：'當時或作豔曲，謬爲公詞，今悉刪除。'此闋適在選中，其爲歐詞明甚。"

去年元夜時，花市燈如晝。月上柳梢頭，人約黄昏後。　　今年元夜時，月與燈依舊。不見去年人，淚濕春衫袖。

○元夜：即元宵節，農曆正月十五日夜，亦稱上元節。宋孟元老《東京夢華錄·元宵》載京師元宵之夜，"燈山上彩，金碧相射，錦繡交輝。……密置燈燭數萬盞，望之蜿蜒如雙龍飛走。"可見其時元宵花燈之盛。

南歌子

【題解】《南歌子》，唐代教坊曲名，後用爲詞調，亦名《南柯子》、《春宵曲》等。此詞寫新嫁娘快樂嬌媚的情態，語言精麗，對偶工穩，充分表現出愛情的幸福。

鳳髻金泥帶，龍紋玉掌梳。走來窗下笑相扶，愛道"畫眉深淺入時無"？　弄筆偎人久，描花試手初。等閑妨了繡功夫，笑問"雙鴛鴦字怎生書"？

○金泥帶：灑有金屑的飾帶，用以束髻。○龍紋玉掌梳：刻有龍紋的似手掌形的玉梳。○"愛道"句：唐朱慶餘《近試呈張水部》詩："洞房昨夜停紅燭，待曉堂前拜舅姑。妝罷低聲問夫婿：畫眉深淺入時無？"

| 輯　錄 |

◎羅大經《鶴林玉露》：歐陽公雖游戲作小詞，亦無愧唐人《花間集》。

◎馮煦《六十一家詞選・例言》：宋至文忠公始復古，天下翕然尊師之，風尚爲之一變。即以詞言，亦疏雋開子瞻，深婉開少游。

參考書目

《范文正公詩餘》，范仲淹著，《彊村叢書》本。
《張子野詞》，張先著，吴熊和點校，上海古籍出版社1988年版。
《張先集編年校注》（詩詞合集本），張先著，吴熊和、沈松勤校注，浙江古籍出版社1996年版。
《晏殊詞新釋輯評》，晏殊著，劉揚忠編著，中國書店2003年版。
《歐陽修詞新釋輯評》，歐陽修著，邱少華編著，中國書店2001年版。

思考題

1. 晏殊、歐陽修詞與南唐馮延巳詞之間有何聯繫？試比較三家異同。
2. 試比較歐陽修的詞風與詩風。
3. 談談張先在詞史上的地位。

第二節　柳　永

柳　永（約987—約1053）

《全宋詞·柳永》：永字耆卿，初名三變，崇安（今福建武夷山）人。景祐元年進士，授睦州團練使推官，官至屯田員外郎。以樂章擅名。有《樂章集》。

望海潮

【題解】　此詞調首見於柳永集中，當爲柳永自創之新調，取意於寫杭州錢塘江觀潮之盛況。此詞上片寫杭州形勢環境、錢塘江潮及市容繁華，下片專寫西湖之美。陳振孫《直齋書錄解題》卷二十一謂柳詞將北宋中期社會安定、經濟繁榮的"承平氣象，形容曲盡"，這首詞即是其代表。

東南形勝，江吳都會，錢塘自古繁華。煙柳畫橋，風簾翠幕，參差十萬人家。雲樹繞堤沙，怒濤捲霜雪，天塹無涯。市列珠璣，戶盈羅綺，競豪奢。　重湖疊巘清嘉，有三秋桂子，十里荷花。羌管弄晴，菱歌泛夜，嬉嬉釣叟蓮娃。千騎擁高牙，乘醉聽簫鼓，吟賞煙霞。異日圖將好景，歸去鳳池誇。

○"參差"句：《西湖繁勝錄》："回頭看城內山上，人家層層疊疊，觀宇樓臺參差如花落仙宮。"○重湖：西湖以白堤爲界，分外湖、裏湖。疊巘：重疊的山峰。○"有三秋"句：羅大經《鶴林玉露》卷一："孫何帥錢塘，柳耆卿作《望江潮》詞贈之……此詞流播，金主亮聞歌，欣然有慕於'三秋桂子，十里荷花'，遂起投鞭渡江之志。"○千騎：指州郡長官。漢樂府《陌上桑》："東方千餘騎，夫婿居上頭。"高牙：高大的牙旗。將軍之旗謂之牙旗。○鳳池：即鳳凰池，本爲皇宮中池苑，此處泛指朝廷或掌握政治機要的中書省。

雨霖鈴

【題解】《雨霖鈴》，唐玄宗時教坊大曲名。相傳唐玄宗避安史之亂入蜀，霖雨不止，棧道中聞鈴聲，因悼楊貴妃，乃作《雨淋鈴曲》以寄恨，後用爲詞調。此詞結合羈旅行役與男女戀情，在傾訴難以割捨的離愁同時，也抒發了生平不得志的感慨，深歎前途黯然。通篇用白描手法層層鋪敘，情景交融，形容曲盡，爲柳永詞最具代表性之名作。

寒蟬淒切，對長亭晚，驟雨初歇。都門帳飲無緒，留戀處、蘭舟催發。執手相看淚眼，竟無語凝噎。念去去、千里煙波，暮靄沉沉楚天闊。
多情自古傷離別，更那堪冷落清秋節！今宵酒醒何處，楊柳岸、曉風殘月。此去經年，應是良辰好景虛設。便縱有千種風情，更與何人說！

○都門帳飲：在都城門外設帳排宴送別。江淹《別賦》："帳飲東都，送客金谷。"

鶴衝天

【題解】《鶴衝天》詞調首見於柳永詞（另有《喜遷鶯》、《春光好》詞調亦別名《鶴衝天》者，與此不同）。此詞爲柳永科舉落選之後所作，表現出與一般宋代詞人大相徑庭的"浪子"個性。

黄金榜上，偶失龍頭望。明代暫遺賢，如何向？未遂風雲便，爭不恣狂蕩！何須論得喪，才子詞人，自是白衣卿相。　煙花巷陌，依約丹青屏障。幸有意中人，堪尋訪。且恁偎紅翠，風流事，平生暢。青春都一餉，忍把浮名，換了淺斟低唱。

○龍頭：榜首。○爭不：怎不。○煙花巷陌：指青樓妓館之地。

蝶戀花

【題解】 此詞寫倚樓懷人，感情真摯。末尾概括堅定執著於愛情的精神，尤爲名句。

佇倚危樓風細細，望極春愁，黯黯生天際。草色煙光殘照裏，無言誰會憑闌意？　擬把疏狂圖一醉，對酒當歌，強樂還無味。衣帶漸寬終不悔，爲伊消得人憔悴。

○對酒當歌：用曹操《短歌行》語。○衣帶漸寬：謂因思念而身體消瘦。參見前晏殊《蝶戀花》詞注引王國維評語。

浪淘沙慢

【題解】 唐教坊曲名有《浪淘沙》，後用爲詞牌，分令、慢兩調。《浪淘沙令》爲小令，每片四拍；慢調起於宋時，每片八拍，音樂節奏舒緩，篇幅較長。毛先舒《填詞名解》卷三："詞以慢名者，慢曲也。拖音嫋嫋，不欲輒盡。"柳永此詞寫游子對戀人的相思之情。首片寫孤寂不眠的現實情景；次片寫對往日歡會的追憶，在對比中表現出強烈情感；末片憧憬未來相會，與李商隱《夜雨寄北》詩有異曲同工之妙。

夢覺。透窗風一綫，寒燈吹熄。那堪酒醒，又聞空階夜雨頻滴。嗟因循、久作天涯客。負佳人幾許盟言，便忍把從前歡會，陡頓翻成憂戚。

愁極。再三追思，洞房深處，幾度飲散歌闌，香暖鴛鴦被。豈暫時疏散，費伊心力！殢雲尤雨，有萬般千種，相憐相惜。　恰到如今，天長漏永，無端自家疏隔。知何時、卻擁秦雲態？願低幃昵枕，輕輕細說與，江鄉夜夜，數寒更思憶。

○"又聞"句：《芥隱筆記》："陰鏗有'夜雨滴空階'，柳耆卿用其語，人但知爲柳詞耳。"○殢雲尤雨：男女歡戀。殢、尤，皆親昵之意。○漏：古代計時之器。○秦雲態：謂女子美好的容貌情態。此處當用宋玉《高唐賦》中巫山神女向楚襄王自稱"朝爲行雲，暮爲行雨"之典故。按詞調此處爲平聲，故改"楚雲"爲"秦雲"，因"秦樓楚館"每並稱也。

八聲甘州

【題解】《八聲甘州》又名《甘州》，本爲唐玄宗時教坊大曲，來自西域，後用爲詞調。宋人所填《八聲甘州》，"前後段八韻，故名八聲，乃慢詞也"，與唐、五代之《甘州》詞調不同。柳永此詞寫羈旅懷人之情，抒發蕭條秋景中憑欄思歸的鄉愁，而氣象開闊，筆力蒼勁，在一般人認爲是"曉風殘月"、"偎紅倚翠"的柳詞中別具一格。

對瀟瀟暮雨灑江天，一番洗清秋。漸霜風淒緊，關河冷落，殘照當樓。是處紅衰翠減，苒苒物華休。惟有長江水，無語東流。　不忍登高臨遠，望故鄉渺邈，歸思難收。歎年來蹤跡，何事苦淹留？想佳人，妝樓顒望，誤幾回、天際識歸舟。爭知我、倚闌干處，正恁凝愁！

○"漸霜風"三句：蘇軾云："人皆言柳耆卿詞俗，然如'漸霜風淒緊，關河冷落，殘照當樓'，唐人佳處，不過如此。"（《侯鯖錄》引）○苒苒：同冉冉，逐漸地。物華：美好的自然景物。○顒望：凝望，呆望。○"誤幾回"句：謝朓《之宣城郡出新林浦向板橋》詩："天際識歸舟，雲中辨江樹。"溫庭筠《望江南》："過盡千帆皆不是。"此處反用謝詩意而較溫詞意更爲曲折，失望之感更加濃重。

輯　錄

◎嚴有翼《藝苑雌黃》：柳三變喜作小詞，薄於操行。當時有薦其才者，上曰："得非填詞柳三變乎？"曰："然。"上曰："且去填詞！"由是不得志，日與儇子縱游倡館酒樓間，無復檢率。自稱云："奉聖旨填詞柳三變。"

◎吳曾《能改齋漫錄》卷十六：仁宗留意儒雅，務本理道，深斥浮豔虛薄之文。初，進士柳三變好爲淫冶謳歌之曲，傳播四方。嘗有《鶴衝天》詞云："忍把浮名，換了淺斟低唱。"及臨軒放榜，特落之，曰："且去淺斟低唱，何要浮名？"景祐元年方及第。後改名永，方得磨勘轉官。

◎葉夢得《避暑錄話》卷下：柳耆卿爲舉子時，多游狹邪，善爲歌辭。教坊樂工每得新腔，必求永爲辭，始行於世。……余仕丹徒，嘗見一西夏歸朝官云："凡有井水飲處，即能歌柳詞。"

◎宋翔鳳《樂府餘論》：詞自南唐以後，但有小令，其慢詞蓋起於宋仁宗朝。中原息兵，汴京繁庶，歌臺舞榭，競賭新聲。耆卿失意無聊，流連坊曲，遂盡收俚俗語言編入詞中，以便伎人傳習。一時動聽，散播四方。其後東坡、少游、山谷輩相繼有作，慢詞遂盛。

參考書目

《柳永詞詳注及集評》，姚學賢、龍建國纂，中州古籍出版社1991年版。
《樂章集校注》，柳永著，薛瑞生校注，中華書局2012年版。

思考題

1. 試說柳永的"俗"與"雅"。
2. 柳永這類"浪子"型詞人對詞體文學的發展有什麼影響？

第三節　蘇　軾

蘇　軾（1037—1101）

傳略見"宋金文學"第一章第五節。

江城子

乙卯正月二十日夜記夢

【題解】《江城子》詞調首見於《花間集》韋莊所作，爲單片小令，宋人增爲雙調。一名《江神子》。蘇軾此詞爲悼亡妻王弗而作，語言樸素淒切而一往情深，是最早的一首悼亡詞名作。王弗，四川青神人，治平二年（1065）病故於京師開封。

十年生死兩茫茫，不思量，自難忘。千里孤墳，無處話淒涼。縱使相逢應不識，塵滿面，鬢如霜。　夜來幽夢忽還鄉。小軒窗，正梳妝。相顧無言，惟有淚千行。料得年年腸斷處，明月夜，短松岡。

○乙卯：宋神宗熙寧八年（1075）。此時蘇軾在密州（治所在今山東諸城）知州任上。○十年：此時距軾妻王弗之死正好十年。○千里孤墳：王弗去世後歸葬四川眉山東北蘇氏祖墳。○短松岡：即王弗所葬之地。

江城子

密州出獵

【題解】 此詞作於熙寧八年（1075）冬蘇軾知密州時。上片寫出獵的盛況，聲勢闊大，氣氛熱烈；下片抒發作者渴望保衛邊疆、爲國前驅的豪情壯志，尤爲振奮人心。這是蘇軾集中最早的一首典型的豪放詞作。當時蘇軾在給友人鮮于子駿的一封信中說："近卻頗作小詞，雖無柳七郎風味，亦自是一家，呵呵！數日前，獵於郊外，所獲頗多，作得一闋，令東州壯士抵掌頓足而歌之，吹笛擊鼓以爲節，頗壯觀也。"就是指的這首詞。

老夫聊發少年狂，左牽黃，右擎蒼。錦帽貂裘，千騎卷平岡。爲報傾城隨太守，親射虎，看孫郎。　　酒酣胸膽尚開張，鬢微霜，又何妨？持節雲中，何日遣馮唐？會挽雕弓如滿月，西北望，射天狼！

〇"左牽黃"二句：黃指黃狗，蒼指蒼鷹。《梁書·張充傳》："值充出獵，左手臂鷹，右手牽狗。"〇錦帽貂裘：漢羽林軍軍服。此處指隨從將士服裝。陳陶《隴西行》："誓掃匈奴不顧身，五千貂錦喪胡塵。"〇"爲報"句：爲回報傾城百姓都出來觀看太守打獵的盛意。〇"親射虎"二句：謂親自射箭向觀眾展示武藝。《三國志·吳書·孫權傳》載孫權曾"親乘馬射虎"，"馬爲虎所傷，權投以雙戟，虎卻廢……獲之"。〇"持節雲中"二句：《史記·馮唐列傳》載文帝時，魏尚爲雲中（今山西、內蒙古自治區交界一帶）太守，屢敗匈奴，偶因報捷書上所載斬敵首級數比實數多六人，被削職。後經馮唐爲之辯白免罪，文帝乃遣馮唐"持節"往雲中赦魏尚，仍令爲雲中太守以拒匈奴。蘇軾此時亦爲太守，因反對王安石變法而不受朝廷重用，故以魏尚自比，希望皇帝委以邊防重任，爲國效命。〇天狼：星名，一稱犬星，古人認爲此星主侵伐。此處以喻侵犯宋朝的西夏與遼國。《楚辭·九歌·東君》："舉長矢兮射天狼。"

水調歌頭

丙辰中秋，歡飲達旦，大醉。作此篇，兼懷子由。

【題解】《水調歌頭》詞調，參見前張先《天仙子》詞注，據《詞譜》卷二三："按《水調》乃唐人大曲，凡大曲有歌頭。此必裁截其歌頭，另倚新聲也。"此詞爲宋神宗熙寧九年（1076）蘇軾在密州作，在政治失意、兄弟久別的情況下，作者的心情是抑鬱的。然而詞中通過自我寬慰，表現出熱愛人生、積極入世的樂觀豪放精神，想象豐富，筆調飄逸。胡仔《苕溪漁隱叢話·後集》卷三十九曰："中秋詞，自東坡《水調歌頭》一出，餘詞盡廢。"

明月幾時有？把酒問青天。不知天上宮闕，今夕是何年？我欲乘風歸去，惟恐瓊樓玉宇，高處不勝寒。起舞弄清影，何似在人間！　轉朱閣，低綺戶，照無眠。不應有恨，何事長向別時圓？人有悲歡離合，月有陰晴圓缺，此事古難全。但願人長久，千里共嬋娟。

○"明月"二句：李白《把酒問月》："青天有月來幾時？我欲停杯一問之。"○"惟恐"二句：《龍城錄》載唐玄宗游月宮，見一大宮闕，榜曰"廣寒清虛之府"。○"不應"二句：司馬光《溫公詩話》引石曼卿句"月如無恨月長圓"，此用其意而更進一層：月既圓則不應有恨，爲何偏在人別離之時團圓而令人生離恨呢？○"千里"句：謝莊《月賦》："隔千里兮共明月。"孟郊《嬋娟篇》："月嬋娟，真可憐。"嬋娟，美好貌。

永遇樂

彭城夜宿燕子樓，夢盼盼，因作此詞。

【題解】《詞譜》卷三二《永遇樂》："此調有平韻、仄韻兩體。仄韻者始自北宋。……平韻者始自南宋。"蘇軾此詞作於元豐元年（1078）十月知徐州時。詞因游覽並夜宿於徐州古迹燕子樓而懷古思今，抒羈旅宦游之情，上片寫景清麗幽美而富於層次變化，下片深寓人世滄桑之感慨。由此可見蘇軾詞風"豪放"以外的多方面表現。先著《詞潔》云："野雲孤飛，去來無迹，石帚之詞也，此詞亦當不愧此品目。"

明月如霜，好風如水，清景無限。曲港跳魚，圓荷瀉露，寂寞無人見。紞如三鼓，鏗然一葉，黯黯夢雲驚斷。夜茫茫，重尋無處，覺來小園行遍。

天涯倦客，山中歸路，望斷故園心眼。燕子樓空，佳人何在？空鎖樓中燕。古今如夢，何曾夢覺，但有舊歡新怨。異時對、黃樓夜景，爲余浩歎。

○彭城：徐州古稱。燕子樓爲徐州古迹。白居易《燕子樓》詩序："徐州故張尚書（張愔）有愛妓曰盼盼，善歌舞，雅多風態。……尚書既歿，歸葬東洛，而彭城有張氏舊第，第中有小樓名燕子。盼盼念舊愛而不嫁，居是樓十餘年。"○紞如：擊鼓聲。《晉書·鄧攸傳》引吳人歌："紞如打五鼓，雞鳴天欲曙。"○鏗然：金石聲。此處形容乾枯的秋葉清脆的落地聲。○"天涯倦客"三句：寫自己倦於游宦異鄉，希望歸隱故山田園。○"燕子樓空"三句：黃昇《花庵詞選》引晁補之語云"三句說盡張建封燕子樓一段事，奇哉"！○黃樓：這一年蘇軾在徐州率軍民抗禦了特大洪災，水退後，蘇軾在徐州東門上修建了黃樓作爲紀念，因土色黃，名"黃樓"，寓土克水之意。

浣溪沙

徐門石潭謝雨，道上作五首。潭在城東二十里，常與泗水增減，清濁相應。

【題解】 此詞爲宋神宗元豐元年（1078）蘇軾知徐州時，因天旱得雨赴石潭謝雨後所作，共五首，今選一首。詞中寫初夏農村風光，生活氣息濃郁，在詞的題材上亦爲少見。徐門，即徐州。

簌簌衣巾落棗花，村南村北響繰車，牛衣古柳賣黃瓜。　　酒困路長惟欲睡，日高人渴謾思茶，敲門試問野人家。

○繰車：即繅車，抽取蠶絲的工具。○牛衣：草編之衣，常用於遮蓋牛馬以保暖過冬，如簑衣之類。《漢書・王章傳》："王章臥牛衣中。"

卜算子

黃州定慧院寓居作

【題解】萬樹《詞律》卷三《卜算子》："毛氏云：'駱義烏（賓王）詩用數名，人謂爲"卜算子"，故牌名取之。'按山谷詞'似扶着賣卜算'，蓋取義以今賣卜算命之人也。"此詞爲宋神宗元豐三年（1080）蘇軾初貶黃州、暫居於定慧院（黃州佛寺）時所作。詞中所寫孤鴻，實際上是自己飽受政治迫害之後孤獨、抑鬱心情及孤芳自賞、不與世俗同流的個性的反映。《苕溪漁隱叢話・前集》卷三九引黃庭堅語云："東坡道人在黃州，作《卜算子》云：……語意高妙，似非吃煙火食人語。非胸中有數萬卷書，筆下無一點塵俗氣，孰能至此！"

缺月挂疏桐，漏斷人初靜。誰見幽人獨往來？縹緲孤鴻影。　　驚起卻回頭，有恨無人省。揀盡寒枝不肯棲，寂寞沙洲冷。

○漏斷：漏爲古時計時滴水之器，夜深水盡則漏斷。

定風波

三月七日，沙湖道中遇雨，雨具先去，同行皆狼狽，余獨不覺。已而遂晴，故作此詞。

【題解】《定風波》，唐玄宗時教坊曲名，後用爲詞調。敦煌曲子詞

《定風波》中有"問儒士，何人敢去定風波"語。此詞爲蘇軾貶居黃州時紀行之作，句句寫實，而句句又是作者一生遭遇、心胸及人格的寫照，瀟灑放達，體現出不以物喜不以己悲的開朗襟懷。鄭文焯《手批東坡樂府》曰："此足徵是翁坦蕩之懷，任天而動。琢句亦瘦逸，能道眼前景，以曲筆直寫胸臆，倚聲能事盡之矣。"

莫聽穿林打葉聲，何妨吟嘯且徐行。竹杖芒鞋輕勝馬，誰怕？一蓑煙雨任平生。　　料峭春風吹酒醒，微冷，山頭斜照卻相迎。回首向來蕭瑟處，歸去，也無風雨也無晴。

○沙湖：《東坡志林》卷一《游沙湖》："黃州東南三十里爲沙湖，亦曰螺師店。"○"一蓑煙雨"句：謂一生經歷本來就是在披蓑衣冒風雨中度過，向來處之泰然。○"回首"三句：意謂回顧自己一生遭遇，概以平淡閒適的心境處之，即無所謂坎坷與順利，不值得悲或喜；亦如此時天晴而回顧剛纔遇雨之時之地，當時既不必因雨而狼狽，此時亦不必因晴而歡欣慶幸。

洞仙歌

余七歲時，見眉州老尼，姓朱，忘其名，年九十餘。自言嘗隨其師入蜀主孟昶宮中。一日大熱，蜀主與花蕊夫人夜納涼摩訶池上，作一詞，朱具能記之。今四十年，朱已死久矣，人無知此詞者，但記其首兩句。暇日尋味，豈《洞仙歌令》乎？乃爲足之云。

【題解】《洞仙歌》，唐教坊曲名，後用作詞牌。宋時此調有令詞、慢詞兩體，均雙調。蘇軾此詞爲令詞，於元豐五年（1082）貶居黃州時爲補足後蜀主孟昶之佚詞而作。上片寫花蕊夫人姿質情態，美人與明月相映，風韻無限；下片寫她在月夜星空下暗悼青春年華易逝的心理，感慨深遠。這首詞也表現了作者在貶謫異鄉的失意寂寥中對故鄉風物的懷念。

冰肌玉骨，自清涼無汗。水殿風來暗香滿，繡簾開，一點明月窺人。人未寢，欹枕釵橫鬢亂。　　起來攜素手，庭戶無聲，時見疏星渡河漢。試問夜如何？夜已三更，金波淡，玉繩低轉。但屈指、西風幾時來，又不道、流年暗中偷換。

○孟昶：五代時後蜀國國主，北宋於乾德三年（965）滅後蜀，俘孟昶。○花蕊夫人：四川青城（今都江堰）人，善詩詞，爲孟昶寵妃，姓徐，一說姓費。摩訶池：在成都。○金波：月光。《漢書・郊祀志・郊祀歌》："月穆穆以金波。"顏師古注："言月光穆穆，若金之波流也。"○玉繩：北斗七星中的兩顆星。月光暗淡，玉繩低轉，表示夜已深。○"但屈指"二句：謂此時盛夏盼秋涼，而不覺年華將隨秋風如流水般暗中消逝。

念奴嬌
赤壁懷古

【題解】《念奴嬌》詞調，王灼《碧雞漫志》卷五謂"唐中葉漸有今體慢曲子"，因天寶間著名歌女念奴得名，後用爲詞調名。此詞爲宋神宗元豐五年（1082）蘇軾貶居黃州時游赤壁作。詞中緬懷歷史英雄人物，謳歌建功立業的雄心壯志；感慨個人命途坎坷，年華空逝。全詞景色雄奇，氣勢豪邁，爲作者豪放詞風的典型代表之作。胡仔《苕溪漁隱叢話・前集》卷五九稱此詞"語意高妙，真古今絕唱"。

大江東去，浪淘盡、千古風流人物。故壘西邊，人道是、三國周郎赤壁。亂石穿空，驚濤拍岸，捲起千堆雪。江山如畫，一時多少豪傑。遙想公瑾當年，小喬初嫁了，雄姿英發，羽扇綸巾，談笑間、強虜灰飛煙滅。故國神游，多情應笑我，早生華髮。人生如夢，一尊還酹江月。

○赤壁：三國時赤壁之戰舊址在今湖北赤壁蒲圻，不在黃州。朱彧

《萍洲可談》卷二載黃州"州治之西，距江名赤鼻磯。俗呼鼻爲弼，後人往往以此爲赤壁。……東坡詞有'人道是周郎赤壁'之句，指赤鼻磯也。坡非不知自有赤壁，故言'人道是'者，以明俗記爾"。○周郎：周瑜，字公瑾，赤壁之戰東吳主將。○"亂石"二句：或作"亂石崩雲，驚濤裂岸"。○小喬：周瑜之妻，與其姊大喬（孫策妻）皆稱國色。杜牧《赤壁》詩有"東風不與周郎便，銅雀春深鎖二喬"句。○羽扇綸巾：魏晉士人常有的裝束，此指周瑜的儒將風度。○強虜：或作"檣櫓"、"狂虜"。

臨江仙

【題解】　此詞作於蘇軾貶黃州時。寫酒醉後夜歸的感受，慨歎塵世奔波勞碌，隱含飽受政治傾軋打擊的不平，渴望得到精神上的解脫和超越。全詞寄興深遠，情致飄逸。

　　夜飲東坡醒復醉，歸來髣髴三更。家童鼻息已雷鳴，敲門都不應，倚杖聽江聲。　　長恨此身非我有，何時忘卻營營？夜闌風靜縠紋平，小舟從此逝，江海寄餘生。

　　○"長恨"句：謂身不由己，不能把握自己的命運。《莊子·知北游》："舜問乎丞曰：'道可得而有乎？'曰：'汝身非汝有也，汝何得有夫道？'舜曰：'吾身非吾有也，孰有之哉？'曰：'是天地之委形也。'"○營營：紛擾貌。指爲世俗利祿而奔波忙碌。○"小舟"二句：葉夢得《避暑錄話》卷上載，蘇軾在黃州"與數客飲江上，夜歸。江面際天，風露浩然，有當其意，乃作歌辭，所謂'夜闌風靜縠紋平，小舟從此逝，江海寄餘生'者，與客大歌數過而散。翌日喧傳子瞻夜作此辭，挂冠服江邊，挐舟長嘯去矣。郡守徐君猷聞之，驚且懼，以爲州失罪人，急命駕往謁，則子瞻鼻鼾如雷，猶未興也。然此語卒傳至京師，雖裕陵（神宗）亦聞而疑之。"

八聲甘州

寄參寥子

【題解】　蘇軾於哲宗元祐四年（1089）知杭州，元祐六年調歸朝廷。此詞即離杭州時作以贈友人參寥子者。全詞大筆濡染，以杭州特有的風物景象爲背景，抒發與友人深厚的情誼，並以坦蕩的胸懷寬慰勉勵之，相約今後同歸田園之期。辭情達觀爽朗，清空豪邁。鄭文焯《手批東坡樂府》曰：「突兀雪山，捲地而來，真似錢塘江上看潮時，添得此老胸中數萬甲兵，是何氣象雄且傑！妙在無一字豪宕，無一語險怪，又出以閑逸感喟之情，所謂骨重神寒，不食人間煙火氣者。詞境至此，觀止矣！」

　　有情風萬里卷潮來，無情送潮歸。問錢塘江上，西興浦口，幾度斜暉？不用思量今古，俯仰昔人非。誰似東坡老，白首忘機？　　記取西湖西畔，正春山好處，空翠煙霏。算詩人相得，如我與君稀。約他年東還海道，願謝公雅志莫相違。西州路，不應回首，爲我沾衣。

○參寥子：僧道潛，字參寥，能詩文，爲蘇軾密友。○西興：在錢塘江南岸，爲一古渡口，與今杭州市相對。○「俯仰」句：王羲之《蘭亭集序》：「向之所欣，俯仰之間，已爲陳迹。」○忘機：忘卻機心，即消除老謀深算、患得患失的世俗之心而歸於淡泊寧靜、無私無欲。李白《下終南山過斛斯山人宿置酒》：「我醉君復樂，陶然共忘機。」○「算詩人相得」二句：《白雨齋詞話》卷八評：「寄伊鬱於豪宕，坡老所以爲高。」○「約他年東還海道」五句：《晉書·謝安傳》載謝安初隱居東山（浙東海邊），後出任朝廷大臣，「然東山之志始末不渝，每形於言色」。去世前出鎮廣陵，病危還京，過西州門，「自以本志不遂，深自慨失」。安死後，其外甥羊曇一次醉過西州門，憶及舅父謝安臨終之憾，「悲感不已……慟哭而去」。此處以謝、羊事爲喻，表達日後退隱西湖，與老友歡聚之志，希望不致如當年謝安之不遂初衷。

蝶戀花

【題解】　這是一首傷春之作。上片通過對暮春時節景物的描繪，襯現出游子失意悵惘的心情；下片通過"牆裏佳人"不能理解游子之心的情景，隱含着一種知音難覓、懷才不遇的沈鬱之情。全詞委曲典麗，風調婉約。

　　花褪殘紅青杏小，燕子飛時，綠水人家繞。枝上柳綿吹又少，天涯何處無芳草。　　牆裏鞦韆牆外道，牆外行人，牆裏佳人笑。笑漸不聞聲漸悄，多情卻被無情惱。

○此詞或題作"春景"。○"枝上"句：王士禛《花草蒙拾》："'枝上柳綿'，恐屯田緣情綺靡，未必能過。孰謂坡但解作'大江東去'耶？髯直是軼倫絕群！"○"天涯"句：謂芳草碧連天涯，春光已晚。淮南小山《招隱士》："王孫游兮不歸，春草生兮萋萋。"○"多情"句：《詩人玉屑》卷二一引《詞話》："蓋行人多情，佳人無情耳。"

|輯　錄|

◎胡寅《酒邊詞序》：眉山蘇氏，一洗綺羅香澤之態，擺脫綢繆婉轉之度，使人登高望遠，舉首高歌，而逸懷浩氣超乎塵垢之外。於是《花間》爲皂隷，耆卿爲輿臺矣。

◎俞文豹《吹劍續錄》：東坡在玉堂，有幕士善謳，因問："我詞比柳詞何如？"對曰："柳郎中詞，祇好十七八女孩兒執紅牙拍板，唱'楊柳岸曉風殘月'；學士詞須關西大漢執鐵板，唱'大江東去'。"公爲之絕倒。

◎王灼《碧雞漫志》卷二：東坡先生非心醉於音律者，偶而作歌，指出向上一路，新天下耳目，弄筆者始知自振。

◎《四庫全書總目·東坡詞》提要：詞自晚唐、五代以來，以清切婉麗爲宗。

至柳永而一變，如詩家之有白居易；至軾而又一變，如詩家之有韓愈，遂開南宋辛棄疾等一派，尋源溯流，不能不謂之別格，然謂之不工則不可，故至今日尚與《花間》一派並行，而不能偏廢。

參考書目

《東坡樂府》，蘇軾著，上海古籍出版社1979年版。

《蘇軾詞編年校注》，蘇軾著，鄒同慶、王宗堂校注，中華書局2002年版。

思考題

1. 《四庫提要》以詩家之韓愈比況蘇軾詞，爲什麼？
2. 舉例說明蘇詞中所表現的作者人格與藝術風格的關係。
3. 試說蘇軾對辛棄疾一派詞人的影響。

第四節　晏幾道及其他詞人

晏幾道（1038—1110）

《全宋詞·晏幾道小傳》：幾道字叔原，號小山，殊幼子。監穎昌府許田鎮。崇寧四年間，爲開封府推官。幾道能文章，尤工樂府，有《小山詞》。

鷓鴣天

【題解】《鷓鴣天》，唐五代詞中無此調，首見於北宋宋祁之作（見《唐宋諸賢絕妙詞選》卷三），至晏幾道填此調獨多。晏幾道《小山詞序》：

"始時沈十二廉叔、陳十君寵家有蓮、鴻、蘋、雲，品清謳娛客。每得一解，即以草授諸兒，吾三人持酒聽之，爲一笑樂。已而君寵疾廢臥家，廉叔下世，昔之狂篇醉句，遂與兩家歌兒酒使俱流轉於人間。……追惟往昔過從飲酒之人，或壟木已長，或病不偶，考其篇中所記悲歡合離之事，如幻如電，如昨夢前塵，但能掩卷憮然，感光陰之易遷，歎境緣之無實也。"此處所選小晏幾首詞，都是描寫他在友人沈、陳家中與蓮、鴻、蘋、雲等歌女交往之"狂篇醉句"及多年後追思"悲歡合離"之作，纏綿悱惻，深情婉轉，思戀真摯。此首《鷓鴣天》詞上片寫在友人宴間爲歌女的才貌所傾倒，下片寫席散歸家後夢魂縈繞的相思之深。

小令尊前見玉簫，銀燈一曲太妖嬈。歌中醉倒誰能恨？唱罷歸來酒未消。　春悄悄，夜迢迢，碧雲天共楚宮遙。夢魂慣得無拘檢，又踏楊花過謝橋。

○玉簫：指代所傾心的歌女。唐范攄《雲溪友議》卷三載唐韋皋早年流寓間與歌妓玉簫約爲夫婦而不果，後玉簫絕食死，韋皋顯達，玉簫乃轉世爲皋侍妾。○楚宮：戰國時楚王國高唐觀。宋玉《高唐賦序》："昔者楚襄王……游於雲夢之臺，望高唐之觀。……夢見一婦人，曰：妾，巫山之女也，爲高唐之客。聞君游高唐，願薦枕席。"○謝橋：謝娘家之橋。謝娘即謝秋娘，唐代名妓，爲宰相李德裕侍妾。溫庭筠《歸國遙》詞："謝娘無限心曲，曉屏山斷續。"

臨江仙

【題解】《臨江仙》，唐代教坊曲名，後用爲詞調。張宗橚《詞林紀事》卷六謂晏幾道"此詞當是追憶蘋雲而作"。此詞上片寫今，下片憶昔，語言精麗淒惻，情景交融。

夢後樓臺高鎖，酒醒簾幕低垂。去年春恨卻來時，落花人獨立，微雨燕雙飛。　　記得小蘋初見，兩重心字羅衣。琵琶弦上說相思。當時明月在，曾照彩雲歸。

○"夢後"二句：庾信《蕩子賦》："況復空牀起怨，倡婦生離，紗窗獨掩，羅帳長垂。"○"落花"二句：唐翁宏《春殘》詩："又是春殘也，如何出翠幃？落花人獨立，微雨燕雙飛。寓目魂將斷，經年夢亦非。那堪向愁夕，蕭颯暮蟬輝。"譚獻《譚評詞辯》："'落花'兩句，名句千古，不能有二。"陳廷焯《白雨齋詞話》："小山詞如'去年春恨卻來時，落花人獨立，微雨燕雙飛'，又'當時明月在，曾照彩雲歸'，既閒婉，又沉著，當時更無敵手。"○心字羅衣：楊慎《詞品》卷二"心字香"條："所謂心字香者，以香末縈篆成心字也。'心字羅衣'，則謂心字香熏之耳。或謂女人衣曲領如心字，又與此別。"此處當爲形容歌女兩重羅衣之衣領折疊如一篆書之"心"字，暗寓心心相印之意。○"當時"二句：李白《宮中行樂詞》："祇愁歌舞散，化作彩雲飛。"

鷓鴣天

【題解】　此詞上片追憶歡樂的往事，下片寫久別後無盡思念及不期而重逢的悲喜交集之情。

彩袖殷勤捧玉鍾，當年拚卻醉顏紅。舞低楊柳樓心月，歌盡桃花扇底風。　　從別後，憶相逢，幾回魂夢與君同。今宵賸把銀釭照，猶恐相逢是夢中。

○拚卻：豁出去、不顧惜。○"舞低"二句：極言通宵歌舞之狂歡狀。《苕溪漁隱叢話》引《雪浪齋日記》："晏叔原工於小詞，'舞低楊柳樓心月，歌盡桃花扇底風'，不愧六朝宮掖體。"○"今宵"二句：此處暗用杜甫《羌村三首》"夜闌更秉燭，相對如夢寐"句意。賸把，再三把、盡把。

| 輯　錄 |

◎黃庭堅《小山詞序》：叔原樂府寓以詩人句法，精壯頓挫，能動搖人心。合者《高唐》、《洛神》之流，下者不減《桃葉》、《團扇》。

◎王灼《碧鷄漫志》卷二：叔原詞如金陵王謝子弟，秀氣勝韻，得之天然，殆不可學。

◎陳廷焯《白雨齋詞話》卷一：北宋晏小山工於言情，出元獻、文忠之右，然不免思涉於邪，有失風人之旨；而措詞婉妙，則一時獨步。

李之儀（約 1035—1117）

《宋史·李之儀傳》：之儀字端叔，登第幾三十年，乃從蘇軾於定州幕府。歷樞密院編修官，通判原州。……徽宗初提舉河東常平，終朝請大夫。之儀能爲文，尤工尺牘，軾謂入刀筆三昧。

卜算子

【題解】　此詞以癡情女子口吻，用長江流水爲喻，寫對愛情之堅貞不移。格調輕朗活潑，語言通俗明快，極具民歌風格。

我住長江頭，君住長江尾。日日思君不見君，共飲長江水。　此水幾時休，此恨何時已！祇願君心似我心，定不負相思意。

| 輯　錄 |

◎毛晉《姑溪詞跋》：姑溪詞多次韻，小令更長於淡語、景語、情語。……即置之《片玉》、《漱玉》集中，莫能伯仲。至若"我住長江頭"云云，直是古樂府俊語矣。

黄庭堅（1045—1105）

傳略見"宋金文學"第二章第五節。

清平樂

【題解】《清平樂》詞調首見於晚唐溫庭筠詞（《尊前集》所載李白《清平樂》三首乃後人僞作）。此詞惜春，上片惜春歸於不覺，下片惜春去無蹤影，想象奇異，思路跳躍。

春歸何處？寂寞無行路。若有人知春去處，喚取歸來同住。　　春無蹤迹誰知？除非問取黄鸝。百囀無人能解，因風飛過薔薇。

參考書目

《小山詞》，晏幾道撰，王根林點校，上海古籍出版社 **1988** 年版。

《山谷詞》，黄庭堅撰，馬興榮、祝振玉校注，上海古籍出版社 **2001** 年版。

《姑溪詞》，李之儀撰，《四部備要》本。

思考題

1. 比較二晏詞。
2. 談談北宋中期婉約詞對前期婉約詞的繼承發展。

第五節　秦觀與賀鑄

秦　觀（1049—1100）

《宋史·秦觀傳》：秦觀，字少游，一字太虛，揚州高郵人。少豪雋，慷慨溢於文詞，舉進士不中。強志盛氣，好大而見奇，讀兵家書與己意合。見蘇軾於徐，爲賦黃樓，軾以爲有屈宋才，又介其詩於王安石，安石亦謂清新似鮑謝。軾勉以應舉爲親養，始登第，調定海主簿、蔡州教授。元祐初，除太學博士，校正秘書省書籍。遷正字，而復爲兼國史院編修官。紹聖初，坐黨籍，出通判杭州。以御史劉拯論其增損實錄，貶監處州酒稅。又以謁告寫佛書爲罪，削秩徙郴州。繼編管橫州，又徙雷州。徽宗立，復宣德郎，放還，至藤州，卒，年五十三。有文集四十卷。觀長於議論，文麗而思深。弟覯字少章，覯字少儀，皆能文。

滿庭芳

【題解】《滿庭芳》又名《鎖陽臺》、《滿庭霜》等，秦觀此詞即爲該調最有名之作。此詞以淒迷景物，刻畫離人淒迷心境，將男主人公與歌妓分別時的感傷之情與晚秋日暮的悲涼之景融爲一體，所謂"寄慨身世，酒邊花下，一往而深"者。

山抹微雲，天黏衰草，畫角聲斷譙門。暫停征棹，聊共引離尊。多少蓬萊舊事，空回首煙靄紛紛。斜陽外，寒鴉數點，流水繞孤村。　銷魂，當此際、香囊暗解，羅帶輕分，謾贏得青樓薄倖名存。此去何時見也？襟袖上空惹啼痕。傷情處，高城望斷，燈火已黃昏。

○譙門：城頭上望遠的門樓。○蓬萊舊事：尋歡作樂如在仙境般的往事。○"斜陽外"三句：隋煬帝詩："寒鴉飛數點，流水繞孤村。斜陽欲落處，一望黯銷魂。"《苕溪漁隱叢話》引《藝苑雌黃》："予在臨安，見平江梅知錄云隋煬帝詩云：'寒鴉千萬點，流水繞孤村。'少游用此語也。"○香囊：隨身佩戴的飾囊，內裝香料；羅帶：衣帶。古代青年男女常互贈香囊、衣帶以示定情或惜別。○"謾贏得"句：杜牧《遣懷》："十年一覺揚州夢，贏得青樓薄倖名。"

浣溪沙

【題解】 秦觀此詞著墨極淡，用不落俗套的聯想、比喻渲染環境，形成一種清幽深遠的意境。

漠漠輕寒上小樓，曉陰無賴似窮秋。淡煙流水畫屏幽。　自在飛花輕似夢，無邊絲雨細如愁。寶簾閑挂小銀鈎。

八六子

【題解】《八六子》，唐代教坊曲名，後用爲詞調。此詞寫戀人別後的相思之情，在對昔日柔情的回味中展露無限惆悵。

倚危亭，恨如芳草，萋萋剗盡還生。念柳外青驄別後，水邊紅袂分時，愴然暗驚。　無端天與娉婷，夜月一簾幽夢，春風十里柔情。怎奈向，歡娛漸隨流水，素弦聲斷，翠綃香減，那堪片片飛花弄晚，濛濛殘雨籠晴。正銷凝，黃鸝又啼數聲。

○剗：同"鏟"。李煜《清平樂》："離恨恰如春草，更行更遠還生。"○青驄：青白色馬。○紅袂：紅袖。○"春風"句：杜牧《贈別》詩："春風十里揚州路，卷上珠簾總不如。"○怎奈向：怎奈何。○"正銷凝"

二句：銷凝，銷魂。杜牧《八六子》："正銷魂，梧桐又移翠陰。"黃鸝又啼數聲，謂黃鸝驚醒舊夢，使自己又回到離別的現實。唐金昌緒《春怨》："打起黃鶯兒，莫教樹上啼，啼時驚妾夢，不得到遼西。"

鵲橋仙
七　夕

【題解】《鵲橋仙》詞調有二體：五十六字者始於歐陽修，因詞中"鵲迎橋路接天津"句得名；八十八字者始於柳永。此詞上片寫牛郎織女七夕相會前夕的殷切情景，下片寫相會時的短暫歡樂和匆匆別離之恨，末二句以堅貞愛情相慰勉。全詞悲歡交融，感情深摯，立意不落俗套，爲漢魏以來詠七夕的衆多作品中的佳作。《草堂詩餘》正集卷二："七夕歌以雙星會少別多爲恨，少游此詞謂'兩情若是久長'二句，化臭腐爲神奇。"

纖雲弄巧，飛星傳恨，銀漢迢迢暗度。金風玉露一相逢，便勝卻人間無數。　柔情似水，佳期如夢，忍顧鵲橋歸路！兩情若是久長時，又豈在朝朝暮暮！

○"纖雲"句：謂織女織造雲錦的精巧手藝。七夕爲舊時乞巧節，即女子向織女乞賜智巧之意。○"金風"二句：謂七夕秋期一到，對牛郎織女來說便勝過人間無數朝暮廝守的夫婦之幸福。○朝朝暮暮：宋玉《高唐賦》謂巫山神女"朝朝暮暮，陽臺之下"以候楚王。

江城子

【題解】秦觀於紹聖元年（1094）春因重新上臺的新黨打擊元祐舊黨，被貶出汴京。此詞當爲離京時臨城西金明池追懷舊友，自傷身世而作，感傷哀婉。

西城楊柳弄春柔，動離憂，淚難收，猶記多情曾爲繫歸舟。碧野朱橋當日事，人不見，水空流。　　韶華不爲少年留，恨悠悠，幾時休？飛絮落花時候一登樓。便做春江都是淚，流不盡，許多愁。

○"碧野朱橋"三句：元祐年間蘇軾與黃庭堅、秦觀等所謂"四學士"及文壇、政壇同道皆屢聚京師，游宴唱酬，此時蘇、黃等均紛紛遠謫而去。○"便做"三句：《草堂詩餘》正集卷二："李後主'問君能有幾多愁，恰似一江春水向東流'，少游翻之。文人之心，敏於不竭。"

踏莎行

【題解】《踏莎行》詞調始見於北宋寇準、晏殊詞。秦觀此詞乃紹聖四年（1097）春在湖南郴州貶所之作，以比興手法，抒寫出作者極度愁苦寂寞的淒婉之情。

霧失樓臺，月迷津渡，桃源望斷無尋處。可堪孤館閉春寒，杜鵑聲裏斜陽暮。　　驛寄梅花，魚傳尺素，砌成此恨無重數。郴江幸自繞郴山，爲誰流下瀟湘去？

○此詞或題作"郴州旅舍"。○桃源：喻自己所追求的超脫塵世的理想之境，用陶淵明《桃花源記》故事。或亦用東漢劉晨、阮肇入天台山采藥，糧絕而食桃，得遇仙女，遂成仙事，見《幽明錄》。○"驛寄梅花"二句：謂遠方友人寄贈書信等物。東晉陸凱《贈范曄詩》："折梅逢驛使，寄與隴頭人。江南無所有，聊寄一枝春。"魚傳尺素，見前晏殊詞《蝶戀花》注。○"郴江"二句：郴江，湘江支流，源於湘西，過郴州及郴山，與瀟江同匯入湘江。《詞林紀事》卷六引釋天隱曰："末二句從'沅湘日夜東流去，不爲愁人住少時'變化來。"《苕溪漁隱叢話》前集卷五十引《冷齋夜話》："少游到郴州，作長短句云：'霧失樓臺……'東坡絕愛其尾兩句，自書於扇，曰：'少游已矣，雖萬人何贖！'"

|輯　錄|

◎胡仔《苕溪漁隱叢話》後集卷三三：少游詞雖婉美，然格力失之弱。

◎朱彝尊《詞綜》卷六引蔡伯世：子瞻辭勝乎情，耆卿情勝乎辭。辭情相稱者，惟少游而已。

◎馮煦《蒿庵論詞》：少游以絕塵之才，早與勝流，不可一世；而一謫南荒，遽喪靈寶。故所爲詞寄慨身世，閑雅有情思，酒邊花下，一往而深。而怨悱不亂，悄乎得《小雅》之遺。後主而後，一人而已。……淮海、小山，真古之傷心人也。其淡語皆有味，淺語皆有致，求之兩宋詞人，實罕其匹。……他人之詞，詞才也；少游之詞，詞心也。得之於內，不可以傳，雖子瞻之明雋，耆卿之幽秀，猶若有瞠乎後者，況其下耶！

賀　鑄（1052—1125）

《宋史·賀鑄傳》：賀鑄字方回，衛州（今河南衛輝）人，孝惠皇后（宋太祖賀后）之族孫。喜談當世事，可否不少假借，雖貴要權倾一時，小不中意，極口詆之無遺辭，人以爲近俠。博學強記，工語言，深婉麗密，如次組繡。尤長於度曲，嘗言："吾筆端驅使李商隱、溫庭筠常奔命不暇。"初，娶宗女，隸籍右選，監太原工作。通判泗州，竟以尚氣使酒，不得美官，悒悒不得志，食宮祠祿，退居吳下。鑄所爲詞章，往往傳播在人口。黃庭堅自黔中還，得其"江南梅子"之句，以爲似謝玄暉。鑄自哀歌詞，名《東山樂府》（或作《東山詞》）。

青玉案

【題解】《青玉案》爲宋人常用詞調，《詞譜》卷一五："漢張衡詩：

'何以報之青玉案。'調名取此。"賀鑄此詞以望美人不來發端，通過愛情之失意抒發政治上的悒悒不得志，意境平常，而語言精新，結句猶爲人所稱賞。如先著《詞潔》云：方回《青玉案》詞"工妙之至，無迹可尋，語句思路亦在目前，而千人萬人不能湊泊"。沈際飛《草堂詩餘》正集云："疊寫三句閒愁，真絕唱！"

凌波不過橫塘路，但目送、芳塵去。錦瑟華年誰與度？月橋花院，瑣窗朱戶？祇有春知處。　碧雲冉冉蘅皋暮，彩筆新題斷腸句。試問閒愁都幾許？一川煙草，滿城風絮，梅子黃時雨。

○"凌波"二句：曹植《洛神賦》："凌波微步，羅襪生塵。"橫塘，在今江蘇蘇州西南。○錦瑟華年：李商隱《無題》："錦瑟無端五十弦，一弦一柱思華年。"○蘅皋：生長香草的水邊高地。《洛神賦》："爾乃稅駕乎蘅皋。"○"一川煙草"三句：《鶴林玉露》卷七："蓋以三者比愁之多也。"周紫芝《竹坡詩話》卷一："賀方回嘗作《青玉案》詞，有'梅子黃時雨'之句，人皆服其工，士大夫謂之'賀梅子'。"江南春末夏初時節多雨，正值梅子成熟，謂之梅雨。

六州歌頭

【題解】《六州歌頭》本隋唐鼓吹曲名，六州指當時西北甘、涼、渭等邊地州郡。宋時用爲詞牌。此詞用所謂"悲壯如蘇李"的邊塞歌曲激越蒼涼的旋律，抒寫出作者尚氣任俠的個性，表現了他有心報國而無路請纓，沉淪下僚最終投閑置散的不平之氣。南宋張孝祥、辛棄疾、劉過等愛國詞人都有繼作，由此可看出豪放詞風從蘇軾到辛棄疾的傳承過渡情形。

少年俠氣，交結五都雄。肝膽洞，毛髮聳，立談中，死生同，一諾千金重。推翹勇，矜豪縱，輕蓋擁，聯飛鞚，斗城東。轟飲酒壚，春色浮寒甕，吸海垂虹。閑呼鷹嗾犬，白羽摘雕弓，狡穴俄空，樂忽忽。　似黃梁夢，辭丹鳳。明月共，漾孤蓬。官宂從，懷倥傯，落塵籠，簿書叢。鶡弁如雲眾，供廝用，忽奇功。笳鼓動，漁陽弄，思悲翁。不請長纓，繫取天驕種，劍吼西風。恨登山臨水，手寄七弦桐，目送歸鴻。

　　○五都：此處泛指各通都大邑。○肝膽洞：即肝膽相照。洞，洞明。○"一諾"句：《史記·季布欒布列傳》載民謠稱漢初俠士季布"得黃金百斤，不如得季布一諾"。○鞚：馬籠頭。鮑照《擬古》詩："獸肥春草短，飛鞚越平陸。"○斗城：指京城。《三輔黃圖》卷一"漢長安故城"條："（長安）城南爲南斗形，北爲北斗形，至今人呼漢舊京爲斗城是也。"此處指宋京師開封。○"吸海"句：喻狂飲。杜甫《飲中八仙歌》："飲如長鯨吸百川。"又《漢書·燕刺王劉旦傳》："是時天雨，虹下屬宮中飲井水，井水竭。"○狡穴：此處指代兔。《戰國策·齊策四》："狡兔有三窟。"○丹鳳：帝都禁城有丹鳳闕、丹鳳樓等，遂以丹鳳指代京城。唐東方虬《昭君怨》詩之二："掩淚辭丹鳳，銜悲向白龍。"○宂從：多餘閑散的隨從之官。○倥傯：困苦迫促。○簿書叢：謂忙碌於叢雜繁多的官司公文簿記。○鶡弁：指武士。《後漢書·輿服志下》："鶡者，勇雉也。……故趙武靈王以表武士，秦施安焉。"○漁陽弄：古鼓曲名，即"漁陽三弄"或"漁陽三撾"。《後漢書·禰衡傳》載曹操侮禰衡，用爲鼓吏，衡乃爲奏此曲。○"不請長纓"二句：謂不得請纓報國，抗擊遼、夏侵略。請纓，《漢書·終軍傳》載終軍"願受長纓，必羈南越王而致之闕下"。天驕，《漢書·匈奴傳上》："胡者，天之驕子也。"○"恨登山臨水"三句：自憾如今祇能退居山林以度餘生。嵇康《送秀才入軍》詩："目送歸鴻，手揮五弦。俯仰自得，游心太玄。"

| 輯　錄 |

　　◎張耒《東山詞序》：方回樂府妙絕一世，盛麗如游金張之堂，妖冶如攬嬙施之袂，幽索如屈宋，悲壯如蘇李。

參考書目

《淮海居士長短句》，秦觀撰，徐培均校注，上海古籍出版社 **1985** 年版。

《東山詞》，賀鑄著，鍾振振校點，上海古籍出版社 **1989** 年版。

思考題

1. "試問閒愁都幾許？一川煙草，滿城風絮，梅子黃時雨。"妙在何處？

2. 比較秦觀與賀鑄詞之異同。

第六節　周邦彥

周邦彥（1056—1121）

《宋史·周邦彥傳》：周邦彥字美成，錢塘人。元豐初，游京師，獻《汴都賦》萬餘言，神宗異之，命侍臣讀於邇英閣，召赴政事堂。自太學諸生一命爲正，居五歲不遷，益盡力於辭章。哲宗召對，使誦前賦，除秘書省正字。（徽宗時）提舉大晟府。邦彥好音樂，能自度曲，製樂府長短句，詞韻清蔚，傳於世。

解連環

【題解】　此調本名《望梅》，《詞譜》卷三四："此調始自柳永，以詞有'信早梅偏占陽和'及'時有香來，望明豔遙知非雪'句，名《望梅》。

後因周邦彦詞有'妙手能解連環'句，更名《解連環》。"周邦彦此詞爲追念已經中斷往來的情人而作，表露出無限繾綣的相思之情。

怨懷無托，嗟情人斷絕，信音遼邈。縱妙手能解連環，似風散雨收，霧輕雲薄。燕子樓空，暗塵鎖一牀弦索。想移根換葉，盡是舊時手種紅藥。

汀洲漸生杜若，料舟依岸曲，人在天角。謾記得當日音書，把閑語閑言，待總燒卻。水驛春回，望寄我江南梅萼。拚今生，對花對酒，爲伊淚落。

〇妙手能解連環：《戰國策·齊策》："秦昭王嘗使使者遺君王后玉連環，曰：'齊多智，而解此環不？'……君王后引椎椎破之，謝秦使曰：'謹以解矣！'"〇燕子樓：見前蘇軾詞《永遇樂》注。〇紅藥：紅芍藥。〇杜若：香草名。《楚辭·九歌·湘夫人》："搴汀洲兮杜若。"〇江南梅萼：見前秦觀詞《踏莎行》注。

拜星月慢

【題解】　此詞調爲唐代教坊曲。上片追憶昔日與情人幽會的美好情景，下片寫目前在羈旅荒寒中孤獨相思的傷感，在鋪叙中展現出尋訪、相遇、歡會、驚散隔絕的過程。周濟《宋四家詞選》云："全是追思，卻純用實寫。但讀前闋，幾疑是賦也；換頭再爲加倍跌宕之，他人萬萬無此力量。"

夜色催更，清塵收露，小曲幽坊月暗。竹檻燈窗，識秋娘庭院。笑相遇，似覺瓊枝玉樹相倚，暖日明霞光爛。水盼蘭情，總平生稀見。　　畫圖中舊識春風面。誰知道自到瑤臺畔，眷戀雨潤雲溫，苦驚風吹散。念荒寒寄宿無人館，重門閉，敗壁秋蟲歎。怎奈向一縷相思，隔溪山不斷。

〇秋娘：唐歌妓多以秋娘爲名，如白居易《琵琶行》："妝成每被秋娘妒。"〇"似覺"二句：喻自己與情人相倚如瓊枝玉樹相連，又如暖日明霞般光豔照人。曹植《洛神賦》寫宓妃之美"皎若太陽升朝霞"。○水盼：眼波脈脈若秋水。蘭情：情意如蘭之芬芳。○"畫圖"句：杜甫《詠懷古迹》詠王昭君"畫圖省識春風面"。○瑤臺：神仙所居，此指與情人歡會處。

六　醜

薔薇謝後作

【題解】此詞調爲周邦彥自創。宋周密《浩然齋雅談》卷下載：宋徽宗"問《六醜》之義，莫能對。急召邦彥問之。對曰：'此犯六調，皆聲之美者，然絕難歌。昔高陽氏有子六人，才而醜，故以比之。'"此詞一題《落花》，爲周邦彥詠物詞名作之一。通篇緊扣凋後的薔薇花，以擬人手法，層層轉折，前後照應，一氣貫注。《蓼園詞選》云："自歎年老遠宦，意境落寞，借花起興，以下是花、是自己，比興無端，指與物化，奇情四溢，不可方物，人巧極而天工生矣！結處意致尤纏綿無已。"

正單衣試酒，悵客裏、光陰虛擲。願春暫留，春歸如過翼，一去無迹。爲問家何在？夜來風雨，葬楚宮傾國。釵鈿墮處遺香澤，亂點桃蹊，輕翻柳陌。多情更誰追惜？但蜂媒蝶使，時叩窗隔。　東園岑寂，漸蒙籠暗碧。靜繞珍叢底，成歎息。長條故惹行客，似牽衣待話，別情無極。殘英小，强簪巾幘，終不似一朵釵頭顫裊，向人欹側。漂流處，莫趁潮汐，恐斷紅、尚有相思字，何由見得？

○"願春暫留"句：周濟《宋四家詞選》云："'願春暫留，春歸如過翼，一去無迹'十三字千回百折，千錘百煉。"過翼，飛鳥。杜甫《夜二首》："村墟過翼稀。"○"夜來風雨"二句：唐韓偓《哭花》詩："夜來風雨葬西施。"此用其意。楚宮傾國，謂楚宮美人，此處喻薔薇花。○"釵鈿"句：此處以美人遺落的釵鈿比喻飄零的落花。暗用白居易《長恨歌》："花鈿委地無人收，翠翹金雀玉搔頭。"○蜂媒蝶使：蜂蝶游戲於花中，故喻爲"蜂媒蝶使"。○蒙籠暗碧：謂薔薇花已凋落，唯餘綠葉繁茂，故顯得朦朧幽暗。○"長條"句：薔薇枝蔓有刺，會勾住人的衣服。○巾幘：頭巾。○"恐斷紅"二句：唐范攄《雲溪友議》卷下："盧渥舍人應舉之歲，偶臨御溝，見一紅葉，命僕寨來。葉上乃有一絕句……詩云：'流水何太急？深宮盡日閒。殷勤謝紅葉，好去到人間。'"此處由落花聯想到紅葉題詩之事。斷紅，落花。

輯 錄

◎陳廷焯《白雨齋詞話》卷一：詞至美成，乃有大宗。前收蘇秦之終，後開姜史之始，自有詞人以來，不得不推爲巨擘，後之爲詞者，亦難出其範圍。然其妙處，亦不外沉鬱頓挫。頓挫則有姿態，沉鬱則極深厚，既有姿態，又極深厚，詞中三昧，亦盡於此矣。

◎王國維《人間詞話》：美成深遠之致不及歐秦，唯言情體物窮極工巧，故不失爲第一流作者。但恨創調之才多，創意之才少耳。

參考書目

《清真集》，周邦彥著，吳則虞校點，中華書局1981年版。

《清真集校注》，周邦彥著，孫虹校注，薛瑞生訂補，中華書局2003年版。

思考題

1. 前人論周邦彥，有推崇其"集大成者"或"詞中老杜"的，你贊同這種說法嗎？爲什麼？

2. 談談周邦彥對南宋格律詞派的影響。

第七節　李清照

李清照（1084—約1151）

傳略見"宋金文學"第一章第七節。

點絳唇

【題解】《點絳唇》詞調，首見於五代馮延巳詞，調名取自南朝梁江淹《詠美人春游》詩："白雪凝瓊貌，明珠點絳唇。"李清照此詞描寫一個閨中少女游戲及躲避客人的情景，惟妙惟肖地刻畫出她那天真活潑、嬌羞而又有幾分頑皮的神態。

蹴罷鞦韆，起來慵整纖纖手。露濃花瘦，薄汗輕衣透。　見客入來，襪剗金釵溜，和羞走。倚門回首，卻把青梅嗅。

○襪剗：即剗襪，衹穿着襪子不穿鞋。李煜《菩薩蠻》："剗襪步香階，手提金縷鞋。"

念奴嬌

【題解】　此詞寫與丈夫分離後的孤獨寂寞感受，刻畫工緻細膩，語言淺近通俗而新穎傳神。

蕭條庭院，又斜風細雨，重門須閉。寵柳嬌花寒食近，種種惱人天氣。險韻詩成，扶頭酒醒，別是閑滋味。征鴻過盡，萬千心事難寄。　樓上幾日春寒，簾垂四面，玉欄干慵倚。被冷香消新夢覺，不許愁人不起。清露晨流,新桐初引,多少游春意。日高煙斂,更看今日晴未。

○險韻:指詩韻中同韻字很少的韻部,因用此等韻部作詩很難,故謂險韻。○扶頭酒:酒勁較大、飲後易醉的酒。○"清露"二句:《世說新語·賞譽》:"(王)恭嘗行散至京口射堂,於是清露晨流,新桐初引。"

一剪梅

【題解】《一剪梅》詞調首見於北宋周邦彥詞,以其首句"一剪梅花萬樣嬌"得名。伊世珍《瑯嬛記》卷中:"易安結褵未久,明誠即負笈遠游。易安殊不忍別,覓錦帕書《一剪梅》詞以送之。"

紅藕香殘玉簟秋,輕解羅裳,獨上蘭舟。雲中誰寄錦書來?雁字回時,月滿西樓。　　花自飄零水自流,一種相思,兩處閑愁。此情無計可消除,纔下眉頭,卻上心頭。

○玉簟:竹席之美稱。○"雲中誰寄錦書來"二句:相傳大雁能寄書信,見《漢書·蘇武傳》。雁字:大雁在空中飛行時排成"人"字、"一"字形。○"纔下眉頭"二句:范仲淹《御街行》詞:"都來此事,眉間心上,無計相回避。"

醉花陰

【題解】《醉花陰》詞調首見於北宋毛滂詞。李清照此詞一題作《重陽》或《九日》。作者以精緻而又含蓄委婉的筆調,新穎而又高潔動人的形象,傳神地刻畫出閨中的寂寞離愁和對丈夫的殷切思念。

薄霧濃雲愁永晝,瑞腦消金獸。佳節又重陽,玉枕紗廚,半夜涼初透。東籬把酒黃昏後,有暗香盈袖。莫道不消魂,簾捲西風,人比黃花瘦。

○瑞腦:即龍腦,香料。金獸:鑄成獸形的香爐。○玉枕:瓷枕的美稱。紗廚：紗帳。○"莫道不消魂"三句：伊世珍《瑯嬛記》卷中："易安以重陽《醉花陰》詞函致明誠。明誠歎賞，自愧弗逮，務欲勝之。一切謝客，忘食忘寢者三日夜，得五十闋（一作'十五闋'），雜易安作，以示友人陸德夫。德夫玩之再三，曰：'祇三句絕佳。'明誠詰之。答曰：'莫道不消魂，簾捲西風，人似黃花瘦。'正易安作也。"

鳳凰臺上憶吹簫

【題解】《鳳凰臺上憶吹簫》詞調取名於傳說中秦穆公之女弄玉與蕭史相戀而吹簫引鳳的故事（見劉向《列仙傳》卷上）。李清照此詞描寫離別丈夫後的思念心情，詞情婉轉曲折而用筆明快流暢。《草堂詩餘雋》引李攀龍語："寫其一腔臨別心神，新瘦新愁，真如秦女樓頭，聲聲有和鳴之奏。"

香冷金猊，被翻紅浪，起來慵自梳頭。任寶奩塵滿，日上簾鉤。生怕離懷別苦，多少事欲說還休！新來瘦，非干病酒，不是悲秋。　休休，這回去也，千萬遍《陽關》，也則難留。念武陵人遠，煙鎖秦樓。惟有樓前流水，應念我終日凝眸。凝眸處，從今又添一段新愁。

○金猊：獸形銅香爐。猊：一種似獅的獸。○《陽關》：王維《送元二使安西》詩有"西出陽關無故人"句，後譜曲傳唱爲送別之曲。○武陵人遠：唐宋以來，詩詞中常將陶淵明《桃花源記》中的"武陵"與劉晨、阮肇入山采桃遇仙女事混用，此處亦偏用後一典故，借指丈夫離開自己遠出未歸。唐王之渙《惆悵詩》："晨肇重來路已迷，碧桃花謝武陵溪。"○秦樓：即鳳樓或鳳凰臺，弄玉與蕭史吹簫引鳳之處。

漁家傲

【題解】《漁家傲》詞調説明見前范仲淹同調詞題解。李清照此詞一題作《記夢》，一般論者認爲此詞風格健舉豪放，在李詞中別具一格。但細味詞意，當爲南渡後遭遇變亂之作，參照李清照《金石錄後序》中所記高宗建炎三年（1129）冬入海泛舟避金人，而李清照亦惶怖"雇舟入海，奔行朝"，"從御舟海道之温，又之越"等等情狀，則此詞當爲此一段海上流離奔波、夢魂屢驚之記實。

天接雲濤連曉霧，星河欲轉千帆舞。仿佛夢魂歸帝所，聞天語，殷勤問我歸何處？　　我報路長嗟日暮，學詩謾有驚人句。九萬里風鵬正舉，風休住，蓬舟吹取三山去。

○"路長嗟日暮"句：屈原《離騷》："欲少留此靈瑣兮，日忽忽其將暮。……路曼曼其修遠兮，吾將上下而求索。"○"驚人"句：杜甫《江上值水如海勢聊短述》詩："爲人性僻耽佳句，語不驚人死不休。"○"九萬里"句：《莊子·逍遥游》："鵬之徙於南溟也，水擊三千里，摶扶搖而上者九萬里。"○三山：《史記·封禪書》載海中有蓬萊、方丈、瀛洲三神山。

聲聲慢

【題解】《聲聲慢》詞調首見於北宋晁補之詞，有平韻、仄韻體。此詞爲仄韻體，是李清照晚年名篇。或題作《秋情》。以殘秋景色爲襯托，傾訴國破家亡、飽經憂患亂離的悲哀。詞中自然而生動貼切地運用鋪叙的手法，把日常生活情景概括得很感人，特別是創造性地大量使用精當的疊字，以加強感情的渲染，毫無雕琢之痕，爲歷代詞論家所激賞。如張端義《貴耳集》曰："此乃公孫大娘舞劍手，本朝非無能詞之士，未曾有一下十四疊字者，用《文選》諸賦格。"

尋尋覓覓，冷冷清清，淒淒慘慘戚戚。乍暖還寒時候，最難將息。三杯兩盞淡酒，怎敵他晚來風急！雁過也，正傷心，卻是舊時相識。　滿地黃花堆積，憔悴損，而今有誰堪摘？守著窗兒，獨自怎生得黑！梧桐更兼細雨，到黃昏點點滴滴。這次第，怎一個愁字了得！

○"雁過也"三句：作者此時夫亡家破，流寓江南，親故音書斷絕，故見北雁自故鄉南飛，謂之舊識而備感傷心。作者早年寄趙明誠《一剪梅》詞有"雲中誰寄錦書來，雁字回時，月滿西樓"句。○有誰堪摘：謂有誰堪與我共摘。作者喜賞菊，見前《醉花陰》詞。○"梧桐"句：此處暗用溫庭筠《更漏子》詞："梧桐樹，三更雨，不道離情正苦。一葉葉，一聲聲，空階滴到明。"

永遇樂

【題解】　《永遇樂》詞調說明見前蘇軾同調詞題解。張端義《貴耳集》卷上謂李清照"南渡以來，常懷京洛舊事，晚年賦元宵《永遇樂》詞"。此詞反映出憂患餘生的孤獨寂寞心情，流露出對故國的眷念難忘。通篇以今昔不同的情景構成鮮明對照，詞中有精麗之語，而不流於纖巧；有尋常之語，而不流於俚俗。

落日鎔金，暮雲合璧，人在何處？染柳煙濃，吹梅笛怨，春意知幾許？元宵佳節，融和天氣，次第豈無風雨？來相招，香車寶馬，謝他酒朋詩侶。　中州盛日，閨門多暇，記得偏重三五。鋪翠冠兒，撚金雪柳，簇帶爭濟楚。如今憔悴，風鬟霧鬢，怕見夜間出去。不如向簾兒底下，聽人笑語。

○鎔金：廖世美《好事近》："落日水鎔金。"○"暮雲"句：謂暮雲彌漫合攏，如珠聯璧合。○"染柳"二句：為"煙染柳濃，笛吹梅怨"之倒文。梅，指《梅花落》笛曲。《樂府詩集》卷二四《橫吹曲辭》："《梅花落》，本笛中曲也。"此處亦兼指新春之時梅花凋殘。〇中州盛日：指北宋滅亡之前中原繁華興旺的日子。〇鋪翠冠兒：鑲翡翠珠子之冠。吳自牧《夢梁錄》卷一《元宵》："官巷口、蘇家巷二十四家傀儡，衣裝鮮麗，細旦戴花朵肩、珠翠冠兒，腰肢纖嫋，宛若婦人。"〇撚金雪柳：用金飾絲綢或金紙做成的雪柳。雪柳爲當時婦女插戴的一種頭飾，見下注。〇"簇帶"句：謂婦女們插戴滿頭，互相爭着比較誰打扮得漂亮。簇帶，滿頭插帶。濟楚，整齊亮麗。《宣和遺事·亨集》："京師民有似雲浪，盡頭上戴着玉梅、雪柳、鬧蛾兒，直到鼇山下看燈。"〇風鬟霧鬢：風塵勞碌，頭髮散亂不修飾貌。李朝威《柳毅傳》："見大王愛女牧羊於野，風鬟雨鬢，所不忍睹。"

武陵春

【題解】唐代教坊曲名，後用爲詞調。此詞當爲宋高宗紹興四年（1134）作者避亂流寓浙江金華時之作。詞中懷念故鄉親人，悲情深濃。末二句比喻之形象新穎，歷來爲人所贊賞。

風住塵香花已盡，日晚倦梳頭。物是人非事事休，欲語淚先流。聞說雙溪春尚好，也擬泛輕舟，祇恐雙溪舴艋舟，載不動許多愁。

〇雙溪：浙江金華境內溪流，爲風景名勝之地。〇舴艋舟：如蚱蜢那樣輕巧的小船。

| 輯　錄 |

◎沈謙《填詞雜說》：男中李後主，女中李易安，極是當行本色。
◎沈曾植《菌閣瑣談》：漁洋稱易安、幼安爲濟南二安，難乎爲繼；易安爲婉約主，幼安爲豪放主，此論非明代諸公所及。

參考書目

《李清照集校注》，王仲聞校注，人民文學出版社 1979 年版。

思考題

1. 李清照以女詞人而自寫情懷，其抒情特點與傳統的代言體詞作有何不同？

2. 前人多以易安詞"當行本色"，或稱其"婉約主"，請就此談談你的看法。

第八節　二張及其他詞人

趙　佶（1082—1135）

《宋史・徽宗紀》：徽宗皇帝諱佶，神宗第十一子也。元符三年正月己卯，哲宗崩。乃召端王（佶）入，即皇帝位。（宣和七年十二月以金人入侵）詔內禪，皇太子（趙桓）即皇帝位，尊帝爲教主道君太上皇帝。靖康二年二月丁卯，金人脅帝北行。紹興五年四月甲子，崩於五國城（今黑龍江依蘭縣）。

燕山亭
北行見杏花

【題解】《燕山亭》詞調首見於趙佶此詞。此詞乃靖康二年（1127）

春趙佶被金兵俘虜押解北行途中過燕山時見杏花而作，盡寫出俘囚生活的哀痛悲慘和對故國故宮的懷念。趙佶長於詩詞書畫音樂，其亡國之作哀以思，故後人多將其與南唐後主並論。

裁剪冰綃，輕疊數重，淡著燕脂勻注。新樣靚妝，豔溢香融，羞殺蕊珠宮女。易得凋零，更多少無情風雨。愁苦，問院落淒涼，幾番春暮？

憑寄離恨重重，者雙燕何曾會人言語？天遙地遠，萬水千山，知他故宮何處？怎不思量，除夢裏有時曾去！無據，和夢也新來不做。

○冰綃：潔白如冰的絲綢。○燕脂：即胭脂。○靚妝：美麗的妝束。○蕊珠宮：道家傳說天上宮闕。《十洲記》："玉晨大道君治蕊珠貝闕。"趙佶信道教，禪位後自稱教主道君皇帝。○者：這。○怎不思量：李煜《浪淘沙》："夢裏不知身是客，一晌貪歡。"此處借用其意而更進一層。

| 輯　錄 |

◎賀裳《皺水軒詞筌》：南唐主《浪淘沙》曰："夢裏不知身是客，一晌貪歡。"至宣和帝(趙佶)《燕山亭》則曰："無據，和夢也有時不作。"其情更慘矣。嗚呼，此猶麥秀之後有黍離耶？

◎王國維《人間詞話》：尼采謂一切文學，余愛以血書者。後主之詞，真所謂以血書者也；宋道君皇帝《燕山亭》詞亦略似之。

陳與義（1090—1139）

傳略見"宋金文學"第二章第六節。

臨江仙
夜登小閣憶洛中舊游

【題解】 此爲作者晚年寓居浙江桐鄉時追憶洛陽往事之作。詞中感慨金兵南下、國破家亡的滄桑巨變。上片憶昔，豪情飛揚；下片撫今，愁思萬端。其"杏花疏影裏，吹笛到天明"二句清新俊爽，爲歷代所稱道。陳廷焯《白雨齋詞話》稱此詞"筆意超脫，逼近大蘇"。

憶昔午橋橋上飲，坐中多是豪英。長溝流月去無聲，杏花疏影裏，吹笛到天明。　二十餘年如一夢，此身雖在堪驚。閑登小閣看新晴，古今多少事，漁唱起三更。

○午橋：在洛陽南，唐名相裴度晚年退休居此，作綠野堂，與白居易、劉禹錫等唱酬。○長溝：運河。○"古今"二句：謂古今多少滄桑事變、是非成敗，都祇成爲夜半漁歌吟唱的內容。

張元幹（1091—約1170）

《全宋詞·張元幹》：元幹字仲宗，（福建）長樂人，自號蘆川居士。曾爲李綱行營屬官。紹興中，坐以詞送胡銓，得罪除名，紹興末尚在，壽七十餘。有《蘆川歸來集》。

賀新郎
送胡邦衡赴新州

【題解】 《賀新郎》詞調首見於蘇軾《賀新涼》詞（因詞中有"晚涼新浴"句），毛先舒《填詞名解》卷三謂此調爲蘇軾所創。宋高宗紹興八年（1138），胡銓（邦衡）上書反對與金議和，請斬秦檜。銓因遭貶，至紹興十二年，詔除名，編管新州（今廣東新興縣）。張元幹乃以此詞送行。

夢繞神州路。悵秋風、連營畫角，故宮離黍。底事崑崙傾砥柱，九地黃流亂注，聚萬落千村狐兔？天意從來高難問，況人情老易悲難訴，更南浦，送君去！　涼生岸柳催殘暑，耿斜河，疏星淡月，斷雲微度。萬里江山知何處？回首對牀夜語。雁不到，書成誰與？目盡青天懷今古，肯兒曹恩怨相爾汝！舉大白，聽《金縷》。

○"故宮"句：《詩經·王風·黍離》寫西周既亡，東周大夫看到西周鎬京的故宮舊地長滿禾黍，悲不自勝，乃作此詩，首句"彼黍離離"，因以名篇。○"底事"三句：謂因何天崩地陷，洪水橫流，萬千村落一片荒蕪，狐兔聚集。○"天意"二句：杜甫《暮春江陵送馬大卿公恩命追赴闕下》詩："天意高難問，人情老易悲。"○"更南浦"二句：江淹《別賦》："送君南浦，傷如之何！"○"雁不到"二句：相傳北雁南飛，止於衡陽。而新州在衡陽之南的廣東，雁不能到，故更難通音訊。○"肯兒曹"句：韓愈《聽潁師彈琴》"昵昵兒女語，恩怨相爾汝"。○大白：酒杯名。《文選》左思《吳都賦》："飛觴舉白。"劉良注："大白，杯名。"○《金縷》：《賀新郎》詞調別名。沈雄《古今詞話·詞評》卷上："紹興戊午，元幹以送胡銓及寄李綱詞坐罪貶謫，皆《金縷曲》也。"

| 輯　錄 |

◎《四庫全書總目·蘆川詞》提要：慷慨悲涼，數百年後，尚想其抑塞磊落之氣。

張孝祥（1132—1170）

《宋史·張孝祥傳》：張孝祥字安國，歷陽烏江（今安徽和縣）人。讀書一過目不忘，下筆頃刻數千言。紹興二十四年，廷試第一。遷校書郎，尋除知撫州，除中書舍人，徙知荊南、荊湖北路安撫使。請祠，以疾卒，孝宗惜之，有用才不盡之歎。孝祥俊逸，文章過人，尤工翰墨，嘗親書奏札，高宗見之，曰："必將名世。"

六州歌頭

【題解】《六州歌頭》詞調說明見前賀鑄同調詞題解。《朝野遺記》云："安國在建康留守席上賦此歌闋，魏公爲罷席而入。"宋孝宗隆興元年（1163），以張浚都督江淮軍馬北伐，張孝祥爲參贊軍事兼建康留守。此詞當作於北伐軍敗、和議復起之時，上片描寫淪陷地區的淒涼及金人之驕橫，下片感慨報國之志難酬和對主和派的憤恨。通篇忠憤填膺，氣勢磅礴。

長淮望斷，關塞莽然平。征塵暗，霜風勁，悄邊聲，黯銷凝！追想當年事，殆天數，非人力。洙泗上，弦歌地，亦羶腥！隔水氈鄉，落日牛羊下，區脫縱橫。看名王宵獵，騎火一川明，笳鼓悲鳴，遣人驚！　念腰間箭，匣中劍，空埃蠹，竟何成！時易失，心徒壯，歲將零，渺神京！干羽方懷遠，靜烽燧，且休兵，冠蓋使，紛馳騖，若爲情！聞道中原遺老，常南望翠葆霓旌。使行人到此，忠憤氣填膺，有淚如傾！

○長淮：指淮河。當時宋與金以淮河爲界。○邊聲：邊地之聲。邊聲悄然，暗示對敵已議和。○"洙泗上"三句：洙水、泗水一帶，爲山東曲阜孔子故鄉，本文教昌明、弦歌不絕之地，如今皆成女真游牧騎射之野，一片牛羊肉乳的羶腥臊氣。○隔水：指淮河對岸金人占領區。氈鄉，指游牧民族的氈帳。○區脫：漢代匈奴語稱邊境哨所或土堡爲區脫，此指金兵哨所。○名王：漢代匈奴有名號的大首領，此指金兵酋帥。○干：盾。羽：雉尾。《尚書·大禹謨》載舜帝"舞干羽於兩階"以召撫苗人。此處諷刺朝廷正在向敵求和。○烽燧：邊防報警的烽煙。○"冠蓋使"二句：指朝廷派往金國求和的使節冠蓋相望，不絕於途。○翠葆霓旌：皇帝的旌旗儀仗。

| 輯　錄 |

◎陳廷焯《白雨齋詞話》卷六：淋漓痛快，筆飽墨酣，讀之令人起舞！

參考書目

《張孝祥詞箋校》，張孝祥著，宛敏灝箋校，黃山書社 **1993** 年版。

《蘆川詞箋注》，張元幹著，曹濟平箋注，上海古籍出版社 **2010** 年版。

思考題

1. 北宋滅亡後詞的内容風格有什麽變化？
2. 談談二張的英雄詞。

第九節　辛棄疾和豪放詞派

辛棄疾（1140—1207）

《宋史·辛棄疾傳》：辛棄疾字幼安，齊之歷城人。金主亮死，中原豪傑並起，耿京聚兵山東，棄疾爲掌書記，即勸京決策南向。紹興三十二年，京令棄疾奉表歸宋，高宗勞師建康，召見，嘉納之。授承務郎、天平節度掌書記，並以節使印告召京。會張安國、邵進已殺京降金，棄疾還至海州，乃約統制王世隆及忠義人馬全福等徑趨金營，安國方與金將酣飲，即衆中縛之以歸，金將追之不及。獻俘行在，斬安國於市。乾道四年，通判建康府。六年，孝宗召對延和殿。時虞允文當國，帝鋭意恢復，棄疾因論南北形勢及三國、晉、漢人才，持論勁直，不爲迎合。作《九議》並《應問》三篇、《美芹十論》獻於朝，言逆順之理，消長之勢，技之長短，地之要害，甚備。以講和方定，議不行。遷司農寺主簿，出知滁州。提點江西刑獄，平劇盗賴文政有功，加秘閣修撰。出爲湖北轉運副使，改湖南，尋知潭州兼湖南安撫。盜連起湖湘，棄疾悉討平之。差知隆興府兼江西安撫。

紹熙二年，起福建提點刑獄。臺臣王藺劾其"用錢如泥沙，殺人如草芥，旦夕望端坐'閻王殿'"。遂丐祠歸。慶元元年落職。尋差知鎮江府，賜金帶。坐繆舉，降朝散大夫、提舉沖佑觀。進樞密都承旨，未受命而卒。棄疾雅善長短句，悲壯激烈，有《稼軒集》行世。

水龍吟

登建康賞心亭

【題解】《水龍吟》詞調首見於北宋柳永詠梅之作，見《歷代詩餘》卷七四，今本柳永《樂章集》不載；其次則爲蘇軾次韻章質夫詠楊花之作。辛棄疾此詞爲宋孝宗乾道五年（1169）通判建康府或淳熙元年（1174）任江東安撫司參議官時所作。上片寫登亭賞景，景中含情；下片直抒心聲，沉鬱頓挫，壯懷激烈，紆回曲折地表達出功業不就、報國無門的悲憤心情。

楚天千里清秋，水隨天去秋無際。遙岑遠目，獻愁供恨，玉簪螺髻。落日樓頭，斷鴻聲裏，江南游子，把吳鉤看了，欄干拍遍，無人會，登臨意！　休說鱸魚堪膾，儘西風，季鷹歸未？求田問舍，怕應羞見，劉郎才氣。可惜流年，憂愁風雨，樹猶如此！倩何人、喚取紅巾翠袖，揾英雄淚！

○賞心亭：《景定建康志》："賞心亭在下水門之城上，下臨秦淮，盡觀覽之勝。丁晉公謂建。"○"遙岑遠目"三句：謂遙望遠山，如同美人的螺形髮髻和碧玉簪，然而江山如此美好，卻帶給人愁和恨。韓愈《送桂州嚴大夫》詩："江作青羅帶，山如碧玉簪。"皮日休《縹緲峰》詩："似將青螺髻，撒在明月中。"○吳鉤：一種身佩的彎刀。李賀《南園》詩："男兒何不帶吳鉤，收取關山五十州。"○"休說鱸魚堪膾"三句：《晉書·張翰傳》："翰因見秋風起，乃思吳中菰菜、蓴羹、鱸魚膾，曰：'人生貴得適志，何能羈宦數千里以要名爵乎！'遂命駕而歸。"○"求田問舍"三句：劉郎，指劉備。《三國志·魏書·陳登傳》："許汜與劉備並在荆州牧劉表坐，表與備共論天下人。汜曰：'陳元龍湖海之士，豪氣不除。'……備問汜：'君言豪，寧有事邪？'汜曰：'昔遭亂過下邳，見元龍。元龍無客主之意，久不相與語，自上大牀臥，使客臥下牀。'備曰：'君有國士之名，今天下大亂，帝主失所，望君憂國忘家，有救世之意，而君求田問舍，言無可采，是元龍所諱也，何緣當與君語？如小人（劉備自稱），欲臥百尺樓上，臥君於地，何但上下牀之間邪？"此處言自己雖欲歸隱又唯恐見笑於愛國有志之士。○"可惜流年"三句：《世說新語·言語》："桓公（桓溫）北伐，經金城，見前爲琅邪時所種柳皆已十圍，慨然曰：'木猶如此，人何以堪！'攀枝折條，泫然流淚。"庾信《枯樹賦》引桓溫語作"樹猶如此，人何以堪"。此處言自己雖有心報國，無奈年華在無人賞識、國勢飄搖中流逝。○揾：擦拭。

菩薩蠻

書江西造口壁

【題解】《菩薩蠻》，唐玄宗時教坊曲名。唐蘇鶚《杜陽雜編》卷下謂女蠻國人"危髻金冠，瓔珞被體，故謂之'菩薩蠻'"。後用爲詞調。宋高宗建炎三年（1129），金兵南下，追宋隆祐太后至江西造口（今江西萬安縣西南六十里處），不及而還。辛棄疾此詞爲宋孝宗淳熙三年（1176）任江西提點刑獄時在造口作，通過憑弔昔日戰地，用比興手法抒寫作者懷念北方淪陷的大好河山及自己客居南方抑鬱憤激的心情。

鬱孤臺下清江水，中間多少行人淚。西北望長安，可憐無數山。青山遮不住，畢竟東流去。江晚正愁余，山深聞鷓鴣。

○鬱孤臺：在今江西贛州西南賀蘭山上，爲當地名勝。○清江：指贛江。○行人：指在金兵侵擾下流離失所的人民。○"西北"二句：長安借喻北宋都城汴京，謂自己無法眺望中原故土。○"青山"四句：謂自己嚮往的抗敵救國大業竟不能如這滾滾東流的江水一般衝破重重山巒的阻隔而前進，終於在朝廷主和派的壓制下不得實現。鷓鴣啼聲凄切，相傳其聲爲"行不得也哥哥"。羅大經《鶴林玉露》卷四："'聞鷓鴣'之句，謂恢復之事行不得也。"

水調歌頭

舟次揚州，和楊濟翁、周顯先韻。

【題解】 此詞爲辛棄疾淳熙五年（1178）由大理少卿出領湖北漕司溯江經揚州時與楊、周二友人唱和作。上片回憶了當年抗擊金兵南侵的戰鬥場面，氣勢豪壯；下片對目前在苟安的南宋朝廷當官度日、不能効命疆場的情形曲折地表達出一種抑鬱矛盾的心情。

落日塞塵起，胡騎獵清秋。漢家組練十萬，列艦聳層樓。誰道投鞭飛渡？憶昔鳴髇血污，風雨佛貍愁。季子正年少，匹馬黑貂裘。　　今老矣，搔白首，過揚州。倦游欲去江上，手種橘千頭。二客東南名勝，萬卷詩書事業，嘗試與君謀：莫射南山虎，直覓富民侯。

○"落日"四句：指宋高宗紹興三十一年（1161）金主完顏亮大舉南侵，直抵揚州長江北岸，宋軍沿長江布防抵抗的情形。組練，即組甲、被練，軍隊的衣甲服裝。《左傳・襄公三年》："組甲三百，被練三千。"○投鞭飛渡：《晉書・苻堅載記》載堅以百萬之師南侵東晉，曰："以吾之衆，投鞭於江，足斷其流。"此句嘲笑完顏亮之驕橫。○"憶昔"二句：單于之子冒頓作鳴鏑，謂左右曰："鳴鏑所射而不悉射者斬之！"後從其父出獵，突以鳴鏑射其父，左右皆隨而攢射之，冒頓遂殺頭曼單于而自立。事見《史記・匈奴列傳》。佛貍，北魏太武帝小名，嘗大舉南侵南朝劉宋，兵抵揚州，終不能得志而退。此二句皆指完顏亮在揚州被部下所殺事。○"季子"二句：戰國蘇秦字季子，《戰國策·秦策》載蘇秦服"黑貂之衣"西游秦國，以連橫之策說秦王。辛棄疾在此以蘇秦自比，追憶當年從北方投奔南宋，向朝廷陳述北伐大計。○"手種"句：《襄陽耆舊傳》："李衡爲丹陽太守，遣人往武陵龍陽泛洲上作宅，種橘千株。臨死，敕兒曰：'吾州里有千頭木奴，不責汝食，歲上匹絹，亦當足用耳。'"○"莫射南山虎"二句：《史記·李將軍列傳》載李廣退居藍田南山中，"所居郡聞有虎，嘗自射之"。又《漢書·食貨志》："武帝末年，悔征伐之事，乃封丞相爲富民侯。"此二句謂二客勸自己不要作隱退之計，雖不能爲國效命於沙場，也應當留在朝廷作官，爲老百姓辦點事。

清平樂

獨宿博山王氏庵

【題解】《清平樂》詞調說明見前黃庭堅同調詞題解。此詞作於作者被劾離朝，閑居江西上饒之時，抒發自己英雄失意的無限感慨。上片渲染環境，情調淒涼；結語體現出自己夢寐不忘國事。博山，在江西廣豐一帶，風景幽美，作者閑居時常往來其間。

繞牀飢鼠，蝙蝠翻燈舞。屋上松風吹急雨，破紙窗間自語。　　平生塞北江南，歸來華髮蒼顏。布被秋宵夢覺，眼前萬里江山。

醜奴兒

書博山道中壁

【題解】《醜奴兒》詞調又名《采桑子》，本唐代大曲名，後用爲詞調。此詞中作者通過早年、晚年對"愁"的理解，沉重地歎息了炎涼的世態、坎坷的人生、難遂的志願留給心靈的深痛烙印。博山，見前《清平樂》詞注。

少年不識愁滋味，愛上層樓，愛上層樓，爲賦新詞強說愁。　而今識盡愁滋味，欲說還休，欲說還休，卻道天涼好個秋。

鷓鴣天

有客慨然談功名，因追念少年時事，戲作。

【題解】《鷓鴣天》詞調說明見前晏幾道同調詞題解。此詞上片追憶早年戰鬥歷程，意氣風發；下片詞意急轉，黯然神傷，在尖銳的對比中表現出對朝廷排斥自己的抗議。

壯歲旌旗擁萬夫，錦襜突騎渡江初。燕兵夜娖銀胡䩮，漢箭朝飛金僕姑。　追往事，歎今吾，春風不染白髭鬚。卻將萬字平戎策，換得東家種樹書。

○"壯歲"二句：指作者早年召集北方數千抗金起義戰士南渡投奔宋朝事。錦襜突騎：穿錦衣的精銳騎兵。○燕兵：指北方幽燕之地的戰士，即當時辛棄疾的部下。或以爲指追擊起義軍的金兵，與"漢箭"相對。娖：整理。胡䩮：箭袋。○"漢箭"句：指起義軍戰士（或指接應起義軍的南宋部隊）還擊金兵。金僕姑，弓箭名。《左傳·莊公十五年》："公以金僕姑射南宮長萬。"○平戎策：指辛棄疾南歸後向南宋朝廷獻上的《美芹十論》、《九議》等抗金恢復失地的方略。○"換得"句：指投閒置散，歸耕田園。韓愈《送石洪》詩："長把種樹書，人云避世士。"

沁園春

靈山齊庵賦。時築偃湖未成。

【題解】《沁園春》詞調，首見於蘇軾詞。吳曾《能改齋漫錄》卷一六謂此調因東漢時大將軍竇憲恃勢強購沁水公主園而得名。此詞作於作者晚年退居江西上饒時。上片寫崇山疊嶂、驚湍直下、松林十萬的雄奇景色，下片描繪山間爽氣朝來，千峰競秀，另是一番沁人肺腑的清新景象。所用典故別致而不落俗套，以人擬物，生動形象；詞筆恣肆奔放，散文化傾向較爲明顯。

疊嶂西馳，萬馬迴旋，衆山欲東。正驚湍直下，跳珠倒濺；小橋橫截，缺月初弓。老合投閑，天教多事，檢校長身十萬松。吾廬小，在龍蛇影外，風雨聲中。　　爭先見面重重，看爽氣朝來三數峰。似謝家子弟，衣冠磊落；相如庭戶，車騎雍容。我覺其間，雄深雅健，如對文章太史公。新堤路，問偃湖何日，煙水濛濛？

○靈山：即江西上饒城北七十里延綿之群山。齊庵爲靈山中地名，作者《歸朝歌》題序："靈山齊庵、菖蒲港，皆長松茂林。"○"疊嶂西馳"三句：謂層層峰巒本來向西延伸而又突然掉頭而東，氣勢雄壯如萬馬迴旋。○"老合投閑"三句：謂自己老來本該投閑置散，罷官隱居，然而老天爺偏多事教自己來掌管這山間十萬長松。作者於此有自嘲之意。檢校，查核，掌管。○"吾廬小"三句：謂自己築廬於松林邊，時時可聞松濤之聲如風雨。龍蛇影，指古松盤曲如龍蛇狀。蘇軾《游靈隱高峰塔》詩："古松攀龍蛇。"○"爭先"二句：謂曉霧初開，諸峰競顯，爭與作者相見。爽氣朝來，《世說新語·簡傲》載王子猷對桓沖曰："西山朝來致有爽氣。"○"似謝家子弟"二句：《晉書·謝玄傳》："（謝）安嘗戒約子侄，因曰：'子弟亦何預人事，而正欲使其佳？'諸人莫有言者。玄答曰：'譬如芝蘭玉樹，欲使其生於庭階耳。'安悅。"此處"衣冠磊落"亦指如芝蘭玉樹，氣度軒昂，亭亭玉立，可貴而能成材也。○"相如庭戶"二句：《史記·司馬相如列傳》："相如之臨邛，從車騎，雍容閒雅甚都。"○"雄深雅健"二句：韓愈謂柳宗元之文曰："吾嘗評其文，雄深雅健似司馬子長，崔、蔡不足多也。"見劉禹錫《唐故尚書禮部員外郎柳君集紀》引。

祝英臺近

晚　春

【題解】 此詞調一名《祝英臺》，宋人始用此調。毛先舒《填詞名解》卷二引《寧波府志》所載東晉以來流傳的梁、祝故事，謂爲此調所以得名。辛棄疾此詞題名《晚春》，內容寫閨怨，曲折柔婉，纏綿悱惻，詞論家多謂別有寄託，但很難確指所寄託爲何，或當爲作者隱喻自己在政治上之失意。沈謙《填詞雜說》謂"稼軒詞以激揚奮勵爲工，至'寶釵分，桃葉渡'一曲，昵狎溫柔，魂銷意盡。才人伎倆，真不可測"。

寶釵分，桃葉渡，煙柳暗南浦。怕上層樓，十日九風雨。斷腸片片飛紅，都無人管，更誰勸啼鶯聲住？　　鬢邊覷，試把花卜歸期，纔簪又重數。羅帳燈昏，哽咽夢中語："是他春帶愁來，春歸何處？卻不解帶將愁去！"

○寶釵分：古人離別時往往將一對釵分持，以爲紀念。白居易《長恨歌》："惟將舊物表深情，鈿合金釵寄將去。釵留一股合一扇，釵擘黃金合分鈿。"○桃葉渡：東晉王獻之有妾名桃葉。《隋書·五行志》："陳時，江南盛歌王獻之桃葉之詞曰：'桃葉復桃葉，渡江不用楫。但渡無所苦，我自迎接汝。'"今南京秦淮河與青溪合流處有桃葉渡。○南浦：江淹《別賦》："送君南浦，傷如之何？"

青玉案

元　夕

【題解】 《青玉案》詞調說明見前賀鑄同調詞題解。辛棄疾此詞借寫元宵月夜的繁華，反襯自己所追慕的美人之幽潔孤高，表現自己高遠純潔的理想境界和自甘寂寞、不同凡響的情操。梁啟超云："自憐幽獨，傷心人別有懷抱。"（梁令嫻《藝蘅館詞選》丙卷引）

　　東風夜放花千樹，更吹落、星如雨。寶馬雕車香滿路。鳳簫聲動，玉壺光轉，一夜魚龍舞。　　蛾兒雪柳黃金縷，笑語盈盈暗香去。眾裏尋他千百度，驀然回首，那人卻在、燈火闌珊處。

　　○"東風"句：蘇味道《觀燈》："火樹銀花合，星橋鐵鎖開。"此句又暗用岑參《白雪歌》："忽如一夜春風來，千樹萬樹梨花開。"○玉壺光轉：謂月亮由東而西。朱華《海上生明月》："影開金鏡滿，輪抱玉壺清。"○魚龍舞：謂玩魚燈、龍燈之類。○"蛾兒"句：參見前李清照《永遇樂》詞注。

木蘭花慢

中秋飲酒將旦，客謂前人詩詞有賦待月，無送月者，因用《天問》體賦。

【題解】宋詞從《木蘭花》（參見前宋祁同調詞題解）詞調衍生出《木蘭花慢》、《減字木蘭花》兩種詞調。辛棄疾此詞爲中秋詞名作之一，全詞以神話傳說一線貫穿，充滿色彩絢爛的描寫和神奇瑰麗的想象，在一連串的"天問"之中，顯見作者面對蒼茫宇宙的深刻思考及其天真浪漫的一片童心。

　　可憐今夕月，向何處、去悠悠？是別有人間，那邊纔見，光影東頭？是天外空汗漫，但長風浩浩送中秋？飛鏡無根誰繫？姮娥不嫁誰留？謂經海底問無由，恍惚使人愁。怕萬里長鯨，縱橫觸破，玉殿瓊樓。蝦蟆故堪浴水，問云何玉兔解沉浮？若道都齊無恙，云何漸漸如鉤？

　　○《天問》：屈原作，內容是對宇宙自然中日月星辰的形成及各種有關神話傳說提出一系列的疑問。○"是別有人間"三句：王國維《人間詞話》："詞人想象，直悟月輪繞地之理，與科學家密合，可謂神悟。"然亦有論者以爲作者此處乃想象此一世界之"天外""別有"另一"人間"，並非覺悟到月繞自身所居之地球也。○汗漫：廣大無垠。○飛鏡：指明月。屈原《天問》："日月安屬？列星安陳？"王逸《章句》："言日月衆星，安所繫屬？誰陳列也？"○姮娥：即嫦娥。《淮南子·覽冥訓》："羿請不死之藥於西王母，姮娥竊以奔月。""姮"，本作"恒"，俗作"姮"；漢代因避文帝劉恒名諱而改作"常"，俗作"嫦"。○經海底：傳說月亮東升之前，西落之後，皆運行於海中。故有"海上生明月"（張九齡《望月懷遠》詩）、"海上明月共潮生"（張若虛《春江花月夜》詩）之說。○"怕萬里長鯨"三句：謂月行海底，海中長鯨縱橫，恐撞破月宮之玉殿瓊樓。○"蝦蟆"二句：相傳月中有蟾蜍（蝦蟆）、玉兔。杜甫《月》詩："入河蟾不沒，搗藥兔長生。"此二句謂蟾蜍會水，兔何能也"解沉浮"而入於海中？○"若道"二句：謂若嫦娥、蟾蜍、玉兔等皆能長生無恙，則一輪明月漸變如鈎之時，它們又居於何處而能安然如故？

賀新郎

邑中園亭，僕皆爲賦此詞。一日獨坐停雲，水聲山色競來相娛，意溪山欲援例者，遂作數語，庶幾仿佛淵明思親友之意云。

【題解】《賀新郎》詞調說明見前張元幹同調詞題解。辛棄疾此詞作於晚年閑居上饒鉛山之時，上片抒寫與自然山水田園之間心心相印的情感交流，下片在古人中尋求知音同調，一瀉胸中孤獨抑鬱、在現實社會中無可傾訴的塊壘不平之氣；全詞激昂豪宕，恣意揮灑，縱橫使典，議論風發，以文爲詞，極具辛詞特色。

甚矣吾衰矣，恨平生交游零落，祇今餘幾！白髮空垂三千丈，一笑人間萬事。問何物能令公喜？我見青山多嫵媚，料青山見我應如是。情與貌，略相似！一尊搔首東窗裏，想淵明《停雲》詩就，此時風味。江左沉酣求名者，豈識濁醪妙理？回首叫，雲飛風起。不恨古人吾不見，恨古人不見吾狂耳！知我者，二三子！

○停雲：爲園中亭名，取自陶淵明《停雲》詩，詩序曰："《停雲》，思親友也。"○"甚矣"句：《論語・述而》："子曰：'甚矣吾衰也，久矣吾不復夢見周公！'"○"白髮"句：李白《秋浦歌》："白髮三千丈，緣愁似個長。"○"問何物"句：《世說新語・寵禮》："王恂、郗超並有奇才……恂爲主簿，超爲記室參軍。超爲人多須，恂狀短小，於時荆州爲之語曰：'髯參軍，短主簿，能令公喜，能令公怒。'"○"我見"句：《新唐書・魏徵傳》："帝曰：'人言徵舉動疏慢，我但見其嫵媚耳。'"○"一尊"二句：陶淵明《停雲》詩有"良朋悠邈，搔首延佇"、"有酒有酒，閒飲東窗"之句。○"江左"句：蘇軾《和陶淵明飲酒詩》："江左風流人，醉中亦求名。淵明獨清真，談笑得此生。"○濁醪妙理：杜甫《晦日尋崔戢李封》："濁醪有妙理，庶用慰沉浮。"○"雲飛"句：漢高祖《大風歌》："大風起兮雲飛揚，威加海內兮歸故鄉，安得猛士兮守四方！"○"不恨古人"二句：《南史・張融傳》："融常歎云：'不恨我不見古人，所恨古人又不見我！'"

西江月

夜行黃沙道中

【題解】《西江月》，唐玄宗時教坊曲名，後用爲詞調，首見於敦煌曲子詞。此詞寫夏夜農村景色之幽美，用筆靈活多變，情調輕快，畫面生動。黃沙，指江西上饒之西的黃沙嶺。

明月別枝驚鵲，清風半夜鳴蟬。稻花香裏說豐年，聽取蛙聲一片。

七八個星天外，兩三點雨山前，舊時茅店社林邊，路轉溪橋忽見。

○社林：土地廟邊的樹林。

鷓鴣天

【題解】 此詞是作者晚年退居江西上饒時的生活寫照，以清新富於鄉土氣息的筆調書寫春意盎然的山野景象，歌頌農村淳樸美好的田園生活。

陌上柔桑破嫩芽，東鄰蠶種已生些。平岡細草鳴黃犢，斜日寒林點暮鴉。　山遠近，路橫斜，青旗沽酒有人家。城中桃李愁風雨，春在溪頭薺菜花。

南鄉子

登京口北固亭有懷

【題解】《南鄉子》，唐教坊曲名，後用爲詞調，有單、雙調二體，此爲雙調體。此詞爲作者開禧元年（1205）六十六歲時在鎮江知府任上作。上片寫景，北望中原神州，氣象闊大；下片追憶歷史英雄人物，反襯南宋小朝廷之怯懦無人。全詞爽朗明快，意氣風發。

何處望神州？滿眼風光北固樓。千古興亡多少事，悠悠，不盡長江滾滾流。　年少萬兜鍪，坐斷東南戰未休。天下英雄誰敵手？曹劉！生子當如孫仲謀！

○京口：今江蘇鎮江。北固亭：在鎮江東北的北固山上，面臨長江。○"不盡"句：杜甫《登高》詩："無邊落木蕭蕭下，不盡長江滾滾來。"○"年少"句：指當年孫權年僅十九歲就繼其兄孫策後爲主帥，率軍征戰。兜鍪，頭盔。此代指軍隊。○坐斷：占據。○"天下英雄"二句：《三國志·先主傳》載曹操與劉備論曰："今天下英雄，唯使君與操耳。"此處謂此後天下三分，英雄固不祇曹劉，尚有孫權爲之敵手。○"生子"句：

《三國志·孫權傳》注引《吳曆》，載曹操見孫權軍容嚴整強大，歎曰："生子當如孫仲謀！劉景升兒子（劉表子劉琮）若豚犬耳！"

| 輯　錄 |

◎范開《稼軒詞序》：其詞之爲體，如張樂洞庭之野，無首無尾，不主故常，又如春雲浮空，卷舒起滅，隨所變態，無非可觀。

◎毛晉《稼軒詞跋》：詞家爭鬥濃纖，而稼軒率多撫時感世之作，磊落英多，絕不作妮子態。宋人以東坡爲詞詩，稼軒爲詞論，善評也。

◎張宗櫹《詞林紀事》引樓敬思：稼軒驅使莊、騷、經、史，無一點斧鑿痕，筆力甚峭。

◎陳廷焯《白雨齋詞話》：辛稼軒，詞中之龍也。氣魄極雄大，意境卻極沉鬱。不善學之，流入叫囂一派，論者遂集矢於稼軒，稼軒不受也。

◎王國維《人間詞話》：幼安之佳處，在有性情，有境界；即以氣象論，亦有傍素波、干青雲之概，寧後世齷齪小子所可擬耶！

陸　游（1125—1210）

傳略見"宋金文學"第一章第十節。

訴衷情

【題解】《訴衷情》，唐玄宗時教坊曲名，後用爲詞調。五代詞人多用以寫相思之情，即《訴衷情令》。此詞爲陸游晚年所作，概括表現了詞人早年與晚年、理想與現實的巨大矛盾和由此產生的悲憤心情。

當年萬里覓封侯，匹馬戍梁州。關河夢斷何處？塵暗舊貂裘。　　胡未滅，鬢先秋，淚空流。此生誰料，心在天山，身老滄州！

〇覓封侯：《後漢書·班超傳》載班超語曰："大丈夫無他志略，猶當效傅介子、張騫立功異域，以取封侯，安能久事筆研間乎！"○"匹馬"句：梁州，治所在今陝西漢中。陸游四十八歲時在漢中前綫川陝宣撫使署任職事。○關河：關塞河防，指邊境前綫。○"塵暗"句：《戰國策·秦策》載蘇秦說秦王不成，"黑貂之裘弊，黃金百斤盡，資用乏絕，去秦而歸"。參見前辛棄疾《水調歌頭》詞注。○滄州：指水鄉。陸游晚年退居家鄉浙江山陰（今紹興），乃江南水鄉之地。

卜算子
詠　梅

【題解】《卜算子》詞調說明見前蘇軾同調詞題解。此詞爲詠物言志之作，以梅花爲風雨摧折、群芳妒忌、零落成泥而馨香不改的形象，寄寓自己的孤高和經得起挫折的勁節。

驛外斷橋邊，寂寞開無主。已是黃昏獨自愁，更着風和雨。　　無意苦爭春，一任群芳妒。零落成泥碾作塵，衹有香如故。

沁園春
有　感

【題解】《沁園春》詞調說明見前辛棄疾同調詞題解。此詞自述歷盡官場危機、人世坎坷，最終歸老田園，退避山林，在輕蔑王侯富貴，親近山野民衆的同時，也潛藏着素志相違的辛酸。

孤鶴歸飛，再過遼天，換盡舊人。念纍纍枯冢，茫茫夢境，王侯螻蟻，畢竟成塵。載酒園林，尋花巷陌，當日何曾輕負春！流年改，歎圍腰帶剩，點鬢霜新。　　交親散落如雲，又豈料而今餘此身。幸眼明身健，茶甘飯軟，非惟我老，更有人貧。躲盡危機，消殘壯志，短艇湖中閑采蓴。吾何恨？有漁翁共醉，溪友爲鄰。

○"孤鶴"四句：據《搜神後記》，遼東有名丁令威者，學仙千年，化鶴歸來，歌曰："有鳥有鳥丁令威，去家千年今始歸，城郭如故人民非。何不學仙冢纍纍！"○圍腰帶剩：謂身體消瘦，腰帶寬剩。○蓴：江浙湖中菜名。

劉克莊（1187—1269）

傳略見"宋金文學"第二章第九節。

滿江紅

夜雨涼甚，忽動從戎之興。

【題解】《滿江紅》爲宋人常用詞調，一般爲仄韻，南宋姜夔創平韻體，但較少見用。此詞上片憶昔，下片歎今，抒發從軍報國之壯志難酬的憤懣之情。下片全以反語出之，作者所念念不忘的，竟是那到了垂暮之年仍能爲國排難解困的燭之武。

金甲琱戈，記當日轅門初立，磨盾鼻，一揮千紙，龍蛇猶濕。鐵馬曉嘶營壁冷，樓船夜渡風濤急。有誰憐、猿臂故將軍，無功級？　　平戎策，從軍什，零落盡，慵收拾。把《茶經》、《香傳》時時溫習。生怕客談榆塞事，且教兒誦《花間集》。歎臣之壯也不如人，今何及！

○"金甲"句：作者自二十三歲起從軍，負責軍中文書工作。○磨盾鼻：在盾鼻上磨墨。盾鼻，盾的中間部分。○龍蛇：形容草書飛舞的筆勢。○"猿臂故將軍"二句：《史記·李將軍列傳》載李廣"猿臂，其善射亦天性也"。然廣與匈奴大小七十餘戰不得封侯。功級，古以斬敵首級數計功。○《茶經》：唐陸羽所作研究茶道之專著。《香傳》：研究香料的專著，如宋人丁謂《天香傳》、沈立《香譜》等。○榆塞：邊塞。《漢書·韓安國傳》："累石爲城，樹榆爲塞。"又今山海關古稱榆關。○《花間集》：五代蜀人趙崇祚所編唐五代詞集，風格綺麗柔靡。○臣之壯也不如人：《左傳·僖公三十年》載燭之武謂鄭文公："臣之壯也猶不如人，今老矣，無能爲也已。"此謙辭中實含埋怨鄭文公未及時重用自己之意。

| 輯　錄 |

◎馮煦《六十一家詞選例言》：後村詞與放翁、稼軒猶鼎三足。其生丁南渡，拳拳君國，似放翁；志在有爲，不欲以詞人自域，似稼軒。

參考書目

《稼軒詞編年箋注》，辛棄疾著，鄧廣銘箋注，上海古籍出版社 1978 年版。

《放翁詞編年箋注》，陸游著，夏承燾、吳熊和箋注，上海古籍出版社 1981 年版。

《後村詞箋注》，劉克莊著，錢仲聯箋注，上海古籍出版社 1980 年版。

《劉克莊詞新釋輯評》，劉克莊著，歐陽代發、王兆鵬編著，中國書店 2001 年版。

思考題

1. 宋人以東坡爲詞詩，稼軒爲詞論，試舉例論述之。

2. 不看注釋，試說出《水龍吟》"楚天千里清秋"、《賀新郎》"甚矣吾衰矣"二詞所用的典故及其出處。

3. 試評說豪放詞藝術上的優點與不足。

第十節　姜夔和格律詞派

姜　夔（約1155—1209）

《宋史翼·文苑傳三·姜夔傳》：姜夔字堯章，鄱陽人。夔從父宦游，流落古沔（今湖北），沖淡寡欲，不樂時趨，氣貌若不勝衣。工書法，詩律高秀，琢句精工；詞亦清虛騷雅，如野雲孤飛，去留無跡，尤嫻音律。一時張鎡、楊萬里輩皆折節與交，而樓鑰、范成大更相友善。寧宗慶元三年詣京師，特予免解，時有疾其能者，以議不合而罷。號白石道人，時往來西湖。後以疾卒。

踏莎行

自沔東來，丁未元日至金陵，江上感夢而作。

【題解】《踏莎行》詞調說明見前秦觀同調詞題解。姜夔早年在合肥（即詞中的淮南）與一歌妓相戀，別離後有多首詞寫對她的思戀，此詞即其中著名的一首，以情人夢中相見開端，又以情人夢中歸去結束，全詞寫出她對自己的哀婉相責和眷眷深情，而實是以此表現自己的無盡思戀。意境幽幻悽迷，情愫悲惻感傷。

燕燕輕盈，鶯鶯嬌軟，分明又向華胥見。夜長爭得薄情知？春初早被相思染。　　別後書辭，別時針綫，離魂暗逐郎行遠。淮南皓月冷千山，冥冥歸去無人管。

○沔東：沔即沔州，今湖北漢陽（屬武漢）。姜夔早年寓居處。○丁未元日：宋孝宗淳熙十四年（1187）元旦。○"燕燕"二句：燕燕、鶯鶯皆代指情人。蘇軾《張子野年八十五尚聞買妾述古令作詩》詩："詩人老去鶯鶯在，公子歸來燕燕忙。"○華胥：指夢中。《列子·黃帝》："（黃帝）晝初而夢，游於華胥之國。"○郎行：情郎那邊。一說"行"爲襯字，含有親昵之意。○"淮南"二句：謂情人的魂魄在冷寂的月夜下向淮南悄然歸去。王國維《人間詞話》："白石之詞，余所最愛者，亦僅二語：'淮南皓月冷千山，冥冥歸去無人管。'"

點絳唇
丁未冬過吳松作

【題解】《點絳唇》詞調說明見前李清照同調詞題解。此詞以眼前之景，表現傷時感事、自憐幽獨之情。清寂寥落、嶙峋孤淒的景物，飽含着作者的愁情，空靈中見沈鬱。陳廷焯《白雨齋詞話》卷二曰："白石長調之妙，冠絕南宋，短章亦有不可及者，如《點絳唇》一闋，通首祇寫眼前景物，至結處云：'今何許？憑闌懷古，殘柳參差舞。'……無窮哀感，都在虛處，令讀者弔古傷今，不能自止，洵推絕調。"

燕雁無心，太湖西畔隨雲去。數峰清苦，商略黃昏雨。　　第四橋邊，擬共天隨住。今何許？憑闌懷古，殘柳參差舞。

○丁未：宋孝宗淳熙十四年（1187），是時姜夔往見范成大於蘇州，路經吳松江眺望太湖而作此詞。○"數峰清苦"二句：此二句賦予景物濃厚的詞人主觀情感。商略，商量。○第四橋：《蘇州府志》卷三四："甘泉橋，一名第四橋，以泉品居第四也。"○天隨：晚唐詩人陸龜蒙號天隨子，隱居吳江，浪迹太湖。姜夔素羨陸龜蒙，每自歎終年奔走干求於豪門而不得如陸氏之無憂退隱。

暗　香

辛亥之冬，余載雪詣石湖，止既月，授簡索句，且徵新聲，作此兩曲。石湖把玩不已，使工妓隸習之，音節諧婉，乃命之曰《暗香》、《疏影》。

【題解】《暗香》及下一首《疏影》，皆姜夔自創之新調，二詞皆寫梅，調名取自林逋《山園小梅》詩"疏影橫斜水清淺，暗香浮動月黃昏"句。此詞句句寫梅而無不寄托懷人情思，善用今昔對比、盛衰對比，襯映離情別恨，意象高潔，構思奇美。

舊時月色，算幾番照我、梅邊吹笛？喚起玉人，不管清寒與攀摘。何遜而今漸老，都忘卻春風詞筆。但怪得、竹外疏花，香冷入瑤席。　　江國，正寂寂，歎寄與路遙，夜雪初積。翠尊易泣，紅萼無言耿相憶。長記曾攜手處，千樹壓西湖寒碧。又片片吹盡也，幾時見得？

○"辛亥"二句：宋光宗紹熙二年（1191）辛亥冬，姜夔往訪范成大於蘇州。○"玉人"二句：賀鑄《浣溪沙》："玉人和月摘梅花。"○"何遜"二句：何遜，南朝梁詩人，字仲言，極愛梅花，在揚州有《詠早梅》詩知名。此處以何遜漸老自比。○竹外疏花：指梅花。蘇軾《和秦太虛梅花》詩有"竹外一枝斜更好"句，亦暗用林逋"疏影橫斜"句意。○瑤席：內室的美稱。○寄與路遙：暗用陸凱《贈范曄詩》句意。參見前秦觀詞《踏莎行》注。○"翠尊易泣"二句：謂綠酒紅梅均不能忘懷於離別之玉人。翠尊，碧玉杯，此處指酒；紅萼即梅花。

疏　影

【題解】此詞詠梅，全篇使用優美的歷史人物故事來刻畫梅之形貌、品格、精神，其中又滲透着詞人的身世之感，用典精巧，筆調空靈。亦有人以爲"此蓋傷心二帝蒙塵，諸后妃相從北轅，淪落胡地，故以昭君托喻，發言哀斷。考唐王建《塞上詠梅》詩曰：'天山路邊一株梅，年年花發黃雲下。昭君已歿漢使回，前後征人誰繫馬？'白石詞意當本此"（鄭文焯《鄭校白石道人歌曲》）。

苔枝綴玉，有翠禽小小，枝上同宿。客裏相逢，籬角黃昏，無言自倚修竹。昭君不慣胡沙遠，但暗憶江南江北。想佩環月夜歸來，化作此花幽獨。　猶記深宮舊事，那人正睡裏，飛近蛾綠。莫似春風，不管盈盈，早與安排金屋。還教一片隨波去，又卻怨玉龍哀曲。等恁時重覓幽香，已入小窗橫幅。

○"苔枝"句：梅花如玉點綴在枝頭上。范成大《梅譜》謂古梅"苔鬚垂於枝間，或長數寸，風至，綠絲飄飄可玩"。○自倚修竹：杜甫《佳人》詩："天寒翠袖薄，日暮倚修竹。"○"昭君"四句：杜甫《詠懷古迹五首》之一詠昭君詩有"一去紫臺連朔漠，獨留青冢向黃昏。畫圖省識春風面，環佩空歸月夜魂"之句。此處謂梅花爲昭君之魂靈所化。○"猶記深宮舊事"三句：《太平御覽·時序部》引《雜五行書》："宋武帝女壽陽公主人日臥於含章殿簷下，梅花落公主額上，成五出花，拂之不去。……宮女奇其異，竟效之，今梅花妝是也。"蛾綠，黛眉。○"莫似春風"三句：謂莫如春風吹落梅花之無情，當早與安排金屋貯之。盈盈，美好貌。《古詩》："盈盈樓上女。"此指梅花。金屋，《漢武故事》記武帝早年曾謂"若得阿嬌爲婦，當作金屋貯之"。○玉龍哀曲：玉龍指笛，哀曲指笛曲《梅花落》。○橫幅：指畫，謂梅已凋落，唯可見於畫中。

| 輯　錄 |

◎黃昇《花庵詞選》：白石詞極精妙，不減清真，其高處有美成所不能及。

◎張炎《詞源》卷下：姜白石如野雲孤飛，去留無迹。

◎陳廷焯《白雨齋詞話》卷二：姜堯章詞清虛騷雅，每於伊鬱中饒蘊藉，清真之勁敵，南宋一大家也。夢窗、玉田諸人，未易接武。……美成、白石，各有至處，不必過爲軒輊。頓挫之妙，理法之精，千古詞宗，自屬美成；而氣體之超妙，則白石獨有千古，美成亦不能至。

◎王國維《人間詞話》：古今詞人格調之高無如白石。惜不於意境上用力，故覺無言外之味，弦外之響，終不能與於第一流之作者也。

史達祖（生卒年不詳）

《全宋詞·史達祖》：達祖字邦卿，號梅溪，汴（今河南開封）人。有《梅溪詞》一卷。《四朝聞見錄》：韓侂胄爲平章，專倚省吏史達祖奉行文字，擬帖擬旨，俱出其手；侍從柬札，至用申呈。韓敗，遂黥焉。

雙雙燕

詠　燕

【題解】《雙雙燕》詞調，據毛先舒《填詞名解》卷三："史達祖作詠燕詞，即名其調曰《雙雙燕》。"此詞從一個寂寞孤獨的深閨女子眼中看春燕自由嬉戲飛翔的種種情態，形神俱備，描摹盡致，反襯閨閣之孤寂無聊。

過春社了，度簾幕中間，去年塵冷。差池欲往，試入舊巢相並。還相雕梁藻井，又軟語商量不定。飄然快拂花梢，翠尾分開紅影。　　芳徑，芹泥雨潤，愛貼地爭飛，競誇輕俊。紅樓歸晚，看足柳昏花暝。應自棲香正穩，便忘了天涯芳信。愁損翠黛雙蛾，日日畫闌獨憑。

〇春社：舊俗春初祭社神（土地神）之日，相傳燕子即於此日北歸。〇差池：即參差。《詩經·邶風·燕燕》："燕燕於飛，差池其羽。"〇相：審視。藻井：屋頂上的承塵，富貴人家有藻飾的天花板呈井字形。〇芹泥：長滿芹草的泥地。杜甫《徐步》詩："芹泥隨燕嘴，花蕊上蜂鬚。"〇紅樓：富貴人家的朱漆樓閣。〇"應自棲香"二句：謂燕子穩眠於香巢，忘了給樓中思婦傳帶書信。江淹《雜體·李都尉陵從軍》："袖中有短書，願寄雙飛燕。"○翠黛雙蛾：古時女子用翠黛色畫眉。

夜合花

【題解】《詞譜》卷二五："按：夜合花，合歡樹也。唐韋應物詩：'夜合花開香滿庭。'調名取此。"此詞寫對情人的思戀，以及最終無法結合的惆悵苦悶之情，真切沉重。

柳鎖鶯魂，花翻蝶夢，自知愁染潘郎。輕衫未攬，猶將淚點偷藏。念前事，怯流光，早春窺酥雨池塘。向銷凝裏，梅開半面，情滿徐妝。風絲一寸柔腸，曾在歌邊惹恨，燭底縈香。芳機瑞錦，如何未織鴛鴦！人扶醉，月依牆，是當初誰敢疏狂？把閑言語，花房夜久，各自思量。

○愁染潘郎：謂因愁而頭早白。潘郎即潘岳，其《秋興賦序》曰："余春秋三十有二，始見二毛。"○"梅開半面"二句：謂與戀人之私情。《南史·梁元帝徐妃傳》："妃以帝眇一目，每知帝將至，必爲半面妝以俟，帝見則大怒而出。……（妃）又與淫通季江，每歎曰：'……徐娘雖老，猶尚多情。'"○未織鴛鴦：歐陽修《南歌子》詞："等閑妨了繡功夫，笑問'雙鴛鴦字怎生書'？"

| 輯　錄 |

◎黃昇《中興以來絕妙詞選》卷七引姜夔《梅溪詞序》：奇秀清逸，有李長吉之韻，蓋能融情景於一家，會句意於兩得。

吳文英（約1212—約1272）

《全宋詞·吳文英》：文英字君特，號夢窗，晚號覺翁，四明（今浙江寧波）人。景定時，嘗客榮王邸，從吳潛等游。有夢窗甲乙丙丁稿四卷。

八聲甘州

靈巖陪庚幕諸公游

【題解】《八聲甘州》詞調說明見前柳永同調詞題解。此詞爲作者游覽靈巖懷古之作。上片通過景物點染，寓懷古諷今之情；下片通過對歷史人物的評論，發憂時感事之慨。真幻結合，虛實相生，沉鬱深厚。

渺空煙四遠，是何年、青天墜長星？幻蒼崖雲樹，名娃金屋，殘霸宮城。箭徑酸風射眼，膩水染花腥。時靸雙鴛響，廊葉秋聲。　　宮裏吳王沉醉，倩五湖倦客，獨釣醒醒。問蒼天無語，華髮奈山青！水涵空，闌干高處，送亂鴉斜日落漁汀。連呼酒，上琴臺去，秋與雲平。

○靈巖：在蘇州城南，山上有靈巖寺，相傳爲春秋時吳王夫差爲西施所建館娃宮，有琴臺、響屧廊遺址及采香徑等。庚幕：官倉衙署。時作者爲蘇州常平倉吏員。○青天墜長星：謂靈巖爲上天星宿墜地，並幻化出下文所言種種景物。○名娃金屋：西施所居館娃宮。○殘霸：指吳王夫差先破越敗齊，與晉爭霸中原，而終爲越所滅，霸業無成。○箭徑：《吳郡志》卷八《古迹》："采香徑……今自靈巖山望之，一水直如矢，故俗又名箭徑。"酸風：冷風。李賀《金銅仙人辭漢歌》："東關酸風射眸子。"○膩水：謂脂粉棄於溪水，花草皆染其香膩。杜牧《阿房宮賦》："渭流漲膩，棄脂水也。"○"時靸"二句：謂當日吳宮美女木鞋之聲不絕，此時祇聞秋風落葉之聲。靸，此指穿木拖鞋。雙鴛，指女鞋。《吳郡志》："響屧廊在靈巖山寺，相傳吳王令西施輩步屧，廊虛而響。"○"宮裏"三句：謂吳王溺於酒色而亡國，祇有范蠡清醒，棄官隱居江湖而全身。五湖倦客即指范蠡。《吳越春秋》謂范蠡佐勾踐滅吳後，"乘扁舟，出三江入五湖，莫知所終"。○水涵空：水天相連，天映水中。蘇軾《更漏子》詞："水涵空，山照寺。"

唐多令

【題解】《唐多令》詞調又名《南樓令》，宋人多用。平韻，雙調。此爲作者悲秋傷離之作，上片寫秋景觸動懷人之離愁，下片歎年華如夢，己不能往，彼不能歸，離愁無可排解之苦。而全詞語言疏朗流暢，在吳文英詞中別具一格。張炎《詞源》卷下謂"此詞疏快，卻不質實"。

何處合成愁？離人心上秋。縱芭蕉不雨也颼颼。都道晚涼天氣好，有明月，怕登樓。　　年事夢中休，花空煙水流。燕辭歸、客尚淹留。垂柳不縈裙帶住，漫長是，繫行舟。

○"何處"二句：謂"心"上加"秋"合成"愁"字，此處語帶雙關。○"都道"三句：辛棄疾《醜奴兒》詞："少年不識愁滋味，愛上層樓……而今識盡愁滋味，欲說還休，欲說還休，卻道天涼好個秋。"此處深化其意。○"燕辭歸"句：曹丕《燕歌行》："群燕辭歸鵠南翔，……君何淹留寄他方。"○"垂柳"三句：謂垂柳不留住離人，卻繫住自己的歸舟。秦觀《江城子》："西城楊柳弄春柔……猶記多情曾爲繫歸舟。"裙帶代指所思之人。

風入松

春晚感懷

【題解】《詞譜》卷一七《風入松》："古琴曲有《風入松》，唐僧皎然有《風入松歌》，見《樂府詩集》，調名本此。"此詞爲懷念別離的戀人而作，上片融傷別於傷春，下片觸物思人，對景生悲。哀豔悱惻，深情懇摯。譚獻《復堂詞話》謂："此是夢窗極經意詞，有五季遺響。"陳廷焯《白雨齋詞話》曰："情深而語極純雅，詞中高境也。"

聽風聽雨過清明，愁草《瘞花銘》。樓前綠暗分攜路，一絲柳一寸柔情。料峭春寒中酒，交加曉夢啼鶯。　　西園日日掃林亭，依舊賞新晴。黃蜂頻撲鞦韆索，有當時纖手香凝。惆悵雙鴛不到，幽階一夜苔生。

○《瘞花銘》：庾信有《瘞花銘》，葬落花而銘之。○分攜：分手。○中酒：病酒。○西園：此指蘇州閶門之西園。○"黃蜂"二句：陳洵《海綃說詞》："見鞦韆而思纖手，因蜂撲而念香凝，純是癡望神理。"○"惆悵"二句：《海綃說詞》："雙鴛不到，猶望其到；一夜苔生，蹤迹全無。則惟日日惆悵而已。"李白《長干行》："門前遲行迹，一一生綠苔。"

鶯啼序

【題解】《鶯啼序》詞調又名《豐樂樓》，共二百四十字，是篇幅最長的詞調。此詞爲吳文英名作，全詞共分四段，寫其十載西湖與情人悲歡離合的哀豔情事。首段以傷春起興，轉入傷別懷人；次段追叙"十載西湖"的歡情；第三段寫"別後訪六橋無信"的惆悵；第四段悼亡。全篇層次分明，辭藻精美，纏綿悱惻，爲歷代婉約詞家所盛稱。如陳廷焯《白雨齋詞話》即謂其"全章精粹，空絶千古"。

殘寒正欺病酒，掩沉香繡戶。燕來晚，飛入西城，似說春事遲暮。畫船載清明過卻，晴煙冉冉吳宮樹。念羈情游蕩，隨風化爲輕絮。　　十載西湖，傍柳繫馬，趁嬌塵軟霧，溯紅漸招入仙溪，錦兒偷寄幽素。倚銀屏，春寬夢窄，斷紅濕歌紈金縷。暝堤空，輕把斜陽，總還鷗鷺。　　幽蘭漸老，杜若還生，水鄉尚寄旅。別後訪六橋無信，事往花委，瘞玉埋香，幾番風雨？長波妒盼，遙山羞黛，漁燈分影春江宿，記當時短楫桃根渡。青樓彷彿，臨分敗壁題詩，淚墨慘澹塵土。　　危亭望極，草色天涯，歎鬢侵半苧。暗點檢，離痕歡唾，尚染鮫綃；嚲鳳迷歸，破鸞慵舞。殷勤待寫，書中長恨，藍霞遼海沉過雁，漫相思，彈入哀箏柱。傷心千里江南，怨曲重招，斷魂在否？

〇溯紅漸招入仙溪：沿花溪漸入仙境，喻作者的豔遇。暗用劉晨、阮肇入天台山緣桃花遇仙女之事，見劉義慶《幽明錄》。〇錦兒偷寄幽素：指侍女在作者與情人間暗傳書信。南宋洪遂《侍兒小名錄》載錢塘名妓楊愛愛有侍婢名錦兒。〇斷紅：惜別之血淚；歌紈：絹質歌扇；金縷：金綫刺繡的舞衣。〇"幽蘭漸老"二句：謂時光流逝，花殘草長。杜若，香草名。《楚辭·湘君》："采芳洲兮杜若。"〇六橋：西湖有映波、鎖瀾、望山、壓堤、東浦、跨虹六橋。〇瘞玉埋香：暗示情人已逝。〇"長波妒盼"二句：盼，眼波。《詩經·衛風·碩人》："美目盼兮。"黛，蛾眉。謂西湖山水亦羞妒於她的美麗。〇桃根渡：王獻之有《桃葉歌》之二曰："桃葉復桃葉，桃樹連桃根。相憐兩樂事，獨使我殷勤。"參見前辛棄疾《祝英臺近·晚春》詞注釋。〇淚墨慘澹塵土：青樓壁上所題字迹已淚浸塵封而模糊。〇鬢侵半苧：雙鬢半白。苧：苧麻，色白。〇"離痕歡唾"二句：舊手絹上尚沾有愛人的淚痕唾澤。李煜《一斛珠》詞："嚼爛紅茸，笑向檀郎唾。"鮫綃，絲手絹。〇斂鳳：垂翅之鳳。〇破鸞：孤鸞。范泰《鸞鳥詩序》載有王者獲一孤鸞，悲戚不鳴，其夫人曰："嘗聞鳥見其類而後鳴，何不懸鏡以映之？"鸞睹鏡悲鳴而絕。〇藍霞遼海沉過雁：海闊天遠，音書隔絕。〇傷心千里江南：《楚辭·招魂》："目極千里兮傷春心，魂兮歸來哀江南。"

輯　錄

◎黃昇《花庵詞選》引尹煥語：求詞於吾宋，前有清真，後有夢窗。此非煥之言，天下之公言也。

◎沈義父《樂府指迷》：夢窗深得清真之妙，其失在用事下語太晦處，人不可曉。

◎張炎《詞源》卷下：吳夢窗詞如七寶樓臺眩人眼目，碎拆下來，不成片段。

◎《四庫全書總目·夢窗詞》：文英天分不及周邦彥，而研煉之功則過之。詞家之有文英，如詩家之有李商隱也。

參考書目

《姜白石詞編年箋校》，姜夔著，夏承燾箋校，上海古籍出版社 1981 年版。

《梅溪詞》，史達祖撰，雷履平、羅煥章校注，上海古籍出版社 1988 年版。

《吳夢窗詞箋釋》，吳文英著，楊鐵夫箋釋，陳邦炎、張奇慧校點，廣東人民出版社 1992 年版。

思考題

1. 張炎稱姜白石詞"清空"，"如野雲孤飛，去留無迹"，請結合白石詞說說你的看法。

2. 張炎說"吳夢窗詞如七寶樓臺眩人眼目，碎拆下來，不成片段"，你贊同嗎？爲什麽？

第十一節　宋季四家及其他詞人

蔣　捷（生卒年不詳）

《全宋詞·蔣捷》：捷字勝欲，陽羨（今江蘇宜興）人。咸淳十年進士。自號竹山，遁迹不仕。有《竹山詞》。

一剪梅

舟過吳江

【題解】《一剪梅》詞調說明見前李清照同調詞題解。蔣捷此詞，上片寫作者歸途中所見一派和平的江南煙雨景象；下片寫思家情切，歎流光易逝。全詞明快流麗，音節諧暢。

一片春愁待酒澆，江上舟搖，樓上簾招。秋娘渡與泰娘橋，風又飄飄，雨又蕭蕭。　　何日歸家洗客袍，銀字笙調，心字香燒。流光容易把人拋，紅了櫻桃，綠了芭蕉。

○秋娘渡與泰娘橋：吳江一帶的渡口和橋名。○銀字笙：裝有銀飾的笙。○心字香：見前晏幾道《臨江仙》詞注。

賀新郎

兵後寓吳

【題解】此詞爲南宋滅亡後作者流寓蘇州一帶時所作，反映出當時不肯變節的士大夫在戰亂和元朝統治者的威脅下顛沛流離的艱難處境，結句鄰翁搖手不要作者爲寫《牛經》，可見當時民生之凋敝和流浪士人之無人同情，尤爲沉痛。

深閣簾垂繡，記家人、軟語燈邊，笑渦紅透。萬疊城頭哀怨角，吹落霜花滿袖。影廝伴、東奔西走，望斷鄉關知何處？羨寒鴉到着黃昏後，一點點，歸楊柳。　　相看袛有山如舊，歎浮雲本自無心，也成蒼狗。明日枯荷包冷飯，又過前村小阜。趁未發，且嘗村酒。醉探枵囊毛錐在，問鄰翁要寫《牛經》否？翁不應，但搖手。

○簾垂繡："垂繡簾"之倒文。○"歎浮雲"二句：謂世事巨變。杜甫《可歎》詩："天上浮雲如白衣，斯須改變如蒼狗。"○枵囊：空囊。毛錐：毛筆。○《牛經》：關於牛的飼養、使用和選擇等知識的書。

虞美人

聽　雨

【題解】《虞美人》原爲唐教坊曲名，取名於項羽愛姬之名，後用爲詞調。此詞概括了作者早年的浪漫生活，中年亡國後的漂泊流離和晚年孤苦淒涼的境況。下片以"無情"概括其一生之慘情，沉痛之至。

少年聽雨歌樓上，紅燭昏羅帳。壯年聽雨客舟中，江闊雲低，斷雁叫西風。　　而今聽雨僧廬下，鬢已星星也。悲歡離合總無情，一任階前點滴到天明。

| 輯　錄 |

◎《四庫全書總目·竹山詞》：捷詞煉字精深，音詞諧暢，爲倚聲家之榘矱。

周　密（1232—1298）

《全宋詞·周密》：密字公謹，號草窗。濟南人，流寓吳興。曾爲（浙江）義烏令。入元不仕。有《草窗詞》、《蘋洲漁笛譜》。

一萼紅

登蓬萊閣有感

【題解】《一萼紅》詞調始於北宋無名氏詞中"未教一萼，紅開鮮蕊"句。本爲仄韻體，平韻始於南宋姜夔詞。此詞爲平韻，抒發羈旅思鄉之情。其時當南宋之末，元軍南侵日急，國事已至不可收拾，詞中"好江山何事此時游"之句，深寓其悲。蓬萊閣，舊址在今浙江紹興郊外。

步深幽，正雲黃天淡，雪意未全休。鑑曲寒沙，茂林煙草，俯仰千古悠悠。歲華晚，飄零漸遠，誰念我同載五湖舟？磴古松斜，崖陰苔老，一片清愁。　　回首天涯歸夢，幾魂飛西浦，淚灑東州！故國山川，故園心眼，還似王粲登樓。最負他秦鬟妝鏡，好江山何事此時游！爲喚狂吟老監，共賦銷憂。

○鑑曲：鑑湖曲岸。鑑湖即鏡湖，紹興南郊名勝。○茂林煙草：王羲之《蘭亭集序》述會稽（紹興）"此地有崇山峻嶺，茂林修竹"。○同載五湖舟：《國語·越語》載范蠡佐越滅吳後，乘舟飄游五湖，莫知所終。○磴：山間石級。○西浦、東州：作者自注："閣在紹興，西浦、東州皆其地。"○王粲：東漢末建安七子之首，嘗避亂荆州，作《登樓賦》以寄鄉思。○秦鬟：喻山形之美如秦女之鬟髻。妝鏡：喻鑑湖水清如鏡。○狂吟老監：指唐詩人賀知章，紹興人，曾爲官秘書監，晚年辭官歸鄉，自號四明狂客。

王沂孫（生卒年不詳）

《全宋詞·王沂孫》：沂孫字聖與，號碧山。會稽人。有《碧山樂府》二卷，又名《花外集》。《延祐四明志》：至元中，王沂孫爲慶元路學正。

眉　嫵
新　月

【題解】《眉嫵》詞調首見於姜夔詞，毛先舒《填詞名解》卷三《眉嫵》："漢張敞爲婦畫眉，人傳'張京兆眉嫵'。詞以取名。"此詞逐句圍繞"新月"着筆，上片描繪精細，從離人眼中看新月，婉轉哀切；下片意轉雙關，切入國破山河在的人世興亡之思，詞旨深微，於反復感歎中深懷亡國之悲。

　　漸新痕懸柳，澹彩穿花，依約破初暝。便有團圓意，深深拜，相逢誰在香徑？畫眉未穩，料素娥猶帶離恨。最堪愛一曲銀鈎小，寶簾挂秋冷。

　　千古盈虧休問。歎慢磨玉斧，難補金鏡。太液池猶在，淒涼處、何人重賦清景？故山夜永，試待他窺戶端正。看雲外河山，還老桂花舊影。

　　○深深拜：古代有拜新月習俗。李端《拜新月》詩："開簾見新月，即便下階拜。"○"畫眉"二句：喻新月爲未畫畢之蛾眉，進而聯想到這是嫦娥（素娥）心懷離恨。陳叔寶《有所思》詩："新月似愁眉。"○"最堪愛"二句：謂新月如鈎，挂簾於寒秋之中。劉瑗《新月》詩："仙宮雲箔卷，露出玉簾鈎。"○"歎慢磨玉斧"二句：《酉陽雜俎》載有仙人謂"月勢如丸，其影日爍其凹處也。常有八萬二千戶修之，予即一數"。並出示其修月之斧。金鏡即月亮。○"太液池"三句：太液池爲宮中池苑。北宋太宗時，宰相盧多遜賦《新月》詩有"太液池頭月上時，晚風吹動萬年枝"之句；南宋淳熙九年孝宗賞月，侍臣曾覿賦《壺中天慢》詞有"何勞玉斧，金甌千古無缺"之句。○端正：謂月圓。韓愈《和崔舍人詠月二十韻》："三秋端正月，今夜出東溟。"

張　炎（1248—1314後）

《全宋詞·張炎》：炎字叔夏，號玉田。宋亡，落魄縱游。有《山中白雲詞》、《詞源》。

解連環

孤　雁

【題解】《解連環》詞調說明見前周邦彥同調詞題解。此詞作者以孤雁失群之悲，自喻其國破家亡後淪落無歸的淒涼遭遇。描寫設喻形象精巧，詞情哀婉慘切。

　　楚江空晚，恨離群萬里，怳然驚散。自顧影，欲下寒塘，正沙淨草枯，水平天遠。寫不成書，祇寄得相思一點。料因循誤了，殘氈擁雪，故人心眼。　　誰憐旅愁荏苒？謾長門夜悄，錦箏彈怨。想伴侶猶宿蘆花，也曾念、春前去程應轉。暮雨相呼，怕驀地玉關重見。未羞他雙燕歸來，畫簾半捲。

　　○欲下寒塘：崔塗《孤雁》詩："暮雨相呼失，寒塘欲下遲。"○"寫不成書"二句：古有大雁傳書之說（見《漢書‧蘇武傳》），雁群飛行排列成字，然此為孤雁，故"寫不成書，祇寄得相思一點"。孔行素《至正直記》卷四："錢唐張炎，字叔夏。……嘗賦孤雁詞，有云：'寫不成書，祇寄得相思一點。'人皆稱之曰'張孤雁'。"○殘氈擁雪：蘇武被匈奴扣留，堅貞不屈，飲雪吞氈。○長門夜悄：長門宮為漢代陳皇后被幽居的冷宮，喻孤雁失群之淒涼。杜牧《早雁》詩："仙掌月明孤影過，長門燈暗數聲來。"○錦箏彈怨：箏聲哀切，喻雁鳴之悲。錢起《歸雁》詩："二十五弦彈夜月，不勝清怨卻飛來。"○"也曾念"三句：謂孤雁也曾想到來春飛回北方，與伴侶在玉關（玉門關）相見，泛指在北方的暮雨中重見時又驚又喜之情。○"未羞他"二句：謂孤雁與伴侶重逢，面對同樣飛往北方依附新貴畫堂繡簾的"雙燕"，無所慚愧。

高陽臺
西湖春感

【題解】《高陽臺》詞調首見於僧皎如詞，南宋末年詞人多用此調。毛先舒《填詞名解》卷三謂調名"取宋玉賦神女事"。此詞為宋亡後作者重游西湖之作，抒發國破家亡之悲。上片寫西湖晚春之景，感傷春色之凋零；下片轉入悼亡，觸物深悲，無可排遣，淒涼哀怨，婉轉空靈。前人稱其"亡國之音哀以思"（梁令嫻《藝蘅館詞選》引麥孺博語）。

接葉巢鶯，平波捲絮，斷橋斜日歸船。能幾番游？看花又是明年。東風且伴薔薇住，到薔薇春已堪憐。更淒然，萬綠西泠，一抹荒煙。　　當年燕子知何處？但苔深韋曲，草暗斜川。見說新愁，如今也到鷗邊。無心再續笙歌夢，掩重門淺醉閒眠。莫開簾，怕見飛花，怕聽啼鵑。

○"接葉"句：杜甫《陪鄭廣文游何將軍山林》："卑枝低結子，接葉暗巢鶯。"○斷橋：在西湖孤山之側。○西泠：指西湖孤山下的西泠橋。○當年燕子知何處：暗用劉禹錫《烏衣巷》詩"舊時王謝堂前燕，飛入尋常百姓家"句意。○"但苔深"二句：言當年南宋豪門風流及隱逸逍遙之地已同歸於冷落荒蕪。韋曲，長安城南地名，唐代以來豪門韋氏聚居之地。斜川，在江西星子縣，陶淵明有《游斜川》詩紀其地。此二句謂如今天地翻覆，國破家亡，城市鄉村，欲仕欲隱皆無路可走。○"見說"二句：鷗鳥自由閒適，一向與隱士相伴，如今聽說也有愁了。辛棄疾《菩薩蠻》："拍手笑沙鷗，一身都是愁。"○怕聽啼鵑：傳說望帝杜宇死後魂化爲杜鵑，悲啼不止。

劉辰翁（1232—1297）

《全宋詞·劉辰翁》：辰翁字會孟，廬陵（今江西吉安）人。景定三年廷試對策，忤賈似道，置丙第。宋亡，隱居。有《須溪集》。

永遇樂

余自乙亥上元，誦李易安《永遇樂》，爲之涕下。今三年矣，每聞此詞，輒不自堪，遂依其聲，又托之易安自喻。雖辭情不及，而悲苦過之。

【題解】　作者此詞受李清照同調詞感動而作，是時南宋已亡，故謂

"悲苦過之"。上片寫臨安今昔巨變，下片寫自己與李易安之對比，更見亡國之深痛。

璧月初晴，黛雲遠淡，春事誰主？禁苑嬌寒，湖隄倦暖，前度遽如許！香塵暗陌，華燈明晝，長是懶攜手去。誰知道斷煙禁夜，滿城似愁風雨。

宣和舊日，臨安南渡，芳景猶自如故。緗帙流離，風鬟三五，能賦詞最苦。江南無路，鄜州今夜，此苦又誰知否？空相對殘釭無寐，滿村社鼓。

○乙亥：即宋恭帝德祐元年（1275）。○依其聲：依李清照《永遇樂》詞之聲韻格律。○"香塵"三句：謂當年臨安上元節是如此熱鬧繁華，自己尚且懶於與友人出游。○"誰知道"三句：不料今日臨安已是煙火稀絕、夜間戒嚴的蕭條恐怖景象。○宣和：北宋宋徽宗年號（1119—1125）。○"緗帙"二句：謂李清照當年奔波流離，所藏書籍文物喪失（詳見李著《金石錄後序》），在上元之際流落臨安事。緗帙，書套，此處指書籍。風鬟三五，見前李清照《永遇樂》詞"記得偏重三五"、"風鬟霧鬢"等語及其注。○"鄜州"句：安史之亂時杜甫流落在淪陷的長安，懷念遠在鄜州的妻兒，作《月夜》詩："今夜鄜州月，閨中祇獨看。"○"滿村"句：祇聽到郊外村莊節日祭神的鼓聲。

參考書目

《蘋洲漁笛譜》，周密著，《彊村叢書》本。

《花外集》，王沂孫撰，吳則虞箋注，上海古籍出版社1988年版。

《山中白雲詞》，張炎著，吳則虞校輯，中華書局1983年版。

《須溪詞》，劉辰翁著，吳企明校注，上海古籍出版社1998年版。

思考題

1. 談談宋季四大家的創作特點。

2. 試論豪放詞派、格律詞派在宋末的延續和影響。

第十二節 金　詞

吳　激（？—1142）

《全金元詞·吳激》：激字彥高，建州（今福建建甌）人。宋宰相栻之子，米芾之婿。使金被留，累官翰林待制。皇統二年出知深州（今屬河北），到官三日卒。有《東山集》。

人月圓
宴北人張侍御家有感

【題解】《人月圓》又名《青衫濕》。《中原音韻》入"黃鐘宮"。四十八字，前後片各兩仄韻。宋洪邁《容齋題跋》記此詞本事云："先公（洪皓）在燕山，赴北人張總侍御家集。出侍兒佐酒，中有一人，意態摧抑可憐。叩其故，乃宣和殿小宮姬也。坐客翰林直學士吳激賦長短句紀之，聞者揮涕。"此詞憐人且自憐，庾郎北老、天涯淪落之悲感借點化唐人詩句唱歎而出，一時允推名作。

南朝千古傷心事，猶唱後庭花。舊時王謝、堂前燕子，飛向誰家？
恍然一夢，仙肌勝雪，宮鬢堆鴉。江州司馬、青衫淚濕，同是天涯。

中華書局版《全金元詞》（偶參其他版本。下同，不俱注）

○"南朝"二句：杜牧《泊秦淮》："商女不知亡國恨，隔江猶唱《後庭花》。"《南史》："陳後主以宮人袁大舍等爲文學士，因狎客共賦新詩，采其尤豔者，有《玉樹後庭花》、《臨春樂》等曲。" ○"舊時"二句：劉禹錫《烏衣巷》："舊時王謝堂前燕，飛入尋常百姓家。" ○"江州"二句：

白居易《琵琶行》："同是天涯淪落人，相逢何必曾相識"、"座中泣下誰最多，江州司馬青衫濕。"

|輯　錄|

◎劉祁《歸潛志》：詩不宜用前人語，若夫樂章則剪裁古人語亦無害，但要能使用爾。如彥高《人月圓》，半是古人句，其思致含蓄甚遠，不露圭角，不猶勝於宇文自作者哉！

蔡松年（1107—1159）

《全金元詞·蔡松年》：松年字伯堅，真定（今河北正定）人。生於宋徽宗大觀元年，仕金由行臺尚書省令史，至右丞相，封衛國公。所居鎮陽別墅有蕭閑堂，因自號蕭閑老人。卒於正隆四年，年五十三，諡文簡。有詞名《明秀集》，魏道明曾爲之注，惜不全。

念奴嬌

還都後，諸公見追和赤壁詞，用韻者凡六人，亦復重賦。

【題解】　此詞爲蔡松年步東坡舊韻的名作。元好問《中州集》謂此詞爲"公樂府中最得意者，讀之則其平生自處爲可見矣"。

離騷痛飲，笑人生佳處，能消何物。夷甫當年成底事，空想巖巖玉壁。五畝蒼煙，一丘寒碧，歲晚憂風雪。西州扶病，至今悲感前傑。　　我夢卜築蕭閑，覺來巖桂，十里幽香發。嵬隗胸中冰與炭，一酌春風都滅。勝日神交，悠然得意，遺恨無毫髮。古今同致，永和徒記年月。

○追和赤壁詞：指作者天眷三年（1140）用蘇軾赤壁懷古詞韻所作的《念奴嬌》。○"離騷痛飲"句：《世說新語·任誕》："王孝伯言：名士不必須奇才，但使常得無事，痛飲酒，熟讀《離騷》，便可稱名士。"○"夷甫"二句：夷甫，王衍字。《世說新語·賞譽下》"王公目太尉巖巖秀峙，壁立千仞"，詞用其語。蔡松年曾謂"王夷甫神情高秀，宅心物外，爲天下稱首。……而當衰世頹俗，力不可爲之時，不能遠引高蹈，顛危之禍卒與晉俱，爲千古名士之恨"，"成底事"即此意。○蕭閒：指作者鎮陽別墅之蕭閒堂。○嵬隗：高低不平的樣子。○"永和"句：指東晉穆帝永和九年（353）蘭亭之集，王羲之爲《蘭亭集序》以記之。

完顏璹（1172—1232）

《全金元詞·完顏璹》：璹本名壽孫，字仲實，一字子瑜，號樗軒老人，世宗之孫，越王永功子。生於大定十二年，卒於天興元年，年六十一。累封密國公。有詩詞名《如庵小稿》。

臨江仙

【題解】 本詞爲作者隨金宣宗南遷後居汴時作。詞抒寫作者歌酒登高之事，暗含家國身世之憂，故況周頤《蕙風詞話》卷三云其"淡淡着筆，言外卻有無限感愴"。

倦客更遭塵事冗，故尋閒地婆娑。一尊芳酒一聲歌。盧郎心未老，潘令鬢先皤。　　醉向繁臺臺上問，滿川細柳新荷。薰風樓閣夕陽多。倚闌凝思久，漁笛起煙波。

○盧郎：或指盧思道，其《孤鴻賦序》云："雖籠絆朝市且三十載，而獨往之心未始去懷抱也。"○潘令：指潘岳。潘岳《秋興賦序》云："余春秋三十有二，始見二毛。"○繁臺：在河南開封東南。《九域志》："繁臺本梁孝王吹臺，其後有繁姓居其側，人遂以姓呼之。"○細柳新荷：點化杜甫《哀江頭》"江頭宮殿鎖千門，細柳新蒲爲誰綠"之句，暗含家國之思。

元好問（1190—1257）

傳略見"宋金文學"第二章第十二節。

邁陂塘

乙丑歲赴試并州，道逢捕雁者云："今旦獲一雁，殺之矣。其脫網者悲鳴不能去，竟自投於地而死。"予因買得之，葬之汾水之上，累石爲識，號曰雁丘。時同行者多爲賦詩，予亦有雁丘辭，舊所作無宮商，今改定之。

【題解】《邁陂塘》即《摸魚兒》，唐教坊曲。宋詞用此調者以晁補之最早，此調一百一十六字，前片六仄韻，後片七仄韻。此詞爲元好問名作，金元詞人多有賡和者。

恨人間、情是何物，直教生死相許。天南地北雙飛客，老翅幾回寒暑。歡樂趣，離別苦，是中更有癡兒女。君應有語，渺萬里層雲，千山暮景，隻影爲誰去。　横汾路，寂寞當年簫鼓，荒煙依舊平楚。招魂楚些何嗟及，山鬼自啼風雨。天也妒，未信與，鶯兒燕子俱黃土。千秋萬古，爲留待騷人，狂歌痛飲，來訪雁丘處。

○乙丑歲：金章宗泰和五年（1205）。并州：今山西太原一帶。○平楚：叢木爲楚，平楚指平林、遠樹。○"招魂"二句：楚些，《楚辭·招魂》多以些收尾，故言之。○山鬼：出屈原《九歌》之《山鬼》，此句化用屈作"杳冥冥兮羌畫晦，東風飄兮神靈雨"句意。

臨江仙

【題解】元好問於金宣宗興定五年（1221）赴京應試，登第後，從洛陽返回登封，途經北邙山作此詞，自抒其由人生無常之感而生的曠達超邁之思。元好問另有《北邙》詩一首，云"賢愚同一盡，感歎增悲噓"，大意同之。

今古北邙山下路，黃塵老盡英雄。人生長恨水長東。幽懷誰共語，遠目送歸鴻。　　蓋世功名將底用，從前錯怨天公。浩歌一曲酒千鍾。男兒行處是，未要論窮通。

○北邙山：一稱邙山，在河南洛陽城東北，漢魏以來王侯公卿多葬於此。○"人生"句：直用李煜《相見歡》"林花謝了春紅"詞中成句。

丘處機（1148—1227）

《全金元詞·丘處機》：處機字通密，號長春子。登州棲霞（今屬山東）人。生於皇統八年。少師王喆。興定三年，成吉思汗遣近侍迎至雪山關道，元光二年東還。元太祖二十二年卒，年八十。有《磻溪集》。

賀聖朝

靜　夜

【題解】　此詞所寫靜夜景意，有塵外高致，唯結句落道人口吻。全真諸子以無俗之心，寫世外之境，故多絕塵語，可病者其詞多不離言道。

夕陽沉後，隴收殘照，柏鎖寒煙。向南溪獨坐，順風長聽，一派鳴泉。迢迢永夜，事忘閒性，琴弄無弦。待雲中，青鳥降祥時，證陸地神仙。

○琴弄無弦：《宋書》卷九十三《隱逸傳·陶潛傳》云："潛不解音聲，而蓄素琴一張，無弦，每有酒適，輒撫弄以寄其意。"○青鳥：《山海經·海內北經》記云"其南有三青鳥，為西王母取食"，又《漢武故事》記西王母降而見漢武之前，"有青鳥從西方來集殿前"，後多以青鳥指信使。此詞中則指神仙降臨。

參考書目

《中州樂府》，元好問編，《四庫全書》本。

思考題

1. 吳蔡體與東坡體有何異同？請結合作品試論之。
2. 元好問詞有何特色？

中國文學

【宋金元卷】

下編 元代文學

通　論

　　我們通常所說的元代文學，一般是指從1234年蒙古滅金統一中國北方、1279年元滅南宋統一全國，到1368年明朝取代元朝這期間一百三十多年的文學。元朝是中國歷史上第一個在全中國領域內建立統治地位的少數民族王朝，在封建社會的歷史條件下，這樣一個王朝不可避免地是建立在民族歧視和民族壓迫的基礎之上的。元朝統治者把全國國民劃分爲蒙古人、色目人、漢人、南人四個等級，占人口絕大多數的漢人、南人在政治上、經濟上受到嚴重的壓迫和剝削，這一點也給元代文化、文學的面貌和架構帶來深刻的影響。元朝的民族壓迫政策不僅給以漢民族爲主體的各民族人民造成災難，也爲元朝自身的覆滅種下了禍根。元朝在中國歷代大一統王朝中國祚相對短促，其所奉行的民族壓迫政策造成民族矛盾、階級矛盾的嚴重激化是首要的原因。

　　元代社會一個重要的、與文學發展關係十分密切的現象，就是蒙古統治者的民族歧視政策導致的對漢文化的排斥和對漢族知識分子的輕視。在元朝前期的八十多年間，廢止了歷代漢族王朝與知識分子相結合的一項基本制度——科舉制度，從而使得大批讀書人喪失了政治上的前途和社會上的優越地位。所謂"七匠八娼九儒十丐"（謝枋得《送方載伯歸三山序》）

之說，表明儒生地位在元代社會的卑賤。元代後期，雖然恢復科舉，但科舉入仕的名額和官場前途始終是非常有限的。因此以往歷代的"讀書作官"論在元代基本失效，最大多數的所謂"讀書人"作爲社會的普通成員，往往是通過平等地向社會其他成員（而不是向皇帝和官場）出賣自己的知識智力而謀生，這就促進了元代面向廣大下層群衆的通俗文學藝術的興旺發展。中國古典文學演進到元代，其創作者主流開始由傳統的士大夫文人轉變爲新興的市民文人，其作品形式的主流也由傳統的典雅的詩詞、散文轉變爲新興的通俗的戲曲、小說。

在元代文學中，首先異軍突起的是雜劇，它標誌着中國戲劇的成熟。元曲（包括雜劇和散曲）被人們與唐詩、宋詞並舉而作爲一代文學最具特色的代表，在中國文學史上留下了光輝的篇章。雜劇之所以在元代興盛，從作者方面來說，是由於大批所謂"名公才人"等文人士大夫失去了舊有的優越地位，仕途無望甚至淪落下層，爲生活而加入了"書會"等市井伎藝團體，從而爲雜劇藝術注入了具有較高文化藝術修養的創作、表演力量。例如在元代前期活躍於大都的寫作劇本和唱本的"玉京書會"中，關漢卿就是一個重要的成員，而且他還是一個直接"躬踐排場，面敷粉墨"的表演藝術家。王實甫、白樸、馬致遠等也都可以說是專業的劇作家。正是以他們爲代表的一批優秀雜劇作家，把一直步履蹣跚地經歷了漫長的歷史演進過程的中國戲劇終於在元代哺育成熟了。而在這些並不依附於政治與官場、以下層文人爲主的作家群筆下，元雜劇在中國古典文學的各種體裁形式中，堪稱能夠最生動、最直接也最大膽地反映出廣大社會下層人民的喜怒哀樂，表達出對不合理社會現實的無情批判。其作者與演員、劇本與演出、內容與現實生活相結合的緊密程度，其活生生地展現那個時代的"人"本身面貌的真實程度，是後代的明清戲曲也難以企及的。

元雜劇是用北方的曲調演唱的。在南方地區，自南宋以來還流傳着一種用南方曲調演唱的"南戲"（或稱"戲文"），不過直到元前期，南戲的藝術水平、繁榮程度和流行區域還遠不如雜劇。南宋滅亡以後，雜劇的影響伸展到南方，南戲開始從成熟的雜劇中吸取豐富的營養，一些南方文人也加入劇作者的行列中來。隨着南方經濟文化的發展越來越超過北方，到元代末期，以高明所作的《琵琶記》爲代表，南戲全面興起，逐漸取代雜劇而成爲明清戲曲的主流並得到進一步的發展。

　　作爲元曲的組成部分，元代散曲的成就也是引人注目的。散曲與雜劇中的唱曲使用同樣的格律形式，而它又是一種獨立的新型抒情詩體，它繼承了傳統詩詞的不少因素，同時鮮明地體現出元代文學的時代精神，即作者的視野更多地伸展到富於活力的多姿多彩的市民生活圈。元散曲中的市民、妓女、鄉下人等下層人物形象遠比傳統詩詞、散文中的此類人物爲多，其叙事、描寫、抒情、議論也多半一改傳統士大夫文學那種含蓄蘊藉、典雅深厚的套路，而別具其潑辣生動、尖新明快的風格，它敢於率直淺露恣肆不拘地將人的情感、欲望乃至生理的本能追求都赤裸裸地表達出來，這些作品所體現的對於世俗生活幸福的欲求、對於人性開放的寬縱態度，都是以市民社會的生活形態和觀念爲基礎的。即使在具有士大夫身份的諸如馬致遠等散曲作家中，其作品也更多地透露出"王圖霸業成何用"（【撥不斷】無題）、"投至狐蹤與兔穴，多少豪傑"（【雙調·夜行船】秋思）等對封建政治功業從虛無空幻進而諷刺嘲笑的態度，而歷代傳統的所謂積極用世、政治上奮勵進取的精神，在元代散曲中很難看到。他們這種態度同以往傳統的"達則兼濟天下，窮則獨善其身"的士人是有區別的，他們基本上並沒有一種特別清高的優越感，而是更多地表現出一種對整體封建政治、秩序、道德和價值觀念的厭倦和拋棄，從而由此滋生出自我意識的覺醒和對最一般的世俗生活享受的肯定。

　　作爲通俗文學重要代表之一的白話小說在元代也得到具有里程碑意義的發展。繼承唐宋以來"說話"伎藝的興起，元代白話小說也通過具有較高文化修養的文人參與整理、創作並進一步通過書面出版的形式擴大影響，現存最早的一些古代白話小說刻本，均出於元代。到元後期，出現了由下層市民文人羅貫中和施耐庵整理創作的、在中國文學史上劃時代的兩部巨著《三國志通俗演義》和《水滸傳》，這兩部巨著在明代經過進一步加工，對此後中國小說的發展產生了極爲深遠的影響。

當我們在談及元朝統治者壓抑漢文化、排斥知識分子等消極方面對上述元代通俗文學興盛的影響時，也切不可忽略了問題的另一方面。元朝作爲一個歷史上版圖空前遼闊的大一統封建王朝，它也帶來了各民族人民及其文化空前交流融合的局面，從而給中國固有文化注入了許多積極的新鮮活力和成分，有力地促成了元代文化、文學形成自身獨具特色而又豐富多彩的一代面貌並獲得上述那些豐碩成果。

元蒙統治者並不遵循中國傳統的重農抑商、崇義貶利的治國方針，商人在元朝是享受政治優遇的階級，終元之世，中外貿易繁盛，商業和手工業活躍而興旺。從《馬可波羅行紀》對大都及元代南北許多繁華大城市充滿贊美的描繪中，可以看出當時商業經濟的繁榮。由此帶來的市民群體的壯大和市民文化需求的激增，爲戲劇、小說等通俗文藝根深葉茂的興盛提供了肥沃的土壤。同時，元朝後期恢復科舉之時雖然確定程朱理學爲官方正統之學，但蒙古貴族統治者對這一點在後世的深遠意義其實並無認識，他們始終沒有真正懂得孔孟儒學在中國政治生活中的至關重要的地位，往往把儒學與佛、老等宗教一視同仁。因此元代又是一個思想專制相對鬆弛的時代，再加上幾乎不存在讀書人求售學問與"帝王家"的市場，知識分子的個人獨立意識從而增強，異端的市民情趣乃至蔑視封建皇權、封建秩序的思想都有所發展，並在整個元代文學中產生了不可忽視的影響。

通俗文學的發展在元代取得了最爲引人注目的成果，以至於元代傳統詩文的創作往往被人們忽略。但元代社會、文化的上述一系列特點，也同樣賦予了元代詩文一些不同於前代的風貌和特色。元代詩文的作家和作品數量都很可觀，他們清晰地反映了百年間紛繁動盪的社會狀況和知識分子階層的精神面貌，其中不乏思想深刻、見識敏銳的作家和作品，如元初的鄧牧對封建專制政治的全面批判，其深刻與大膽，在整個中國古代史上都是罕見的；再如元末的楊維楨，其怪怪奇奇的"鐵崖體"詩風，頗有獨抒性靈、不拘格套，突破傳統而表現強烈的個人意識、個人存在的特點。

元朝蒙古貴族雖然從主觀上力圖排拒漢文化，但在客觀上他們終於不得不接受發展程度高於他們的漢文化。在以漢文化爲主體的各民族文化融合中，許多蒙古、色目民族人士成爲漢文化的掌握者，甚至成爲漢文曲、詞、詩、文作者，而且產生出薩都剌、貫雲石等大師級作家，這種在文學領域中表現出來的各民族文化融入漢民族主體文化並使之更爲豐富的現象，無疑又是元代文學值得贊賞的一項特殊成就。

參考書目

《元代文學史》，鄧紹基主編，人民文學出版社 1991 年版。

第一章

元雜劇和南戲

概　說

　　中國戲曲藝術經歷了漫長的孕育過程。從《詩經》、《楚辭》中一些篇章有關祭祀歌舞的內容來看，當時的此類活動已包含了萌芽狀態的戲劇因素。此後不斷發展的民間歌舞和宮廷俳優表演中的戲劇成分繼續強化，到唐代的"參軍戲"已形成戲劇的雛形，在此基礎上北宋的"雜劇"和金代的"院本"又融合了宋金時期的說唱表演藝術如"諸宮調"等，終於在元代產生出中國歷史上第一種依據完整的文學劇本而進行成熟的舞臺表演的嚴格意義上的戲劇形式——元雜劇。

　　元雜劇產生於中國北方，是以當時的北方方言和歌唱曲調進行表演的。它的劇本以韻文和散文相結合，其舞臺表演以歌、舞、說（因雜劇以唱為主，故說白稱為"賓白"）、動作（稱"科範"或簡稱"科"）相結合。它的結構一般是一本分四折，通常再加一"楔子"（少數也有多本多折甚至幾個"楔子"），演出一個情節完整的故事。"折"是音樂組織的單元，即每折限用同一宮調的曲牌組成的一套曲子演唱，由此也形成故事情節發展的自然段落。一般每本僅由一個男主角（正末）或女主角（正旦）獨唱，由此形成所謂的"末本"或"旦本"，其他次要演員（如淨、外、雜，包括其下的分類如副末、貼旦、孤、卜兒、孛老等）祇有說白。

元代雜劇作家現在仍有姓名可考的達八十多人，現存雜劇劇本達一百多種。元雜劇的歷史大致可劃分爲前、後兩期，其最興盛期的前期，即從大約十三世紀中葉到十四世紀初。前期雜劇活躍的地區是大都和具有悠久文化傳統的平陽，以及東平、彰德、太原等地，其作家也主要是北方人。元前期雜劇產生出了關漢卿、王實甫、白樸、馬致遠等一批傑出的戲劇家，以及《竇娥冤》、《救風塵》、《望江亭》、《西廂記》、《梧桐雨》、《牆頭馬上》、《漢宮秋》、《李逵負荆》、《趙氏孤兒》等優秀的雜劇作品。這些作家多半與當時社會廣大群衆有着較爲密切的聯繫，熟悉他們的生活；這些作品大多逼真地反映了當時的種種社會矛盾和現實生活的多方面場景，有着濃郁的生活氣息、深刻的思想內容、曲折而吸引觀衆的故事情節和高度的藝術審美價值。

大約從十四世紀早期開始直到元末，是元雜劇的後期階段。由於南方經濟文化迅速恢復發展，雜劇的活動中心也逐漸從大都轉移到南方的杭州。這一轉移無疑是與南方固有的戲劇形式——南戲的發展、南方的戲劇觀衆迅速增加、南戲由從雜劇中吸取營養到逐漸兼并雜劇的過程分不開的，這一過程也就意味着雜劇自身在逐漸趨向衰微。後期雜劇在作家、作品的數量和質量上都明顯不如前期，其原因包括受南方傳統傾向纖柔、細膩的社會文化風氣的影響，後期雜劇日益追求曲詞的華美典麗和情節的離奇曲折，戲劇矛盾較多地轉向家庭內部問題，表現才子佳人題材；更包括元蒙統治者已開始逐漸認識到儒家思想體系的政治價值，有意識地利用雜劇宣傳封建倫理道德，例如鮑天佑的《史魚屍諫》一劇，朝廷曾下詔"各路都教唱此詞"（蘭雪主人《元宮詞》）。這些都造成了元雜劇後期在很大程度上減弱了其前期剛健悲愴、與重大現實社會矛盾和現象密切結合的優良傾向，而宣揚陳腐道德的劇作明顯增多。元雜劇後期成就較大的作家有鄭光祖、秦簡夫、喬吉、宮天挺等，他們都是流寓江浙的北方人。鄭光祖的《倩女離魂》一劇堪稱後期雜劇最優秀的作品。

南戲是中國戲劇中成熟稍遲於雜劇的一個分支。它是用南方方言和輕柔婉轉的南方曲調演出的，在南宋時期流傳於東南沿海人口稠密、商品經濟較爲繁榮的浙江溫州（舊名永嘉）一帶，又稱溫州雜劇或永嘉雜劇。在元代以前，南戲的發展水平顯然是較低的，也幾乎沒有劇本留存。南宋滅亡以後，雜劇從北方向南流傳，雜劇作者也紛紛南來，南戲的藝術由此得到很大提高，又依靠着南方經濟文化固有的發達和南方市民群體固有的壯大，可謂占盡天時地利人和，特別是到元後期它也終於爲自身吸引來了具有較高文化素質的南方文人參與其劇本創作。由元末高明創作的《琵琶記》標誌着南戲在藝術水平上已超越雜劇，同時廣泛流傳的四大南戲（或稱"四大傳奇"）《荆釵記》、《劉知遠白兔記》、《拜月亭》（根據關漢卿同名雜劇改編）、《殺狗記》（當時合稱"荆、劉、拜、殺"），使南戲終於逐漸取代雜劇而占領了中國古典戲劇的主要舞臺。

南戲的形式也至元末而基本定型。南戲稱一場爲一齣，不再限用同一宮調而有較豐富的音樂變換；不再限於"四折一楔子"的結構而可以根據劇情需要安排場次，且一般都比雜劇更長；不再限由一個主角主唱，而是各個角色都可以唱，且有對唱、合唱等。這些，的確意味着南戲在藝術上處在比雜劇更高級的發展階段。

| 輯　錄 |

◎周德清《中原音韻自序》：樂府之盛、之備、之難，莫如今時。其備，則自關、鄭、白、馬一新製作，韻共守自然之音，字能通天下之語，字暢語俊，韻促音調；觀其所述，曰忠曰孝，有補於世。

◎王國維《宋元戲曲考》：明以後，傳奇無非喜劇，而元則有悲劇在其中。其最有悲劇之性質者，則如關漢卿之《竇娥冤》、紀君祥之《趙氏孤兒》。劇中雖有惡人交構其間，而其蹈湯赴火者，仍出於其主人翁之意志，即列之於世界大悲劇中，亦無愧色也。元代曲家，自明以來，稱關馬鄭白。然以其年代及造詣論之，寧稱關白馬鄭爲妥也。關漢卿一空依傍，自鑄偉詞，而其言曲盡人情，字字本色，故當爲元人第一。白仁甫、馬東籬，高華雄渾，情深文明。鄭德輝清麗芊綿，自成馨逸，均不失爲第一流。其餘曲家，均在四家範圍內。唯宮大用瘦硬通神，獨樹一幟。

◎青木正兒《中國近世戲曲史》：元中葉以後，南曲與北曲，其流行之地域，亦漸相同，且南北合腔之曲，尚有製作行世，顯呈相互接近之狀。

參考書目

《元曲選》，明臧懋循選編，中華書局1996年版。

《全元戲曲》，王季思主編，人民文學出版社1990年版。

《錄鬼簿》，元鍾嗣成等著，上海古籍出版社1978年版。

《酹江集》、《柳枝集》，明孟稱舜選刻，古本戲曲叢刊第四集，商務印書館1958年版。

《太和正音譜》，明朱權著，上海古籍出版社1978年版。

《宋元戲曲史》，王國維著，華東師範大學出版社1995年版。

《中國戲曲發展史綱要》，周貽白著，上海古籍出版社1979年版。

《中國近世戲曲史》，［日］青木正兒著，王古魯譯，商務印書館1936年版。

《元人雜劇概說》，［日］青木正兒著，隋樹森譯，中國戲劇出版社1957年版。

《元雜劇史》，李修生著，江蘇古籍出版社1996年版。

第一節　關漢卿

關漢卿（約1225—約1300）

鍾嗣成《錄鬼簿》：關漢卿，大都人，太醫院尹，號已齋叟。（案：天一閣本《錄鬼簿》"尹"作"戶"。）

朱經《青樓集序》：我皇元初并海宇，而金之遺民若杜散人、白蘭谷、關已齋輩皆不屑仕進，乃嘲風弄月，留連光景。

熊自得《析津志·名宦傳》：關一齋，字漢卿，燕人。生而倜儻，博學能文，滑稽多智，蘊藉風流，爲一時之冠。是時文翰晦盲，不能獨振，淹於辭章者，久矣。

臧懋循《元曲選序》：……而關漢卿輩爭挾長技自見，至躬踐排場，面敷粉墨，以爲我家生活，偶倡優而不辭者。

竇娥冤（第三折）

【**題解**】《竇娥冤》（全名《感天動地竇娥冤》）是關漢卿的代表作，也是元雜劇中悲劇的典範。此劇寫竇娥之父竇天章因貧窮將女兒送給蔡婆婆作童養媳，以抵償高利貸，竇娥長大成婚後不幸又夫死守寡。流氓惡棍張驢兒企圖毒死蔡婆婆以霸占竇娥，不料卻誤毒了自己的父親。州官桃杌收受張驢兒賄賂，竟誣竇娥下毒殺人，將她嚴刑拷打，判處斬決。三年後，竇父作爲朝廷命官查訪冤案，竇娥的鬼魂向父親申訴了悲慘遭遇，冤案終於得到平反。這部作品深刻地揭露了封建社會政治的腐敗和官吏的貪酷，熱情歌頌了被壓迫群衆勇敢不屈的反抗精神。此處選錄的第三折是全劇矛盾衝突的高潮，它表現了竇娥在被押赴刑場之際，對貪官污吏乃至對"天"、對"地"亦即對整個封建統治體系的強烈控訴。塑造這樣一個善良正直、至死不向惡勢力低頭的婦女形象，反映出作者對黑暗社會的無比憎恨和對黑暗社會的反抗者、犧牲者的高度同情和尊敬。

〔外扮監斬官上，云〕下官監斬官是也。今日處決犯人，着做公的把住巷口，休放往來人閒走。〔淨扮公人，鼓三通、鑼三下科。劊子磨旗，提刀押正旦帶枷上。劊子云〕行動些，行動些，監斬官去法場上多時了。〔正旦唱〕

【正宮·端正好】沒來由犯王法，不提防遭刑憲，叫聲屈動地驚天！頃刻間游魂先赴森羅殿，怎不將天地也生埋怨！

【滾繡毬】有日月朝暮懸，有鬼神掌着生死權。天地也，祇合把清濁分辨，可怎生糊突了盜跖顏淵！爲善的受貧窮更命短，造惡的享富貴又壽延。天地也，做得個怕硬欺軟，卻原來也這般順水推船。地也，你不分好歹何爲地？天也，你錯勘賢愚枉做天！哎，祇落得兩淚漣漣。

〔劊子云〕快行動些，誤了時辰也。〔正旦唱〕

【倘秀才】則被這枷紐的我左側右偏，人擁的我前合後偃。我竇娥向哥哥行有句言。〔劊子云〕你有甚麼話說？〔正旦唱〕前街裏去心懷恨，後街裏去死無冤，休推辭路遠。

〔劊子云〕你如今到法場上面，有甚麼親眷要見的，可教他過來，見你一面也好。〔正旦唱〕

【叨叨令】可憐我孤身隻影無親眷，則落的吞聲忍氣空嗟怨。〔劊子云〕難道你爺娘家也沒的？〔正旦云〕止有個爹爹，十三年前上朝取應去了，至今杳無音信。〔唱〕蚤已是十年多不睹爹爹面。〔劊子云〕你適纔要我往後街裏去，是甚麼主意？〔正旦唱〕怕則怕前街裏被我婆婆見。〔劊子云〕你的性命也顧不得，怕他見怎的？〔正旦云〕俺婆婆若見我披枷帶鎖赴法場湌刀去呵，〔唱〕枉將他氣殺也麼哥，枉將他氣殺也麼哥。告哥哥，臨危好與人行方便。

〔卜兒哭上科，云〕天那，兀的不是我媳婦兒！〔劊子云〕婆子靠後。〔正旦云〕既是俺婆婆來了，叫他來，待我囑付他幾句話咱。〔劊子云〕那婆子，近前來，你媳婦要囑付你話哩。〔卜兒云〕孩兒，痛殺我也！〔正旦云〕婆婆，那張驢兒把毒藥放在羊肚兒湯裏，實指望藥死了你，要霸占我爲妻。不想婆婆讓與他老子吃，倒把他老子藥死了。我怕連累婆婆，屈招了藥死公公，今日赴法場典刑。婆婆，此後遇着冬時年節，月一十五，有瀽不了的漿水飯，瀽半碗兒與我吃；燒不了的紙錢，與竇娥燒一陌兒；則是看你死的孩兒面上。〔唱〕

【快活三】念竇娥胡蘆提當罪愆，念竇娥身首不完全，念竇娥從前已往幹家緣；婆婆也，你祇看竇娥少爺無娘面。

【鮑老兒】念竇娥伏侍婆婆這幾年，遇時節將碗涼漿奠；你去那受刑法屍骸上烈些紙錢，祇當把你亡化的孩兒薦。〔卜兒哭科，云〕孩兒放心，這個老身都記得。天那，兀的不痛殺我也！〔正旦唱〕婆婆也，再也不要啼啼哭哭，煩煩惱惱，怨氣衝天。這都是我做竇娥的沒時沒運，不明不闇，負屈銜冤！

〔劊子做喝科，云〕兀那婆子靠後，時辰到了也！〔正旦跪科。劊子開枷科。正旦云〕竇娥告監斬大人，有一事肯依竇娥，便死而無怨。〔監斬官云〕你有甚麼事，你說。〔正旦云〕要一領淨席，等我竇娥站立；又要丈二白練，掛在旗鎗上：若是我竇娥委實冤枉，刀過處頭落，一腔熱血休半點兒沾在地下，都飛在白練上者。〔監斬官云〕這個就依你，打甚麼不緊。〔劊子做取席站科，又取白練掛旗上科。正旦唱〕

【耍孩兒】不是我竇娥罰下這等無頭願，委實的冤情不淺；若沒些兒靈聖與世人傳，也不見得湛湛青天。我不要半星熱血紅塵灑，都祇在八尺旗鎗素練懸。等他四下裏皆瞧見，這就是咱萇弘化碧，望帝啼鵑。

〔劊子云〕你還有甚的說話，此時不對監斬大人說，幾時說那？〔正旦再跪科，云〕大人，如今是三伏天道，若竇娥委實冤枉，身死之後，天降三尺瑞雪，遮掩了竇娥屍首。〔監斬官云〕這等三伏天道，你便有衝天的怨氣，也召不得一片雪來，可不胡說！〔正旦唱〕

【二煞】你道是暑氣暄，不是那下雪天；豈不聞飛霜六月因鄒衍？若果有一腔怨氣噴如火，定要感的六出冰花滾似綿，免着我屍骸現。要什麼素車白馬，斷送出古陌荒阡！

〔正旦再跪科，云〕大人，我竇娥死的委實冤枉，從今以後，着這楚州亢旱三年！〔監斬官云〕打嘴，那有這等說話！〔正旦唱〕

　　【一煞】你道是天公不可期，人心不可憐，不知皇天也肯從人願。做甚麼三年不見甘霖降，也祇爲東海曾經孝婦冤；如今輪到你山陽縣！這都是官吏每無心正法，使百姓有口難言！

　　〔劊子做磨旗科，云〕怎麼這一會兒天色陰了也？〔內做風科，劊子云〕好冷風也！〔正旦唱〕

　　【煞尾】浮雲爲我陰，悲風爲我旋，三椿兒誓願明題遍。〔做哭科，云〕婆婆也，直等待雪飛六月，亢旱三年呵！〔唱〕那其間纔把你個屈死的冤魂這竇娥顯！

　　〔劊子做開刀，正旦倒科。監斬官驚云〕呀，真個下雪了，有這等異事！〔劊子云〕我也道平日殺人，滿地都是鮮血，這個竇娥的血都飛在那丈二白練上，並無半點落地，委實奇怪。〔監斬官云〕這死罪必有冤枉，早兩椿兒應驗了，不知亢旱三年的說話，准也不准？且看後來如何。左右，也不必等待雪晴，便與我擡他屍首，還了那蔡婆婆去吧。〔衆應科，擡屍下。〕

中華書局版《元曲選》

　　〇外：雜劇角色"外末"、"外旦"、"外淨"等的省稱。此處指外末，即次要男角。淨：雜劇男角色名，即所謂花臉。〇磨旗：搖旗，揮旗。"磨"疑爲"麾"字之誤。〇正旦：雜劇女主角名，此劇中即竇娥。〇行動些：動作快些。〇糊突：顛倒，弄混。盜跖：古代傳說中的大盜。見《莊子·盜跖》。顏淵：孔子高足，德行列孔門之首。〇順水推船：此處謂依附權勢而行，不敢抗爭。〇哥哥行："行"用於人稱代詞之後，起指示方位作用，相當於"那邊"。〇也麼哥：元代口語中爲加強語氣的常用語助詞，無義。按照"叨叨令"曲調的格式，此處用"也麼哥"的句子必須反復兩次。〇瀽:傾、潑。〇陌：通"百"。舊時上墳燒紙錢，多以一百張爲單位。〇胡蘆提:糊糊塗塗，不明不白。〇萇弘：周代忠臣，無辜受害，其血化爲碧玉，不見其屍。事見《拾遺記》。○望帝啼鵑：古蜀王杜宇號望帝，爲其相鼈靈所逼，讓位隱居山中，其魂化杜鵑，啼聲淒厲。○鄒衍：戰國時燕之忠臣，相傳他被誣下獄，仰天痛哭，感動上天，時值盛夏，竟然降霜。○東海孝婦：相傳漢代東海郡有孝婦周青，守寡侍奉婆婆矢志不嫁，婆婆不忍拖累她，遂自縊而死。小姑告官誣嫂殺人，問官不察，竟判處孝婦死罪。臨刑前孝婦指竹竿曰：倘我無罪，血當沿竿往上流。其言果驗。而東海地方大旱三年，後任官員查問冤情，有于公者代爲申雪，天方降雨。事見《漢書·于定國傳》、《搜神記》卷一一等。○每：即"們"。

救風塵（第三折、第四折）

【題解】《救風塵》（全名《趙盼兒風月救風塵》）是關漢卿的著名喜劇。該劇寫開封歌妓宋引章年輕無知，被官僚子弟、鄭州富商周舍的花言巧語所欺騙，不聽同行姐妹趙盼兒的忠告，背棄了身爲窮秀才的未婚夫安秀實，嫁給周舍爲妻，隨即被喜新厭舊的周舍百般毆打虐待。宋寫信給趙盼兒求救，趙遂巧設圈套，自備花紅羊酒前往鄭州見周舍，僞稱衹要他休了宋引章便願嫁給他。趙盼兒以自己的美麗與機智騙得周寫下與宋離婚的休書，終於救出了落難姐妹宋引章，並嚴懲了惡人周舍。全劇高度贊美了趙盼兒見義勇爲、敢於鬥爭、善於鬥爭的可貴精神，無情揭露並鞭笞了惡勢力。作者在劇中善於運用伏筆、懸念，使情節更加曲折多變富於吸引力，語言幽默風趣而切合人物個性，具有濃郁的生活氣息。此處選錄的第三、四兩折，表現了趙盼兒收到宋引章求救的信後，前去見周舍，騙他寫下休書，救出宋引章；而周舍發現中計後追趕趙、宋，又經過一番鬥智鬥勇，趙盼兒終於在鄭州官府大堂上懲罰了周舍，使宋引章與安秀實結爲夫婦，全劇在大快人心中結束。

第三折

　　〔周舍同店小二上，詩云〕萬事分已定，浮生空自忙。無非花共酒，惱亂我心腸。店小二，我着你開這個客店，我那裏希罕你那房錢養家。不問官妓、私科子，祇等有好的來你客店裏，你便來叫我。〔小二云〕我知道。祇是你腳頭亂，一時間那裏尋你去？〔周舍云〕你來粉房裏尋我。〔小二云〕粉房裏沒有呵？〔周舍云〕賭房裏來尋。〔小二云〕賭房裏沒有呵？〔周舍云〕牢房裏來尋。〔下。丑扮小閑挑籠上，詩云〕釘靴雨傘爲活計，偷寒送暖作營生。不是閑人閑不得，及至得了閑時又閑不成。自家張小閑的便是。平生做不的買賣，止是與歌者姐姐每叫些人，兩頭往來，傳消寄信都是我。這裏有個大姐趙盼兒，着我收拾兩箱子衣服行李，往鄭州去。都收拾停當了，請姐姐上馬。〔正旦上，云〕小閑，我這等打扮，可衝動得那廝麼？〔小閑做倒科。正旦云〕你做甚麼哩？〔小閑云〕休道衝動那廝，這一會兒連小閑也酥倒了。〔正旦唱〕

　　【正宮·端正好】則爲他滿懷愁，心間悶，做的個進退無門。那婆娘家一湧性無思忖，我可也強打入迷魂陣。

　　【滾繡毬】我這裏微微的把氣噴，輸個姓因，怎不教那廝背槽拋糞！更做道普天下無他這等郎君。想着容易情，忒獻勤，幾番家待要不問。第一來我則是可憐無主娘親，第二來是我慣曾爲旅偏憐客，第三來也是我自己貪杯惜醉人。到那裏呵，也索費些精神。

　　〔云〕說話之間，早來到鄭州地方了。小閑，接了馬者，且在柳陰下歇一歇咱。〔小閑云〕我知道。〔正旦云〕小閑，咱閑口論閑話：這好人家好舉止，惡人家惡家法。〔小閑云〕姐姐，你說我聽。〔正旦唱〕

　　【倘秀才】縣君的則是縣君，妓人的則是妓人。怕不扭捏着身子驀入他門，怎禁他使數的到支分，背地裏暗忍！

　　【滾繡毬】那好人家將粉撲兒淺淡勻，那裏像喒乾茨臘手搶着粉；好人家將那篦梳兒慢慢地鋪鬢，那裏像喒解了那襻胸帶，下頦上勒一道深痕；好人家知個遠近，覷個向順，衒一味良人家風韻，那裏像喒們，恰便似空房中鎖定個獼猻，有那千般不實喬軀老，有萬種虛囂歹議論，斷不了風塵。

　　〔小閑云〕這裏一個客店，姐姐好住下罷。〔正旦云〕叫店家來。〔店小二見科。正

[旦云]小二哥，你打掃一間乾淨房兒，放下行李。你與我請將周舍來，說我在這裏久等多時也。[小二云]我知道。[做行叫科，云]小哥在那裏？[周舍上，云]店小二，有甚麼事？[小二云]店裏有個好女子請你哩。[周舍云]嗏和你就去來。[做見科，云]是好一個科子也。[正旦云]周舍，你來了也。[唱]

【幺篇】俺那妹子兒有見聞，可有福分，攛掇的個丈夫俊上添俊，年紀兒恰正青春。[周舍云]我那裏曾見你來？我在客火裏，你彈着一架箏，我不與了你個褐色紬段兒？[正旦云]小的，你可見來？[小閑云]不曾見他有甚麼褐色紬段兒。[周舍云]哦，早起杭州客火散了，趕到陝西客火裏吃酒，我不與了大姐一份飯來？[正旦云]小的每，你可見來？[小閑云]我不曾見。[正旦唱]你則是忒現新，忒忘昏，更做道你眼鈍。那唱詞話的有兩句留文："嗏也曾武陵溪畔曾相識，今日佯推不認人。"我爲你斷夢勞魂。

[周舍云]我想起來了，你敢是趙盼兒麼？[正旦云]然也。[周舍云]你是趙盼兒，好，好！當初破親也是你來。小二，關了店門，則打這小閑。[小閑云]你休要打我，俺姐姐將着錦繡衣服，一房一臥來嫁你，你倒打我？[正旦云]周舍，你坐下，你聽我說。你在南京時，人說你周舍名字，說的我耳滿鼻滿的，則是不曾見你。後得見你呵，害的我不茶不飯，祇是思想着你。聽的你娶了宋引章，教我如何不惱！周舍，我待嫁你，你卻着我保親！[唱]

【倘秀才】我當初倚大呵裝儎主婚，怎知我嫉妒呵特故裏破親！你這廝外相兒通疏就裏村！你今日結婚姻，嗏就肯罷論。

[云]我好意將着車輛鞍馬奩房來尋你，你劃地將我打罵？小閑，攔回車兒，嗏家去來。[周舍云]早知姐姐來嫁我，我怎肯打舅舅？[正旦云]你真個不知道？你既不知，你休出店門，祇守着我坐下。[周舍云]休說一兩日，就是一兩年，您兒也坐的將去。

[外旦上，云]周舍兩三日不家去，我尋到這店門首，我試看咱。原來是趙盼兒和周舍坐哩。兀那老弟子不識羞，直趕到這裏來。周舍，你再不要來家，等你來時，我拿一把刀子，你拿一把刀子，和你一遞一刀子戳哩。[下。周舍取棍科，云]我和你搶生吃哩？不是姊姊在這裏，我打殺你！[正旦唱]

【脫布衫】我更是的不待饒人，我爲甚不敢明聞，肋底下插柴自忍：怎見你便打他一頓？

【小梁州】可不道一夜夫妻百夜恩，你可便息怒停嗔。你村時節背地裏使些村，對着我合思忖：那一個雙同叔打殺俏紅裙？

【么篇】則見他惡哏哏摸按着無情棍，便有火性的不似你個郎君。〔云〕你拿着偌粗的棍棒，倘或打殺他呵，可怎了？〔周舍云〕丈夫打殺老婆，不該償命。〔正旦云〕這等說，誰敢嫁你？〔背唱〕我假意兒瞞，虛科兒噴，着這廝有家難奔。妹子也，你試看咱風月救風塵。

〔云〕周舍，你好道兒。你這裏坐着，點的你媳婦來罵我這一場。小閑，攔回車兒，嗏回去來。〔周舍云〕好妳妳，請坐。我不知道他來，我若知道他來，我就該死。〔正旦云〕你真個不曾使他來？這妮子不賢惠，打一棒快毬子。你捨的宋引章，我一發嫁你。〔周舍云〕我到家裏就休了他。〔背云〕且慢着，那個婦人是我平日間怕的，若與了一紙休書，那婦人就一道煙去了。這婆娘他若是不嫁我呵，可不弄的尖擔兩頭脫？休的造次，把這婆娘搖撼的實着。〔向旦云〕妳妳，您孩兒肚腸是驢馬的見識。我今家去把媳婦休了呵，妳妳，你把肉弔窗兒放下來，可不嫁我，做的個尖擔兩頭脫。妳妳，你說下個誓着。〔正旦云〕周舍，你真個要我賭咒？你若休了媳婦，我不嫁你呵，我着堂子裏馬踏殺，燈草打折臁兒骨！你逼的我賭這般重咒哩！〔周舍云〕小二，將酒來。〔正旦云〕休買酒，我車兒上有十瓶酒哩。〔周舍云〕還要買羊。〔正旦云〕休買羊，我車上有個熟羊哩。〔周舍云〕好、好、好，待我買紅去。〔正旦云〕休買紅，我箱子裏有一對大紅羅。周舍，你爭甚麼那？你的便是我的，我的就是你的。〔唱〕

【二煞】則這緊的到頭終是緊，親的原來祇是親。憑着我花朵兒身軀，筍條兒年紀，爲這錦片兒前程，倒賠了幾錠兒花銀。揝着個十米九糠，問甚麼兩婦三妻！受了些萬苦千辛，我着人頭上氣忍，不枉了一世做郎君。

【黃鐘尾】你窮殺呵甘心守分捱貧困，你富呵休笑我飽暖生淫惹議論。你心中覷個意順，但休了你這眼下人，不要你錢財使半文，早是我走將來自上門。家業家私待你六親，肥馬輕裘待你一身，倒貼了奩房和你爲眷姻。

〔云〕我若還嫁了你，我不比那宋引章，針指油麵、刺繡鋪房、大裁小剪，都不曉得一

些兒的。〔唱〕我將你寫了的休書正了本。〔同下〕

○私科子：私窠子，私娼。○腳頭亂：到處亂走，行蹤不定。○粉房：妓院。○衝動：打動，使着迷。○婆娘家一湧性：指宋引章一時衝動。○迷魂陣：指巧施"風月"引周舍上當。○背槽拋糞：驢馬屁股向着食槽拉屎，喻周舍不識擡舉，忘恩負義。○"想着容易情"三句：想起當時宋引章輕易嫁給周舍，太獻殷勤，自己如今實在不想過問幫忙此事。○無主娘親：指宋引章之母。無主，無主見。○"第二來"二句：皆同病相憐之意。○縣君：唐宋以來朝廷往往以"縣君"作爲封贈官僚夫人的名號。此處指貴家婦女。○"怕不扭捏着身子"三句：你雖是扭扭捏捏地嫁進了良家之門，可他家連供使喚的奴僕（使數的）都瞧不起你，反倒來支使（支分）你，你有苦說不出，祇好心裏暗忍。○乾茨臘手搶着粉：謂妓女出賣色相，總是濃妝豔抹，搶着厚施脂粉。乾茨臘，即乾巴巴。茨臘或作支剌，語助詞。○襻胸帶：古代婦女做髮型時包裹頭髮用的巾帶。○喬軀老：歹模樣、壞姿態。軀老，宋元勾欄中稱身子爲軀老。○客火：即客夥，成幫的客商。○忒現新，忒忘昏：見新忘舊、喜新厭舊。○"喀也曾"二句：宋元曲子詞話中說唱劉晨、阮肇入天台山采藥遇仙女於武陵溪的故事。○當初破親的也是你來：當初周舍娶宋引章時，要趙盼兒作保親（證婚），趙拒絕，並力勸宋勿嫁周。○一房一臥：指新房中棉被、枕套、牀單等臥具，結婚時這些通常由女方作爲嫁妝準備。○南京：金代以開封爲南京。但此劇背景爲北宋，作爲通俗文藝，雜劇對於地名沿革等歷史資料的運用並不講究。○倚大：擺架子。裝僞：淘氣，弄巧。○外相兒通疏就裏村：外表通達聰明，其實粗野無知。○剗地：反而、怎的、無端。○外旦：指宋引章。此處宋上場並吵鬧的情節，是趙盼兒事先致信給宋設計好的。○兀那：語助詞。老弟子：勾欄中謀生的男女稱弟子。此處指趙盼兒。○我和你搶生吃哩：難道我和你搶生東西吃了？意謂你竟敢跟我吵鬧。○肋底下插柴：據王季思先生解釋，當時勾欄中演出往往由女演員扮演男角，爲使身材寬大粗壯，有時便在兩肋下捆上木條。這樣做當然不舒服，因此"肋底下插柴自忍"便成爲成語。〇雙同叔：雙漸，北宋中期時人，字同叔，曾爲縣令，見張耒《明道雜志》。宋元勾欄中多流傳他早年與妓女蘇小卿戀愛，中進士後即爲蘇贖身並結爲夫妻的故事。〇虛科兒：假動作、假手段。〇打一棒快毬子：當時打毬的行話。此處謂宋引章潑辣嘴快。〇一發：越發。〇你把肉弔窗兒放下來：謂閉上眼不認賬。肉弔窗兒：指眼皮。〇臁兒骨：小腿骨。〇十米九糠：謂糟糠夫妻，此處指與周舍結爲夫妻。〇"受了些萬苦千辛"三句：謂自己寧可辛苦受氣，也不會讓你枉做一輩子丈夫（郎君）。〇我將你寫了的休書正了本：意謂你休掉宋引章不會虧本。正了本，掙夠了本。

第四折

[外旦上，云] 這些時周舍敢待來也。[周舍上，見科。外旦云] 周舍，你要吃甚麼茶飯？[周舍做怒科，云] 好也，將紙筆來，寫與你一紙休書，你快走。[外旦接休書不走科，云] 我有甚麼不是，你休了我？[周舍云] 你還在這裏？你快走！[外旦云] 你真個休了我？你當初要我時怎麼樣說來？你這負心漢，害天災的！你要去，我偏不去。[周舍推出門科。外旦云] 我出的這門來，周舍，你好癡也！趙盼兒姐姐，你好強也！我將着這休書，直至店中尋姐姐去來。[下。周舍云] 這賤人去了，我到店中娶那婦人去。[做到店科，叫云] 店小二，恰纔來的那婦人在那裏？[小二云] 你剛出門，他也上馬去了。[周舍云] 倒着他道兒了。將馬來，我趕將他去。[小二云] 馬揣駒了。[周舍云] 備騾子。[小二云] 騾子漏蹄。[周舍云] 這等，我步行趕將他去。[小二云] 我也趕他去。[同下。旦同外旦上。外旦云] 若不是姐姐，我怎能勾出的這門也！[正旦云] 走、走、走！[唱]

【雙調·新水令】笑吟吟案板似寫着休書，則俺這脫空的故人何處？賣弄他能愛女、有權術，怎禁那得勝葫蘆說到有九千句。

[云] 引章，你將那休書來與我看咱。[外旦付休書。正旦換科，云] 引章，你再要嫁人時，全憑這一張紙是個照證，你收好者！[外旦接科。]

[周舍趕上，喝云] 賤人，那裏去？宋引章，你是我的老婆，如何逃走！[外旦云]

周舍,你與了我休書,趕出我來了。〔周舍云〕休書上手模印五個指頭,那裏四個指頭的是休書?〔外旦展看,周奪咬碎科。外旦云〕姐姐,周舍咬碎我的休書也。〔旦上救科。周舍云〕你也是我的老婆。〔正旦云〕我怎麼是你的老婆?〔周舍云〕你吃了我的酒來!〔正旦云〕我車上有十瓶好酒,怎麼是你的?〔周舍云〕你可受我的羊來。〔正旦云〕我自有一隻熟羊,怎麼是你的?〔周舍云〕你受我的紅定來。〔正旦云〕我自有大紅羅,怎麼是你的?〔唱〕

【喬牌兒】酒和羊,車上物;大紅羅,自將去。你一心淫濫無是處,要將人白賴取。

〔周舍云〕你曾說過誓嫁我來。〔正旦唱〕

【慶東原】俺須是賣空虛,憑着那說來的言咒誓爲活路。〔帶云〕怕你不信呵,〔唱〕遍花街請到娼家女,那一個不對着明香寶燭,那一個不指着皇天后土,那一個不賭着鬼戮神誅?若信這咒盟言,早死的絕門戶!

〔云〕引章妹子,你跟將他去。〔外旦怕科。云〕姐姐,跟了他去就是死。〔正旦唱〕

【落梅風】則爲你無思慮、忒模糊。〔周舍云〕休書已毀了,你不跟我去待怎麼?〔外旦怕科。正旦云〕妹子,休慌莫怕!咬碎的是假休書。〔唱〕我特故抄與你個休書題目,我跟前現放着這親模。〔周舍奪科。正旦唱〕便有九頭牛也拽不出去。

〔周扯二旦科,云〕明有王法,我和你告官去來。〔同下〕

〔外扮孤引張千上,詩云〕聲名德化九重聞,良夜家家不閉門。雨後有人耕綠野,月明無犬吠花村。小官鄭州守李公弼是也。今日升起早衙,斷理些公事。張千,喝攛廂。〔張千云〕理會的。〔周舍同二旦、卜兒上。周叫云〕冤屈也!〔孤云〕告甚麼事?〔周舍云〕大人可憐見,混賴我媳婦。〔孤云〕誰混賴你媳婦?〔周舍云〕是趙盼兒設計混賴我媳婦宋引章。〔孤云〕那婦人怎麼說?〔正旦云〕宋引章是有丈夫的,被周舍強占爲妻,昨日又與了休書,怎麼是小婦人混賴他的?〔唱〕

【雁兒落】這廝心狠毒,這廝家豪富,衒一味虛肚腸,不踏着實途路。

【得勝令】宋引章有親夫,他強占作家屬。淫亂心情歹,凶頑膽氣粗。

無徒！到處裏胡爲做。現放著休書，望恩官明鑒取。

〔安秀實上，云〕適纔趙盼兒使人來說："宋引章已有休書了，你快告官去，便好娶他。"這裏是衙門首，不免高叫道：冤屈也！〔孤云〕衙門外誰鬧？拿過來。〔張千拿人科，云〕告人當面。〔孤云〕你告誰來？〔安秀實〕我安秀實，聘下宋引章，被鄭州周舍强奪爲妻，乞大人做主咱。〔孤云〕誰是保親？〔安秀實云〕是趙盼兒。〔孤云〕趙盼兒，你說宋引章原有丈夫，是誰？〔正旦云〕正是這安秀才。〔唱〕

【沽美酒】他幼年間便習儒，腹隱著《九經》書，又是俺共里同村一處居，接受了釵環財物，明是個良人婦。〔孤云〕趙盼兒，我問你，這保親的委是你麼？〔正旦云〕是小婦人。〔唱〕

【太平令】現放著保親的堪爲憑據，怎當他搶親的百計虧圖？那裏是明婚正娶，公然的傷風敗俗！今日個訴與太府做主，可憐見斷他夫妻完聚。

〔孤云〕周舍。那宋引章明明有丈夫的，你怎生還賴是你的妻子？若不看你父親面上，送你有司問罪。你一行人聽我下斷：周舍杖六十，與民一體當差；宋引章仍歸安秀才爲妻；趙盼兒等寧家住坐。〔詞云〕祇爲老虔婆受賄貪錢，趙盼兒細說根源，呆周舍不安本業，安秀才夫婦團圓。〔衆叩謝科。正旦唱〕

【收尾】對恩官一一說緣故，分剖開貪夫怨女；麵糊盆再休說死生交，風月所重諧燕鶯侶。

題目　安秀才花柳成花燭
正名　趙盼兒風月救風塵

中華書局版《元曲選》

○馬揣駒：馬懷孕。○漏蹄：失足跌傷。○脫空的故人：說謊弄假的故人。指周舍。○得勝葫蘆：巧嘴（趙盼兒指自己這張巧嘴）。○休書題目：寫有休書標題的假休書。○孤：雜劇中扮演官員的角色。張千：張千、李萬之類，是雜劇中官府衙役走卒常用的名字。○李公弼：北宋中期著名的士大夫，曾爲鄭州知州。此劇故事背景爲北宋，故有李公弼出現。○喝攛廂：舊時官僚升堂辦案時，大廳兩廂衙役齊聲吼喝，形成所謂威嚴氣氛。

○無徒：無賴。○虧圖：詭計陰謀。○若不看你父親面上：據此劇第一折的介紹，周舍之父爲同知，即相當於知縣或知州一級的官。○寧家住坐：宋元時官府判案用語，意爲回家安分守己過日子。○老虔婆受賄貪錢：謂宋引章之母貪財而將女兒嫁給周舍。虔婆：宋元時對老婦人的惡稱。○麵糊盆：糊塗人。○"題目"二句：雜劇末尾用兩句或四句韻文概括全劇內容，前面的謂之"題目"，後面的謂之"正名"。一般即以"正名"作爲該劇之名。

望江亭（第三折）

【題解】《望江亭》（全名《望江亭中秋切鱠》）是關漢卿的著名喜劇，大致情節是：年輕美麗的寡婦譚記兒拒絕嫁給權貴楊衙內爲妾，而與書生白士中結婚。白士中中舉後赴任潭州知州，楊衙內便在皇帝面前妄奏白"貪花戀酒"，帶了御賜的勢劍金牌和逮捕文書乘船前往潭州欲殺白奪其妻。譚記兒聞訊，勇敢地巧扮漁婦，於中秋之夜來到楊衙內歇息的望江亭上，爲楊切鱠佐酒，將楊及其隨從灌醉，盜走勢劍金牌和文書。次日楊到達潭州捕人時，拿不出上述御賜物證，祇找到他昨夜與譚記兒調笑時胡謅的花柳小詞，在公堂上當衆被揭露，最後被治以"奪人妻妾"之罪。全劇在幽默風趣、輕鬆愉快的喜劇氣氛中，使譚記兒這個壓倒劇中一切鬚眉男子的勇敢機智、英姿颯爽的俠義女性給讀者和觀衆留下深刻印象，辛辣地嘲笑了楊衙內等反面人物的卑劣和愚蠢。此處選載的第三折，表演的即是中秋之夜譚記兒智賺楊衙內的一場戲。

〔衙內領張千、李稍上。衙內云〕小官楊衙內是也。頗奈白士中無理，量你到的那裏！豈不知我要娶譚記兒爲妾，他就公然背了我，娶了譚記兒爲妻，同臨任所，此恨非淺！如今我親身到潭州，標取白士中首級。你道別的人爲甚麼我不帶他來？這一個是張千，這一個是李稍，這兩個小的聰明乖覺，都是我的心腹之人，因此上則帶這兩個人來。〔張千去衙內鬢邊做拿科。衙內云〕咄，你做甚麼？〔張千云〕相公鬢邊一個虱子。

〔衙內云〕這廝倒也說的是。我在這船隻上個月期程，也不曾梳篦的頭。我的兒好乖！〔李稍去衙內鬢邊做拿科。衙內云〕李稍，你也怎的？〔李稍云〕相公鬢邊一個狗鱉。〔衙內云〕你看這廝！〔親隨、李稍同去衙內鬢邊做拿科。衙內云〕弟子孩兒，直恁的般多。〔李稍云〕親隨，今日是八月十五日中秋節令，我每安排些果酒，與大人玩月，可不好？〔張千云〕你說的是。〔張千同李稍做見科，云〕大人，今日是八月十五日中秋節令，對着如此月色，孩兒每與大人把一杯酒賞月，何如？〔衙內做怒科，云〕咄！這個弟子孩兒，說甚麼話？我要來幹公事，怎麼教我吃酒！〔張千云〕大人，您孩兒每並無歹意，是孝順的心腸。大人不用，孩兒每一點不敢吃。〔衙內云〕親隨，你若吃酒呢？〔張千云〕我若吃一點酒呵，吃血！〔衙內云〕正是，休要吃酒。李稍，你若吃酒呢？〔李稍云〕我若吃酒，害疔瘡！〔衙內云〕既是你兩個不吃酒，也罷，也罷，我則飲三杯。安排酒果過來。〔張千云〕李稍，擡果桌過來。〔李稍做擡果桌科，云〕果桌在此，我執壺，你遞酒。〔張千云〕我兒，斟滿着！〔做遞酒科，云〕大人滿飲一杯。〔衙內做接酒科。張千倒退自飲科。衙內云〕親隨，你怎麼自吃了？〔張千云〕大人，這個是攝毒的盞兒。這酒不是家裏帶來的酒，是買的酒，大人吃下去若有歹，藥殺了大人，我可怎麼了？〔衙內云〕說的是，你是我心腹人。〔李稍做遞酒科，云〕你要吃酒，弄這等嘴兒，待我送酒。大人，滿飲一杯。〔衙內接科。李稍自飲科。衙內云〕你也怎的？〔李稍云〕大人，他吃的，我也吃的。〔衙內云〕你看這廝！我且慢慢的吃幾杯。親隨，與我把別的民船都趕開者！〔正旦拿魚上，云〕這裏也無人。妾身白士中的夫人譚記兒是也，裝扮做個賣魚的，見楊衙內去。好魚也！這魚在那江邊游戲，趁浪尋食，卻被我駕一孤舟，撒開網去，打出三尺錦鱗，還活活潑潑的亂跳。好鮮魚也！〔唱〕

【越調·鬥鵪鶉】則這今晚開筵，正是中秋令節。祇合低唱淺斟，莫待他花殘月缺。見了的珍奇，不消的咱說。則這魚鱗甲鮮，滋味別。這魚不宜那水煮油煎，則是那薄批細切。

〔云〕我這一來，非容易也呵！〔唱〕

【紫花兒序】俺則待稍關打節，怕有那慣施捨的經商，不請言賒。則俺這籃中魚尾，又不比案上羅列，活計全別。俺則是一撒網，一蓑衣，一箬

433

笠，先圖些打捏，祇問那肯買的哥哥，照顧俺也些些。

〔云〕我纜住這船，上的岸來。〔做見李稍科，云〕哥哥萬福！〔李稍云〕這個姐姐，我有些面善。〔正旦云〕你道我是誰？〔李稍云〕姐姐，你敢是張二嫂麼？〔正旦云〕我便是張二嫂。你怎麼不認的我了？你是誰？〔李稍云〕則我便是李阿鱉。〔正旦云〕你是李阿鱉？〔正旦做打科，云〕兒子，這些時吃得好了，我想你來。〔李稍云〕二嫂，你見我親麼？〔正旦云〕兒子，我見你，可不知親哩！你如今過去，和相公說一聲，着我過去切鱠，得些錢鈔，養活我來也好。〔李稍云〕我知道了。親隨，你來。〔張千云〕弟子孩兒，喚我做甚麼？〔李稍云〕有我個張二嫂，要與大人切鱠。〔張千云〕甚麼張二嫂？〔正旦見張千科，云〕媳婦孝順的心腸，將着一尾金色鯉魚特來獻新，望與相公說一聲咱。〔張千云〕也得，也得，我與你說去。得的錢鈔，與我些買酒吃。你隨着我來。〔做見衙內科，云〕大人，有個張二嫂，要與大人切鱠。〔衙內云〕甚麼張二嫂？〔正旦見科，云〕相公萬福！〔衙內做意科，云〕一個好婦人也！小娘子，你來做甚麼？〔正旦云〕媳婦孝順的心腸，將着這尾金色鯉魚，一徑的來獻新。可將砧板、刀子來，我切鱠哩。〔衙內云〕難的小娘子如此般用意。怎敢着小娘子切鱠，俗了手！李稍，拿了去，與我薑辣煎爆了來。〔李稍云〕大人，不要他切就村了。〔衙內云〕多謝小娘子來意！攛過果桌來，我和小娘子飲三杯。將酒來，小娘子滿飲一杯。〔張千做吃酒科。衙內云〕你怎的？〔張千云〕你請他，他又請你；你又不吃，他又不吃。可不這杯酒冷了？不如等親隨乘熱吃了，倒也乾淨。〔衙內云〕嗨，靠後！將酒來，小娘子滿飲此杯！〔正旦云〕相公請。〔張千云〕你吃便吃，不吃我又來也。〔正旦做跪衙內科。衙內扯正旦科，云〕小娘子請起。我受了你的禮，就做不得夫妻了。〔正旦云〕媳婦來到這裏，便受了禮，也做得夫妻。〔張千同李稍拍桌科，云〕妙！妙！妙！〔衙內云〕小娘子請坐。〔正旦云〕相公，你此一來何往？〔衙內云〕小官有公差事。〔李稍云〕二嫂，專爲要殺白士中來。〔衙內云〕嗨！你說甚麼？〔正旦云〕相公，若拿了白士中呵，也除了潭州一害。祇是這州裏怎麼不見差人來迎接相公？〔衙內云〕小娘子，你卻不知。我恐怕人知道，走了消息，故此不要他們迎接。〔正旦唱〕

【金蕉葉】相公，你若是報一聲着人遠接，怕不的船兒上有五十座笙歌擺設。你爲公事來到這些，不知你怎生做兀的關節？

〔衙內云〕小娘子，早是你來的早；若來的遲呵，小官歇息了也。〔正旦唱〕

【調笑令】若是賤妾晚來些，相公船兒上黑齁齁的熟睡歇。則你那金牌勢劍身傍列，見官人遠離一射，索用甚從人攔當者，俺祇待拖狗皮的拷斷他腰截。

〔衙內云〕李稍，我央及你，你替我做個落花媒人。你和張二嫂說：大夫人不許他，許他做第二個夫人，包髻、團衫、繡手巾都是他受用的。〔李稍云〕相公放心，都在我身上。〔做見正旦科，云〕二嫂，你有福也。相公說來，大夫人不許你，許你做第二個夫人，包髻、團衫、袖腿繃……〔正旦云〕敢是繡手巾？〔李稍云〕正是繡手巾。〔正旦云〕我不信，等我自問相公去。〔正旦見衙內科，云〕相公，恰纔李稍說的那話，可真個是相公說來？〔衙內云〕是小官說來。〔正旦云〕量媳婦有何才能，着相公如此般錯愛也。〔衙內云〕多謝多謝，小娘子就靠着小官坐一坐，可也無傷。〔正旦云〕妾身不敢。〔唱〕

【鬼三臺】不是我誇貞烈，世不曾和個人兒熱。我醜則醜，刁決古撇，不由我見官人便心邪。我也立不的志節。官人，你救黎民，爲人須爲徹；拿濫官，殺人須見血。我呵，祇爲你這眼去眉來，〔正旦與衙內做意兒科，唱〕使不着我那冰清玉潔。

〔衙內做喜科，云〕匆！匆！匆！〔張千與李稍做喜科，云〕匆！匆！匆！〔衙內云〕你兩個怎的？〔李稍云〕大家要一要。〔正旦唱〕

【聖藥王】珠冠兒怎戴者？霞帔兒怎掛者？這三檐傘怎向頂門遮？喚侍妾簇捧者。我從來打魚船上扭的那身子兒別，替你穩坐七香車。

〔衙內云〕小娘子，我出一對與你對：羅袖半翻鸚鵡盞。〔正旦云〕妾對：纖手重整鳳凰衾。〔衙內拍桌科，云〕妙！妙！妙！小娘子，你莫非識字麼？〔正旦云〕妾身略識些撇豎點劃。〔衙內云〕小娘子既然識字，小官再出一對：鷄頭個個難舒頸。〔正旦云〕妾對：龍眼團團不轉睛。〔張千同李稍拍桌科，云〕妙！妙！妙！〔正旦云〕妾身難得遇着相公，乞賜珠玉。〔衙內云〕哦，你要我贈你甚麼詞賦？有，有，有。李稍，將紙筆硯墨來。〔李稍做拿砌末科，云〕相公，紙墨筆硯在此。〔衙內云〕我寫就了也，詞寄《西江月》。〔正旦云〕相公，表白一遍咱。〔衙內做念科，云〕夜月一天秋露，冷風萬里江湖。好花須有美人扶，情意不堪會處。仙子初離月浦，嫦娥忽下雲衢。小詞倉卒對君書，付與你個知心人物。〔正旦云〕高才！高才！我也回奉相公一首，詞寄《夜行船》。〔衙內云〕小娘子，你表白一遍咱。〔正旦做念科，云〕花底雙雙鶯燕語，也勝他鳳隻鸞孤。一霎恩情，片時雲雨，關連着宿緣前注。天保今生爲眷屬，但則願似水如魚。冷落江湖，團圞人月，相連着夜行船去。〔衙內云〕妙！妙！妙！你的更勝似我的。小娘子，俺和你慢慢的再飲幾杯。〔正旦云〕敢問相公，因甚麼要殺白士中？〔衙內云〕小娘子，你休問他。〔李稍云〕張二嫂，俺相公有勢劍在這裏！〔衙內云〕休與他看。〔正旦云〕這個是勢劍？衙內見愛媳婦，借與我拿去治三日魚好那？〔衙內云〕便借與你。〔張千云〕還有金牌哩！〔正旦云〕這個是金牌？衙內見愛我，與我打戒指兒罷。再有甚麼？〔李稍云〕這個是文書。〔正旦云〕這個便是買賣的合同？〔正旦做袖文書科，云〕相公再飲一杯。〔衙內云〕酒勾了也。小娘子休唱前篇，則唱幺篇。〔做醉科。正旦云〕冷落江湖，團圞人月，相連着夜行船去。〔親隨同李稍做睡科。正旦云〕這廝都睡着了也。〔唱〕

【禿廝兒】那廝也忒懵懂，玉山低趄，着鬼祟醉眼也斜。我將這金牌虎符都袖褪者。喚相公，早醒些，快迭！

【絡絲娘】我且回身將楊衙內深深的拜謝，您娘向急颭颭船兒上去也。到家對兒夫盡分說，那一場歡悅。

〔帶云〕慚愧，慚愧！〔唱〕

【收尾】從今不受人磨滅，穩情取好夫妻百年喜悅。俺這裏，美孜孜在芙蓉帳笑春風；祇他那，冷清清楊柳岸伴殘月。〔下〕

〔衙內云〕張二嫂，張二嫂，那裏去了？〔做失驚科，云〕李稍，張二嫂怎麼去了？看我的勢劍金牌，可在那裏？〔張千云〕就不見了金牌，還有勢劍共文書哩！〔李稍云〕連勢劍文書都被他拿了！〔衙內云〕似此怎了也！〔李稍唱〕

【馬鞍兒】想着想着跌腳兒叫！〔張千唱〕想着想着我難熬！〔衙內唱〕酪子裏愁腸酪子裏焦！〔衆合唱〕又不敢着旁人知道。則把他這好香燒、好香燒，咒的他熱肉兒跳！

〔李稍云〕黃昏無旅店，〔張千云〕今夜宿誰家？〔衙內云〕這廝每扮戲

那！〔衆同下〕

中華書局版《元曲選》

〇頗奈：不可忍耐，可恨。亦作"叵耐"。〇親隨：貼身奴僕，此處指張千。〇吃血：指蚊蠅之類，謂不是人。〇攝毒：試毒，去毒。〇"俺則待"三句：都是招攬生意的客氣話。謂將打通關節（稍關打節），免得那些一貫照顧（施捨）我的客商買主，不來找我賒賬（不買我的魚）。〇打捏：錢財，收入。〇可不知親哩：可不是親得很嗎！〇做意：做出心動神迷之態。〇不要他切就村了：意謂不要這樣的美人兒動手切鱠，那纔真是蠢（村）了。〇一射：弓箭射程的距離。〇"索用甚"二句：哪用得着你的隨從去攔擋閑人靠近，自有那衙門役吏如同拖死狗般地打斷那閑人們的腰。〇落花媒人：現成媒人。〇包髻、團衫、繡手巾：諸物都是貴家侍妾的服飾。〇刁決古撇：刁鑽古怪，脾氣不好。〇勿！勿！勿：擬聲詞，形容楊衙內等心花怒放、手舞足蹈時發出的如同動物般的叫聲。〇"珠冠兒"三句：珠冠、霞帔（繡花長背心）、三檐傘（三道檐邊的羅傘）及下文的七香車（用多種香料熏過的車）都是當時貴婦人的用物。〇鷄頭：即芡實，一種水生植物的果實，可食。〇珠玉：對他人詩賦文章的敬稱。〇砌末：舞臺道具的術語。〇幺篇：指譚記兒所作《夜行船》的下闋。〇玉山：形容酒醉者的身子。《世說新語·容止》："嵇叔夜……其醉也，傀俄若玉山之將崩。"〇快迭：快點。〇磨滅：折磨、欺侮。〇冷清清楊柳岸伴殘月：此處借用柳永《雨霖鈴》名句"今宵酒醒何處？楊柳岸，曉風殘月"來嘲笑楊衙內。〇酪子裏：暗地裏。案，此劇爲"旦本"，本祇由正旦一人唱，而這一段《馬鞍兒》則由三個末角分唱、合唱，突破了元雜劇的一般格式，從而更加凸現出楊衙內等反面人物的醜態，使喜劇氣氛更加濃烈。

| 輯　錄 |

◎天一閣本《錄鬼簿》附賈仲明《凌波仙》弔詞：珠璣語唾自然流，金玉詞源即便有，玲瓏肺腑天生就。風月情忒慣熟，姓名香四大神洲。驅梨園領袖，總編修帥首，捻雜劇班頭。

◎朱權《太和正音譜》：關漢卿之詞，如瓊筵醉客。觀其詞語，乃可上可下之才。蓋所以取者，初爲雜劇之始，故卓以前列。

◎孟稱舜《古今名劇合選·酹江集》評語：漢卿曲如繁弦促調，風雨驟集，讀之覺音韻泠泠，不離耳上，所以稱爲大家。《竇娥冤》劇詞調快爽，神情悲悼，尤關之錚錚者也。

參考書目

《關漢卿戲曲集》，吳曉鈴等編校，中國戲劇出版社 1958 年版。

《關漢卿集》，馬欣來輯校，山西人民出版社 1996 年版。

思考題

1. 試分析《竇娥冤》（第三折）的語言特色。
2. 趙盼兒形象評述。
3. 比較竇娥、趙盼兒、譚記兒三個女性形象。

第二節　元雜劇前期其他作家

白　樸（1226—1306 以後）

鍾嗣成《錄鬼簿》：白仁甫，文舉之子，名樸，真定人，號蘭谷先生。贈嘉議大夫掌禮儀院太卿。

天一閣本《錄鬼簿》附賈仲明《凌波仙》弔詞：峨冠博帶太常卿，驕馬輕衫館閣情，拈花摘葉風詩性，得青樓薄幸名。洗襟懷剪雪裁冰，閑中趣，物外景，蘭谷先生。

孫大雅《天籟集序》：先生少有志天下，已而事乃大謬，顧其先爲金世臣，既不欲高蹈遠引以抗其節，又不欲使爵祿以污其身，於是屈己降志，玩世滑稽。徙家金陵，從諸遺老放情山水間，日以詩酒優游，用示雅志，以忘天下，詩詞篇翰，在在有之。

孟稱舜《古今名劇合選·酹江集》評《牆頭馬上》：白仁甫號蘭谷，贈太常禮儀院卿。昔人評其詞，如大鵬之起北溟，奮翼凌乎九霄，有一舉萬里之志。而此劇瀟灑俊麗，又是一種。《梧桐雨》摹寫明皇玉環得意失意之狀，悲豔動人；《牆頭馬上》說佳人求偶處，亦自奕奕神動；真大家手筆也！

牆頭馬上（第三折）

【題解】《牆頭馬上》（全名《裴少俊牆頭馬上》）是白樸的名作之一，它在元代以愛情爲題材的雜劇作品中，不以纏綿悱惻而以清新潑辣、俊麗明快見長。其劇情梗概爲：裴尚書之子裴少俊騎馬出行，李府小姐李千金在花園牆頭上與裴相望，一見鍾情；經傳書遞簡，李千金竟勇敢地與少俊私奔裴家，藏在裴家後花園書房中達七年之久，並生下一對兒女。後來被裴父發現，斥李千金爲下流娼妓，李千金憤然自辯，裴父將她趕回娘家。此後裴少俊終於科舉高中，求李千金重歸於好，裴父也改變態度勸她回裴家。李千金堅決拒絕，並責備諷刺了裴父一番。最後爲了與兒女團圓，李纔應允與少俊復婚。此劇本於唐代白居易新樂府詩《井底引銀瓶》，該詩描述一對青年男女"牆頭馬上遙相顧"而私奔結合，最終落得不幸結局。白樸此劇則根本改造了這一故事的主題思想，將李千金描寫成一個剛烈不屈、勇於追求個人幸福、勇於抗爭而最終取得勝利的令人振奮的女性形象，顯示出元代愛情、女性題材雜劇中強烈的時代特色。這裏選錄的該劇第三折，寫李千金母子在裴家後花園中被裴父偶然發現，雙方經過一番矛盾鬥爭，李千金被逐出裴家。

　　〔裴尚書上，云〕自從少俊去洛陽買花栽子回來，今經七年。老夫常是公差，多在外，少在裏。且喜少俊頗有大志，每日祇在後花園中看書，直等功名成就，方纔取妻。今日是清明節令，老夫待親自上墳去，奈畏風寒，教夫人和少俊替祭祖去咱。〔下。裴舍引院公上，云〕自離洛陽，同小姐到長安七年也。得了一雙兒女。小廝兒叫做端端，女兒喚做重陽。端端六歲，重陽四歲，祇在後花園中隱藏，不曾參見父母。皆是院公伏侍，連宅裏人也不知道。今日清明節令，父親畏風寒，我與母親郊外墳塋中祭奠去。院公在意照顧，怕老相公撞見。〔院公云〕哥哥，一歲使長百歲奴，這宅中誰敢提起個李字？若有一些差失，如同那趙盾便有災難，老漢就是靈輒扶輪；王伯當與李密疊屍。爲人須爲徹，休道老相公不來，便來呵，老漢憑四方口，調三寸舌，也說將回去。我這是蒯文通、李左車，哥哥，你放心，倚着我呵，萬丈水不教洩漏了一點兒。〔裴舍云〕若無疏失，回家多多賞你。〔下。〕

　　〔正旦引端端、重陽上，云〕自從跟了舍人來此呵，早又七年光景，得了一雙兒女。日月好疾也呵！〔唱〕

　　【雙調·新水令】數年一枕夢莊蝶，過了些不明白好天良夜。想父母關山途路遠，魚雁信音絕。爲甚感歎咨嗟？甚日得離書舍！

　　【駐馬聽】憑男子豪傑，平步上萬里龍庭雙鳳闕；妻兒貞烈，合該得五花官誥七香車。也強如帶滿頭花，向午門左右把狀元接；也強如掛拖地紅，兩頭來往交媒謝。今日個改換別，成就了一天錦繡佳風月。

　　〔云〕我掩上這門，看有甚人來此。〔院公持掃帚上，云〕哥哥祭奠去了，嫂嫂跟前回復去咱。〔見科，云〕嫂嫂，舍人祭奠去了，院公特地說與嫂嫂得知。〔正旦云〕院公可要在意者，則怕老相公撞將來。〔院公云〕老漢有句話敢說麼：今日清明節，有甚節令酒果，把些與老漢吃飽了，祇在門首坐着，看有甚的人來。〔旦與酒肉吃科，院公云〕夜來兩個小使長把牆頭上花都折壞了，今日休教出來，祇教書房中耍，則怕老

相公撞見。〔正旦唱〕

【喬牌兒】當攔的便去攔，我把你個院公謝。想昨日被棘針都把衣袂扯，將孩兒指尖兒都摑破也。

〔端端云〕妳妳，我接爹爹去來！〔正旦云〕還未來哩。〔唱〕

【么篇】便將毬棒兒撇，不把膽瓶藉。你哥哥，這其間未是他來時節，怎抵死的要去接？

〔院公云〕我門口去吃了一瓶酒，一分節食，覺一陣昏沉，倚着湖山睡些兒咱。〔端端打科。院公云〕唬殺人也小爺爺！你耍到房裏耍去。〔又睡科，重陽打科。院公云〕小妳妳，女孩家這般劣。〔又睡科，二人齊打科。院公云〕我告你去也。快書房裏去！〔裴尚書引張千上，云〕夫人共少俊祭奠去了，老夫心中悶倦，後花園內走一遭去，看孩兒做下的功課咱。〔見院公云〕這老子睡着了。〔做打科，院公做醒、着掃帚打科，云〕打你娘，那小廝……〔做見慌科。尚書云〕這兩個小的是誰家？〔端端云〕是裴家。〔尚書云〕是那個裴家？〔重陽云〕是裴尚書家。〔院公云〕難道不是裴尚書家花園！小弟子還不去？〔重陽云〕告我爹爹妳妳說去。〔院公云〕你兩個采了花木，還道告你爹爹妳妳去？跳起恁公公來也，打你娘！〔兩人走科。院公云〕你兩個不投前面走，便往後頭去？〔二人見旦科，云〕我兩人接爹爹去，見一老爹，問是誰家的。〔正旦云〕孩兒也，我教你休出去，兀的怎了！〔尚書做意科，云〕這兩個小的不是尋常之家，這老子其中有詐，我且到堂上看來。〔正旦唱〕

【豆葉兒】接不着你哥哥，正撞見你爺爺。魄散魂消，腸慌腹熱，手腳麇狂去不迭。相公把拄杖恬詳，院公把掃帚支吾，孩兒把衣袂掀者。

〔尚書云〕咱房裏去來。〔到書房，正旦掩門科。尚書云〕更有誰家個婦人？〔院公云〕這婦人折了俺花，在這房內藏來。〔正旦唱〕

【掛玉鈎】小業種把攏門掩上些，道不的跳天撅地十分劣！被老相公親向園中撞見者，唬的我死臨侵地難分說。〔尚書云〕拿的芙蓉亭上來！〔正旦唱〕氲氲的臉上羞，撲撲的心頭怯。喘似雷轟，烈似風車。

〔院公云〕這婦人折了兩朵花兒，怕相公見，躲在這裏。合當饒過教家去。〔正旦云〕相公可憐見。妾身是少俊的妻室。〔尚書云〕誰是媒人，下了多少錢財？誰主婚來？〔旦做低頭科。尚書云〕這兩個小的是誰家？〔院公云〕相公不合煩惱合歡喜。這的是不曾使一分財禮，得這等花枝般媳婦兒，一雙好兒女。合做一個大筵席，老漢買羊去，大嫂請回書房裏去者。〔尚書怒科，云〕這婦人決是倡優酒肆之家！〔正旦云〕妾是官宦人家，不是下賤之人。〔尚書云〕嚛聲！婦人家共人淫奔，私情來往，這罪過逢赦不赦。送與官司問去，打下你下半截來！〔正旦唱〕

【沽美酒】本是好人家女豔冶，便待要興詞訟，發文牒，送到官司遭痛決。人心非鐵，逢赦不該赦？

【太平令】隨漢走怎說三貞九烈，勘姦情八棒十夾。誰識他歌臺舞榭，甚的是茶房酒舍？相公便把賤妾拷折下截，並不是風塵煙月！

〔尚書云〕則打這老漢，他知情。〔張千云〕這個老子，從來會勾大引小。〔院公云〕相公，七年前舍人哥哥買花栽子時，都是這廝搬大引小，着舍人刁將來的。〔張千云〕這老子攀下我來也。〔尚書云〕是了，敢這廝也知情？〔正旦唱〕

【川撥棹】賽靈輒，蒯文通，李左車，都不似季布喉舌，王伯當屍疊。更做到向人處無過背說，是和非須辯別。

〔尚書云〕喚的夫人和少俊來者。〔夫人、裴舍上，見科。尚書云〕你與孩兒通同作弊，亂我家法。〔夫人云〕老相公，我可怎生知道？〔尚書云〕這的是你後園中七年做下功課。我送到官司，依律施行者。〔裴舍云〕少俊是卿相之子，怎好爲一婦人受官司凌辱？情願寫與休書便了。告父親寬恕。〔正旦唱〕

【七弟兄】是那些劣撇痛傷嗟，也時乖運蹇遭磨滅，冰清玉潔肯隨邪，怎生的拆開我連理同心結！

〔尚書云〕我便似八烈周公，俺夫人似三移孟母，都因爲你個淫婦，枉壞了我少俊前程，辱沒了我裴家上祖！兀那婦人你聽者：你既爲官宦人家，如何與人私奔？昔日無鹽采桑於村野，齊王車過見了，欲納爲后，同車，而無鹽曰：不可，稟知父母，方可成婚。不見父母，即是私奔。呸，你比無鹽敗壞風俗，做的個男游九郡，女嫁三夫！〔正旦云〕我則是裴少俊一個。〔尚書怒云〕可不道女慕貞節，男效才良，聘則爲妻，奔則爲妾。你還不歸家去！〔正旦云〕這姻緣也是天賜的。〔尚書云〕夫人，將你頭上玉簪來。你若天賜的姻緣，問天買卦，將玉簪向石上磨做了針兒一般細，不折了，便是天賜

姻緣；若折了，便歸家去也。〔正旦唱〕

【梅花酒】他毒腸狠切，丈夫又忒軟揣些些，相公又惡噉噉乖劣，夫人又叫丫丫似蝎蜇："你不去望夫石上變化身，築墳臺上立個碑碣！"待教我慢憒憒，愁萬縷，悶千疊，心似醉，意如呆，眼似瞎，手如瘸，輕拈掇，慢拿捻。

【收江南】呀，咭叮噹掂做了兩三截！有鸞膠難續玉簪折，則他這夫妻兒女兩離別。總是我業徹，也強如參辰日月不交接！

〔尚書云〕可知玉簪折了也，你還不肯歸家去？再取一個銀壺瓶來，將着游絲兒繫住，到金井內汲水。不斷了，便是夫妻；瓶墜簪折，便歸家去！〔正旦云〕可怎了也！〔唱〕

【雁兒落】似陷人坑千丈穴，勝滾浪千堆雪。恰纔石頭上損玉簪，又教我水底撈明月。

【得勝令】冰弦斷，便情絕；銀瓶墜，永離別。把幾口兒分兩處。〔尚書云〕隨你再嫁別人去。〔正旦唱〕誰更待雙輪碾四轍！戀酒色淫邪，那犯七出的應挢捨；享富貴豪奢，這守三從的誰似妾？

〔尚書云〕既然簪折瓶墜，是天着你夫妻分離。着這賊醜生與你一紙休書，便着你歸家去。少俊，你衹今日便與我收拾琴劍書箱，上朝求官應舉去，將這一兒一女收留在我家。張千，便與我趕離了門者！〔下。裴舍與旦休書科。正旦云〕少俊、端端、重陽，則被你痛殺我也！〔唱〕

【沉醉東風】夢驚破情緣萬結，路迢遙煙水千疊。常言道有親娘有後爺，無親娘無疼熱。他要送我到官司，逞盡豪傑。多謝你把一對癡兒女好覷者，我待信拖拖去也。

〔云〕端端、重陽兒也，你曉事些兒個，我也不能夠見你了也。〔唱〕

【甜水令】端端共重陽，他須是你裴家枝葉。孩兒也！啼哭的似癡呆，這須是我子母情腸廝牽廝惹，兀的不痛殺人也！

【折桂令】果然道人生最苦是離別，方信道花發風篩，月滿雲遮。誰更敢倒鳳顛鸞，撩蜂剔蠍，打草驚蛇！壞了咱牆頭上傳情簡帖，拆開咱柳陰中鶯燕蜂蝶。兒也咨嗟，女又攔截，既瓶墜簪折，咱義斷恩絕。

〔張千云〕小娘子，你去了罷。老相公便着我回話哩。〔正旦云〕少俊，你也須送我歸家去來。〔唱〕

【鴛鴦煞】休把似殘花敗柳冤仇結，我與你生男長女填還徹。指望生則同衾，死則同穴，唱道題柱胸襟，當壚的志節。也是前世前緣，今生今業。少俊呵，與你乾駕了會香車，把這個沒氣性的文君送了也！〔下〕

〔裴舍云〕父親，你好下的也！一時間將俺夫妻子父分離，怎生是好？張千，與我收拾琴劍書箱，我就上朝取應去。一面瞞着父親，悄悄送小姐回到家中，料也不妨。〔詩云〕正是：石上磨玉簪，欲成中央折；井底引銀瓶，欲上絲繩絕。兩者可奈何，似我今朝別。果若有天緣，終當做瓜葛。〔下〕

中華書局版《元曲選》

○花栽子：花苗。○裴舍：即裴少俊。○院公：權貴家中老僕。○使長：主人。○"如同那趙盾"二句：事見《左傳·靈公二年》。晉靈公要殺趙盾，趙盾出逃，靈公手下有武士名靈輒，趙盾曾救過他的命，便倒戈助趙盾逃去。後來民間傳說稱靈輒幫趙盾推車而逃，謂之靈輒扶輪。○王伯當與李密疊屍：李密是隋末起義軍首領之一，降唐後叛唐，為李世民所殺。王伯當乃李密忠實部將，《孤本元明雜劇》有《四馬投唐》劇本，稱李密死於山澗，王伯當誓不降唐，跳澗自殺，其屍與李密屍相疊。○四方口：猶言江湖口，能說會道之口。○蒯文通、李左車：秦漢之際善於言辯的謀士。見《史記·淮陰侯列傳》。○夢莊蝶：《莊子·齊物論》載莊子夢為蝴蝶，醒後不知自己到底是人是蝶。○五花官誥：這裏指朝廷給官員夫人等女眷封贈名號的誥命文書。○滿頭花：金元時貴族婦女外出時的盛妝。○拖地紅：古代女子結婚時的紅帔。○"今日個改換別"二句：承上文，謂自己改換另一種方式成婚，既非狀元及第後作為妻子獲得朝廷封贈，也非明媒正娶，而是自由戀愛結成美好姻緣。風月，指男女之間的"風月情"。○"便將毬棒兒撇"二句：責備孩子們將毬棒隨意撇下，打破了花瓶。膽瓶，形狀像膽囊的花瓶。藉，顧惜。○你哥哥：你父親。宋元口語中母親常對兒女稱其父為"你哥哥"。○死臨侵地：死愣愣的。○烈似風車：緊張得似急轉的風車。○不似季布喉舌：上文院公以靈輒等自誇，故此處責備他說話不算數。季布，楚漢時游俠，時稱"得黃金百斤，不如得季布一諾"（《史記·游俠列傳》）。○向人處無過背說：當着人面不該說那些祇該在人背後說的難聽話。此指院公和張千為洗清自己而說"勾大引小"、"刁將來"之類。○歹撇：粗魯暴躁。○三移孟母：據劉向《列女傳》，孟子幼時頑皮，孟母為了他有一個好的環境，三度遷居擇鄰，最後到一家學府旁邊住下。○"昔日無鹽"數句：見《戰國策·齊策》載齊宣王納鍾離春（無鹽）為后之事。○男游九郡，女嫁三夫：元人雜劇中常用語，謂男女夫婦皆不守禮法。○女慕貞節，男效才良：出自《千字文》。○"將玉簪"數句：此處磨玉簪及下文引銀瓶出井的情節，出自白居易《井底引銀瓶》詩。○"你不去望夫石"二句：老夫人罵李千金不貞不節。築墳臺，傳說趙貞女翁姑死後，無錢斂葬，乃羅裙包土築墳。參見下《琵琶記》（糟糠自厭）題解。○慢懨懨：慢而小心翼翼狀。此句及以下數句，皆形容李千金提心吊膽地在石上磨玉簪的情景。○"總是我業徹"二句：謂縱是我作孽透頂，也該比夫離子散永無相見之日的下場好些（然而現在竟得到如此下場）。○雙輪碾四轍：謂女嫁兩夫。○七出：舊時女子出嫁後凡不育、淫佚、不孝公婆、好口角、盜竊、妒忌、有惡疾等七種情形，丈夫與之離婚，謂之"七出"。○三從：舊時女子所謂"在家從父，既嫁從夫，夫死從子"三條規矩。○賊醜生：賊畜生，指裴少俊。○信拖拖：慢吞吞。○"唱道題柱胸襟"二句：指司馬相如與卓文君故事。題柱：參見下《倩女離魂》第二折注。卓文君與司馬相如私奔後，曾在臨邛市上當壚賣酒。○乾駕了會香車：白白駕了一陣子香車。相傳司馬相如與卓文君駕香車私奔。

馬致遠（約1251—1321後）

鍾嗣成《錄鬼簿》：馬致遠，大都人，號東籬老，江浙省務提舉。

天一閣本《錄鬼簿》附賈仲明《凌波仙》弔詞：萬花叢裏馬神仙，百世集中說致遠，四方海內皆談羨。戰文場曲狀元，姓名香貫滿梨園。《漢宮秋》、《青衫淚》、《戚夫人》、《孟浩然》！共庚（吉甫）、白（仁甫）、關老齊肩。

漢宮秋（第三折）

【題解】《漢宮秋》（全名《破幽夢孤雁漢宮秋》）是馬致遠最著名的歷史悲劇。昭君和親是歷代作家筆下寫得最多的題材之一，不同的時代和作者對這一題材的理解和表現是不同的。馬致遠《漢宮秋》的大致情節是：王昭君被選入漢元帝後宮，宮廷畫師毛延壽向她索賄遭到拒絕，毛延壽遂將她的畫像點上破綻，使她得不到元帝的召見。後因偶然的機會，元帝發現了她的天姿國色，毛延壽畏罪逃往匈奴，向番王呼韓邪獻上昭君的真容圖像。番王發兵攻漢，指名索要昭君。漢廷滿朝文武腐朽怯懦，迫使元帝送昭君和番，昭君在漢番交界處投江殉國，表現出令人感動的高尚氣節。該劇將同情凝聚於漢元帝與王昭君之間的真摯愛情，而將批判的矛頭指向卑怯無能的漢朝文武大臣和毛延壽，這在民族壓迫深重的元代，其創作意圖和價值取向是相當明顯的，也是難能可貴的。該劇曲詞華美典雅，劇情哀婉動人，在幾百年來的戲曲舞臺上有着深遠的影響。此處選載的第三折，刻畫出漢元帝被迫屈服於敵人、送別昭君時的痛苦悽愴之情，以及昭君出境時向南告別故國，投江而死的悲劇形象。

〔番使擁旦上，奏胡樂科。旦云〕妾身王昭君，自從選入宮中，被毛延壽將美人圖點破，送入冷宮。甫能得蒙恩幸，又被他獻與番王形像。今擁兵來索，待不去，又怕江山有失，沒奈何將妾身出塞和番。這一去，胡地風霜，怎生消受也！自古道："紅顏勝人多薄命，莫怨春風當自嗟。"〔駕引文武內官上，云〕今日灞橋餞送明妃，卻早來到也。〔唱〕

【雙調·新水令】錦貂裘生改盡漢宮妝，我則索看昭君畫圖模樣。舊恩金勒短，新恨玉鞭長。本是對金殿鴛鴦，分飛翼，怎承望！

〔云〕您文武百官計議，怎生退了番兵，免明妃和番者。〔唱〕

【駐馬聽】宰相每商量，大國使還朝多賜賞。早是俺夫妻悒怏，小家兒出外也搖裝。尚兀自渭城衰柳助凄涼，共那灞橋流水添惆悵。偏您不斷腸，想娘娘那一天愁都撮在琵琶上。

〔做下馬科，與旦打悲科。駕云〕左右慢慢唱者，我與明妃餞一杯酒。〔唱〕

【步步嬌】您將那一曲《陽關》休輕放，俺咫尺如天樣，慢慢的捧玉觴。朕本意待尊前捱些時光，且休問劣了宮商，您則與我半句兒俄延着唱。

〔番使云〕請娘娘早行，天色晚了也。〔駕唱〕

【落梅風】可憐俺別離重，你好是歸去的忙。寡人心先到他李陵臺上，回頭兒卻纏魂夢裏想，便休題貴人多忘。

〔旦云〕妾這一去，再何時得見陛下？把我漢家衣服都留下者。〔詩云〕正是：今日漢宮人，明朝胡地妾；忍着主衣裳，爲人作春色！〔留衣服科。駕唱〕

【殿前歡】則甚麼留下舞衣裳，被西風吹散舊時香。我委實怕宮車再過青苔巷，猛到椒房，那一會想菱花鏡裏妝，風流相，兜的又橫心上。看今日昭君出塞，幾時似蘇武還鄉？

〔番使云〕請娘娘行罷，臣等來多時了也。〔駕云〕罷，罷，罷。明妃你這一去，休怨朕躬也。〔做別科。駕云〕我那裏是大漢皇帝！〔唱〕

【雁兒落】我做了別虞姬楚霸王，全不見守玉關征西將。那裏取保親的李左車，送女客的蕭丞相？

〔尚書云〕陛下不必掛念。〔駕唱〕

【得勝令】他去也不沙架海紫金梁，枉養着那邊庭上鐵衣郎。您也要左右人扶侍，俺可甚糟糠妻下堂？您但提起刀槍，卻早小鹿兒心頭撞。今日央及煞娘娘，怎做的男兒當自強！

［尚書云］陛下，咱回朝去罷。［駕唱］

【川撥棹】怕不待放絲韁，咱可甚鞭敲金鐙響。你管燮理陰陽，掌握朝綱，治國安邦，展土開疆；假若俺高皇，差你個梅香，背井離鄉，臥雪眠霜，若是他不戀恁春風畫堂，我便官封你一字王。

［尚書云］陛下不必苦死留他，着他去了罷。［駕唱］

【七弟兄】說甚麼大王不當戀王嬙，兀良，怎禁他臨去也回頭望！那堪這散風雪旌節影悠揚，動關山鼓角聲悲壯！

【梅花酒】呀！俺向着這迥野悲涼，草已添黃，兔早迎霜。犬褪得毛蒼，人搠起縹槍，馬負着行裝，車運着餱糧，打獵起圍場。他他他，傷心辭漢主；我我我，攜手上河梁。他部從入窮荒，我鑾輿返咸陽。返咸陽，過宮牆；過宮牆，繞回廊；繞回廊，近椒房；近椒房，月昏黃；月昏黃，夜生涼；夜生涼，泣寒螿；泣寒螿，綠紗窗；綠紗窗，不思量！

【收江南】呀！不思量，除是鐵心腸；鐵心腸，也愁淚滴千行。美人圖今夜掛昭陽，我那裏供養，便是我高燒銀燭照紅妝。

［尚書云］陛下回鑾罷，娘娘去遠了也。［駕唱］

【鴛鴦煞】我煞大臣行說一個推辭謊，又則怕筆尖兒那火編修講。不見他花朵兒精神，怎趁那草地裏風光？唱道佇立多時，徘徊半晌，猛聽的塞雁南翔，呀呀的聲嘹亮，卻原來滿目牛羊，是兀那載離恨的氈車半坡裏響。［下］

［番王引部落擁昭君上，云］今日漢朝不棄舊盟，將王昭君與俺番家和親。我將昭君封爲寧胡閼氏，坐我正宮。兩國息兵，多少是好。衆將士，傳下號令，大衆起行，望北而去。［做行科。旦問云］這裏甚地面了？［番使云］這裏是黑龍江，番漢交界去處；南邊屬漢家，北邊屬我番國。［旦云］大王，借一杯酒，望南澆奠，辭了漢家，長行去罷。［做奠酒科，云］漢朝皇帝，妾身今生已矣，尚待來生也。［做跳江科。番王驚救

不及，欸科，云］嗨！可惜，可惜！昭君不肯入番，投江而死。罷，罷，罷，就葬在此江邊，號爲青塚者。我想來，人也死了，枉與漢朝結下這般仇隙，都是毛延壽那廝搬弄出來的。把都兒，將毛延壽拿下，解送漢朝處治。我依舊與漢朝結和，永爲甥舅，卻不是好！［詩云］則爲他丹青畫誤了昭君，背漢王暗地私奔；將美人圖又來哄我，要索取出塞和親。豈知道投江而死，空落的一見消魂。似這等姦邪逆賊，留着他終是禍根；不如送他去漢朝哈喇，依還的甥舅禮兩國長存。［下］

中華書局版《元曲選》

○形像：圖像，畫像。○"紅顏勝人"二句：出於歐陽修《明妃曲》詩。○駕：雜劇中扮演皇帝的角色名。○生：生硬地、活生生地。○"舊恩金勒短"二句：此乃化用元人元淮《昭君出塞》詩"草白雲黃金勒短，舊愁新恨玉鞭長"二句。此以下【駐馬聽】、【殿前歡】等曲子中亦有化用該詩"一天怨在琵琶上"、"西風吹散舊時香"等句。○搖裝：亦作"遙裝"。南北朝相沿下來的風俗：遠行者離家前選吉日出門，親友行相送之禮，出行者旋即返家，另日再正式出行。○劣了宮商：走了腔調。○李陵臺：李陵爲漢武帝時名將，因兵敗降匈奴。今內蒙古自治區正藍旗南黑城有李陵臺。○"今日漢宮人"四句：前二句出自李白《王昭君》詩，後二句出自陳師道《妾薄命》詩。○"那裏取保親的李左車"二句：李左車，楚漢相爭時著名的謀士，獻計助韓信平定齊地。蕭丞相，漢初名相蕭何，助劉邦定天下。此二句乃諷刺滿朝文武無力安邦定國，祇能保親送嫁。○不沙：不是那。架海紫金梁：喻國家所倚重的將相大臣。○糟糠妻下堂：糟糠妻謂貧賤時共患難之妻，下堂即離婚。《漢書·宋弘傳》："貧賤之交不可忘，糟糠之妻不下堂。"此處漢元帝僅指自己妻室。○小鹿兒心頭撞：形容心慌恐懼。○梅香：話本戲曲中侍妾、婢女常用的名字。○一字王：最高的爵位，祇用一個字封號的王爵地位最尊貴，如魏王、趙王等，封號用字越多則其位越低，如蘭陵王、西平郡王等。○兀良：襯字，無義，有加強語氣的作用。○起圍場：撤除圍場。○攜手上河梁：《文選》載李少卿

449

（李陵）與蘇武詩有"攜手上河梁，游子暮何之"之句，表示惜別。○高燒銀燭照紅妝：化用蘇軾《海棠》詩"祇恐夜深花睡去，故燒高燭照紅妝"。○"我煞大臣行"二句：我要向大臣們說個推辭的謊，又怕那班捏筆杆兒的編修官囉嗦。因古代皇帝的言行，左右都有史官（編修）記錄。火：通"夥"。○怎趁那草地裏風光：趁，相稱。意謂荒涼的草原怎與昭君之美相配，昭君怎能習慣。○把都兒：蒙古語"勇士"、"武士"。又譯作"巴圖魯"、"巴托兒"等。○哈喇：蒙古語"殺"。

| 輯　錄 |

◎孟稱舜《古今名劇合選·酹江集》：讀《漢宮秋》劇，真若孤雁橫空，林風蕭蕭，遠近相和。前此惟白香山《琵琶行》可相伯仲也。

◎焦循《劇說》卷五：元明以來，作昭君雜劇者有四家，馬東籬《漢宮秋》一劇，可稱絕調。臧晉叔《元曲選》取爲第一，良非虛美。

王實甫（約1260—約1336）

鍾嗣成《錄鬼簿》：王實甫，名德信，大都人。

天一閣本《錄鬼簿》附賈仲明《凌波仙》弔詞：風月營密匝匝列旌旗，鶯花寨明颭颭排劍戟，翠紅鄉雄赳赳施謀智。作詞章風韻美，士林中等輩伏低。新雜劇，舊傳奇，《西廂記》天下奪魁。

西廂記（第四本第三折）

【題解】　王實甫《西廂記》是元代雜劇中愛情題材的代表作。故事源於唐代元稹傳奇《會真記》（即《鶯鶯傳》），而直接脫胎於金董解元《西廂記諸宮調》。該劇寫書生張珙在普救寺與相國小姐崔鶯鶯一見鍾情，叛將孫飛虎欲強占鶯鶯，老夫人許以救鶯鶯者即招爲婿，張生遂請友人白馬將軍杜確逐走叛將。而老夫人卻食言賴婚，致張生思戀鶯鶯成疾。侍女紅娘熱情幫助鶯鶯克服了種種顧慮，終於突破禮教的束縛，私下與張生結合。老夫人發現後以門第不相當爲由，要求張生進京應試取得功名後再說婚事。張生卒中狀元，與鶯鶯團聚，全劇最終實現了"願天下有情的都成了眷屬"的美滿結局。《西廂記》人物形象生動豐滿，個性鮮明，語言華美流暢，富於詩情畫意。全劇體制宏偉，長達五本二十一折。此劇數百年來在中國戲劇史上乃至在中國社會上都產生了深遠的影響。此處選錄的第四本第三折爲老夫人迫張生進京趕考，鶯鶯在長亭送別張生的情景。全折情意纏綿，辭采優美，深刻表現出鶯鶯複雜曲折的內心世界，爲歷代批評家所稱賞。

〔夫人、長老上，開〕今日送張生赴京，就十里長亭，安排下筵席。我和長老先行，不見張生、小姐來到。〔旦、末、紅同上。旦云〕今日送張生上朝取應，早是離人傷感，況值那暮秋天氣，好煩惱人也呵！"悲歡聚散一杯酒，南北東西萬里程。"〔旦唱〕

【正宮·端正好】碧雲天，黃花地，西風緊，北雁南飛。曉來誰染霜林醉，總是離人淚。

【滾繡毬】恨相見得遲，怨歸去得疾。柳絲長玉驄難繫，恨不得倩疏林掛住斜暉。馬兒迍迍行，車兒快快隨，卻告了相思回避，破題兒又早別離。聽得道一聲"去也"，鬆了金釧；遙望見十里長亭，減了玉肌。此恨誰知！

〔紅云〕姐姐今日不打扮？〔旦云〕紅娘呵，你那裏知道我的心哩！〔旦唱〕

【叨叨令】見安排着車兒、馬兒，不由人熬熬煎煎的氣；有甚麼心情花兒、靨兒，打扮得嬌嬌滴滴的媚；準備着被兒、枕兒，則索昏昏沉沉的睡；從今後衫兒、袖兒，搵濕做重重疊疊的淚。兀的不悶殺人也麼哥，兀的不悶殺人也麼哥！久已後書兒、信兒，索與我悽悽惶惶的寄。

〔做到了科，見夫人了。夫人云〕張生和長老坐，小姐這壁坐，紅娘將酒來。張生，你向前來，是自家親眷，不要回避。俺今日將鶯鶯與你，到京師休辱沒了俺孩兒，掙揣一個狀元回來者。〔末云〕小生托夫人餘蔭，憑着胸中之才，覷官如拾芥耳。〔潔云〕夫人主張不差，張生不是落後的人。〔把酒了，坐。〕

［旦長吁科。旦唱］

【脫布衫】下西風黃葉紛飛，染寒煙衰草萋迷。酒席上斜簽着坐地，蹙愁眉死臨侵地。

【小梁州】我見他閣淚汪汪不敢垂，恐怕人知。猛然見了把頭低，長吁氣，推整素羅衣。

【幺篇】雖然久後成佳配，奈時間怎不悲啼？意似癡，心如醉，昨宵今日，清減了小腰圍。

［夫人云］小姐把盞者。［紅遞酒了，旦把盞了。旦唱］

【上小樓】合歡未已，離愁相繼。想着俺前暮私情，昨夜成親，今日別離。我諗知，這幾日相思滋味，卻原來比別離情更增十倍！

【幺篇】年少呵輕遠別，情薄呵易棄擲。全不想腿兒相挨，臉兒相偎，手兒相攜。你與俺崔相國做女婿，妻榮夫貴，但得一個並蒂蓮，強似狀元及第。

［紅云］姐姐不曾吃早飯，飲一口兒湯水。［旦云］紅娘呵，甚麼湯水咽得下。［唱］

【滿庭芳】供食太急，須臾對面，頃刻別離。若不是酒席間子母每當回避，有心待與他舉案齊眉。雖然是廝守得一時半刻，也合着俺夫妻共桌而食。眼底空留意，尋思起就裏，險化做望夫石。

［夫人云］紅娘把盞者。［紅把酒科了。旦唱］

【快活三】將來的酒共食，嘗着似土和泥；假若便是土和泥，也有些土氣息、泥滋味。

【朝天子】暖溶溶玉醅，白泠泠似水，多半是相思淚。眼面前茶飯怕不待要吃，恨塞滿愁腸胃。蝸角虛名，蠅頭微利，拆鴛鴦在兩下裏。一個這壁，一個那壁，一遞一聲長吁氣。

［夫人云］輛起車兒，俺先回去，小姐隨後和紅娘來。［下。末辭潔科。潔云］此一行別無話說，貧僧準備買《登科錄》看，做親的茶飯，少不了貧僧的。先生在意，

鞍馬上保重者。"從今經懺無心禮，專聽春雷第一聲。"〔下。旦唱〕

【四邊靜】霎時間杯盤狼藉，車兒投東，馬兒向西。兩意徘徊，落日山橫翠，知他今宵宿在那裏？有夢也難尋覓。

〔旦云〕張生，此一行，得官不得官，疾早便回來。〔末云〕小姐心兒裏艱難。小生這一去，白奪一個狀元，真是"青霄有路終須到，金榜無名誓不歸。"〔旦云〕君行別無所贈，口占一絕，為君送行："棄擲今何在，當時且自親。還將舊來意，憐取眼前人。"〔末云〕小姐之意差矣，張珙更敢憐誰？謹賡一絕，以剖寸心："人生長遠別，孰與最關親？不遇知音者，誰憐長歎人。"〔旦唱〕

【耍孩兒】淋漓襟袖啼紅淚，比司馬青衫更濕。伯勞東去燕西飛，未登程先問歸期。雖然眼底人千里，且盡生前酒一杯。未飲心先醉，眼中流淚，心內成灰。

【五煞】到京師服水土，趁路程，節飲食，順時自保揣身體。荒村雨露宜眠早，野店風霜要起遲。鞍馬秋風裏，最難調護，最要扶持。

【四煞】這憂愁訴與誰？相思衹自知。老天不管人憔悴。淚添九曲黃河溢，恨壓三峰華岳低。到晚來悶把西樓倚，見了些夕陽古道，衰草長堤。

【三煞】笑吟吟一處來，哭啼啼獨自歸。歸家若到羅幃裏，昨日個繡衾香暖留春住，今夜個翠被生寒有夢知。留戀你別無意，見據鞍上馬，閣不住淚眼愁眉。

〔末云〕有甚言語吩咐小生咱？〔旦唱〕

【二煞】你休憂文齊福不齊，我則怕你停妻再娶妻。你休要"一春魚雁無消息"，我這裏"青鸞有信頻須寄"，你卻休"金榜無名誓不歸"。此一節君須記：若見了那異鄉花草，再休似此處棲遲！

〔末云〕再誰似小姐，小生又生此念？僕童趁早行一程兒，早尋個宿處。〔末念〕淚隨流水急，愁逐野雲飛。〔下。旦唱〕

【一煞】青山隔送行，疏林不做美，淡煙暮靄相遮蔽。夕陽古道無人語，禾黍秋風聽馬嘶。我為甚麼懶上車兒內？來時甚急，去後何遲！

［紅云］夫人去好一會，姐姐，咱家去。［旦唱］

【收尾】四圍山色中，一鞭殘照裏。遍人間煩惱填胸臆，量這些大小車兒如何載得起！［旦、紅下］

中華書局版《元曲選外編》

○開：雜劇術語，即開場，開始說話、表演。○迤迤：遲緩貌。○"卻告了"二句：謂剛剛得到母親許可與張生成婚，不必再兩處相思，然而馬上就別離了。破題，即開始。舊時稱詩賦文章的頭兩三句爲"破題"。○靨：原指臉上的酒渦，此處指婦女裝飾面部的一種首飾。《酉陽雜俎》："近代妝尚靨，如射月曰'黃星靨'。"○索：須。恓恓惶惶：慌忙，趕緊。○潔：雜劇角色名，即扮演和尚者。此劇中指普救寺長老法本。○萋迷：茂盛貌。○酒席上斜簽着坐地：指側身而坐的張生。簽：插。○死臨侵地：見前《牆頭馬上》第三折注。○奈：無奈。○"若不是"句：謂老夫人在場，禮節上要有所回避，自己不能與張生親近。○怕不待要：難道不要。○"蝸角虛名"二句：謂微不足道的虛名，此處指科舉功名。蘇軾《滿庭芳》詞："蝸角虛名，蠅頭微利。"《莊子·則陽》："有國於蝸之左角者，曰觸氏；有國於蝸之右角者，曰蠻氏。時相與爭地而戰，伏屍數萬。"○輞起車兒："輞"在此處作動詞，即套上、駕起。○春雷第一聲：指高中狀元。舊時科舉進士錄取張榜揭曉在春季，故以此喻之。○比司馬青衫更濕：白居易《琵琶行》："座中泣下誰最多？江州司馬青衫濕。"○伯勞：鳥名。古樂府《東飛伯勞歌》："東飛伯勞西飛燕，黃姑織女時相見。"後人遂以"勞燕分飛"喻別離。○"淚添九曲"二句：謂相思之深重。相傳黃河轉折有九曲之多，三峰指華山蓮花峰、毛女峰、松檜峰。○停妻再娶妻：指重婚，即古時法律所謂"停妻再娶"條例，納妾不在此例。○"你休要"二句：魚雁、青鸞皆指書信。"一春魚雁無消息"、"青鳥殷勤爲探看"分別出自秦觀詞、李商隱詩。○小生又生此念：原本此語以下至"愁逐野雲飛"四句在本折之末，即張生於本折完畢後下場。明凌蒙初曰："徐文長評本，張生此語之後，即上馬而去。鶯鶯徘徊目送，不忍遽歸，乃有'青山隔送行'等語，情景較合。"此處照改。

|輯　錄|

◎朱權《太和正音譜》：王實甫之詞，如花間美人。鋪叙委婉，深得騷人之趣，極有佳句，若玉環之出浴華清，綠珠之采蓮洛浦。

◎李贄《雜說》：《拜月》、《西廂》，化工也；《琵琶》，畫工也。畫工雖巧，已落第二義矣。《拜月》、《西廂》乃不如是，意者宇宙之内，本自有如此可喜之人，如化工之於物，其工巧自不可思議爾。

◎李漁《閑情偶寄》卷二：填詞除雜劇不論，止論全本，其文字之佳，音律之妙，未有過於北《西廂》者。

紀君祥（生卒年不詳）

鍾嗣成《錄鬼簿》：紀君祥，大都人，與李壽卿、鄭廷玉同時。

趙氏孤兒（第三折）

【題解】《趙氏孤兒》（全名《趙氏孤兒大報仇》）是元雜劇前期作家紀君祥著名的歷史悲劇。其材取於春秋時期晉國大夫趙盾與屠岸賈鬥爭之事，最早見於《左傳》、《史記》等記載。劇情梗概爲：忠臣趙盾被奸臣屠岸賈陷害，趙氏滿門三百餘口慘遭族誅。趙盾之子趙朔爲晉國駙馬，趙朔死時公主生下一子，屠岸賈派將軍韓厥圍宮，欲搜殺趙氏孤兒，趙府醫生程嬰冒險入宮救孤，韓厥激於忠義，放走程嬰與孤兒，自刎身死，公主亦自縊。屠岸賈遂下令搜殺晉國所有半歲以下嬰兒，程嬰將孤兒送往正直的退休大夫公孫杵臼莊上藏匿，爲救孤兒及晉國嬰兒，程嬰乃以自己新生的親子冒充趙氏孤兒交公孫杵臼，自己去向屠岸賈告發公孫藏孤。屠岸賈嚴刑拷打並殺害公孫及程嬰幼子。此後程嬰撫育孤兒成人，二十年後，趙氏孤兒終於誅滅奸臣屠岸賈，報仇雪恨。此劇矛盾衝突極爲尖銳，劇中一系列正面人物強烈的正義感和大無畏的犧牲精神極爲悲壯動人。在元朝民族壓迫的時代條件下，此劇拯救"趙氏"孤兒及"大報仇"的情節，無疑反映了當時廣大漢族人民反抗蒙古統治者的鬥爭和願望。此劇在世界劇壇上也產生過影響，早在十八世紀，西方傳教士就將它介紹到歐洲，翻譯成英、法、德、俄等國文字並演出。法國偉大的啓蒙思想家、文學家伏爾泰曾據此改編爲《中國孤兒》一劇，受到歐洲觀衆的歡迎。該劇共五折，這裏選錄的第三折，演出了程嬰在與公孫杵臼商議共同犧牲後，前往屠岸賈處告發，屠岸賈拷問並殺害公孫及程嬰幼子的情節。此折將公孫杵臼大義凜然、寧死不屈及程嬰目睹慘狀而忍受着巨大內心痛苦的悲劇情景表現得淋漓盡致，動人心魄。

〔屠岸賈領卒子上，云〕兀的不走了趙氏孤兒也！某已曾張掛榜文，限三日之內，不將孤兒出首，即將晉國內小兒，但是半歲以下、一月以上，都拘刷到我帥府中，盡行誅戮。令人，門首覷者，若有首告之人，報復某家知道。〔程嬰上，云〕自家程嬰是也。昨日將我的孩兒送與公孫杵臼去了，我今日到屠岸賈跟前首告去來。令人，報復去，道有了趙氏孤兒也。〔卒子云〕你則在這裏，等我報復去。〔報科，云〕報的元帥得知，有人來報趙氏孤兒有了也。〔屠岸賈云〕在那裏？〔卒子云〕現在門首哩。〔屠岸賈云〕着他過來。〔卒子云〕著過來。〔做見科。屠岸賈云〕兀那廝，你是何人？〔程嬰云〕小人是個草澤醫士程嬰。〔屠岸賈云〕趙氏孤兒今在何處？〔程嬰云〕在呂呂太平莊上，公孫杵臼家藏着哩。〔屠岸賈云〕你怎生知道來？〔程嬰云〕小人與公孫杵臼曾有一面之交，我去探望他，誰想臥房中錦繃繡褥上，躺着一個小孩兒。我想公孫杵臼年紀七十，從來沒男沒女，這個是那裏來的？我說道：這小的莫非是趙氏孤兒麼？祇見他登時變色，不能答應。以此知孤兒在公孫杵臼家裏。〔屠岸賈云〕咄！你這匹夫，你怎瞞的過我。你和公孫杵臼往日無仇，近日無冤，你因何告他藏着趙氏孤兒？你敢是知情麼？說的是，萬事全休；說的不是，令人，磨的劍快，先殺了這個匹夫者！〔程嬰云〕告元帥暫息雷霆之怒，略罷虎狼之威，聽小人訴說一遍咱。我小人與公孫杵臼原無仇隙，祇因元帥傳下榜文，要將晉國內小兒拘刷到帥府，盡行殺壞。我一來爲救晉國內小兒之命，二來小人四旬有五，近生一子，尚未滿月。元帥軍令，不敢不獻出來，可不小人也絕後了？我想有了趙氏孤兒，便不損壞一國生靈，連小人的孩兒也得無事，所以出首。〔詩云〕告大人暫停嗔怒，這便是首告緣故。雖然救晉國生靈，其實怕程家絕戶。〔屠岸賈笑科，云〕哦，是了。公孫杵臼原與趙盾一殿之臣，可知有這事來。令人，則今日點就本部下人馬，同程嬰到太平莊上，拿公孫杵臼走一遭去。〔同下。正末公孫杵臼上，云〕老夫公孫杵臼是也。想昨日與程嬰商議救趙氏孤兒一事，今日他到屠岸賈府中首告去了，這早晚屠岸賈這廝必然來了也呵！〔唱〕

【雙調・新水令】我則見蕩征塵飛過小溪橋，多管是損忠良賊徒來到。齊臻臻擺着士卒，明晃晃列着槍刀。眼見的我死在今朝，更避甚痛笞掠！

〔屠岸賈同程嬰領卒子上，云〕來到這呂呂太平莊上也。令人，與我圍了太平莊者。程嬰，那裏是公孫杵臼宅院？〔程嬰云〕則這個便是。〔屠岸賈云〕拿過那老匹夫來。公孫杵臼，你知罪麼？〔正末云〕我不知罪。〔屠岸賈云〕我知你個老匹夫和趙盾是一殿之臣。你怎敢掩藏着趙氏孤兒？〔正末云〕老元帥，我有熊心豹膽？怎敢掩藏着趙氏孤兒？〔屠岸賈云〕不打不招。令人，與我揀大棒子着實打者！〔卒子做打科。正末唱〕

【駐馬聽】想着我罷職辭朝，曾與趙盾名爲刎頸交。〔云〕這事是誰見來？〔屠岸賈云〕現有程嬰首告着你哩！〔正末唱〕是那個埋情出告，原來這程嬰舌是斬身刀。〔云〕你殺了趙盾滿門良賤三百餘口，則剩下這孩兒，你又要傷他性命。〔唱〕你正是狂風偏縱撲天雕，嚴霜故打枯根草，不爭把孤兒又殺壞了。可着他三百口冤仇甚人來報？

〔屠岸賈云〕老匹夫，你把孤兒藏在那裏，快招出來，免受刑法。〔正末云〕我有甚麼孤兒藏在那裏？誰見來？〔屠岸賈云〕你不招，令人，與我采下去，着實打者。〔做打科。屠岸賈云〕這老匹夫賴肉頑皮不肯招承，可惱，可惱。程嬰，這原是你出首的，就着你替我行杖者。〔程嬰云〕元帥，小人是個草澤醫士，撮藥尚然腕弱，怎生行的杖？〔屠岸賈云〕程嬰，你不行杖，敢怕指攀出你麼？〔程嬰云〕元帥，小人行杖便了。〔做拿杖子科。屠岸賈云〕程嬰，我見你把棍子揀了又揀，祇揀着那細棍子，敢怕打的他疼了，要指攀下你來？〔程嬰云〕我就拿大棍子打者。〔屠岸賈云〕住者。你頭裏祇揀那細棍子打，如今你卻拿起大棍子來，三兩下打死了呵，你就做的個死無招對。〔程嬰云〕着我拿細棍子又不是，拿大棍子又不是，好着我兩下做人難也。〔屠岸賈云〕程嬰，你祇拿着那中等棍子打。公孫杵臼老匹夫，你可知道行杖的就是程嬰麼？〔程嬰行杖科，云〕快招了者！〔三科了。正末云〕哎哟！打了這一日，不似這幾棍子打的我疼。是誰打我來？〔屠岸賈云〕是程嬰打你來。〔正末云〕程嬰，你剗的打我那！〔程嬰云〕元帥，打的這老頭兒兀的不胡說哩。〔正末唱〕

【雁兒落】是那一個實丕丕將着驢棍敲？打的來痛殺殺精皮掉！我和你狠程嬰有甚的仇？卻教我老公孫受這般虐！

〔程嬰云〕快招了者。〔正末云〕我招，我招。〔唱〕

【得勝令】打的我無縫可能逃，有口屈成招。莫不是那孤兒他知道，故意的把咱家指定了？〔程嬰做慌科。正末唱〕我委實的難熬，尚兀自強着牙根兒鬧；暗地裏偷瞧，祇見他早唬的腿肚兒搖。

〔程嬰云〕你快招罷，省得打殺你。〔正末云〕有，有，有。〔唱〕

【水仙子】俺二人商議要救這小兒曹。〔屠岸賈云〕可知道指攀下來也。你說二人，一個是你了，那一個是誰？你實說將出來，我饒你的性命。〔正末云〕你要我說那一個，我說，我說。〔唱〕哎！一句話來到我舌尖上卻咽了。〔屠岸賈云〕程嬰，這樁事敢有你麼？〔程嬰云〕兀那老頭兒，你休妄指平人。〔正末云〕程嬰，你慌怎麼？〔唱〕我怎生把你程嬰道，似這般有上梢無下梢。〔屠岸賈云〕你頭裏說兩個，你怎生這一會兒可說無了？〔正末唱〕祇被你打的來不知一個顛倒。〔屠岸賈云〕你還不說，我就打死你個老匹夫！〔正末唱〕遮莫打的我皮都綻，肉盡銷，休想我有半個字兒攀着。

〔卒子抱俫兒上科，云〕元帥爺賀喜，土洞中搜出個趙氏孤兒來了也。〔屠岸賈笑科，云〕將那小的拿近前來，我親自下手，剁做三段。兀那老匹夫，你道無有趙氏孤兒，這個是誰？〔正末唱〕

【川撥棹】你當日演神獒，把忠臣來撲咬。逼的他走死荒郊，刎死鋼刀，縊死裙腰，將三百口全家老小盡行誅剿，並沒那半個兒剩落，還不厭你心苗！

〔屠岸賈云〕我見了這孤兒，就不由我不惱也。〔正末唱〕

【七弟兄】我祇見他左瞧右瞧怒咆哮，火不騰改變了猙獰貌，按獅蠻拽札起錦征袍，把龍泉扯離出沙魚鞘。

〔屠岸賈怒云〕我拔出這劍來，一劍，兩劍，三劍。〔程嬰做驚疼科。屠岸賈云〕把這一個小業種剁了三劍，兀的不稱了我平生所願也！〔正末唱〕

【梅花酒】呀！見孩兒臥血泊，那一個哭哭號號，這一個怨怨焦焦，連我也戰戰搖搖。直恁般歹做作，祇除是沒天道。呀！想孩兒離褥草，到今日恰十朝，刀下處怎耽饒，空生長，枉劬勞，還說甚要防老。

【收江南】呀！兀的不是家富小兒嬌。〔程嬰掩淚科。正末唱〕見程嬰心似熱油澆，淚珠兒不敢對人拋，背地裏揾了。沒來由割捨的親生骨肉吃三刀！

〔云〕屠岸賈那賊，你試覷者。上有天哩，怎肯饒過的你！我死打甚麼不緊。〔唱〕

【鴛鴦煞】我七旬死後偏何老，這孩兒一歲死後偏何小！俺兩個一處身亡，落的個萬代名標。我囑付你個後死的程嬰，休別了橫亡的趙朔！暢道是光陰過去的疾，冤仇報復的早，將那廝萬剮千刀，切莫要輕輕的素放了！

〔正末撞科，云〕我撞階基，覓個死處。〔下。卒子報科，云〕公孫杵臼撞階基身死了也。〔屠岸賈笑科，云〕那老匹夫既然撞死，可也罷了。〔做笑科，云〕程嬰，這一樁裏多虧了你。若不是你呵，如何殺的趙氏孤兒？〔程嬰云〕元帥，小人原與趙氏無仇，一來救晉國內衆生，二來小人跟前也有個孩兒，未曾滿月。若不搜的那趙氏孤兒出來，我這孩兒也無活的人也。〔屠岸賈云〕程嬰，你是我心腹之人，不如祇在我家中做個門客，擡舉你那孩兒成人長大，在你跟前習文，送在我跟前演武。我也年近五旬，尚無子嗣，就將你的孩兒與我做個義兒。我倥大年紀了，後來我的官位，也等你的孩兒討個應襲。你意下如何？〔程嬰云〕多謝元帥擡舉。〔屠岸賈詩云〕則爲朝綱中獨顯趙盾，不由我心中生忿。如今削除了這點萌芽，方纔是永無後釁。〔同下〕

中華書局版《元曲選》

〇拘刷：拘捕。〇埋情：當即賣情，出賣友情。〇采下去：即叉下去，

459

抓下去。○三科了：指舞臺動作重複了三次。○有上梢無下梢：即有始無終，違背承諾。○"你當日演神獒"八句：此劇開始的情節是屠岸賈爲陷害趙盾，做了一個草人穿上趙盾的袍服，訓練一隻猛犬見此草人即撲上去撕咬。然後向晉靈公獻上此犬，稱此神獒能辨忠奸，見奸臣即能撲咬之。結果此犬果然狂咬趙盾，迫使趙盾逃亡。屠岸賈即屠戮趙氏全家，趙朔自刎，公主自縊。厭：滿足。○火不騰：火辣辣，滿面怒氣貌。○獅蠻：指腰帶。古代武將的腰帶繡有獅子蠻王圖像，稱獅蠻帶。○龍泉：寶劍名。○褥草：產婦生育時的墊褥草。○劬勞：《詩經·小雅·蓼莪》："哀哀父母，生我劬勞。"○"我七旬死後偏何老"二句：此二句之"後"字爲語氣詞，與"呵"字相近。○休別了：休撇（下）了。○素放了：白白放過了。

參考書目

《西廂記》，王實甫著，王季思校注，上海古籍出版社1980年版。

《西廂論稿》，段啓明著，四川人民出版社1982年版。

思考題

1. 《牆頭馬上》在主題與人物塑造上與白居易《井底引銀瓶》有何不同？

2. 歷代詠昭君詩甚多，試舉一二例與馬致遠《漢宮秋》比較，並說說文學家們是如何借昭君故事表達自己的情感和價值取向的。

3. 《西廂記》（第四本第三折）是如何表現鶯鶯長亭送別時的心理狀態的？

4. 分析《趙氏孤兒》中的主要人物形象。

第三節　元雜劇後期作家

鄭光祖（？—1324之前）

鍾嗣成《錄鬼簿》：鄭德輝，名光祖，平陽人，以儒補杭州路吏。爲人方直，不妄與人交。名聞天下，聲徹閨閣，伶倫輩稱先生者，皆知爲德輝也。

倩女離魂（第二折、第三折）

【題解】　鄭光祖的《倩女離魂》（全稱《迷青瑣倩女離魂》）是後期元雜劇最優秀的作品。故事取材於唐代陳玄祐的傳奇《離魂記》。劇情梗概是：張倩女與書生王文舉自幼訂婚，成年後倩女之母嫌王生無功名，以"俺家三代不招白衣女婿"爲由，要王生進京應試，否則不允成婚。王生去後，倩女思念成疾，魂魄離了軀體，追上趕路的王生一同進京；而她留在家中的身軀，則是失魂落魄，愁病交集，臥牀不起。王生到京，一舉成名，與倩女之魂榮歸故里，此時倩女的身軀和魂魄纔又合二爲一。此劇極富浪漫主義色彩，表達了青年男女追求愛情自由的強烈願望，曲辭清麗華美，其情節和語言顯然受到王實甫《西廂記》的影響。這裏選載了該劇第二折和第三折，即倩女之魂追趕王生，二人一同上路，以及王生科舉高中後寄書回家，倩女在家中的軀殼已與王生身邊的魂魄互無關涉，閱書後反以爲王生已另娶新歡而悲憤不已，譴責封建家長和忘恩負義的科場新貴，由此深化了此劇的思想意義。

第二折

［夫人慌上，云］歡喜未盡，煩惱又來。自從倩女孩兒在折柳亭與王秀才送路，辭別回家，得其疾病，一臥不起。請的醫人看治，不得痊可，十分沉重，如之奈何？則怕孩兒思想湯水吃，老身親自去繡房中探望一遭去來。［下。正末上，云］小生王文舉，自與小姐在折柳亭相別，使小生切切於懷，放心不下。今泊舟江岸，小生橫琴於膝，操一曲以適悶咱。［做撫琴科。正旦別扮離魂上，云］妾身倩女，自與王生相別，思想的無奈，不如跟他同去，背着母親，一徑的趕來。王生也，你祇管去了，爭知我如何過遣也呵！［唱］

【越調‧鬥鵪鶉】人去陽臺，雲歸楚峽。不爭他江渚停舟，幾時得門庭過馬？悄悄冥冥，瀟瀟灑灑，我這裏踏岸沙，步月華。我覷這萬水千山，都祇在一時半霎。

【紫花兒序】想倩女心間離恨，趕王生柳外蘭舟，似盼張騫天上浮槎。汗溶溶瓊珠瑩臉，亂鬆鬆雲髻堆鴉，走的我筋力疲乏。你莫不夜泊秦淮賣酒家？向斷橋西下，疏刺刺秋水菰蒲，冷清清明月蘆花。

［云］走了半日，來到江邊，聽的人語喧鬧，我試覷咱。［唱］

【小桃紅】我驀聽得馬嘶人語鬧喧嘩，掩映在垂楊下，唬的我心頭丕丕那驚怕，原來是響當當鳴榔板捕魚蝦。我這裏順西風悄悄聽沉罷，趁着這厭厭露華，對着這澄澄月下，驚的那呀呀呀寒雁起平沙。

【調笑令】向沙堤款踏，莎草帶霜滑；掠濕湘裙翡翠紗，抵多少蒼苔露冷凌波襪。看江上晚來堪畫，玩冰壺瀲灩天上下，似一片碧玉無瑕。

【禿廝兒】你覷遠浦孤鶩落霞，枯藤老樹昏鴉，聽長笛一聲何處發，歌欸乃，櫓咿啞。

［云］兀那船頭上琴聲響，敢是王生？我試聽咱。［唱］

【聖藥王】近蓼洼，纜釣槎，有折蒲衰柳老兼葭；傍水凹，折藕芽，見煙籠寒水月籠沙，茅舍兩三家。

［正末云］這等夜深，祇聽得岸上女人音聲，好似我倩女小姐，我試問一聲波。

〔做問科，云〕那壁不是倩女小姐麼？這早晚來此怎的？〔魂旦相見科，云〕王生也，我背着母親，一徑的趕將你來，咱同上京去罷。〔正末云〕小姐，你怎生直趕到這裏來？〔魂旦唱〕

【麻郎兒】你好似舒心的伯牙，我做了沒路的渾家。你道我爲甚麼私離繡榻，待和伊同走天涯。

〔正末云〕小姐是車兒來，是馬兒來？〔魂旦唱〕

【幺】險把咱家走乏。比及你遠赴京華，薄命妾爲伊牽掛，思量心幾時撇下！

【絡絲娘】你拋閃咱，比及見咱，我不瘦殺，多應害殺。〔正末云〕若老夫人知道怎了也？〔魂旦唱〕他若是趕上咱，待怎麼？常言道：做着不怕！

〔正末做怒科，云〕古人云："聘則爲妻，奔則爲妾。"老夫人許了親事，待小生得官回來，諧兩姓之好，卻不名正言順？你今私自趕來，有玷風化，是何道理？〔魂旦云〕王生，〔唱〕

【雪裏梅】你振色怒增加，我凝睇不歸家。我本真情，非爲相嚇，已主定心猿意馬。

〔正末云〕小姐，你快回去罷。〔魂旦唱〕

【紫花兒序】祇道你急煎煎趲登程路，原來是悶沉沉困倚琴書，怎不教我痛煞煞淚濕琵琶！有甚心着霧鬢輕籠蟬翅，雙眉淡掃宮鴉。似落絮飛花，誰待問出外爭如祇在家。更無多話，願秋風駕百尺高帆，儘春光付一樹鉛華。

〔云〕王秀才，趕你不爲別，我祇防你一件。〔正末云〕小姐防我那一件來？〔魂旦唱〕

【東原樂】你若是赴御宴瓊林罷，媒人每攔住馬，高挑起染渲佳人丹青畫，賣弄他生長在王侯宰相家。你戀着那奢華，你敢新婚燕爾在他門下。

〔正末云〕小生此行，一舉及第，怎敢忘了小姐？〔魂旦云〕你若得登第呵，〔唱〕

【綿搭絮】你做了貴門嬌客，一樣矜誇；那相府榮華，錦繡堆壓，你還想飛入尋常百姓家？那時節似魚躍龍門播海涯，飲御酒插宮花，那其間占鼇頭，占鼇頭登上甲！

〔正末云〕小生倘不中呵，卻是怎生？〔魂旦云〕你若不中呵，妾身荊釵布裙，願同甘苦。〔唱〕

【拙魯速】你若是似賈誼困在長沙，我敢似孟光般顯賢達。休想我半星兒意差，一分兒抹搭。我情願舉案齊眉傍書榻，任粗糲，淡薄生涯，遮莫戴荊釵，穿布麻。

〔正末云〕小姐既如此真誠志意，就與小生同上京去如何？〔魂旦云〕秀才肯帶妾身去呵，〔唱〕

【幺篇】把艄公快喚咱，恐家中廝捉拿。祇見遠樹寒鴉，岸草汀沙，滿目黃花，幾縷殘霞。快先把雲帆高掛，月明直下；便東風刮，莫消停，疾進發。

〔正末云〕小姐，則今日同我上京應舉去來。我若得了官，你便是夫人縣君也。〔魂旦唱〕

【收尾】各剌剌向長安道上把車兒駕，但願得文苑客當時奮發。則我這臨邛市沽酒卓文君，甘伏侍你濯錦江題橋漢司馬。〔同下〕

中華書局版《元曲選》

○"人去陽臺"二句：用宋玉《高唐賦》中楚王與神女在巫山陽臺之下歡會的典故。此喻愛人離別。○張騫：西漢人，出使過西域。相傳漢武帝派他乘筏（浮槎）探黃河之源，直上天河。○鳴榔板：舊時捕魚，用木棒叩擊船板，可以驚魚入網。○厭厭：濃重。○款踏：慢慢地走。○"掠濕湘裙翡翠紗"二句：意謂野外趕路，露水濕裙比久立在家中臺階癡望時更多。○冰壺：指一輪明月。○欸乃：搖櫓聲，亦指船夫的棹歌。唐元結有《欸乃曲》。○舒心的伯牙：謂王生此時彈琴如伯牙之悠閒。伯牙：春秋時著名琴師。○害殺：害相思病而死。○心猿意馬：佛家用語，謂人的心志不定如好動的猿和馬。○"願秋風駕百尺高帆"二句：意謂願王生一帆風順，前程無量，而自己則任由青春消逝。鉛華：脂粉，此承上文指落絮飛花，以喻青春不再。○賈誼：西漢文帝時文學家、政論家，年輕即富才華，而爲朝廷重臣所忌，被排斥出京，任長沙王太傅，鬱鬱不得志。○我敢似孟光般顯賢達：用東漢時梁鴻、孟光夫婦舉案齊眉、相敬如賓的典故，見《後漢書·梁鴻傳》。○抹搭：即磨蹭、遲疑。○文苑客當時奮發：當時，謂正當其時，走運。○濯錦江：即成都錦江。相傳西漢時司馬相如初赴長安，離成都時題字於北門外橋（即今駟馬橋）柱上，稱不爲顯貴乘駟馬高車，誓不歸鄉。

第三折

〔正末引祗從上，云〕小官王文舉，自到都下，擒過卷子，小官日不移影，應對萬言，聖人大喜，賜小官狀元及第。夫人也隨小官至此。我如今修一封平安家書，差人岳母行報知。左右的，將筆硯來。〔做寫書科，云〕寫就了也，我表白一遍咱：寓都下小婿王文舉，拜上岳母座前。自到闕下，一舉狀元及第；待授官之後，文舉同小姐一時回家，萬望尊慈垂照，不宣。書已寫了，左右的，與我喚張千來。〔淨扮張千上，詩云〕我做伴當實是強，公差幹事多的當。一日走了三百里，第二日剛剛捱下炕。自家張千的便是，狀元爺呼喚，須索走一遭去。〔做見科，云〕爺，喚張千那廂使用？〔正末云〕張千，你將這一封平安家信，直至衡州，尋問張公弼家投下。你見了老夫人，說我得了官也。你小心在意者。〔淨接書，云〕張千知道了。我將着這一封書直至衡州走一遭去。〔同下。老夫人上，云〕誰想倩女孩兒自與王生別後，臥病在牀，或言或笑，不知是何症候。這兩日不曾看他，老身須親看去。〔下。正旦抱病，梅香扶上，云〕自從王秀才去後，一臥不起，但合眼便與王生在一處，則被這相思病害殺人也呵！〔唱〕

【中呂·粉蝶兒】自執手臨歧，空留下這場憔悴，想人生最苦別離。說話處少精神，睡臥處無顛倒，茶飯上不知滋味。似這般廢寢忘食，折挫得一日瘦如一日。

【醉春風】空服遍暝眩藥不能痊，知他這腌臢病何日起？要好時直等的見他時，也祇爲這症候因他上而得。一會家縹緲呵忘了魂靈，一會家精細呵使着軀殼，一會家混沌呵不知天地。

〔云〕我眼裏祇見王生在面前，原來是梅香在這裏。梅香，如今是甚時候了？〔梅香云〕如今春光將盡，綠暗紅稀，將近四月也。〔正旦唱〕

【迎仙客】日長也愁更長，紅稀也信尤稀。〔帶云〕王生，你好下的也。〔唱〕春歸也奄然人未歸。〔梅香云〕姐姐，俺姐夫去了未及一年，你如何這等想他？〔正旦唱〕我則道相別也數十年，我則道相隔着幾萬里，爲數歸期，則那竹院裏刻遍琅玕翠。

【紅繡鞋】去時節楊柳西風秋日，如今又過了梨花暮雨寒食。〔梅香云〕姐姐，你可曾卜一卦麼？〔正旦唱〕則兀那龜兒卦無定準，枉央及；喜蛛兒難憑信，靈鵲兒不誠實，燈花兒何太喜！

〔夫人上，云〕來到孩兒房門首也。梅香，你姐姐較好些麼？〔正旦云〕是誰？〔梅香云〕是妳妳來看你哩。〔正旦云〕我每日眼界裏祇見王生，那曾見母親來？〔夫人見科，云〕孩兒，你病體如何？〔正旦唱〕

【普天樂】想鬼病最關心，似宿酒迷春睡。繞晴雪楊花陌上，趁東風燕子樓西。拋閃殺我年少人，辜負了這韶華日。早是離愁添縈繫，更那堪景物狼籍。愁心驚一聲鳥啼，薄命趁一春事已，香魂逐一片花飛。

〔正旦昏科。夫人云〕孩兒，你掙扎些兒。〔正旦醒科，唱〕

【石榴花】早是俺抱沉疴添新病發昏迷，也則是死限緊相催逼，膏肓針灸不能及。〔夫人云〕我請個良醫來調治你。〔正旦唱〕若是他來到這裏，煞強如請扁鵲盧醫。〔夫人云〕我如今着人請王生去。〔正旦唱〕把似請他時便許做東牀婿，到如今悔後應遲。〔夫人云〕王生去了，再無音信寄來。〔正旦唱〕他不寄個報喜的信息緣何意？有兩件事我先知。

【鬥鵪鶉】他得了官別就新婚，剝落呵羞歸故里。〔夫人云〕孩兒休過慮，且將息自己。〔正旦唱〕眼見的千死千休，折倒的半人半鬼。爲甚這思竭損的枯腸不害飢？苦懨懨一肚皮。〔夫人云〕孩兒吃些湯粥。〔正旦云〕母親，〔唱〕若肯成就了燕爾新婚，強如吃龍肝鳳髓。

〔云〕我這一會兒昏沉上來，祇待睡些兒哩。〔夫人云〕梅香，休要吵鬧，等他歇息，我且回去咱。〔夫人同梅香下。正旦睡科。正末上，見旦科，云〕小姐，我來看你哩。〔正旦云〕王生，你在那裏來？〔正末云〕小姐，我得了官也。〔正旦唱〕

【上小樓】則道你辜恩負德，你原來得官及第。你直叩丹墀，奪得朝章，換卻白衣。覷面儀，比向日相別之際，更有三千丈五陵豪氣。

〔正末云〕小姐，我去也。〔下。正旦醒科，云〕分明見王生，說得了官也，醒來卻是南柯一夢。〔唱〕

【幺篇】空疑惑了大一會，恰分明這搭裏。俺淘寫相思，叙問寒溫，訴說真實。他緊摘離，我猛跳起，早難尋難覓，祇見這冷清清半竿殘日。

〔梅香上，云〕姐姐，爲何大驚小怪的？〔正旦云〕我恰纔夢見王生，說他得了官也。〔唱〕

【十二月】原來是一枕南柯夢裏，和二三子文翰相知，他訪四科習五常典禮，通六藝有七步才識，憑八韻賦縱橫大筆，九天上得遂風雷。

【堯民歌】想十年身到鳳凰池，和九卿相八元輔勸金杯，則他那七言詩六合裏少人及。端的個五福全四氣備，占倫魁三月春雷，雙親行先報喜，都爲這一紙登科記！

〔淨上，云〕自家張千的便是。奉俺王相公言語，差來衡州下家書，尋問張公弼宅子，人說這裏就是。〔做見梅香科，云〕姐姐，唱喏哩。〔梅香云〕兀那廝，你是甚麼人？〔淨云〕這裏敢是張相公宅子麼？〔梅香云〕則這裏就是，你問怎的？〔淨云〕我是京師來的，俺王相公得了官也，着我寄書來與家裏夫人知道。〔梅香云〕你則在這裏，我和小姐說去。〔見正旦科，云〕姐姐，王秀才得了官也，着人寄家書來，現在門首哩。〔正旦云〕着他過來。〔梅香見淨，云〕兀那寄書的，過去見小姐。〔淨見正旦，驚科，背云〕一個好夫人也！與我家姊姊生的一般兒。〔回云〕我是京師王相公差我寄書來與夫人。〔正旦云〕梅香，將書來我看。〔梅香云〕兀那漢子將書來。〔淨遞書科。正旦念書科，云〕寓都下小婿王文舉，拜上岳母座前。自到闕下，一舉狀元及第；待授官之後，文舉同小姐一時回家。萬望尊慈垂照，不宣。他原來有了夫人也，兀的不氣殺我也！〔氣倒科。梅香救科，云〕姐姐蘇醒者！〔正旦醒科。梅香云〕都是這寄書的！〔做打淨科。正旦云〕王生，則被你痛殺我也！〔唱〕

【哨遍】將往事從頭思憶，百年情祗落得一口長吁氣。爲甚麼把婚聘禮不曾提，恐少年墮落了春闈。想當日在竹邊書舍，柳外離亭，有多少徘徊意。爭奈匆匆去急，再不見音容瀟灑，空留下這詞翰清奇。把巫山錯認做望夫石，將小簡帖聯做斷腸集。恰微雨初陰，早皓月穿窗，使行雲易飛。

【耍孩兒】俺娘把冰綃剪破鴛鴦隻，不忍別遠送出陽關數里。此時無計住雕鞍，奈離愁與心事相隨。愁縈遍垂楊古驛絲千縷，淚添滿落日長亭酒一杯。從此去孤辰限淒涼日，憶鄉關愁雲阻隔，着牀枕鬼病禁持。

【四煞】都做了一春魚雁無消息，不甫能一紙音書盼得。我則道春心滿紙墨淋漓，原來比休書多了個封皮！氣的我痛如淚血流難盡，爭些魂逐東風吹不回。秀才每心腸黑，一個個貧兒乍富，一個個飽病難醫！

【三煞】這秀才則好謁僧堂三頓齋，則好撥寒爐一夜灰，則好教偷燈光鑿透鄰家壁，則好教一場雨渰了中庭麥，則好教半夜雷轟了薦福碑。不是我閑淘氣，便死呵死而無怨，待悔呵悔之何及！

【二煞】倩女呵病纏身，則願的天可憐。梅香呵，我心事則除是你盡知，望他來表白我真誠意。半年甘分耽疾病，鎮日無心掃黛眉。不甫能挨得到今日，頭直上打一輪皂蓋，馬頭前列兩行朱衣。

【尾煞】並不聞琴邊續斷弦，倒做了山間滾磨旗，剗地接絲鞭別娶了新妻室，這是我棄死忘生落來的。

［梅香扶正旦下。淨云］都是俺爺不是了，你娶了老婆便罷，又着我寄紙書來做甚麼？我則道是平安家信，原來是一封休書，把那小姐氣死了，梅香又打了我一頓。想將起來，都是俺爺不是了。［詩云］想他做事沒來由，寄的書來惹下愁。若還差我再寄信，祗做烏龜縮了頭。［下］

中華書局版《元曲選》

○瞑眩藥：迷藥。古代往往用某種令病人服後麻醉昏迷而產生療效的藥物治病。○春歸也奄然人未歸：奄然，即奄忽、急促之意。○"喜蛛兒"三句：舊時迷信，認爲蜘蛛懸垂、喜鵲叫與燭爆燈花都是好事的預兆。

〇"繞睛雪"二句：暗用晏幾道《鷓鴣天》詞"夢魂慣得無拘檢，又踏楊花過謝橋"以及蘇軾《永遇樂》詞記夢"燕子樓空，佳人何在"之句，寫夢魂中與情人相會。〇扁鵲盧醫：相傳名醫扁鵲爲春秋時盧國人。〇折倒的半人半鬼：折倒，即折磨之意。〇五陵：長安附近漢代五個皇帝的陵墓所在之地，多居富豪之家。〇"原來是一枕南柯夢"六句：此首【十二月】及下首【堯民歌】曲子，逐句嵌入從一到十和從十到一的數位，稱爲小撮大或大撮小的填曲方法。四科，指"孔門四科"德行、言語、政事、文學；五常，君臣、父子、兄弟、夫婦、朋友五種基本人倫關係；六藝，此處指《詩》《書》《易》《禮》《樂》《春秋》六經；七步才識，以曹植作《七步詩》喻文學才華；八韻，唐宋科舉所試律賦限以八韻；九天，指朝廷。〇"想十年身到鳳凰池"五句：謂十年寒窗苦讀，終於躋身權貴（鳳凰池指唐宋時宰相辦公的中書省），九卿相八元輔指朝廷重臣，五福指壽、富、康寧、好德、善終，四氣指春夏秋冬（即占盡天時之意），三月春雷指科舉高中（舊時科舉放榜在春三月）。〇"則好謁僧堂三頓齋"二句：謂祇配挨飢受凍。相傳北宋呂蒙正中狀元前一貧如洗，每日三餐往寺廟趕齋求食，其詩有"撥盡寒爐一夜灰"之句自述飢寒。〇偷燈光鑿透鄰家壁：用漢代匡衡鑿壁偷光故事謂王生本該受窮。〇一場雨渰了中庭麥：東漢時高鳳家貧而好讀書，妻子吩咐他看守庭中曬麥，他卻讀書入迷，大雨淋濕了麥都不知道。〇半夜雷轟了薦福碑：相傳宋代窮書生張鎬流落在薦福寺，和尚可憐他，讓他拓印寺中顏真卿手書的薦福碑碑文去賣錢歸鄉，不料連夜雷雨轟碎了該碑。〇甘分：甘心。〇"頭直上打一輪皂蓋"二句：謂當了官。大官出門，照例打黑羅傘，馬前排列兩隊紅衣差役。〇山間滾磨旗：意謂山間揮旗，疑是送葬之意，或釋爲白費氣力，無人看見。〇接絲鞭：相傳爲元代貴族招婿的一種儀式。

| 輯　錄 |

◎孟稱舜《古今名劇合選·柳枝集》評《倩女離魂》：酸楚哀怨，令人腸斷，昔時《西廂記》，近日《牡丹亭》，皆爲傳情絕調，兼之者其此劇乎！《牡丹亭》格調原祖此，讀者當自見也。

◎何良俊《四友齋叢說》卷三七：元人樂府稱馬東籬、鄭德輝、關漢卿、白仁甫爲四大家。馬之詞老健而乏姿媚，關之詞激厲而少蘊藉，白頗簡淡，所欠者俊語，當以鄭爲第一。

◎王國維《錄曲餘談》：余於元劇中得三大傑作焉。馬致遠之《漢宮秋》，白仁甫之《梧桐雨》，鄭德輝之《倩女離魂》是也。馬之雄勁，白之悲壯，鄭之幽豔，可謂千古絕品。

思考題

比較《西廂記》和《倩女離魂》的人物形象、語言特色。

第四節　南　戲

高　明（約1301—約1370）

黃溥《閑中今古錄》：元末永嘉高明，字則誠，登至正五年進士，歷任慶元路推官，文行之名重於時。見方國珍來據慶元，避世於鄞之櫟社，以詞曲自娛。因劉後村有"死後是非誰管得？滿村聽唱蔡中郎"之句，因編《琵琶記》用雪伯喈之恥。洪武中徵辟，辭以心疾不就。既卒，有以其記進，上覽畢曰："五經、四書如五穀，家家不可缺；高明《琵琶記》如珍羞百味，富貴家豈可缺耶！"其見推許如此。

琵琶記（糟糠自厭）

【題解】《琵琶記》是元代南戲的代表作，劇情假托東漢蔡邕（字伯喈）之名，寫寒士蔡伯喈迫於父母之命，別妻離家進京應舉，中舉之後又被皇帝和牛丞相強令重婚入贅牛府，並留在朝廷做官，從而陷入辭試不能、辭婚不能、辭官不能的困境；其妻趙五娘在家含辛茹苦，自己忍飢挨餓吃糠咽菜以供養公婆。由於災荒連年，公婆餓死，她又祝髮買葬，羅裙包土築墳安埋了他們，然後身背琵琶一路行乞，歷盡艱辛入京尋夫。最後她的動人事迹和獻身精神感動了朝廷和宰相之女牛氏，終與蔡伯喈團圓。此劇情節曲折，語言生動而符合人物個性，心理描寫相當細膩，數百年來影響很大。元時南戲並不分段落，明人始分此劇爲四十二齣。這裏選載的《糟糠自厭》一齣，寫趙五娘在嚴重的災荒中典賣衣物，千辛萬苦買米供養公婆，自己背地裏以糟糠充飢的悲慘情境。

[旦上唱]【山坡羊】亂荒荒不豐稔的年歲，遠迢迢不回來的夫婿，急煎煎不耐煩的二親，軟怯怯不濟事的孤身己。衣盡典，寸絲不掛體。幾番要賣了奴身己，爭奈沒主公婆教誰管取？[合]思之，虛飄飄命怎期？難捱，實丕丕災共危。

【前腔】滴溜溜難窮盡的珠淚，亂紛紛難寬解的愁緒，骨崖崖難扶持的病體，戰欽欽難捱過的時和歲。這糠呵，我待不吃你，教奴怎忍飢？我待吃呵，怎吃得！[介]苦，思量起來，不如奴先死，圖得不知他親死時。[合前]

[白]奴家早上安排些飯與公婆，非不欲買些鮭菜，爭奈無錢可買。不想婆婆抵死埋冤，祇道奴家背地吃了甚麼。不知奴家吃的卻是細米皮糠，吃時不敢教他知道，祇得回避。便冤殺了，也不敢分說。苦！真實這糠怎的吃得？[吃介。唱]

【孝順歌】嘔得我肝腸痛，珠淚垂，喉嚨尚兀自牢嘎住。糠，遭礱被舂杵，篩你簸揚你，吃盡控持，恰似奴家身狼狽，千辛萬苦皆經歷。苦人吃

着苦味，兩苦相逢，可知道欲吞不去。〔吃吐介。唱〕

【前腔】糠和米，本是兩相依，誰人簸揚你作兩處飛？一賤與一貴，好似奴家共夫婿，終無見期。丈夫，你便是米麽？米在他方沒尋處。奴便是糠麽？怎的把糠救得人飢餒！好似兒夫出去，怎的教奴供得公婆甘旨？〔不吃放碗介。唱〕

【前腔】思量我生無益，死又值甚的！不如忍飢爲怨鬼。公婆老年紀，靠着奴家相依倚，祇得苟活片時。片時苟活雖容易，到底日久也難相聚。謾把糠來相比，這糠尚兀自有人吃，奴家骨頭，知他埋在何處？

〔外、淨上探，白〕媳婦，你在這裏說甚麽？〔旦遮糠介，淨搜出，打旦介，白〕公公，你看麽，真個背後自逼邐東西吃，這賤人好打！〔外白〕你把他吃了，看是甚麽物事？〔淨荒吃介，吐介。外白〕媳婦，你逼邐的是甚麽東西？〔旦介。唱〕

【前腔】這是穀中膜，米上皮，將來逼邐堪療飢。〔外、淨白〕這是糠，你卻怎的吃得？〔旦唱〕嘗聞古賢書，狗彘食人食，公公，婆婆，須強如草根樹皮。〔外、淨白〕這的不嗄殺了你？〔旦唱〕嚼雪吞氈，蘇卿尤健，餐松食柏，到做得神仙侶，縱然吃些何慮？〔白〕公公，婆婆，別人吃不得，奴家須是吃得。〔外、淨白〕胡說，偏你如何吃得？〔旦唱〕爹媽休疑，奴須是你孩兒的糟糠妻室！

〔外、淨哭介，白〕元來錯埋冤了人，兀的不痛殺了我！〔倒介。旦叫介。唱〕

【雁過沙】他沉沉向迷途，空教我耳邊呼。公公，婆婆，我不能盡心相奉事，番教你爲我歸黃土。公公，婆婆，人道你死緣何故？公公，婆婆，你怎生割捨拋棄了奴？

〔白〕公公，婆婆。〔外醒介，唱〕

【前腔】媳婦，你耽飢事公姑，媳婦，你耽飢怎生度？錯埋冤你也不肯辭，我如今始信有糟糠婦。媳婦，我料應不久歸陰府，媳婦，你休便爲我死的把生的受苦！〔旦叫婆婆介。唱〕

【前腔】婆婆，你還死，教奴家怎支吾？你若死，教我怎生度？我千辛

萬苦回護丈夫，如今到此難回護。我祇愁母死難留父，況衣衫盡解，囊篋又無。〔外叫淨介。唱〕

【前腔】婆婆，我當初不尋思，教孩兒往皇都，把媳婦閃得苦又孤，把婆婆送入黃泉路，祇怨是我相耽誤。我骨頭未知埋在何處所？

〔旦白〕婆婆都不省人事了，且扶入裏面去。正是：青龍共白虎同行，吉凶事全然未保。〔並下。末上白〕福無雙至猶難信，禍不單行卻是真。自家爲甚說這兩句？爲鄰家蔡伯喈妻房，名喚做趙氏五娘子，嫁得伯喈秀才，方纔兩月，丈夫便出去赴選。自去之後，連年饑荒，家裏祇有公婆兩口，年紀八十之上。甘旨之奉，虧殺這趙五娘子，把些衣服首飾之類盡皆典賣，糴些糧米做飯與公婆吃，他卻背地裏把些細米皮糠逼邐充飢。唧唧！這般荒年饑歲，少甚麼有三五個孩兒的人家，供膳不得爹娘。這個小娘子，真個今人中少有，古人中難得。那公婆不知道，顛倒把他埋冤；今來聽得他公婆知道，卻又痛心都害了病。俺如今去他家裏探取消息則個。〔看介〕這個來的卻是蔡小娘子，怎生恁地走得荒？〔旦荒走上介，白〕天有不測風雲，人有旦夕禍福。〔見末介〕公公，我的婆婆死了！〔末介〕我卻要來。〔旦白〕公公，我衣衫首飾盡行典賣，今日婆婆又死，教我如何區處？公公可憐見，相濟則個。〔末白〕不妨，婆婆衣衾棺槨之費，皆出於我。你但盡心承值公公便了。〔旦哭介，唱〕

【玉胞肚】千般生受，教奴家如何措手？終不然把他骸骨沒棺槨送在荒丘？〔合〕相看到此，不由人不珠淚流，正是不是冤家不聚頭。〔末唱〕

【前腔】不須多憂，送婆婆是我身上有。你但小心承值公公，莫教又成不救。〔合前〕〔旦白〕如此，謝得公公！祇爲無錢送老娘。〔末白〕娘子放心。須知此事有商量。〔合〕正是：歸家不敢高聲哭，祇恐人聞也斷腸。〔並下〕

《古本戲曲叢刊》影明陸貽典鈔校本

〇不豐稔：田野荒歉無收成。〇寸絲不掛體：絲指絲綢。謂身着破麻布衣，值錢的衣物盡皆典賣。〇合：南戲中的過曲常連用兩支以上，最後幾句相同的，稱爲"合頭"，多半是合唱，也有獨唱的。在上曲的這幾句合頭上祇注一"合"字，下曲重複此數句時不再重出曲文，僅注"合前"二字，即"合頭同前"。有時沒有合頭，"合"則專指合唱，如本齣最末二句。○鮭（音鞋）：指魚肉之類。○牢嗄（音霎）：緊卡住。○控持：折磨。○甘旨：美味的食物。○逼邐：打點張羅。○狗彘食人食：語出《孟子·梁惠王上》。原意謂富貴人家之狗與豬竟吃人之食物，以指責統治者之奢侈浪費。此反其意用之，即"狗彘食，人食"，謂狗彘之食而爲人所食。○"嚼雪吞氈"二句：《漢書·蘇武傳》載蘇武出使匈奴，被囚十九年，冬無飲食，以雪和氈毛吞之。○"餐松食柏"二句：《抱朴子·仙藥篇》載秦末有宮人避亂入山，有老人教她吃松葉松子，遂無飢渴而長生。《列仙傳》載赤松子好食柏實，齒落更生而成仙。○支吾：應付。○回護丈夫：爲維護丈夫而盡力侍候公婆。○青龍白虎：星宿名。星相家謂前者爲吉，後者爲凶。兩者同行謂吉凶未定。○唧唧：即"嘖嘖"，感歎之辭。○不是冤家不聚頭：舊時迷信說法，今生相遇的不論是同患難共富貴者還是互爲冤仇不能相容者，皆是前世注定的"冤家"。

輯錄

◎魏良輔《曲律》：《琵琶記》乃高則誠所作，雖出於《拜月亭》之後，然自爲曲祖，詞意高古，音韻精絕。

◎李漁《閑情偶寄》卷一：若以針綫論，元曲之最疏者，莫過於《琵琶》，無論大關節目，背謬甚多。……《琵琶》之可法者原多，請舉所長以蓋短。如《中秋賞月》一折，同一月也，出於牛氏之口者，言言歡悅；出於伯喈之口者，字字淒涼。一座兩情，兩情一事，此其針綫之最密者。

◎王國維《宋元戲曲考》：《拜月亭》南戲，前有所因；至《琵琶》則獨鑄偉詞，其佳處殆兼南北之勝。今錄其《吃糠》一節，可窺其一斑。此一齣實爲一篇之警策。竹垞《靜志居詩話》，謂聞則誠填詞，夜案燒雙燭，填至《吃糠》一齣，句云"糠和米本一處飛"，雙燭花交爲一。此事固屬附會，可知自昔皆以此齣爲神來之作。然記中筆意近此者，亦尚不乏。

參考書目

《元本琵琶記校注》，高明著，錢南揚校注，上海古籍出版社1980年版。

思考題

1. 試析《琵琶記》（糟糠自厭）中曲詞的藝術特色。
2. 雜劇與南戲在形式上有何主要區別？

第二章

元代散曲

概　說

　　金元以來的流行樂曲及其曲詞，可以創作入由演員表演的雜劇中進行演唱以展現故事情節，並構成此後中國傳統戲劇表演形式的主體；也可以像此前的詩詞一樣單獨創作並歌唱。前者爲劇曲，後者爲散曲。散曲是金末元初興起的一種新型的詩體。

　　曲首先是從詞演變來的，曲樂與詞樂具有一脈相承的密切關係。據王國維統計，元曲曲牌名出於唐宋詞牌的達七十五種之多，祇是曲樂後來在發展中又吸收了漢族民間和女真、蒙古及西域少數民族樂曲的成分。曲詞在文學上也深受詞的影響，不過傳統的詞發展到南宋末葉已經日益書卷氣、學問化，並且或由蘇辛一派而基本上脫離了樂曲，成爲又一種供書面閱讀和吟誦的詩體；或由姜夔、吳文英等一派而在音樂格律方面精益求精，成爲一種非專家才士難於參與創作的深奧體裁，這都導致了詞的日漸僵化而脫離社會大衆。宋金以來的長期分裂造成南北語音、樂曲乃至人們欣賞趣味的差異日益擴大，這些都使得"北曲"亦即後來所說的"元曲"首先在北方興起，其中的"散曲"則成爲一種新的詩歌體裁而終於蔚成大觀。

　　曲與詞最重要的區別是：曲可以在固有的曲譜旋律範圍內在固有的句

型中加進"襯字",同時又不違背曲律原有的格調節奏。這一點我們在學習元雜劇時應該已有瞭解。在散曲中如鍾嗣成的【正宮・醉太平】《落魄》一曲:

  風流貧最好,村沙富難交。拾灰泥補砌了舊磚窰,開一個教乞兒市學,裹一頂半新不舊烏紗帽,穿一領半長不短黃麻罩,繫一條半聯不斷皂環縧,做一個窮風月訓導。

  此曲用的是正宮調,曲牌名爲【醉太平】(《落魄》是其内容的標題),這種曲牌的句式是四四七七、七七四四,共八句。其中"貧"、"富"、"拾"、"了"、"開一個"、"裹一頂"、"穿一領"、"繫一條"、"做一個"、"窮"都是不影響曲律的在音樂上可加可不加的襯字。襯字使得曲詞的語言更加生動活潑、富於變化,表現力更強,作者在創作中也有更多的自由發揮餘地。

  散曲包括小令與套數兩種。小令是獨立的支曲,如上面鍾嗣成的【醉太平】即是一支小令。與詞比較,它沒有雙調或多疊的形式,它的用韻比詞更密,幾乎句句入韻,而且平仄可以通押。曲的語言比詞更爲通俗而口語化,即使是文人創作的相當典雅的散曲,同詩詞比較也顯得明白淺易而更爲流暢活潑。套數是由兩支以上屬於同一宮調的曲子聯合而成的組曲,此外還有一種"帶過曲",它是由同一宮調裏習慣連唱的兩支或三支曲調組成,如中呂宮的【十二月】帶【堯民歌】,南呂宮的【罵玉郎】帶【感皇恩】、【采茶歌】等。

  我們可能必須承認,元代散曲在思想内容方面較之傳統的詩詞要狹隘得多,元散曲中極少有"長太息以掩涕兮,哀民生之多艱"、"了卻君王天下事,贏得生前身後名"之類愛國憂民、抒發政治豪情抱負及深刻反映社會重大現實問題和矛盾的作品,倒是有着大量輕視、否定傳統的封建政治倫理價值觀念甚至游戲人生之作,以及大量露骨地表現、描寫男歡女愛等世俗情趣之作。這的確是元散曲在思想内容上的一個特點,卻並非缺點。

我們在前面"元代文學·通論"中已經討論過，元曲自身市民通俗文學的性質決定了其作者在身份地位和意識形態上與統治集團的疏離和與廣大市民社會的親近。就連元代少數身居高位的士大夫，如張養浩、貫雲石等的散曲作品，也難以擺脫散曲自身這一性質的界定。

元代後期散曲以喬吉、張可久為代表，從語言到內容方面都逐漸向清麗典雅、格律謹嚴、含蓄凝練發展，與詞的風格趨向一致而逐漸脫離了"曲"本來的市井生活和市民文藝源泉，這與歷史上詩詞從市井民謠而最終文人化的發展演變過程有着規律性的相似。不過，如同詞在蘇、辛以後也終於並不等同於詩一樣，曲在元代後期以後也終於並不等同於詞，特別是元散曲，始終以自身獨特的美學性質而在文學史上高踞其獨特的位置。

參考書目

《梨園按試樂府新聲》，元人選輯，《四部叢刊》三編本。
《朝野新聲太平樂府》，元楊朝英輯，《四部叢刊》本。
《散曲叢刊》，任訥輯，中華書局1931年排印本。
《全元散曲》，隋樹森編，中華書局1995年版。
《元散曲選注》，王季思等選注，北京出版社1981年版。
《元人散曲選》，劉永濟選，上海古籍出版社1981年版。
《中國古代散曲史》，李昌集著，華東師範大學出版社1991年版。

第一節　前　期

關漢卿（約1225—約1300）

傳略見"元代文學"第一章第一節。

【南呂·一枝花】不伏老（節選）

【題解】 這是關漢卿一組著名的自述其心志性情的套曲，對於瞭解作者的生平思想有着重大的參考價值。"一枝花"是南呂宮調常用的套數，唐傳奇《李娃傳》中名妓李娃藝名一枝花，這套曲子大概就是由說唱一枝花故事而流傳演變而來。全套共有【一枝花】、【梁州第七】、【尾聲】三支曲子，有時三曲之後意猶未盡，便在尾聲之前再加寫一支或幾支"隔尾"。關漢卿這套曲子便由【一枝花】、【梁州第七】、【隔尾】、【尾聲】四曲組成。此處節選的是最後一支曲子，潑辣豪放，在風流浪蕩、玩世不恭的表象下，非常鮮明地描述出作者堅強不屈、不向世俗道德和命運壓力低頭的叛逆性格。

【尾】我是個蒸不爛、煮不熟、捶不扁、炒不爆、響噹噹一粒銅豌豆！恁子弟每，誰教你鑽入他鋤不斷、斫不下、解不開、頓不脫、慢騰騰千層錦套頭！我玩的是梁園月，飲的是東京酒，賞的是洛陽花，攀的是章臺柳。我也會圍棋，會蹴鞠，會打圍，會插科，會歌舞，會吹彈，會嚥作，會吟詩，會雙陸。你便是落了我牙，歪了我嘴，瘸了我腿，折了我手，天賜與我這幾般兒歹症候，尚兀自不肯休！則除是閻王親自喚，神鬼自來勾，三魂歸地府，七魄喪冥幽——天哪，那其間纔不向煙花兒路上走！

中華書局版《全元散曲》（偶參其他版本。下同，不俱注）

○銅豌豆：原是青樓勾欄中妓女對老狎客（包括下層書會才人）的昵稱，意謂手段圓熟、八面玲瓏。○梁園：西漢梁孝王的園苑，其地約在今河南開封一帶。司馬相如、枚乘等文人都曾客於梁園。宋元時常以梁園代指汴京或青樓妓院。○東京：即北宋都城開封。○洛陽花：洛陽以牡丹聞名，宋歐陽修有《洛陽牡丹記》專志其花。○章臺柳：章臺本為漢長安多聚妓女之街名。唐韓翃戀妓女柳氏，嘗思念而賦"章臺柳"之詩。見許堯佐所作唐傳奇《柳氏傳》，載《太平廣記》。○蹴鞠：古代一種踢球的游戲。○打圍：打獵。○插科：插科打諢，即雜劇表演中插入滑稽動作或說白等。○嘌作：指歌唱及口技表演等。○雙陸：即"雙六"，一種賭博游戲。○歹症候：惡習，壞毛病。○則除是：祗除了，除非是。

【南呂·一枝花】贈珠簾秀

【題解】　這是關漢卿贈當時著名的雜劇女演員朱簾秀（即珠簾秀）的一套曲子。據夏庭芝《青樓集》載，朱簾秀"雜劇爲當今獨步，駕頭、花旦、軟末泥等，悉造其妙"。她與關漢卿同時在大都從事雜劇藝術活動，名震一時。這套曲子記錄了一代戲劇創作和表演大師之間的親密關係。此時朱簾秀已經委身（可能還是被迫）於人，因此關漢卿無法直接抒寫對她的愛慕懷念，祗能借物詠人，反復詠唱"珠簾"而深情贊美這位絕代女伶的秀美風姿。

【一枝花】輕裁蝦萬鬚，巧織珠千串。金鈎光錯落，繡帶舞蹁躚。似霧非烟，妝點就深閨院，不許那等閒人取次展。搖四壁翡翠陰濃，射萬瓦琉璃色淺。

【梁州第七】富貴似侯家紫帳，風流如謝府紅蓮，鎖春愁不放雙飛燕。綺窗相近，翠戶相連，雕櫳相映，繡幕相牽。拂苔痕滿砌榆錢，惹楊花飛點如綿。愁的是抹回廊暮雨瀟瀟，恨的是篩曲檻西風剪剪，愛的是透長門夜月娟娟。凌波殿前，碧玲瓏掩映湘妃面，沒福怎能夠見？十里揚州風物妍，出落着神仙。

【尾】恰便似一池秋水通宵展，一片朝雲盡日懸。你個守戶的先生肯相戀，煞是可憐！則要你手掌兒裏奇擎着耐心兒捲。

○"輕裁"二句：明寫蝦鬚串織成珠簾，暗寫朱簾秀那輕柔嫋嫋、珠圓玉潤的歌喉。○"金鈎"二句：明寫牽繫珠簾之物，暗寫朱簾秀那光彩照人、婉轉優美的舞姿。○取次展：輕易展開（珠簾）。○"富貴"二句：侯家、謝府均指豪門人家，以喻珠簾之華貴。謝府即東晉時兩大名門王、謝之一。○"拂苔痕"二句：以榆錢、楊花柳絮飛舞撲簾，喻朱簾秀作爲一個青樓女伶的風流生涯。榆莢狀似銅錢，故稱榆錢。○"愁的是"三句：以珠簾爲雨打風吹的不幸和夜月朗照的高潔，承上二句進一步寫出朱簾秀生活中的悲歡。長門，漢宮殿名，武帝陳皇后失意幽居於此，相傳司馬相如爲之作《長門賦》。○"凌波殿"二句：寫華貴的宮殿中珠簾掩映著絕代佳人的身影。湘妃即湘水女神，爲舜帝二妃娥皇、女英所化，故此處稱其所居之殿爲凌波殿。○十里揚州風物妍：杜牧《贈別》詩："春風十里揚州路，捲上珠簾總不如。"○守戶先生：看守門戶之人，其職責包括掌管捲放門窗珠簾。此時朱簾秀已"從良"，因此以"守戶先生"隱譏其夫。○"則要你"一句：此處暗喻朱簾秀之夫應特別珍惜愛護她，顯出作者熱烈而又苦悶無奈的情感。○奇擎：托舉。

【仙呂·一半兒】題情

【題解】　一半兒，仙呂宮曲牌名，結句格式是"一半兒……一半兒……"。此曲共四首，寫一個女子與情人相聚之歡，此處選的是第二首，寫雙方幽會時男方的急切和女方的嬌憨，俚俗直露地展現出生動鮮明的形象。鄭振鐸《中國俗文學史》評曰："俊語聯翩，豔情飛蕩。"

碧紗窗外靜無人，跪在牀前忙要親。罵了個負心回轉身——雖是我話兒嗔，一半兒推辭，一半兒肯。

白　樸（1226—1306以後）

傳略見"元代文學"第一章第二節。

【越調·天淨沙】秋

【題解】 此曲原作分詠春夏秋冬四首,此處選《秋》一首。此曲能抓住秋天景物的特徵,動靜結合,色彩鮮明。

孤村落日殘霞,輕煙老樹寒鴉。一點飛鴻影下,青山綠水,白草紅葉黃花。

【中呂·陽春曲】題情

【題解】 原作共六首,均爲詠唱男女戀愛之作。此處選其一首,表現出追求青春愛情歡樂,鄙薄封建功名的思想。

笑將紅袖遮銀燭,不放才郎夜看書,相偎相抱求歡娛。"祇不過迭應舉,及第待如何!"

馬致遠(約 1251—1321 後)

傳略見"元代文學"第一章第二節。

【雙調·夜行船】秋思(節選)

【題解】 這套曲子是馬致遠的名作,通過詠史、歎世進而看破功名利祿,轉向淡泊退隱,批判、否定了歷史上、現實中權貴富豪們的業績和家財,強調了短暫生命中個人及個性自由、自適的價值。全曲豪放蒼勁,色彩鮮明,形象生動,語言融貫雅俗,瀟灑流暢。

百歲光陰一夢蝶,重回首往事堪嗟。今日春來,明朝花謝,急罰盞夜闌燈滅。

【喬木查】想秦宮漢闕，都做了衰草牛羊野，不恁麼漁樵沒話說。縱荒墳橫斷碑，不辨龍蛇。

　　【慶宣和】投至狐蹤與兔穴，多少豪傑！鼎足雖堅半腰裏折，魏耶？晉耶？

　　【落梅風】天教你富，莫太奢，沒多時好天良夜。富家兒更做到你心似鐵，爭辜負了錦堂風月。

　　【風入松】眼前紅日又西斜，疾似下坡車。不爭鏡裏添白雪，上牀與鞋履相別。休笑巢鳩計拙，胡蘆提一向裝呆。

　　【撥不斷】利名竭，是非絕，紅塵不向門前惹，綠樹偏宜屋角遮，青山正補牆頭缺，更那堪竹籬茅舍。

　　【離亭宴煞】蛩吟罷一覺纔寧貼，雞鳴時萬事無休歇，爭名利何年是徹？看密匝匝蟻排兵，亂紛紛蜂釀蜜，急攘攘蠅爭血！裴公綠野堂，陶令白蓮社，愛秋來時那些：和露摘黃花，帶霜烹紫蟹，煮酒燒紅葉。想人生有限杯，渾幾個重陽節？囑咐你個頑童記者：便北海探吾來，道東籬醉了也！

　　〇百歲光陰一夢蝶：用莊子夢化爲蝶事（見《莊子·齊物論》）謂人生如夢。〇急罰盞夜闌燈滅：謂及時行令罰酒，歡樂到夜深燈滅方休。〇龍蛇：指字迹（此處特指碑刻文字）。李商隱《題賀知章草書歌》："落筆龍蛇滿壞牆。"〇投至：及至、最終落到。〇"鼎足"三句：謂歷代統治者都曾自誇政權穩立如鼎，卻都不免"半腰裏折"，你爭我奪，誰也鬧不清是魏是晉。〇沒多時好天良夜：謂好日子不長久。〇"富家兒"二句：謂你等富人們更是心如鐵石，除了搜刮錢財之外別無感情，甚至也不懂得享受"錦堂風月"的美好生活。〇"休笑"二句：不要嘲笑別人不會鑽營掙錢以經營安樂窩，像笨人那樣糊糊塗塗地過日子倒是好的。《詩經·召南·鵲巢》："維鵲有巢，維鳩居之。"朱熹注："鳩性拙不能爲巢，或有居鵲之成巢者。"〇裴公綠野堂：唐代名相裴度，晚年退休閒居洛陽郊外綠野堂。○陶令白蓮社：陶令即陶淵明，曾爲彭澤縣令，後參加慧遠法師等組織的白蓮社，吟詩談玄。○頑童：指家中童僕。○"便北海"二句：意謂不論誰來訪問我，都說我醉了不能接待。北海，東漢末北海太守孔融，豪爽好客，嘗稱"座上客常滿，樽中酒不空，吾無憂矣"。

【越調·天淨沙】秋思

【題解】　這是馬致遠也是元散曲中最負盛名的小令之一。此曲重疊一連串最能體現秋天景物特徵及游子羈旅思鄉愁情的意象，語言凝練，情景交融，將冷落蒼涼、天涯漂泊的孤獨與彷徨抒寫得淋漓盡致。周德清《中原音韻·小令定格》謂之"秋思之祖"。

枯藤老樹昏鴉，小橋流水人家，古道西風瘦馬。夕陽西下，斷腸人在天涯。

輯　錄

◎王世貞《曲藻》：馬致遠"百歲光陰"，放逸宏麗，而不離本色，押韻尤妙。長句如"紅塵不向門前惹，綠樹偏宜屋角遮，青山正補牆頭缺"，又如"和露摘黃花，帶霜烹紫蟹，煮酒燒紅葉"，俱入妙境。小語如"上牀與鞋履相別"，大是名言。結尤疏俊可詠。元人稱爲第一，眞不虛也。

◎沈德符《顧曲雜言》：元人如喬夢符、鄭德輝輩，俱以四折雜劇擅名，其餘技則工小令爲多；若散套，雖諸人皆有之，惟馬東籬"百歲光陰"、張小山"長天落彩霞"爲一時絕唱，其餘俱不及也。

◎王國維《宋元戲曲史》：【天淨沙】小令，純是天籟，仿佛唐人絕句。馬東籬《秋思》一套，周德清評之以爲萬中無一，明王元美等亦推爲套數中第一，誠定論也。此二體雖與元雜劇無涉，可知元人之於曲，天實縱之，非後世所能望其項背也。

參考書目

《東籬樂府》，馬致遠著，《散曲叢刊》本。

思考題

試評馬致遠【雙調・夜行船】《秋思》。

第二節　中　期

張養浩（1270—1329）

《元史・張養浩傳》：張養浩字希孟，濟南人。游京師，獻書於平章不忽木，大奇之，辟爲禮部令史，仍薦入御史臺。拜監察御史。遂疏時政萬餘言，言皆切直，當國者不能容。養浩恐及禍，乃變姓名遁去。延祐初，設進士科，遂以禮部侍郎知貢舉。進士詣謁，皆不納，但使人戒之曰："諸君子但思報效，奚勞謝爲！"天曆二年，關中大旱，饑民相食，特拜陝西行臺中丞。到官四月，未嘗家居，止宿公署，夜則禱於天，晝則出賑饑民，終日無少怠。遂得疾不起，卒年六十。

【中呂・朝天曲】無題

【題解】　這是作者中年逃官隱居濟南鄉間之作。此曲寫田園生活的閑適美好，景真情摯。以質樸淺俗而不失凝練的典型的曲之語言，寫出了洋溢豐沛的詩情畫意。

　　柳堤，竹溪，日影篩金翠。杖藜徐步近釣磯，看鷗鷺閑游戲。農父漁翁，貪營活計，不知他在圖畫裏。對着這般景致，坐的，便無酒也令人醉。

【中吕·山坡羊】潼關懷古

【題解】 此曲爲天曆二年（1329）作者出任陝西行臺中丞赴關中賑災時所作。作者詠歎古迹，追思興亡，充滿了深沉的歷史感慨，特別是指出"興，百姓苦"，深刻認識到歷代所謂"盛世"亦不過是廣大民衆"暫時做穩了奴隸的時代"（魯迅《燈下漫筆》語），同樣帶給人民深重的災難，雖仍是傳統儒者濟世傷民的情懷，但其立場無疑更顯得高遠。

峰巒如聚，波濤如怒，山河表裏潼關路。望西都，意躊躇，傷心秦漢經行處，宮闕萬間都做了土。興，百姓苦；亡，百姓苦。

○"峰巒"二句：謂衆多的山峰匯聚如怒濤起伏。○"山河表裏"句：潼關內外有崤山、黃河、華山等，號稱天險。《左傳·僖公二十八年》："山河表裏，必無害也。"○西都：長安。○意躊躇：因心情沉重而徘徊不前。

貫雲石（1286—1324）

《元史·小雲石海涯傳》：小雲石海涯，家世見其祖《阿里石海涯傳》。其父楚國忠惠公，名貫只哥，小雲石海涯遂以貫爲氏，復以酸齋自號。年十二三，膂力絕人，使健兒驅三惡馬疾馳，持槊立而待馬至騰上之，越二而跨三，運槊生風，觀者辟易。稍長，折節讀書，目五行下，吐辭爲文，不蹈襲故常，其旨皆出人意表。北從姚燧學，燧見其古文峭厲有法及歌行古樂府慷慨激烈，大奇之。拜翰林侍讀學士、中奉大夫、知制誥同修國史。稱疾辭還江南，賣藥於錢塘市中，詭姓名，易服色，人無有識之者。晚年爲文日邃，詩亦沖淡，草隸等書，稍取古人之所長，變化自成一家。泰定元年五月八日卒，年三十九。

【中吕·紅繡鞋】無題

【題解】 此曲共四首，均寫男女幽會之歡，這裏選的是第四首。作品虛擬奇思癡語，異常生動熱烈而奔放不羈，自然錯落的口語和襯字使音節抑揚流轉，朗朗上口，特别富於民歌風味。

挨着靠着，雲窗同坐；偎着抱着，月枕雙歌；聽着數着，愁着怕着，早四更過。四更過情未足，情未足夜如梭。天那，更閏一更兒妨甚麽！

○月枕：形如滿月的枕頭。○閏一更兒：閏月爲十二月中增添的一個月，此處祈望"閏一更"，奇情幻想中更見其情愛之深摯。

【雙調·殿前歡】弔屈原

【題解】 此曲爲憤激歎世之作，筆調冷峻，思考獨特，竟然將屈原作爲嘲笑的對象，這的確是前人所罕見。然而這種"傷心"的"笑"正表明了作者對整個封建統治集團極度厭棄和完全決裂的態度。

楚懷王，忠臣跳入汨羅江。《離騷》讀罷空惆悵，日月同光。傷心來笑一場，笑你個三閭強，爲甚不身心放？滄浪污你？你污滄浪！

○日月同光：《史記·屈原賈生列傳》贊美《離騷》"雖與日月爭光可也"。○三閭：屈原曾爲三閭大夫。強：倔強不知回頭。○"滄浪污你"二句：難道你屈原還嫌滄浪水濁有污於你嗎？其實是你這種念念不忘君王社稷、忠於那不值得效忠者的人污了滄浪啊！《楚辭·漁父》中寫屈原與漁父對話稱："衆人皆濁，而我獨清。"漁父歌曰："滄浪之水清兮，可以濯吾纓；滄浪之水濁兮，可以濯吾足。"勸屈原自放其身心，隨世沉浮可也。

【正宮·小梁州】秋

【題解】 正宮調小梁州分上、下兩片，這在散曲中是很罕見的。此曲寫西湖秋景，突出秋花、秋水、秋空、秋月的清明美麗，毫無一般詠秋之作的蕭瑟悲涼之感，情志開朗，語言豪俊。

芙蓉映水菊花黃，滿目秋光。枯荷葉底鷺鷥藏，金風蕩，飄動桂枝香。

雷峰塔畔登高望，見錢塘一派長江。湖水清，江潮漾，天邊斜月，新雁兩三行。

○金風：秋風。李商隱《辛未七夕》："由來碧落銀河畔，可要金風玉露時。"○雷峰塔：在杭州西湖南屏山上，五代吳越時建，於一九二四年九月坍倒，後開展重建，於二〇〇二年十月竣工並對外開放。

徐再思（生卒年不詳）

《全元散曲·徐再思》：再思字德可，嘉興人。好食甘飴，故號甜齋。嘉興路吏。爲人聰敏秀麗，與張小山、貫雲石同時。雲石號酸齋，與再思並擅樂府，世有"酸甜樂府"之稱。

【雙調·沉醉東風】春情

【題解】 此曲以輕快伶俐的筆調寫一個年輕女子在禮教的管束下，用特殊的暗語向意中人傳達情意，活潑清新，饒有風趣。

一自多才間闊，幾時盼得成合？今日個猛見他門前過，待喚着怕人瞧科。我這裏高唱當時水調歌，要識得聲音是我！

○多才：多才之人，此處指意中人。間闊：久別。○瞧科：瞧見。科爲雜劇中表動作的術語，此處借用。○"我這裏"二句：顯然此歌是先前兩人幽會時唱過的，所以對方一聽就應該明白"是我"。水調歌：當時流行的歌曲。

【雙調·折桂令】春情

【題解】 此曲寫女子深陷於相思之情態，疊用"思"、"時"韻，中間用博喻修辭形成鼎足對的形式，並反復用"相思"一詞，回環往復而又一氣貫注，相思成疾的深情之態躍然紙上，令人想起《倩女離魂》雜劇中的女主人公。

平生不會相思，纔會相思，便害相思。身似浮雲，心如飛絮，氣若游絲。空一縷餘香在此，盼千金游子何之？症候來時，正是何時？燈半昏時，月半明時。

○千金游子：指意中人。《古詩》："攜手上河梁，游子暮何之？"○症候：此指相思病"發作"時。

睢景臣（生卒年不詳）

鍾嗣成《錄鬼簿》：睢景臣，字景賢（或作睢舜臣，字嘉賢）。大德七年，公自維揚來杭州，余與之識。自幼讀書，以水沃面，雙眸紅赤，不能遠視。心性聰明，酷嗜音律。維揚諸公，俱作《高祖還鄉》套數，惟公【哨遍】製作新奇，皆出其下。

【般涉調·哨遍】高祖還鄉

【題解】 這套曲子是元散曲中最著名的諷刺傑作之一。它根據《史記》中關於漢高祖劉邦當上皇帝後曾衣錦還鄉一游的記載，巧妙地通過一個早年熟悉劉邦的鄉民，以他那少見多怪而最終憤然不平的情緒和口吻，將帝王至高無上的尊嚴權威和豪華顯赫的儀仗排場描寫成了一幕令人忍俊不禁的滑稽劇,生動地勾畫出劉邦的流氓無賴本質,從而撕下了千年來籠罩在封建皇權上的神聖華袞。作品形象生動鮮明,語言質樸犀利,本身就堪稱一齣情節性很強的諷刺短劇。

【哨遍】社長排門告示,但有的差使無推故。這差使不尋俗,一壁廂納草也根,一邊又要差夫,須應付。又言是車駕——都說是"鑾輿"——今日還鄉故。王鄉老執定瓦臺盤,趙忙郎抱着酒胡蘆。新刷來的頭巾,恰糨來的綢衫,暢好是妝幺大戶。

【耍孩兒】瞎王留引定伙喬男女,胡踢蹬吹笛擂鼓。見一彪人馬到莊門,劈頭裏幾面旗舒。一面旗白胡闌套住個迎霜兔,一面旗紅曲連打着個畢月烏,一面旗雞學舞,一面旗狗生雙翅,一面旗蛇纏胡蘆。

【五煞】紅漆了叉,銀錚了斧,甜瓜苦瓜黃金鍍。明晃晃馬鐙槍尖上挑,白雪雪鵝毛扇上鋪。這幾個喬人物,拿着些不曾見的器仗,穿着些大作怪衣服。

【四】轅條上都是馬,套頂上不見驢,黃羅傘柄天生曲。車前八個天曹判,車後若干遞送夫。更幾個多嬌女,一般穿着,一樣妝梳。

【三】那大漢下的車,眾人施禮數。那大漢覷得人如無物。眾鄉老展腳舒腰拜,那大漢挪身着手扶。猛可裏擡頭覷,覷多時認得,險些氣破我胸脯!

【二】你須身姓劉,你妻須姓呂。把你兩家兒根腳從頭數:你本身做亭長耽幾壺酒,你丈人教村學讀幾卷書。曾在俺莊東住,也曾與我喂牛切草,拽具扶鋤。

【一】春采了桑,冬借了俺粟,零支了米麥無重數。換田契強秤了麻三秤,還酒債偷量了豆幾斛。有甚糊突處?明標着冊曆,見放着文書。

【尾】少我的錢,差發內旋撥還;欠我的粟,稅糧中私准除。祇道劉三,誰肯把你揪摔住?白甚麼改了姓更了名喚做漢高祖!

○社長:即村長、保長之類。排門告示:挨戶通知。○但有的差使無推故：祇要是派到了的差使均不得推托。○一壁廂：一邊。也根：襯字，無義。○鑾輿：特指皇帝的車駕。此句表現出鄉民對"鑾輿"這個新名詞的好奇。○鄉老：鄉村中較有地位的人物。○忙郎：農民的通稱。○暢好是：正好是。妝幺大户：裝扮出來的有錢人家。○王留：戲曲中對鄉下人的通稱。伙：夥。喬：裝模作樣，怪裏怪氣。○白胡闌套住個迎霜兔：指月旗，圖形爲白色圓環中一支玉兔，爲帝王儀仗用旗之一，下同。胡闌，即"環"字音的反切。○紅曲連打着個畢月烏：指日旗，圖形爲紅色圓環中一支烏鴉。傳説太陽中有三足烏，古代星相家以鳥獸之名分別配屬二十八宿，如"昴日鷄"、"畢月烏"等。曲連，即"圈"字音的反切。○鷄學舞：指鳳旗。○狗生雙翅：指飛虎旗。○蛇纏胡蘆：指二龍戲珠旗。○錚：鍍。○甜瓜苦瓜：指帝王儀仗中各種形狀不一的金瓜錘。○馬鐙：指朝天鐙，帝王儀仗器械。○天曹判：天宫判官，此指帝王身邊侍從。○多嬌女：指宫女。○猛可：忽然。○亭長：劉邦早年曾爲泗水亭長，略相當於後世鄉村保長之類。○拽具：掌犁耕地。古時鄉間以兩牛並耕爲一具。○"換田契"句：謂劉邦利用亭長的職權在換田契之類時機敲詐鄉民。秤，鄉間以三十斤爲一秤。○"少我的錢"四句：謂劉邦當年假公濟私，在向鄉民們攤派差役、徵收税糧時私下將自己欠鄉民的債務扣除。差發，徵發百姓應官差。不願應差者可出錢找人替代。旋，馬上。○劉三：《史記·高祖本紀》載，劉邦有兄名仲（老二），據此或可推定劉邦排行第三。○誰肯把你揪捽住：誰會爲了早年的一些鷄毛蒜皮小賬把你劉邦揪住討債？○白甚麼：平白無故爲甚麼。漢高祖爲劉邦死後的廟號，生前並無此稱。

張鳴善（生卒年不詳）

鍾嗣成《錄鬼簿》：張鳴善，揚州人，宣慰司令史。

賈仲明《錄鬼簿續編》：張鳴善，北方人，號頑老子，有《英華集》行於世。蘇昌齡、楊廉夫拱手服其才。

【雙調·水仙子】譏時

【題解】 此曲直言不諱，把黑白顛倒、賢愚混淆的現實社會揭露得入骨三分，把當朝權貴罵得狗血淋頭，特別是借古諷今，把周文王、諸葛亮、姜子牙這些古今公認的"英雄"通通罵倒爲一夥怪物而已，更見出作者眼界不凡。收尾三句結合民間俗語和文人雅詞，構成工整的鼎足對，是散曲中的警句。

鋪眉苫眼早三公，裸袖揎拳享萬鍾，胡言亂語成時用。大綱來都是哄，說英雄誰是英雄？五眼雞岐山鳴鳳，兩頭蛇南陽臥龍，三腳貓渭水飛熊！

○鋪眉苫眼：大模大樣，此處指裝模作樣而又毫無真本事之人。三公：指高官顯貴。○裸袖揎拳：指挽袖子伸拳頭的粗野蠻橫之人。享萬鍾：享有萬鍾之厚祿。○成時用：竟成了時下最走紅最用得着的。○大綱來：總之。哄：瞎胡鬧。○五眼雞：以及下文的兩頭蛇、三腳貓等，本屬因生物遺傳變異而產生的怪胎，作者認爲古來被世人神化了的那些最了不起的帝王將相，無非都是這樣一些怪物而已。岐山，在今陝西，又名鳳凰山。相傳周文王時有鳳凰鳴於山上，預兆周朝將興。○南陽臥龍：指諸葛亮。《三國志·蜀書·諸葛亮傳》載徐庶曰："諸葛孔明，臥龍也。"○渭水飛熊：指輔佐周文王、武王滅商得天下的呂尚（姜子牙）。《史記·齊世家》載，文王將出獵，占卜，其卜辭曰："所獲……非熊非羆，所獲霸王之輔。"後來果然在渭水邊遇到垂釣的呂尚。後世民間將"非熊"誤爲"飛熊"，以"飛熊入夢"傳說文王遇呂尚的故事。

蘭楚芳（生卒年不詳）

賈仲明《錄鬼簿續編》：蘭楚芳，西域人，江西元帥。功績多著，豐神英秀，才思敏捷。劉廷信在武昌賡和樂章，人多以元、白擬之。

【南呂・四塊玉】風情

【題解】 此曲歌詠男女戀情，卻一反郎才女貌的傳統常調，寫出一對蠢男醜女之間的真誠相愛，認爲這種超越外貌相悅的情投意合纔是"祇除天上有"的最珍貴的愛情，立意新穎，質樸動人。

我事事村，他般般醜。醜則醜村則村意相投。則爲他醜心兒真，博得我村情兒厚。似這般醜眷屬、村配偶，祇除天上有！

思考題

1. 試說睢景臣【般涉調・哨遍】《高祖還鄉》的喜劇特色。
2. 貫雲石爲什麼嘲笑屈原？結合其他元散曲作品談談元代文人的反傳統意識。

第三節　後　期

喬　吉（？—1345）

鍾嗣成《錄鬼簿》：喬吉甫，字夢符（或作喬夢符，名吉），太原人，號笙鶴翁，又號惺惺道人。美容儀，能辭章，以威嚴自飭，人敬畏之。居杭州太乙宮前……江湖間四十年，欲刊所作，竟無成事者。至正五年二月，病卒於家。

天一閣本《錄鬼簿》附賈仲明《凌波仙》弔詞：《天風環佩》玉敲金，《撫掌》文集花應錦，太平歌吹珠翠滲。《金錢記》、《揚州夢》振士林，

493

《荆公遺妾》文意特深；《認玉釵》珊瑚沁，《黃金臺》翡翠林，《兩世姻緣》賞心協音。

同上書附鍾嗣成《凌波仙》弔詞：平生湖海少知音，幾曲宮商大用心，百年光景還爭甚？空贏得雪鬢侵，跨仙禽路繞雲深。欲掛墳前劍，重聽膝上琴，漫攜琴載酒相尋。

【正宮·六幺遍】自述

【題解】 此曲抒寫作者自我的人生經歷和處世態度，笑傲江湖、詩酒留連的風流文人形象，躍然紙上。

不占龍頭選，不入名賢傳。時時酒聖，處處詩禪，烟霞狀元，江湖醉仙，笑談便是編修院。留連，批風抹月四十年。

〇龍頭選：狀元之選。梁顥《及第詩》："也知年少登科好，爭奈龍頭屬老成。"〇詩禪：以詩談禪，這是唐宋以來士大夫文人的慣習。吳可《學詩》詩："學詩渾是學參禪，竹榻蒲團不計年。直待自家都了得，等閒拈出便超然。"〇編修院：即爲朝廷和皇室編修國史及各種圖書典籍的處所。高級的編修官往往有翰林頭銜，是朝廷中所謂"清要"之職。〇批風抹月：對詩詞文章進行品評修改謂之"批"、"抹"。此處即吟風賞月之意。

【中呂·山坡羊】寓興

【題解】 此曲感慨並諷刺炎涼世態、冷暖人情。全曲重疊用典而語言通俗流暢，感情深沉，抨擊了趨炎附勢、唯利是圖的醜惡社會現實。

鵬搏九萬，腰纏十萬，揚州鶴背騎來慣。事間關，景闌珊，黃金不富英雄漢，一片世情天地間。白，也是眼；青，也是眼。

〇鵬搏九萬：指青雲直上，官高位顯。《莊子·逍遙游》："鵬之徙於南溟也，水擊三千里，搏扶搖而上者九萬里。"○"腰纏十萬"二句：指又想發財，還想成仙。《殷芸小說》："有客相從，各言所志。或願爲揚州刺史，或願多資財，或願騎鶴上升。其一人曰：'腰纏十萬貫，騎鶴下揚州。'欲兼三者。"○間關：曲折多艱。○闌珊：消減衰落。○"白，也是眼"二句：謂人在走運或倒霉時遭遇到的青眼或白眼，都是世人那同一對眼睛。《世說新語·簡傲》注引《晉百官名》："（阮籍）能爲青白眼，見凡俗之士，以白眼對之。"

【雙調·水仙子】尋梅

【題解】　此曲寫尋梅，妙在集中於一個"尋"字。踏雪尋她千百度，驀然回首忽相逢，令人有豁然開朗之感，寫活了那幽居空谷、孤芳高潔的"梅品"。語言精美工麗，點化前人詩詞意境而自然不露痕迹。

冬前冬後幾村莊，溪北溪南兩履霜，樹頭樹底孤山上。冷風吹來何處香？忽相逢縞袂綃裳。酒醒寒驚夢，笛淒春斷腸，淡月昏黃。

○孤山：在杭州西湖，多梅花，北宋林逋隱居於此，號稱"梅妻鶴子"。○縞袂綃裳：此用趙師雄在羅浮山遇梅花仙女事，見曾慥《類說》卷一二引《異人錄》。○笛淒：指《梅花落》笛曲。○淡月昏黃：林逋《山園小梅》："暗香浮動月黃昏。"

| 輯　錄 |

◉朱權《太和正音譜》：喬夢符之詞，如神鰲鼓浪。

◉王驥德《曲律》：李中麓開先，序刻元喬夢符、張小山二家小令，以方唐之李、杜。夫李則實甫、杜則東籬始當，喬、張蓋長吉、義山之流。

張可久（1280—約1352）

鍾嗣成《錄鬼簿》：張小山，名可久，慶元（今浙江鄞州）人。以路吏轉升民務首領官，有《今樂府》盛行於世。又有《吳鹽》、《蘇堤漁唱》等曲，編於隱語中。

天一閣本《錄鬼簿》附賈仲明《凌波仙》弔詞：水光山色愛西湖，照耀乾坤《今樂府》。《蘇堤漁唱》文相助，又《吳鹽》，餘意續。新樂府，驚動林蘇荆山玉，合浦珠，壓倒群儒。

【中呂·賣花聲】懷古

【題解】 此曲懷古歎世，從人們傳誦的歷史英雄美人故事引申到廣大人民的災難，並與作爲書生的個人憤鬱不平聯繫起來，從而深化了主題。

美人自刎烏江岸，戰火曾燒赤壁山，將軍空老玉門關。傷心秦漢，生靈塗炭，讀書人一聲長歎。

○美人自刎烏江岸：《史記·項羽本紀》載項羽兵敗垓下，與美人虞姬訣別，最終自刎烏江。○戰火曾燒赤壁山：東漢之末，劉備與孫權聯兵拒曹操，在赤壁以火攻大破曹兵。○將軍空老玉門關：《後漢書·班超傳》載班超西征，在西域三十一年，身老上疏求歸曰："臣不敢望到酒泉郡，但願生入玉門關。"

【越調·天淨沙】江上

【題解】 此曲如一幅清遠明麗的江漁晚歸圖，長空、江面、隔水疏林、漁舟而至蘆花岸渚，極富層次感，結處筆及漁舟漁歌，全圖更覺生機盎然，情調輕快。

嗈嗈落雁平沙，依依孤鶩殘霞，隔水疏林幾家。小舟如畫，漁歌唱入蘆花。

　　○嗈嗈：雁鳴聲。○孤鶩殘霞：王勃《滕王閣序》："落霞與孤鶩齊飛。"○"漁歌"句：王勃《滕王閣序》："漁舟唱晚，響窮彭蠡之濱。"

【越調·寨兒令】題昭君出塞圖

　　【題解】　此曲詠昭君出塞，雖同情其去國離鄉、遠走朔漠，然一反前人悲怨之詞，認爲昭君的命運比深受寵幸而最終卻縊死馬嵬坡的楊貴妃好，較之王安石"人生失意無南北"（《明妃曲》）的見解更深刻一層。

　　辭鳳閣，盼灤河，別離此情將奈何！羽蓋峨峨，虎皮馱馱，雁遠暮雲闊。建旌旗五百沙陀，送琵琶三兩宮娥。翠車前白駱駝，雕籠內錦鸚哥。他，強似馬嵬坡。

　　○灤河：在今河北東北部，此處指漢與匈奴邊界。○沙陀：唐五代時西北少數民族之一。此指隨車護衛的匈奴士兵。○馬嵬坡：唐玄宗迫於亂兵之請賜死楊貴妃之處。

【雙調·折桂令】九日

　　【題解】　此曲寫重九日登高而倦游思鄉。在歸雁寒鴉、西風夕照的淒清景物描寫中，抒發出歎老嗟卑之情。

　　對青山強整烏紗，歸雁橫秋，倦客思家。翠袖殷勤，金杯錯落，玉手琵琶。人老去西風白髮，蝶愁來明日黃花。回首天涯，一抹斜陽，數點寒鴉。

　　○強整烏紗：暗用東晉孟嘉重九日登高風吹落帽的典故。○翠袖：指歌女。辛棄疾《水龍吟·登建康賞心亭》詞有"倩何人，喚取紅巾翠袖"句。○蝶愁來明日黃花：蘇軾《九日次韻王鞏》詩："相逢不用忙歸去，明日黃花蝶也愁。"言不可錯過短暫的美好時光。○"一抹"二句：秦觀《滿庭芳》詞："斜陽外，寒鴉數點，流水繞孤村。"

| 輯　錄 |

◎朱權《太和正音譜》評張可久：其詞清而且麗，華而不豔，有不吃煙火食氣，真可謂不羈之材；若被太華之仙風，招蓬萊之海月，誠詞林之宗匠也。

參考書目

《喬吉集》，喬吉著，李修生等編校，山西人民出版社 **1988** 年版。

《張可久集校注》，張可久著，呂薇芬、楊鐮校注，浙江古籍出版社 **1995** 年版。

思考題

1. 舉例說明元代後期散曲的藝術特色。
2. 比較喬吉、張可久散曲風格。

第三章

元代詩詞

概　說

　　唐詩、宋詞、元曲的傳統說法，似乎就已經剝奪了元代詩詞文的地位。應該承認，元代雜劇散曲和話本小說等通俗文學的興盛及其高度的藝術成就，的確將元代士大夫文人的詩詞文創作推向了較爲不引人注目的陪坐之席，這一狀況在某種意義上是文學發展過程中歷史必然性的反映。一代文學總有一代文學之獨特面貌，正如宋詩在很多方面難以企及唐詩，於是宋詞得以脫穎而出一樣，我們不必指望元代詩詞散文能比肩唐宋而與元曲分庭抗禮。雖然近年來一些研究者開始致力於"撥正"歷代對元代詩詞散文的"不正確的貶低"，要求"重新評價"並恢復元代詩詞散文的"本來面貌"，但是，這一"本來面貌"的確比唐宋詩詞散文和元曲的面貌暗淡得多，這恐怕是很難予以翻案的元代文學的實際情況。當然，正因爲一代文學總有一代文學的面貌，元代的詩詞文必然也具有自身迥異於唐宋的時代特徵和獨立價值。

　　元代的詩詞文作家，無論是否當官，從文化傳統和道德精神方面來說，他們都是以往歷朝士大夫文人階層的後繼者，他們與元代市井勾欄中討生活的戲曲作家有着基本的差別；另一方面，在元代民族歧視政策的壓抑下，他們又基本上失去了以往歷代士大夫文人的優越政治地位，他們即使有人進仕於朝，也很難真的做到與統治者一心一德，因此我們在元代詩詞文中極難看到自屈原至杜甫、韓愈、柳宗元、元稹、白居易、歐陽修、王安石、蘇軾、辛棄疾、陸游等那樣忠君愛國思想感情的表白，倒是更多地在歌詠隱逸、感歎史事中抒發出一種因仕途風波險惡、政治前程暗淡而產生的孤芳自賞或苦悶彷徨，帶有濃厚的悲情和幻滅之感，甚至有意無意地流露出某種對宋朝的懷念與同情。這在一定程度上使元代士大夫文人的詩詞文創作同散曲甚至雜劇發生了思想方面的共鳴，由此形成元代詩詞文創作的一系列特色。

統一南宋之前的元初詩詞文，直接上承金代詩詞文，特別是元好問詩詞文的影響，主要作家有劉因、耶律楚材、姚燧、盧摯等，內容上較多地反映民族鬥爭劇烈、烽火漫捲中原、人民死亡流離的慘酷現實，也記錄了一代知識分子心靈上的巨大震動和創傷。其大體風格表現爲質樸放曠，而藝術上則較爲粗糙。南宋滅亡以後，以趙孟頫、鄧牧、仇遠、戴表元等爲首的南方作家逐漸成爲士大夫文壇的主體。南方作家秉承南宋江西、江湖派傳統，以豐厚的典籍學識爲根基，風格偏於清秀典雅，藝術上精工考究，情調較爲低沉，思想較爲深刻。其中鄧牧的政治批判散文獨具一格，經歷了社會、國家、民族的大動盪、大變革，他的《君道》、《吏道》等文章對封建君主專制制度和文化道德傳統的某些本質問題，作出了超越前人的深刻思考和強有力的激烈批判。而文化修養深厚的"宋王孫"趙孟頫的歸附元朝，意味着當時分裂已久的南北詩壇的交流和統一，自遼金承襲而來的北方粗獷質樸的元初詩風爲之一變，在藝術上有了顯著的提高，一些詩人開始力求脫出宋詩藩籬，追步"唐風"，實際上是在復古的口號下力求塑造自己獨特的詩歌風貌。

到元代中晚期，詩壇已經普遍形成尊奉唐詩的風氣，出現了虞集、楊載、范梈、揭傒斯等所謂"元詩四大家"，他們的作品在典雅精緻方面，上承晚唐溫、李一派，時有李太白輕揚飄逸之致，的確不失爲元詩的巨擘，但在內容的深廣和感情的真摯激越上，則難以攀居元詩的高峰，更不能與唐宋詩詞大家相提並論。

元代晚期詩文詞壇上倒是頗有值得稱道的一些作家，顧嗣立《元詩選》稱此期詩壇"奇才益出"，如蒙古族的薩都剌，以其深厚的漢文化修養，在古近體詩和詞的創作上都有大量的傳世之作。再如楊維楨，其詩學李賀，豪蕩怪奇，色彩斑斕，別具一格；此外如王冕、顧瑛、黃鎮成等詩人，在反映社會現實、歌吟山水、詠物題畫等方面，都有相當成就。

| 輯　錄 |

◎明李東陽《懷麓堂詩話》：宋詩深，去唐卻遠；元詩淺，去唐卻近。極元之選，惟劉靜修、虞伯生二人，皆能名家，莫可軒輊。

參考書目

《元詩選》，清顧嗣立選編，中華書局1987年版。
《元詩別裁集》，張景星等選編，上海古籍出版社1979年版。
《全金元詞》，唐圭璋編，中華書局1979年版。
《遼金元詩歌史論》，張晶著，吉林教育出版社1995年版。
《金元詞史》，黃兆漢著，臺灣學生書局1992年版。

第一節　元前期詩詞

劉　因（1249—1293）

《元史·劉因傳》：劉因字夢吉，保定容城人。世爲儒家，因天資絕人，三歲識書，日記千百言，過目即成誦，六歲能詩，七歲能屬文，落筆驚人。嘗愛諸葛孔明靜以修身之語，表所居曰靜修。不忽木以因學行薦於朝，至元十九年，有詔徵因，擢承德郎、右贊善大夫。未幾，以母疾辭歸。二十八年，復詔遣使者，以集賢學士、嘉議大夫徵因，以疾固辭，帝聞之，亦曰："古有所謂不召之臣，其斯人之徒歟！"三十年夏四月十有六日卒，年四十五，無子。

白　溝

【題解】　此詩反思北宋一代在民族鬥爭中長期的錯誤政策，批判自宋初以來歷代君相畏敵退讓，最終釀成滅頂之災，表現出作者在元蒙統治下深沉的傷痛和感慨。白溝，在今北京、天津以南的河北北部，宋遼以此爲界河。

寶符藏山自可攻，兒孫誰是出群雄？幽燕不照中天月，豐沛空歌海內風。趙普元無四方志，澶淵堪笑百年功。白溝移向江淮去，止罪宣和恐未公！

《四部叢刊》本《靜修先生文集》卷一

○"寶符藏山"二句：謂宋太祖以後歷代子孫均無從遼國手中收復幽燕失地的雄心壯志。《史記·趙世家》載趙簡子欲更立太子，謂諸子曰："吾藏寶符於常山上，先得者賞。"諸子馳登常山，遍求不得。一子名毋恤者，乃還告簡子稱已得其符，曰："從常山上臨代，代可取也。"簡子乃知毋恤有大志而賢，遂廢太子伯魯，立毋恤爲太子。○"幽燕"二句：謂宋朝既無力收復幽燕故地，則所謂一統天下不過是空談自誇而已。《史記·高祖本紀》載劉邦定天下稱帝後歸豐沛故鄉，唱《大風歌》曰："大風起兮雲飛揚，威加海內兮歸故鄉，安得猛士兮守四方。"○趙普：北宋開國宰相，歷太祖、太宗二朝。○澶淵：在今河南北部濮陽一帶。宋真宗景德元年（1004），遼軍大舉南侵，深入至澶淵；宋真宗在寇準力促下親征，與遼軍相持於此。宋軍小勝後真宗即匆匆與遼議和，許歲輸遼銀十萬兩、絹二十萬匹，史稱"澶淵之盟"。此後百餘年宋遼間無大戰事，故宋君臣皆屢稱此爲百年和平之功。〇江淮：此指金滅北宋後南宋與金劃定東起淮河西至陝西大散關的新邊界，然此後金兵屢屢南侵至長江流域。〇宣和：北宋末年宋徽宗年號。史皆稱徽宗荒淫亡國。

趙孟頫（1254—1322）

《元史·趙孟頫傳》：趙孟頫字子昂，宋太祖子秦王德芳之後也。爲湖州人。孟頫幼聰敏，讀書過目輒成誦，爲文操筆立就。宋亡，家居，益自力於學。至元二十三年，行臺侍御史程鉅夫奉詔搜訪遺逸於江南，得孟頫，以之入見。孟頫才氣英邁，神采煥發，如神仙中人，世祖顧之喜，命孟頫草詔頒天下。帝初欲大用孟頫，議者難之。二十七年，遷集賢直學士。仁宗在東宮，素知其名，及即位，拜翰林學士承旨、榮祿大夫。帝眷之甚厚，以字呼之而不名。帝嘗與侍臣論文學之士，以孟頫比唐李白、宋蘇子瞻。（延祐）六年，得請南歸。（英宗至治二年）六月卒，年六十九。追封魏國公，諡文敏。孟頫詩文清邃奇逸，篆、籀、分、隸、真、行、草書，無不冠絕古今，其畫山水、木石、花竹、人馬尤精緻。前史官楊載稱孟頫之才頗爲書畫所掩，知其書畫者，不知其文章；知其文章者，不知其經濟之學。

岳鄂王墓

【題解】岳鄂王即南宋抗金名將岳飛，其墓在杭州西湖畔。此詩哀歎岳飛的冤死，譴責南宋君臣的苟且偷安，沉痛悲憤之情溢於言表，說明即使像趙孟頫這樣被後代人們認爲是"無氣節"的人，其內心深處與元蒙統治者仍然是離心離德的。

鄂王墳上草離離，秋日荒涼石獸危。南渡君臣輕社稷，中原父老望旌旗。英雄已死嗟何及，天下中分遂不支。莫向西湖歌此曲，水光山色不勝悲。

《四部叢刊》本《松雪齋文集》卷四

○"中原父老"句：南宋范成大出使金國時《州橋》詩："州橋南北是天街，父老年年等駕回。忍淚失聲詢使者：'幾時真有六軍來？'"○天下中分：謂宋、金各據南北而"中分天下"的局面亦再難維持。

管道昇（1262—1319）

《全金元詞·管道昇》：道昇字仲姬，一字瑤姬，浙江吳興人，趙孟頫妻。至大四年封吳興郡夫人，延祐四年加封魏國夫人。延祐六年卒，年五十八。

漁父詞

【題解】 趙孟頫之妻管仲姬是古代才女之一，工於詩詞書畫。題畫詞《漁父詞》（即詞調《漁歌子》）四首是她的名作，此處選其第四首。趙孟頫對這一組詞極爲推重，曾和作二首（見《松雪齋文集》），其一云："渺渺煙波一葉舟，西風落木五湖秋。盟鷗鷺，傲王侯，管甚鱸魚不上鉤。"與管詞並稱知名。

人生貴極是王侯，浮利浮名不自由。爭得似，一扁舟，弄風吟月歸去休。

《全金元詞·管道昇》

參考書目

《靜修先生文集》，劉因著，《四部叢刊》本。
《松雪齋文集》，趙孟頫著，《四部叢刊》本。

思考題

1. 談談元代初期南北詩風的差異和融合。
2. 考察元代初期懷古詩詞。

第二節　元中期詩詞

虞　集（1272—1348）

《元史·虞集傳》：虞集字伯生，宋丞相允文五世孫也。宋亡，僑居臨川崇仁。集三歲即知讀書。大德初，始至京師，以大臣薦，授大都路儒學教授。拜翰林直學士，俄兼國子祭酒。至正八年五月己未以病卒，年七十七。

挽文山丞相

【題解】　此詩歌頌文天祥，尤其突出其爲盡忠宋室而不計成敗、死而後已的崇高精神，令人感奮，也曲折傳達出作者本人緬懷故宋、哀挽民族悲劇的心情。

徒把金戈挽落暉，南冠無奈北風吹。子房本爲韓仇出，諸葛寧知漢祚移！雲暗鼎湖龍去遠，月明華表鶴歸遲。不須更上新亭望，大不如前灑淚時。

中華書局版《元詩選》初集《道園遺稿》

○"徒把金戈"句：《淮南子·覽冥訓》："魯陽公與韓構難，戰酣，日暮，援戈而揮之，日爲之返三舍。"此處"落暉"喻宋室垂亡。○南冠：

謂俘囚。《左傳·成公九年》載楚人鍾儀爲晉人所俘，尤戴南冠以示不屈。北風：喻北方民族的元蒙王朝。○子房：漢高祖謀臣張良，字子房，其家五世相韓。秦滅韓，張良爲韓復仇，求刺客擊秦始皇，不中；後投劉邦，終滅秦。見《史記·留侯世家》。○"諸葛"句：諸葛亮佐蜀漢以伐魏，其《出師表》曰"鞠躬盡力，死而後已，至於成敗利鈍，非臣之明所能逆睹也"。杜甫《詠懷古迹》："運移漢祚終難復，志決身殲軍務勞。"○"雲暗"句：《史記·封禪書》載黄帝於鼎湖乘龍升天，後世因以"鼎湖龍去"稱皇帝死。此處指宋亡。○"月明"句：《搜神後記》載遼東有丁令威者學道成仙，千年後化鶴而歸，棲於城内華表，謂"城郭如故人民非"。此處謂不見文天祥魂魄之歸。○新亭：故址在今南京。《世說新語》載東晉士大夫避亂江南，每飲宴新亭，輒北向流涕曰："風景不殊，正自有山河之異。"

楊　載（1271—1323）

《元史·楊載傳》：楊載字仲弘，杭人，少孤，博涉群書，爲文有跌宕氣。年四十，不仕。戶部賈國英薦於朝，以布衣召爲翰林國史院編修官。延祐初，仁宗以科目取士，載首應詔，遂登進士第。初，吳興趙孟頫在翰林，得載所爲文，極推重之，由是載之文名隱然動京師。而於詩尤有法，嘗語學者曰："詩當取材於漢魏，而音節則以唐爲宗。"自其詩出，一洗宋季之陋。

宗陽宫望月分韻得聲字

【題解】　此詩寫月景，縹緲清麗而又極有氣勢，想象力也頗爲豐富奇逸。"大地山河微有影"一聯歷來爲人所稱道。宗陽宫，道觀名。

老君堂上涼如水，坐看冰輪轉二更。大地山河微有影，九天風露寂無聲。蛟龍並起承金榜，鸞鳳雙飛載玉笙。不信弱流三萬里，此身今夕到蓬瀛。

上海古籍出版社版《元詩別裁集》卷五

○弱流：即弱水。《海內十洲記·鳳麟洲》："鳳麟洲（神話中仙洲）在西海之中央……洲四面有弱水繞之，鴻毛不浮，不可越也。"蘇軾《金山妙高臺》詩："蓬萊不可到，弱水三萬里。"

范　梈（1272—1330）

《元史·范梈傳》：范梈字亨父，一字德機，清江人。家貧，早孤。梈天資穎異，所誦讀，輒記憶。年三十六，始客京師，即有聲諸公間。以朝臣薦，爲翰林院編修官。改擢福建閩海道知事。未幾，移疾歸故里。以疾卒，年五十九。所著詩文多傳於世。

上元日

【題解】　此詩作於范梈在京師翰林院過上元節觀燈時。作者在京城繁華中流露出深切的故鄉思親之情，詩的前後形成鮮明的身居朝廷、心繫江湖的對照。

蓬萊宮闕峙青天，後內看燈記往年。誰念東籬山下路，再逢春月向人圓。

上海古籍出版社版《元詩別裁集》卷八

○蓬萊宮闕：指宮廷內外各處張燈結彩，火樹銀花，恍如仙境。○後內：皇宮內，亦即翰林院所在。○東籬：用陶淵明"采菊東籬下"（《飲酒》）句意，喻故鄉田園。○向人圓：用蘇軾《水調歌頭》"不應有恨，何事長向別時圓"句意。

揭傒斯（1274—1344）

《元史·揭傒斯傳》：揭傒斯字曼碩，龍興富州人。傒斯幼貧，讀書尤刻苦，晝夜不少懈，父子自爲師友，由是貫通百氏，早有文名。延祐初，（程）鉅夫、（盧）摯列薦於朝，特授翰林國史院編修官。改翰林直學士，再升侍講學士，同知經筵事。詔修遼、金、宋三史，揭傒斯爲總裁官。《遼史》成，有旨獎諭，仍督早成金、宋二史。揭傒斯留宿史館，朝夕不敢休，因得寒疾，七日卒。爲文章，敘事嚴整，語簡而當，詩尤清婉麗密；善楷書、行、草。殊方絕域，咸慕其名，得其文者，莫不以爲榮。

春日雜言

【題解】原作七首，此爲第五首，爲作者懷念兩湖間一修道友人之作。氣勢奔放，境界闊大，頗有李白之風。

祝融九千丈，瀟湘地底流。洶湧洞庭野，崩騰江漢秋。上有飛仙人，身披紫雲裘。昔日常相遇，渺若乘丹丘。同歌黃鶴渚，共醉岳陽樓。思之忽不見，獨立悵悠悠。

文淵閣本《四庫全書》別集類四《文安集》卷一

○祝融：指祝融峰，南岳衡山最高峰。○黃鶴：湖北武昌有黃鶴樓。○岳陽樓：在湖南岳陽洞庭湖畔。

|輯　錄|

◎元陶宗儀《南村輟耕錄》卷四：嘗有問於虞（集）先生曰："仲弘詩如何？"先生曰："仲弘詩如百戰健兒。""德機詩如何？"曰："德機詩如唐臨晉帖。""曼碩詩如何？"曰："曼碩詩如美女簪花。""先生詩如何？"笑曰："虞集乃漢廷老吏。"蓋先生未免自負，公論以爲然。

參考書目

《文安集》，揭傒斯著，文淵閣本《四庫全書》。

《揭傒斯全集》，揭傒斯著，李夢生點校，上海古籍出版社 1985 年版。

思考題

1. 元詩四大家有何特色？能代表元詩最高水準嗎？
2. 元代江西詩人與宋代江西詩派有傳承關係嗎？

第三節　元後期詩詞

薩都剌（1272—約 1355）

《全金元詞·薩都剌》：都剌字天錫，號直齋。本答失蠻氏，後徙居河間。登泰定四年進士。歷官淮西、閩海、河北廉訪司經歷等職。有《雁門集》。

滿江紅
金陵懷古

【題解】　此詞與下一首《念奴嬌·登石頭城次東坡韻》均爲作者著名的金陵懷古詞。詞中以春之繁華與秋之寂寥、歷史上王朝之興盛與衰亡爲強烈對照，極盡描寫抒情之能事，並貼切地點化唐劉禹錫金陵懷古詩句入詞，自然渾成。

六代豪華，春去也，更無消息。空悵望，山川形勝，已非疇昔。王謝堂前雙燕子，烏衣巷口曾相識。聽夜深寂寞打孤城，春潮急。　　思往事，愁如織；懷故國，空陳迹。但荒煙衰草，亂鴉斜日。玉樹歌殘秋露冷，胭

509

脂井壞寒螿泣。到如今祗有蔣山青，秦淮碧。

《全金元詞·薩都剌》

○六代：指三國孫吳、東晉、南朝宋、齊、梁、陳六個建都金陵的王朝。○"王謝堂前"二句：劉禹錫《烏衣巷》："舊時王謝堂前燕，飛入尋常百姓家。"○"聽夜深"二句：劉禹錫《石頭城》："山圍故國周遭在，潮打孤城寂寞回。淮水東邊舊時月，夜深還過女牆來。"○"玉樹歌殘"二句：南朝陳後主作《玉樹後庭花》歌，國亡，隋兵入城，後主與寵妃張麗華、孔貴嬪共避入宮中枯井，而爲隋兵所俘。其井即爲胭脂井。○蔣山：即今南京鍾山，又稱紫金山。東漢縣尉蔣子文葬於此，故初名蔣山。

念奴嬌

登石頭城次東坡韻

石頭城上，望天低吳楚，眼空無物。指點六朝形勝地，惟有青山如壁。蔽日旌旗，連雲檣櫓，白骨紛如雪。一江南北，消磨多少豪傑。　　寂寞避暑離宮，東風輦路，芳草年年發。落日無人松徑冷，鬼火高低明滅。歌舞樽前，繁華鏡裏，暗換青青髮。傷心千古，秦淮一片明月。

《全金元詞·薩都剌》

○石頭城：南京古稱。此詞用蘇軾《念奴嬌·赤壁懷古》韻。○離宮：皇帝行宮。○輦路：供皇帝車駕通行之路。

楊維楨（1296—1370）

《元詩選·楊維楨》：維楨，字廉夫，會稽人。登泰定丁卯進士。遷江西等處儒學提舉。會兵亂，避地富春山，徙錢塘。明洪武二年，召修禮樂書，賜安車詣闕，留百二十日，以白衣乞骸骨，放還。卒年七十有五。號鐵崖，又稱鐵笛道人。

城西美人歌

【題解】 此詩寫攜妓郊游之樂，氣氛熱烈，情緒飛揚，對歌妓及歡宴場合極盡渲染贊美，沒有宋代婉約歌妓詞那種"淺斟低唱"的含蓄優雅或青春易逝的秋悲春愁，而是充滿着城市生活的斑斕色彩和世俗歡樂，表現出"鐵崖體"詩風狂放豪爽的特點。

長城嬉春春半強，杏花滿城散餘香。城西美人戀春陽，引客五馬青絲韁。美人有似真珠漿，和氣解消冰炭腸。前朝丞相靈山堂，雙雙石郎立道傍。當時門前走犬馬，今日丘壠登牛羊。美人兮美人，舞燕燕，歌鶯鶯，蜻蜓蛺蝶爭飛揚。城東老人爲我開錦障，金盤薦我生檳榔。美人兮美人，吹玉笛，彈紅桑，爲我再進黃金觴。舊時美人已黃土，莫惜秉燭添紅妝。

《元詩選》初集《鐵崖古樂府》

○"前朝丞相靈山堂"二句：謂城西有前朝丞相墓地。石郎，即翁仲，墓道前石人。○莫惜秉燭添紅妝：蘇軾《海棠》詩："祇恐夜深花睡去，故燒高燭照紅妝。"

參考書目

《雁門集》，薩都剌著，殷孟倫、朱廣祁整理，上海古籍出版社1982年版。
《元西域詩人群體研究》，楊鐮著，新疆人民出版社1998年版。
《楊維楨詩集》，楊維楨著，鄒志方點校，浙江古籍出版社1994年版。

思考題

1. 試論薩都剌的懷古詞與蘇軾、周邦彥的關係。
2. "鐵崖體"有何特色？有何影響？